ザ・ロング・グッドバイ

RAYMOND CHANDLER

The Long Goodbye

レイモンド・チャンドラー

市川亮平＝訳

小鳥遊書房

THE LONG GOODBYE

by

Raymond Chandler, 1953

Translated by Ryohei Ichikawa, 2023

目次

主な登場人物

フィリップ・マーロウ……………………私立探偵
テリー・レノックス………………………マーロウの友人
ハーラン・ポッター………………………億万長者
シルビア・レノックス……………………テリーの妻、ポッターの末娘
メンディー・メネンデス…………………やくざの親玉
チック・アゴスティーノ…………………メネンデスの子分
ランディー・スター………………………メネンデスの友人・ネヴァダのやくざ
グリーン……………………………………ロス市警殺人課部長刑事
スウェル・エンディコット………………弁護士
ロニー・モーガン…………………………新聞記者
ハワード・スペンサー……………………ニューヨークの出版社社長
ロジャー・ウェード………………………作家
アイリーン・ウェード……………………ロジャー・ウェードの妻
キャンディ…………………………………ウェード家のハウスボーイ

ジョージ・ピーターズ…………カーン協会（興信所）の調査員
ヴァーリンガー……………Vのつく医師の一人、コロニー経営者
リンダ・ローリング…………ハーラン・ポッターの長女
エドワード・ローリング………医師、リンダの夫
ビッグ・ウイリー・マグーン……ロス市警　風紀課　次長
バニー・オールズ……………郡保安官本部　警部補
ヘルナンデス………………郡保安官本部　警部
スプリンガー………………地方検事
ポール・マーストン…………アイリーンの元恋人

*文中の［　］は読者の可読性を鑑みて付した「訳註」です。
*次頁の地図、および文中に挿入してある図は、すべて訳者による原案を元に作成したものです。

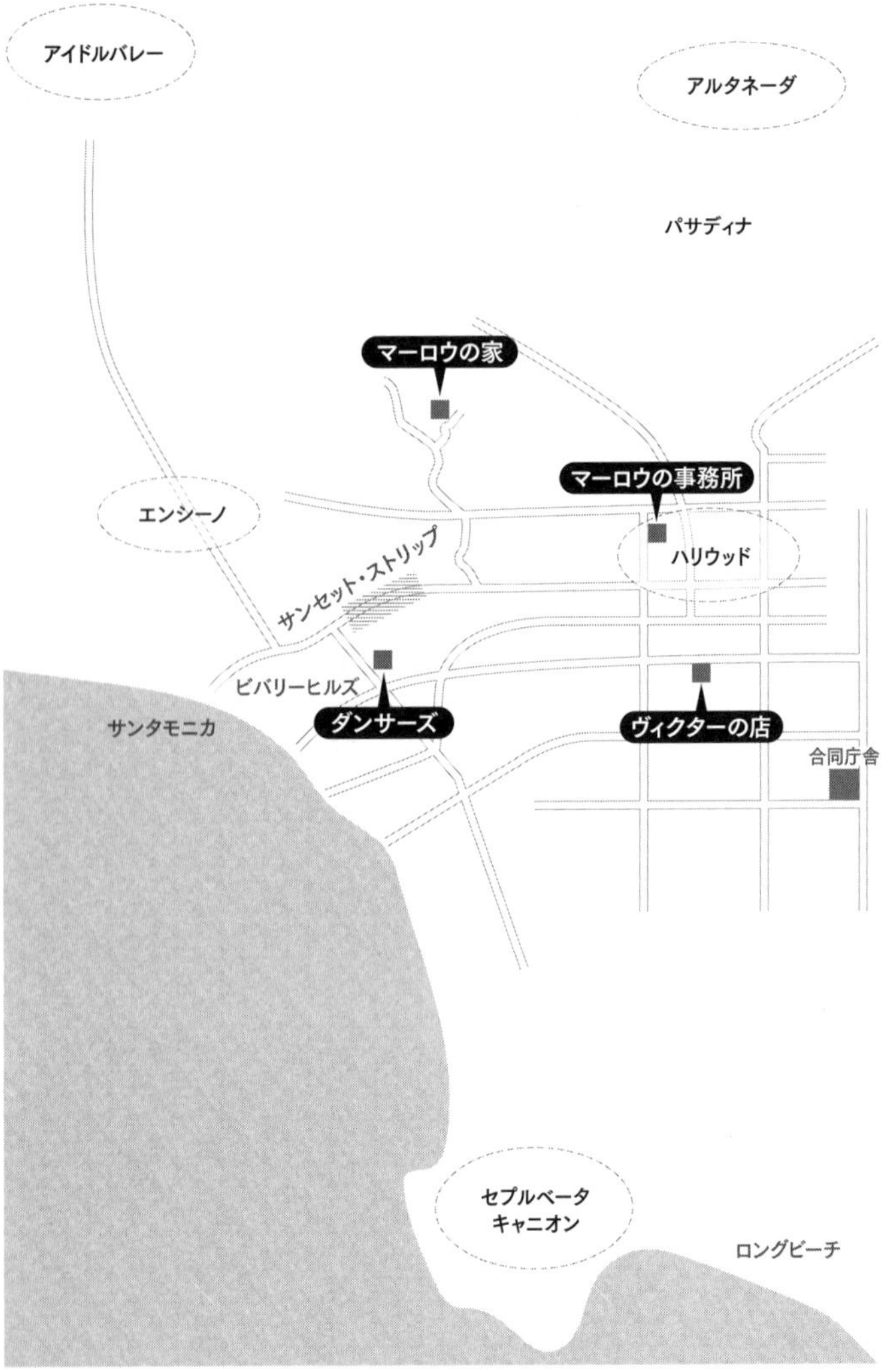

『ザ・ロング・グッドバイ』の舞台
ロスアンジェルス

2階

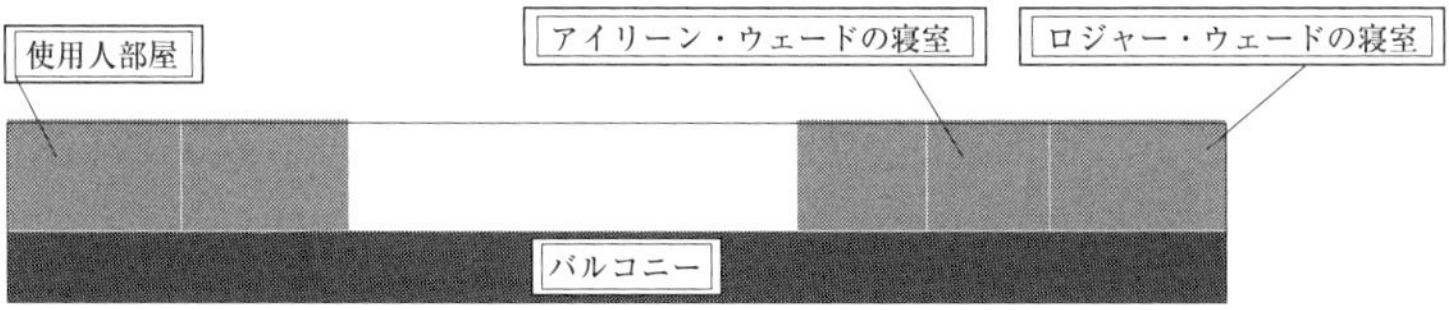
使用人部屋
アイリーン・ウェードの寝室
ロジャー・ウェードの寝室
バルコニー

1階

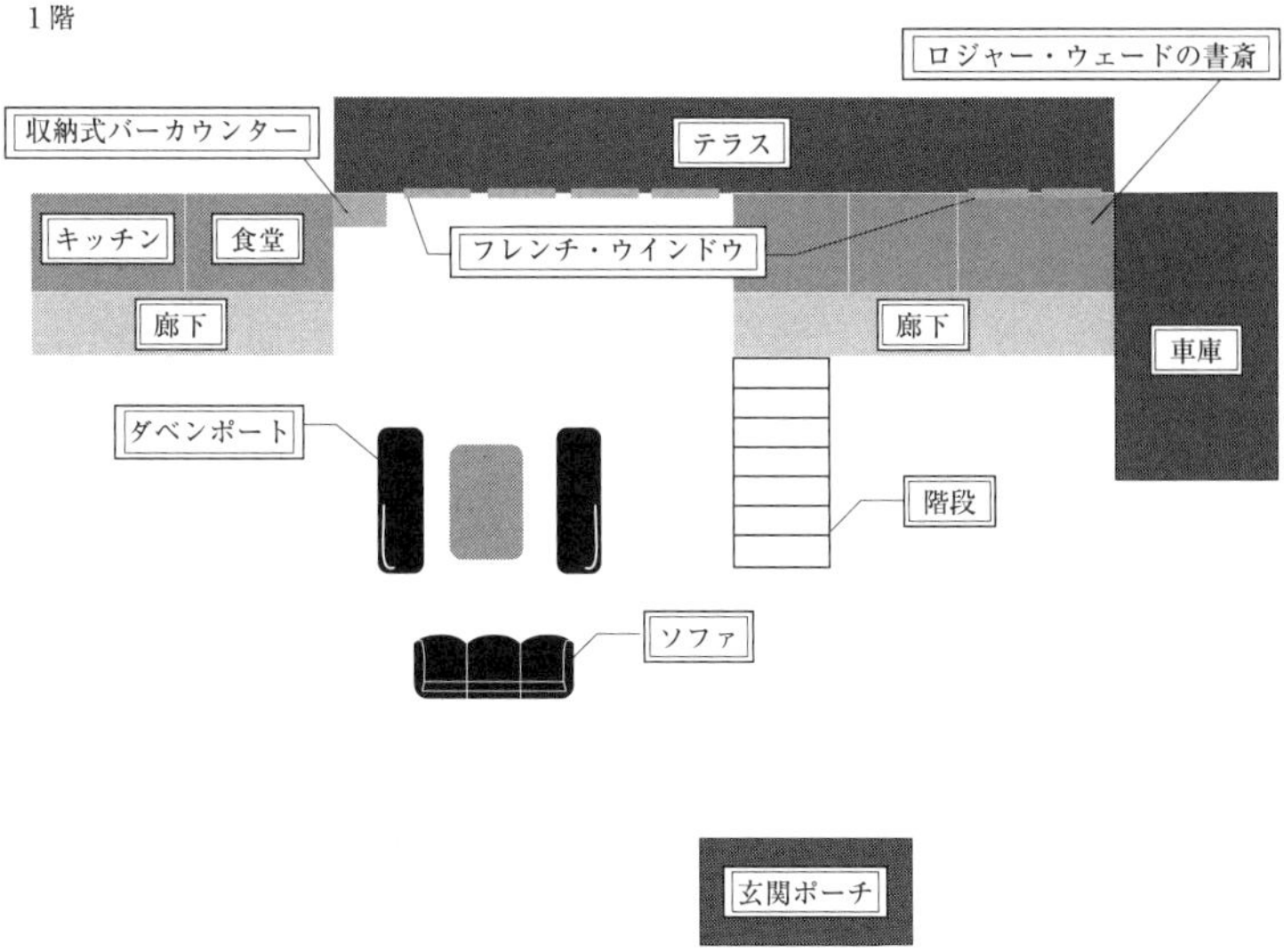
ロジャー・ウェードの書斎
収納式バーカウンター
テラス
キッチン
食堂
フレンチ・ウインドウ
廊下
廊下
車庫
ダベンポート
階段
ソファ
玄関ポーチ

ウェード邸

1

はじめてテリー・レノックスを見かけたのは高級クラブ「ダンサーズ」で、彼は正面玄関の車寄せに停まっているロールス・ロイス・シルバー・レースのドライバーズ・シートで酔い潰れていた。

駐車係はドアを閉められずにいた。テリーの左脚が車外にはみ出してぶらぶらしていたのだ。まるで左脚があることなどすっかり忘れているようだった。面立ちこそ若々しかったがその髪は真っ白だった。目を見れば酔いつぶれていることは明らかだった、が、それをのぞけば吸い取れるだけ金を吸い取る、ただそれだけの高級クラブで散々金をばらまいてきた、どこにでもいるディナージャケット姿の若者にすぎなかった。

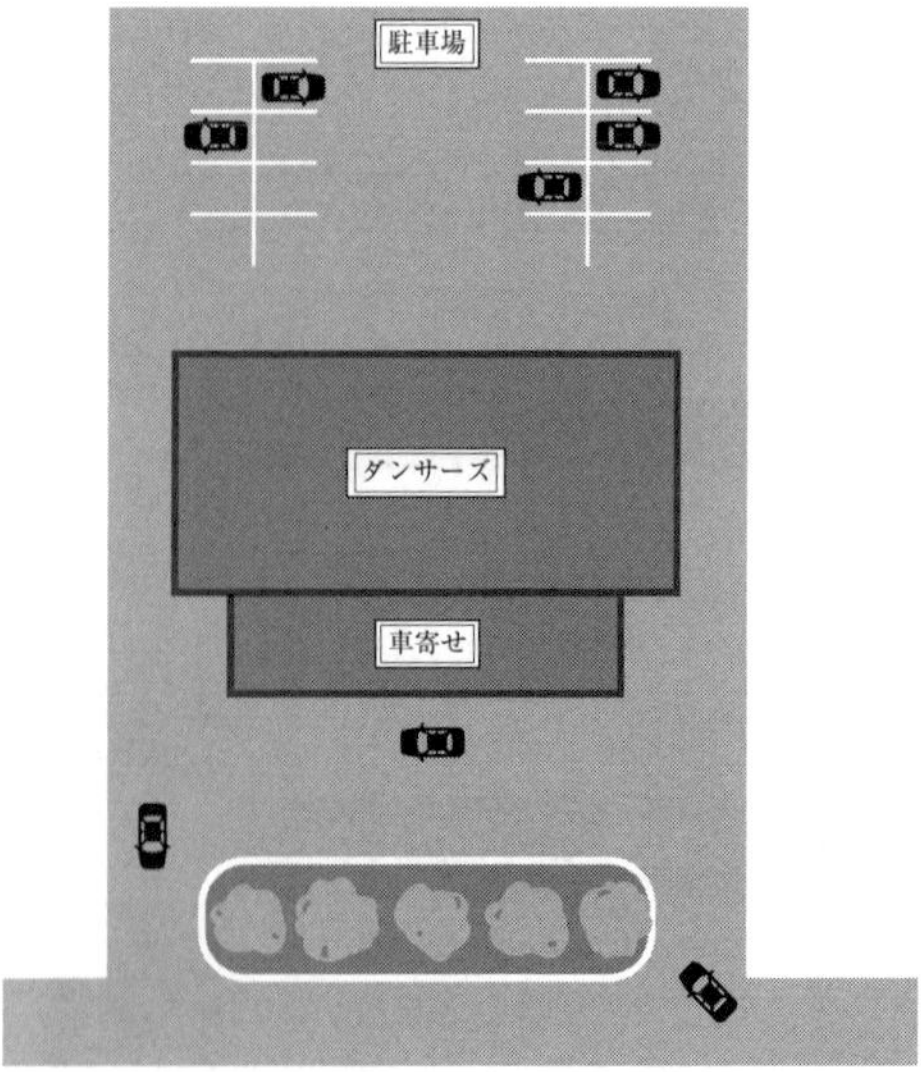

ダンサーズ

テリーの隣には女性が座っていた。魅力的な深い赤毛で口元にかすかな笑みを浮かべていた。肩にはいかにも高価そうな青ミンクのストールを巻いていた。そのミンクと比べたらロールス・ロイスはそこらへんの車にしか見えかねなかった。いや、そんなことはない。ロールスを貧弱だなんておもわせるものなどありえない。

駐車係はよくいるちょっと粋がった若者で、胸いっぱいに赤い文字で店名を刺繍した白いコートを着ていた。テリーにいらだっていた。

「ほら、ダンナ」と尖った口調で言った。「その脚をちゃんと引っ込めてもらえますかね、ドアを閉めたいんでね。それとも全開しましょうか？落っこちたいなら」

赤毛の女性が駐車係を睨みつけた。視線がもし槍だったら少なくとも彼の背中から一〇センチほどは突き抜けただろう。けれど係員にビビった様子は少しもなかった。ダンサーズの従業員は、高い金を出して高級ゴルフクラブに入れば人格的にも洗練されるというのは全くの幻想であるという見本のような連中と日々接しているのだ。


門から車体の低い英国車、スピードスターが入ってきて車寄せに停まった。そこから駐車係が店の裏にある駐車場へと車を移動するのだ。男は降り立つと車のライターで長いタバコに火をつけた。チェックのセーターを着て黄色のスラックス、革のブーツをはいていた。脇のロールスをちらっとも見ることなく、タバコの煙とにおいを漂わせて大股で入り口へ向かった。たぶんロールスなんてダサい、と思っているのだろう。正面階段までくると立ち止まり、片眼鏡をつけた。

赤毛の女性が思い切り愛想よく話しかけた。

「ねえ、素敵な考えがあるの、ハニー。タクシーであなたのところへ行ってあのオープンカーで出かけない？今夜って海岸通りをモンテシーノまでドライブするのに最高の夜だわ。あそこにお友達がいるの。プールサイドで踊るのよ」

白髪の若者が神妙な調子で応えた。

「ほんとにごめん、もう車はないんだ。売らざるを得なかった」そのしっかりした声とはっきりした言葉からは、彼がオレンジジュースより強いものを飲んでいたとはとても思えなかった。

「売ったですって？　それ、どういう意味？」と言うなり、腰をずらせてテリー・レノックスから距離をとった。しかしその声の調子はもっとずっと彼から遠ざかった。

「売らなきゃならなかった」と言った。「食うために」

「あ、そっ、わかったわ」その口調にはアイスクリームのかけらでさえ溶かすだけの暖かさも感じられなかった。

それを耳にした駐車係はその白髪の青年も実は自分のお仲間で、しがない文無しと決めつけた。「なあ、あんた」と彼は言った。「こっちにゃ仕事があるんだ。じゃな、またいつかどっかで……会うかもな」

駐車係はドアから手を離した。ドアが大きく開いた。すぐにテリー・レノックスは座席からずるずると滑り落ちると敷石の上にべたりとしりもちをついた。それを見て私は歩み寄った。そしてこの先起こる厄介ごとに巻き込まれることになった。思うに酔っぱらいにかかわるのは事情がどうあれ間違いだ。たとえ顔見知りで、さらに友達であっても酔っぱらいはいつ何どき歯をへし折りに殴りかかってくるかわからない。

彼の両脇を抱えると立ち上がらせた。

「本当にまことにありがとうございます」丁寧な言葉だ。

赤毛の女性は腰をずらせて運転席に座り、ハンドルを握った。

「酔っぱらうととんでもない言葉遣いをするの」とステンレス・スチールのような口調で言った。「彼を助けてくれてありがとう」

「後ろに乗せましょう」と私が言う。

「ほんとにごめんなさい、約束に遅れそうなの」彼女はクラッチをつなぐとロールスはすーっと動き出した。

「迷い犬なの、彼」と言って冷たい笑みを浮かべた。「どこか泊まるところ探してあげて。お行儀はいいのよ、彼って……それなりに」

ロールスは正面玄関から門を出ると右折してサンセット通りの方へと消えていった。駐車係がスピードスターを駐車場へ回して戻ってきた。そのとき私はまだ彼女の消えた方を見ていた。テリーを抱えたままだった。彼は私の腕の中で正体無く眠っていた。

「なるほど、ああいうのも有りなんだ」と白いコートの駐車係に話し掛けた。

「当然っスよ」と彼は皮肉っぽく言った。「文無しアル中になんかに構うわけないっスよ、ボインでくびれの金持ち女が」

「この男、知ってるのか？」

「あの女がテリーって呼んでました。知ってんのはそれだけっス。また見たってどなたさん、って感じ。それに私もここに来てまだ二週間だし」

「車を頼む」私は番号札を渡した。

駐車係が私のオールズモビルを正面玄関に回してきたときには、私の腕は鉛の袋を抱えているようだった。駐車係はテリーを助手席に乗せるのを手伝ってくれた。私のお客さんは片目を開けると、私と駐車係に「ありがとう」と言うとまた眠りに落ちた。

「私の出会った酔っ払いの中でこの男が一番礼儀正しい」と駐車係に言った。

「酔っ払いにゃ、でかいの小さいの、愛想良いやつ悪いやつ、いろんなやつがいるっスよ」と言った。「だけどみんな碌でなしッスよ。見たとこ、こいつ、整形したことあるみたいっスね」

「そのようだな」私は一ドル、チップをやった。ありがとう、が返ってきた。指摘通り男の顔には手術の跡が見て取れた。今や私の友達の仲間入りしたその男の顔の右半分は、のっぺりとしていてただ白く、細いはっきりとした縫合の跡がいくつかあった。その傷跡は幾筋かの光る線となっていた。整形手術だ、それも大手術だ。

「何だってそいつを乗せるんスか？」

「私の家に連れていく。しらふにさせたら家はどこかを訊くさ」

白コートの兄さんは私に向かってにやっと笑って言った。

「オーケー、甘ちゃん。あっしだったらどっかのドブにでも放り込んでさよなら、でさ。こいつら酔っ払いはしゃれになんねえやっかい事をやまほど起こすだけっスよ。あっしはこう決めてるね。このせちがらいきょうビ、やっかい事に備えて無駄なことはやんない、ってね」

「ほー、それでこれほどの大物になれたって訳か」

駐車係は褒められたのかどうなのか戸惑った表情をした。ハッと気がついて顔つきが変わった。だがそのとき私はもうハンドルを握って、車は発進していた。

勿論彼はある意味正しい。テリー・レノックスのお陰でトラブルをうんざりするほど抱えこむことになった。だがどっちみち私の仕事にトラブルはつきものなのだ。

*

その頃私はローレル・キャニオン区のユッカ通りにある家に住んでいた。その家はこじんまりしていて、丘の中腹で終わる坂道に面していた。家の玄関へは道路から更に赤松の板で作られた長い外階段をのぼっていく。道の反対側はユーカリの森だった。家は借家で持ち主は老婦人だ。彼女は未亡人となったアイダホにいる娘の元に行った。しばらくは戻ってこない。家は家具付きだった。老婦人が戻りたいときにすぐ家を空けるという条件、それとあの長い外階段のせいで家賃は格安だった。年を取るにつれ、日々階段をのぼりおりするのが辛くなってきていたのだ。

マーロウの家

長い外階段をのぼって玄関までなんとか酔っ払いを運んできた。彼は彼なりに自力で何とかしようともがいたが脚はぐにゃぐにゃで、「すまない」と言おうとするが、「すま……」までいうと、すーっと眠りに落ちるのだった。

ドアを開け、彼を室内に引きずり込むと、長いカウチ「座面の奥行きの深いソファ」の上に大の字にどさっとおき、その上へ毛布を掛けてちゃんと眠れるようにしてやった。それから一時間ほど彼はイルカのように盛大ないびきをかいていた。それから突然むっくり起き上がると、トイレに行きたいと言った。

　戻ってくると何かを見極めたがるように私をじっと見つめ、それから目を細めて自分は一体どこにいるんだ？と訊いた。私の家だと教えた。名前はテリー・レノックスでウェスト・ウッドのアパートに一人で住んでいる、と言った。その声は明瞭で言葉もしっかりしていた。ブラックコーヒーが飲みたいと言うので淹れてやると片手にコーヒーカップ持ち、もう一方の手で皿をカップの下に構えて少しずつすすった、まるで紅茶を飲むように。

「なんで私がここに？」と言いながら部屋を見まわした。

「おたくはダンサーズに停まっていたロールスの中で酔い潰れていた。おたくのガールフレンドはおたくを置いてきぼりにして行っちまった」

「当然だ」と言った。「誰も後ろ指を指すべきじゃない」

「おたく、英国人？」

「住んでたけど生まれは違う。タクシーを呼んでもらえるだろうか？大丈夫、自分で帰れる」

「車なら下にもうある」

　下りの階段は自力でおりていった。テリーはウェスト・ウッドまでほとんど口を開かなかった。時折「ご親切に」とか「ご迷惑かけて済まない」とか言うほかは。多分この二つは何回も、何人にも繰り返したのだろう、全く機械的に口をついて出ていた。

　彼のアパートは小さく、空気は淀んでいて生活感がなかった。多分、その日の午後越してきたばかりだったのだろう。固めのソファーベッドの前にコーヒーテーブルが置かれていた。そこには半分まで減っているスコッチのボトル、水が溜っているアイスペール、空の炭酸水のビンが三本、グラスが二個、灰皿があった。灰皿には吸い殻があった。口紅の付いているのと、いないのとが。部屋には写真とか趣味の品とかいった個人的なものは一切無かった。多分そこはそれまで貸部屋で、打ち合わせ、送別会、飲み会、あるいは連れ込み宿のかわりなんかに使われていたのだろう。人が寝起きし、暮らしていた場所とは思えなかった。

酒を勧められたが「結構」と断った。長居をするつもりはなかった。帰り際、また幾度も「ありがとう」と言った。その口調は私が彼のために山登りをした苦労に報いるほどのものではなかったが、かといってほんの口先だけのものでもなかった。まだ少しふらついていて、心持ち恥ずかしそうだったが、兎に角笑えるほど礼儀正しかった。エレベータが昇ってきて私が乗り込むまで戸口に立って見送った。彼には欠けてることが色々あるにしろマナーだけは兼ね備えていた。

彼はあの赤毛について口にすることはなかった。仕事がないことも、これからの見通しもないことも言わなかった。彼を置き去りにした、あのちょっとセレブでセクシーな赤毛のために「ダンサーズ」で最後の一ドルも使い果たしたことも言わなかった。彼が、点数を稼ごうとパトカーでうろついているお巡りに豚箱にぶち込まれたり、雲助タクシーに身ぐるみ剝がれて空き地に投げ出されないことを確かめようともせず、さっさと走り去ったあの赤毛のためにだ。

エレベータで降りる途中、戻ってスコッチのビンを取り上げたい衝動に駆られた。だが彼がどうあろうと私には関わりのないことだし、そんなことをしてもなにも良いことはない。欲しきゃどのみち手に入れるのだから。

帰り道、ハンドルを握りながら唇をかみ続けた。私はタフだ、だからあの若者を落ち着かせたらもう後を引くことはあり得ない、けれどどういうわけか気になった。あの白髪と手術跡の付いた顔、それにあの礼儀正しさのほかにいったい何が気になるというのか？ もう十分だ。再び彼に出会わなきゃならない理由などない。彼はどこにでもいる迷い犬みたいなものだ、あの赤毛の言うとおりだ。

2

テリー・レノックスを見掛ける

次に彼を見かけたのは感謝祭の次の週だった。

ハリウッド・ブルバード通り沿いの店には既に値をふっかけたクリスマス商戦用の品が続々と飾られはじめていた。新聞は、早くクリスマス用の買い物を済ませないと後悔することになる、と盛んに煽っていた。クリスマス商戦なんて所詮ろくでもない。早かろうと遅かろうと、のせられたら後悔する。

私の事務所のあるビルから三〇〇メートルばかりのところで路駐の車の列に重なって一台のパトカーが停まっていた。乗っている警官が、歩道をぶらつく大勢の買い物客の間に見え隠れする、店のショーウィンドウに覆い被さっている「何か」に目を注いでいた。「何か」はテリー・レノックスだった――と言うよりテリーの抜け殻だった――あの日の彼の姿をわずかに留めているその抜け殻はお世辞にも魅力的とは言えなかった。

彼は店の正面に寄りかかっていた。何かに寄りかかざるを得なかったのだ。着ているワイシャツは汚れていて、襟元のボタンは外れていた。ワイシャツの裾が上着からところどころだらしなくはみだしていた。ひげは四日、いや五日は剃っていない。鼻は一層貧弱に見え、顔色は文字通り蒼白で傷跡もほとんど目立たないほどだった。目と言えば雪の吹きだまりを傘で突いてできた穴そのものだった。パトカーの巡査が手錠をかけようと、いまにも彼に向かうのは明らかだった。そこで私は急いで駆け寄り、彼の腕を取った。

「ほら、立って歩けよ」わざと突き放した言い方をした。パトカーの方を見ながら彼にウィンクをした。「歩けるのか？　おい、酔っ払ってるのか？」

　彼はぼんやりと私を見た。それから片方の頬だけのうっすらとした笑みを浮かべた。

「金のあるうちは飲んでた」息を吐いた。「今は、ちっと――腹が減った」

「わかった、だがまずしゃんとしろ。わかってるのか、浮浪者狩りでもう半分豚箱にぶち込まれてるようなもんだ」

　私は彼を抱え、彼は彼なりに頑張って、ぶらぶら歩きの買い物客で混み合う歩道をかき分け、車道まで出た。そこにタクシーがいたので力任せに助手席側の扉を開けた。

「向こうさんが先だ」と運ちゃんは親指でグイッと前のタクシーを指した。それからぐるっとこちらを向き、テリーを見ると言った。「まあ、前の車が乗せるかおなぐさみだけどな」

「緊急なんだ、友達は病気なんだ」

「そうだよな」と運ちゃん。「だからどっか別んとこで具合悪くなってくれ」

「五ドルだ」と私。「愛想良くにっこり笑ってくれないか」

「ま、いいか」と言って表紙に火星人が描かれている雑誌をバックミラーの後ろに押し込んだ。私は手を伸ばして客席側の扉を開いた。テリー・レノックスを座席に乗せるのと、パトカーの影がタクシーの車道側の窓一杯に迫るのと同時だった。白髪まじりの警官がパトカーから降りてこちらへ向かってきた。私はタクシーの後ろに回って警官を待ち受けた。

「ちょっと待て、あんた。何乗せてるんだ？　この汚ねえ洗濯物にくるまってるお方はほんとにあんたの友達か？　よく知ってるのか？」

「ええ、彼にはいま友人が要るってことがわかるほどの仲でね。彼は酔っ払ってなんかいませんよ」

「見ればわかる。文無しは酔えない」警官はそう言いながら身分証を出すよう手を伸ばした。私は探偵免許証を渡した。確認すると返してくれた。「なーるほどね」と言った。「今まさに私立探偵がお客にありついたってわけだ」警官の声の調子ががらりと変わり、まるでヤクザ相手のように詰問してきた。「おたくのことはわかった、マーロウさんよ。それでそっちの男は?」

「名前はテリー・レノックス、映画関係者だ」

「そいつァ結構だ」といってタクシーの窓をのぞき込み、後部座席の隅にうずくまっているテリーを睨めまわした。「見たとこ、ここんとこ仕事にあぶれてるな。それにここんとこしばらく宿無しだったようだ。言わせてもらえりゃこいつは浮浪者だ。もしそうなら私としてはこいつを豚箱に入れなきゃならん」

「そんなにガツガツしなくてもいいじゃないか」と私。「ここはハリウッドだ、点数稼ぎのネタは他にいくらでもあるだろ」

警官はそれでもまだテリーから目を離さなかった。「この友達の名前を言ってみな、にいさん」

「フィリップ・マーロウ」テリーがぼそぼそと答えた。「ローレル・キャニオンのユッカ通りに住んでいる」

警官は頭を窓に突っ込んでいた体勢を戻し、私の方を向き、さあて、とばかりに両手を広げた。「入れ知恵できたしな」

「できたけど、やらなかった」

彼はちょっと私を睨みつけた。「今回はそういうことにしよう」と言った。「だが、こいつをうろつかせるなよ」そう言うとパトカーに乗り込み、去っていった。

タクシーで大体三〇〇メートルほどの駐車場まで行き、そこで私の車に乗り換えた。運ちゃんに五ドル手渡した。運ちゃんは真顔で私の目を見、首を振った。

「メーター通りでいいよ、それで気が済まないんなら一ドルくれ。俺自身、落ちぶれて宿無しだった、フリスコでな。誰もタクシーになんかに乗っけてくれなかった。情のかけらもない街さ」

「サン・フランシスコだろ」と私は何の気なしに言った。

「なんで「聖《サン》」なんて付けなきゃならねんだ。俺はあの街をフリスコって呼ぶのさ」と言った。「あそこは移民にはどうのこうの言うくせして肝心の俺たちはおっぽらかしだ、くそ喰らえだ。ところでありがとう」一ドル札を受け取ると去っていった。

途中、ドライブインに寄った。ハンバーガーを注文した。出されたのは犬も喰いそうもない、とまではけなせない味だった。何はともあれテリーにそのバーガーを二個喰わせ、ビールを一杯飲ませてから家に向かった。外階段はやっぱり彼にはきついようだったが、ゼイゼイしながらも笑みを浮かべてのぼり切った。一時間後、風呂に入ってひげを剃ったテリーはようやくまた人間らしく見えるようになった。

薄めの水割りを二つ置いたテーブルをはさんで腰掛けた。

「私の名前を覚えていてよかったな」

「あんたの名前は胸に刻まれている」と彼。「誰でどこへ行けばあんたと会えるかも調べた。恩は知っているつもりだ」

「ならなんで電話してこないんだ？　私はずーっとここに住んでるし、事務所もある」

「迷惑はかけたくなかった」

「おたくはどのみち誰かさんには世話にならざるを得ない。そしてその誰かさんなんかほとんどいない、そうじゃないか？」

「いや、友達はいるさ」と言った。「友達みたいなのはな」テーブルにグラスを置いた。

「頼み事をするのは簡単じゃない——特に自業自得ってときは」と言って、私を上目遣いでみると疲れた笑みを浮かべた。「そのうち酒はやめようと思う。誰もが酒は良くないって言う、そうだろ」

「縁を切るには三年はかかる」

「三年も？」ショックを受けたようだ。

「普通そのくらいかかる。世界が全然違うんだ。それまでギンギラだった世の中の色が落ち着いた淡い色に見えてくる。それから音もそれまでとは違って世の中はずっと静かになってくる。そういうのが当たり前になるまで慣れなければならない。それに何度か逆戻りすることも勘定に入れておくべきだ。それまで親しかった人たちにもなんとなく違和感を持ち始める。そのほとんどの人に親しみが持てなくなる、同時にそのほとんどの人のおたくへの親しみも薄れてくる」

「大した変わりようじゃないな」と言った。振り向いて壁掛け時計を見上げた。「ハリウッド・バスターミナルに二〇〇ドルはするスーツケースを預けてある。そいつを引き取って質に入れ、ラスベガス行きのバスの切符を買う。残りで安いスーツケースを買う。ベガスへ行けば仕事がある」

私はただ黙っていた。座ってうなずきながら掌でグラスをもてあそんでいた。

「もちっと早く思い付けばよかったじゃないか、って思ってるんだろ」と独り言のようにつぶやいた。「いいや。なんでベガスなんだ、ベガスに行ってどうするんだ、なんてことは私には関わりのないことじゃないか、なんてことを考えていたんだ。仕事があるってのは本当に当てがあってのことなのか？ それとも行けばなんとかなるってやつか？」

「ツテがあるんだ。軍で生死を共にした男がでかいクラブをやってる、テラピン・クラブという店だ。あの手の商売は堅気じゃやできない、勿論。彼らは皆やくざ……だがそこだけ心得ておけば実にいい奴なんだ」

「バス代とか当座の掛りくらいは用立ててもいい。だが使い道についてはちょっと様子を見てからにしてもらいたい。だからまずそいつに電話を入れてみないか？」

「ありがとう、でもその必要ない。ランディー・スターは頼りになる。いままでもそうだった。それにあのスーツケースは質に入れれば五〇ドルにはなる。前もそうだった」

「いいか」と私。「おたくに必要なものは揃えようと思っている。私は慈善家ぶって人を見下すようなゲス野郎じゃない。だから出されたものは素直に受け取ってくれ。ただおたくのことを頭から追い払いたいだけなんだ、なぜか気になってね」

「そうなのか？」彼はグラスに目を落とした。舐めるほどしか飲んでいない。「たった二度しか会ってない。その二度ともあんたは私にとって白馬の騎士よりありがたかった。気になるってどんなふうに？」

「次、もし会うようなことがあれば、そのときおたくはもう私の手には負えないトラブルに巻き込まれている、そんな気がする。なんでそんな感じがするのかわからない。だがそんな気がしてならない」

彼は右頬を二本の指でそっと触った。「多分これだ。このせいでなんとなく不吉に見える、のだと思う。だけどこれは名誉の負傷なんだ——つまり後ろめたいことじゃなく、堂々と言えることをやった結果なんだ」

「そのせいじゃない。全然気にならない。私は私立探偵だ。だから感じる、おたくそのものが問題だって。私にはそれを解決する義理はない。だから問題はそのままだ。第六感とでも言っておこう。もっと上品な言い方がお望みならこう言ってもいい、人が醸し出す雰囲気を理解する能力だ。「ダンサーズ」のときもあの女性は、ただ酔い潰れているだけならおたくを置き去りになんかしなかったんじゃないかな。私と同じことを感じたのだと思う」

彼はかすかに笑って答えた。「あれは私の元妻さ。名前はシルビア・レノックス。金目当てで結婚した」

私は苦々しい表情を浮かべて立ち上がった。「スクランブル・エッグをつくるとしよう。おたくは何か喰わなきゃ」

「ちょっと待ってくれ、マーロウ。私は落ちぶれて文無し、彼女は金持ち、じゃどうして彼女にちょっとばかりでも無心できないのか？　あんたはそう思ってる。あんた、自尊心って聞いたことあるか？」

「いい加減にしてくれ、レノックス」

「いや、聞いてくれ。私のいう自尊心はあんたが思っているようなものじゃない。すべてを失った男にたった一つ残っていたものがあった、それが自尊心なんだ——うだうだ言ってすまなかった」

私はキッチンへ行きカナディアン・ベーコン、スクランブル・エッグそれとトーストとコーヒーを用意した。

二人は朝飯用テーブルで食べた。その当時、どの家にも調理台の脇に朝飯用のちょっとしたテーブルが備わっていた。

これから事務所に行く、帰りにバス・ターミナルによってスーツケースを取ってこよう、と言った。引換券を受け取った。彼の顔には血の気が戻ってきて、昨日は深く窪んでのぞき込まなければ見えなかった目も若干まともになっていた。

出かける間際、ウィスキーのボトルをカウチ前のテーブルに置いて言った。「こいつはおたくのプライドに任せる」そして、「ベガスに電話してくれ。気が進まないようなら私に一つ貸し、と思ってかけてくれ」

彼はにやっと笑って肩をすくめた。外階段をおりているときも私はまだ何かにいらだっていた。何にいらだっているのかわからなかった。彼がスーツケースを質に入れて金を得る代わりに、飢えて路上をうろつく理由もわからなかったが、それ以上に今、なぜ自分がそんなにいらついているか理解できなかった。なんであれ彼には彼なりの流儀があり、それをきっちり守って生きている、そういうことだ。

＊

そのスーツケースは見たことがないほどくたびれた代物だった。なめした豚革で、新品のときは淡いクリーム色だったのだろう。留め金や鋲には本物の金が使われていた。英国製で、もしここハリウッドで買えば二〇〇ドルどころか八〇〇ドルはするだろう。

帰宅するとすぐに彼の目の前にトランクをどさっ、と置いた。テーブルの上のウィスキーを見た。飲んだ形跡はなかった。彼は私同様、完全にしらふだった。タバコを吸っていたがタバコ好きというふうには見えなかった。

「ランディーには電話をした」と言った。「私がいままで連絡しなかったのが気に入らないようだった」

「お膳立てが必要なんだ、って、言ってやるんだな」と私。「これはシルビアのプレゼント？」とスーツケースを指して訊いた。彼は窓の外に目を遣ると言った。「いや、イギリス時代に貰ったものだ。彼女と会うずーっと前だ。ほんとに、会う遙か昔だ。これ、貰ってくれるかな？ そして私にはあり合わせのスーツケースを貸して貰えればありがたい」

　私は一〇ドル札を五枚財布から取り出して彼の目の前でテーブルに投げ出した。「カタは要らない」

「そんなつもりじゃないんだ。あんたは質屋じゃないし。ただこいつを抱えてベガスに行きたくないんだ。それに五〇ドルも必要ないし」

「オーケー、こうしよう。おたくは金を受け取る、そして私はスーツケースを預かる。だがこの家は空き巣にはカモだ」

「いいさ」彼は事も無げに言った。「全然気にしないさ」

　彼は早速着替えをして、二人で五時半頃マッソの店で夕飯を食べた。アルコール抜きだった。彼はカウェンガ通りでバスに乗り、私はそのまま家に向かった、とりとめもないことをあれこれ考えながら。

　空になった彼のスーツケースは私のベッドの上にあった。彼はそこでスーツケースから着替えをとりだし、残りは私が貸した小型のスーツケースに詰め替えたのだ。金製の鍵がスーツケースの鍵穴に刺さったままになっていた。私は空のまま鍵を閉め、鍵はスーツケースの取っ手に結びつけた。それから持ち上げてウォーク・イン・クローゼットの上棚に片付けた。持ち上げたとき、空にしては重く感じた。だが何かが入っていたとしても私には関わりのないことだ。


　静かな晩だった。心なしか家がいつもよりがらんとした感じがした。チェス盤を持ち出してきて一九世紀のチェスの名人、スタインニッツ相手にフレンチ・ディフェンス陣形で勝負を挑んだ。四四手で名人が勝った。だが二度ほど彼をひやりとさせた。

　電話が鳴った。九時半だった。電話口の声は聞き覚えがあった。

「フィリップ・マーロウさん？」

「はい、マーロウです」

「シルビア・レノックスと申します、マーロウさん。先月、いつかの夜、「ダンサーズ」で二、三言葉を交わしたものです。ご親切にもテリーをご自宅までお連れていただいたと後から聞きました」

「そうです」

「ご存じとは思いますが、私たち、もう夫婦ではありませんの。けれど彼のことがちょっと気がかりで。ウェスト・ウッドのアパートは引き払ったようで。その後、彼がどこにいるのか誰に訊いてもわからないものですから」

「あなたが彼のことを心底気にかけているのはあの晩、ほんとによくわかりましたよ」

「ちょっと待ってください、マーロウさん。私は彼の妻でしたのよ。私は酔っ払いにすごく理解があるほうではありません。でもあのときちょっと冷たすぎたかもしれません。それにちょうど用事もあったし。あなた、私立探偵でしょ。だったらあのとき、彼を押しつけたことなんか根に持たないでプロとして探してくれません？　それでお気に召すなら」

「プロとかなんとか持ち出すまでもありません、教えますよ、レノックスの奥さん。彼はバスでラスベガスへ行きました。友達がいるそうです。そこで働くと言っていました」

彼女の声がぱっと明るくなった。「ええ――ラスベガス？　彼ってなんておセンチなの！　あたしたち、あそこで結婚したんです」

「いや、彼は覚えていないんじゃないかな」と私。「もし覚えていたらベガスなんか行きませんよ」ガチャン、と電話を切ると思ったら笑い声が聞こえた。人を引きつける可愛らしい笑いだ。「あなたって、お客にいつもこんなにふうにつっけんどんなの？」

「あなたはお客じゃありませんよ、レノックス夫人」

「そのうちなるかもよ。先のことはわからないわ。それじゃお友達ってことでどう？」

「返事は同じですよ。あの男は落ちぶれて路頭に迷ってた。空き腹を抱え、汚らしく、文無しだった。見つける気があったら見つかってましたよ。私がハリウッド・ブルバード通りで会ったとき、彼はあなたのことは少しもあてにしていなかったし、今でもそれは多分変わっていないと思う」

「これはね」と冷たい口調で言った。「あなたなんかにおわかりいただけるような類いの話じゃありませんの。さようなら」電話が切れた。

全く彼女の言うとおりだ、決まっている、確かに私が間違っている。間違ったけど落ち込んではいない。いらだっているだけだ。もし三〇分早く電話を受けていたら苛立ち紛れにスタイニッツをこてんぱに負かしてただろう――スタイニッツが死んで五〇年ということと、その棋譜は本に出ていることに目をつむれば。

3

クリスマスの三日前、あるラスベガス銀行発行のチェース・マンハッタンの小切手が届いた。額面は一〇〇ドルだった。ホテルの便せんに書かれたメモが添付されていた。

感謝の言葉と、メリー・クリスマス、ご多幸をそしてまたお会いする日を楽しみにしている、と書かれていた。笑ったのは追伸だった。そこにはこうあった。「シルビアと私は二度目のハネムーンの最中です。シルビアはあなたのことを気にしていて、よりを戻したことでいい加減な女だと思わないでほしい、とのことでした」

詳しい話は新聞の社交面の気取ったコラムに載っていた。普段はそんな記事は読まない。読むのは軽蔑するネタがきれたときだけだ。

「皆様のコラム子はテリー及びシルビア・レノックスご両人がラスベガスで再び結ばれるというニュースに接し、わくわくしているところであります。もうご存じの通り、シルビアはサン・フランシスコとペブルビーチにお住まいの億万長者、ハーラン・ポッター氏の末娘であります。シルビアは目下著名な建築デザイナー、マーセル&ジャンヌ・ドユホー夫妻に、エンシーノにある大邸宅を地下室から屋根のてっぺんまでこれまで見たこともないような最先端のデザインで模様替えをさせております。

カート・ウェスターハイム氏、そう、シルビアの前夫、今や前々夫となりましたが、読者の皆様、彼は結婚に際してシルビアにあの一八部屋たらずのエンシーノにあるささやかな小屋をプレゼントしたお方です。

そのカート氏は今、一体どうされているか？　知りたいでしょ、ねえ。フランス有数のリゾート、セント・トロペッツにその答えがあります。そう、いつでもそのご様子がご覧になれると聞いております。それはそれは高貴な公爵夫人と、二人の、絵に描いたような可愛いお子さんに囲まれてお過ごしとのことです。それじゃ、シルビアの御尊父、ハーラン・ポッター氏はこの慶事をどのようにお考えになっているかお知りになりたい読者もおられるのでは？　残念ながらこれは推察するよりほかはないのです。と言うのもポッター氏は未だかつてインタビューに応じたことがありませんので。我々下々にはとてもマネのできることではありませんよね、そうじゃありませんか、皆様？」

新聞を部屋の隅に放り投げてテレビをつけた。犬のゲロみたいな社交欄を読んだ後では画面上のグロテスクなプロレスラーでさえ爽やかに見えた。見えただけでなく、実際そうなのだろう。新聞にはあれでもセレブたちは消毒し、洗濯し、飾りたてた姿で登場するのだから。

私はポッター氏の金にあかせてしつらえた内装や調度品で飾られた一八部屋もある「小屋」を思い描いた。勿論ドユホーの前衛的な男根象徴的デザインも。だがどうしてもテリーがバーミューダ・ショーツ姿で、その大邸宅のプールサイドをぶらつきながら無線インター・コムで執事に、シャンパンを冷やして飲み足りない連中に乾杯させてくれ、などといっている姿はとても想像できなかった。別に無理に思い描く必要なんかない。彼が誰かさんのペットになったとしても私はどうってことない。もう彼には会いたくない。だがいずれ会うはめになる――唯々あの曰くありげな金張りの豚革スーツケースのせいで。

悩みで脳みそをすり減らした人のためのよろず承り場、つまり私の事務所に彼が入ってきたのは三月のある雨の夕方だった。変わった。やや老けたし、完全にしらふで険しい顔をしていた、が見事なほど穏やかだった。何事も我慢して受け流すことを学んだ男、そんなふうに見えた。オイスター・ホワイトのレイン・コートを着ていた。手袋はしていたが帽子は無しだった。彼の白い髪はまるで鳥の胸毛のようにきれいに撫でつけられていた。

「どこか静かなところで一杯やらないか?」と、ここに来てもう一〇分も経っているような感じで誘った。「あんたさえ良ければだけど、忙しいのならいいんだ、別に」

握手はしなかった。いままでもしたことはなかった。イギリス人は我々みたいにやたらと握手はしない。テリーはイギリス人ではなかったが彼らの流儀がいくつか身に染みついていた。

「まず家に寄ろう、おたくの素敵なスーツケースを取りにいく。気になっていた」

彼は首を振って言った。「そのままにしておいてくれるかな?」

「なぜ?」

「なんとなく、ダメかな? なんて言うかあれは私がクズ人間だった時期の象徴なんだ」

「つまらないことを」と私。「ま、いいけどな」

「万一盗まれたらって心配しているのか――」

「それはおたくが心配することだ。じゃ、飲みに行こう」

彼のさび色のイギリス製コンバーチブル・スポーツカー、ジュピター・ジョウェットでヴィクターの店に行った。雨よけの薄い幌の下は二人乗りの座席があるだけだった。内装は薄青色の皮と銀製の金具で仕立てられていた。私はあまり車にうるさい方ではなかったが、それでもちょっとばかり彼が羨ましかった。二速ギアで時速一〇〇キロまで引っ張れるとのことだった。シフト・ロッドはがっちりして短く、彼の膝の辺りまでしかなかった。

「四段ギアだ」と彼が言った。「これだけの馬力に耐えるオートマチック機構はまだできてない。実際必要ない。登り坂だって三速で発進できるし、道路を走る分には三速までしか使えないから」

「結婚のプレゼント？」

「いや、ほんの軽い気持ちだ。「ちょっとショーウィンドー覗いたら気に入ったのがあった」といった感じだ。私はとびきりの甘やかされ坊やさ」

「いいじゃないか」と私。「値札、つまりつけが回ってこなければな」

テリーはサッと私の方を見て、それからまた濡れた路面に視線を戻した。小さなフロント・ガラスの上を二連ワイパーがゆっくり動いていた。

「値札？ なんにだって値札はあるさ、おじさん。ひょっとして私のこと、あまりハッピーじゃないって思ってる？」

「すまない、出すぎた」

「私は金持ちなんだ。一体どこの金持ちがハッピーになりたい、なんて思うんだ？」そういう彼の声には初めて聞く、苦々しい響きがあった。

「酒はどうしてる？」

「全然問題ないさ、おじさん。奇妙なことがきっかけで飲んでも呑まれないようになった。あんたにはわからないさ、絶対」

「多分根っからの酔っ払いじゃなかったんじゃないか？」

ヴィクターの店ではバーの片隅に座り、ギムレットを飲んだ。

「アメリカ人はギムレットの作り方がわかってない」と言う。「あんたらのギムレットはライムかレモンのジュースでジンを割り、ちょっとガム・シロップを加え、苦みを添えるためカンパリを数滴たらして作る。だが本物のギムレットはジンが半分、もう半分はローズ社のライム・ジュース、それだけだ。本物のギムレットを味わったらマティーニなんて飲めたもんじゃない」

「私的には酒であればそれでいい。ところでランディー・スターとはどうだったんだ？　私の業界じゃ彼は義理や人情とは無縁な男で通っている」

　彼は背もたれに伸びをするように寄りかかると何やら考えを練っているようだった。

「そうだと思う。あの連中はみんなそうだ。だけどランディーはそんなそぶりは見せない。ここハリウッドで同じような商売をしている男を何人か知ってる。そいつらはタフぶってるさ。ランディーは違う、そんな必要ないんだ。ベガスではまっとうなビジネスマンだからさ。ベガスに行くことがあれば訪ねるといい。あんたと気が合うと思うよ」

「遠慮しとく、ヤクザは好かない」

「ヤクザって言われているだけだ、マーロウ。そんな世の中なんだ。二度の戦争のせいで世の中は変わった、もう元には戻れない。あるときランディーと私、それからもう一人、三人して絶望の淵に追い込まれた。そのとき私たちには絆のようなものが生まれた」

「じゃ、なぜ助けが必要なとき、彼に頼まなかった？」

　テリーはグラスを飲み干し、ウェイターにおかわりを頼んだ。「断れないからだ」

　ウェイターが私の分も持ってきた。

「なるほど、こういうことか。もしランディーなる男があんたに借りができたら、彼の立場なら彼は必ず借りを返したがる」

　彼はゆっくり頷いた。「あんたの言うとおりだ、だがそういうのは私の流儀じゃない。勿論私はランディーに仕事をくれとは言った。その仕事はきっちりこなした。だが恩に着るようなこと、そう、面倒をみて貰うとか金の無心、そんなことはしちゃいない」

「そうか、そういうのは他人にだけするんだ」

彼は私の目をまっすぐ見据えて言った。「そうだ。なぜなら、こっちが何言おうと他人なら無視していっちまうこともできるし、聞こえないふりをすることもできるからだ」

二人ともギムレットを三杯飲んだ、シングルで。テリーに酔った様子は見られなかった。アル中ならここまで呑んだらもう止まらない。ここで切り上げたということは結構立ち直ったのだろう。

「八時一五分に夕食会だ」と言った。「億万長者にしか開けない夕食会だ。今の時代、億万長者専門のスタッフにしか段取れない豪華なやつだ。着飾ったセレブがわんさと集まる」

＊

それ以降、五時過ぎになると私の事務所にふらっと立ち寄るのがある意味、彼の日課になったようだった。いつも同じ店で飲むという訳ではないが、やはりヴィクターの店には他と比べればよく行った。私にはわからないが、彼にはヴィクターの店がなんとなくしっくりきていたのかもしれない。いつもほどよく飲んで決して深酒はしなかった。自分でも驚いていた。

「酒に溺れるってのは、言ってみればマラリアの間欠熱みたいなものだ」と彼は言った。「その最中は死ぬ思いだが醒めるとケロっとしてまるでなかったように思える」

「私がわからないのはだ、おたくのようなセレブが何で私立探偵風情と飲もうとするのかってことだ」

「謙遜してるのか？」

「いや、なぜだろうって思っただけだ。私はどっちかと言えば自分でも親しみ易いタイプだと思う。だけどおたくとは住んでる世界が違う。おたくがどこに住んでいるのかすら知らない、エンシーノのどこかって以外は。どう考えてもおたくの家庭生活はなんの不足もないはずだ。はるばるここまでやって来て私と飲む理由がわからない」

「家庭生活なんかない」

二人してまたウェイターにギムレットを注文した。店に客はほとんどいなかった。いつものようにアル中がちらほらと止まり木にいて徐々にメートルを上げていた。そういう連中は、はじめのひと口ではそーっとグラスに手を伸ばし、震える手がグラスをひっくり返さないよう、口に届くまでじっとその手を見つめているのだ。

「よくわからないな。それが理由だって納得しろってことか？」

「話題の大作、中身は空っぽ。映画でよくそんなふうにいうじゃないか。それに似たようなもんだ。シルビアは満足なんだろうな、多分。だけど私は必ずしも彼女と同じじゃない。でも上流社会じゃそんなこと特に問題じゃないんだ。働く必要もなく、金の心配がないとしても何かしらやることはある。そしてその何かしらなんて面白くもなんともない。だけど金持ち連中にはそれがわからないんだ。彼らは本当の楽しみを味わったことがない。彼らは何かをもがいて必死で手に入れたい、などと思ったことはない、他人の女房以外はね。だけどそれだって配管工の女房が居間のカーテンを新調したい、って願いの方が断然真剣味が感じられる」

　私は口を挟まなかった。彼に胸につかえていることを吐き出させてやった。

「ほとんどが暇つぶしだ」と言った。「いざとなると暇つぶしもラクじゃない。ちょっとテニスして、ちょっとゴルフして、ちょっとプールで泳いで、乗馬して――まあな、昼近くなっての起き抜けで二日酔いを醒ます間もなく昼飯のテーブルにつかされ、あら、おいしそう、おなかがすいたわ、とか言ってむかつく胃を抱えて懸命にお芝居をするシルビアの女友達を見るのは絶妙な喜びではあるけどね」

「おたくがベガスへ向かった夜、彼女と電話で話した。酔っぱらいは嫌いだ、と言っていた」

　彼は口の端でニヤッとした。その頃にはもう、彼の右頬の傷跡には見慣れてしまった。そしてその木彫りのような右頬を目立たせるようなある表情をしたときだけ、改めて目に留まった。

「金がなきゃ酔っぱらいだ。金があれば単なる酒が強い人ということになる。ベランダでゲロを吐いてもそれは使用人に仕事を作ってやったことになる」

「そんな生き方をそのまま受け入れる必要なんかなかったじゃないか」

彼はグラスをあおって飲み干し、立ち上がった。「もう行く、マーロウ。つまらん話をした、退屈させた。私もそんな自分にうんざりした」

「退屈なんてしていない。私はこれでも訓練を受けた聞き取り手だ。聞き出すことに長けている。いずれなぜおたくがプードルみたいなペット生活を望んだかをはっきりさせよう」

傷跡を指先で撫でた。そこにはかすかに笑みが浮かんでいた。「なぜシルビアが私をそばに置きたがっているのかを考えるべきだ。なぜ私が今の生活を望むのかなんて考える必要はない。なぜ私がじっとサテン織のクッションの上で頭を撫でられるのを辛抱強く待っているのかなんて考える必要もない」

「おたくはサテンのクッションが好きなんだ」そう言って私も椅子から離れた。「おたくはシルクの背広も好きだ。ベルも好きだ、鳴らすと使用人が恭しく、満面の笑みでやってくる、あれだ」

「そうかもな、私はソルト・レイク・シティーにある孤児院で育った」


二人して暮れなずむ表へ出た。彼は歩きたいと言った。店へは私の車でやってきた。

私が勘定書きを素早く受け取った。はじめてだった。彼が去っていくのを見送った、うっすらとした霧の向こうに消える瞬間、店の明かりが彼の白髪を浮かび上がらせた。

私としては酔っぱらって落ち込んでいて宿無しで飢えて打ちひしがれて、それでも誇りを捨てない彼の方が好きだった。そうかな? ただ優越感を味わえるからかもしれない。

彼の思考パターンがつかめなかった。彼の答えはことごとく読み筋から外れた。私の稼業の定石では質問したり、またタイミングを見て自分の立場を考える時間を与えて口を割らせたりする。腕利きの警官は皆そうしている。チェスやボクシングと同じだ。駆け引きが大切なのだ。人によっては追いつめてしどろもどろにさせるのがいい。あるいはただじっと座らせて話し出すのを待つのがいい場合もある。

テリーに、これまでどんな人生を送ってきたのかを敢えて訊いていたら、ひょっとして話したかもしれない。

けれど顔の傷のいきさつさえ訊かなかった。もし訊いていて、しかも彼が期待通り話してくれていたなら、人を二人死なせずに済んだかもしれない。かもだ、確実じゃない。

4

最後に二人で飲んだのは五月だった。いつもより早く、四時を少し回ったところだった。とあるバーへ行った。彼は疲れているようで少しやせていた。心が和んだような笑みを浮かべながらゆっくりバーを見渡した。「夕方、開けたばかりのバーが好きだ。まだ店の空気はひんやりしていて澄んでいる。床もテーブルもグラスもみんな光っている。バーテンダーが鏡で蝶ネクタイはまっすぐに結ばれているか、髪は乱れていないか最終チェックをしている。バーテンダーの後ろの棚にはきちんと並んでいるボトルそしてキラキラ光るグラス。さあこれから夜が始まる、何とも言えない期待と緊張感、そういうのが好きだ。バーテンダーがその日最初のカクテルを作るのを眺めるが好きだ。そのグラスを角で指が切れそうなコースターに置き、脇に小さく折りたたまれたナプキンを添える、そんな様子を見るのが好きだ。そしてそのカクテルをゆっくり味わうのが好きだ。夕方の静かなバーでの静かな最初の一杯——何とも言えない」

同感だ。

「アルコールは恋愛に似ている」と彼は言った。「最初のキスはまるで魔法だ。二回目は絆だ。三回となると挨拶みたいになる。そのあとは脱がせるだけだ」

「それのどこが悪い？」

「恋愛はかけがえのない高ぶりの一つには違いない。だけど不純な高ぶりだ——美的観点からすれば不純なんだ。私はセックスを軽蔑しているわけじゃない。必要だし醜くなる必然性はない。だけどそうならないようにするには常に手入れが要る。セックスを魅力的に見せるのは巨大産業だ。何しろ逐一金がかかるからだ」

言い終わると辺りを見回し、あくびをした。「ここんとこよく眠れないんだ。ここはいい。だけどじき酔っぱらいでいっぱいになり、わめき声と大笑いであふれ、あほな女たちがせっかく塗りたくった顔を大げさな表情と馬鹿笑いでぐちゃぐちゃにし、安物のブレスレットをガチャガチャいわせながら手を振ってお決まりの魅力を振りまく。女どもは気づかないだろうがしばらくすると、そこはかとなく、けど間違いなく汗のにおいを振りまき始めるんだ」

「その辺にしろ」と私。「女だって人間だ。汗もかくし、垢もでる。便所にもいかなきゃならない。女にはどうなって欲しい？――バラの香り漂う霧の中をひらひらと飛び交う黄金色の蝶々か？」

彼はグラスを飲み干すと逆さに持って目の前にかざした。グラスの縁にゆっくり水滴が溜り、手の動きが伝わるとしずくとなって落ちた。

「彼女は可哀そうなんだ」とのろのろと言った。「あれは救いようのないあばずれだ。それに普通の感覚とはかけ離れた意味だけど、私は彼女をいとおしいと思っているのかもしれない。こう考えている。いつの日か彼女は私が必要になる。そのとき彼女を欲得抜きで支えるのは私しかいない。だけどそのあと間違いなく私はお払い箱になる」

ちょっと彼を見つめ、それから言った。「大した自己宣伝じゃないか」

「そうさ、私は線が細い。根性も無きゃ欲もない。指輪を掴んだはいいが本物の金じゃない、銅だとわかってショックを受ける。光っていればなんでも金だと思ってしまう愚かな奴さ。私のような奴には一生に一度だけ輝く瞬間がある。空中ブランコで宙を舞ったときのような。そのあとは歩道脇のどぶによろけて落っこちないようひたすら心がけて過ごす」

「なんでそんな生き方をするんだ？」私はパイプを取り出し、タバコを詰めながら言った。

「シルビアは怯えてるんだ。ガチガチに怯えてる」

「何に怯えている?」

「わからない。もうあまり口をきくことはないんだ。父親かもしれない。ハーラン・ポッターは冷徹なごろつきだ。外ズラはヴィクトリア朝の威厳と気品そのものだ、だがその実、ナチスの秘密警察みたいに冷酷だ。シルビアは誰かれなく寝る。父親はそれを知っている。そんな振る舞いを心底嫌っているが今のところどうすることもできない。彼はじっと待って狙っている。シルビアがドジを踏んで、でかいスキャンダルにでもなったらすかさず真っ二つに引きちぎり、それぞれ千キロ西と東に分けて埋めるつもりだ」

「おたくはシルビアの夫じゃないか」

彼は空のグラスをとるとカウンターの角に強く叩きつけた。グラスはパキッと鋭い音をたてて壊れた。バーテンダーは睨んだが無言だった。

「そのようだな、うん。そうだ、間違いない。私は彼女の夫だ。そう戸籍に書いてある。三段の白大理石の階段がある。それが私だ。上がると緑の大きな扉がある。それも私だ。そこに黄銅製のノッカーがある。それも私だ。客は長く一回、短く二回ノックする。するとメイドが出てくる。高級売春宿へようこそ」

私は立ち上がってテーブルに酒と割れたグラスを目安に金を置いた。「おたくの話は聞くに堪えない」と私は言った。「特に自分のことが、だ。私はこれで失礼する」

彼をそのままにして店を出た。バー特有の照明で見た限りでは彼はショックを受け、顔面蒼白だった。何か声をかけたようだったが振り向かずに去った。

一〇分後、大人げなかったと後悔した。だがその一〇分後、もう全く別のことで頭はいっぱいだった。それ以降彼は事務所に来なくなった。全く、一度も。痛いところを突いてしまったのだ。

それから一ヶ月ほど顔を見ることはなかった。ある朝の五時、ようやく夜が明ける頃、また顔を合せた。玄関のベルがしつこく鳴り響き、ベッドからやっとの思いで這い出た。

二階の階段をおぼつかない足でおり、居間を横切ってドアを開けた。そこにテリーがいた。一週間も寝ていないように見えた。薄手のコートを着て襟を立てていた。震えているようだった。暗い色のフェルト帽を目深にかぶっていた。

手には拳銃が握られていた。

5

銃口は私に向いてはいなかった。ただ手にしているだけだった。銃は七ミリか九ミリ口径、そんなところだ。外国製、間違いなく国産のコルトとか、サベージではなかった。生気の失せた顔、その傷跡、立てた襟と目深にかぶったフェルト帽、それと手には拳銃、正に一昔前に流行った血で血を洗うギャング映画から抜け出してきた主人公だ。

「ティワナまで乗せてってくれ。一〇時一五分に飛行機が出る」と言った。「パスポートもビザもある。必要なものは揃えた。足だけがない。言わずもがなだが列車、バス、ロスからの飛行機なんかは使えない。五〇〇ドルで頼めないか?」

私はドアに立ちふさがって彼を中に入れなかった。「五〇〇ドルに拳銃のおまけか?」

彼は視線を落とし、拳銃をガラスのような目で見た。それからポケットの中へすとん、と落とした。

「これは万一に備えてだ」と言った。「あんたのためだ、私のためじゃない」

「それならいい、入るか?」と言って壁に身を寄せた。つんのめるようにして入ってきて椅子に崩れるようにして座った。居間はまだ暗かった。家主が窓側の灌木を伸び放題にしていたからだ。明かりをつけた。気を落ち着かせるのが先だ。ここはパイプの出番じゃない、テリーのポケットを探りタバコをとりだして火をつけた。椅子にぐったりしているテリーを眺めた。私は寝ぐせで乱れた髪をさらにぐちゃぐちゃにかきむしった。トラブルは我が影法師だ。奴が姿を現すとき、私は決まって、なんだまたか、と疲れた笑みを口の端に浮かべる。今、その笑みが浮かんだ。

「こんな気持ちのいい朝に寝てるなんてどうかしていた。一〇時一五分だって、え？ じゃ、慌てることはない。まずキッチンへ行こう、コーヒーを淹れる」

「大変なことに巻き込まれてしまった、探偵さん」探偵さん、私をそう呼んだのは初めてだった。だがそれが彼流の仕事の頼み方だった。身なりに拳銃、現れ方、その他諸々ひっくるめて。

「今日は最高にさわやかな日になる。そよ風だ。今日みたいな日は道の向こうのごつごつした高いユーカリの木々がささやきあうのが聞こえる。その昔、まだオーストラリアに生えていた頃のことをだ。ワラビーが枝の下を飛び回り、コアラがかわるがわるおぶさっていた頃のことをだ。それはそうと、おたくがなにかのっぴきならない事態に陥っているのはわかる。まずコーヒーを二杯飲ませてくれ、話はそれから聞く。寝起きはいつもシャキッとしない。ミスター・ハギンズとミスター・ヤングのアドバイスを受けてみないか？」

「あのな、マーロウ、いまそれどころじゃ――」

「心配ない。ミスター・ハギンズとミスター・ヤングは最高のコンビだ。コーヒーを作っている。二人のライフ・ワークだ。コーヒーは二人のプライドであり、喜びなんだ。彼らのコーヒーがきちんと世に評価される日が来ると私は確信している。今はもっぱら金儲けに励まなきゃならない。だが彼らは金が入ればそれでいい、とは絶対思わないはずだ」

私はひとしきり勝手に他愛のないことをしゃべりまくると彼を残して奥のキッチンへと向かった。やかんを火にかけ、棚のコーヒーメーカを取り出した、サイフォン式だ。

ロートを湿らせ、フィルターをセットし、コーヒーの粉をきっちり量ってロートに入れた。湯は沸いていた。フラスコに半分ほどその湯を注ぎ、アルコールランプに火をつけた。そしてフラスコにロートをセットし、ねじ込んで固定した。

テリーがやってきた。キッチンの入り口にちょっと肩を寄せる。それからゆっくりとキッチンカウンターへ歩み寄ったとおもうと席に滑り込んだ。まだ震えていた。私は棚からバーボンのオールド・グランドダッドを取り出し、大きなグラスに一口分注いだ。大きなグラスでなければ今の彼には扱えないことがわかっていた。その大きなグラスでさえ、両手を使わなければまともに口まで運べなかった。ひと口で飲み干した。テーブルにドンとグラスを置くと、背もたれにどっさっと身を任せた。「気を失いそうだった」とつぶやいた。「一週間寝ていないような感じだ。昨夜は一睡もしなかった」

フラスコの湯は沸騰寸前だった。私はアルコールランプの火を弱め、湯がロートへと昇ってゆくのを見守った。ロッドにある僅かな水分を蒸発させるため、一瞬火力を上げ、それからすぐにまた火を弱めた。ロート内のコーヒーをかき廻し、ふたをした。タイマーを三分にセットし、待つ。あんたは全くこだわりの強い男だ、マーロウ。あんたのコーヒー淹れの手順はなにがあっても乱されてはいけない、たとえ追いつめられた男の手にある拳銃にでも。

彼にもうひと口バーボンをついでやった。「いいから座っていろ」と私。「何も言わなくていい、ただ座っていろ」

少し落ち着いたらしく、二杯目は片手でグラスを持った。私は手早く洗面を済ませ、キッチンに戻ったときちょうどタイマーが鳴った。アルコールランプを消してコーヒーメーカをテーブルにある藁マットに置いた。

なぜ手順にそんなにこだわるのか？　それは気を確かに保つためだ。ただならぬ状況のもとではともすればほんの些細なことでも、あたかも面倒な事とか気に障る行動とか、あるいはとてつもなく、重要なことのように感じてしまうからだ。「今」が正にただならぬ状況だった。一旦平常心を失うと今まで何気なく、なめらかにおこなっていたこと、たとえそれらが長年積み重ねられて会得した結果だとしても、あるいは習慣であっても、それらを全て一々頭で考え、気合を入れなければできなくなる。それは小児麻痺にかかった後の歩行訓練と同じだ。いままで無意識に滑らかにできていた動作が全くできなくなるのだ。どうあがいてもできなくなる。

コーヒーはすっかりフラスコにおりた。聞きなれたシューという音を立てて空気が入ってきてロートに溜まった出し殻のコーヒー粉が最後のあがきのようにぶくぶくと音を立て、それから静かになった。ロートを取り外すと流しの水切り台に置いた。二つのカップにフラスコのコーヒー注いだ。彼のカップにはバーボンを加えた。「おたくのはブラックだ、テリー」私のカップには角砂糖二個とクリームを入れた。その頃になってようやく私は落ち着きを取り戻していた。改めて考えてみたら、いつ、どうやって冷蔵庫を開け、クリームの紙パックを取り出したか全く記憶になかった。

彼の真向かいに座った。彼は座ったままキッチンカウンターの隅に寄り掛かって動かなかった、固まったみたいに。それからひと言もいわず、なんの身振りもなしに静かにカウンターに顔を伏せるとすすり泣いた。

私はキッチンカウンターを回り込み、彼の脇に寄るとコートのポケットから拳銃を取り上げた。何の反応も示さなかった。七・六五ミリ口径、モーゼル拳銃。しびれる銃だ。硝煙の匂いを確かめた。弾倉を取り出した。弾倉はフルに装てんされていた。薬室は空だった。

テリーは顔を上げるとコーヒーを眺め、ゆっくりと少しばかり飲んだ。私には目を向けなかった。「誰も撃っちゃいない」

「まあ……すくなくとも最近はな、その前はともかく。これは全然手入れがされていない。これでおたくが人を撃ったとは思えない」

「説明させてくれ」

「ちょっと待て」私は我慢できる限り急いで熱いコーヒーを飲み干した。それからもう一杯注いだ。「いいか、こういうことだ」と私。「私にはよく考えてから話をするんだ。もし本当にティワナまで送ってほしいなら二つ私に話してはならないことがある。まず第一に——おい、聴いてるのか？」

彼は微かにうなずいた。その目はうつろで、私の頭越しに後ろの壁を見ていた。頬の傷痕が今朝はやけに青黒かった。皮膚はほとんど死人のように青白かったが、傷痕だけは褪せることなくいつもの通り光って目立っていた。

「一つ」ゆっくりまた言った。「もしもおたくが法律でいう罪を犯したなら――重大な罪だ、私のいうのは――それも私は聞くわけにいかない。二つ、もしおたくが重大犯罪の証言台に立つようなことを見聞きしていたら、それも私は聞くわけにいかない、もしティワナまで送ってほしいなら。私のいうことがわかったか?」


彼は私の眼を見据えた。焦点はしっかりと合っていた。だがそこに生気は感じられなかった。先ほど飲んだコーヒーが効いてきたのだろう、顔色は蒼白だったが落ち着いていた。私は彼のカップにまたコーヒーを注ぎ足すと、同じようにバーボンを入れた。

「厄介なことになった、と言っているんだ」と彼は言った。

「聞いたよ。どんな厄介事かは知りたくもない。こっちには生活がある。探偵免許を守らなきゃならない」

「銃で脅してもよかった」

私はニヤッと笑ってテーブル越しに拳銃をテリーの方へ押しやった。彼はちらっと見たが手は伸ばさなかった。

「ティワナだろうと国境越えだろうと飛行機のタラップを踏んで席に座るまでだろうと、私に銃を突きつけてちゃ行きつけない。拳銃で脅されたのは一度や二度じゃない。だからばれずにパトカーの注意を惹くこともできる。拳銃は無しにしようじゃないか。警官に見られたらただじゃ済まない。銃を突きつけられたので縮みあがって言いなりになった、と説明するのもいい考えかもしれない。脅されて何を「言いなり」にやったか説明できればな。ところが私は何が起こったか知らない」

「聞いてくれ」と彼が言った。「これから言うのはあくまでも仮の話だ。メイドがいたとする。そのメイドは昼まで、いや昼過ぎまでシルビアの寝室のドアをノックしない。彼女が夜更かしをした日はそっとしておいたほうがいいことを心得ているからだ。だがかなり午後を過ぎても姿を見せないのでノックをして入る。部屋はもぬけの殻だ」

私はコーヒーをすすった。何もコメントしなかった。

「ベッドに寝た気配がない」話をつづけた。「それじゃ、と例の場所を確かめようと考える。例の場所というのは母屋の裏手の、かなり奥まったところにある大きなゲスト・ハウスだ。車で直接行けるよう、別の門から別の敷地内車道がそこまで伸びてるし、車庫もある。なんでも一式揃っている。メイドはシルビアがそこで一晩過ごしたと考える。メイドはそこで案の定シルビアを見つけることになる」

嫌な予感がした。「これからおたくにいくつか質問する。えらく微妙で、おたくの答えがお互いの立場を危うくしないように考えた質問だ、わかるか、テリー。さて、その晩、彼女が家ではなく、どこかほかで泊まった可能性はないのか?」

「母屋の寝室にはスカートや上着やなにやらが脱ぎ捨てられていたとおもってくれ。ハンガーに掛けるなんてことは一切しない。それを見てメイドは、シルビアはパジャマに着替え、ガウンを羽織って部屋から出たと考えた。そんな恰好で行くところはあそこしかない」

「メイドがすぐそう思った? そうとは限らないんじゃないのか?」と私。

「ゲスト・ハウスしかないさ。全く! あんた、メイドたちがゲスト・ハウスで何がおこなわれているか知らないとでも思っているのか? 連中はなんでも知っている」

「わかった、それから?」

彼は傷痕のない方の頬を指で擦った。強くこすったのだろう、赤く痕が残った。「それでメイドはゲスト・ハウスに入っていって」ゆっくり言葉を運んだ。「そこで見つけることになる――」

「正体なく酔いつぶれて、倒れてびくとも動かず、着ているものも髪も姿も乱れ放題、頭のてっぺんからつま先まで酒漬けになっているシルビアをだ」私は彼が口を挟めないよう厳しい口調で言い放った。

「え?」彼は私の言葉を咀嚼していた。重大な岐路。考えどころだ。「その通りだ」と彼は私の話を引き継いだ。

「シルビアはそんなに酒は強くない。度を過ぎると半端なく乱れる」

「話はそこで終わりだ」と私は言った。「というかほとんどな。私がおたくから聞いたことを寄せ集めて筋の通った話を組み立てる。いいか、おたくと最後に飲んだとき、私はちょっとばかりおたくを邪険にした。私だけさっさと帰った、覚えてるだろ。おたくの話に心底イラついたからだ。頭を冷やして考えてみるとおたくは、自分が人として最悪の日々送っているという思いから自分自身を嘲笑っていたってことがわかった。おたくはいつかその生活から逃れたいと思っていた、家出だ。メキシコへ。パスポートとビザを持っているって言ったな、メキシコのビザがおりるまでは何日かかかる。ビザなしでは入国できない。おたくは決心がついたらすぐ実行できるよう、あらかじめビザを取っておいたんだ。なんでなかなか踏ん切りがつかないのか不思議だった」

「そうだな、なんとなく彼女に寄り添ってやる義務があるような気がしていた。彼女としては世間体だけじゃなく、父親からの厳しい追及、詮索から逃れるために私が必要じゃないか、そう思った。話は変わるけど、あんたには真夜中にも電話したんだ」

「熟睡するたちだ、聞こえなかった」

「それからサウナに行った。二時間ほどいた。はじめ蒸し風呂、水風呂に飛び込んで次に熱くて刺すような勢いのシャワー、最後にマッサージをたのんだ。その店から電話を二本かけた。車はラ・ブレア・ストリートとファウンテン・アベニューの角に置いてきた。ここまでは歩いてきた。ここ、ユッカ通りに入るとこは誰にも見られていない」

「私はその二本の電話ってのを心配する必要あるのかな?」

「一本はハーラン・ポッターにだ。彼は昨日サン・フランシスコからパサディナに飛行機で向かった、仕事で。そこで一泊したから家には戻っていなかった。彼を見つけるのは大変だったが何とか話ができた。彼には、申し訳ないが家を出ることにした、と告げた」そういいながらちょっと視線をそらし、調理台の奥にある窓、それから窓をこする灌木に目をやった。

「なんて言ってた?」

「残念だ、達者でな、と言った。続けて金はいるかと訊いた」テリーはざらついた声で笑った。

「金さ、彼のアルファベットはM・O・N・E・Yの五文字で始まる。金はあると答えた。それからシルビアの姉に電話した。話は親と似たり寄ったりだった、それだけだ」

「訊きたいことがある」と私。「そのゲスト・ハウスで彼女が男と一緒のところを見たことはあるのか?」

首を振った。「確かめなんかする気もなかった。現場を押さえようと思えば簡単だったろう。いつだってできたさ」

「コーヒー、冷めちまう」

「いや、もういいんだ」

「引きも切らずってことか、へぇー。だけど戻ってまた結婚したじゃないか。確かに彼女は魅力的だ、だがまたおんなじことが——」

「言ったろ、私は情けない奴だって。そもそもなんで別れたのか? 別れた後、彼女に会うたび、なぜ私は酔いつぶれたか? それからなぜ金をせびるよりドブに転げ落ちるほうがいいと思ったのか? シルビアは五回結婚した、私を除いてだ。もしあれが人差し指を曲げて「いらっしゃい」したら、五人が五人とも尾っぽ振って戻るさ、ただ金だけのせいじゃなくてな」

「いい女だからな」と私。それから時計を見て、「なんでティワナに一〇時一五分じゃなくちゃならないんだ?」

「その便には必ず空席がある。ロスからメキシコ・シティーへ行くのに誰だってロッキードの大型高速機、コンステレーションを選ぶ。七時間で到着だ。だれも小型でのろい山越えのDC—3なんかに乗らない。それにコンステレーションは私の目的地へは行かない」

私は立ち上がって調理台に後ろ向きで寄り掛かった。「さて、もう少し肉付けの続きをするから黙って聞いていてくれ。おたくは今朝、切羽詰まった様子で私のところへ来た。ティワナに連れてってくれ、そこから午前の飛行機便に乗りたい、と言った。おたくはコートのポケットに拳銃を持っていた。けれど私はそんなことは知る由もなかった。おたくはシルビアとの結婚生活を耐えるだけ耐えた、だがその夜ついにブチ切れた、と私に語った。おたくは、彼女が正体なく酔いつぶれていて、そのそばに男がいるのを見てしまった。おたくは家を飛び出すとサウナへ行き、朝まで時間をつぶした。朝になると彼女の家族二人に電話をし、別れを告げた。おたくの目的地など私のあずかり知らぬことだ。

おたくはメキシコへの入国に必要な書類は持っていた。どうやってメキシコへ行くのかも私のあずかり知らぬことだ。おたくとは友達だから頼まれたことはあれこれ気にせずやった。なんで気にする必要がある？　おたくは私になんの報酬も払っちゃいない。

おたくは自分の車があったが、もう見るのも嫌でこれ以上乗る気にはならなかった。これはおたくの問題で私がとやかく言う筋合いはない。おたくは繊細な男で、先の戦争では酷い傷を負った。そうだ、おたくの車をどこか車庫に入れとかなきゃな、鍵をくれるかな」

彼はポケットをまさぐると、革製のキーホルダーを私に向かってテーブルの上を滑らせた。

「もっともらしく聞こえるかな」

「聞き手によるさ。まだ話は終わってない。おたくは着た切り雀、着替えも持っていないし、金は義父からのが少しあるだけだ。おたくは彼女にかかわるもの、ラ・ブレア・ストリートとファウンテン・アベニューの角に停めたあの素晴らしいメカを含めすべてと決別した。おたくは行きたいところへ行き、進みたい道に進むために清算できるものはすべて清算し、しがらみをすべて捨て去った。これで肉付け完成だ。私なら信じる。さて、ひげを剃って身支度するとするか」

「なぜそこまでやってくれる、マーロウ」

「いいから一杯やっていてくれ。その間にひげを剃ってくる」

私はキッチンからバスルームへ向かった。彼はキッチンカウンターの隅に座ってうずくまっていた。帽子もかぶったまま、コートも着たままだった。だが顔には明らかに生気が戻ってきていた。

バスルームでひげを剃り、寝室に戻ってネクタイを結んでいるとテリーが戸口までやってきた。

「もしかして警察が来たら、と思ってカップは洗っておいた」と言った。「考えたんだが、あんたから警察に電話をしたほうがいいんじゃないか？」

「なら自分で掛けてくれ。私にはなにも通報することがない」

「私に掛けろってことか？」

私はさっと振り向いて彼を睨んだ。「なんだと！」思わず大声を出しそうになった。「なんで折角の筋書きにちゃちゃを入れようとするんだ？」

「悪かった」

「そうだなんだよ、おたくは謝るんだ。おたくのような男はいつも謝る。しかもいつも手遅れになってから謝る」

彼は私に背を向け、階段をおりてホールを抜け居間へと戻っていった。

私は身支度が整うと家の戸締りをした。居間に戻ると彼は椅子に座ったまま寝ていた。首を傾げ、顔からは血の気が失せ、全身が疲労でだらしなく緩んでいた。哀れだった。

肩に触れると物憂げに目を開けた。まるで私は彼から遥か遠くにいるようなまなざしだった。我に返らせて訊いた。「スーツケースはどうする？ あの白い豚革のやつはまだクローゼットの上棚にあるんだ」

「あれは空だ」と面倒くさそうに言った。「それに目立ちすぎる」

「荷物なしじゃもっと目立つんじゃないか？」

寝室に戻ってウォーク・イン・クローゼット内のふみ台にのぼり、上の棚から白い豚革のスーツケースを下ろした。私の頭上に屋根裏への四角い点検口があった。蓋を押し上げ、手が届く精一杯まで伸ばし、梁のような、とにかくそんな横木の向こう側に革のキーホルダーを落とした。

スーツケースをもって踏み台をおり、ほこりを払ってこまごまとした日用品を詰めた。

新品のパジャマ、歯磨きチューブ、歯ブラシ、安いタオルを二枚、小さい浴用タオルを何枚か、綿のハンカチを一束、一五セントのシェービング・クリーム、宣伝用の替刃付きひげ剃りなんかだ。すべて未使用、無印、至極普通のものばかりで怪しまれることはない。もっとも彼の日ごろ使っているものならさらにいいのだが。ふと思いついてまだ包装紙のままのバーボンを一本入れた。スーツケースに鍵をかけると鍵を挿したまま玄関に運んだ。テリーはといえばまた寝てしまっていた。彼をそっとしたまま、ドアを開け、外階段をおりてスーツケースをガレージまで運んでいき、私のホロ付きの車、オールズモビルの運転席の後ろに収めた。車を出すと車庫に鍵をかけ、長い外階段をのぼって家に戻り、彼を起こした。すっかり戸締りをすると出発した。

道中車を飛ばしたが、パトカーの目を引くほどのスピードは出さなかった。二人ともほとんど口はきかず、途中ドライブインにも寄らなかった。時間も差し迫っていたのだ。

国境の検問所では何も聞かれずにメキシコに入った。ティワナ空港は吹きさらしの台地にあった。私は空港事務所の近くの駐車スペースに車を停めると、テリーが航空券を買うのを待った。DC—3型機は暖機運転のためだろう、もうプロペラがゆっくりと回っていた。映画から抜け出てきたようにカッコいい、グレーの制服を着たパイロットが男女四人のグループと喋っていた。ひとりは身長一九〇センチくらいの男で拳銃を携帯していた。彼の脇にはスラックス姿の女性、三人目はやや小柄な男性、それと白髪交じりの女性だ。その女性はやけに背が高く、隣の小柄な男が本当にちびに見えた。数人のメキシコ人もいた。乗客に違いない。飛行機へのタラップはすでに設置されていたが誰も慌てて乗り込む様子はなかった。乗客を出迎えるために機内からメキシコ人の乗客係がタラップをおりてきた。案内用のスピーカーも持っていなかった。メキシコ人はタラップをのぼって機内に入ったがパイロットは相変わらず四人のアメリカ人と喋っていた。

でかいパッカードがやってきて私の脇に停まった。私は車を降りて目の端でパッカードのナンバー・プレートを見た。また余計なことをしてしまった。いつか余計なことに気をまわさないほうが身のためだってわかるだろう。正面を向くとあの背の高い女性がこちらを見つめていた。

テリーが空港事務所から出てきて砂利と土埃のなか、こちらへ歩いてきた。

「搭乗手続きが終わった」と言った。「ここでお別れだ」

彼は握手、と手を差し出した。握手した。だいぶ体全体がしゃんとしてきた。ただ疲れているようだった。それも半端なく。

私はオールズモビルから豚革のスーツケースを取り出し、砂利の上に置いた。彼はいらだちをあらわにしてそいつを睨んだ。

「要らない、って言ったはずだ」問答無用、といった調子で言った。

「うまいバーボンも一本入れた。それにパジャマやなんやかやも。足のつきそうなものは何もない。一応見てくれ、要らなければ捨てればいい」

「持っていきたくない訳があるんだ」とかたくなに言った。

「私には持っていってもらいたい理由がある」と私。

険しい顔つきが突然笑顔となった。スーツケースを手に取ると、空いた手で私の腕を掴み、言った。「わかったよ、おじさん。あんたがボスだ。覚えておいてくれ、もし立場が危うくなったら、私のことは気にせず好きなように身を守ってくれ。あんたは私に義理も借りもないんだからな。ただ二、三度仲良く酒を飲んで、私が自分のことを少ししゃべりすぎた、それだけだ。コーヒー缶の中に百ドル札五枚入れておいた。気を悪くしないでくれ」

「そんなことしてほしくなかった」

「手持ちの金だ、メキシコじゃ半分も使えそうもないと思ったんだ」

「達者でな、テリー」

二人のアメリカ人がタラップをのぼり、機内に入っていった。ずんぐりとした浅黒く、大きな顔をした男が空港事務所から出てきてこちらに向かって手を振り、テリーを指さした。

「さあ、飛行機に乗れ」と私。「おたくは殺しちゃいない。わかってる。だから送ってきた」

彼は身構え、全身は硬直した。飛行機に向かうと振り返った。

「すまない」そう静かに言った。「だがあんたはこんなことをしちゃいけなかったんだ。これからゆっくり飛行機に向かって歩いていく。あんたには考える時間はある。その気になったら捕まえてくれ」

彼は飛行機に向かって歩いていった。私はただ眺めていた。空港事務所から出てきた男は戸口で立って待っていた。あまりじりじりしている様子はなかった。気の短いメキシコ人はあまり見かけない。そのメキシコ人は足元に置いた豚革のスーツケースを叩いて合図をし、テリーに笑顔を向けた。テリーが戻ってくるとメキシコ人は戸口から脇へ身を引き、テリーは事務所へ入っていった。ややあって彼は反対側の扉、入国時に通関するときに入るドアから姿を現した。そこから砂利と土埃の敷地を飛行機に向かってゆっくり歩いていった。タラップに着くと立ち止まり、私の方を見やった。何の身振りもせず、手を振ることもなかった。それからタラップをのぼり機内へと消えた。タラップが引き上げられた。


私はオールズモビルに乗り込み、エンジンをかけ、バックして切り返し、駐車場の半ばまできて停車した。背の高い女性と小柄な男はまだ滑走路付近にいた。女性はハンカチを取り出し、振った。DC—3は滑走路の端へと進んでいった。土煙がもうもうと上がった。端に行きつくと機体を反転し、轟轟たる音を響かせてエンジンの回転数をあげた。飛行機はゆっくりと速度をあげながらこちらへ向かって滑走路を走りだした。機の背後に土煙が巻き起こった。それから離陸した。強風の中、機体がゆっくり上昇し、南東へと雲一つない青空のかなたに消えてゆくのを眺めていた。

それから空港を後にした。国境の検問所では私をちらっと見てそれで終わりだった、まるで時計の針を見るようにだ。

6

ティワナからの帰りはただ、だらだらと長かった。カリフォルニア州の中でも一番退屈な道だ。ティワナには何もない。あそこの連中の頭には金しかない。路上で車に駆け寄ってくる子供たちは大きな、もの欲しそうな眼でまずこう言う。「一〇セント、お願い、ミスター」そして次の言葉で自分の姉を売ろうとする。ティワナはメキシコじゃない。国境の町はただ「国境の町」でしかない。海岸はどこだろうとただの海岸でしかないのと同じだ。サン・ディエゴはどうなんだ？ 世界で一番美しい港の一つだ。そこには海軍基地と釣り船が何隻かあるだけだ。そして夜にはおとぎの国となる。寄せる波はまるで老婦人の歌う讃美歌のように穏やかだ。だがマーロウは家に帰って、鳥が立った後、濁りがあるか確かめる必要があった。

北上する道は船乗りの掛け声歌のように単調だ。町を通り抜けると丘を下り、海岸沿いを走る。そしてまた町を抜け、丘を下り、海岸沿いに走る。

家に着いたのは午後二時だった。車から降りると覆面パトカーらしき車が私を待ち受けていた。黒塗りのセダンで赤色灯はなく、ただアンテナが二本あるだけだった。アンテナがあるのはパトカーとは限らない。家への外階段を半分ほどのぼったところで男が二人、車から降りてこちらに向かって叫んだ。どこにでもいるような二人組の刑事だった。目立たないスーツを着て、お決まりの、何も読み取れないゆっくりとした歩き方だった。まるで世の中すべては気をつけをして口を閉じ、彼らの指示を待っている、といった態度だった。

「マーロウだな？ 話がある」

そう言ってちらっとバッジを見せた。警官だか害虫駆除業者だか見分けをつける暇もなかった。男は白髪交じりの金髪でその髪はべたついていた。もう一人は背が高く、ハンサムでこぎれいな身なりをしていた。明らかに相棒に不快感を持っていた。こっちの刑事は大学出のいけ好かない奴だ。

二人とも集中して待ち続ける目、用心深く忍耐強い目、冷徹であざけるような目、つまり警官の目を持っていた。警察学校を卒業することで獲得する目だ。

「グリーン部長刑事だ。ロス市警殺人捜査課。こちらはデイトン刑事」

私は外階段を玄関前のポーチまでのぼってドアまで来ると鍵を開けた。大都会では警官とは握手はしない。握手するほどの仲になるのはやりすぎなのだ。

二人は居間に入るとカウチに腰をかけた。グリーンと名乗る警官が口火を切った。

「テリー・レノックスという男だ。知ってるだろ、え？」

「幾度か一緒に酒を飲んだことはある。彼はエンシーノに住んでいる。金と結婚した。行ったことはない」

「幾度かって言ったな」とグリーン。「具体的にはどのくらい頻繁にだ？」

「そういわれてもな、言葉通りさ。決まっちゃいない。週一のときもあったし、二ヶ月会わないときもあった」

「奥さんに会ったことは？」

「一度だけ、すれ違い程度に。まだ二人が結婚する前にな」

「最後に彼に会ったのはいつ、どこでだ？」

私はサイドテーブルに置いてある喫煙セットからパイプを取り出した。グリーンは私に向かって少し身を乗り出した。背の高い方は片手に赤い縁のレポート用紙を持ち、もう一方の手にはボールペンを持ってカウチにもたれるように深く腰掛けていた。

「私はこう言う「一体何があった？」するとあんたが「質問はこっちがする」と言う」

「そうだ。答えればそれでいいんだ、わかったか？」

パイプに火をつけた。刻みタバコは湿気っていたらしい。火がつくまで少々手間取った。マッチを三本使った。

「余裕をもって来たつもりだった」とグリーンが言った。「だがな、ここで待ってる間に時間切れになっちまった。だからさっさと話せ、いいか。お前が何者かはわかってる。それに俺たちは腹を空かせるためにこんなだらだら階段をのぼってきたわけじゃない」

「考えているところだ」と私。「ヴィクターの店にはよく通った。グリーン・ランタンにはそれほど行っていない。ブル&ベアもそうだ。あそこはサンセット大通りの端にあってイギリスのパブを――」

「やめろ、のらりくらりは」

「誰が死んだ?」と訊いた。

デイトンが口を開いた。その声は厳しく、落ち着きがあり、ふざけた真似はさせないといった響きがあった。

「質問にだけ答えろ、マーロウ。これはいつもの捜査手順の一環だ。お前はそれだけ知っていればいい」

そのとき私はたぶん疲れていてイラついていたのだろう。若干の後ろめたさがあったのかもしれない。どんな警官かを見極めるまでもなく、その一言を聞いただけでデイトンが嫌いになった。大衆食堂のテーブル越しに初めて見ただけで前歯をへし折ってやりたくなるような、そんな感じだ。

「寝ぼけるな、あほ」私は言った。「そんなたわ言は少年課に回されるまでとっとけ。そこで使ってみな、ガキにバカ受けする」

グリーンがクックと笑った。デイトンの表情はどことい って変わったところはなかった――だが急に一〇歳老けたように見え、二〇歳ほど年を取って更に根性が曲がったように感じた。

呼吸の度にかすかに鼻息が聞こえた。

「デイトンは司法試験合格者だ」とグリーンが警告した。「ふざけた口はきかない方がいい」

私はゆっくり立ち上がり、本棚に向かうとカリフォルニア州刑法書を取り出し、デイトンに差し出した。

「お手数で申し訳ないがこの本のどの条項に、質問に答えなければならない、と定められているか示してもらえないだろうか?」

彼の全身は硬直し、微動だにしなかった。殴られると思った。彼も殴ろうとしていた。しかし張り詰めた気が静まるまでじっとこらえていた。つまり規則を破り、私を殴った場合、はたしてグリーンが口裏を合わせてくれるか信用できなかったのだ。

「市民各位は全面的に、具体的行動を含めて警官に協力しなければならない。とりわけ警官が必要だと判断した質問に対しては、罪に問われた場合、不利になるような質問を除いて市民はこれに答えなければならない」

その声は硬く、明瞭で滑らかだった。

「その際、あんたらは」と私。「もっぱらあの手この手で脅しをかける。脅されてまで警官に協力する義務があるなんて法の何処にも書いてない。脅されたら何人も警官に対していかなるときでもいかなる場合でもいかなる事についても答える義務はない」

「もういい、わかった」グリーンが苛立った口調で割って入った。「お前はトラブルの渦に巻き込まれないよう、そろそろと後ずさりしてる。自分でもわかってるはずだ。まあ座れ。レノックスのかみさんが殺された。エンシーノの宮殿のゲスト・ハウスでだ。

レノックスは姿を消した。管轄内を探したが見つからない。それで殺人容疑者の一人として探しているところだ。どうだ、満足か？」

私は法律書をそばの椅子に投げ出すとテーブルをはさんでグリーンとは反対側のカウチに座った。

「それでなぜ私のところに？」と訊いた。「言っただろうが。私はその宮殿の辺りにさえ行ったことはない」

グリーンは両手で両膝をパタン、パタンと繰り返し叩いた。私に向かって口の端でゆっくりと笑みを浮かべた。デイトンは座ったままだった。射るような目で私を見ていた。

「それはな、過去二四時間以内のあるとき、彼の部屋にあるメモ帳にお前の電話番号が書かれたからだ。メモ帳は日めくりだ。昨日の日付は破り取られていた。だが今日の日付のページに筆圧跡が残っていた。いつ彼がお前に電話したかしらない。どこに行ったか、なぜ、いつ逃げたかなど我々は全くわかってない。だから質問しなきゃならないんだ、だろ」

「なぜまたゲスト・ハウスで？」と訊いた。答えは期待しなかった、が意外にも答えが返ってきた。グリーンは若干頬を赤らめた。

「しょっちゅう行ってたらしい。夜、客がいて。使用人には木立の間から明かりの灯った部屋の様子が見えた。車がひっきりなしに来ては帰っていった。あるときは夜遅く、またあるときはもっと夜遅くに。もう十分だろ、え？ 気持ちはわかるが頭冷やして考えろ。レノックスが犯人だ。あの夜、奴が真夜中の一時頃ゲスト・ハウスに向かうところをたまたま執事が見た。かれこれ二〇分ほど経って戻ってきた、一人で。そのあと、誰も通らなかったし、何も起こらなかった。部屋は明るいままだった。翌朝、レノックスの姿はなかった。執事はゲスト・ハウスへ行った。女性は人魚みたいに裸でベッドに横たわっていた。教えてやるよ、執事には顔からは夫人だとは判別つかなかった。実際顔とは言えなくなっていた。サルのブロンズ像で形がなくなるほど滅多打ちにされていた」

「それはテリー・レノックスじゃないな」と私は言った。「あんたの言う通り彼女は見境なく誰とでも寝てた。今に始まったことじゃない。いつもそうだった。二人は離婚してまたよりを戻した。だからって彼がハッピーになったとは思わない。だがなんで今更頭に血がのぼってそんなことをしなきゃならないんだ？」

「誰にもわからない」焦れるのを押し殺してグリーンが言った。「そんなことは日常茶飯事さ、男にも女にも。我慢に我慢を重ねる。そしてある日ブチ切れる。たぶん彼もなんでやったか、なぜそのときに限って狂暴になったのか、彼自身わかっていない。我を忘れた、そして人が死んだ。そして我々の出番となった。そこでお前にたった一つ、簡単なことを訊く。だから堂々巡りはやめろ。さもないと署まできてもらうことになる」

「こいつは話すつもりなんかありませんよ、部長刑事」とデイトンは苦々しく言った。

「法律なんか振りかざしている。法律をかじると世の決まりは印刷されていると思う輩が多い。こいつもそのたぐいですよ」

「黙ってノートを取ってろ」とグリーンは言った。「それからその脳みそに余計な仕事をさせるな。ホントにいい子にしてたら署内の女ぬきの飲み会でお嬢ちゃんの歌、『マザーマクリー』を唄わせてやる」

「くそくらえ！　部長刑事殿、なんて尊敬する上司にはとても言えない」

「ほら、やれ、やれ」とグリーンをけしかけた。「そいつがぶっ倒れてきたら抱っこしてやるからさ」

デイトンはノートとボールペンを置くとやけにゆっくり脇にどけた。目にギラっとしたものを宿して立ち上がった。テーブルをぐるり廻り込んで私の目の前に仁王立ちになった。

「立てよ、賢いの。私が大学を出たからって、お前みたいなウジ虫の出まかせなんか聞かされてたまるか」

私は腰を上げた、だが立ち上がり切るまえ、バランスを取るまもなく、パンチが飛んできた。きれいな左フックが私の顎を打ち抜いた。頭の中で鐘が鳴ったが晩飯の合図ではない。私はカウチにどさっと座り込み、頭を振った。デイトンは仁王立ちのままだった。にんまり笑った。

「ほら、やり直しだ」と言った。「ちゃんと立ってなかったじゃないか。お前だって不満だろ」

私はグリーンに視線を向けた。彼は目を落とし、まるでささくれを調べるように親指を眺めていた。私は座ったまま無言で彼が顔をあげるのを待った。もし、今立てばデイトンはまた自慢のパンチをふるうだろう。立たなくても殴ってくる、いずれにしろ。だがもし立ち上がるまで待って殴りかかったら私は彼をボコボコにしてやったろう。というのも受けたパンチから彼は正式にボクシングを習っていたことがわかった。習った通りの打ち方で習ったところを狙ってパンチを繰り出した。そんなやり方で私に勝とうとしても所詮無理というものだ。

グリーンがどうでもいい、といった調子で口を開いた。「いい仕事やってくれたな、ビリー坊や。この男の思うつぼにはまりやがって。壺ん中でヌルヌルだ」

そういうと顔をあげて穏やかな調子で訊いた。「もう一度訊く。記録をとるためだ。マーロウ。最後にテリー・レノックスと会ったのはどこで、どうやって、どんな話をした？　それからいまはどこから帰ってきた？　答えるのか、答えないのか？」

デイトンは体の力を抜いていつでもパンチが出せるようバランスよく立っていた。彼の目はとろりとした光が見えた。

「もう一人の男はどうした?」とグリーンに訊いた。デイトンは無視だ。「おベッドにいた奴さ。ゲスト・ハウスのな。おべべも脱いで。あんた、まさか彼女がわざわざあそこまで行って独りトランプやってたって言うんじゃないだろうな」

「それはまたあとだ、亭主を捕まえてからだ」

「上等だね、いかにもそれらしい容疑者を捕まえた後にわざわざそんなつまらんことをするとは」

「答えないなら署まできてもらう、マーロウ」

「重要参考人としてか?」

「俺の足代わりとしてだ。お前をしょっ引けば当面街をほっつき歩かなくてもすむ。それから容疑者としてだ。容疑は殺人事後従犯及び容疑者逃亡ほう助だ。俺の見立てじゃお前はあいつをどっかに連れてった。お前をしょっ引くには俺の見立てだけで十分なんだ。うちの課長はきょうビ少しばかり荒れてる。もちろん規則には通じてる。ただうっかり忘れることがある。そうなるとお前は辛いことになる。いずれにせよお前から話を引き出す。口が堅きゃ堅いほど俺たちは肝になる話だと思うからな」

「こいつにゃ寝言ぐらいにしか聞こえないですよ」とデイトン。「こいつは規則を振りかざしますから」

「誰にとっても寝言だ」グリーンが静かに言った。「だがこれが効くんだ。話せよ、マーロウ。ためを思って言ってやってんだ」

「そうかい」と答えた。「勝手に思ってくれ。テリー・レノックスは友達だ。彼とはこれまでそれなりに友情をはぐくんできた。警察に協力しろと言われただけでぶち壊せるようなもんじゃない。あんたは彼を犯人として捜査している。その根拠は今あんたから聞いた話どころじゃない、山ほどあるんだろう。動機、犯行の引き金、彼が逃亡したという事実。動機はおなじみの妻の浮気だ。ところがそれはとうの昔に動機として成立しなくなっていたのさ。妻の浮気は金と引き換えで黙認、と結婚契約書で交わされたようなもんだった。もっとも私としてはそんな結婚契約はあまり感心しないが。

だがテリー・レノックスとはそういう男だ——やや意思の弱いところがあってとりわけ心の優しい男だ。動機として成立しない妻の浮気以外に彼が犯人だとする根拠なんてどこにもない、妻の死を知り、あんたらの格好の餌食になると考えて逃げたこと以外はな。審問会に、もし開かれたらの話だが、私が証人として召喚されたらそこでは質問に答えることになる。けれど今、あんたらに話さなきゃならない理由はない。あんたはいい奴だ、私にはわかる、グリーン。ちょうどあんたの相棒がバッジをひけらかす、出世しか頭にないクズってことがわかるようにな。もし私をドツボに突き落としたいなら、こいつにもう一度私を殴らせろ。そしたら叩きのめした後、こいつのボールペンをへし折ってやる。そしたらこいつのたった一つの仕事、メモ取りはもうできない」

グリーンは立ち上がって悲し気な目で私を見た。デイトンは反応しなかった。単発タフガイだ。一発ごとにおうちに帰って気合いを入れて貰わなければならない。

「電話を使うぞ」とグリーンが言った。「だが答えはわかっている。お前は困った奴だ、マーロウ。本当に困った奴だ。おい邪魔だ、そこどけ」最後の文句はデイトンに向かってだった。デイトンは回れ右して引き下がり、メモ帳を拾い上げた。

グリーンは居間の反対側まで行き、ゆっくり受話器を取り上げた。彼の張りのある顔がだらだらと長く続く上司との不愉快なやり取りで急に老けたように見えた。これが警官と関わるうえで厄介なことだ。警官の根性なんてどうせ薄汚く卑しいと決めつけ、嫌い、軽蔑してやろうと思っていると、そんなときに限って人間扱いをしてくれる警官に出会う。

警部の指示は私をしょっ引いてこい、有無を言わさず、とのことだった。

私に手錠をかけた。家宅捜索はなかった。私に言わせれば手抜かりだ。彼らは、私は結構年季の入った探偵だから家に足のつきそうなものなど隠しておくはずはない、と思ったのだろう。だがそれは間違いだ。もしなにかしら家宅捜索らしきことをおこなったらテリー・レノックスの車のカギを見つけたかもしれない。それと乗り捨てられたイギリス車を見つけたら——早晩見つかる——鍵を試すに違いない。そうなればテリーが私と一緒だったことが証明される。

実際には鍵が見つかったとしてもなんの問題もなかった。警察があの車を見つけるチャンスはなかったのだ。車はあの夜のうちに盗まれていた。一番の可能性として考えられるのはエルパソまで運ばれ、新しい鍵と偽の登録証が揃えられて最終的にメキシコ・シティーの中古市場に売り出された、ということだ。お決まりの手順だ。そしてその代金としてヘロインが返ってくる。チンピラどもに言わせればこれは善隣外交の一環だそうだ。

7

その年の殺人課の課長はグレゴリオス警部だった。彼のようなタイプの警官はだんだん少なくなってきてはいるが絶滅したわけじゃない。この手の連中はまぶしいライト、ゴム警棒、腎臓蹴り、股間への膝蹴り、みぞおちへのパンチ、腰へのこん棒などで取り調べをおこなう。私を取り調べた六ヶ月後、彼は大陪審での偽証罪で起訴され、裁判なしで免職となった。その後、ワイオミングにある自分の牧場で、でかい種馬に踏みつぶされて死んだ。

そのとき、私は彼にとって屠所の羊だった。グレゴリオスは机の向こうにゆったり構えていた。上着を脱ぎ、ワイシャツをほとんど肩までまくり上げていた。禿げた頭は日に焼け、レンガのような色をしていた。中年のマッチョの常として胴回りには贅肉がたっぷりとつき始めていた。目は死んだ魚のような灰色だった。顔の真ん中にどっしり構えた鼻の頭には、膨れ上がった血管が網の目のように浮き上がっていた。コーヒーを飲んでいたがその飲み方でさえ粗暴だった。武骨でたくましい手の甲は毛むくじゃらだった。耳からは白髪交じりの毛が盛大に伸びていた。彼は机の上のものを手荒く押しのけるとグリーンを見据えた。

　グリーンが報告を始めた。「彼から聞き出したのは、我々には何も言いたくない、ってことだけでした、警部。電話番号から彼にたどり着きました。我々が彼の家に着いたときはどこかに車で出かけていて不在でした。どこへ行っていたか答えません。テリー・レノックスと懇意だとは言いましたが最後にいつ会ったかは答えませんでした」

「自分はタフだって思ってんだな」グレゴリオスはやれやれという感じで言った。「考えを変えてやろう」と考えが変わろうとなかろうとどうでもいい、という調子で言った。たぶん彼にとっては本当にどうでもいいのだろう。彼にかかってはタフな奴なんかいないから。

「要するにだ、地方検事がこの事件はマスコミが大騒ぎするようなおいしいネタってことを嗅ぎつけた。だからって責められない、ガイシャの父親が誰かを考えればな。でかい事件をうまく捌けば次の地方検事選挙に向けて点が稼げる。ってことはだ、地方検事殿の為にこいつの鼻くそをほじくるのはまんざら悪い考えでもないってことだ」

　グレゴリオスは私がまるでタバコの吸い殻、でなければただの椅子であるかのような目つきで見た。私は彼の視野に入ってくる、取るに足らないものの一つにすぎないのだ。

　デイトンがかしこまって言った。「彼の態度は一貫して明らかに我々警察に協力するのを拒否できるような状況を生成するよう計算されております。彼は法を振りかざし、本官を挑発し、本官は不覚にもその思うつぼにはまり、彼を殴打するに至りました。本官はあの場で規則を逸脱してしまいました。警部殿」

「こんなゴミにイラついちまうってことはお前も人をイラつかせるのが得意ってことだ。おい、誰が手錠外した?」

　グリーンが自分だといった。

「戻しとけ」とグレゴリオス。「きつくな、眠気を覚ましてやれ」

グリーンが私の腕に手錠をかけた、あるいはかけようとしたとき、「後ろ手だ！」とグレゴリオスがわめいた。グリーンは言われた通り、私の両腕を後ろに回し、手錠をかけた。固い椅子に座らされた。

「もっときつく」グレゴリオスが命じた。「喰い込ませろ」

グリーンが輪を狭めた。両手の感覚がだんだん失われていった。

グレゴリオスがやっとまともに私に目を向けて言った。「さてこれで話せるだろ、手短にだ」

私は黙っていた。彼は椅子の背にもたれるとニヤッとした。右手がゆっくりコーヒーカップに伸びて掴んだ。ちょっと背もたれから体を起こした。カップがさっと動いた。私は体を横向きにグイッと傾けて椅子から落ち、コーヒーを無駄にしてやった。床で肩をしたたか打った。ごろりとその場で仰向けになり、それからゆっくり立ち上がった。

両手は完全にしびれて何も感じない。コーヒーは椅子の背とシートの一部に濡らしてシミになっていた。だが、ほとんどは床に広がっていた。

「コーヒーが嫌いなんだ」とグレゴリオス。「賢い奴だ。動きもいい。こっちの出方にうまく反応する」

誰も口をきかなかった。グレゴリオスは魚のような目で私を眺めまわした。

「ここじゃな、ミスター。探偵証なんて名刺と同じ、ただの紙きれだ。さて、何があったか教えてもらおうじゃないか、先ずは口頭でな。あとから調書に起こす。正式な書類にする。昨夜一〇時からの行動を説明しろ、逐一、包み隠さずだ。この課では今、殺人事件を捜査していて有力な容疑者が逃亡している。お前はそいつとつながっている。そいつは女房の浮気現場を見た。それで女房の頭を脳みそと骨と血だらけの髪の毛にしちまうまで滅多打ちにした。お決まりの真鍮の置物でな。小説にあるような気の利いた殺し方じゃない。だが目的は十分果たせた。この私に法律がどうのこうの言ってみろ、ミスター。本当にエグいってなどんなことかわかることになる。この国で法律書を抱えながら犯罪捜査している警察なんてどこにもない。お前は事情を知っていて我々はそれを知りたい。お前が知らない、と言えば我々は信じない、と返す。だがまだお前は知らない、なんてことすら言ってない。この私に向かってだんまりはなしだ、ミスター。屁のつっかえ棒にもならん。さあ、話せ」

「手錠は外してくれるかな、警部さん。もちろん、もし話したら、だけど」と訊いた。

「外すかもな——ほら、手短に話してみろ」

「ここ二四時間、レノックスとは会ってもいない。話してもいない。彼が何処に行ったかも知らない。そう言ったらそれで満足してもらえるかな？ 警部殿」

「かもな——私を信じさせればな」

「彼と会った時と場所を話すとする。続けて、だがそのときは彼が誰かを殺したとか、罪を犯したなんてことは思いもよらなかった、そして彼が今どこにいるかなんて知りようもない、と言ったとする。それではあんたら納得しないだろ？ どうだ」

「更に詳細が必要だ。たとえばだ。いつ、どこで、彼と会って、そのとき彼はどんな格好で、なにを話したか、それから彼はどこに向かったか、なんかだ。そうすりゃことは進むかもな」

「あんたらのやり方見てると」と私。「喋ったら、ことは私を共犯に仕立てる方向に進むんじゃないのかな」

グレゴリオスの顎にぐっと力が入った。目は埃をかぶった氷のようだった。「それで？」

「わからない」と私。「法に基づいて進めたい。協力はしたい。地方検事局からだれかに来てもらって立会いの下に話をする、ってのはどうだろう？」

警部は耳障りな笑い声を立てた。だがそれはほんの一瞬だった。立ち上がると机をぐるりと回り、私のところにやってきて体をかがめ、片方のでかい手を机に置き、私の顔を覗き込んで象牙色の嘲笑を浮かべた。そのままの姿勢、そのままの表情で私の首を横殴りにした。まるで鉄の塊でぶん殴られたようだった。ほんの二〇センチほどからのショート・パンチだったが首がちぎれたかと思った。口中に苦い汁が広がった。血の味もした。耳鳴りのほかはなにも聞こえなかった。彼は依然として左手を机に置いたまま、顔には嘲笑を浮かべたままだった。彼の声が遙か遠くから聞こえてきた。

「昔はタフだったがもう年だ。いいのを一発味わったろ。私からはこれで終わりだ。市の留置所には牛馬相手のほうがふさわしい奴らが看守をやってる。あの連中を雇ったのは間違いだったかもしれない。なぜだか教えてやろう。奴らの殴り方はデイトンのルールブック通りのきれいな綿毛パンチとは違う。それとグリーンみたいに四人の子供とバラの花壇に囲まれた家庭とも無縁の連中だ。彼らの楽しみはちょっと変わってる。仕事は山ほどあるし人手は足らない。供述についてなんかしゃれた冗談でも思いついたんなら、いいぞ、言ってみな」

「手錠のままじゃ無理だ、警部」痛みでそう言うのが精いっぱいだった。

グレゴリオスは更に私に覆いかぶさってきた。汗のにおいと口臭が鼻を突いた。おもむろに身を起こすと机を回ってそのがっしりした尻を椅子にどっかと落ち着けた。三角定規を手に取るとその一辺に指を走らせた、あたかもそれがナイフの刃であるように軽く、用心深く。ふとグリーンに目をやった。

「何ぼやっと立ってんだ、部長刑事」

「ご命令は？」グレーンは歯ぎしりをして声を絞り出した。そういう自分の声を聴くのも嫌な様子だった。

「言われなきゃわからないのか！　お前はベテランだろうが。人事ファイルにはそう書いてあった。この男の過去二四時間の詳細な行動についての供述をとれ。もっと前にさかのぼるかもしれないが先ずは二四時間だ。一分刻みでだ。調書には立会人の下でサインをさせて手抜かりがないかチェックしろ。二時間以内にだ。終わったらこいつをまたここへ連れてこい。シミ一つなく、きちんとした身なりで。傷、あざも消してな。それからもう一つ、部長刑事」

ひと呼吸置き、グリーンを睨みつけた。そのまなざしは熱々の焼いたジャガイモでさえ凍らせるように冷たかった。

「――今度私が容疑者を尋問するとき、脇に突っ立って私がまるでそいつの耳を引きちぎったかのような目付きはしないことだ」

「勿論です、警部殿」グリーンはこちらを向くと憮然と言った。「ほら、行くぞ」

グレゴリオスが私に向かって歯をむき出して言った。磨く必要がある、それもかなり念入りに。「最後にひと言あるんじゃないか？　にいさん」

「あります」と礼儀正しく応えた。「あんたはたぶんその気はなかったんだろうが、ここにいるデイトン刑事と一緒になって私を楽にしてくれた。あんたらは二人して私の悩みを解決してくれた。誰だって友達は裏切りたくない。だが私としてはたとえ敵であってもあんたの手には渡さないことにした。あんたは単なるゴリラ男じゃない。能無しだ。取り調べのイロハもわかってない。ここに連れてこられたとき、私はナイフの刃の上に立っていたようなもんだった。あんた次第でどっちにでもなびいた。だがあんたは私を侮辱し、コーヒーを私の顔めがけてぶっかけ、身動きのできない私にパンチを見舞った。よけるすべのない人間をだ。これから先、そこの壁に掛かっている時計の針がどこを指しているかってことさえ、言うつもりはない」

　この長い最後のひと言の間中、グレゴリオスはなぜか沈黙し、身じろぎもしないで最後まで私に言わせた。最後まで聞くとニヤッと笑い、言った。「お前はちんけでよくいるただの警官嫌いだな、にいさん。お前は警官嫌いだけが取り柄のつまらない小物だ、探偵さんよ」

「警官が敬愛されているとこだってあるさ、警部殿。だがそういうところじゃあんたには警官は務まらない」

　彼は平然としていた。まだ我慢の範囲内なのだろう。たぶんもっとひどく罵倒されたことが何回もあるのだ。机の電話が鳴った。ちらっと電話に目をやるとデイトンに顎で指示した。デイトンは滑らかに机を回り込み、受話器を取り上げた。

「グレゴリオス警部のオフィスです。私はデイトン刑事と申します」

　相手の話に耳を傾けていた。ハンサムな顔の眉がちょっと曇った。丁寧に受話器に向かって言った。「失礼します、少々お待ちを」

　受話器をグレゴリオスに差し出した。「アルブライト警察公安委員長［警察のお目付役、市長に任命される。民間人］です、警部」

グレゴリオスは不愉快そうに眉をひそめた。「え、あの威張りくさった野郎が何の用だ？」と受話器をとり、ひと呼吸置き、表情を整えた。「グレゴリオス警部です。警察公安委員長閣下」

しばらく聞き手に回っていた。「はい、彼はここにいます。私が尋問しました。非協力的です……なんですって？　もう一度」突然、狂暴な怒りが彼の顔を捻じ曲げ、よじった。額が充血して黒ずんだ。全く反抗的でだが声の調子は全く変わらなかった。「それは委員長閣下からの直命でしょうか？　警視総監以下警察の現場指揮命令系統を通じてお命じになるのが筋ではないかと、委員長閣下……もちろんです。上司からの正式指示があるまでお言葉通りにいたします。了解です……冗談じゃありません、誰も手なんかあげておりません……はい、閣下。直ちに」

受話器を置いた。手が少し震えているように見えた。顔をあげると視線が私を通り過ぎ、グリーンに注がれた。「手錠を外せ」と抑揚のない声で命じた。グリーンが手錠を外した。私は両手をこすり合わせ、血が巡ってしびれの感覚が戻るのを待った。

「郡留置所への手続をしろ」グレゴリオスはのろのろと言った。「殺人容疑だ。地方検事がこの事件を我々からたった今かっさらった。全くご立派なシステムだ、ここの警察組織ってのは」

誰も動かなかった。グリーンは私と並んでいて荒い息遣いを立てていた。グレゴリオスは突っ立っているデイトンを見上げた。

「何待ってんだ？　この甘ちゃんのクリーム・パフェ。それとも空っぽのアイスクリーム・コーンか、お前は？」

デイトンはほとんど窒息状態だった。「まだご命令を受けておりませんので、課長」

「『殿』をつけろ、このアホが。私の部下は部長刑事かその上の階級者だけだ。お前に命令なんかするか、このガキが。お前は私の部下じゃねんだ。出てけ！」

「はい、課長殿」デイトンはそそくさとドアに向かい、消えた。グレゴリオスがおもむろに立ち上がると窓辺に行き、こちらに背中を向けて立った。

「来い、ここから出るぞ」グリーンが耳元でささやいた。

「そいつを早く連れ出せ、私がそいつの顔を蹴とばす前にな」グレゴリオスが背を向けたまま言った。グリーンがドアを開けた。後に続いて出ようとしたとき、グレゴリオスがわめいた。「待て！ドアを閉めろ！」

グリーンはドアを閉めるとそれに背を持たれかけた。

「こっちへ来い、お前だ！」と私に向かって叫んだ。

私は動かなかった。立ってじっと彼を見た。グリーンも動かなかった。不気味な時間が流れた。グレゴリオスが窓辺を離れて一歩一歩ゆっくりこちらにやってきた。私の靴のつま先と彼のつま先が触れんばかりになった。グレゴリオスはそのでかい両手をポケットに入れた。体を前後に揺らせた。

「誰も手なんかあげておりません」と小声で、まるで自分自身に話しかけるように言った。両目は遠くを見てうつろだった。口がひきつったように動いた。

次の瞬間、私の顔に唾を吐きかけた。

後ろへ下がった。「用はこれだけだ、ご苦労」

また我々に背を向けると窓辺へと戻っていった。グリーンがまたドアを開けた。私はハンカチを取り出しながら部屋を出た。

8

合同庁舎にある保安官本部管轄の重犯留置所の第三監房のベッドは二段式だった。留置所は収容人数に余裕があったので第三監房の住人は私一人だった。ここでの扱いは結構まともで、洗濯したて、とまではいかないが、まあ我慢できる毛布が二枚支給された。

ベッドの金板格子の上には厚さ五センチばかりの固いマットレスが敷かれていた。その他、水洗トイレ、洗面台、紙タオル、ざらざらした石鹸が備えられていた。部屋は清潔で消毒剤の匂いもしなかった、模範囚の仕事だ。模範囚には事欠かない。入所に当たって留置担当保安官助手が入所者を検分する。彼らの目は確かだ。酔っぱらいや言動がまともじゃない奴や、まともじゃない振りをしないかぎり、タバコとマッチの所持が許される。予備審問までは私服を着ているがその後は支給されるデニムの上下を着る。ネクタイ、ベルト、靴紐などはなしだ。ベッドに腰かけて待つ。他に何にもすることがない。泥酔者監房ではそうはいかない。ベッドなし、イスなし、毛布なし、なんにもなし。寝るのは床、座るのは便器、吐くのは自分の膝に。惨めの極みだ。一度見たことがある。

まだ昼だったが天井の明かりがついていた。表廊下にある鉄の扉を開けると、そこには通路の両側にずらりと檻房が並んでいる。檻房区画だ。扉の、のぞき窓からはどの檻房も見えるようになっていた。各房は鉄格子の籠だ。明かりは鉄の扉の外、廊下側でON–OFFされる。消灯は九時だ。誰も扉を開けて入ってこないし、声もかけない。新聞か雑誌を読んでいる最中だとしても何の前触れもなく、パチンという音もなしに——突然真っ暗になる。そしてそれからは夏の夜明けまで眠る以外やることがない、もし眠れればの話だが。タバコを吸う手もある、タバコがあれば。ボーっとしているより考えた方がましなことがあればそれを考えるのもいいだろう。

留置所内では人は誰もが無人格になる。誰もが取るに足らない、すぐに忘れ去られる厄介ごとにすぎず、報告書に記された数行の記録でしかない。その人間が愛されたのか憎まれたのかなど誰も気にしない。どんな容姿か、どんな生き方をしてきたかなどどうでもいい。面倒を起こさない限り誰もなにもしない。誰もちょっかいを出さない。ここに来たらやるべきことはただ一つ、おとなしく定められた房へ入り、入ったらじっとおとなしくしていることだ。ここには逆らいたくなることも、頭にくるものもない。

看守は物静かで入所者に対して敵意も持っていなかったし、加虐的な振る舞いもしなかった。本や映画に出てくる場面、そう、受刑者が一斉にわめいたり叫んだりする、鉄格子を叩いたり、鉄格子にまるで鉄琴のようにスプーンを走らせてガラガラ音をたてたりする、今度は看守たちが警棒片手に駆けつける――こういった騒ぎは大きな刑務所での話だ。まともな留置所はこの世で一番静かなところだ。夜中に監房区画を巡回したとする。鉄格子を覗き込むと丸めた体を覆う茶色の毛布とか、髪の毛以外すっぽり毛布にくるまって寝ている男とか、ただ開いているだけの焦点の定まらない両目とか、そんなものが見えるだけだ。いびきが聞こえてくるかもしれない。絶えて聞くことのなかった悪夢に怯えた叫びが伝わってくるかもしれない。監房の中では人生が一旦すべて停止する。人生になんの意味もなくなり、目的もなくなる。隣の房に眠れない、あるいは眠る努力さえできない男を見かけるかもしれない。ベッドの端に座ってじっとしている。こっちは向こうを見ている。あっちはこっちを見ているかもしれない、見ていないかもしれない。向こうも無言、こっちも無言だ。何も話すことなんかない。

監房区画の隅にもう一つ鉄製の扉があるかもしれない。それは面通し部屋への扉だ。面通し部屋では一方の壁は黒塗りで金網が張られている。その反対の壁には背丈を知るための目盛りが刻まれている。頭上には照明がある。収監者は朝、この部屋に連れてこられる。当番所長がそのシフト最後の仕事をおこなうのだ。部屋に入ると目盛りの脇に立たされる。頭上からまぶしく照明を浴びせられる。金網の奥は真っ暗だ。だがその後ろには何人もの関係者が立っている。警官、刑事、それから被害者たちだ。強盗に遭ったり、暴行を受けたり、詐欺に遭ったり、銃を突きつけられて車から追い出されたり、年金貯蓄をだまし取られたり、などなどだ。

だが立たされている者から彼らは見えないし話し声も聞こえない。聞こえるのは当番所長の声だけだ。被疑者は所長から大きくはっきりとした声で指示を受ける。その指示で品評会の犬よろしくさまざまな歩き方をさせられる。所長は夜勤明けで疲れていて、言う事やる事いちいち嫌味だ。だが役目はてきぱきと進める。彼は史上最長興行記録を持つ芝居の舞台監督なのだ。もっとも、彼としてはもうその芝居への興味は失せている。

「よし、お前、気をつけだ。腹を引っ込ませろ。顎を引け。肩を壁につけろ。首を立てて正面を見ろ。左向け。右向け。また正面を向け。両手を前に。手のひら上。手のひら下に。袖をまくって。目立つ傷なし。髪は濃い茶色、白髪交じり。目は茶色。背は一八四センチ、体重約八五キロ。名前フィリップ・マーロウ。職業は私立探偵。こりゃこりゃ、久しぶりだな、マーロウ。以上だ、次！」

ご苦労様、所長。お時間をいただいて。だがあんたは私の口ん中を調べるのを忘れたな。私の歯は金のかかった詰めものと、最高級の磁器製歯冠で手入れされている。歯冠は八七ドルもした。鼻を覗くのも忘れたな、所長。鼻の中が創でズタズタなのが見られたのに。鼻柱手術はそのころ二時間もかかった。担当した奴はまるで肉屋だった！　聞いたところでは今じゃ二〇分しかかからないそうだ。フットボールの試合でやられたんだ、所長。相手がボールを手から離し、地面に落ちる前に蹴る。その蹴ったボールをブロックしようと横っ飛びにとんだ。一瞬、タイミングが狂ってボールをブロックする代わりに顔でそいつのつま先をブロックしちまった――そいつがボールを蹴ったあとで。おまけに一四メートルのペナルティーも喰らった。一四メートルというのは試合だけじゃない。鼻の手術の後、ほぼ同じ長さの血で固まったテープを医者が私の鼻から引っ張り出した。一日に二・五センチずつ。別に自慢しているつもりはない、所長。事実を言っているだけだ。こういった細かいことが大切なんだ。

三日目の朝、一〇時頃になって留置所担当保安官助手がやってきた。

「お前の弁護士が来た。タバコを消せ。床に捨てるなよ」

私は吸い殻をトイレに流した。会議室に連れていかれた。背が高く、青白い顔をした黒髪の男がいた。窓際に立って外を眺めていた。厚みのある茶色のブリーフケースが机に置かれていた。私たちが入っていくとこちらを向き、扉が閉まるのを待った。扉が閉まるのを見届けると机の一番奥に置かれているブリーフケースのそばの椅子に座った。

その机は樫でできていて、まるでノアの箱舟から持ってきたように古くて傷だらけだった。ノアが箱舟に乗せようと中古ショップで買ってきたに違いない。弁護士は彫金細工された銀製シガレットケースを開くと目の前のテーブルに置き、おもむろに私に視線を向けた。

「座ってくれ、マーロウ。タバコは？　私はエンディコット、スウェル・エンディコットだ。君の弁護人になるよう指示された。君に対してはなんら報酬も経費も請求することはない。君はここから出たいのだろ、違うかね？」

私は腰を掛け、タバコを一本もらった。エンディコットはライターの火を差し出した。

「よろしく、エンディコットさん。かなり前にいちどお会いしましたね――あんたが地方検事時代に」

彼はうなずいた。「覚えてはいないが、君がそう言うなら間違いないだろう」うっすら笑みを浮かべた。「あの仕事はどうも性に合わなかった。たぶん権威をひけらかすのがあまり得意じゃないからなんだろう」

「誰があんたを寄越したのかな？」

「口止めされているんだ。もし私を弁護人として認めるなら、さるお方が費用の面倒を見ることになっている」

「ということは、もう彼はつかまったんだな、そして彼があんたを雇った」

無言で私を眺めるだけだった。私はタバコをふかした。フィルター付きだった。脱脂綿で漉された濃いスモッグの味がした。

「レノックスのことを言ってるのであれば」とエンディコットが言った。「勿論君はそう思ったのだろうが――まだ捕まっちゃいない」

「じゃ誰があんたを雇った？　エンディコットさん、これが不思議じゃなくてなんなんだ」

「依頼人は匿名を希望されている。そして私はそれを守らなきゃならない。さて、私を弁護人として認めるかね？」

「よくわからないな」と私。「もしまだテリーがつかまっていないのなら、なんで私はここに拘留されっぱなしなんだ？　誰も何も尋問しないし、それどころか私のそばに寄りさえしない」

エンディコットはちょっと顔をしかめると、自身の長くて白い華奢な指を眺めた。「地方検事のスプリンガーがこの事件の捜査を直接指揮することになった。多忙のためまだ君に尋問する時間がとれないのだろう。しかし君には罪状認否手続きの権利と予備審問をうける権利がある。私を弁護人にすれば人身保護令状の手続により保釈を勝ち取ることも可能だ。その辺の検察との呼吸は君も承知だろう」

「私は殺人容疑で逮捕された」

しょうがないな、といったふうに肩をすくめた。「そんなのはとりあえずにすぎない。ピッツバーグで乗り換えた科でだって逮捕できる。罪状なんかほかに一ダースぐらいすぐでっち上げられる。検察が正式な容疑とするのはたぶん事後従犯だ。君はレノックスをどこかへ連れてったんだろ、違うか?」

私は答えなかった。タバコを捨てて足でもみ消した。エンディコットはまた肩をすくめて顔をしかめた。「君が逃がしたとする、これは弁論のための仮定の話だ。君を共犯として立件するには検察は動機を証明しなければならない。その場合、君がレノックスが罪を犯し、しかも逃亡中であると認識していたかどうかが問題となる。いずれにしろ保釈にはできる。もちろん彼らの真の狙いは君を重要参考人とすることだ。だがこの州では裁判所の命令がない限り、重要参考人を留置所に拘束することはできない。更にその人物が重要参考人であると裁判官が宣言しない限り、その人物は重要参考人ではないのだ。だが実際には警察はやりたいと思えばなんでもやってしまう」

「その通りだ」と私。「デイトンという名の刑事は私をぶん殴った。殺人課長のグレゴリオスは私にコーヒーをぶっかけ、首に、血管が腫れるほどのパンチをいれた。見ればわかるがまだ腫れはひいていない。警察公安委員長のアルブライトからの電話で、私をグレゴリオスの元から「救いの手」に引き渡すよう命令されたとたん、私に唾を吐きかけた。全くあんたの言う通りだ。彼らはいつでもやりたい放題だ」

エンディコットは話は終わり、というふうに腕時計を見て言った。「保釈されたいだろ、どうなんだ?」

「ありがとう。だがそうしない方がいいと思う。保釈された奴なんか、もうその時点で世間は半ば白い目で見る。後で無罪放免になってもどうせ腕のいい弁護士を雇ったから、と思われる」

「馬鹿げてる」彼は苛立って言った。

「その通り、馬鹿げている。私はアホだ。でなきゃこんなところにいない。もしレノックスと連絡が取れたら私のことは気にしないよう伝えてほしい。私はね、テリーのために保釈を拒否して豚箱にいる訳じゃない。自分自身のためにだ。彼になんの恨みもつらみもない。これは商売の一環だ。私のところへは厄介事を抱えている人たちがやってくる、それが私の商売だ。そして彼らの持ち込む厄介事は警察沙汰にしたくない案件ばかりだ。もし警察バッジをつけたゴリラ共に逆さづりされた途端、洗いざらい吐いてしまった、なんて噂がたったら果たして客は私を頼ってくるだろうか？」

「そういうことか」とおもむろに言った。「だが一つだけ念を押しておきたい。私はレノックスとは通じていない。ほとんど何も知らない。いいかね、君の弁護人となって法廷に立つとしよう。私は法廷の構成員として虚偽の発言はできない。これは全ての弁護士に言えることだ。私は君の弁護人だから君に関しては守秘義務がある。だがレノックスは依頼人でもないし、弁護対象者でもない。だから彼に対しては何の守秘義務もない。もし私が彼の居所についてなにか知っていれば地方検事から要求により、その情報を開示せざるを得ない。その場合私のできることはせいぜい、まず彼に事情を聴取して、それから時間と場所を決めて彼を出頭させることに同意するぐらいだ」

「彼以外、あんたを雇って私の弁護をしようなんて奴はいない」

「君は私を嘘つきと言うのかね？」彼はタバコに手をやるとテーブルの裏でもみ消した。

「たしかあんたはバージニア州の出だ、エンディコットさん。この国ではバージニアの人たちに対して昔からあるイメージを持っている。我々はあなた方を南部気質の騎士道精神と誇りのお手本だと思っている」

エンディコットが笑った。「うまい表現だ。まあ、本当だといいのだがな。ところでこんな話をしていても時間の無駄だ。君にコメ粒ほどのセンスがあったら、とっくに警官にはレノックスとはここ一週間会ってない、って言っていただろう。真偽は問題じゃないさ。宣誓したらどんな場合でも真実を述べなきゃならない。だが法廷での宣誓前、警察の取り調べで嘘をつくことに対する法律も罰則もない。だから警官はどんな話でもまずは疑ってかかる。彼らにとって嘘でも黙秘されるよりよっぽどうれしいのだよ。黙秘は警察の権威にあからさまに逆らうことを意味する。そんなことをやって何の得があるのかね」

私は答えなかった。答えが見つからなかったのだ。彼は立ち上がって帽子を取り上げ、シガレットケースを閉じるとポケットに入れた。

「君はことを大上段に構えてしまった」エンディコットが冷たく言った。「権利を主張し、法を振りかざした。なんておめでたい奴なんだ、君は、マーロウ。本来なら自分の置かれている立場をわきまえるべきところを。法は正義じゃない、不完全極まる仕組みだ。何回も正しいボタンを選んで押し続け、そして幸運にも恵まれれば法が下す判決に正義が見いだせるだろう。法が意図しているのは万事ただ仕組み通りに執りおこなうことで、それ以外のこと、たとえば正義とかなどは一切目指してはいない。どうやら君は救済を求めるような気分じゃないようだ。私はこれで失礼する。気が変わったら連絡してくれ」

「もう一日か二日は頑張ってみる。もしテリーがつかまったら検察は逃亡方法なんかどうでもよくなる。検察の関心は法廷で見せ場をどう盛り上げるかの一点だけになる。ハーラン・ポッターの娘殺人事件は国中のマスコミのトップ・ニュースだ。野心家のスプリンガーはこれで人気を集めて州司法長官に一直線、そこから知事の椅子に座って更にそこから――」ここで話すのをやめ、エンディコットに余韻をまかせた。

エンディコットの顔にゆっくり小馬鹿にしたような笑みが浮かんだ。「君はハーラン・ポッター氏のことをあまりよく知らないようだな」

「知らない。だが知っていることもある。もしレノックスを逮捕できなければ検察は逃走経路などどうでもよくなる。そして彼らの望みはこの事件を一刻も早く忘れることだ、自分らも世間も」

「なんでもわかっちまうんだな、違うか？　マーロウ」

「なんせ暇なんでね。ハーラン・ポッター氏について私の知っていることは億万長者で新聞社を九社か一〇社持っている、それだけだ。ところでマスコミの報道ぶりはどうだ？」

「マスコミ？」その声は氷のようだった。

「うん、新聞社からはだれも私のところへ来ない。この件で私は派手に新聞に書き立てられるのを期待していたんだ。そうなったら商売繁盛となる。見出しはこうだ。「私立探偵、友人を売らず豚箱を選んだ」」

彼はドアまで行くとドアノブを回しながら言った。「面白い奴だな、君は。マーロウ。子供っぽいのかもしれない。一億ドルあれば好きなようにマスコミをあおり立てることができる。だがそれだけの金があれば、なあ君、賢く立ち回れば、大いなる沈黙も手に入るってことだ」そう言うとドアを開けて出ていった。留置所担当保安官助手が入ってきて私を重犯留置所の第三監房に戻した。

「あんた、あんまりここに長居はしないかも、エンディコットが弁護人ならな」楽しそうにそう言いながら鍵をかけた。おたくの言う通りだといいな、言ってやった。

9

早番夜勤の留置所担当保安官助手は、がっしりした肩と人懐っこい笑顔の金髪の大男だった。もう中年で、憐れみとか怒りとは、とうの昔におさらばしている。八時間、大過なく勤めるのが望みで、人生は全て平穏無事であると思っているように見える。彼がカギを開けた。

「お客だ。地方検事局からだ。まだ寝てなかったのか？　え」

「まだちょっと早いからな。今何時だ？」

「一〇時一五分」そう言うと監房の入り口に立って中を見回した。下段のベッドに毛布が敷かれ、もう一枚の毛布は枕代わりに丸められていた。屑籠には使用済みペーパータオルが数枚、洗面台の脇に小さなトイレット・ペーパーのロールがあった。満足したようにうなずいた。

「私物はあるか？」

「私だけだ」

鉄格子の扉を開けたまま、表廊下を通ってエレベータに乗せられ、受付へと降りた。受付のデスクの脇に灰色の制服を着た太った男がコーンパイプをくゆらせて立っていた。爪は垢じみていて嫌なにおいがした。

「地方検事局のスプランクリンだ」いかにもタフそうな声音で告げた。「グレンツ氏が上で待っている」そういいながら手を腰に回し、手錠を取り出した。「サイズを確認しよう」

保安官助手と受付係はいかにも楽しそうに笑った。「よう、どうした、スプランク？　エレベーターの中でぶん殴られるってのか？」

「念には念だ」不愉快そうにつぶやいた。「前に逃げた奴がいた。コテンパンに怒られた、さあ、行くぞ」

受付係は書類を差し出した。スプランクリンはそれに派手なサインをした。「俺は石橋をたたいて渡る」と言った。「この街じゃ何が待ち受けているかわからんからな」

パトカーの警官が耳から血を流している酔っぱらいを連行してきた。我々はエレベーターに向かった。「厄介なことになってるんだな、あんた」エレベーターに乗るとスプランクリンが言った。「厄介がくそみたいにとぐろを巻いてる」そういって楽しんでいるようだった。

「この街じゃうっかりするとすぐにトラブルに巻き込まれる」

エレベータ係がこちらを向いてウィンクをした。私はニヤッとして返した。

「何にもすんなよ、おい」スプランクリンが本気で警告した。「俺は人を撃ったことがある、逃げようとしたからだ。コテンパンに怒られた」

「どのみち怒られるんだ、そうだろ？」

しばらく考えていた。「そうだな」と言った。「何やっても上の奴らはケチつける。やな街だ。人の尊厳なんて無視だ」

エレベーターをおりるとホールの両開きの扉を通って地方検事局のフロアに入った。交換台業務はもう終わっていた。回線には夜間用のプラグがセットされていた。待合所には誰もいなかった。

明かりがついているオフィスが二つあった。スプランクリンは小さいほうのオフィスのドアを開けた。そこには机、ファイル棚、固い椅子が二脚、それにがっしりした男が一人、角ばった顎と間の抜けた目の持ち主がいた。顔が赤らんでいた。あわてて何かを机の引き出しに押し込んでいるところだった。

「ノックぐらいできないのか」とスプランクリンに向かって吠えた。

「すいません、グレンツさん」スプランクリンがぶつぶつ言った。「囚人に気を取られていたもんで」

スプランクリンが私をオフィスに押し込んだ。「手錠は外した方がよろしいでしょうか? グレンツさん」

「なんで手錠なんか掛けたんだ?」グレンツが苦々しく言い、スプランクリンが手錠を外すのを眺めていた。手錠の鍵はグレープフルーツぐらいの大きさの鍵束に紛れていたので探すのに大汗をかいた。

「よし、出ていけ」とグレンツ。「外で待ってろ。終わったらこいつを連れて帰れ」

「私はもう勤務明けでして、グレンツさん」

「私が明け、と言ったときからが明けだ」

スプランクリンの顔がさっと赤くなった。でかい尻を出口に向けてそろそろと後ずさりして出ていった。グレンツは意地悪く出ていくまで見届けた。ドアが閉まると同じ目つきを今度は私に向けた。私は椅子を引き寄せると腰かけた。

「座れとは言っていない」とグレンツが吠えた。

私は巻の緩んだタバコを取り出してくわえた。

「タバコを吸っていい、とは言ってないぞ」とまた吠えた。

「監房ではオーケーだった。なんでここじゃダメなんだ?」

「ここは私のオフィスだ。ここじゃ私が規則だ」生のウィスキーの匂いが机の向こうから漂ってきた。

「もう一杯ひっかけたらどうだ?」と私。「そしたら落ち着くだろう。言ってみればお楽しみの邪魔をしちまったからな」

グレンツはがばっとそっくり返った。顔色が変わり赤黒くなった。私はマッチを擦ってタバコに火をつけた。

一分ほどの長い沈黙の後、グレンズが穏やかな声で言った。「なるほど、タフガイ。男の中の男ってわけだ、違うか? いいこと教えてやろう。ここには色んな奴が来る、でかいの細いの、威勢のいいの、しぶといの。だがな、出てくときはみんなおんなじ大きさになる——ちっこくな。そしてみんなおんなじ格好だ——うなだれてな」

「何が知りたいんだ、グレンツさん。ところで一杯ひっかけたいなら私に遠慮はいらない。私も疲れたときとか、イラつくときとか、遅くまで仕事が残ったときは一杯やる派だ」

「あんたは今、窮地に立たされてる。それがあんまりわかってないようだな」

「窮地に立っているとは思っていない」

「そのうちわかる。今から細大漏らさず起承転結のきちっと決まった供述を取る」そう言って机の脇にある録音装置を指さした。「これから録取してあす、文書化する。主席地方検事補があんたの供述に満足すれば町を出ないという条件で釈放されるかもしれない」

グレンツはレコーダのスイッチを入れた。彼の声は冷たく、威圧的で、不快でざらついていた。彼はその効果を知っていて、思い切りその声音を作ったのだ。そう演技しながらも彼の右手は物欲しげに机の引き出しのあたりをうろついていた。彼はまだ若く、通常なら鼻の頭に血管の浮き出る歳ではない。だがもうすでに鼻には網目が見えたたし、白目も血走っていた。

「もう、うんざりだ」と私は言った。

「何にうんざりなんだ？」

「不愉快な小物共に不愉快な小部屋で空っぽで不愉快な話をだらだら聞かされることにだ。私は監房に五六時間いた。その間、誰も私を小突き回したり、タフなところを見せようなどというまねはしなかった。そんな必要はなかったからだ。いざとなれば彼らだってそうするさ、必要ならな。なんで私は収監された？　私は怪しいってだけで逮捕された。

警官の職務質問に答えないってだけで重罪監房にぶち込むなんて、この国の法律は一体どうなってんだ？　なんの証拠があるというんだ？　メモ帳に私の電話番号があった。だからなんなんだ、私の身柄を拘束して何を立証しようとしたんだ？　なんにもだ。警察には個人の自由を拘束するだけの力がある、ってこと以外はな。今度はあんたが同じことをしようとしている――あんたがオフィスと呼ぶ、このちっぽけな葉巻箱のなかであんたがどのくらい力があるかを私に思い知らせようとしている。あんたはあの哀れな使い走りに夜遅く私を連れてこさせた。五六時間一人ぼっち監房でじっと座らせとけば、頭ン中はとりとめもない思いが堂々巡りして脳みそが粥みたいにどろどろになると思ったのだろう。そしてここに連れてこられたとたん、私はあんたの膝でよよと泣き崩れ、頭をなでて慰めてくれと哀願すると思った。なにしろあのでかい監房で長い間たった一人、ものすごく寂しい思いをしたからな。目算違いだ、グレンツ。一杯飲んでまともになれ。そうしたらあんたはひたすら職務を果たそうとしているだけなんだって思ってやるよ。だがまず、始める前にその強面をやめるんだな。あんたが一端のやり手ならそんな脅しは必要ない。もし虚勢なしではいられないならあんたは私に喋らせるほどのやり手じゃない」

グレンツは座ったまま、じっと聞いていてその間中、私を見ていた。私が話し終わると苦々しく口の端を歪めた。「よくできました、だ」と言った。「さて、腹にあったたわ言はみんな吐き出したな。録取をはじめるぞ。一問一答がいいか？　それともお前が頭っから説明するか？」

「私は小鳥と話しているんだ」と私。「そして風の音を聞いている。何も供述するつもりはない。あんたも法律で飯を喰ってる。私にそんな義務はないってことはわかっているはずだ」

「その通りだ」とグレンツは冷ややかに答えた。「法も知っているし警官の業務もわかる。私はあんたに潔白を証明するチャンスを与えているのだ。もし気が進まないのなら私としてはそれでもいい。明朝一〇時に予備審問をおこなうことにする。保釈要求してもいいぞ、もちろんこちらとしては反対する。難航するだろうな。うまくいっても保釈金は大変な額になる。どうする?」

　グレンツは机の上にある書類に目を落とし、読んでから裏返した。

「容疑はなんだ?」と訊いた。

「第三二項。事後従犯だ。重犯罪だな。悪くすりゃサンクエンティン刑務所で五年だ」

「こんなことに構うよりレノックスを捕まえたほうがいいんじゃないか?」私は相手の反応を見ながら言った。グレンツは何か腹に一物もっている。態度でわかる。どのくらい裏付けがあるかは不明だが彼は何かしらネタを掴んでいる。

　グレンツは椅子の背もたれに体を預けると背中を伸ばした。それからペンを取り上げると両の掌に挟んで転がした。それからにやりと笑った。楽しんでいるのだ。

「レノックスは人ごみに紛れるような玉じゃない、マーロウ。普通逃走犯を追うには手配写真、それも鮮明な写真がいる。だが顔の右半分ギザギザな奴を探すのに手配写真なんかいらない。おまけにまだ三五歳で白髪ときてる。証人ならもう四人いる、まだ出てくるかもしれない」

「証人って何のことだ」口の中で苦いものが広がった。グレゴリオス警部に殴打されたときの味だ。その味が、まだ殴られた首に痛みがあり腫れていることを思い出させた。

　首をゆっくりさすった。

「悪あがきはよせ、マーロウ。サン・ディエゴ高等裁判所の判事とその奥さんがたまたま息子夫婦を空港まで見送りに行った。そこで四人ともレノックスを見た。判事の奥さんは彼が乗ってきた車と、彼の同行者を見た。

お前は終わりだ」

「そいつはよかったな」と言ってやった。「どうやって彼らにたどり着いた？」

「テレビとラジオで緊急速報を流した。彼の特徴を伝えただけだ。写真なんかいらなかった。判事がすぐ電話してきた」

「そこまではいいだろう」と私は判事のような口ぶりで言った。「だがそれだけじゃ不十分だ、グレンツ。レノックスを捕まえて彼が殺したことを証明しなきゃならない。それから私がそれを知っていたことを証明する必要がある」

彼はいわくありげな電報の裏をパチンと指先ではじいた。「一杯やったほうがよさそうだ」と言った。「毎晩遅くまで働いてるからな」引き出しを開け、ボトルとグラスを取り出すと机に置いた。

グラスになみなみと注ぐと一気にあおった。「よしっと」彼が言った。「うん、これでいい。すまんな、あんたにはやれん、収監中だからな」ボトルに栓をして脇へ押しやった、すぐ手の届くところへ。「そうそう、証明すべきことは証明せにゃならん、あんたの言う通りだな。ところでだ、もう既に自白させたってこともありうる、探偵さん。ちょっと困ったな、え？」

細い、しかしながら非常に冷たい指が背骨を首筋から腰まで一直線になぞっていった、まるで氷の虫が這うように。

「ならなんで私の供述が要るんだ？」

ニヤッと笑った。「記録は筋が通っていて穴があっちゃいけない。レノックスは連れ戻されて裁判にかけられる。関連する情報は全て入手する必要がある。訊きたい情報さえ話してくれればそれでいい、なにも全部話せっていう訳じゃない――もし協力する気があればの話だが」

私は彼を見つめた。グレンツは電報をいじっていた。座りながら尻をもぞもぞ動かした。机の上のボトルを見た。手を伸ばすまいと懸命にこらえているのが見え見えだった。「あんたはレノックスが飛行機に乗ったあと、どうなったか知りたいんじゃないか?」突然、気味の悪い薄ら笑いを浮かべながら話し出した。「さて、切れもん、私が出まかせを言ってるんじゃないってことがわかる。話はこうだ」

私は机に覆い被さるように身を乗り出して手を伸ばした。グレンツは私がボトルを取ろうとしていると勘違いした。ボトルをひったくるように掴むと引き出しにしまった。

私はただ、机にある灰皿を使おうとしただけだった。体を起こすとまた一本取り出し火をつけた。

彼は早口で話し始めた。

「レノックスはマサトランというところで降りた。飛行機の乗り継ぎ場で人口三万五千人の町だ。そこで姿が消えた。それから二、三時間後、黒髪で褐色の肌をした背の高い男が現れた。顔には酷い刃傷痕があった。その男はシルビオ・ロドリゲスという名でトレオン行きの便を予約した。結構流暢なスペイン語を話したがその名にふさわしいほどではなかった。おまけに褐色のメキシコ人にしては背が高すぎた。そういう訳でトレオンに到着すると便のパイロットは念のためその男のことを警察に報告した。トレオンの警察が動いたときはもう遅かった。メキシコの警察は何事にものったりしている。彼らの得意技は人を撃つことだ。警察が空港に到着したときにはもう男は飛行機をチャーターして山間の小さな町、湖のある避暑地、オクトクランへ飛び立った後だった。チャーター機のパイロットはテキサスで戦闘機の訓練をうけたので英語を話せた。レノックスは英語がわからないふりをしたそうだ」

「もしその男がレノックスなら「ふり」というのは正しい」と私が口をはさんだ。

「まあ待て、レノックスに間違いない。いいか、その男はオクトクランに着くとその町のホテルに泊まった。マリオ・デ・セルバって名前でな。拳銃を持っていた、飛行機に乗るときゃ申告して預けにゃならん。七・六五ミリ口径のモーゼルだ。メキシコでは拳銃所持なんて目くじら立てるようなもんじゃない、勿論。だがチャーター機のパイロットはその男がなんとなく胡散臭い感じがして町の警察に連絡した。警察はその男を監視し、同時にメキシコ・シティーの本部に問い合わせた。その結果を受けて警察はその男の部屋に踏み込んだ」

グレンツは定規を手に取るとその上から下、下から上と繰り返し眺めた。この無意味なしぐさだったがその間、私からは目がそれた。

私が言った。「なるほど、気が利くんだ、あんたの言うパイロットは。乗客にも気配り満点じゃないか。そんな話、できすぎだ」

グレンツがふいに私を見た。「我々は」と言った。「さっさと裁判を開き、さっさと結審させたい。第二級殺人罪を被告側が主張するならそれで手を打つつもりだ。あんまり突っつき回さない方がいい案件もある。なんせあの一族にゃ力があるからな」

「ハーラン・ポッターのことか?」

短くうなずいた。「私に言わせれば上の方針は一から十までは愚策だ。スプリンガーはこの件を選挙の土産にしようとすれば間違いなくできた。この事案にはお約束のものがみんな揃ってる。セックス・スキャンダル、男狂いの美人妻、名誉の負傷をした英雄——私が勝手に戦争でケガしたって思ってるんだけどな。この事案は何週間も続けて新聞の大見出しになるようなネタだ。ほっときゃ国中の新聞が大フィーバーだ。だが我々はそうはさせずに手早く火消する」と言って肩をすくめた。「いいさ、地方検事がその方針なら俺は別に異存はない。スプリンガーの好きにすればいい。ところで供述はどうなった?」彼は録音機の方を見た。それは操作面の表示ランプを点灯させて今までずーっと静かな回転音を立てていた。

「止めてくれ」と私は言った。

グレンツはさっとこちらに向き直ると険しい目つきで私を見た。「豚箱に戻りたいのか?」

「それもいいかもな。私は言いなりになる証人なんかじゃない。誰がおいそれと検察の言いなり証人なんかになるもんか。もうちっとまともになれ、グレンツ。あんたは私を告げ口野郎にしようとしている。私が意固地なのかもしれない、その上、情にほだされがちだとも言える。けれど同時に私は現実主義者だ。あんたがなにかで私立探偵を使わなきゃならない羽目になったとしよう、いや、わかってる、そんなこと、考えるのも反吐が出るってことはね——だが、もしそれ以外に手はないとしたらどうする？　そんなとき、友達を売るような探偵を雇うか？」

　グレンズは憎しみに燃えた目で私を見た。

「あと二点付け足させてくれ。レノックスの逃走計画はちょっと見え見えすぎるとは思わないか？　もしつかまりたかったのなら、あんな厄介な小細工をする必要はなかった。反対にもし捕まりたくなかったら、本場のメキシコで、メキシコ人に成りすますなんて馬鹿な真似をするはずがない」

「ってことはなんだ？」今度は唸るように言った。

「これまで聞かされたのはあんたがでっち上げた、てんこ盛りのタワ言だってこと。それから髪を黒く染めたロドリゲスって男も、オクトクランでのマリオ・デ・セルバって男も存在しないってことだ。あんたの持ってるレノックスの消息は、あんたが持ってる海賊黒ひげが隠した財宝のありかについての情報とトントンってことだ」

　グレンツはまたボトルを取り出し、グラスに注ぐと前回同様、一気に飲み干した。次第に表情も肩も緊張が和らいできた。椅子ごとくるりと体を横に回し、録音機のスイッチを切った。「お前を法廷に引きずり出したい」と苛立って言った。「小賢しい野郎だ。私の務めはお前みたいやつらをムショ送りにすることだ。ここでの会話はお前にいつまでも付きまとう、忘れるな。歩いているときも、食事のときも、寝ているときも付きまとう。この先、ほんのちょっとでも法に触れてみろ、思い知らせてやる。さてこれから胃袋が裏返しになるほど気分の悪いことをせにゃならない」

　グレンツはテーブルに手を伸ばし、先ほど裏返しにした書類を引き寄せた。その書類を表にするとサインをした。自分の名をサインするときは誰の目にもそれとわかる、動作が独特なのだ。それから立ち上がると机を回って彼がオフィスと称する下駄箱のドアを開き、「スプランクリン」とわめいた。肥満の男が入ってきた。体臭が鼻を突いた。グレンツが書類を手渡した。

「いまお前の釈放命令書にサインした」と言った。「私は公務員だ。だからときとして不愉快なこともしなきゃならない。なぜサインしたか知りたいか?」

私は立ち上がって言った。「言いたければどうぞ」

「レノックス事件は解決した。もうレノックスに関しての事件はなにもない。彼は今日の昼、ホテルの部屋で、一部始終を書いた自白書を残して拳銃自殺した。さっき言ったオクトクランって町のな」

私はそこに呆然と立ち尽くしていた。私が殴りかかるのを恐れているかのようにグレンツがそろそろと後ずさりをするのが目の端にとまった。このとき、はた目には私が何をしでかすかわからないような男に見えたのだろう。ひと呼吸置くとグレンズは机に収まり、スプランクリンは私の腕を掴んだ。

「さあ、行くぞ」と泣きそうな声で言った。「たまには家に帰らなくっちゃ」

スプランクリンに引っ張られるように部屋を出てドアをしめた。たった今、その中で人が死んだかのようにそっとしめた。

10

私物品預かり書のコピーをポケットから取り出し係官に渡した。私物が返されると私物品預かり書の原紙に受領サインした。返された品をポケットにしまった。男が受付の机の端に所在なげに腰掛けていた。私が私物を受け取り、表に出ようとすると身を起こし、話しかけてきた。男の背が高く一九〇センチほどあり、身体は針金のように細かった。

「車がいるだろ」

わびしい明かりに照らしだされたその姿は若いくせに老け込んでいて、疲れた様子で世間に対して斜に構えているようだった。だが雲助タクシーのようには見えなかった。

「いくらだ?」

「金はいい。私はロニー・モーガン、ジャーナル紙の記者だ。これから帰るところだ」

「そうか、サツ回りか」

「今週だけだ。いつもは市役所が担当だ」

二人して外へ出ると駐車場の彼の車まで行った。夜空を見上げると星が輝いていた。やけに明るく感じた。ひんやりとした気持ちのいい夜だった。私は深呼吸した。

車に乗り込むと出発した。

「家はローレル・キャニオンのはずれだ、都合のいいところで降ろしてくれ」

「警察は連れていくときは車に乗せるが帰るときのことは考えちゃくれない。今回の事件はちょっと匂う。なんとなくおぞましい感じがする」

「もう事件は解決したらしいじゃないか」と私。「テリー・レノックスは今日の昼、拳銃自殺した。そう地方検事局の連中は言っている。で、もう事件は一件落着だそうだ」

「好都合な結末だな」ロニー・モーガンはフロント・ガラス越しにまっすぐ前を見て言った。車は静まり返った街並みをゆっくり走っていた。

「彼らが壁を作るのには持ってこいの結末だ」

「壁ってなんだ?」

「誰かがレノックス事件を壁でぐるりと囲もうとしている、マーロウ。あんたはやり手だ、そのくらいお見通しだろ。事件はデカいのに警察、検察の動きはまるでコソ泥事件を扱うみたいにしょぼい。地方検事は今夜ワシントンに出かけた。なんかの会議で。ここ数年で一番の美味しい見せ場をみすみすふいにしてだ。だがどうして?」

「私に聞くな。ずーっと豚箱に入っていた」

「それは地方検事が留守だと都合がいい奴がいるんだ。それで出張した。といっても何も現ナマが動くなんて荒っぽい話じゃない。誰かが地方検事にとって願ってもない何かを約束する。この事件でそんなことができる立場にいるのはたった一人しかいない。それは被害者の父親だ」

私は車のピラーに頭を持たれかけた。「ありそうもないな」と言った。「新聞はどうなんだ？　確かにハーラン・ポッターは何社か新聞社を持っている。自分の新聞社を黙らせることはできる。だが競争相手はどうするんだ？」

ちらっとうれしそうな目つきで私を見、またすぐに正面に視線を戻して言った。「新聞社にいたことは？」

「ない」

「金持ちが新聞社を持ち、金持ちが新聞を発行する。そして金持ちは皆、同じクラブのメンバーだ。確かに新聞社の間には競争はある——発行部数、記者同士のスクープ合戦、独占記事、そりゃ競争はし烈さ。だけど一つ条件がある。その競争がオーナーどもの地位と名誉と特権を脅かさないことだ。もしそんな気配があれば蓋が閉じてくる。

その蓋がいまレノックス事件に向かって閉じてきた。レノックス事件はな、あんた、まともに扱っていればいくら輪転機を回しても追いつかないほど新聞は売れる。この事件は売れる要素が全て揃っているからだ。裁判ともなれば国中から特集記者が詰めかける。だが裁判なんかにはならない。事が動き出す前にレノックスがイチ抜けた、ってやってくれたおかげでね——なんとも好都合じゃないか——ハーラン・ポッターとその一族にとって」

私は身を起こし、彼を睨めつけた。

「じゃ、全ては仕組まれた、って言うのか？」

彼は皮肉っぽく唇を歪めた。「誰かがタイミングよくレノックスの自殺を手伝ったことだってありうる。踏み込まれて彼がちょっと逆らった。メキシコの警官の指はムズムズしてすぐに引き金を引きたがる。あんた賭事が好きなら一対一〇で賭けてもいい。誰も死体にあいた穴なんか数えちゃいない」

「考えすぎだと思う」と私。「テリー・レノックスのことはよく知っている。彼はずっと以前に自分自身に見切りをつけていた。逆らったりしない。そしてもし、生きて逮捕されたら警察のいいなりになる。弁護士の勧める二級殺人の故殺申し立てを受け入れるだろう」

ロニー・モーガンは首を振った。彼が言わんとすることはわかった。そして私が思った通りのことをロニー・モーガンは言った。「あり得ない。女房を撃つか頭に一発かまして殺したのならその話はわかる。だがやり口が酷すぎる。彼女は顔をぐちゃぐちゃに潰されていた。二級殺人で話がつくなら万々歳だ。そしてもし本当に二級殺人で結審なんかしたらまたぷんぷん臭ったろうよ」

「かもな」

またこっちを見た。「レノックスをよく知ってるって言ったよな。この件、なにか裏があるとは思わないか？」

「もう疲れた。今夜はなんかを考えるムードじゃない」

長い沈黙があった。ロニー・モーガンが沈黙を破った。「もし私がよれた市役所まわりのブンヤじゃなくて冴えわたった事件記者なら、たぶん彼はそもそも女房なんか殺してないかも、と考えるだろう」

「なるほど」

彼はタバコを口にくわえ、ダッシュボードでマッチを擦って火をつけた。面長な顔をしかめたまま口をきかずタバコを吸って運転を続けた。幹線道路をローレル・キャニオンまで来ると、交差点を示し、そこから坂を上がるよう伝えた。車はたいそうな音をたてながら坂を上がり、家に続く杉板の外階段ののぼり口で停車した。

「送ってくれてありがとう、モーガン。一杯やってかないか？」

「またにする。今は一人になりたいんじゃないか？」

「いままでうんざりするほど一人だった。たっぷりすぎるほどな」

「ずっと一人だった? 違うだろ、別れを告げなきゃならん友達がいたんだろ」とモーガンが言った。「もし誰かの為に甘んじて豚箱に入ったのならその誰かだよ、私の言う友達とは」

「そんなことで留置されたなんて誰から聞いた?」

うっすらと笑いが浮かんだ。「紙面に出ないから即、ブンヤは知らない、なんて思ったら間違いだ、おっさん。じゃな、またな」

私は車から降りて扉を閉めた。車はUターンして坂を下っていった。車のテールランプが角を曲がって見えなくなるのを見届けると新聞を拾い、長い外階段をのぼった。家にたどり着くと誰もいない室内に入った。家じゅうの電気をつけ、窓という窓を開け放った。家じゅうが古臭く、むっとしていた。


コーヒーを淹れ、飲むと、缶に入っている一〇〇ドル紙幣五枚を取り出した。紙幣は硬く巻かれて缶の片側、コーヒー粉の中に押し込まれていた。コーヒーカップを手に持ったまま家の中を歩き回った。テレビをつけて、消して、座って、立って、また座って。

外階段ののぼり口に山積みになっていた新聞も全部読んだ。レノックス事件は当日の朝刊では一面トップで始まっていた。翌日の朝刊には第二報が掲載されていた。シルビアの写真は載っていたがテリーの写真はなかった。私のスナップ写真も載っていた。覚えのない写真だった。そこにはこう書かれてあった。「ロス・アンジェルスの私立探偵、取り調べの為勾留」エンシーノの豪邸の大きな写真が載っていた。とんがった屋根がいくつもある英国建築を模したデザインだった。窓を拭くだけでも一〇〇ドルはすると思われるほどの屋敷だった。邸宅はロス・アンジェルス近郊としては破格に広い、八〇〇〇平方メートル敷地にある丘の上に建っていた。ゲスト・ハウスの写真もあった。母屋のミニチュア版だった。生垣に囲まれていた。二枚とも明らかに遠くからとられたもので拡大されてトリムされていた。新聞が伝える「死の部屋」の写真はなかった。

すべて留置所で一度読んでいた。しかし今は違った観点から記事を読み、写真を見た。そこから読み取れたことは二つだけだった。一つは裕福で美しい女性が殺されたこと、もう一つは新聞記者はほとんど締め出されていたことだった。つまりなんらかの力が事件発生のごく初期からしっかり働いていたということだ。事件記者共は歯ぎしりして悔しがったに違いない、むなしく歯ぎしりを。想像に難くない。もしテリーが殺人のあった晩、すぐにパサディナにいる義父のポッターに電話をしたというのが本当なら、警察が通報をうけたときには屋敷は既に一ダースほどのガードマンで固められていたはずだ。警察の尻にくっついてくる事件記者など屋敷に一歩も入れるはずがなかったのだ。

しかし全く解せないことがあった――被害者を滅多打ちにしたことだ。テリーがやったとはどうしても思えなかった。

部屋の明かりを消して開け放たれた窓辺に座った。外の藪では物まね鳥がチチチと細かく鳴くと、自分のさえずりに満足して眠りについた。首筋がかゆかった。私はひげを剃り、シャワーを浴びた。それから寝室へ行き、ベッドの上で仰向けになった、まるでどこか遠くの暗闇から伝わってくる声を聴こうとするように。すべての事柄を明らかにしてくれる穏やかで丁寧な声を。そんな声は聞こえなかった。そんな声がするはずがないことはわかっていた。レノックス事件について納得いく説明をしてくれるような人はいない。説明など必要ないのだ。犯人は告白し、そして死んだ。死因審問さえおこなわれないだろう。

ジャーナル紙のロニー・モーガンが言うように――何とも都合がいい。もしテリー・レノックスが妻を本当に殺したなら、それはそれで一件落着。裁判にかける必要はなし、醜い真実が白日の下に曝されることもない。もし彼がやっていなかったら、それはそれでまた一件落着だ。死人はこの世で一番都合のいい身代わりだ。決して反論しない。

11

翌朝もう一度ひげを剃り、着替えて車でいつもの道をダウンタウンの事務所へ向かった。駐車場ではいつものスペースに車を停めた。もし駐車場のゲート係員が、私が今や有名人だと知っていたとすれば拍手したくなるほどさりげないふりをするのがうまかった。

事務所のある階までエレベーターでのぼり、廊下を通って事務所に着き、ポケットから鍵を取り出し、ドアを開けようとしたとき、浅黒く、目鼻立ちのすっきりした男が壁に寄りかかってこちらを見ているのに気がついた。

「マーロウか？」

「だったらなんだ？」

「ここで待ってろ」と言った。「あんたに会いたいって人がいる」弾みをつけて背を壁から離すと、かったるそうに歩き去った。

オフィスに入ると郵便受けから郵便物を取り出した。それに加えて机の上には夜間掃除婦が置いた郵便物が山ほどあった。窓を開けてから開封作業にかかった。意味のないやつをゴミ箱行きにした。結局ほとんどがゴミ箱行きになった。顧客用ドアのブザーの電源をいれ、パイプにタバコを詰めると火をつけ、机の奥の椅子に座り、誰かが助けを求めてブザーを鳴らすのを待った。レノックスのことを考えた。なぜかもはやほとんど心が掻き立てられることはなかった。彼の存在は既に遠く離れていってしまったのだ。

白髪、右頰の傷痕、なぜか人を引きつける弱々しさ、彼特有の自尊心などのすべてが。彼と会い、酒を酌み交わしていたとき、彼の人間性を見定めようともしなかったし、なぜそうなのかを考えることもなかった。それは、どうして頰に傷を負ったのかとか、なぜよりによってシルビアみたいな女性と結婚することになったのか、などを一度も尋ねなかったのと同じ理由だ。ちょうど船旅で誰かに会い、意気投合して親しくなるが実際にはその人のことを何も知らない。レノックスは私にとってそんな存在だった。船が到着した波止場で、さようなら、連絡しあおうな、友達になったからな、と言いながら自分も相手も、もう二度と会うことはないことを十分わかっている、彼との別れはそんなふうだった。

もう二度と会うことはない、もし、仮にもう一度会ったとしても彼は全くの別人になっているだろう。そしてそのときの彼は、たまたま列車のラウンジで見掛けた同じロータリークラブの会員程度の存在にすぎない、見覚えはあるけれど名前は知らない。商売はどうですか？ え、まあまあですよ。お元気そうで、そういうあたもね。いや、最近体重が増えちゃって。全く、我々みなそうですよ。東ヨーロッパ（どこでもいいのだが）への旅を覚えてます？ もちろん。あれは素晴らしい旅だった、そうでしょ、あんな旅はめったにない。

あなたは素晴らしい旅なんてどうでもよかった。列車で退屈していて体もこわばっていた。ほかに話すあてもいなかったので彼に話しかけたにすぎない。私とテリー・レノックスとの間柄もそんなものだった。いや、全然違う。彼については記憶だけではなく、物理的に私の中に残していったものがある。

私は彼には金と時間を費やした。おまけに三日間の豚箱まで。あごへの一発とつばを飲み込むたびに痛む首へのパンチは言うに及ばずだ。彼は死んでしまった。彼が残していった五〇〇ドルさえ返せない。それを考えると腹立たしかった。なぜかいつも取るに足らない事柄が頭に浮かび、その度に腹を立てたり、苦い思いがこみ上げてくるのだ。

ドアのブザーと電話が同時に鳴った。電話を優先した。ブザーは事務所の狭苦しい待合室に誰かが入ってきたというだけのことだからだ。

「マーロウさん？ エンディコット氏からです。お待ちください」

エンディコットの声が受話器から流れた。「スウェル・エンディコットだ」と言った、まるで秘書が名前を私に告げなかったかのように。

「おはよう、エンディコットさん」

「よかったな、釈放されたんだって。下手に逆らわなかったんだろう？　まっとうな策を取ったたって訳だ」

「策で出たんじゃない。ただ筋を通していたら出された」

「君がこの件について耳にすることはもうないと思うが、もしなにかあって助けが要るなら連絡してくれ」

「なんでそんな必要がある？　彼は死んだっていうじゃないか。もし、生きていれば、彼と私が知り合いだってことを立証するには警察はとんでもない時間をかけることになっただろう。それから私があの犯行について何らかの知識を持っていることを立証しなきゃならなかった。同時に彼が実際に凶行に及んだこと、あるいは逃走したことを立証しなければならなかった。だが彼は死んだんだ。警察はもう何もする必要はない」

　エンディコットは咳払いをした。「たぶん君は」と注意深く言った。「彼が詳細な自白書を残したことを知らんのじゃないかね？」

「もう聞かされた、エンディコットさん。あんたは法律家だ。その自白書とやらが本物でしかも真実を述べているかを立証する必要がある、と素人の私が忠告するのは出すぎた真似かな？」

「あいにく法律論争をする暇はない」ときつい口調で言った。「これからメキシコに飛び、どちらかといえば気の滅入る仕事をしなければならない。言っていることはわかるだろ？」

「ふーん、まあ誰の依頼で行くかによるな。あんたは依頼人が誰か教えてくれなかった。覚えているだろ」

「勿論だ、よく覚えてる。じゃ、さよなら、マーロウ。君の代理人になる件はまだ生きている。それとは別にちょっとした忠告をしよう。一件落着お役御免なんて思いこんじゃいけない。あんたはまだ綱渡りの最中だ」

　電話は切れた。私は受話器をそっと置いた。受話器を握ったまましばし座っていた。表情が歪んだのがわかった。気を取り直して表情を和らげると立ち上がり、オフィスから待合室へのドアを開けた。男が窓際に座って雑誌をパラパラとみていた。青い生地にほとんど目立たないような薄い青の格子模様のあるスーツを着ていた。組んだ両足に鳩目が二つある黒のモカシン靴を履いていた。履き心地は散歩靴のように快適で普通の革靴のようにたった一〇〇メートル歩くのにも靴下は必要、なんてことはないのだ。白いハンカチがきちんと四角に折られて胸ポケットに収まっていた。そのハンカチの後ろからサングラスの端が覗いていた。

髪は黒く、ふさふさしていた。たっぷりと日焼けしたと見えて肌は赤銅色に輝いていた。座ったまま、鳥のような黒く、きらきらとした目を上げると細く刈り込んだ口髭に笑みを浮かべた。濃い栗色の蝶ネクタイが眩しいほどに白いワイシャツに映えていた。

雑誌を脇へ放り投げると「たわ言だ。こいつら品のねえ雑誌はすぐガセに飛びつきやがる」と言った。「コステロの記事を読んでいた。まったく、こいつらコステロのことはなんでも知ってる、ちょうど俺がトロイのヘレンのことをなんでも知ってるようにな」

「ところでご用はなんでしょう?」

私をねめ回すように眺めて言った。「でかくて赤いスクーターに乗ったターザン」

「何のことですか?」

「お前のことだ、マーロウ。象の代わりにド派手なスクーターに、両膝揃えで乗ってるターザン気取りの玉無し野郎って言ってるんだ。お巡りにいたぶられたのか?」

「まあね。それがなにか?」

「アルブライト委員長がグレゴリオスと話した後にか?」

「いや、後じゃない」

男は細かく頷いた。「お前、あのブタ野郎に一発かませてくれってアルブライトに頼んだな」

「さっき、それがなにかって訊きましたよね。おたくとどんな関係があるんですか? ついでに言っておきますけどアルブライト警察公安委員長など私は面識もない。だから頼み事なんかしていない。委員長が私の味方になんかなるはずがないでしょう」

彼は不機嫌そうに私を睨んだ。ヒョウのように優雅にゆっくり立ち上がった。待合室を横切って私のオフィスをのぞき込んだ。彼は頭を傾け、私についてこいと合図をすると、さっさとオフィスへ入っていった。彼はどこにいようとその場の主役なのだ。彼に続いてオフィスに入るとドアを閉めた。彼は机の傍らに立って周りを楽しそうに見まわした。

「雑魚だ」と言った。「チープな奴だ。チーピーって呼んでやる」

私は机を回って椅子に座って待った。

「どの位稼ぐんだ？　月に、マーロウ？」

言わせておいて私はパイプに火をつけた。

「頑張っても七五〇ドルがいいとこだろう」とその男が言った。

私はマッチの燃えさしを灰皿に落とすとタバコの煙をふかした。

「ゴミみたいな野郎だな、お前は、マーロウ。シケたペテン師だ。あんまりチマチマしてるんで虫眼鏡でも使わなきゃ見えねえ」

私は一言も口を挟まなかった。

「動機からして安っぽい。お前のやることなすこと、みんな安っぽいぜ。いっちょマエに男の付き合い気取りでそれらしく酒喰らって、それらしく馬鹿言って。相手が金がなくて焦っていると臭い芝居で端した金を握らせてバっちり恩売りやがる。まるでヒーローマンガ読みすぎのガキだぜ。お前にゃ度胸もない。脳みそもない。コネも腕もない。それでお前はこれ見よがしにヒーローのサルまねをする。ウケけて皆が涙を流すのを狙ってな。お前はでかくて赤いスクーターに乗ったターザンだ」彼はちょっとうんざりしたように笑った。「俺から見ればお前は五セントの値打ちもない」机に身体を覆い被さるようして私に近づくと私の顔を叩くように手の甲を左右に振った。実際は叩くつもりはなく団扇をあおぐように、小馬鹿にしたように私の目の前で左右に軽く振った。ちょっと笑みをうかべたまま。私が少しも動じる様子がないのを見て取ると、ゆっくり客用の椅子に座って机に片肘をつき、その褐色の手のひらに顎を載せた。鳥のような黒く、きらきらとした目で私を見つめた。目からは何も読み取れなかった。ただきらきら光っていた。

「俺が誰かわかるか？ チーピー」

「メネンデスだろ。仲間内じゃメンディーって呼ばれてる。ハリウッド大通りがシマだ」

「そうかい。どうやってのし上がったか知ってるか？」

「知るわけないだろ。多分はじめは不法入国のメキシコ女を集めた売春宿のポン引きあたりだ」

彼はポケットから金のシガレットケースを取り出し、シガリロに金のライターで火をつけた。鼻をつく煙を吹き出すとうなずいた。金のシガレットを机の上に置くと指でなで回した。

「俺は大物だ、マーロウ。たんまり儲けている。俺はにんまりしたい奴らをにんまりさせるために金を稼ぐ。なぜかって？ もっと金を稼ぐためにはもっとにんまりしたい奴らをもっとにんまりせるために金が要るからさ。俺はベル・エアに豪邸を買った。九万ドルした。好みに改装させたらそれ以上かかってもまだ終わってねえ。

俺にはプラチナブロンド美人の女房がいる。東部の学校に通わせている二人の子供もいる。女房は宝石に一五万ドルも使い、そのうえ毛皮と衣装に七万五千ドルも使ってる。家には執事、メイドが二人、コック、運転手がいる。俺のケツにくっついている使いっ走りは数に入れていない。俺はどこへ行っても最高のもてなしを受ける。何でも最上級だ。食い物も最上級、酒も最上級、ホテルも最上級のスイートルームだ。フロリダには別荘がある。クルーザーも持ってる。乗務員五人つきのな。車？ あるさ。ベントレーが一台。キャディラックが二台。クライスラーのステーションワゴンが一台。せがれにはイギリス車のＭＧだ。二年後には娘にも一台やる。お前は何持ってる？」

「そんなにはない」と私。「今年一軒家に越した――住んでいるのは私だけだ」

「女はいないのか？」

「私だけだ。その他私の財産と言えば今あんたがここで見てるもの、銀行に一二〇〇ドル、それに二、三〇〇〇ドルの債権だ。これで満足かな？」

「一つの案件で今まで一番稼いだのはいくらだ？」

「八五〇ドルだ」

「うっへ、それっぽっちか」

「さえずるのは終わりだ、要件を言ってくれ」

　メネンデスは半分も吸っていないタバコをもみ消すともう一本くわえて火をつけた。椅子の背にもたれた。唇を憎々しげにゆがめた。

「俺たち三人はタコつぼ塹壕で飯を喰っていた」と彼は話し始めた。「死ぬほど寒く、辺り一面雪だった。食いもんは缶詰だ。凍ってた。銃撃はたいしたことなかったが迫撃砲が絶え間なかった。俺たちは寒さで凍えて真っ青だった。文字通り真っ青だ、ランディ・スターと、俺と、それからご存じのテリー・レノックスだ。迫撃砲弾が俺たち三人のど真ん中にドスンとおっこってきた。なぜかわからねえけど爆発しなかった。遅延弾ってやつは一筋縄じゃいかねえ。ふざけてるがそのふざけ方が可愛くねえ。不発弾だって安心してると三秒後、安心しちゃいけなかったことがわかる。俺とランディが飛んで逃げようとするより早く、テリーがそいつを掴むとタコつぼから飛び出した。電光石火だった。

　俺が言いたいのは、わかるか？　バスケットボールの選手がボールを素早く相手からかっさらうようにだ。タコつぼから出るやバタッと地面にうつ伏せになり同時にオーバースローで迫撃砲弾を放り投げた。迫撃砲弾は空中で爆発した。ほとんどの砲弾の破片はテリーの頭上をかすめて飛び散った。だが破片が一個、彼の頬をえぐった。その直後、ドイツ野郎が突撃を開始した。次に我に返ったときには俺たちの目の前にはタコつぼもなく、倒れていたレノックスもいなかった」

　メネンデスはそこで一旦話をとめ、例のキラキラした黒い瞳で私をみた。

「話してくれて感謝する」と言った。

「よく言うぜ、マーロウ。褒めてやろう。ランディと俺は幾度となくこの話をした。そしてテリー・レノックスとおんなじ目に遭ったらどんな奴だっておかしくなっちまうって意見が一致した。俺たちは長い間テリーは死んだものだと思ってた。だが違った。ドイツ野郎に捕まってた。一年半の間、奴らはあいつを痛めつけた。顔の手術をしたのはいいとしても奴らはあいつを徹底的に痛めつけた。テリーの消息を調べるのに金をかけた。そしてあいつを見つけるのに更に金をかけた。だが俺たちは戦後の闇市でしこたま稼いでいた。だからなんとかなった。俺たち二人を助けてテリーが何を得た？　半分新しい顔、白髪、それに歪んじまった脳みそだ。東部に戻ると酒浸りになり、あちこちでサツのやっかいになり、言ってみればズタボロになっちまった。

テリーなりの思いはあったのだろうが俺たちには知るよしもない。次にあいつのことが耳に入ったとき、あの金持ち娘と結婚して上流階級入りしてた。別れてまたどん底に落ちて、またよりを戻して——女が死んだ。ランディも俺も、彼にはなんにもしてやれなかった。させてくれなかったんだ、ベガスでのバイト以外はな。にっちもさっちも行かなくなったとき、テリーはおれたちの所へは来なかった。てめえみてえな、お巡りがいつでもコズけるチーピーのところに駆け込んだ。挙げ句の果てに死んじまった。グッドバイも言わずに、おれたちに借りを返すチャンスもくれずにだ。俺ならペテン師がカードにいかさまを仕組むよりも手際よく、あっという間にあいつをメキシコに高跳びさせられた。だがあいつはお前に泣きついた。そいつが気にいらねえ、お巡りがいつでもコズけるチーピーになんかによ」

「警官はコズこうと思ったら誰でも小突く。私に何をさせたいのか言ってくれ」

「放っておきゃいい」

「何を放っておくんだ？」

「レノックスの件で金を儲けようとか、名前を売ろうとかスケベ心は起こすな、てことだ。終わったことだ。始末はついた。テリーは死んだ。これ以上あいつのことをほじくり返すのは許さん。あいつはもう十分ひどい目に遭った」

「おセンチやくざってわけか」と私。「ジンとくるね」

「口には気をつけろ、チーピー。気をつけるんだ。メンディー・メネンデスは意見は聞かねえ。指示するだけだ。

この件で金を儲けようなんて考えは捨てるんだ。わかったか?」

メネンデスは椅子から立ち上がった。話が終わったのだ。手袋を取り上げた。真っ白な豚革の手袋だった。一度もはめたようには見えなかった。洒落者なんだ、ミスター・メネンデスは。だがその背中からはタフなオーラが放たれていた。

「名前を売るつもりはない」と言った。「それに私に金を出すからどうこうしろ、なんて言った人など誰もいない。誰が何のために私なんかに金を出すと思ってるんだ?」

「とぼけるな、マーロウ。お前が慈善事業で丸三日、ケツが凍る豚箱で過ごしたなんて誰が信じる? 見返りは受け取ったはずだ。誰とは言わねえ。けど見当はついている。そんでその連中は腐るほど金を持っている。レノックス事件は解決した、たとえ――テリーが犯人じゃなくても、だろ?」

「たとえ――」演説はそこで途絶え、手袋で机の端をはたいた。

メネンデスの顔に驚きが浮かんだ。その驚きぶりはまるでインスタント結婚式で使うリングの金メッキほど微かだったが私はそれを見逃さなかった。

「その点じゃ俺もお前と同じ気持ちだ、チーピー。だが今となっちゃどうでもいいことだ。だがそう考えると何かいいことがあるんなら――それからテリーが自分はやってないって皆に思って欲しかったなら――お互いそう思ってりゃいい」

私はなにもコメントしなかった。ちょっとの間があり、それからメネンデスがゆっくり笑みを見せた。「でかくて赤いスクーターに乗ったターザン」と言い聞かせるようにゆっくり言った。「よう、タフガイ。この俺におとなしくコケにされるタフガイ。小銭で雇われて、小突かれ慣れして、文無し、家族なし、見込みなしのケチな野郎だ。そのうちまたな。チーピー」

私は歯を食いしばってじっと座っていた。机の角の置いたままになっている金のシガレットケースの輝きを見つめていた。萎えて疲れてきた。私はゆっくり立ち上がるとシガレットケースを手にした。

「忘れものだ」といいながら机をぐるっと回り込んで彼に近づいた。

「半ダースはあるさ」とあざけるように言った。

彼に近づき、手の届くところまで来るとケースを差し出した。どうでもいいといったふうに手を伸ばし、受け取った。

「こいつを半ダースってのはどうだ？」と言うなり彼の胃袋に思いっきりきつい一発を入れた。メネンデスはくの字に体を折って弱々しい呻き声をあげた。シガレットケースが床に落ちた。くの字のまま後ずさりすると壁に腰をつけ、痙攣したように忙しく両手で腹をさすった。大きく口をあけ、空気を求めてあえいだ。それからゆっくり、ゆっくりとあらん限りの意志の力を振り絞って体をまっすぐに立てた。また目と目が合った。私は手を伸ばし、彼の顎を輪郭に沿って指でなでてやった。その間、メネンデスはじっとしてされるがままだった。ようやくその浅黒い顔に笑みを浮かべることができるようになった。

「こんな度胸があるとは思わなかったぜ」と彼は言った。

「次は拳銃を持ってくるんだな――でなきゃ私をチーピーとは呼ばない方がいい」

「拳銃なら手下に持たせてある」

「じゃ次に来るときはそいつを連れてこい。そいつがいなきゃチーピーとは呼べない」

「脳天気な野郎だ、マーロウ」

私はつま先でシガレットケースを端に寄せるとかがみ込んで拾い上げた。メネンデスに手渡すと彼はポケットに滑り込ませた。

「訳がわからん」と私は言った。「時間をかけてここまで来て私をおちょくった。一体なんの得があるんだ？結局はつまらないことになった。タフガイはみんな決まってつまらない、退屈だ。丁度すべてがエースのカードでポーカーをやるようなもんだ。すべてが思うようになるけど面白くもなんともない。ゲームをやっているつもりでも実は座ってただ自分自身を眺めているだけだ。テリーがなぜあんたに頼まなかったかわかった。売春宿のあばずれに金をせがむようなもんだからな」

メネンデスは指二本で胃のあたりをそうっと押した。「後悔するぜ、チーピー。やめときゃいいのに図に乗って利いたふうな口をききやがって」

メネンデスはオフィスの出口へ向かい、ドアを開けた。廊下の向かいの壁に寄りかかっていたボディーガードは体を起こすと歩み寄った。メネンデスが頭で来いと合図をした。そいつはオフィスに入るとそこで立ち止まり、無表情で私を値踏みした。

「こいつをよく覚えとけ、チック」とメネンデス。「いざってとき、わかるようにな。こいつに用ができるかもしれねえからな」

「ご心配なく、チーフ」褐色のなめらかでキリッとした唇のその男は、やくざ特有のキリッとした口調で答えた。「こんな奴、目じゃないっすよ」

「こいつのボディーブローは貰うな」メネンデスが苦々しく言ってちょっと口を歪ませた。「こいつの右フックを喰らったら笑えない」

ボディーガードはただ私をあざ笑っていた。「フックが打てるほど俺には近寄れない」

「さてと、じゃ、あばよ、チーピー」そう言ってメネンデスは出ていった。

「またな」とボディーガードが冷ややかに言った。「私の名はチック・アゴスティーノだ。いずれ可愛がってやる」

「エロ新聞みたいな奴だな」と言ってやった。「私があんたの顔を踏みそうになったら「エロ新聞紙じゃねえ、俺の顔だ、踏まないでくれ」って叫ぶことだな」

彼の顎にぐっと力が入った。それからサッときびすを返すと親分の後を追った。

手荒くドアは扱われたがダンパーの御利益で静かに閉まった。耳を澄ませても足音が聞こえてこなかった。まるで猫のように忍び足で歩くのか？　念のため一分ほど経ってドアを開け、廊下の様子を見渡した。がらんとして誰もいなかった。やくざにモカシン靴か。

机に戻ると座ってしばらくの間考えた。メネンデスのような結構な大物が私に行儀良くしていろ、とここまで脅しにやってきた。わざわざ、それも個人的に。なんでこんなことに貴重な時間を費やすのか？　しかもその直前、言い方は違うが同じような警告をスウェル・エンディコットから受けたばかりだ。

考えても結論は出なかった。そこで、音楽で言えば楽譜に抜けがあればどんな曲かわからない、オタマジャクシを付け加えればちゃんと演奏できるかも、そう考えた。電話を取り、ラスベガスのテラピン・クラブに電話をした。指名通話でフィリップ・マーロウからランディ・スター氏へ。空振りだった。ランディ・スター氏は出張です。だれか別の者がご用を伺いましょうか？　いえ、結構です。実を言えばランディ・スターとでさえそれほど話したいわけではなかった。ほんの思いつきにすぎなかった。遠いラスベガスの大物が私なんぞに関わるなんてありえない。

その後三日は何事もなく過ぎた。私を殴る奴も銃で狙う奴も電話でおとなしくしていろと脅してくる奴もいなかった。仕事の依頼もなかった。家出娘探しとか、妻の浮気の証拠写真、真珠の首輪がなくなったとか遺言状を探して欲しいとか、そんな仕事でさえ全く来なかった。ただオフィスに座って壁を眺めているだけだった。レノックス事件は唐突に終わった。持ち上がったときと同様に。この事件についての短い検視審問会が開かれた。私が喚問されることはなかった。検視審問会は予告なく、陪審の立ち会いもなく、異例な時間に開かれた。レノックスが検視局の管轄外で死亡したという理由で、検視官は単独で評決を出した。その評決とは、シルビア・ポッター・デイ・ジョルジオ・レノックスの死の原因は彼女の夫である、テレンス・ウイリアム・レノックスによる殺人の意図により引き起こされた、というものであった。なにはともあれ自白書なるものが真正な証拠として記録されたのだろう。そしてなにはともあれ検視局が十分納得できるほどその真正性が検証されたのだろう。

シルビアの遺体は埋葬のために警察の手を離れた。遺体はサンフランシスコへと空輸されポッター家の霊廟に葬られた。メディアは葬儀に呼ばれなかった。インタビューに応じたことのないハーラン・ポッター氏は勿論のこと、誰ひとりとしてインタビューには応じなかった。ハーラン・ポッター氏に会うのはダライ・ラマと会うほど難しかった。何億ドルも持っている連中の生活は浮世離れしている。彼らはずらりと並んだ召使い、ボディーガード、秘書、お抱え弁護士それからイエスとしか言わない会社の幹部たちの後ろに鎮座している。彼らだって寝たり、喰ったり、床屋に行ったり、服を着たりするだろうとは思うが定かではない。

彼らについて我々庶民が見聞きする事柄はすべてお抱えの広報担当グループが剪定し、味つけし、飾りつけた話なのだ。そこでは金持ちたちは献身的で清廉潔白、裏表がなく打てば響く、まるで滅菌済みの縫合針のような人格に作り上げられる。勿論それが真実である必要はない。庶民がその金持ちについて見聞きする事実と食い違わなければそれでいい。見聞きする事実と言っても、たかだか指で勘定できるくらいの件数だ。その加工作業によって広報担当グループはたっぷりその見返りにあずかるのだ。

三日目の午後遅く、電話がかかってきた。相手はハワード・スペンサーと名乗り、ニューヨークにある出版社の代表で今、仕事でカリフォルニアに来ているといった。私に相談事があるのでできれば翌朝一一時にリッツ・ビバリー・ホテルのバーで会いたいと言ってきた。

どのような相談かを訊いた。

「ちょっとばかり面倒な話です」と言った。「いや、倫理にもとるような話じゃありませんよ。もし話を聞いて頂いた上で断わられても結構です。勿論ご足労頂いた分は支払い致します」

「それはどうも、スペンサーさん。その点はご心配なく。ところで私のことは誰かの紹介ですか?」

「ええ、あなたの仕事ぶりを知っている人からです。最近その筋ともめたことを含めてね、マーロウさん。はっきり言いますとね、そこんとこが気に入りましてね。いや、私の相談事はあの悲惨な事件とはなんの関係もありません。今回の件はただ――いや、電話でお話するより一杯やりながら相談しましょう」

「豚箱に入っていたような男に大事な件を任せてもいいんですか?」

笑い声が伝わってきた。感じのいい笑い方で感じのいい声だった。その話し方はブルックリンの下町訛りがはやる前のニューヨークッ子の調子だった。

「お願いする立場からすると、マーロウさん、そこがポイントなんですよ。いやいや、もうちょっと説明させてください。あなたは、おっしゃったように留置された。――ここが大切だと私は思っています――だがあなたは頑として口を割らなかった、どんなに圧力がかかっても」

スペンサーは分厚い小説を朗読するように文章にやたら切って話した。ま、電話だからそうしたのかも。

「わかりました、スペンサーさん。明日朝、お会いしましょう」

彼はサンキューと言って電話を切った。一体誰が私を紹介したのか? スウェル・エンディコットかとも思い、電話をかけて確かめようと思った。だが彼は今週ずっと出張で、まだ帰ってきていないことを思い出した。まあ、大した問題じゃない。こんな稼業でもときにはお客が満足することがある。そして私だってただじっと座っているわけにはいかない。喰うために金を稼がなければならない――というか、稼がねばと思っていた、その晩、家に戻って手紙と一緒に入っているマディソン大統領の肖像をみるまでは。

12

その手紙は道路際、家への外階段ののぼり口にある、赤と白に塗られた郵便受けに入っていた。先っぽにキツツキの飾りが付いている蓋の取っ手が上がっていた。これまでは、たとえ蓋が開いていても中を覗き込むようなことはしなかった。家に手紙が来るなんてことはなかったからだ。余談だがキツツキのクチバシが最近折られた。折れ口が新しい。どこかの悪ガキが手製の原子砲で撃ったんだろう。

封筒には航空便のスタンプと、メキシコの切手がベタベタ貼られ、なにやらスペイン語で書かれていた。このところ頭の隅にいつもメキシコが引っかかっていた。そうでなかったらゴミ郵便として捨ててしまったかもしれない、いや、そんなことはしないかも。消印の日付は読めなかった。手で捺されていて、しかもインクはかすれていた。インクパッドにほとんどインクがなかったんだろう。封筒は厚かった。外階段をのぼり、家に入ると居間のカウチに座って読みはじめた。静かだった。死者よりの手紙がその静けさを運んできたのだろう。

手紙は書き出しから唐突だった。


私は今、とても清潔とは言えないホテルの二階の一室の窓際に座っている。ここはメキシコのオタトクランという山と湖のある町だ。窓の下にポストがある。頼んでおいたコーヒーをボーイが運んできたらこの封筒を投函することになっている。投函する直前、手紙をかざして私に見せるよう指示した。指示通りやれば百ペソやる約束をした。ボーイにすれば百ペソは大金だ。

なぜこんな面倒くさいことをするのか？　尖った靴を履き、汚れたシャツを着た色の浅黒い男がドアの向こうで見張っているからだ。何かを待っているようだ。何を待っているかはわからない。がとにかくその男が私を閉じ込めている。だがこの郵便さえ出せればまあ文句は言うまい。あんたには同封の金を受け取って貰いたい。私には必要ないし、地元の警察が見つけたらくすねるに決まっている。ここまで持ってきたのは何かを買うつもりがあったからじゃない。これは言ってみればあんたにえらい迷惑をかけたお詫び、それと情と理をわきまえた男への尊敬の印だ。今度もいつもの通り、すべてについて誤った判断をして誤ったことをした。だが銃はまだ持っている。あんたはどこかの時点で私がシルビアを殺したと判断すると思う。私が殺したのかもしれない、多分殺したのだろう。だがその後のことについては私ではないと断言できる。あのような酷いことが私にできるはずがない。だがもうどうでもいい、毛ほどの意味も持たない。今、やらなければならないことは、不要で意味のないスキャンダルを防ぐことだ。シルビアの父親も姉も、私を色眼鏡で見ることはなかった。あの人たちにはあの人たちの生活が、そして人生がある。私は名も姿も変えてここにまで流れ着いた。私がぐうたらなのはシルビアのせいじゃない。もともとそうだったんだ。なぜシルビアが私を選んだのか私にもよくわからない。多分ほんの気まぐれからじゃないかと思う。

救われることがあるとすればそれはシルビアが若くして、美しいまま死んだことだ。世間は言う。欲情のまま生きれば男は年老いるが女は若いままでいられる。全く、世間はもっともらしいたわごとで満ちている。こうも言っている。金持ちはどんなときでも自分の身は自分で守れるし、彼らは常夏の世界に住んでいる。私は彼らと暮らしてみたが金持ちは退屈で寂しい。

自白書を書いた。少し不安な気分だし、それにかなり怯えている。今の私の状況は小説によく出てくる。だが本と実際とは違う。現実に自分の身に起った、そして持っているものはポケットにある拳銃だけ、そして見知らぬ国の薄汚いホテルの一室の隅に追い詰められた、そしてそこから出る手立ては唯一つしかない、そんな状況になったら――嘘じゃない。そうなったらそれは気分を高揚させるようなものでも大向こうをうならせるものでもない。ただただ不愉快で見苦しく、望みもなく惨いだけだ。

だからあの事件のことも私のことも忘れてくれ。ただ、まず、ヴィクターの店でギムレットを一杯飲んでくれ。次に気が向いたとき、あんたの家でコーヒーを淹れ、私のコップに注いでバーボンをあのときのように入れてくれ。それから私のためにタバコに火をつけ、コーヒーカップの脇に置いてくれ。それからすべて忘れてくれ。テリー・レノックスの出番は終わり、退場した。

誰かがドアをノックした。ボーイがコーヒーをもってきたのか？　もしそうでなければ撃ち合いが始まる。概ねメキシコは気に入っている。だがメキシコの牢屋は別だ。さようなら。

テリー

これで手紙は終わりだ。手紙をたたんで封筒に入れた。ノックしたのは結局コーヒーを持ってきたボーイだった。そうでなければ手紙は届かない。マディソン大統領の肖像も届かなかった。マディソン大統領の肖像は五〇〇〇ドル紙幣だ。

緑のピン札はテーブルの上、私の目の前にあった。初めて見た。銀行員でも現物を見たことのある人はほとんどいない。ランディ・スターとかメネンデスのようなヤクザ連中ならこいつを財布に入れていることは大いにあり得る。銀行へ行き、マディソンで揃えてくれと頼んでもすぐには無理だ。銀行は連邦準備銀行へ行って両替してこなければならない。それも入手するのに数日はかかる。国中でも一〇〇〇枚あるかないかだろう。目の前の紙幣からはオーラがでていた。紙幣自体が後光を放っていた。

私は座ったきり長い間飽きずに紙幣を眺めていた。しばらくそうしていたが、やがてそいつを書簡棚に入れるとコーヒーを淹れようとキッチンへと向かった。彼が願ったことをしてやった。願いを叶えてやるのは私がセンチメンタルだからか、五〇〇〇ドルもらったせいなのかわからない。コーヒーカップ二つにそれぞれコーヒーを注ぎ、彼のカップにはバーボンを少し注いだ。そして飛行場まで彼を送っていった日、彼が座っていた席に置いた。タバコに火をつけるとカップの脇にある灰皿にそっとおいた。

私はコーヒーカップから立ち上る湯気とタバコからの細い一筋の煙をじっと見ていた。

表ではタコマの樹の中で小鳥が一羽、あちこち派手に動き回り、時折羽ばたいては独り言のように低くチッチとさえずっていた。

コーヒーの湯気も消え、タバコからの煙が絶え、灰皿には火の消えた吸い殻だけが残った。吸い殻をシンクの下にあるゴミ箱に捨て、コーヒーをシンクに流してコップを洗い、棚に片付けた。

やることはやった。とても五〇〇〇ドル分の仕事をしたとは思えなかった。

しばらくそうしていたが、深夜営業の映画館へと出かけた。くだらない映画だった。どんな筋だかほとんどわからなかった。記憶にあるのは騒がしい音とスクリーンに映った馬鹿でかい顔だけだった。家に戻ると一番ありきたりなチェスの定石、ルイ・ロペッツを並べてみた。並べたはいいが続きをやる気が起きなかった。それでそのまま寝ることにした。

だが眠れなかった。午前三時頃起き出して部屋をうろつきながらハチャトリアンがトラクター工場で現場監督をやっている音を聴いた。彼はその音をバイオリン・コンチェルトと呼んだが私には緩んだファンベルトの音にしか聞こえなかった。まあ、どうでもいい。

一晩中眠れないことなど滅多にないことだった。言ってみればデブの郵便配達を見かけるくらいまれなことだ。ハワード・スペンサーとの約束がなければバーボン丸々一本やっつけてぶっ倒れていたところだ。原因はわかってる。もし今度、なにかの機会にロールス・ロイス・シルバー・レースの中に礼儀正しい酔っ払いを見かけたら、余計なことは考えず、そそくさとそこを立ち去り、尾行をまくように回り道して家に帰る。なにしろ自分自身で仕掛けた罠ほど恐ろしい罠はないのだから。

13

一一時、私はホテルのレストランからバーに入って左手奥、三番目のブースに座っていた。バーに出入りする人たちを見逃さないよう、壁を背にして座った。晴れた気持ちのいい朝で、スモッグはないし、空は真っ青だった。バーからは一面のガラスを通して外が一望できた。目の前のテラスにはプールがあり、遙かレストランの入り口付近まで伸びていた。

太陽がプールの水面にギラギラと反射していた。白い水着の匂い立つような若い女性が飛び込み台の階段をのぼっていった。形のいい脚はきれいに日焼けしていたが、水着から、太ももの真っ白な肌が帯のようにのぞいていた。私はちょっとむらむらっとした。すぐに彼女は視界から消えた。バーの外の日よけテントが広く張り出されていたからだ。消えたと思うまもなく彼女が一回転半をしてプールに飛び込んだ。

　水しぶきが太陽に届くほど盛大に上がり、それで虹ができた。彼女と同じくらい素晴らしかった。ややあって彼女はプールのラダーをのぼってプールサイドに上がり、かぶっていた白いキャップをとると、漂白した髪を振って整えた。テラスに置かれている小さな白いテーブルまで腰を振って歩いてゆき、体格のいい男の隣に座った。その男は白い短パンを身につけ、黒のサングラスをかけていた。ここのプール係としか思えないほど万遍なく見事に日焼けしていた。椅子にもたれていた男は身を起こして彼女の太ももを軽く叩いた。彼女は消火用バケツみたいに大きく口を開けて笑った。一挙に興ざめした。笑い声はきこえなかった。聞く必要もなかった。結んでいた歯を開放してできた彼女の顔のでかい穴をみればそれで十分だった。

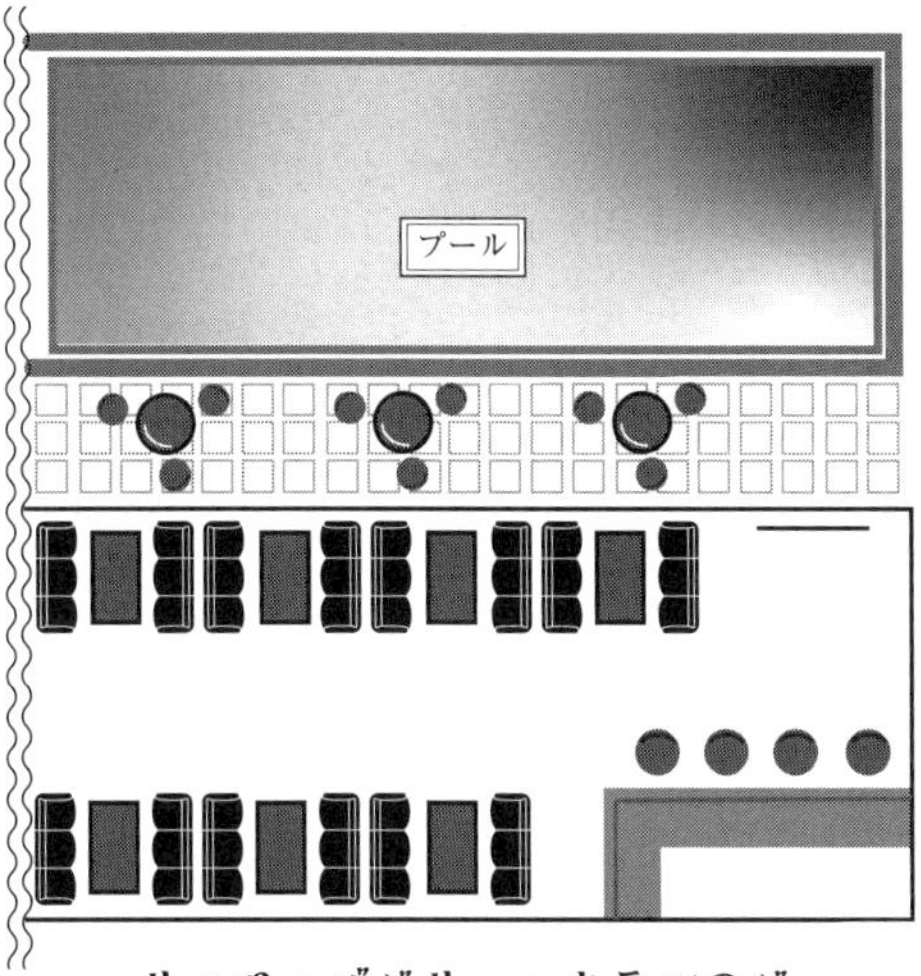

リッツ・ビバリー・ホテルのバー

　バーにはほとんど客はいなかった。三つ奥のブースでは、はしこそうな二人がいて、お互いの映画のネタを買収する代わりに大げさな身振り手振りで相手に認めさせようとしていた。テーブルの上には電話が置いてあり、数分ごとにお互いのアイディアを付き合わせ、どっちが二〇世紀ＦＯＸ映画の大御所、ザナック氏に売り込みの電話をするか競っていた。二人とも若く、浅黒く、意欲的で気迫に満ちていた。電話口ではそれこそあらん限りの力を振り絞って売り込んでいた。私があんな力を出すとすれば太った男を四階まで階段を使って担ぎ上げるときぐらいしかないだろう。バーのカウンターでは悲しげな様子の男がスツールに座ってバーテンダーと話をしていた。バーテンダーはグラスを磨きながら、「もううんざりだ」と叫ぶのを我慢するときに浮かぶ、あの作り笑いを浮かべてその男の話を聞いていた。その男は中年で立派な身なりをしていた。もう酔っていた。彼は兎に角話がしたいのだ。本当は話を終わりにしたくても口がどうにも止まらないのだ。男は礼儀正しく親しみやすいように見えた。話しっぷりが伝わってきたが聞く限りでは特にろれつがまわらない、というふうではなかった。だが誰の目にも、彼は朝一番にボトルを抱え、放すのは夜、それもバタンと眠るときだけ、という生活を送っているのは明らかだった。この先ずっとそんな人生を送るのだろう、そしてこれまでもそんな人生だったのだ。なぜそんなことになったのかは誰にもわからない。なぜならたとえ彼がそのいきさつを語ったとしてもそれは真実ではないからだ。百歩譲って自身は本当のことを話しているつもりでも、それはゆがめられ、剪定された記憶を基に語られるのだ。彼のような悲しい男は世界中の至る所にある静かなバーには必ずいる。

時計を見るとあの大手出版社の紳士との約束の時間はすでに二〇分も過ぎていた。あと一〇分待って来なかったら帰ろう。依頼人にわがままを許せば致命的になりかねない。

もし依頼人の言うがままになれば、依頼人は私をそういう男だと見る。誰の言うがままにでもなるような探偵は誰も雇わない。うまい具合にここしばらくはニューヨークのうすのろの使いっ走りをやらされるほど金には困っていない。この手の輩は、机にはずらりと押しボタンが並び、インターコムがあり、高級ファッション女性服のハッティー・カーネギーのビジネス・スーツを着込んだ、そそるような大きな瞳の秘書がいるニューヨークの八五階にガラス張りのオフィスを構えている。こういった偉いさんは、相手に対しては九時きっかりに来るよう申し伝える。そして当の偉いさんはダブルのギブソンをひっかけて二時間後にぶらりとお出ましになる。そのとき万一にも訪問者がにこやかな笑みをたたえてちょこんと椅子にかしこまっていなければ、大物ならではの、ものすごい癇癪を破裂させるのだ。そして機嫌を直してその大物さん曰くの、難しく、厳しい相談事を引き受けてもらうには、アカプルコで五週間、なだめたりおだてたりしなければならないのだ。

年配のバーのウェイターがさりげなく近寄ってきて氷のほとんど溶けたウィスキーのオン・ザ・ロックにやんわり目をやり、その目で「どうする?」ときいた。私が「いらない」と頭を振ると彼は、「わかった」、ともじゃもじゃの白髪をちょっと縦に揺すった。丁度そのとき、夢に出てくるような美女が入ってきた。その瞬間、店内の音がすっかり消え去ったような気がした。映画のネタで口角泡を飛ばしていた二人はわめくのをやめ、バーの止まり木でぐちゃぐちゃ泣き言を言っていた酔っ払いも口をつぐんだように思われた。

ちょうど演奏会での指揮者が指揮棒で譜面台を叩いてから両手を挙げ構えるとピタッとそこで全てが静止した直後のようだった。

女性は細身で背がすらりと高く、白いリネン地のテーラーメイドのドレスを着て、首には白地に水玉模様のスカーフを巻いていた。髪はおとぎ話の王女様を思わせる淡い金髪だった。その上に小さな帽子が載っていてその淡い、うっとりするような金髪はまるで小鳥が巣に収まるように見事に帽子と調和していた。瞳の色は矢車草のような青だった。そんな瞳は滅多にみかけない。まつげは長く、いまにも消えそうな淡い金色だった。

通路の向こう側のブースのそばまでくるとおもむろに肘まで伸びた白い手袋を外しはじめた。年配のウェイターは飛んでいって、彼女がすっと席の真ん中に座れるように、ブースのテーブルをもう片方の席に寄せた。そんなことは私には望むらくもないことだった。その女性はストラップ付きのバッグに手袋をしまい、笑顔でありがとう、と言った。

その仕草がこの上もなく優雅で愛らしく心がこもっていたのでウェイターは危うく心臓麻痺を起こしてしまいそうに見えた。なにやら低い声でウェイターに伝えると、ウェイターは前のめりのまま大急ぎでいずこかへ向かった。一世一代の仕事を承ったようだ。

私は彼女を見たまま固まった。彼女が私の視線に気づき、ちょっと目線を上げた。もう私は彼女の視線から外れた。彼女の視線がどこへ向いているかは関係なかった。私の視線は彼女に釘付けになり息を詰めたままだった。

金髪なんかどこにでもいる。今じゃお笑いのネタになるくらいだ。金髪にはそれぞれ個性があってそれぞれ違った魅力がある。但し、車のメタリック塗装みたいなブロンドは別だ。ズール族が髪を漂白してでっち上げたような金髪でおまけに見た目はふわっとスタイリッシュだが舗装道路みたいにガチガチに固められている。小鳥がさえずるように語りかける小柄で可愛らしい金髪娘もいる。かと思えば、ギリシャ彫刻のような金髪もいる。お近づきになりたいと思っても青い瞳の氷のような一瞥で突き放されてしまう。またこちらに思わせぶりな眼差しを送ってくる金髪もいる。そういう娘はかぐわしい香りを振りまき、輝いていて、こちらの腕にすがってくる。そしてその娘を送って家に着くと、もう疲れてくたくた、どうしようもないといった仕草をし、おまけに頭も割れるように痛くなったと訴える。それをきいた途端、かっときてぶん殴りたくなる。もっとも金と時間をあまりつぎ込む前で、しかも下心がはち切れるほど膨らむ前にその「頭痛」を見抜いてバカを見ずに助かったと喜べる場合は別だが。なぜなら「頭痛」は古今東西、彼女たちの伝家の宝刀だ。ボルジア家の毒薬とか暗殺者の短剣と同様、これをだされたら必ずとどめを刺されてしまう。

おおらかで乗りのいいブロンドもいる。彼女たちはミンクさえ身にまとえばあとはどうあろうと気にしないし、星降るテラスでドライ・シャンパンが飲めればどこだろうと気にしない。山椒は小粒でピリリとしたブロンドもいる。彼女たちは何事も深入りはしない。独立独歩公明正大で常識人だ。よちよち歩きのときから柔道を習っていてトラックの運ちゃんなんかサンデー・レビュー新聞の社説を読みながらでもあっさり背負い投げできる。

かと思えば死ぬほどのことはないものの、慢性貧血症の金髪がいる。青白く不景気な顔をしてけだるそうにしている。陰気そのものでその声も頼りなく、まるで地の底から聞こえてくるようだ。誰もその娘に触れることはできない。第一にはとてもそんな気が起きないからだ。第二には彼女が読んでいる本のせいだ。T・Sエリオットの『荒地』、ダンテの原書、カフカあるいはキルケゴールなんかを読んでいる。もしなにも読んでいなければそのときはプロバンス語の勉強をしている。音楽も好きだ。あるとき、ニューヨーク・フィルハーモニー楽団演奏のヒンデミットの交響曲を聴きにいった。そうしたら演奏中、あるところでビオラが四分の一ビート遅れた。そうしたら彼女は六人のビオラ演奏者のうちどの演奏者がミスったかを言い当てた。トスカニーニも言い当てたそうだ。だからそんな芸当ができる人間が世界には二人もいることとなる。

最後は絵に描いたようなグラマーな金髪だ。そんな女はさしずめ三人の大物ギャングを看取った後、二人の億万長者と結婚して、一人当たり億単位の慰謝料をゲットする。そして最終的にはフランスのニース海岸そばにうすいピンク色の別荘を持ち、アルファロメロのタウンカーを運転手二人抱えて乗るようになる。また大勢の落ちぶれた貴族とも知り合いになる。だがその付き合いかたはまるで老いぼれた侯爵が執事にお休みをいうような調子で、丁寧だが全く心のこもらないものだ。

向こうのブースに座っている夢のような金髪はそのいずれのタイプにも当てはまらない。まるで住んでいる世界が違う。言いようがないのだ。まるで山奥のせせらぎのように遙か彼方にいて、あくまでも透き通っているその色のように、なにものにもたとえようがない。

すぐ耳元から声がかかったとき、まだ私は彼女に見とれていた。

「とんでもなく遅れてしまった、申し訳ない。「こいつ」がしでかしてね。ハワード・スペンサーです、マーロウだね、君は」

我に返って声のする方へ顔を向け、男を見た。中年でやや太り気味だった。服装には無頓着のようだったがひげはさっぱりと剃られていて、薄くなった前髪は頭頂部の地肌を隠すように丁寧に後方へなでつけられていた。派手なダブル・ブレストのチョッキを着ていた。ここカリフォルニアではボストンからのお客でも来ない限り滅多に見ない。

縁なしめがねをかけていた。安物のくたびれたブリーフケースをポンポンと叩いた。「こいつ」とは明らかにそのブリーフケースのことだ。

「分厚い原稿が三冊分、いずれもフィクション。没にする理由を見つける前になくしたら面倒ですからね」そう言ってあの年配のウェイターに合図をした。ウェイターが丁度向かいの、あの夢のような金髪のテーブルに何やら緑色の液体が入った背の高いグラスを置いて恭しくあとずさりしたところだった。

「ジンとオレンジのカクテルによわいんですよ。我ながらおかしな好みだと思います。一緒にどうです？ よかった」

私がうなずいたのだ。年配のウェイターはすーっと離れていった。

ブリーフケースを指さして訊いた。「なぜ没ってわかるんですか？」

「もしすこしでも見込みのあるものなら作者自身が私のホテルまで届けにやって来るなんてことはありませんよ。ニューヨークにいる代理業者がとっくに目をつけているはずです」

「じゃなぜ受け取ったんですか？」

「まあ、門前払いは可哀想でしょ。それに出版社ならだれでも夢見る万が一の大当たりってこともありますからね。でもね、我々だって大変なんですよ。カクテルパーティーに行くでしょ、すると色んな人を紹介されるじゃないですか。そこでよくあるのが小説の原稿を見て欲しいと頼まれることなんです。カクテルのせいで必要以上に親切心と人類愛にあふれてしまってその結果つい、ぜひ原稿を見せていただきたい、なんて言ってしまう。すると原稿が秒速でホテルに届けられ、おざなりにでも読むか、読んだふりをしなければいけない羽目になる、という具合です。おっと、あなたには出版界の事情やら煩わしさなんか興味ありませんよね」

ウェイターが飲み物を運んできた。スペンサーはグラスを手に取るとグビッと呑み込んだ。彼は向かいのブースにいる金髪には気がついていなかった。私との会話に専念していた。話し相手としては申し分ないタイプだ。

「仕事上必要なら」と私が言った。「本だって読みますよ、たまには」

「我が社のドル箱作家の一人がこの辺りに住んでいます」とさりげなく言った。「彼の作品を読んだかも、ロジャー・ウェードです」

「あ、彼ね」

「わかりましたよ」とスペンサーは残念そうに言った。「歴史小説は好みじゃないんだ。だけど彼の本はバカみたいに売れる」

「別に歴史小説がどうのこうのいっている訳じゃありません、スペンサーさん。前に一度彼の本を読んだんですが駄作としか思えませんでした。もちょっと言葉をえらぶべきでしたかね？」

にやっと笑った。「いや、いいですよ。あなたと同じご意見の方は大勢います。しかしながら現時点で肝心なことはですね、彼の書くものはオートマチックにベストセラーになるという事実です。出版社というものは言い値を呑まされても彼のような流行作家を最低二人は抱えていなければやっていけないのです」

私はちょっと横向かいの夢のような金髪女性を眺めた。彼女はレモネードかなんかそんな類いの飲み物を飲み終ったところで、豆粒みたいな腕時計に目を遣った。バーは少し立て込んできたが、やかましいほどではなかった。はしこそうな若者は相変わらず身振り手振りを交えてネタ話を続けていた。しょぼくれた酔っ払いはまだバーの止まり木いた。二人ほど話し相手ができたようだ。また、正面を向いてハワード・スペンサーを見た。

「今回の依頼の件となにか関係があるんですか？」と訊いた。「ロジャー・ウェードさんが、ですよ」

スペンサーがうなずいた。それから私を注意深く品定めした。「君のことを少し教えてもらえますかね、いや、もし差し支えなければだが」

「で、どんなことをお知りになりたいのかな？　私は免許を受けた私立探偵でこの稼業は結構長くやっています。一匹狼で仲間はいません。独身でもう中年にさしかかっています。牢屋には一度ならずご厄介になっています。酒、女、チェス、その他ちょっとしたことなどを愛しています。警官には好かれていません。でも馬の合う警官も何人かはいます。根っからの土地っ子でサンタ・ロサの生まれです。両親はもういません。兄弟姉妹もいません。たとえいつかどこかの暗い路地裏でくたばっても、いや万一の話ですが、まあこんな商売していると考えざるを得ないのです、というか、何をやっていても、やっていなくてもきょうビ誰にでも起こりうると思いますよ。で、そんなことが起こっても人生の支えが根元から崩れた、などと感じる人は男女を問わずこの世にはいません」

「なるほど」と彼は言った。「あなたの話にあがらなかった事柄が実はこちらの知りたいことをしっかり伝えてくれた、つまり仕事上の話には触れないことをね」

私はジンとオレンジジュースのカクテルを飲み干した。私の口には合わなかった。

私は彼に向かってにやりと笑って言った。「一つ言い忘れていましたよ、スペンサーさん。ポケットにはマディソン大統領の肖像が入っているんです」

「マディソン大統領の肖像？　ちょっと意味がわかりかねる――」

「五〇〇〇ドル紙幣ですよ。お守りでね」

「なんですって！」とかすれ声で言った。「それってえらく危ないんじゃないかな？」

「誰でしたっけね、危険もある線を超えるとその先はもう同じだと言ったのは？」

「ウォルター・バジョットだと思う。とび職人の話ですよ」と言ってにやっとした。「残念ながらあいにく私は本屋なんでね、その意見には賛成できない。ところでさっきの件だけど、君は合格だ、マーロウ。君にこの件を託したい。もし折角だけどまたいつか、と言って帰ったら私の背中に向かってくたばれ、って叫んだんじゃないかな、違うか？」

私はにやっと笑い返した。スペンサーはウェイターに合図し、さっきと同じものを二杯注文した。

「話はこうだ」とおもむろに話し始めた。「我が社は今、ロジャー・ウェードのことで本当に困っている。筆が進まない。自制が効かなくなってきている。なにか深い訳がある。このままじゃあの男は身も心も空中分解しちまう。酒浸りだし情緒不安定だ。

ときによってはふらりと家を出たまま何日も帰ってこないときもある。ついこの間も奥さんを二階から放り投げて病院送りにした。肋骨が五本も折れていたそうだ。誰が見てもいつもは仲のいい夫婦だ。もめ事なんか一切ない。それが飲むと人が変わってしまう」

スペンサーはブースの背もたれに寄りかかると困り果てたといった目で私を見た。「いま契約している本を書き上げて貰わなきゃならない。我が社としても切羽詰まっている。ある意味、私も個人的に追い詰められている。だがそれだけを問題にしてるわけじゃない。重要なのは才能あふれる作家を救うことだ。彼の才能は無限だ。これからの作品はこれまでの作品を凌駕する、私はそう確信している。なにか恐ろしい事が起こっている。私がニューヨークからやって来たというのに会おうともしない。私としては精神科医に任せるべきだと考えている。だがウェード夫人は首を縦に振らない。彼は精神的には全く問題ない、正常だ、何かの外的要因が彼を死ぬほど苦しめている、そう奥さんは信じて疑わない。たとえば脅迫だ。今の奥さんとは五年前に結婚した。それ以前に起こった彼の過去が今、彼を追い詰めているのかもしれない。たとえば、まあ何の根拠もないが、ひき逃げ事故を起こし、被害者が死んでしまった。そして運悪く誰かにその証拠を握られた、とか。現時点ではどんなトラブルかわかっていない。まずそれを突き止めたい。突き止めたらわが社は解決のためには喜んでそれ相応の金額を用意するつもりだ。いろいろ調べた結果、やはり精神的な問題だとわかれば、そのときは――そのときだ。そうでなければ必ず解決策はあるはずだ。だがまずはウェード夫人の安全確保だ。次は殺しちまうかもしれない。なにが起こるかわからないから」

飲み物が来た。私は口をつけず、スペンサーが一気にグラス半分を飲み干すのを見ていた。タバコに火をつけ、彼をじっと見た。「あんたには探偵なんか要らない」と言った。「要るのはマジシャンだ。どうやってこの私がその奥さんを守れるんだ？ 亭主が奥さんに何かしら危害を加えようとするその瞬間ぴったりに「その場」に居合わせたとしよう、そして亭主は私の手に負えないほどの暴れ者じゃないとしよう、そういう情況なら亭主に一発かませてベッドに寝かせることができるかもしれない。だけどそうするには何をおいても私が「その場」にいなければはじまらない。そんなチャンスは百回に一回あるかないかだ。あんたにもそのくらいわかるだろう」

「彼は君と同じくらいの背格好だ」とスペンサーが言った。「だが、君みたいにシャキッとはしていない。それに、君には彼の家に住み込んで貰いたいと思っている」

「それはちょっと無理だ。大体酒飲みってのはずるい。たとえ住み込んだとしてもぴったりくっついてるわけじゃない。ちょっと離れた隙を突いて騒ぎをおっぱじめる。私の名前は男性看護師の紹介所には登録していない」

「男性看護師なんて役に立たない。ロジャー・ウェードは看護なんかを受入れるような男じゃない。ロジャーには飛び抜けた才能がある。それが何かの理由で自制ができなくなってしまった。これまで大衆向けのクズ本で儲けすぎるほど金を儲けた。必ずしも拍手喝采するようなもんじゃない。そうはいっても作家を身の破滅から救うには本を書かせる以外に手はない。もし彼に少しでも意味のある本を書く気があるならそのうち必ず世に出す」

「なるほど。彼のことはひと通りわかった」と私はちょっとうんざりした口調で言った。「彼には才能がある。同時にかなり危険だ。彼にはなにやらどす黒い秘密があり、そいつをアルコールに沈めようとしている。いずれにしても私が扱う問題じゃない、スペンサーさん」

「そうか」スペンサーは時計を見た。困惑が顔に浮かび、そのせいか顔が小さく、年老いたように見えた。「わかった。だが君に無駄足踏ませるつもりはなかった、それはわかって欲しい」といいながら原稿の入った鞄に手を伸ばした。

私は通路を挟んだ向かいブースにいる夢のような金髪女性に目を遣った。帰り支度をしていた。白髪のウェイターが勘定書きを持ってブースの脇でもじもじしていた。彼女はにっこり微笑んで金を渡した。ウェイターは神様と握手ができたときのような顔をした。ちょっと口紅を整えると白の長い手袋をはめた。間髪を入れずウェイターはテーブルを思い切りどかせて彼女が大通りを歩くように、なにも気にせずブースから出られようにした。

女性からスペンサーへと視線を戻すと彼は眉を寄せテーブル脇の空のグラスを見つめて座っていた。膝には鞄を置いたまま立ち上がろうとしない。

「こうしよう」と私は言った。「もしよければウェードの家に行って彼がどんな様子かを見よう。そして奥さんとも話そう。だけど正直なところ、ウェードは私をあっという間に家からおっぽり出すと思う」声がした。だがスペンサーの声ではなかった。「いいえ、マーロウさん。そんなことはしないと思いますよ。それどころか彼はきっとあなたが気に入ると思います」

私は顔を上げ紫色の双眸に見入った。彼女は我々のブースのテーブル脇に佇んでいた。

私はその場で立ち上がったが、その格好はへっぴり腰で尻はブースの背に押しつけられていた。通路まで座ったまま尻を滑らせ、それから立てばべつだが、ブース席の真ん中で立ち上がれば誰でもそんな格好になる。

「どうぞそのままで」とその女性は言ったが、その口調はまるで夏の雲に整列、と命令するように、あからさまにどうでもいいといった調子だった。「お詫びしなければなりません。でも名乗る前にあなたがどんなお方かを見ておく必要があると思ったのです。私、アイリーン・ウェードと申します」

スペンサーが苛ついた口調で腹立たしげに言った。「受ける気はないそうだ、アイリーン」

彼女は静かに微笑んで言った。「そうは思わないわ」

私は体勢を立て直した。それまで中腰のまま口を開けて、まるで女学校出たてのうぶな娘みたいに荒い息をしていたのだ。見れば見るほど美人だった。そばで見ると痺れそうだった。

「興味がないとは言っていません、ウェードさん。こう言ったんです、いやこう言いたかったのです。私がご主人の件で何かの役に立つとは思えない。そしてお役に立ちたいと思って動くと、とんでもない間違いをしかねない、とね。なにか取り返しのつかないことになるんじゃないかって」

見ると彼女は今や真剣そのものだった。勿論笑みは消えていた。「そうおっしゃるのは性急すぎます。その人の人となりを判断するのに、その人の行動で決めるのには賛成できません。もし本当に人を正しく評価しようとするなら、その人がどんな人かを見てから決めるべきじゃないでしょうか?」

私はかすかにうなずいた。というのも、それはまさに私がテリー・レノックスについてつくづく感じていたことだったからだ。実際彼は何の取り柄もない男だ。まあ塹壕での一瞬の栄光をのぞいては——それもメネンデスが本当の事を話しているとすればだが。だが彼の行状をかき集めてもテリーの全体像が浮かび上がるなんてことはあり得ない。テリーは何をやっても、何を言っても憎めない男だった。一生の間にそんなふうに言える人間と一体何人出会えるというのか？

「だから決めるのはロジャーがどんな人間か見てからになさってください」と穏やかに付け加えた。「さようなら、マーロウさん。もし気が変わったら――」といいながら手早くバッグを開けると名刺を私に渡した――「あ、それとおいで頂きありがとう」

スペンサーにちょっと会釈をすると去っていった。彼女がバーから出て、ガラス張りの別館の前に広がるテラスをぬけてレストランへと向かうのを見ていた。歩く姿も絵になっていた。ロビーへと向かう幌つきの小道を曲がるところを見つめていた。彼女が曲がり角に消える瞬間、彼女の白いリネンのスカートが翻ったのが見えた。我に返ってドスンとブース席に腰を落とすとジンとオレンジのカクテルをがぶっと飲んだ。

その間、スペンサーは私をじっと見ていた。彼の眼差しになにかとげがあった。

「やるもんだな」と言ってやった。「だがちらっとでも彼女を見てれば完璧だった。向こうのブースにいる夢見るような美人に、それも二〇分も気がつかないなんてあり得ないからな」

「へたな小細工だった、違うか？」スペンサーはそう言って笑おうとした。だが本当はそんな気分じゃないのが見て取れた。私が彼女を見る目つきが気にくわなかったのだ。

「どうも探偵っていうと身構えちゃってね。探偵を家に入れようと思うと――」

「あんたの家にいってまで仕事をしようなんて探偵なんかいないさ」と言った。「それはそうとまずは別のシナリオを考えるべきだったな。酔っ払っていようがしらふだろうが、あんな美人を二階から放り投げて肋骨を五本折った奴がこの世にいるなんて話を私に信じさせようとする前に、もうすこしましな手はあったろう」

スペンサーは顔を赤らめた。ブリーフケースに置いた両手を握りしめた。「私が君に嘘をついたというのかね？」

「違うか？　あんたは都合のいいシナリオをでっち上げた。ひょっとしてあんたはあの奥さんに気があるんじゃないか？」

それを聞いた途端、スペンサーは立ち上った。「その言い方は気にくわない」と言った。「さっき合格と言ったが間違いだったかもしれない。申し訳ないが今までの話はなかったことにしてくれ。ということでこの場でこれまでの精算をする」

スペンサーは二〇ドル札を一枚テーブルに投げた、それから一ドル札を何枚かを。これは飲み物の代金だ。ちょっとの間、突っ立ったまま私を睨みつけていた。目をギラギラさせていた。顔はまだ紅潮したままだった。

「私には妻がいる。子供も四人いる」と唐突に言った。

「それはめでたい」

ちょっとなにか言いかけたがくるっと私に背を向けると出ていった。足早に去っていくのをしばし眺めていたがグラスに目を移し、残ったカクテルを飲み干してタバコ二〇本入りの箱をポケットから取り出すと一本振り出してくわえ、火をつけた。箱はテーブルに置いた。白髪のウェイターがやって来てテーブルにある札に目が釘付けになった。

「なにかお持ちしましょうか？」

「いや、いい。金はみんなあんたのもんだ」

ウェイターは札をゆっくり手に取った。「二〇ドル紙幣が紛れ込んでいます。あのお方が間違えたんですよ、お客様」

「彼は数字がわかるさ。金はみんなあんたのもんだ、私がそう言ってるんだ」

「本当ならあたしゃ大喜びしちゃいますけど、お客様――」

「本当だよ」

ウェイターはちょっと頭を下げると戻っていった。まだ信じられないといった様子で。バーは客で一杯になってきた。脳天気なカマトト娘が二人、身振り手振りで、ぺちゃくちゃ喋りながら入ってきた。奥にいる例の二人の仲間のようだ。店内の雰囲気はカップルの熱気と真っ赤なマニキュアの指先で汚染され始めた。タバコを半分ほどまで吸った。意味なくむしゃくしゃしていた。立ち上がって出ていきかけたがテーブルにタバコを置いたままだったので振り返って取ろうとした。そのとき何かが後ろからドスンと強く当たった。そのときの私のムードにはうってつけの出来事だった。

さっと振り向くとそこに地元では名の売れた男のでかい横顔があった。やけにゆったりとしたオックスフォード・フランネルのスーツを着ていた。商売上手特有の、とびきりのつくり笑いを浮かべながらスター気取りで握手でもするつもりなのだろう、手を奥に向けて差し伸べていた。その伸びきった腕をつかむと彼をぐるっとこちらに向かせてやった。そして言った。「なにするんだ、こいつ。この通路はおまえみたいな大物にはまだ狭すぎるってのか?」

その男は私の腕をふりほどくと逆切れして居丈高に吼えた。「いちゃもんつけよってのか、にいさん、奥歯ががたがたにしてやろうか、え?」

「ほー、できるのか、大したもんだ」と私。「それじゃなにか? ヤンキースのセンターだって守れるってのか、フランスパンでホームランが打てるってのか」

男は肉厚の手でこぶしを構えた。

「あなたぁ、マニキュアが剝がれるわよ、やめといたら」と言ってやった。

彼の自制心が働いた。「くたばれ、口先野郎が」続けて言った。「いつかやってやる、タガの外れたときにな」

「これ以上外れようがあるのか?」

「失せろ、消えちまえ」と彼が言った。「もう一度減らず口叩いてみろ、この次は入れ歯をする羽目にしてやる」

私はにやりとして言った。「じゃ電話くれ、だがそんときゃこっちのセリフとかみ合うしゃれた喋りを頼む」

するとはっと我に返ったのだろう、緊張が解けた。笑いだした。「映画にでも出るつもりか? にいさん」

「いや、出るとすりゃウォンテッドのポスターにだ、郵便局に貼ってある」

「それじゃ手配書をみておこう」そう言って歩き去った。顔にはまだ笑顔の余韻が見られた。

全くバカなことをしたものだ。だがすっかり気が晴れた。ガラス張りの別館に沿ってホテルのロビーを抜け、正面玄関までやってきた。玄関へ出る前にちょっと立ち止まり、サングラスを掛けた。車に乗り込むとアイリーン・ウェードから名刺を渡されたことを思い出した。それまですっかり忘れていた。見ると浮出し印刷の名刺だった。けれどもビジネス用ではなかった。自宅の住所、電話番号と名前が印刷されていた。ロジャー・スターンス・ウェード夫人一二四七アイドル・バレー・ロード電話アイドル・バレー五—六三二四。

アイドル・バレーのことはよく知っている。かつてはあの区域への門には警護員詰め所があり、ガードマンが常駐していた。湖畔にはカジノがあり、そこでは高級売春婦が獲物を狙っていた。カジノが閉鎖になってからすっかり変わった。その地区全体をまっとうな不動産会社が買収した。その会社傘下のクラブはその区域に分譲地購入者の夢を叶える仕掛けを考え出した。クラブは湖とその湖畔を所有していた。厳密な審査の上、クラブ会員にならなければ湖で遊べないことになった。つまアイドル・バレーに住み、クラブに入会することは特権イコール金といった考えの通じない、特別な意味を持つ特権を得ることになる。アイドル・バレーにとって私などは、たとえて言えばバナナパフェにぽつんとのせられた小っこいタマネギのように場違いだ。


夕方遅くハワード・スペンサーが事務所に電話をしてきた。怒りを収めたようで、申し訳なかった、場もわきまえず失敗をした、考え直してもらえないだろうか、と言ってきた。

「もしウェードが私に会いたいというなら受けてもいい。じゃなきゃ話はなしだ」

「了解した。受けてくれたらそれ相応のボーナスが——」

「いいですか、スペンサーさん」と私は苛立って言った。「運命を雇うことはできない。もし旦那が怖いならウェード夫人は家を出ればいい。それは彼女次第じゃないですか。一日二四時間彼女をロジャー・ウェードから守るなんてできるはずがない。そんな保護プログラムを提供する探偵なんかこの世にいませんよ。だがあんたの要求はそれがすべてじゃない。あんたはなぜ、どんなふうに、いつロジャー・ウェードがおかしくなったのかを知りたがっている。それだけじゃない。彼を立ち直らせて二度とおかしくならないようにしたい――少なくとも原稿があがるまで。それだって彼次第だ。本当に彼が、その寝言みたいな本を書き上げたいと思うなら仕上げるまで酒は断ちますよ。何でもかんでも探偵にやらせようなんて、あんたは欲張りすぎてる。そこまで期待するなら受けようにも受けられない」

「問題の根は一つなんだ」と言った。「たった一つの問題からすべてのトラブルが起こっている。だが君の言い分もわかった。この案件は極めて微妙で細かい配慮がいる。探偵の仕事じゃないのかもしれない。じゃ、そういうことで。私は今夜ニューヨークに戻る」

「よい旅を」

彼はサンキューと言って電話を切った。電話が切れてからあの二〇ドルはウェイターにくれてやった、とスペンサーに言わなかったことに気がついた。電話をして言ってやろうと思ったがやめた。もう十分落ち込んでいるだろうから。

店じまいをして「ヴィクターの店」へ向かった。ギムレットを飲みに。テリーの願いを叶えてやるために。途中で気が変わった。感傷に浸る気分ではなかったからだ。代わりにローリーズ［プライム・リブで有名、シカゴに本店がある］へ行き、マティーニを飲み、プライム・リブとヨークシャ・プッディングを食べた。

家に着くとテレビをつけてボクシングを観た。退屈極まる試合だった。どいつもこいつもうまいのはダンスだけだ。アーサー・マーレイのダンス教室でインストラクターでもやるべき連中だ。そいつらのボクシングはジャブを出し、頭をヒョコヒョコ上下させ、互いに打つふりをして相手のバランスを崩そうとする、そればっかりだ。そいつらのパンチじゃ居眠りしているばあさんだって目を覚まさない。観衆はブーイング、レフリーは「ファイト」と叫んで手を叩くがボクサーはただパンチを避けたり、ちょこちょこ動いてははるか遠くから左ジャブを出すだけだった。チャンネルを切り替えて犯罪ドラマを観た。クローゼットみたいなせせこましいセットで出演者はみなくたびれ、見飽きて、魅力なしの顔だった。セリフはB級どころかC級映画でも使われないようなひどいものだった。探偵には黒人の助手がいて、役割はおどけ役だ。実際はそんな助手は要らなかった。探偵自身が十分冗談だった。合間に入るコマーシャルときたら有刺鉄線とビール瓶のかけらをベッドにして育った、筋金入りの鈍感野郎でさえ耐えられないしろものだった。

テレビを消して冷蔵庫に保管してあった新品のタバコを取り出し、封を切り一服した。いがらっぽいところがなく、喉に優しかった。上質なタバコの葉が使われていた。銘柄を見るのを忘れた。

そろそろ寝ようとしたとき、殺人課のグリーン部長刑事から電話が来た。

「あんたも知っておきたいだろうと思って電話した。数日前、あんたの友達のレノックスが埋葬された。場所は彼が死亡したメキシコの町だ。ポッター家の弁護士がメキシコまで行き、葬儀に立ち会った。マーロウ、今回あんたはついていた。次回友達を助けて国境を越えようなんて気がおきたら、やめとけ」

「彼は何カ所撃たれていた？」

「何のことだ？」と吠えた。それからちょっと黙った。再び口を開いたとき、やけに用心深い口調になった。「そりゃ一カ所だろう。頭を吹っ飛ばすには普通一発で十分だ。その弁護士が指紋やらポケットに入っていた遺品やらを持ち帰ってきた。他に知りたい事はあるか？」

「あるさ。でもあんたには答えられない。私が知りたいのは誰がレノックスの女房を殺したか、だ」

「何言ってる。レノックスは一部始終を書いた自白書を残した。グレンツから聞いてないのか？　新聞にだって出ている。あれから新聞は読んでないのか？」

「電話ありがとう、部長刑事。感謝してる」

「あのな、マーロウ」苛立った声が伝わってきた。「この事件でへんな勘ぐりをしてみろ、後悔することになるぞ。事件は解決した。終わったんだ。すべては防虫剤と一緒にお蔵にしまわれた。今回おまえは本当にラッキーだった。この州では事後従犯の相場は懲役五年だ。ついでに教えてやる。長年刑事をやっていてわかったことがひとつある。やったこととムショ行きになる理由とは必ずしも同じじゃないってことだ。やったことが法廷でどんなふうに仕立てられるかによってムショ行きが決まる。じゃな、お休み」

それだけ言うとあっという間に電話を切った。受話器を置いてからも考えが駆け巡った。

まともな警官でもなにかやましい事があると荒れて、居丈高になる。勿論悪徳警官も同じだ。それればかりじゃない、ほとんど誰でもそうだ、私も含めて。

14

次の朝、シャワーのあとにはたいたタルカン・パウダーが耳たぶについていたので拭き取っていると呼び鈴が鳴った。ドアまで駆けつけ、開けると私は紫色の瞳に吸い寄せられた。今朝の彼女は茶色のリネンのワンピースを着て、パプリカ色のスカーフを巻いていた。イヤリングも帽子も身につけていなかった。少し青ざめた感じだったが誰かに二階から突き落とされたなどという雰囲気では決してなかった。ちょっと気後れしたような笑顔をかすかに浮かべて言った。「ご自宅に押しかけて迷惑をおかけするべきじゃないことは重々承知していま す、マーロウさん。多分朝食もまだなんでしょう? だけど街にある、あなたの事務所へは行きたくなかったし、勿論電話で個人的なお話はしたくなかったので」

「勿論です。お入りになって、ウェードさん。コーヒーはいかがですか?」

夫人は居間に入ると目を見据えたままダベンポート［布張りのソファ］に座った。バッグを膝に載せ、脚を揃えていた。ちょっと緊張しているように見えた。私は窓を開け、ブラインドをたたみ、彼女の目の前にあるカクテルテーブルに置かれていた吸い殻が散らばっている灰皿を片付けた。

「ありがとう、頂くわ。ブラックで。お砂糖も抜きで」

キッチンへ行き、緑色のトレーにペーパー・ナプキンを敷いた。改めて見るといかにも安っぽい。プラスチックによくある色だったのでそれはやめにして小さな三角ナプキンと組になっている縁取りのあるトレーを出した。これは家具などと同じで、家を借りたとき一緒に備えられていたのだ。デザート・ローズが描かれたコーヒーカップを二脚トレーに載せ、コーヒーを注ぐと居間へ運んでいった。

一口すると言った。「おいしい」そして「淹れ方がお上手なのね」と続けた。

「最後にお客にコーヒーを淹れたのは留置所行きの直前でした」と教えてやった。「留置所に入っていたのはご存じでしょ、ウェード夫人」

彼女はうなずいた「勿論知っています。犯人の逃亡幇助の嫌疑で、でしょ、違います？」

「警察はそうは言いませんでしたけどね。警察は友人の部屋にあるメモ帳に私の電話番号が書かれてあるのを見つけたんです。色々尋問されましたが答えませんでした——色々理由はありましたけど、とにかく訊き方が気にくわなかったんでね。すいません、こんな話、つまらないですよね」

彼女はそっとカップを置くと背筋を伸ばし、私に向かってにっこり頬笑んだ。夫人にタバコを勧めた。

「タバコは吸いません、ありがとう。とんでもない、興味津々です。同じアイドル・バレーにお住まいの方がレノックス夫妻と知り合いなの。あんなことをやったとすれば正気じゃなかったのよ。あんなことができる人だとはとても思えませんでしたから」

私はチェコ製の凝ったパイプにタバコを詰め、火をつけると言った。「私も同感です。やったとしたら精神的なバランスが崩れていたのでしょう。彼は戦争でひどい傷を負いました。でも、もう彼は死んだことだし、すべて解決したことです。だからあなたがあの件でここまで来たとは思えません」

夫人はゆっくり首を振った。「彼はあなたのお友達でしょ、マーロウさん。あなたなりのお考えがあるはずだわ。それに私が見るところ、あなたは何事も曖昧にはしない方のようですから」

パイプの灰を叩きだしてタバコを詰め直し、また火をつけた。一連の動作をことさらゆっくりおこない、その間、ずーっとパイプ越しに彼女を観察した。

「いいですか、ウェードの奥さん」と私は間を置いてから口を開いた。「私の見解などなんの足しにもなりません。この類いの事件は日常茶飯事です。犯罪とは全く無縁に見える人物が世にもまれな事件を起こします。穏やかでにこやかな老婦人が一家全員を毒殺することなんて珍しくありません。身なりの良い青年が夜な夜な強盗や銃撃事件を起こします。二〇年間申し分なく銀行の支店長を務めていた男が実はその間ずーっと横領をしていました。人も羨む有名なベストセラー作家の何人かは酔っ払った挙げ句、奥さんを病院送りにする。ある人がある行動をとったとします。なぜそんなことをしたのかなんて、たとえその人の親友でさえわからない、そういうものです」

彼女はかっときたはずだ。だがほとんど感情に表さず、唇をきっと結び、目を細めるだけだった。

「ハワード・スペンサーはあの件をお話しすべきじゃありませんでした」と彼女が言った。「あれは私の落ち度でした。ロジャーとの距離を置くべき、時と場合がよくわかっていませんでした。あの件で学んだことがあります。お酒を浴びるように飲んでいる最中に飲むのをやめさせようなんてしてはいけないということです。あなたはその辺は私なんかよりずっとよくご存じだと思います」

「確かに話し合いで酒をやめさせることは無理です」と私は言った。「仮に酒乱の男を監視する仕事を受けた探偵がいたとしましょう。タイミング良く、しかも腕に覚えがあれば酒乱の男が自分自身あるいは他人を傷つけるのを防ぐことはできます。それも運が良ければの話ですけど」

彼女はすーっとコーヒーカップとソーサーに手を伸ばした。彼女の容姿全体とマッチした、優雅でうっとりするような手だった。爪は美しく整えられて磨かれていた。そしてうっすらとマニキュアが施されていた。

「今回ハワードは主人に会えなかったと言っていましたっけ?」

「ええ」

コーヒーを飲み終わるとカップをゆっくりトレーに戻した。しばしスプーンを見つめてもてあそんでいたが顔を上げずそのまま話し始めた。

「なぜ会えなかったかは言いませんでしたよね、彼は会えない理由を知らなかったからです。私はハワードが大好きです。けれど彼はなにかと仕切るタイプなんです。いちいちああやれこうやれと口を出したがります。あの人は自分が最高と思っているのです。それで事情は伏せました」

話の続きを待った。相づちも打たず口を挟まずに。また沈黙があった。彼女は顔を上げて私を一瞬見ると目をそらせた。それから穏やかな口調で話を続けた。「実は主人は三日前から行方不明なのです。どこへ行ったのか見当もつきません。彼を見つけて連れ戻して頂きたくてここへ伺ったのです。そうなんです。今までも度々いなくなりました。あるときはポートランドまで、一三〇〇キロも車を運転して行ったんです。そこのホテルで倒れて医者に助けを求め、酔いをさましました。一三〇〇キロも事故もトラブルもなくどうやって行ったのか不思議でなりません。三日間飲まず喰わずだったそうです。

またあるときはロングビーチにあるトルコ風呂に行っていたそうです。スウェーデン式の大腸洗浄セラピーで有名なところです。つい最近いなくなったときは小さな名もない個人運営の療養所に行っていました。ほんの三週間程前のことです。私にはその療養所の場所も名前も言おうとしません。治療を受けて、いまは調子が良くなった、と言うだけです。けれど戻ってきたときの顔色は悪く、明らかに弱っていました。家まで彼を送り届けてくれた男性をちらっと見ました。その人は背が高く、カウボーイのような服を着ていましたがそれがちょっと普通ではなく、芝居かあるいは西部を舞台にした総天然色ミュージカル映画に出てくるような、ケバケバしい衣装でした。その人は玄関の車寄せまで来ようとせず、ロジャーを門の入り口で降ろし、切り返すとあっという間に走り去ってしまいました」

「観光牧場かもしれませんね」と私。「観光ずれしたカウボーイの中には衣装に凝って有り金全部はたく奴もいます。女の子はそういうのに弱いですから。そもそもそれが目当てでそいつらはそんなところにいるんですよ」

彼女はバッグを開くと折り畳んだ紙片を取り出した。「五〇〇ドルの小切手を用意しました、マーロウさん。お仕事の前金として受け取っていただけないでしょうか？」と言ってテーブルに小切手を置いた。私は目を遣ったが取り上げなかった。

「またどうして？」と訊いた。「ご主人がいなくなってから三日ですよね。三日もすれば大体誰でもしらふに戻って食事もとるようになる。ご主人もこれまでと同じようにそのうち帰ってくるとは思いませんか？ それとも今回は今までとは何か違うことがあるのですか？」

「あの人はもう身も心も限界です、マーロウさん。このままでは命に関わります。失踪する間隔がどんどん短くなってきたのです。本当に心配です。心配なんて言葉では言い表せません。もう居ても立ってもいられないんです。どう考えても普通じゃありません、なにか恐ろしい事が起こっている気がします。

結婚して五年ですけどロジャーはもともとお酒が好きでした。だけど病的ではありませんでした。どこかですべてが狂ってしまったんです。一刻も早く見つかって欲しい。夕べは一時間も眠れませんでした」

「どうしてそんな飲み方をするようになったのか心当たりはありませんか？」

紫の瞳が私をじっとみつめた。その朝の彼女は幾分気弱な気配はあったが、そうだとしても誰かにすがりつく、といった感じでは全然なかった。下唇をきっと噛んで首を振った。

「私以外には思いあたりません」ややあってまるで囁くようにそう言った。「夫は妻から逃げ出したくなる、そういうものなのです」

「私はほんの少しばかり心理学をかじった素人にすぎません、ウェードさん。この稼業ではみな少しばかりそういった知識を持ち合わせているんです。その観点からすると私には、おっしゃるようなことよりはむしろ自分の作品やその作風から逃げたがっているように思えるのですが」

「その可能性は確かにあります」と彼女が静かに言った。「作家は皆、そのような呪文に縛られているのではないでしょうか。今の彼に作品を書き上げられそうもない、それはその通りです。でも書けないからといって、その心理的圧力は、たとえば完成させなければ家賃が払えないといったようなものとは違います、書けないこと自体は彼にとってそんなに切羽詰まった問題ではありません。だからこれまでの作風に嫌気がさしたことが酒浸りになる理由とはとても考えられません」

「しらふのご主人ってどんな方ですか?」

にっこり笑った。「あら、どうしてもひいき目に見てしまうのですが、とても素敵で優しいんです。本当に」

「それで酔っ払うと?」

「ぞっとします。頭が冴えて頑固で冷酷になります。自分では機知に富んでいると思っているようですが嫌みなだけです」

「暴力は省きましたね」

茶色がかったブロンドの眉をつり上げていった。「たった一度だけです、マーロウさん。それに尾ひれがついたんです。私はハワード・スペンサーには話していません。ロジャーが自分で言ったんです」


私は立ち上がって部屋を歩き回った。その日は暑くなった。部屋はもう既に暑くなってきた。東側の窓のブラインドを下ろして陽の光をよけた。それから彼女に私の考えを率直に伝えた。

「昨日の午後、紳士録でご主人のことを調べました。いま四二歳であなたとは初婚ですね。まだお子さんはいない。彼の一族はニューイングランドの出で、名門アンドバー高校からプリンストン大学へ進んだ。従軍して軍功をあげた。セックスとチャンバラをちりばめた分厚い歴史小説を一二冊世に出した。その一冊残らずがベストセラーとなった。さぞ儲かったことでしょう。もし奥さんから逃げ出したくなったとしたら、これは私見ですが、彼ははっきりそう言って離婚するタイプです。もし浮気をしてたならあなたは気がついたはずだ。いずれにせよ彼にとって愛が醒めたことを示す手段は酒浸りになることだけ、なんてことはありえません。おっしゃるとおり結婚して五年だとしたら結婚したとき彼は三七だった。敢えて言わせて貰えれば、もうその年になれば女性のことはあらかたわかっていた筈。私が「あらかた」というのは誰も完全には知り得ませんから」

そこで一旦話を切り、彼女の様子を見た。笑っていた。どうやら気にはさわっていないようだった。私は話を続けた。「ハワード・スペンサーが言うには――どんな根拠があるのかはわかりませんがね――ロジャー・ウェードを悩ませている問題はあなた方が結婚するずっと以前にその種は撒かれていて、それがここへきて彼の心身に耐えがたいほどの責め苦となって重くのしかかってきたとのことです。スペンサーはご主人は脅迫されていると思っている。なにかご存じですか？」

ゆっくりと首を横に振った。「ご質問が、ロジャーが誰か特定の人に何回も大金を払っているか？という意味なら――いいえです。仮にそうであっても私にはわかりません。私は彼の金銭関係には係わっていないので。その気になればロジャーは私のあずかり知らぬところでいくらでも誰にでもお金をばらまくことができます」

「なるほど。私はご主人のことは知りません。ウェード氏がゆすられたら一体どう反応するか見当もつきません。もし粗暴なたちならゆすった奴の首をへし折るかもしれません。もし秘密が、それがどんな類いのものであっても、社会的地位あるいは作家としての立場を危うくするようなことであれば、更に極端な場合には、警察や検察が動き出すようなことであれば、彼は買収にかかるじゃないですか？――少なくともほとぼりがさめるまでは。でもこのように色々想像を巡らしたところでなんの解決にもなりません。あなたは私に彼を見つけだして欲しいと言う。心配でならない、もう心配は通り越して恐ろしい事が起こるような気がする、と言われる。だが一体どうすればこの私に見つけることができるって言うんです？そのお金は要りません、ウェードの奥さん。これから先のことはともかく、少なくとも今日のところは必要ありません」

彼女がまたハンドバッグに手をやり、黄色い紙片を二枚取り出した。タイプ用紙のようだった。折りたたまれていて一枚は丸められた痕跡があった。二枚とも広げてから私に差し出した。

「このメモは彼の机の上にありました」と言った。「真夜中でした。というよりもう夜明けでした。その夜、彼がひたすら飲んでいて二階の寝室にはいないとわかっていました。二時頃でしょうか、下へおりていきました。

大丈夫か――つまりそれなりに大丈夫か、たとえば床に正体なく酔い潰れているか、でなければカウチに横になっているか、あるいはどこかその辺に寝ているかを見にいきました。でも彼はどこにもいませんでした。そのとき見つけました。こちらのメモはクズかごに入って、というよりかごのふちにひっかかっていました。底にあったわけではありません」

紙片を手に取った、クズかごじゃない方だ。短い文章がタイプで打たれていた。その他にはなにも書かれていなかった。そこにはこう書かれていた。「自分が自分を愛しているかなんてどうでもいい、そしてもはや私以外私が愛する人はいない。ロジャー・［F・スコット・フィッツジェラルド］・ウェード。追伸だから『最後の大君』がどうしても書けないのだ」

「意味、わりますか、ウェードさん？」

「格好つけているだけです。昔からスコット・フィッツジェラルドをとても尊敬していました。彼に言わせるとスコット・フィッツジェラルドはクールリッジ以降最高の酩酊作家だと言っていました。もっともクールリッジは麻薬中毒者でしたけど。タイプに気がつきました？ マーロウさん。スペルも文法も正しいし、タイプ圧も一定、打ち損ねもありません」

「もちろん。普通、酔っ払ったら自分の名前だってまともに打てません」しわになった方の紙片を広げた。一枚目より長文だったがやはりタイプミスはなし、タイプ圧も安定して印字されていた。こう書かれていた。「あんたが嫌いだ、ドクター・V。だが今はあんたが必要だ」

私はその紙切れをじっと眺めていたが彼女は気にもとめず話し始めた。「ドクター・Vが誰だか見当もつきません。Vで始まる名前の医者など私は知りませんし、彼の口からも聞いたことはありません。前回彼が入っていた施設の医者じゃないでしょうか？」

「前回というと、えせカウボーイがご主人を送ってきたときのことですか？ そのときなにか言いませんでしたか――場所とか施設名とか？」

首を横に振って言った。「なにも。それで電話帳を調べました。Vで始まる名字の医者は何ダースもいました。専門も色々でした。考えてみればVは名字の頭文字じゃなくて名前かもしれませんし――」

「思うにまず医者でさえないでしょう」と言った。「そうなるとかなりの額の現金をいつも手元におく必要がある。まっとうな医師なら小切手で受け取ります。だがもぐりはそうはいきません。足がつくからです。それにもぐりで治療と称する処置をするやつは往々にしてふっかけます。宿泊費も食費もべらぼうです。針なんかはいうまでもありません」

戸惑ったような様子だった。「針って?」

「もぐりの療養所ではまずまちがいなく薬物を使います。お客は――患者のことですが――なんでも言うことをきくようになりますから。一発打って一〇から一二時間ほど眠らせます。目が覚めたらいい子になっているという訳です。問題は、免許なしに麻薬を使うと飯付き小部屋をお上から与えられることになります。危ない橋を渡るのでその分本当に高くなるのです」

「それでわかりました。ロジャーは数百ドル持って出ていったんだわ。引き出しにいつもそのくらい現金を置いていました。なぜそんなことをするのかわかりませんでした。そのお金が今はなくなっているんです」

「いいでしょう」と私。「ドクター・Vとやらを探しましょう。あてはありませんができるだけのことはやってみます。小切手はしまっておいてください、ウェードさん」

「なぜ? もう仕事を受けられたのに――」

「後ほど頂きます、ありがとう。でも私としてはご主人に支払って頂きたいと思っています。まあいずれにせよご主人は私のやることが気にくわないでしょうけど」

「見つけたらその医者を警察に引き渡すのですか? でも、もしロジャーが病気で、他に直せる医者がいなかったら――」

「今までだって本当に具合が悪かったら自分で医者を呼ぶか、あなたに呼ぶよう頼むかしていた筈です。でもそんなことはしなかった。したくなかったんです。ということは本当に具合が悪かったことはなかったんです」

夫人は小切手をバッグにしまい、立ち上がった。見捨てられ打ちひしがれた様子だった。

「かかりつけ医は主人を見限ったんです」と苦しげに言った。

「医者なんかどこにでもいます、ウェードさん。新しい医者を探せばいい。はなから診察を断る医者などいません。そして一度自分の患者になったらしばらくは診てくれる、間違いありません。医療業界も今じゃ競争が激しいですから」

「そうですね、その通りだと思います」彼女はゆっくりドアに向かった。私もついてゆき、ドアを開けた。

「今度だって奥さん自身で医者を呼べばよかったんです。なぜそうしなかったんですか？」

彼女は向きを変えて私の顔をまっすぐ見た。両方の目が光っていた。涙だったのかもしれない。美しい。間違いなく。

「それは主人を愛しているから、マーロウさん。彼の為なら何でもします。同時に彼のことはよくわかっています。彼が深酒する度に医者を呼んでいたら私には夫がいますといえる期間はそれほど長くはなかったでしょう。一人前の男性を風邪で喉が痛いと泣く子供と同じようには扱えません」

「酔っ払いはそう扱えますよ。場合によってはそうしなければならないときだってある」

彼女と私の距離はほとんどなかった。香水の匂いがした。あるいはそんな気がした。

香水だとしてもスプレーで吹き付けたんじゃない。夏の日にだけほんのすこし匂うくらいだ。

「彼の過去に、何か人に言えないようなことがあるとします」言葉を一語一語、まるでにがいものを引き出すように言った。「たとえそれが法に触れるようなことでも、私の彼への気持ちに変わりはありません。一つ言っておきます。私は彼の過去を暴くお手伝いはいたしません」

「でもハワード・スペンサーが再度調査依頼してきて、ロジャーの過去を洗い出して欲しいといった場合には問題ないってことですか？」と私。

ゆっくりと笑みを浮かべて答えた。「あなたが再度頼まれたら前回とは違う返事をハワードにする、と私が本気で心配しているように見えます？——友達を裏切るより留置所を選んだあなたが」

「P・Rありがとう。だがそんなことでぶち込まれたんじゃない」

ちょっと口をつぐんでいたが、うなずくとさようならと言って外階段をおりていった。彼女が車に乗り込むまで見ていた。ほっそりとしたグレーのジャガーだった。まっさらな新車に見えた。車は坂を登り、行き止まりのロータリーでぐるりと方向転換し、また坂を下りてきて私の前を通り過ぎていった。通り過ぎるときに手袋をはめた手を振った。大通りまで行くと角を曲がって消えていった。

家正面の壁際に赤い花をつける夾竹桃が五、六本束になって茂っている。そこから羽ばたきが聞こえ、モノマネ鳥の雛が心細げにピーピーと鳴き始めた。目をこらすと梢の一本に止まって羽根を盛んに羽ばたかせていた。まるで落ちそうになるのを懸命にこらえているようだった。壁の角には杉の木があり、そこから厳しいお叱りのひと鳴きが聞こえた。するとピーピーはピタッと止まった。毛玉のような雛が鳴き止んだのだ。

玄関に入りドアを閉め、雛に飛ぶ練習を続けさせてやった。鳥だって練習が必要なのだ。

15

どんなに自分は冴えていると思っても人捜しにはそれなりの出発点があり、それに従わなければならない。つまり名前、住所、隣人、履歴、環境、ある種の判断基準などだ。いま私に与えられている材料はしわくちゃな黄色い紙にタイプされた文字、「あんたが嫌いだ、ドクター・V。だが今はあんたが必要だ」だけだ。これを頼りに太平洋に狙いを定め、ひと月の間、半ダースもの郡医師会名簿をしらみつぶしに調べたとしても結局得られるのはでっかい円だけ。つまりゼロだ。この街では医者はまるでモルモットのようにどんどん増えている。

市庁舎から半径一六〇キロの範囲に郡が八つもある。

それぞれの郡にあるそれぞれの町には医者がいる。真面目な医者もいるし、通信教育で免許をとって、やることはせいぜいウオノメを削ったり、整体と称して人の背中に飛び乗ったりするだけの医者もいる。正規の医者にも繁盛しているのもいれば貧しい医者もいる。医は仁術なりを実践している医者もいればそんなことにかまってはいられない連中もいる。ごく初期の幻覚症状に悩む金持ちのアル中患者などは、ビタミンや抗生物質などの最新治療法から落ちこぼれた多くの老いぼれ藪医者にとってまさに金のなる木なのだ。

手がかり無しではどこから始めていいか見当もつかない。私には手がかりはないし、アイリーン・ウェードも持ってない、あるいは持っていても気がついていない。

たとえそれらしい医者がいて、イニシャルにVがついていたとしても結局ロジャー・ウェードとはなんの関わりもない、彼の作り話だった、という結論にだってなりかねない。

あのメモに書いてあることは深酒して泥酔の深みに落ち込むさなか、たまたま頭をよぎっただけのことなのかもしれない。丁度スコット・フィッツジェラルドの文章には多くの暗喩があるので、さてはこれも、と一生懸命頭をひねった結果、ただちょっと変わった「別れの挨拶」にすぎないとわかるようなものだ。

このような場合、しがない探偵としては大手の力を借りるのが上策だ。それでカーン協会にいる知人に電話をした。カーン協会はビバリー・ヒルズにオフィスを構え、派手に名を売っている興信所だ。その業務は富裕層のよろず相談及び保護保全業務に特化している——保護保全業務とは金持ちの利益のためなら法的にギリギリセーフというところまでやる仕事だ。

その男の名前はジョージ・ピータースという。すぐに来るなら一〇分だけ会ってやると言った。カーン協会はケバケバしいピンクに塗られた四階建てのビルの二階半分を使っていた。ビルの表廊下は静かで涼しかった。エレベーターの扉はオートで、人が立つと自動で開いた。駐車場の各枠にはすべて使用者の名前が記されていた。正面ロビー脇にある薬局の店員は絶え間なく売れる睡眠薬を詰め替えるので腕が筋肉痛を起こしていた。

カーン協会のドアはしゃれたグレーでそこには鋭くはっきりとした真新しいメタリックで会社名などが記されていた。有限会社・カーン協会　社長ジェラルド・C・カーン……その下に小さく入り口と書かれていた。以前は投資信託会社だったのかもしれない。

中は狭くしかも趣味の悪い待合室だった。しかしながらその趣味の悪さは金と暇をかけた結果だった。応接セットは真紅と濃い緑のツートンカラーだった。四面の壁はすべて茶色がかった緑で、そこに飾られている絵はすべて壁の色より三段階ほど濃い緑の額に入っていた。絵はいずれも赤いコートをまとった男が大きな馬に乗り、今まさに高い塀を跳び越えようと懸命になっている場面が描かれていた。また壁には縁なしの鏡が二枚かけられていた。いずれもうっすらと、しかしながら気色の悪いローズ・ピンクのコーティングが施されていた。

磨かれたクリーム色の木製テーブルに置かれた雑誌はいずれも最新号でビニールのカバーがかけられていた。この部屋のインテリアを担当した人物は色彩に敬意も恐れも持っていないのだろう。その人物は多分、ピーマン色のシャツを着、紫のズボンで、白黒の縞模様の靴を穿いている。パンツは真っ赤でオレンジ色の糸でそいつのイニシャルが刺繍してある。実際の話、インテリアなどどうでもいいのだ。待合室自体もどうでもいい、待合室があるという体裁だけだ。カーン協会に仕事を頼む客は一日最低百ドルは払うことになる。そしてそんな客は調査員を自宅に来させるのだ。のこのこやって来て待合室なんかで座って待たない。カーンは軍隊内の警察組織である憲兵隊の大佐だった。壁板のように鍛えられた大柄の白人で白髪だった。一度この協会に入らないかと誘われたことがある。だが誘いに乗るほど生活に差し迫ってはいなかった。あくどい奴だ、と言われる方法は一九〇ほどある。カーンはそのすべてに通じている。

曇りガラスの仕切り窓口がスライドして開くと受付嬢が顔を出し、私を見た。鋼のような笑みを浮かべ、まるでヒップポケットに入っている財布の中身まで見通すような鋼の目つきで私を見た。

「おはようございます。ご用件は？」

「ジョージ・ピータースをお願いします。マーロウと申します」

カウンターに緑の革製ノートを置くと聞いた。「ご予約は？　マーロウさん。予約リストには載ってないんですけど」

「仕事の依頼じゃないんです。私用なので電話で約束を取り付けただけです」

「わかりました。お名前の綴りは？　マーロウさん。あ、それからナニ、マーロウですか？」

フルネームを告げると細長い欄に書き込み、その端を時刻スタンプ機に差し込み、時刻を記録した。

「これ見てさすが！って思う客はいるのかな？」と訊いてみた。

「うちは細かいことにことさら気を配っています」と冷ややかに答えた。「カーン大佐がおっしゃるには、ときとしてほんの些細なことが決定的要素になり得るそうです」

「逆もまた真だけどね」と言ってやったがわからなかったようだ。手続きを済ませたらしく顔を上げて言った。

「ではピーターズさんをお呼びします」

助かります、と言ってやった。二枚の鏡の間にあるドアが開いてピーターズが手招きした。

後についていて出るとそこはカーン協会事務所内の廊下だった。廊下は軍艦と同じ灰色に塗られていて両側にはずらりと小さなオフィスが並んでいた。檻房を思い起こした。彼のオフィスは天井に防音対策が施されていた。灰色の机に二脚のオフィス用椅子が置かれていた。灰色の台の上には灰色の口述用レコーダーがあった。電話機もペンセットも壁も床も皆同じ灰色だった。

壁には二枚の額入り写真がかかっていた。一枚はカーンが制服を着て憲兵用の白いヘルメットをかぶっていた。もう一枚は私服で机に座って謎めいた顔をしていた。更に壁には額がかかっていて、そこには感動的な説明が灰色をバックに金釘流の字体で記されていた。

こう書かれていた。


　カーン協会の調査員はいかなるときも、いかなる場合も紳士にふさわしい服装をし、紳士にふさわしい行動をとる。この規範に例外はない。

ピーターズは大股二歩で部屋を奥に行くとカーンの肖像画の一枚を脇へ押しやった。その後ろの灰色の壁にセットされていたのは灰色のマイクロフォンだった。取り出してコネクターを外すと元の場所に戻し、肖像画も元の位置に戻した。

「これは鹹もんだ」と言った。「まあ、あいつは今、ある映画スターがしでかした飲酒交通事故の後始末に出かけているから問題ない。あいつの机の上にはスイッチがずらりと並んでいる。全室マイクが仕掛けてある。この間の朝、待合室のマジックミラーの後ろに赤外線のマイクロフィルムカメラを設置したらどうかと言ってみた。乗り気じゃなかった。多分もう誰かがやっていたからだろう」

そう言って固い灰色の椅子に腰掛けた。私は彼をじっと見た。彼はアンバランスに足の長い男で骨張った顔付きをしていて髪の毛は後退を始めていた。その顔は長年風雨、日光にさらされてきたように皺が刻まれ、赤銅色をしていた。

目は落ちくぼんでいて鼻の下は非常に長く、ほとんど鼻自体の長さと同じくらいだった。笑うと顔の下半分は大きく開いた口と二列の歯だけとなり、顎なんかは消えてしまう。

「よく我慢できるな」

「まあ座れ。落ち着け。声を落とせ。我々カーン協会にとってあんたみたいなしがない探偵は、トスカニーニから見たオルガンを弾こうとして挽いちまう猿みたいなもんだ」

ちょっと間を置いてニコッと笑った。「我慢するさ、監視されたってどってことないからな。カーンがまるで大戦中、奴がイギリスで仕切っていた警戒厳重な刑務所に俺が服役しているような調子で監視をしだしたら、小切手を手にして派手に憂さ晴らしをする、もし本当に頭にきたら依頼人を頂戴しておさらばする、それだけだ。ところで話ってなんだ？　ちょっと前、えらい目に遭ったそうだな」

「気にしていない。頼みというのは『格子窓持ちの紳士録』ってファイルを見せて欲しい。あるのはわかっている。エディー・ドーストがここをやめた後教えてくれた」

彼はうなずいた。「エディーはここで務めるには少しばかり図太さが足らなかった。あんたの言うファイルはトップ・シークレットだ。いかなる状況にあってもいかなる秘密情報も外部には開示してはならない。今持ってくる」

そう言って彼は出ていった。私は灰色のゴミ箱、灰色のリノニウムの床、デスク・マットの角を保護する灰色の革製コーナー・カバーを眺めた。ピーターズが灰色の厚紙表紙のファイルを持って戻ってきた。机に置くと開いた。

「ここはどうなってるんだ、ここに灰色以外のものはないのか？」

「企業色だ。当協会の精神を示している。えーと、灰色じゃないもの？ あるさ」そう言って引き出しを開けると二〇センチもある葉巻を取り出した。

「アップマンの三〇番、キューバ葉巻だ」と言った。「年配のイギリス人からの贈り物だ。依頼人だよ。彼はカリフォルニアに四〇年住んでいるがラジオのことをまだ無線と呼ぶ。しらふのときは見かけはなかなか魅力的なホモのおっさんだ。俺はまあ気に入ってる。だってそうだろ、魅力的な奴は滅多にいない、たとえ見かけだろうとなんだろうと。カーンを見てみろ。あいつなんて汗でぐちゃぐちゃの鋳物師のパンツぐらいの魅力しかない。酔っ払うと依頼人、そのイギリス人は変な癖が出る。小切手を切りまくる。だがその小切手を銀行に持っていくとそんな口座なんか影も形もない。だが結局金はきちんと払う。だから俺はサービスにこれ努める。だから俺のサービスのお陰で彼はまず豚箱に入ることはない。その依頼人がくれた。一緒に吸うか？ インディアンの酋長が虐殺を話し合うときのように」

「葉巻はダメなんだ」

ピーターズはそのでかい葉巻をしょうがないな、といった目つきで見た。

「俺もだ」と言った。「カーンにくれてやろうと思った。だけどどう見ても一人で吸える代物じゃない、たとえカーンだったとしてもな」顔をしかめた。「おっと、カーンについて喋りすぎた。苛立ってたんだ、きっと」

葉巻を引き出しにしまうと開いたままのファイルを見た。

「さて、どうするんだ？　これ」

「金持ちのアル中を探している。その男はこのリストの中の誰かさんに金と贅沢品をたっぷり貢いでるはずだ。今のところ金は使い果たしていない、少なくともそういう話は耳に入ってきていない。暴力癖があり、奥さんは心配している。彼女が言うには、どこかのアルコール依存症の矯正施設に隠れていると思うが確かなことはわからない、とのことだった。唯一の手がかりは短いメモだけで、そこにはドクター・Vと書かれていた。頭文字だけだ。いなくなって今日で三日だ」

ピーターズはしげしげと私の目をのぞき込んだ。「ついさっきじゃないか」と言った。「何がそんなに心配なんだ？」

「見つけりゃ金になる」

もう一度私の目をのぞき込み、首を振った。「どうもわからんな、ま、いいか。じゃ、調べるか」そう言ってファイルのページをめくり始めた。「簡単じゃないぞ」と言った。「この手の連中は転々とする。頭文字だけじゃ大した手がかりにならない」彼はページをパラパラさせると一枚抜き取った。また何枚かめくるともう一枚抜いた。結局三枚ファイルから抜き取った。「候補者が三名いた」と言った。「ドクター・エーモス・ヴァーレイ、整骨医、アルタデーナにでかい病院を構えている。夜間往診は一回五〇ドル、もしかしたらもうやっていないかもしれない。正規の看護師が二名。二年ほど前、麻薬局の捜査官と一悶着あって処方履歴を提出する羽目になった。情報はそれからほとんど更新されていない」

私は名前とアルタデーナでの病院の所在地をメモした。

「お次はドクター・レスター・ヴカニックだ。耳鼻咽喉科。医院はハリウッド大通りのストックウェル・ビルにある。こいつは大物だ。医院での診療が主だ。慢性副鼻腔感染症の専門医のようだ。きっちりした治療手順がある。行って蓄膿症で頭痛がすると言ってみろ。副鼻腔を洗浄してくれる。洗浄するにあたってまずは歯科医なんかでも使われるノボカインで局部麻酔をする。だがもしあんたの態度が気に入れば必ずしも麻酔薬はノボカインとは限らない、わかるね？」

「勿論」住所氏名を書き留めた。

「こいつはやり手だ」そうピーターズは言って資料を読み進めた。「この医者にはしっかりした供給元がない、それが頭痛の種だ。それでこのドクター・ヴカニックはメキシコのエンセナーダくんだりまでしょっちゅう魚釣りに出かける。自家用飛行機でな」

「自分で運び屋までやるんじゃ危険が倍増だ。すぐ捕まるんじゃないかな」

ピーターズはちょっと考えて首を振った。「俺はそうは思わない。ガツガツしなきゃ永遠にやってける。この医者の唯一の、そして本当の危険は薬切れした客――おっと、患者だ――だが乗り切り方がうまいんだろう。ここ一五年同じ場所で商売している」

「こんな情報、一体どうやって手に入れるんだ？」

「我々は組織で動く。あんたのような一匹狼じゃない。情報は依頼人から得ることもあるし、ターゲット内部の人間から聞き出すこともある。カーンは金に糸目はつけない。おまけにその気になれば社交性抜群になる」

「カーンが聞いたら喜ぶだろうな」

「奴のことはほっとけ。本日最後にご登場願うのはヴァーリンガーと名乗るお方だ。この人物を記録した社員はとうの昔にやめてる。この書類によればセプルベーダ峡谷にあるヴァーリンガー牧場で、あるとき若い女性が自殺した。詩人だそうだ。ヴァーリンガーなる人物は、世のしがらみから逃れたい、だが親しみのある人たちとは一緒に過ごしたいという身勝手な作家とか、そういった類いの連中のための一種の共同体を運営している。料金はまあまあだ。まともに見える。この男はドクターを自称しているが医療行為はしていない。医者じゃなくてなんかの博士号を持っているのだろう。正直言ってなんでこの男がこのファイルに載っているのかわからない、この自殺事件に絡んでなにかおかしなことがないとしたら」彼は黒い台紙に貼られた参考資料の新聞の切り抜きを取り上げた。

「なるほど。死因はモルヒネの過剰摂取か。ヴァーリンガーがこの件にどう関わっていたかは切り抜きに書かれていない」

「このヴァーリンガーって奴が気に入った」と私。「実にいい」

ピーターズはファイルを閉じてパンと叩いた。「おまえはこれを見ていないし、見たこともない、いいな」そう言って部屋を出ていった。彼が戻ってきたので私はファイルを閉じ、立ち上がり、ありがとうと言おうとするとそれをさえぎって言った。

「あのな、おまえの探している男が居そうな場所は何百ってあるんだ。役に立ったか極めて疑問だ」

わかっている、と私は答えた。

「それはそうとレノックスって奴についてお前の興味を引きそうな話を聞いたことがある。うちの社員の一人が五年、いや六年前かな、ニューヨークで手配書きそっくりの男と出会ったそうだ。だが名前はレノックスじゃなかった、と言ってる。マーストンと名乗ってたそうだ。勿論そいつの勘違いだってことも十分あり得る。その男はいつでも酔っ払っていたそうだ。ま、誰も真相はわからない」

私が言った。「人違いだろう。彼だとしたらなんで名前を変えるんだ？　軍歴があるから調べればわかっちまうだろ」

「さあな。そいつは今シアトルに出かけてる。もし話を聞きたいなら戻ってきたら会わせてやる。そいつの名前はアシュターフェルトだ」

「色々ありがとう、ジョージ。長い一〇分になっちまった」

「いつか助けてもらうからな」

「カーン協会は」と私は言った。「誰からも何の助けも必要としない」

彼は親指を下に向け、カーン協会に対して罰当たりなジェスチャーをした。彼をメタリックグレーの牢屋に残して待合室を抜けて表廊下に出た。見返せば待合室も捨てたもんじゃなかった。牢屋から出てきた後ではケバケバしい色もそれなりにいいもんだった。

16

セプルベーダ峡谷は峡谷といっても断崖の谷間ではなく、幹線道路は緩やかな丘と丘の間の切り通しを走っている。幹線道路の一番低いところに交差点があり、丘へ向かう道があった。斜めに上るその道を進むと黄色に塗られた一対の四角い門柱が行く手の左手にあった、ゲートだ。片方の門柱には有刺鉄線が五本横に張られた扉が取り付けられていた。扉は開いていた。二本の門柱の上にはアーチ形の標識がかかっていて、それには、「ここから先私有地—立ち入り禁止」と書かれていた。大気は温かく、辺りは静寂に包まれていてユーカリの、ハッカに似た猫の嫌う匂いでいっぱいだった。

ゲートを通り私道に入ると砂利道が丘の中腹を回るように緩やかな昇り坂になっていて、頂上を越えると反対側の斜面を下り、浅い盆地に出た。やたらと暑かった。幹線道路のあたりに比べると五℃から七℃くらい暑いだろう。やがて白く塗られた石でかたどられたロータリーが見えてきた。そこが砂利道の終点だった。

ロータリーの内側は草が生い茂っていた。車はそこをぐるりと回って方向転換する仕組みだ。車の左側の窓からは水の抜かれたプールが見えた。なにがもの悲しいって水が抜かれたプールほどうらぶれたものは無い。

プールの両サイド及び内側の三面は、かつては芝生が植えられていたようだ。そこにはひどく色あせたシートが張られた杉製のラウンジチェアがあちこちに置かれていた。今でこそ色あせているシートも、かつては色とりどりだったのだ。青、緑、黄色、橙と。シートカバー留めは各所で緩んでいた。見ると留め金がなくなっていて、その緩んだ付近ではシートの下の詰め物が膨らんでいた。プールの外側には高い金網のフェンスがあり、その向こうはテニスコートだった。

プールに備わっている飛び込み台の板は弾力性を失い、へたっているように見えた。飛び込み台のシートはボロボロになって垂れ下がっていたし、むき出しになっている金具はさびだらけだった。私はロータリーを進み、木造建築の広い正面玄関前ポーチに車を駐めた。

建物の屋根は杉板で拭かれていた。入り口は両開きの網戸だった。網戸の奥はホールのようだった。大きな黒い蠅共がそれぞれの網戸に止まって昼寝をしていた。幾筋かの道が丘へと、落葉することのない、従って葉にホコリが積もったカリフォルニア樫の木々を縫って延びていた。樫の木のあいだからは丘の中腹に建っている、くたびれたキャビンがそこここに何棟も見えた。ほとんど樹に隠れているキャビンもあった。季節外れの保養地のような荒涼とした風景だった。どのキャビンの扉も閉まっていた。まるで僧侶の衣みたいなカーテンが、僧侶の着方のように隙間なく窓という窓を覆っていた。遠目からでもその敷居に厚くホコリが積もっているのが見えるような気がした。

車のエンジンを切りハンドルに両手を置いてしばし耳を澄ませた。なんの音もしなかった。まるでファラオの墓のように時間さえも止まっている、と両網戸のはるか奥の扉が開き、薄暗いホールに何者かが入ってくる気配がした。

ヴァーリンガーのコロニー

それに続いてリズミカルな口笛が聞こえ、網戸に男の影が現われた、と網戸を押し開け、姿を見せると階段をおりてこちらにやってきた。その格好たるや見ものだった。

てっぺんが平らな黒のガウチョ［南米系のカウボーイ］帽をかぶり、顎の下で編んだ紐を結んでいた。シャツはまっさらな白い絹で第一ボタンを外していた。ゆったりとしたスリーブは手首でピシッと閉じられていた。首には縁取りのある黒いスカーフが粋にまかれ、その一端は短く、もう一方は腰の辺りまで下がっていた。

腰には幅広の黒の飾り帯を巻き、腰の辺りがぴったりとした黒いズボンを穿いていた。石炭のように真っ黒だった。ズボンの外側両サイドには金の刺繍が施されていて、それぞれ裾から上がってくる切れ込みまで続いていた。切れ込み部分からズボンはラッパのように広がっていて、その切れ込みの片側にはそれぞれ金色のボタンが並んでいた。

履いている靴はニスでピカピカに光るダンス用の革製パンプスだった、めかし込んだガウチョだ。

階段をおりるとそこで止まって私を見た、口笛を吹きながら。身のこなしはしなやかでまるでムチのようだった。長くスムーズな眉の下には見たこともない、無感情で灰色にくすんだ大きな目があった。その体型は優美で完璧でしかもひ弱さは微塵もなかった。

鼻筋はまっすぐで薄かった、いやそれほどは薄くなかった。口笛を吹くその唇は格好よかった。顎には窪みがあり、小さな両耳はバランスよく側頭部に収まっていた。肌はあくまでも青白く、まるで陽の光を浴びたことがないようだった。

左手を腰に当て、ポーズをとると右手の平を優雅に宮廷での挨拶のようにぐるりとまわした。

「こんにちは」と言った。「いい日よりだ、そうだろ」

「私にはここはちょっと暑すぎる」と私。

「私は暑いのが好きだ」その言い方は抑揚がなく決めつけで、挨拶は終わりを意味した。

私が暑かろうと寒かろうとそんなことはどうでもいいのだ。その男は階段に腰掛けると、どこからか長いヤスリを取り出して爪の手入れを始めた。「銀行からきたのか?」と顔をあげることもなく訊いた。

「ドクター・ヴァーリンガーを探している」

男は手を止めて遙か遠くに目をやった。「誰だ? それ」とつまらなそうに訊いた。

「ここのオーナーだ。味も素っ気もない言い方だな、まるで知らないような口ぶりじゃないか」

男はまた爪の手入れを始めた。「でたらめ言われたのさ、スウィーティー。ここは銀行のものだ。差し押さえたか担保かなんかだ。詳しいことは忘れた」

そう言って私を見上げた。細かいことはどうでもいい、といったふうだった。私は乗ってきたオールゾモビルから降りて車のドアに寄りかかった。ドアは日に焼かれてフライパンのように熱かったので風の通るところへと移った。

「どこの銀行?」

「知らないってことはあんたは銀行から来たんじゃないってことだ。銀行から来たんじゃないってことはなんの関わりもないってことだ。来た道帰んな、スウィーティー。ほら、さっさと行きな」

「ドクター・ヴァーリンガーを見つけなきゃ」

「宿はやってない、スウィーティー。門のサインを見たろ。ここは私有地だ。下っ端がゲートを閉め忘れたんだろう」

「あんた、管理人か?」

「まあな。質問はもう終わりだ。どこまで我慢できるか俺にもわからないんだ」

「切れるとどうなるんだ——地リス相手にタンゴでも踊るのか?」

男はサッと立ち上がった。それも様になっていた。にっこり笑った。なんの意味も感じられない笑いだった。

「どうやらあんたをこのちっぽけで古くさいコンバーティブルに投げ込まなきゃならないようだ」

「後にしてくれ。さあ、どこに行けばドクター・ヴァーリンガーに会える?」

男はヤスリをシャツにしまうとそこからなにやら取り出して右手に持った。一瞬の動きで拳に真鍮製のメリケンサック［拳に嵌める金属製の凶器］をはめた。男の頬骨辺りの皮膚が緊張した。大きな曇ったような眼の奥にメラメラと炎が見えた。

私に向かって歩いてきた。私は後ずさりしてスペースを保った。また口笛を吹き始めたが高音で耳障りだった。

「やり合うことはない」と私は言った。「そもそもやり合う理由がない。それにそのしゃれた乗馬ズボンだってだいなしになっちまうじゃないか」

男の動きは閃光のように素早かった。すっと私に向かって飛び込んでくるとそれと同時に左手を繰り出した。ジャブだと思って後ろに頭をそらせた。だが男の狙いは違った。私の右手首だった。男は私の右手首をがっちりと握った。握った右手首をグイッと引っ張り私の体勢を前のめりに崩した。それと同時にメリケンサックを嵌めた右フックがまるで必殺のナイフのように襲ってきた。後頭部を狙っていたのだ。そいつを喰らったら脳障害で一生他人様のご厄介になる。もし負けずに引っ張り返せばメリケンサックは私の頬かあるいは肩の上部関節にヒットすることになる。そうなったら片腕不随になるか顔面破壊かどちらかだ。この瞬間できることは一つだけだ。

私は引っ張られるより先に男に接近した、首の後ろに何かが当たった。メリケンサックではなかった。空振りしたメリケンサックの代わりに男の右上腕が当たったのだ。

私は男とすれ違いざま男の左足を後ろからブロックし、男の背後を取るようにくるっと左に体を翻し、同時に男のシャツを掴んでグイッと引いた。シャツの破れる音がした。

男は仰向けに倒れながら素早く横へ飛び、それから後ろ向きではあるがまるで猫のように着地した。そして私が体勢を立て直すまもなく、向き直りざますっくと立ち上がった。今、男の顔には笑みが浮かんでいた。この一連のやりとりのすべてが気に入ったのだ、喜んでいる。やり合うのが楽しくてたまらないのだ。また素早く向かってきた。どこからか力強く、腹に響くような声が飛んできた。「アール！　やめるんだ！　すぐに、わかったか！」

ガウチョ姿の男は動きを止めた。顔には苦笑いが浮かんだ。さっきと同じような一瞬の動きを見せた。メリケンサックが腰に巻かれた幅広の飾り帯の中に消えた。

振り向くとがっしりとしたアロハシャツの男が腕を振り回しながら丘の小道を駆け下り、こちらへ向かってくるのが見えた。目の前にやってきたとき少し息が弾んでいた。

「おまえ、おかしいんじゃないか？　アール？」

「その言い方はやめろ、ドク」アールが落ち着いた声で言った。それからにやっと笑って背を向けると階段まで行き、そこに腰をかけた。ガウチョ帽を脱ぐと櫛を取り出してふさふさした黒い髪をとかしはじめた。その顔からは何の感情も読み取れなかった。

すぐに、というかひと息入れると男はまた口笛を穏やかに吹き始めた。

派手なアロハを着たそのがっちりした大男は目の前で止まり、私をじっと見た。私もそこに立ってその男をじっと見た。

「一体全体なにがおっぱじまったんだ？」とうなるように訊いた。「誰だ、あなたさんは？」

「マーロウといいます。彼にドクター・ヴァーリンガーのことを訊いていました。そうしたらあなたがアールと呼んだあの男が私にジャレかかってきたってわけです。暑さにやられておかしくなったんじゃないかな。ここはちょっと暑すぎるから」

「私がドクター・ヴァーリンガーだ」と威厳を込めて言った。後ろを振り向いた。「中に入れ、アール」

アールはのろのろと立ち上がった。ドクター・ヴァーリンガーに曰くありげな、探るような眼差しを向けた。彼の灰色に曇った目からは全く感情が見て取れなかった。それからやおら階段をのぼると網戸を引いて開いた。蠅の塊が不満そうな羽音を立てて飛んだ。だが網戸がしまりかけるとすぐに網戸に戻った。

「マーロウだって？」ドクター・ヴァーリンガーがふと気がついたふうに言った。「それで？　何用かね？　マーロウさん」

「アールが言うにはあなたはここを閉めたそうですね」

「その通り。今、法的手続きが終わるのを待っている。終われば引き払う。ここには私とアールの二人しかいない」

「それはがっかりだ」とがっかりして見せた。「あなたがウェードという名の人物をここに滞在させて面倒見ていると思っていた」

ドクター・ヴァーリンガーは眉ではなく、眉毛を二、三本つり上げた。ブラシ会社の社員が見たら興味を示すだろう。

「ウェード？　そんな名前の男を知っているかもしれんな――ありふれた名前だから――だがなぜその男が私の所にいなきゃならんのかね？」

「治療の為です」

ドクター・ヴァーリンガーは眉をひそめた。彼のような眉毛の男を見るとそれこそ眉をひそめたくなる。

「確かに私は医者だ、お客人。だがもう診療はしていない。あんたの言う治療とはどんなものかね？」

「その男はアル中です。時々おかしくなって失踪します。自力で戻ってくるときもあるし、誰かに家まで連れてきて貰うこともある。そしてときには探し出さなきゃならないこともある」そう言って私は名刺を手渡した。

ドクターは仏頂面をして名刺を見た。

「アールってのはありゃなんですか？」と訊いた。「自分じゃバレンチノかなんかと思ってるんじゃないですか？」

また眉毛を動かした。実に面白い。眉は幅四センチほどにわたってその毛は巻き毛になっていた。分厚い肩をすくめた。

「アールは人畜無害な子だ、マーロウさん。時折ちょっと夢見がちだがね。言ってみれば芝居の世界に生きてる」

「おっしゃるとおりだ、ドク。ま、私から見れば彼の芝居は荒っぽいけど」

「ちょっと、マーロウさん。そりゃ言い過ぎだ。アールはああいった格好をするのが好きだ。そこだけ見れば子供っぽいところはある」

「つまりあなたもいかれてるって認めているんですね」と言った。「ところでここは何かの療養所でしょ、あるいはかつてはそうだったでしょ？」

「全然違う。ここは芸術家が集まるコロニーだった。ここで彼らに食事と住居を提供していた。運動や娯楽のための施設も備えていた。そして何よりも彼らを外界の雑音から守ってやった。料金も抑えた。ご存じだと思うが芸術家に金持ちなんてほとんどいない。私の言う芸術家には勿論作家とか音楽家も含まれている。私にとってやりがいのある仕事だった——やっているあいだはね」そういう彼は寂しげだった。悲しみを表すように彼の眉毛が両目尻から口にかけて八の字になった。もう少し八が伸びたら口の中に入ってしまいそうなくらいだった。

「それはわかっています」と言った。「ファイルにそうありました。ここで自殺者がでたことも記録にありました。麻薬がらみ。そうでしょ？」

眉の八の字が今度は逆八の字になった。「ファイルって何だ？」とキッとなって訊いた。

「『格子窓持ちの紳士録』なるファイルですよ、ドクター。アルコールの中毒症状が出ても逃げられない施設の運営者のファイルです。小規模な個人運営の療養所とかアル中患者、麻薬中毒者あるいは軽度の躁病患者などの治療所についてのファイルです」

「いずれも開くには免許が必要だ」と言った。その声はとげとげしかった。

「その通り、規則ではね。だがときとしてうっかり忘れることもある」

ドクター・ヴァーリンガーは身構えるように背を伸ばした。その姿にある種の威厳があった。

「言わんとすることは侮辱的だ、マーロウ君。君の言う、その類いのリストになぜ私の名前が載らなきゃならんのか見当もつかん。お引き取り願おう」

「もう一度ウェードに話を戻させてください。偽名でここに居た可能性はありませんかね?」

「ここには私とアール以外誰もおらんよ。全く二人っきりだ。じゃ、これで失礼しよう――」

「周りをちょっと見て回りたいのですが」

ときとして挑発すると思わず口を滑らせる人もいる。だがドクターは違った。彼は威厳を保っていた。眉ひとつ動かさなかった。私は建物に目を遣った。中からは音楽が流れてきた。かすかに指を鳴らす音も聞こえた。

「中で踊っている、間違いない」と私は言った。「あれはタンゴだ。彼は一人であぁやって踊っている。間違いなくへんな奴だ」

「もうお帰りかな、マーロウ君。それとも私が連れ出さなきゃならんのかな? そのときはアールに手伝って貰うことになるが」

「わかりました、帰ります。気を悪くしないでください、ドクター。ファイルには頭文字Vの人物は三人しか居ませんでした。あなたはその中でも一番の有力候補でした。彼を見つける有力な手がかりはそれ――ドクター・V、としかありません。失踪する直前、彼はドクター・Vと殴り書きしていたんです」

「頭文字がVなんて何十人もいる」とごく当たり前のように言った。

「おっしゃるとおりです。でもね、『格子窓持ちの紳士録』なるファイルには何十人も載っていないんですよ。お時間をいただきありがとうございました、ドクター。アールはちょっと気になりましたけどね」

ドクターに背を向け車まで戻ると乗り込んだ。ドアを閉めるとドクター・ヴァーリンガーがやってきた。にこやかに車の脇まできた。

「喧嘩別れをすることもない、マーロウ君。君は職業柄、場合によっては立ち入ったことを聞かなきゃならない。そのくらいわかっている。ところでアールの何が気になるのかね?」

「彼が自分を偽っていることは見え見えです。人間誰しも仮面かぶりを一人見つけると他にも仮面かぶりがいると思ってしまうものです。だからそういう目であなたを見ざるを得なかった。申し訳なかった。アールは躁鬱病だ。そうでしょ？　いま鬱から躁に向かっている」

ドクターは無言で私を見つめた。深刻な顔つきとなり、穏やかに話し始めた。「これまでたくさんの魅力的な人や才能のある人がここへ来た、マーロウ君。そういう人たちがすべて君のような常識人で分別があるとは限らないのだ。才能のある人は往々にして神経がとんがっていて行動もまともじゃない。だがここには神経を病んでいる人やアルコール依存症の人をケアする設備はない。たとえ私が彼らを助けたいと思ってもね。人員だってアールしかいないし、彼は病人の面倒を見るようなタイプからはほど遠い」

「それじゃ彼はどんなことに向いたタイプですかね？　ドクター。おかしな衣装と一人ダンスをのぞいて」

ドクターは車のドアに寄りかかった。声が低くなり、ひそひそ話をするような調子になった。「アールの両親は私の親しい友人だった、マーロウ君。アールの面倒を誰かが見なけりゃならないが彼の両親はもういない。アールには、町の喧噪と誘惑から離してひっそりとした生活をさせる必要がある。情緒は不安定だが精神的には凶暴性はない。私は彼に完全にリラックスできる環境を与えて穏やかに過ごさせている。ご覧のとおり」

「大変な勇気だ」

ドクターはため息をつき眉をゆっくり動かした。まるで昆虫が不安げに触覚を動かすように。

「犠牲を払った」と言った。「大きな犠牲を払った。当初はここで私の力になると思っていた。テニスはプロ顔負けだし水泳も飛び込みもチャンピオンのようだった。一晩中踊り明かすこともできる。ふだんは穏やかな好青年だ。だがときどき――問題を起こした」といって大きな手を、まるで辛い記憶を過去へと押しやるように振った。

「とどのつまりアールをとるかこの場所をとるかの選択に迫られた」両手のひらを上に向けて両腕を広げたと思うと手のひらを返して両腕を両脇にぱたんと落とした。両目は涙で潤んでいた。

「それでここを売った」と言った。「この平和で小さい谷も不動産開発され分譲される。歩道ができ、街灯が建てられ、子供がラジカセを鳴らしてスクータで走り回る。おまけに――絶望的なため息をついて――テレビが入ってくる」手でまるでテレビを払いのけるようなジェスチャーをした。

「せめて木々は残して欲しいと思うのだが」と言った。「まあ駄目だろうな。木々の代わりに丘の尾根に沿ってアンテナがずらりと並ぶのだろう。だがその頃には私もアールもどこか遠くに行っている。間違いない」

「じゃ、失礼します、ドクター。お話を聞いて私の心も痛みました」

彼は握手の手を差し伸べた。手は湿っていてとても力強かった。

「共感とご理解をいただきありがとう、マーロウ君。スレード氏とかいう人の捜索の助けになれなかったのは残念だ」

「ウェード」と訂正した。

「失礼。ウェード。そうだったな。さよなら。幸運を祈る」

エンジンをかけると砂利道をゲートに向かって戻った。うら悲しかった。だがヴァーリンガーが私に感じさせたかったほどの悲しさではなかった。

ゲートを出ると帰り方向と反対に曲がり、下に見える幹線道路と平行する道をカーブに沿って更に先へ進み、ゲートの視界から外れた場所まで行くと路肩に車を駐めた。

車から降りると路肩を歩いて戻り、有刺鉄線を張った柵の先にあるゲートが見える場所まで来た。ユーカリの木の下で止まり、そこで待った。

五分ほど経った。一台の車が砂利道をブツブツと音を立ててやって来た。私の所からは見えない場所で停まった。私は近くの藪に隠れた。金属の擦れる音がした。それから重い金具のぶつかる音、鎖のガチャガチャという音が聞こえた。エンジンの回転音が高くなって車は私道を丘の上へと戻っていった。

エンジン音が聞こえなくなるのを待ってオールゾモビルに戻り、Uターンをして街への帰路についた。ゲートを通り過ぎるとき目をやると、ゲートはしっかり閉じられていて南京錠が取り付けられてた。もう今日は店じまい、毎度あり。

17

三〇キロちょっと走って街に戻り、昼飯を食べた。食べながら考えていると『格子窓持ちの紳士録』を頼りにする事自体、全く馬鹿げているような気がしてきた。今の延長では見つかりっこない。アールとかドクター・ヴァーリンガーみたいな面白い連中と会えるかもしれない。だが、探している人物は見つからない。あてもなくタイヤをすり減らし、ガソリンを使い、あれこれ話をして神経をすり減らす。

ルーレットのテーブルで黒二八［ルーレットに黒の二八はない］に大金を四回は張る必要はない。だが三回までは賭ける気なのか？　頭文字Vの三人を頼りにウェードを見つけるのは伝説のギャンブラー、ニック・ザ・グリークとクラップ賭博で勝つくらいのチャンスしかない。

いずれにしろ一回目は空振り。これがお決まりのコースだ。行き止まりだ。間違いなしと思った手がかりが目の前で吹き飛ぶ。誰も残念だったなどと言ってくれない。だがドクター・ヴァーリンガーはウェードのことをスレードとは言うべきじゃなかった。彼は知的な人物だ。そんなに簡単に忘れるはずはない。もし忘れたのだとしたら忘れたかったからにちがいない。そうかもしれないし、そうでないかもしれない。長い付き合いじゃないからわからない。コーヒーを飲みながらドクター・ヴァカニックとドクター・ヴァーレイをどうしたもんか悩んだ。一応訪ねようか、もうやめようか。二カ所訪ねるとなれば今日の午後は完全につぶれてしまう。無駄足を踏んで夕方遅く事務所に戻り、アイドル・バレーのウェード宅に電話をするとご主人はめでたく家に帰ってきて、しばらくの間はすべてがハッピー、と告げられることだって十分あり得る。

ドクター・ヴカニックの場合は簡単だ。彼の診療所はここから五、六〇〇メートルほどの所にある。だがドクター・ヴァーレイはとんでもなく遠い。アルタデーナ丘陵の奥だ。長く、暑く、退屈なドライブを覚悟しなきゃならない。行くか？　やめようか？

結局行くことにした。行くべきだという理由が三つもあった。第一には医者の裏稼業とその患者について詳しく知るなんて機会は滅多にない。二番目はピーターズへのお礼ができるかもしれないからだ。そこで何かファイルに書き加えるようなネタを見つけたら教えてやれる。最後の理由は、さしあたって他にやることがなかったからだ。

勘定を済ませると車をダイナーの駐車場に駐めたまま、道を北へストックウェル・ビルに向かった。ビルは骨董品物で入り口には葉巻売り場があった。エレベータは手動で昇ったはいいがなかなか停止階の床とエレベーターの床がぴったり合わない。六階の廊下は狭く、各種診療所や何かの事務所がずらりと並んでいたがそのドアにはみな、磨りガラスが嵌められていた。ひと言でいって私の事務所が入っているビルより古く、汚かった。その階には医者、歯医者、さびれたクリスチャン・サイエンス会の怪しげな診療所、先客がいたら雇わなくてすんだのにと後悔するような弁護士などが看板を出していた。医者、歯医者といってもやっとつぶれずに済んでいるようなレベルだ。大した腕もなく、薄汚れていて、診断も処置もモタモタしている。三ドルです、看護師にお支払いください。ここにいる医者も歯医者も十分己を知っている。覇気がなくうらぶれている。

そしてこんなところに来る患者はどんな連中なのか、そして幾らくらい患者から搾り取れるかも十分承知している。表にはパネルがかかっている。「現金でお支払いください」「診療中」「休診」

あんたのこの歯の詰め物はガタがきていますよ、カジンスキーさん。よろしければ最新のアクリルで処置しましょうか？　なにからなにまで金《ゴールド》と同じくらいしっかりしっくりきますよ。特別に一四ドルで処置しますけど。お望みなら二ドルの追加で局部麻酔もいたします。「診療中」「休診」、お会計は三ドルです。看護師にお支払いください。

この手のビルには本当に金を儲けている店子がいるものだ。だが外見からはわからない。

このうらびれた背景に溶け込んでいる。このビルの雰囲気は彼らにとっていわば保護色なのだ。悪徳弁護士は裏で金融ゴロと組んで保釈金貸付業をやっている。（その結果政府には本来没収されるべき保釈金総額の二パーセントしか入ってこない。）

堕胎医は患者が二の足を踏まないよう全く別の医科の看板を掲げている。もっとも踏み込まれたとき、そこにある器具類の言い訳ができる範囲ではあるが。

麻薬の売人は泌尿器科、皮膚科あるいはなんでもいいのだが、とにかく継続的に「患者」が来院することができ、そして定期的に「局部麻酔」を施すのに何の疑念も持たれない診療科に化けている。

ドクター・レスター・ヴカニック診療所の待合室は狭く、ろくに椅子もなかった。そこには一ダースもの患者がいた。皆、一様に居心地が悪そうだった。誰も一見しただけではヤク中には見えなかった。なんの徴候も現われていなかった。まあ、ヤクが効いているあいだはヤク中と菜食主義の会計士とを見分けられる人はいない。

そこで四〇分以上待たされた。診察室は二つあるようだ。患者はどちらかのドアへと入っていった。腕のいい耳鼻咽喉医なら四人を同時に診察することはできる。もっとも十分スペースがあればの話だが。

やっと私の番がきた。診察室に入ると茶色の革の椅子に座らされた。脇にはタオルがかけられたテーブルがあり、そこには一揃いの器具が並べられていた。壁際には滅菌装置があり、ぶくぶくと音を立てていた。ドクター・ヴカニックが足早に診察室に入ってきた。白衣を着て額には円形の額帯鏡が取り付けられていた。私と対面してストールに座った。

「副鼻腔炎からの頭痛、そうでしょ。ひどく痛みますか？」彼は看護師から受け取った予診票を見ながら言った。辛い、痛みがひどい、特に朝起きたとき、と答えた。すべてわかっているというふうにうなずいた。

「典型的だ」と言いながら万年筆のようなものにガラスのキャップを取り付けた。それを私の口に押し込んだ。「はい、唇を閉じて。噛まないでください」そう言いながら腕を伸ばして室内灯のスイッチをＯＦＦにした。診察室には窓はなかった。どこかで換気扇が回っている音がした。

ドクター・ヴカニックはガラスチューブを私の口から引き抜くと室内灯のスイッチをＯＮにした。私をしげしげと見て言った。「うっ血は見られませんね、マーロウさん。頭痛がするのであれば原因は副鼻腔炎じゃありません。正確なところはわかりませんがあんたは生まれてこの方、副鼻腔に炎症が起こったことはないと思いますよ。だがあんたは過去に鼻中隔の手術を受けていますね。そう見てます」

「はい、先生。アメフトの試合中、蹴られまして」

ドクター・ヴカニックはうなずいた。「僅かに突起した骨があります。本来なら除去されるべきでした。だがこれで呼吸に差し障りがあるとは思えません」

ドクター・ヴカニックは座ったまま背を伸ばし膝に手を置いた。「さて、あんたは私にどんなことをして欲しくてここに来たのかね？」と訊いた。彼は細面で生気のない青白い顔色をしていた。まるで結核に罹った白ネズミのようだった。

「実は私の友人についてお話を聞きたかったのです。彼はひどい状態なんです。作家です。金はうなるほどありますが神経が参っています。何らかの手を打たなければと思っています。ここのところずっと酒浸りです。立ち直らせるには酒じゃ駄目です。何かちょっとした特別な手立てが必要です。けれど彼の主治医はそこまでは協力はできないと言います」

「協力とはいったい何のことかね？」ドクター・ヴカニックが訊いた。

「落ち着くためにときどき注射するだけでいいんです。ここに来れば相談にのっていただけるのでは、と思いまして。金については問題ありません」

「あいにくだ、マーロウさん。私がどうのこうのできる問題じゃない」と言って立ち上がった。「言わせてもらえればいささか無礼な持ちかけ方だ。君の友人が診て欲しいというなら診てやってもいい。だがそれにはなにかしら耳鼻咽喉科にかかるにふさわしい症状がなければならない。さて、君の診察代だが一〇ドルだ、マーロウさん」

「かっこつけるのはやめるんだ、ドク。あんたの名前はリストに載っている」

ドクター・ヴカニックは壁に寄りかかってタバコに火をつけた。ゆとりを見せていた。煙を吐き出しその煙を眺めた。私は名刺を取り出し煙の代わりに見るように彼に渡した。

名刺を見た。

「何のリストだ?」と訊いた。

「『格子窓持ちの紳士録』というリストだ。あんたは私の友人をとっくに知っているはずだ。名前はウェードだ。おたくが彼をどこかの小さな白塗りの病室に閉じ込めているとにらんでいる。家を出て消えてしまった」

「バカ言っちゃいけない」とドクター・ヴカニック。「四日間でアル中治します、なんてケチな商売なんかに手は出さない。そんなのはみなまやかしだ。治りゃしない。私の診療所には小さな白塗りの病室なんかないし、おたくの言うところの友人なんて知らない——仮にそんな男がいたとしてもだ。一〇ドルだ——現金で——今すぐ。それとも警察を呼ぼうか?あんたが麻薬をせがんだって」

「そいつはいい」と私。「呼べよ」

「出ていけ、このケチないかさま野郎」

私は椅子から立ち上がった。「どうやら見込み違いだったようだ、先生。前回彼が断酒の誓いを破って酒乱が再発したとき、Vで始まる名前の医者の診療所に身を隠した。

家人は誰も気づかなかった。診療所は前触れもなしに真夜中に彼を連れ出し、症状が落ち着くと、連れ出したときと同じように前触れもなしに家に送り届けた。送ってきた奴は彼が家に入るところを確認することもなく去っていった。だから今回また彼が逃げ出したまま帰ってこないので当然のことながら我々は例のファイルになにか手がかりがないか探した。そこから浮かび上がったのが頭文字Vのつく三人の医者だった」

「面白い話だ」と言って冷ややかに笑った。余裕を見せていた。「で、Vのつく医師から三人選んだといったがその共通点というか、キーワードはなにかね？」

私はドクターを見つめた。ドクターは右手で左腕の肘の内側をさすっていた。顔にはうっすらと汗がにじんでいた。

「それはちょっと、ドクター。ごく内密な調査でね」

「ちょっとごめんなさいよ、あちらの患者を――」

そう言いかけたまま出ていった。ドクターがいなくなると看護師がドアから首を出し、ちょっと私をみるとすぐに首を引っ込めた。

ややあってドクターがルンルンになって戻ってきた。笑みを浮かべ、リラックスした様子だった。目は輝いていた。

「あれ、まだいたのか！」と飛び上がらんばかりに驚いた。またはふりをした。「診察も話も終わったと思ってたが」

「じゃ帰るさ。待っていろと言われたような気がして」

ドクターはクスっと笑った。「あのですね、マーロウさん。我々は今、異常な世界に住んでいる。たった五〇〇〇ドルも出せばあんたの骨を五、六本折らせて病院送りにすることもできる。面白いだろ、え？」

「はしゃぐじゃないか」と言ってやった。「一発打ったな。そうだろ？　ドク。ガラッと明るくなりやがって！」

診察室を出ようとすると後ろからさえずられた。「またな、アミーゴ《ハスタ・ルエゴ》、一〇ドル忘れるな。看護師に払えよ」

診察室を去る際、彼がインターホンに向かい何事かを伝えていた。待合室にはさっきと同じ一二人、いやもしかして同じようで違う一二人が居心地悪そうに順番を待っていた。

看護師は業務に忠実だった。

「一〇ドルです。マーロウさん。即金払いでお願いします」

私は無視して待っている患者の脚を跨ぎながら外へ出ようとした。看護師は椅子から飛び上がって机を回り込んで待合室へ入ろうとした。私はドアを開けてやった。

「取り損なったらどうなる?」と看護師に訊いた。

「どうなるかはあんたが思い知ることになるよ」と怒って答えた。

「そうかい。あんたはあんたの仕事を果たそうとしてるだけだよな、私もそうなんだ。先生に渡した名刺をちょいと拝んでくれ、私の商売がわかるから」

そう言いながら患者の脚を跨いで表に向かった。待合室にいる患者は一様に私を咎めるような目つきで見た。その目つきは医者じゃ治せない。

18

ドクター・エイモス・ヴァーレイは特異な人物だった。彼の邸宅は古風で大きく、古風な広い庭があり、そこには大きな樫の木立があって家にもその影を落としていた。家屋は強固な骨組みでできていて、前面にあるポーチの庇の下には見事な唐草模様の欄間が施されていた。白く塗られたポーチの欄干の一本一本はアンティークのグランドピアノの脚のように優雅な曲線を描いて垂直に立っていた。要介護老人が数人、毛布にくるまってポーチにある長椅子に座っていた。

両開きの正面の扉はステンドグラスで飾られていた。扉を開けるとそこは広いホールで涼しかった。寄せ木細工の床はきれいに磨かれていて敷物は一切なかった。アルタネーダの夏は暑い。位置としては丘陵の麓にへばりついているようで風は丘陵の峰に向かってこの町の頭上を通り過ぎてゆく。八〇年前、ここに町を作った人たちはこのような気候に合わせた家づくりをちゃんと心得ていたのだ。

のり付けされてパリッとアイロンのかかった白衣の看護師が私の名刺を受け取ると、しばらく待たされた後、ドクター・エイモス・ヴァーレイがありがたくももったいなくも会ってくれることとなった。彼は大柄で髪の毛はなく、親しげな笑みをたたえていた。身につけている白衣には一点のシミもなかった。ゴム底の靴なので足音も聞こえなかった。

「どのような御用向きかな？ マーロウさん」その声は穏やかで深みがあった。患者の痛みや不安を和らげる力がある声だ。はい、回診ですよ。いかがですか？ いいえ、ご心配いりません。大丈夫ですよ。これが入院患者への接し方だ。愛想のいい応対が厚く何層に重なっていて、患者が苦痛、苦情、不安を訴えても愛想良くいなされこの何重もの蜜のような層を突き破ることは難しい。素晴らしい医者だ——そして装甲板のように手強い。

「ドクター、ウェードという人物を探しています。アルコール依存症の金持ちです。家から失踪しました。今までのパターンからみるとそれなりの治療をする、どこか目立たない施設に潜り込んでいると思われます。けれど手がかりと言えば「ドクター・V」なる医師の施設というだけなのです。あなたが三人目です。でももうなんだかこんなことをしても無駄のような気がしてきました」

彼は思いやりを込めて微笑んだ。「たった三人目？ マーロウさん。ロスの市内、それから郡を含めれば少なくともVのつく医者なんて一〇〇人はいるでしょう」

「おっしゃるとおりです。けれど格子窓のある部屋を持っている医者となると話は別です。正面から奥に向かう建屋の二階にはいくつかの部屋には格子窓があるのに気がつきました」

「老人用ですよ」と悲しげに答えた。それは心の底からあふれる悲しみだった。「孤独な老人です。わびしく、不幸な老人たちですよ。マーロウさん。ときには——」と言い、外に何かを捨てざるを得ないという手振りで、あふれるような同情心をしめすとちょっとそこで手がとまった。それから枯れ葉が地面にひらひらと落ちるようにゆっくりと降ろした。「ここではアルコール依存症の患者は扱っていない」そう言うときっぱりと付け加えた。「ではこれで失礼する――」

「もう少しだけ、ドクター。先生の名前がリストに載っていたんです。たぶん何かの間違えでしょう。数年前、麻薬局といざこざがあったとか、そんなことが記載されていたのですが」

「そんなことが書かれているって？」と、戸惑った様子を見せた。それからパッとなにか気付いたように、「あぁ、そうだ。うかつにも雇うべきでないような男をアシスタントにした。ほんの短い間だったが。その男のお陰で私の評判は大きな痛手を受けた。そうだ、確かにそういうことがあった」

「私の聞いた話とは違うのですが」と言った。「多分聞き違えたんでしょう」

「ほー、どういうふうに伝わっていました？　マーロウさん」ドクター・ヴァーレイは依然として笑顔とまろやかな口調で商売用の魅力を全層維持していた。

「資料によるとあなたは薬物処方台帳の提出を命じられた、とありました」

ちょっと効いたようだ。表情はまだ完全に渋くはなっていなかったが魅力の何層かは剝がれた。彼の青い両目は冷ややかに光った。「で、その根も葉もない話はどこから来た？」

「ある大手の探偵事務所からです。そこはこの手の情報収集を得意としています」

「安っぽいゆすり集団だろう。間違いない」

「安くはないですよ、ドクター。一日一〇〇ドルが基本料金です。元憲兵大佐の運営です。小銭稼ぎじゃありません。彼は高い評価を受けています」

「じゃ、私もその評価とやらにひと言付け加えなければならない」とドクター・ヴァーレイは冷ややかに、そして不快感をあらわに言った。「で、その運営者の名前は？」ドクター・ヴァーレイの態度から太陽のような暖かさは既に失せ、夕刻の冷え冷えとした雰囲気へと移っていた。

「それは機密事項ですよ、ドクター。気にしないでください。我々の稼業では、なんかっちゃすぐ機密って言いますから。それよりウェードという人に心当たりは全然ないって、確かですか？」

「出口はご存じの筈だ。マーロウさん」

彼の後ろにあるエレベータの扉が開いた。中から看護師が車椅子を押して出てきた。車椅子には救いのない老人の抜け殻が納められていた。目は閉じられていて肌は青白かった。毛布にくるまれていた。

看護師は音もなく車椅子を磨かれた床の上を押してホールを横切り、脇にある扉から出ていった。ドクター・ヴァーレイがソフトな声で言った。「年老いた人たち、病んだ老人たち、孤独な老人たち。ここはそういう人たちのためにある。二度と来ないでくれ、マーロウさん。あなたに付き合っていると疲れそうだ。私は疲れると不快になる。非常に不快といってもいい」

「私は別に疲れないけど、ドクター。お時間ありがとう。あんた、本当にいい「爺・姥捨て」館をやってるんだな」

「何のことだ」彼は一歩私に詰め寄った。残っていた愛想の層をかなぐり捨てた。顔の柔らかな線は固く鋭い尾根の連なりのように変わった。

「なんか気にさわったか？」と訊いた。「私の探している男はここにはいそうもないことはわかった。この施設の中で、少しでも生きようとする気力のある人が見つかるとは思わない。病んでいる老人、孤独な老人、そして彼らに共通しているのは金があり、ハイエナみたいな親族がいることだ。そしてほとんどは多分法的に被後見人と認定された人たちだろう」

「君の話をきいていると疲れてくる」

「軽い食事、軽い鎮静剤で一日中うとうと。手厚い看護。日光浴をさせてベッドへ戻す。万一自分らしく生きたいなんて逆らったら格子窓の部屋に入れる。ここにいる老人はあんたが好きだ、一人残らず。老人は死の間際、皆、あんたの手を握り、あんたの悲しげな目を見つめる。そこには偽りはない」

「勿論偽りなどない」喉から絞り出すように言った。両手は握りしめられていた。もう切り上げてさっさと帰るべきだった。だが彼を見ているとやたらとむかついてきてもうひと言言ってやりたくなった。「そうだろうとも。誰も金払いのいい客は逃がしたくない。特に放っておいてもいい客はな」

「誰かが面倒を見なきゃならない」と彼が言った。「誰かがあの哀れな老人たちの面倒を見なければ。マーロウさん」

「汚水溜めだって誰かが掃除しなきゃならない。考えてみればあんたの仕事も公明正大で尊敬すべき仕事だ。さようなら、ドクター・ヴァーレイ。探偵業が我ながら浅ましいと嫌気が差したときはあんたのことを思い浮かべる。そしたらスキッと晴れ晴れするだろうよ」

「この不潔なシラミ野郎が」ドクター・ヴァーレイががっしりした白い歯並びの間からうなった。「背骨をへし折るところだ。私の仕事は崇高な使命の一翼を担っているのだ」

「そうだろうとも」と私は彼を飽き飽きした目で見た。「わかっている。ただあんたのやっていることは死の匂いがするって言っているだけだ」

力を抜いて立っていたが彼は殴ってこなかった。それで私は彼を後にして外へ向かった。大きな両開きの扉のところで振り返った。彼はまだその場から動いていなかった。

彼には仕事がある、何重もの蜜のような層をまたかぶり直すという仕事が。

19

車を走らせてハリウッドへ向かう道中、気分はまるで猫に散々噛まれて短くなった猫じゃらしの紐のようだった。事務所に戻ってきたときはまだ夕飯を食べるには早すぎたし、暑すぎた。事務所のファンを回したが少しも涼しくはならなかった。だが動くものがあることだけでも少しはましだ。

窓の外、通りでは相変わらず車の騒音で満ちあふれていた。私の頭の中では色々な思いが、まるでハエ取り紙に捕まったハエのようにお互いにベタベタとひっつきあっていた。

三発撃って三発はずれ。今日の成果といえば余計なほど多くの医者に会ってしまったことだけだった。

ウェード家に電話をしてみた。メキシコ訛りとおぼしき声が奥様は不在だと答えた。ウェード氏は、と訊くとウェード氏も不在と言った。私は名前を告げた。

私の話は問題なく聞き取れたようだ。声の主はそこのハウスボーイだと答えた。

次にカーン協会のジョージ・ピーターズに電話をした。それらしい医者をもう少し知っているかも。不在だった。でたらめな名前と正しい電話番号を伝言に残した。一時間がまるで死に損ないのゴキブリが這うようにのろのろと過ぎた。私は忘却の砂漠のなかの一粒の砂だ。あるいは弾を撃ちつくして茫然としている二丁拳銃のカウボーイだ。三発撃って三発はずれ。三回続けての空振りは縁起が悪い。調査依頼が来た。早速Aさんを訪問する、成果なし。次にBさんを訪問する、成果なし。そしてCさんを訪問する、同じように成果なし。一週間後Dさんを訪問すべきことが判明する。なぜもっと早くわからなかったか？　それはDさんなる人物がこの世に存在することを唯々知らなかっただけだ。そしてDさんがカギだとわかったときにはもう遅く、顧客の気が変わって調査は打ち切りになる。

ドクター・ヴカニックとドクター・ヴァーレイは横線を引いて消した。ドクター・ヴァーレイはアル中相手にチマチマ稼がなくても十分儲かっている。ヴカニックは唯のクズだ。飯の種のヤクを、しかも自分の診療所で一発やるような無謀な奴だ。看護師は知っているに違いない。少なくとも患者の何人かは気がついている。その誰か一人がドクター・ヴカニックのなにかに頭にきて電話一本かければ彼は終わりだ。ウェードはそんな医者には近づきはしないだろう、酔っていようといまいと。別にウェードはとびきり賢いとはいえないかもしれない――だがヴカニックに救いを求めるほどアホじゃない。

残るはドクター・ヴァーリンガーだけだ。彼には十分な土地も隔離環境も整っている。根性もあるのだろう。

だがセプルベーダ峡谷はアイドル・バレーからはとんでもなく遠い。ウェードとヴァーリンガーの間にどんな接点があったのだろうか？ どうやって知り合ったのか？ もしあの土地が本当にヴァーリンガーのもので本当に買い手がいるなら、まもなく彼には大金が入ってくる。そこまで考えると、あることがひらめいた。土地の正規の所有者であることを保証する保険証書を発行する会社がある。そこに知人がいることを思い出した。土地の所有者を確認しようと電話をした。電話はつながらなかった。もう本日の業務は終了していたのだ。で、私もその日は店じまいにした。車でラ・シエナガにある「ルディのバーベーキュー」へ行った。

受付で名前を告げるとバーへ行きスツールに座りウィスキーサワーをカウンターに置いてマレック・ウェーバーのワルツを聴きながら順番を待った。そうこうしているうちにビロードのロープに沿って席に案内された。ルディの「世界的有名な」サールスベリー・ステーキのメニューから一品選んで注文した。それは焦がした木の板に載せたハンバーガーで、周りはぐるりと焦がしたマッシュポテトで囲まれていた。付け合わせとしてはオニオンリングと、なぜかレストランでは誰一人文句を言わず食べるミックスというか、ミックスしてしまったサラダだった。もし奥さんが同じサラダを家で出したら間違いなくギャーギャー文句を言うような代物だ。

家に戻り、玄関のドアを開けた途端、電話が鳴り出した。

「アイリーン・ウェードです。マーロウさん。電話を頂きました？」

「ええ、おたくの方でなにか進展があったか伺いたくて。私は一日かけて目星をつけた医者を何人か当たってきました。結局成果はありませんでした」

「こちらも残念ながら変わりありません。主人はまだ戻ってきません。どうしても心配になって仕方がありません。あなたの方もこれといった報告はないのですね」そう言う彼女の声は低く沈んでいた。

「そう気落ちしないで。探す範囲はえらく広く、人はやたらと多い。奥さん」

「今夜帰ってこなければいなくなってもう丸四日になります」

「おっしゃるとおりです。だけどまだ四日です」

「私にとってはもう四日も、です」と言って言葉を切った。「ずーっと考えていました。何かしら思い出せるかと」と言い、言葉を続けた。「必ずなにかしらあるはずです。手がかりとなる何かしらの暗示、でなければ彼の話した言葉そのものが。ロジャーはおよそあらゆる事について本当によく話をします」

「ところで奥さん。ヴァーリンガーという名前になにか心当たりはおありですか？」

「いいえ、ないと思います。私が思い当たるような名前ですか？」

「カウボーイ姿の背の高い若者がウェードさんを家まで送ってきたことがある、そう言われましたね。もしその若者をもう一度見たらわかりますか？　奥さん」

「わかると思います」とちょっとためらいがちに答えた。「もしあのときと同じ格好なら。とにかくちらっとしか見ませんでしたから。あの人がヴァーリンガーなのですか？」

「いえ、ウェードさん。ヴァーリンガーはがっしりした中年の男性でセプルベーダ峡谷にある一種の滞在型観光牧場の経営者です。というか正確には経営者でした。そこには着飾ってイカした若者がいてヴァーリンガーの手伝いをしています。ヴァーリンガーはその若者をアールと呼んでいました。ヴァーリンガーは自身をドクターと言っていました」

「立派にお仕事をされているじゃないですか」と励ますように言った。「その線、有望だと思いませんか？」

「そう言われるともう一度調べる気になってきました。でも無駄に折った骨をまた折ることになりそうです。とにかく何かわかったら連絡します。夕方電話をしたのは、まだロジャーが帰ってきていないことを確かめたかったのと、あなたが何か決定的なことを思い出したかどうか確かめたかったんです」

「残念ながらお役には立てそうもありません」と悲しそうに言った。「何かあればいつでも電話をください。夜中でもかまいません」

　そうします、といって受話器を置いた。今回は拳銃と電池三本入りの懐中電灯を用意した。拳銃はゾクッとするような、銃身の短い三二口径で弾丸は殺傷力の高い、先端が平らな、いわゆるフラット・ポイントだ。ヴァーリンガーのアール坊やがメリケンサックの他にも何かしらおもちゃを持っているかも。もし持っていたらただじゃ済まない。あのいかれた脳みそじゃどんな遊びをしてもおかしくない。

また幹線道路に乗ると、思い切ってフルスピードでセプルベーダ峡谷へ向かった。その夜は新月だったから例のゲートに着く頃には真っ暗なはずだった。暗闇でなければ先へは進めない。

ゲートはやはり南京錠と鎖で閉められていた。ゲートを通り過ぎて更に進み、幹線道路からかなり離れたところまで行って車を駐めた。依然として夕日が木々の下枝と地面の間から差していたが、それもそう長くはない。ゲートをよじ登って越え、丘の中腹へと向かい、ハイキング道を探した。谷の遙か後ろからツグミの鳴き声が聞こえたような気がした。惨めな一生を恨むように鳩が悲しげに鳴いていた。結局ハイキング道はなかった。あるいは私には見つけられなかった。仕方なく私道へ戻り、音を立てないよう砂利道の端を歩いた。ユーカリの木々が樫の木に土地を譲った辺りから丘の尾根を越えると遙か彼方に明りがちらほら見えはじめた。

プールの裏、テニスコート脇にたどり着くまで四五分ほどかかった。そこから私道の終点のロータリーと母屋が見下ろせた。母屋には明々と明りが灯り、そこから音楽が聞こえてきた。視線を転じると遙か彼方、森の木立の間から明りの灯っているキャビンが見えた。暗闇に沈んだキャビンが森全体に点在していた。母屋に向かって歩いていると突然、その裏手で投光器が点灯した。私は凍りついた。だが何かを見つけるための投光ではなかった。ただ裏手にあるポーチとそれに続く付近の地面を煌々と光で満たしているだけだった。バタンと音がして扉が開き、アールが姿を現した。彼の姿を見てここが目指す場所だと確信した。

今夜のアールはガウチョでなく、カウボーイだった。そして前回ロジャー・ウェードを家まで送り届けたのはカウボーイだ。彼は輪投げのロープをぐるぐる回していた。シャツは暗い生地に白の縫い取りがあり、首には水玉模様のスカーフが粋に巻かれていた。

腰に贅沢な銀細工で飾られた幅の広いガン・ベルトを着け、そのベルトには装飾模様がほどこされた一対の革製ホルスターが取り付けられていた。そして各々のホルスターからは象牙の銃把がのぞいていた。パンツはエレガントな乗馬パンツ。脚には白い刺繍のあるピカピカの新品ブーツだった。

頭の後ろにソンブレロをかぶり銀色に見えるあご紐は結ばれることなく胸にまで垂れ下がっていた。アールはただ一人光の海の中にいた。投げ縄を回しながらその輪の中に出たり入ったりしていた。見物人のいない役者。すらりと背が高く粋でハンサムな牧童が一人芝居をする、そしてその一瞬一瞬がたまらなく楽しいのだ。二丁拳銃のアール。アリゾナの恐怖。アールは、お馬ちゃんだらけで電話の交換嬢でさえ乗馬ブーツをはいているような観光牧場にこそふさわしいのだ。

突然アールはなにか音を聞いた、あるいは聞いたふりをした。投げ縄を手放すと同時に彼の両手はホルスターから拳銃を引き抜き素早く構えた。銃を構えた格好が決まったときには既に親指が撃鉄を起こしていた。彼は暗闇に目をこらした。私は彼の視界からは遠く外れていたがあえて動かなかった。あの拳銃には弾が込められているかもしれない。だがアールは投光器の光で目が眩んで何も見えていないはずだ。拳銃をホルスターに戻すと投げ縄を拾い上げ、いい加減に丸めると母屋へ戻っていった。投光器のスイッチが切られた。私もそこからキャビンに向かった。

森の木立を縫うように進んで丘の中腹にある明りの灯っているキャビンへと近づいた。キャビンからは何の音も伝わってこなかった。キャビン正面入り口とは反対側の裏手へ回り、網戸を張った窓辺へ忍びよって室内をのぞいた。明りはベッド脇のナイト・テーブルに置かれている卓上スタンドからだった。ベッドには男が仰向けに寝ていた。全身が弛緩しているようだった。

男の両前腕がパジャマの袖から突き出ていた。目を大きく見開いて天井を見つめていた。大きな男だった。顔は半ば影になっていたが、顔色は青白くひげが伸びていることが見てとれた。ひげの伸び具合から四日程は剃っていないとわかった。ぴったりだ。大きく開かれた両の手のひらはベッドからはみ出したままで指先一つ動かなかった。何時間もそんな格好でいるように見えた。

キャビン正面の小道からこちらへ近づいてくる足音が聞こえた。網戸がぎいっと音を立てて開くとがっしりとした身体のドクター・ヴァーリンガーが戸口に現われた。手には大きな瓶を持っていた、中はトマトジュースのようだった。部屋に入ると大型の電気スタンドのスイッチを入れた。着ているアロハシャツが黄色っぽくちらついた。

ベッドの男はドクターを見ようともしなかった。

ドクター・ヴァーリンガーはトマトジュースをナイト・テーブルに置くと椅子をベッドの脇に引き寄せて座った。男の手首をとると脈を測った。「気分はどうだね？ ウェードさん」

その声は優しく、真に患者の容態を心配しているようなひびきだった。

ベッドの男は返事はおろか、目を向けようともしなかった。ただ天井を見つめているだけだった。

「ほら、さあ、ウェードさん。機嫌を直して。脈がやや速いだけですよ。体力も落ちている。だけどそれ以外には――」

「テジー」男が突然喋った。「「私の具合がわかってるんならわざわざ訊くな！」ってこのごろつきに言ってくれ」そう言う声は感じがよく、はっきりとしていた。だがその調子はいかにも苦々しかった。

「テジーって誰のことかね？」とドクター・ヴァーリンガーが忍耐強く訊いた。

「私の代理人だ。ほら、天井の隅にいる」

ドクター・ヴァーリンガーは天井を見上げた。「ちっちゃなクモがいる」と言った。「おかしなふりをするのはやめなさい、ウェードさん。私には通用しない」

「学名テジェナリア・ドメスティカ。どこにでもいるハエ取り蜘蛛さ、おっさん。私は蜘蛛が好きだ。蜘蛛はアロハシャツなんか着ないからな」

ドクター・ヴァーリンガーは唇を舐めた。「私にはふざけている暇はない、ウェードさん」

「テジーはふざけちゃいない」ウェードは、まるでとてつもなく重い物を動かすようにゆっくりとヴァーリンガーに向けた。「テジーは大真面目さ。あんたに忍び寄っていく。あんたがよそ見をしていると音もなく。まず素早く床に向かってひとっ飛びする。それからじりじりしあんたに近寄って十分距離が縮まったところで最後のジャンプだ。あんたは吸われて干からびちまう、ドクター。からっからに。テジーはむしゃむしゃ喰うようなことはしない。吸うだけだ。骨と皮になるまで吸い尽しちまうんだ。そのアロハをいつまでも着てりゃドクター、テジーがいつチューチュー吸いにかかってもおかしくない、臭いからハエと間違えてな」

ヴァーリンガーは椅子に寄りかかって背を伸ばした。「五〇〇〇ドル払ってくれ」と穏やかに言った。「いつ払う？」

「もう六五〇ドル払った」とウェードが声を荒げた。「小銭まで巻き上げやがって。こんな曖昧宿に幾らふっかけるつもりだ？」

「六五〇ドルなんてはした金だ」とヴァーリンガー。「値上げになったと説明したはずだ」

「ウィルソン天文台ほど高く跳ね上がったとは聞いていない」

「話をはぐらかさないでほしい、ウェード」ドクター・ヴァーリンガーが突き放すように言った。「あんたは偉そうな口をきける立場じゃないんだ。それに私の信頼も裏切った」

「あんたに信頼があるなんて知らなかった」

ドクター・ヴァーリンガーは椅子の肘掛けをゆっくりとしたテンポでポン、ポン、と叩いた。「真夜中に電話をかけてきた」と口を開いた。「電話口でのあんたはパニクって手のつけられない状態だった。私が行かなければ自殺すると言った。引き受けたくなかった。理由はわかるだろう。この州での医師免許を持っていない。この施設を引き払うまで大過なく過ごすのが私の望みだ。アールの面倒を見なきゃならない。そのアールの発作も段々ひどくなってきている。あのときえらく高くつくと念を押した筈だ。だがあんたがどうしても、と言うから引き受けてやった。五〇〇〇ドル払って欲しい」

「あのときは強い酒で頭がぐちゃぐちゃだった」とウェードが言った。「そんな状態の私に押しつけた金額をここで持ち出すなんてあり得ない。もう十分払った」

「それに」とドクター・ヴァーリンガーはおもむろに続けた。「私の名を奥さんに言ったね。それにあの晩、私があんたを迎えに行くことも奥さんに言ったね」

ウェードは驚いた様子だった。「あんたのことも、ここのことも何も話ちゃいない」言葉を続けた。「あの場に女房はいなかった。寝ていた」

「じゃ、それ以前にかもしらん。とにかく私立探偵がやってきてあんたのことを訊ねた。奥さんから聞いてなきゃどうしてここに目星をつけられるんだ。なんとかごまかしたがまた戻ってくるかもしれない。ここから出ていって頂く、ウェードさん。だが五〇〇〇ドルが先だ」

「あんたは世界一賢いとは言えないな、え？　もし女房が私の居所を知ってるんならなんで探偵なんか雇うんだ？　自分でとっくにやってきたはずだ——私のことを本気で心配しているならな。そうさ、ボーイのキャンディを連れてな。キャンディならあんたのお気に入りの坊やをあっという間にスダレみたいに細切りにしちまうさ。あの変態が今日はどんな役でお出ましになるか決めかねている間にな」

「不愉快で悪意のある言い方だ。考え方も不愉快で悪意に満ちている」

「だが私はよだれの出そうな五〇〇〇ドルを持っている。欲しかったらとってみな」

「小切手を貰おう」ドクター・ヴァーリンガーはきっぱりと言った。「今、すぐにだ。小切手にサインしたら着替えるんだ。アールがおたくまで送っていく」

「小切手だって？」ウェードは噴き出しそうになった。「いいよ。小切手を切ろう。上等だ。だがどうやって現金にする？」

ドクター・ヴァーリンガーは静かに微笑んだ。「支払い停止手続きを考えているな、ウェードさん。だがあんたはそんなことしない。私にはわかる。あんたはやらないさ。それともアールが好きかね？」

「このデブの悪党が！」ウェードはヴァーリンガーに向かってわめいた。

ドクター・ヴァーリンガーは首を振って言った。「ある場面ではそうとも言える。だが私は根っからの悪人じゃない。あるときは善人だが場合により悪人にもなり得る。人は皆そうさ。アールが家まで送っていく」

「だめだ。あいつを見ると身の毛がよだつ」とウェードが言った。

ドクター・ヴァーリンガーは静かに立ち上がりベッドに横たわっているウェードに寄り添うと肩を優しく叩いて言った。「私にはアールはほんとにいい子だよ、ウェードさん。私はアールの扱い方を心得ている」

「たとえばどんな風にだ？　言ってみろ」別の声がした。西部劇俳優、ロイ・ロジャースを思わせる格好をしたアールがドアから姿を現した。ドクター・ヴァーリンガーは声のした方を振り向くと笑顔を見せた。

「そのキチガイ野郎を私に近づけるな！」とウェードが叫んだ。その顔に初めて恐怖が浮かんだ。アールは両手を飾り立てられたガン・ベルトにあてた。その表情はドクターの笑顔とウェードの恐怖で引きつった顔を引き立たせるように全く無表情だった。

歯と歯の間でシューシューと音を立てた。ゆっくり部屋に入ってきた。

「ウェード。あんな言い方しちゃいかん」ドクター・ヴァーリンガーがすかさずそう言うとアールの方を向いた。「わかったから。ほら、アール。ウェードさんは私に任せろ。私は彼に着替えをさせる。その間に車をとってきてくれ。すぐそばに停めるんだ。ウェードさんは本当に弱っている」

「そうさ。そしてこれからもっと弱っちまうことになる」アールはシューシューという音とともにそう言い放った。「そこをどけ。脂身」

「ほら、アール――」ヴァーリンガーは手を伸ばしてそのハンサムな若者の腕を掴んだ。「――アール、カマリロになんて戻りたくないだろ、な。私のひと言でおまえは――」

そこまでだった。アールはドクター・ヴァーリンガーの腕を振り払うと次の瞬間、光るメリケンサックを嵌めた右手が舞った。金属製の右拳がドクター・ヴァーリンガーの顎を打ち砕いた。まるで心臓を撃たれたようにヴァーリンガーは仰向けに吹っ飛んだ。床に背中全体がたたきつけられるとキャビンが揺れた。次はウェードだ。私は表の戸口へと走った。

戸口まで来るとサッと網戸を開けた。アールは本能的にくるっとこちらへ向き直ると間髪入れず何やらブツブツ言いながら私のほうへ歩きだした。私が誰かなど全く気にも留めていないようだった。歩みを早めた。私は拳銃を抜くと彼を威嚇するように向けた。なんの意味も持たなかった。彼の二丁拳銃は弾が込められていないのかあるいは拳銃のことは忘れたのか？金属製の右拳で十分、彼はそう思い込んでいるのか、全くひるむ様子もなく突進してきた。

私はベッド奥の網の張られた窓に向けて銃を放った。この小部屋内での発砲音は本来の音の数倍大きく響いたように思えた。アールがピタッと止まった。顔を巡らせて周りを見渡した。窓の網に開いた穴を見つめた。それからまた視線を私に移すとゆっくりと彼の顔に表情が戻り、そして笑みが浮かんだ。

「どうなってんだ？」と朗らかに訊いた。

「メリケンサックを外せ」とアールの目を見ながら言った。

彼は目を下にやり、自分の右手をみると驚いた様子だった。凶器を外すと鼻紙を捨てるように部屋の隅に投げた。

「次はガン・ベルトだ」と私は命じた。「銃には触れるな。バックルだけだ」

「弾は入っちゃいないさ」と言った。笑っていた。「てか、銃でもない。ほんの小道具だ」

「ベルトだ！早く」

アールは私の銃身の短い三二口径銃を眺めた。「本物か？うん、確かに。窓の網、ほら、網を見ろよ」

ウェードはいつの間にかベッドから抜け出していた。アールの背後に近寄ると素早くホルスターから拳銃を一丁引き抜き、アールの背中に突きつけた。アールの気に障った。顔に出た。

「やめろ」私は怒って言った。「そいつを元に戻せ」

「こいつの言うとおりだ」とウェードが言った。「かんしゃく玉のおもちゃだ」そう言うとアールから離れて銀色に光る拳銃をテーブルに置いた。「参った。折れた腕みたいに身体中力が入らない」

「ガン・ベルトを外せ」三度目だった。アールのようなタイプの人間に対しては、一旦決めた事は最後までやらせるのが大事だ。何事も単純に、そして途中で考えてを変えてはいけない。今度はすんなり言うことを聞いた。

外したガン・ベルトを手に持つとテーブルまで行き、置いてある拳銃を手に取るとホルスターに収め、ベルトをまた身につけた。私は彼のすきにさせた。そのとき初めてアールはドクター・ヴァーリンガーが壁際の床に崩れ落ちているのに気付いたようだった。心配そうな声を上げるると急いで部屋を横切り、浴室へ行くと水の入ったガラスのジャーを持ってきた。ドクター・ヴァーリンガーの顔に水を浴びせた。ドクター・ヴァーリンガーは咳き込み、水を吐き出すと身を起こし、そして腹ばいになった。うめき声を上げ、顎を手のひらでぴしゃぴしゃと叩いた。それから起き上がろうとした。アールが手助けをした。

「悪かった、ドク。誰だか見ないで殴っちまったみたいだ」

「もういい。骨は折れていない」ドクター・ヴァーリンガーは向こうへ行け、というように手を振った。「車をとってくるんだ。アール。それからゲートの南京錠のカギも忘れるな」

「車ね、オーケー。すぐとってくる。南京錠のカギね、オーケー。すぐとってくる。ドク」

アールは口笛を吹きながら小屋を出ていった。

ウェードはベッドの端に腰掛けていた。震えているようだった。「あんた、彼の言ってた探偵か?」と訊いてきた。「どうやってわかった?」

「このすじに詳しい連中に聞き回っただけだ」と答えた。「家に戻りたきゃ服を着るんだ」

ドクター・ヴァーリンガーは壁に寄りかかって顎をさすっていた。「私が着せる」とかすれた声で言った。「私は皆を助ける為にだけ働いた。だが皆は恩を仇で返す」

「気持ちはわかるよ」と私。

後は任せて私は外へ出た。

20

ヴァーリンガーがウェードを連れて表に出てきたときには車はすでにキャビンの戸口前に停められていた。だがアールはそこにいなかった。彼は車を停めるとライトを消し、私には目もくれずに母屋へと戻っていった。口笛を吹いていたがうろ覚えの曲らしく、ときどき調子がはずれていた。

ウェードは後部座席にそろそろと座った。私は彼の横に乗った。ドクター・ヴァーリンガーが運転した。まだ顎がひどく痛み、頭はがんがんしているだろうが、そんな素振りは少しも見せず口にも出さなかった。車は尾根を越えて丘を下り砂利道の終点に着いた。アールは前もって南京錠を外し、ゲートを開けていた。ヴァーリンガーに私の車のある場所を告げるとそこまで車を進めた。ウェードは私の車に乗り込み、座ると無言で焦点の定まらない目で暗闇を見つめていた。ヴァーリンガーが車を降りると、ぐるっと回ってウェードの脇へやって来た。ウェードに穏やかに話しかけた。

「私への五〇〇〇ドルの件、ウェードさん。小切手、約束しましたよね」

ウェードはずるっと身体をずっこけさせて脚をダッシュボードの下に伸ばし、背もたれを枕にした。「考えておく」

「約束した筈だ。私にはあの金が必要なのだ」

「約束じゃない、押しつけだ。あの言い方は、ヴァーリンガー。痛い目に遭わす、って脅しだ。今はここに女房が雇った探偵さんがいらっしゃる」

「私はあんたに食事を与え、身体を洗った」ヴァーリンガーは食い下がった。「夜中におたくへ迎えにいった。

あんたを守り、あんたを立ち直らせた——少なくともしばらくの間は」

「五〇〇〇の価値はない」とウェードがせせら笑った。「あんたは私からもう十分吸い取った」

ヴァーリンガーは諦めなかった。「キューバにツテが見つかった。アールを治せる見込みがあるという。ウェードさん、あんたは金持ちだ。助けを求めている者がいたら助けてやってしかるべきじゃないか。アールをなんとかしなければならない。この機会を逃がさないために五〇〇〇ドルが要る。いつかきちんと金は返す」

なんだか痴話げんかを聞いているような気がしてきた。タバコを吸いたくなった、だがウェードが嫌がるかも、と思いやめておいた。

「金なんか返せるはずがないだろ」ウェードがうんざりした調子で言った。「それまであんた、生きちゃいないさ。ある呪われた夜、寝ているところをお気に入りの坊やがあんたを殺しちまうからな」

ヴァーリンガーが後ずさりした。表情は見えなかったがその声には怒気があった。「人の死にゆく道はさまざまだ」と言った。「あんたこそ、ここで口にした以上に不快な死に方をする」

ヴァーリンガーは車に戻り乗り込んだ。彼の車はゲートを通ってやがて丘の向こうに消えた。私は車をバックさせ、幹線道路に戻り、街へと向かった。二、三キロ走っただろうか、ウェードが口を開いた。「なんであんなデブで薄汚い奴に五〇〇〇ドルもくれてやらなきゃならないんだ？」

「理由なんてない」

「じゃ、なんでくれてやらない自分が下劣に思えるんだろう？」

「理由なんてない」

ウェードは私がぎりぎり見えるほど顔をこちらに向けた。「あいつは私を赤ん坊のように扱った」ウェードが言った。「アールがやってきて私を半殺しにしないよう、あいつはほとんど私から離れなかった。私の持ち金を一セント残らず召し上げた」

「あんたが言い出したんだろう」

「あいつの味方か？」

「話はやめだ」と言った。「ただの仕事だ。誰の味方とか誰がどう思うかなど私はあずかり知らない」

それから数キロの間、沈黙が続いた。ロス郊外にいくつかある町の一つをかすめるように通り過ぎた。

ウェードがまた話し始めた。

「五〇〇〇は払った方がいいな。奴は破産している。あの施設は完全に閉鎖だ。あそこからはもう、びた一文入ってこない。みんなあのサイコ野郎のせいだ。ヴァーリンガーはなぜあそこまでやる？」

「知る由もない」

「私は作家だ」と続けた。「だからある人がある行動をとったら、なぜそうしたかを理解して然るべきなんだ。ところが私は他人のことなんか何にもわかっちゃいないんだ」

山道に入り、昇りきったところからは、峡谷を通る道路の側灯と、走る車のライト流れが左右へ限りなく伸びているのが見えた。車は坂道を下りまた幹線道路へ乗って北西にベンチュラへと向かった。しばらく走るとエンシーノを通りすぎた。信号で停車したついでに豪邸が建ち並ぶ遙か丘の明りを見上げた。あのどれかにレノックスが住んでいた。

信号が青になった。

「もうじき脇道に入る」とウェードが言った。「道、知ってるのか？」

「知っている」

「ところでまだ名前を教えて貰っていない」

「フィリップ・マーロウだ」

「いい名だ」それから声の調子がハッとなって言った。「待てよ、あんた、レノックス事件に関わった探偵か？」

「そうだ」

彼は暗い車中で私を見つめていた。車はエンシーノのメイン道路に並ぶ最後の建物を通り過ぎた。それからひたすら走った。

「彼女とは知り合いだった」とウェードが言った。「挨拶する程度だ。旦那の方はあったことがない。気色悪い事件だった、あれは。あんた、お巡りたちに小突かれたんだって？　そうなのか」

私は答えなかった。

「ま、話したくないんだろうな」と言った。

「そんなとこだ。なんで聞きたいんだ？」

「当たり前だ。私は作家だ、あの件はそんじょそこらにゃない話だ」

「今夜はもう休みにしたほうがいい。あんたは相当参っているはずだ」

「オーケー、マーロウ、オーケー。あんたは私が嫌いだな。了解だ」

車は脇道へさしかかった。ハンドルを切ってその道へ入り、なだらかな丘の間に向かった。そこがアイドル・バレーだ。

「あんたのことは好きでも嫌いでもどちらでもない」と言った。「あんたがどんな男か知らない。奥さんの依頼であんたを見つけ、家に連れ戻すことになった。あんたを家まで届けたら私の仕事は終わりだ。なんで奥さんが私を選んだか私にはわからない。今言ったとおり仕事。それだけだ」

丘の頂を真横に見るところまでくると丘へ向かってハンドルを切った。そこからの道は広くしっかりとした舗装道路だった。ウェードが、彼の家はそこから一キロ半ほど行った右側だと告げた。番号も教えてくれたが私はもう知っていた。弱っている割にはよく喋る男だ。

「幾らで雇われた？」と訊いてきた。

「まだ奥さんと話していない」

「幾らで決まってもそんなもんじゃだめだ。あんたにはとんでもなく恩義を受けた。あんたの仕事ぶりは見事だった、ほんと。私には過ぎた働きだった」

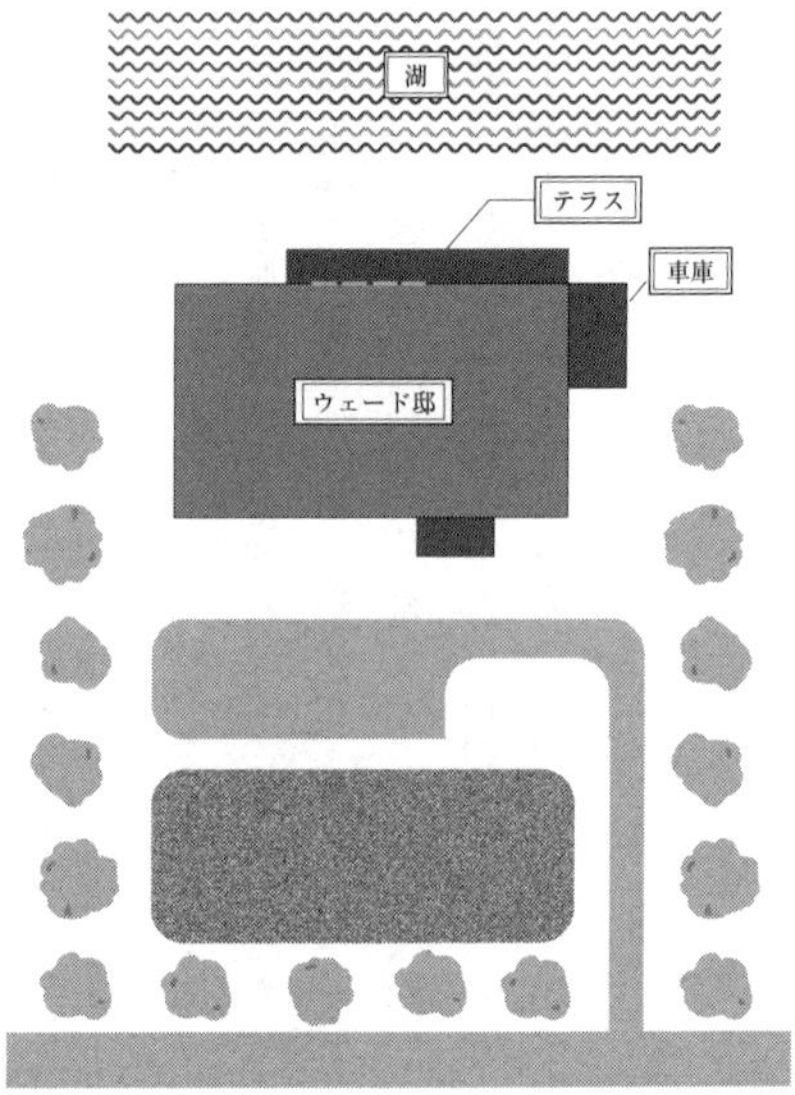

ウェード邸

「そう思うのは今だけさ」

ウェードが笑った。「おかしいと思うだろうマーロウ。あんたが気に入ったかもしれない。あんた、ちょっとした悪だな――私みたいにな」

到着した。門の遙か奥には柱に囲まれた玄関ポーチがあった。館はスレート屋根の総二階だった。敷地は白く塗られた柵で囲まれていて、その柵の内側にはこんもりとした灌木がぐるりと植えられていた。門から玄関ポーチまでは芝生が灌木のすぐ際まで隙間なく敷き詰められていた。玄関ポーチには明りが灯っていた。私は敷地内車道を進み、車庫を過ぎるとそこで車を停めた。

「ここから一人で戻れるか?」

「もちろん」ウェードは車を降りた。「中で一杯やるか、なんか喰うかしないか?」

「今夜はやめとく。ここであんたが家に入るのを見届ける」

彼はあえぐような息をしてそこに立っていた。「オーケー」と言うとポーチへと向かった。玄関ポーチの白い柱に片手をついて玄関扉のノブを押した。扉が開いた。中へ入っていった。扉は開いたままだったので玄関の明りが前面に広がる芝生を鮮やかに照らした。突然、何人かがいちどきに驚きの声を上げるのが聞こえた。それを聞いて車をスタートさせ、バックしようとした。誰かが叫んだ。アイリーン・ウェードが玄関に立っていた。

私はそのまま車をバックし、車庫前で切り返し、玄関からの明りに照らされた車道を門へ向かおうとした。

彼女は走ってこちらに向かってきた。車を止めるしかなかった。ライトを消して車を降りた。彼女が私のところまでやってきたところで言った。

「途中で電話をすべきでした。だがその間、彼を一人にするのが心配でした」

「勿論です。大変だったんじゃありませんか？」

「まあ――呼び鈴を押すだけって訳にはいきませんでした」

「お入りになって。お話を聞かせてください」

「ご主人はすぐ寝た方がいい。明日になれば生き返ったようになりますよ」

「キャンディが主人を寝かせます」と言った。「今夜は飲ませません。あなたのご心配がそのことなら」

「いや、毛ほども。じゃ私はこれで、ウェード夫人」

「お疲れでしょ、あなたこそお飲みになりたいんじゃありません？」

私はタバコに火をつけた。最後にタバコを味わってから二週間も経ったような気がした。煙を思い切り吸い込んだ。

「一服いただけるかしら？」

彼女は私にすっと近寄った。タバコを渡すとちょっと吸ってすぐに咳き込んだ。笑ってタバコを私に戻した。

「吸わないの、バレちゃったわ」

「ところで奥さんはシルビア・レノックスを知っていたんですね」と言った。「それで私を雇うことにしたんですか？」

「どなたですって？」戸惑ったような言い方だった。

「シルビア・レノックスです」タバコはもう私の手にあった。立て続けに吸ったので短くなっていた。

「あぁ」とギクっとしたように言った。「例の――殺された方。いいえ、お付き合いはありませんでした。どんな方かは聞いていています。お話ししなかったかしら？」

「申し訳ない、そこだけぽっかりと記憶が抜け落ちています」

彼女は何も言わず動こうともしなかった、私に近寄ったままで。その姿は白いドレスを着てすらりと背が高かった。開け放たれた玄関からの明りが後ろから彼女の髪を照らした。髪の輪郭が柔らかい金色に輝いていた。

「あなたを雇ったのは――これはあなたの言葉ですけど――私がシルビア・レノックスを知っていたからなのか？っていったいどこからそんな質問が出るんですか？」

私が即答しないでいると続けて言った。「私が彼女を知っているってロジャーが話したんですか？」

「私が名乗ったら彼があの事件を口にした。もっともすぐには私の名前と事件が結びつかなかったようですが。兎に角彼はまあよく喋った。何を喋ったか半分も覚えていませんけど」

「そうなの、もう戻らなくちゃ、マーロウさん、主人の様子を見に。もしお入りにならないなら――」

「これはあなたのせいですからね」そう言うと彼女の身体に片手をまわし、引き寄せてもう一方の手で彼女の顔を上に向けた。唇に思い切りキスをした。彼女は逆らいもしなかったし、応じもしなかった。それからゆっくり私を両手で押しやるとそこに立って私をじっと見た。

「こんなこと、やってはいけないわ」と言った。「間違っています。あなたみたいないい方がこんなことやってはいけないわ」

「勿論。とんでもないことだ」と逆らわなかった。「だが、このとんでもなく長い一日、私はひたすらお行儀のいい、忠実な犬になって獲物を探し求め回った。今までやってきたうちでもトップクラスの、このアホみたいな冒険にすっかりのめり込んでしまった。

そしてこの冒険が誰かさんが書いたシナリオじゃない、なんてことだとしたらそれこそびっくりだ。いいですか、奥さん、あなたはご主人の居場所を知っていた。でなければ少なくともドクター・ヴァーリンガーという名前は知っていたのは確かだと私は思っています。あなたは私をなんとかご主人と引き合わせ、彼との絆を深めることで私が彼の心配をせざるを得ないような気持ちにさせようとした。馬鹿げてますかね？」

「勿論馬鹿げています」と冷たく言い放った。「そんなむちゃくちゃな作り話、聞いたことありません」と言ってきびすを返し立ち去ろうとした。

「待って」と私は言った。「キスのことはこの場限りです。これで貸し借り無し、あなたは後を引くのではないかと思ったかもしれないけど。それから、私のことをいい人なんて言わないでほしい。人でなしと思われた方がいい」

彼女は振り返って言った。「どうして？」

「もし私がテリー・レノックスにとっていい人じゃなきゃ、彼はまだ生きていたかもしれない」

「そうなの？」と静かに言った。「なぜそう言い切れるのかしら？ お休みなさい、マーロウさん。あ、それと本当に色々ありがとうございました。今までのことお礼の言いようもありません、一つを除いて」

彼女は芝生の端に沿って家へと戻っていった。私は彼女が家に入るのを見ていた。扉が閉まった。ポーチの明りが消えた。私は明りの消えたポーチとその奥の閉まった扉に向かってさよならの手を振ると車をスタートさせた。

21

翌朝、起きたのはいつもよりかなり遅かった。前夜とびきりの報酬を得たからだ。一杯余計にコーヒーを飲み、一本余計にタバコを吸い、朝飯に一枚余計にカナディアン・ベーコンを食べ、もう二度と電気カミソリは使わない、とその日で三百回目の誓いをたてた。顎に触れるとざらっときたのだ。シェーバーで仕上げをした。それでようやくいつもの調子が戻ってきた。一〇時に事務所へ着くと雑多な郵便物を郵便受けから取り出し、封筒を切っては中身をテーブルにバタバタと落とした。窓という窓を思い切り開けてほこりの臭いや、夜の間に部屋の隅やベネチアン・ブラインドの羽根に積ったり、あるいはまだ空気中に漂っている煤煙のようなものを追い出した。机の隅には蛾が思い切り羽根と肢を広げて死んでいた。窓の敷居をボロボロの羽根の蜂がのろのろと動いてきた。

誰が聞いてもはっきりわかるほど弱々しく、疲れた羽音を立てていた。蜂はもうその羽根が役に立たないことがわかっていたのだろう。もう終わりだ、働きすぎた、もう巣に戻ることはない、そう悟っているようだった。

その日はろくでもない日になる予感がした。誰にでもそういった日はある。そんな日には客は一人も来ない、まともな客は。来るのはブレーキの壊れた車輪みたいな奴、脳みそをガムでくっつけた野良犬みたいな奴、木の実をどうしても見つけられないリスのような奴、機械を組み上げるといつも歯車が一個余ってしまう修理工のような奴ばかりだ。

最初にやって来たのは金髪の粗暴な大男だった。名前はクイセンネンとかなんとかいう、フィンランド人のような名前だった。その男は巨大な尻を来客用の椅子に押し込むと仕事で荒れたでかい両手を、まるで太い幹が根を張るように指を広げて私の机に置いた。

彼の話はこうだった。彼はパワーシャベルのオペレータでカルバー・シティに住んでいる。そして隣家の性悪女が彼の飼い犬を毒殺しようとしている。彼は毎朝裏庭を隅から隅まで調べなきゃならない、運動のため、そこに犬を放す前に。なぜなら隣から蔓草の生け垣越しに、いつ毒入り肉団子を投げ込まれているかわからないから。今までに九個見つけたが、いずれも緑色の粉末がまぶされていた。彼曰く、それはヒ素除草剤とのことだった。

「見張っていて投げ込む現場を押さえるのは幾らだ?」そう言って瞬きもせずに私をじっと見た。水槽の魚のような目だった。

「自分でやったら?」

「俺は生活のため働かなきゃなんねんだ、にいさん。ここにこうして頼みに来てるあいだにも一時間当たり四ドル二五セントほどチャリンチャリンと出てってるんだ」

「警察は?」

「頼んでもいいさ、でも腰を上げるのは来年のいつかだ。今んところ映画会社のMGMに気に入られようと大忙しだ」

「動物虐待防止協会は? それともテイルワッガーは?」

「テイルワッガー? なんだそれ」

ペット専門のデイケアだと説明した。全然乗ってこなかった。彼は動物虐待防止協会のことは知っていた。動物虐待防止協会はすぐ及び腰になるから当てにならないし、馬より小さい動物は相手にしない、と言い張った。

「表にあんたは「調査員」って書いてあるじゃないか」となじった。「よし、わかった。はずんでやる。さっさと調査しな、五〇ドルだ。首尾良くあの女捕まえたらな」

「すまない」と私。「いま手一杯なんだ。それに何週間もお宅の裏庭でネズミ穴にもぐって過ごすってのはあんまり得意じゃない。たとえ五〇ドルもらえてもな」

男は立ち上がって私を睨みつけた。「何様だ」とわめいた。「金なんか要らないってか? ちびでちんけな犬の命なんかに関わっていらんないってか? くたばっちまえ、何様だってんだ」

「申し訳ない。いま手一杯なんですよ、クイセンネンさん」

「俺が現場を押さえたらあの女の首をへし折っちまう」と言った。間違いない、私もそう思う。彼なら象の後ろ足でさえねじ切ってしまうだろう。「だから誰かにやって貰いたかった。車が家の前を通ると、うちのちびが吠える。唯それだけなのにあの鬼ばばあが」

そう言ってドアへ向かった。

「肉団子のターゲットが犬なのは確かですか？」

と追い打ちをかけた。

「そりゃ確かだ」私の言葉が頭にしみ込むまえにドア近くまで歩いたが、ハッとしてくるっと振り向くと言った。「もう一度言ってみろ！　この野郎」

とんでもない、とばかり私は首を振った。彼とはやり合いたくなかった。あの男なら机で私の頭をぶん殴るぐらいのことはするだろう。鼻を鳴らすと出ていった。ドアを引きちぎらんばかりの勢いだった。


次なるお客様は女性だった。年寄りでもなく若くもない。なりはさっぱりとはしていないが垢まみれでもない。世をすねていて浅はかなのが見て取れる。ルーム・シェアをしている女の子――その女の定義では働いている女性は皆、女の子だという――が彼女の財布から金を抜き取ると訴えた。あるときは一ドル、あるときは五〇セント、少しずつではあるが、ちりも積もればバカにならない。合計二〇ドルにも及ぶ。見過ごしてやるほどのゆとりはないし引っ越すほどのゆとりもない。探偵を雇うほどのゆとりもない。だから一度だけ匿名電話でそのルームメイトを脅してほしい、そう頼んできた。一回電話かけるくらいはお安く引き受けると思ったようだ。

そこまでたどり着くまでかれこれ二〇分はかかった。そう話す間中、ハンドバッグを絶え間なくこねくりまわしていた。

「知人がいるでしょ、頼めばやってくれますよ」と言った。

「そりゃいるわよ、だけどあんた探偵でしょ。だから色々やるんでしょ」

「見ず知らずの人を脅す免許は持っていない」

「じゃ、あんたに調査を頼んだことをあの子に話してやるわよ。あの子が盗んだことには気がつかないふりしてね。誰かにお金を盗まれたから調べて貰うことにした、とだけ言ってやるわ」

「私だったらそんなことしないな。私の名前を出したらその女性がここに電話してくるかもしれない。もし電話があったら私としてはあなたから聞いたままのことを話すことになる」

女は立ち上がるとくたびれた安物のバッグで胃の辺りをバンと叩いた。「紳士づらしてなによ、このやくざ」と金切り声でわめいた。

「探偵は紳士であるべき、なんて何処に書いてあった？」

女はブツブツ言いながら出ていった。

昼飯を食べた後、ミスター・シンプソン・W・エーデルワイズなる人物が訪ねてきた。ミシン会社の販売代理店で店長をしているとのことだった。年の頃四五から五〇歳くらいで疲れた感じの小柄な男だった。手も足も小さく、茶色の上着を着ていたが袖が長すぎて手が半分潜っていた。ピンとした白い襟のシャツに紫のネクタイで黒ダイヤのピンで留められていた。客用の椅子の端に腰掛けるとなんの動揺も見せずただその悲しげな黒い瞳で私を見た。こわい髪はふさふさとして黒く白髪は見当たらなかった。赤みがかった口ひげはよく手入れされていた。もし手の甲を見せなければ三五歳といっても通用するだろう。

「シンプ、って呼んでください」と言った。「皆がそう呼ぶんで馴れました。私はユダヤ人でキリスト教徒の女性と結婚したんです。妻は美人で今二四歳です。妻は今までに二度ほど家出をしました」

そう言って写真を取り出し、私に見せた。この男にとっては美人なんだろう。だが写真の女性は口元のだらしない、体もたるみきった牝牛のような大きな女だった。

「で、ご用件は？　エーデルワイズさん。私は離婚関係の事案はやっておりませんが」そういって写真を返そうとしたが彼は押しとどめた。私は言った。「依頼人には常に敬意を払っています」それからこう付け加えた。「依頼人があれこれ嘘を付き出すまではね」

男は笑った。「私には嘘なんか必要はない。離婚の件でここに来たんじゃないんです。マーブルに帰ってきて欲しいだけです。だけど私が見つけないと帰ってこない。マーブルはたぶらかされたんじゃないかと思います」

男は、彼の妻の人となりを辛抱強く淡々と話した。妻は酒飲みで、遊び好きで、彼の目からは理想の伴侶とはとても思えない。だがそれは彼が余りにも厳格に育てられたからそう思えるのかもしれない。妻は家みたいに大きな心の持ち主で本当に愛している。彼は自分のことを、もしかして格好いいかも、とか魅力的かも、なんて血迷ったことを一度だって思ったことはない。きちんきちんと家に給料を運んでくる、ただの堅実な勤め人である。

夫婦は同じ銀行口座を使っていた。妻は家出をする際全額引き出していた。だが彼はあらかじめ手を打っていた。彼には妻が誰と駆け落ちしたか大体見当はついている。もし彼の見込みが正しければその男は妻から金をとことん巻き上げると妻を路頭に放り出す、云々かんぬん。

「男の名はケリガン」と言った。「モンロー・ケリガン。別にカソリック教徒が悪いって言ってるんじゃない。ユダヤ人にだって悪い奴は大勢います。このケリガンって奴は床屋です。別に床屋を貶すつもりはない。だけど大体は流れ者で競馬場に入り浸っているような連中です。堅気じゃない」

「捨てられたら連絡してくるんじゃないですか？」

「目が覚めたらいたたまれなくなるでしょう。自殺するかもしれない」

「これは尋ね人ですね、エーデルワイズさん。警察に行って失踪係に届けるべきです」

「警察がどうのこうのいうつもりはありません。だけど警察にこの件を任せたくない、マーブルに恥をかかせることはできません」

どうやらこの世はエーデルワイズ氏が悪く言いたくない人であふれているらしい。テーブルに金を置いた。

「二〇〇ドルです」と言った。「手付金です。自分がいいと思ったやり方でマーブルを探したいんです」

「でも、またいなくなりますよ」

「わかってます」と肩をすぼめ両手を広げた。「でもね、もうじき五〇の男が二四の娘を妻にした。元をただせば私が悪いんです。その内マーブルだって落ち着くと思います。問題は子供がいないことです。彼女には子供ができないんです。ユダヤ人は家族を持ちたがります。マーブルもそれを知っています。だから引け目を感じているんですよ」

「あなたは実に心の広い方だ、エーデルワイズさん」

「ええ、まあ。私はクリスチャンじゃないもんで」と言った。「別にクリスチャンをどうのこうの言っているわけじゃないですよ、わかってもらえますよね。だけど「寛容」は私にとっては重い言葉です。口先だけじゃない。実行するんです、許すんですよ。おっと、肝心なことを忘れるところだった」

彼は絵はがきを取り出すとテーブルの現金の横まで滑らせた。「ホノルルからマーブルが送ってきました。ホノルルでは金はあっという間に消えてゆきます。あそこで宝石商を営んでいた叔父がいます。もう引退して今はシアトルに住んでいます」

私はまたマーブルの写真を手に取って言った。「この件は現地の提携先に委託することになります。「これは写真屋に出して焼き増ししなければなりません」

「ここに来るに当たってあんたにそう言われると思いましてね。用意しておきました」と、封筒をポケットから取り出した。そこには更に五枚写真が入っていた。「ケリガンの写真もあります、スナップショットですけど」

そう言って別のポケットを探ると別の封筒を取り出した。私はケリガンという男の写真を眺めた。思った通りつるんとした軽薄な顔だった。写真は三枚あった。

ミスター・シンプソン・W・エーデルワイズはまたポケットからカードを取り出した。名刺だ。名前、住所、電話番号が書かれていた。そして彼は、調査費が高くならなければいいけど、だけどもし必要になったらすぐに申し出て欲しい、すぐに用意する、私からの連絡を待っている、と言った。

「もし奥さんがまだホノルルにいるなら二〇〇ドルで間に合うと思いますよ」と言った。「調査に当たって二人の特徴を細かく教えてください。ホノルルの調査提携先へ知らせますので。項目ですか？ 身長、体重、年齢、肌の色、目立つ傷痕とかなにか目印となるようなほくろ、あざなど。それからいなくなったときの奥さんの服装、持っていった服、それから銀行から引き出した金額です。もし前にも同じ経験をしているなら、エーデルワイズさん、それぞれなにをポイントにお話頂くかおわかりですよね」

「ケリガンについては嫌な予感がするんですよ。不安でたまらない」

それから三〇分ほど彼から二人のことを一部始終細かいことまで聞き出して書き留めた。それが終わると彼は静かに立ち上がり、静かに握手をして静かに事務所から出ていった。出がけに「マーブルに心配しないで、と伝えてください」と言った。


後日談だが、この仕事は型通りに運んだ。ホノルルの提携先にテレックスで概要を送り、それに続いて写真その他テレックスで送れなかった諸々の情報を航空便で送った。

提携先の探偵が彼女を見つけた。彼女はデラックスなホテルの清掃婦の下働きとして、バスタブやトイレの床をゴシゴシ磨くとか、そういった類いの仕事をしていた。ケリガンのその後の行動はエーデルワイズが恐れていたとおりだった。彼女が寝ているあいだにホテルの勘定書きを彼女に残して有り金を奪って消えた。彼女は指輪を質に入れた。手にした金はホテル代にはなったが飛行機代には到底足りなかった。そもそもなぜケリガンが指輪を持っていかなかったかというと、指に嵌められていて盗るなら力ずくで奪い取るしかなかったからだ。そういう訳でエーデルワイズは飛行機に飛び乗り、彼女を迎えにいった。

エーデルワイズは彼女には過ぎた夫だ。私は追加料金として二〇ドルと長いテレックスの代金だけ請求した。ホノルルの探偵は二〇〇ドル丸々手に入れた。事務所の金庫にしまってあるマディソン大統領の肖像画のお陰で、格安料金でこの仕事を受けることができたのだ。


こうして私立探偵の一日は過ぎた。いつも通りとは言えないが、とんでもなく奇妙な日というほどでもなかった。なぜ私立探偵なんかをいつまでもやっているのかは誰にもわからない。探偵稼業は儲からない。楽しいことなんてそんなにない。ときとしてぶちのめされたり、撃たれたり、留置所に放り込まれることもある。ごくまれだけど命を落とす者もいる。

一ヶ月おきにもうやめようと決心する。なんでこんなうらぶれた人生に、と首を振りながら歩く羽目に陥る前に気の利いた仕事を見つけよう、などと考えているとドアのベルが鳴る。席を立って待合室への扉を開けるとそこには新規の客が新規の問題を抱えて新規の嘆きと若干の金を手にそこに立っている。

「どうぞこちらへ、ティンガミーさん。どうしました？」

なぜ私立探偵を続けるかは誰にもわからない。が、きっとそれなりの理由があるはずだ。

それから三日後の夕刻、アイリーン・ウェードから電話があった。翌日の午後、友達を呼んでカクテル・パーティーを催すのでこないかとの誘いだった。そしてロジャーが改めてお礼を言いたがっている、それから請求書をおくって頂戴、と言った。

「なんの請求ですか？　奥さん。なんかちょっとでも仕事をしましたかね？」

「あのとき、ヴィクトリア時代の女みたいおかしな態度をとってしまったのよね」と言った。「今の時代、キスなんてどってことないのに。それで来てくれますよね、いかが？」

「そうしますか。脳みそはやめとけって言うけど逆らいましょう」

「ロジャーはすっかり良くなったわ。今じゃ仕事しているわ」

「良かった」

「今日、あなた、落ち込んでいません？　なんか人生を見つめているような気がするわ」

「ときどきね、どうしてそう思う？」

彼女はこの上なく穏やかに笑うとさようならと言って電話を切った。私はそこに座ったまましばらく人生を見つめていた。馬鹿笑いがしたくてなにかふざけたことを思い出そうとしたがムダだった。そこで金庫からテリー・レノックスの別れの手紙を取り出して読み返した。読んでいて、彼のためにヴィクターの店へ行き、ギムレットを飲んでくれと頼まれていたにもかかわらず、まだそれを果たしていないことに気がついた。今の時間ならバーは静かで、もしテリーが生きていれば私と連れ立って行く、彼のお気に入りの時間帯だ。彼のことを思うとそこはかとなく感じる悲しみと、どうしようもない苦い思いがこみ上げてきた。

ヴィクターの店まで来たがそのまま通りすぎようとした、が思いとどまった。彼からは金を貰い過ぎている。彼のお陰で私はこんなバカなまねをする羽目になった。が、まあそれだけの金は頂いている。

22

ヴィクターの店は静寂そのものでドアを入った途端、冷房の効いた店内の冷気で、皮膚の温度が下がる音さえ聞こえそうだった。女性が一人、バーのスツールに腰掛けていた。仕立ての良い黒い服を着ていた。この季節、その生地はウール地に似た合成繊維でしかありえない。カウンターには薄いグリーンの飲み物が置かれていて、彼女自身は長いヒスイのホルダーでタバコを吸っていた。一分の隙もなく整った顔に浮かんでいるその表情は張り詰めていた。それはあるときは神経質に見られ、あるときはセックス依存症のように見られ、またあるときは単なる極端なダイエットの結果と見られるような顔つきだった。

私は二つスツールを空けて腰かけた。バーテンダーが挨拶したが笑みは浮かべていなかった。

「ギムレット」と注文した。「ビター抜きで」

バーテンダーは私の目の前のカウンターに小さなナプキンを置いたあとじっと私を見た。「ちょっと聞いて貰っていいですかね?」と嬉しそうな声で言った。「ある晩、あんたとあんたの友達が話しているところを小耳に挟んじまったんです。それでローズのライムジュースを一本仕入れた。そしたらそれからあんたらぱったり来なくなっちまった。で、今晩初めて開けたってわけです」

「彼はもうここにはいない」と言った。「よかったらダブルにしてくれるかな。気を遣ってくれてありがとう」

バーテンが去った。黒衣の女がこちらをちらっと見た、とすぐにカウンターのグラスに目を落とした。「だからもうこの辺りでそんなもの飲む人なんていないの」まるで独り言のような静かな口調だったので、最初は私に話しかけているとは思わなかった。それから私の方に目を向けた。その女は黒い瞳で、驚くほど大きな目をしていた。マニキュアは見たこともないほど鮮やかな赤だった。だが娼婦には見えないし、その声に誘う気配は微塵も感じられなかった。「ギムレットのこと、私が言うのは」

「うまいって教えてくれた友達がいたんだ」

「イギリス人でしょ」

「どうして?」

「ライムジュースよ。ライムジュースってイギリス人そのもの。コックが自分の血を入れたみたいな気持ち悪いアンチョビーソースで煮込んだ魚もイギリス人そのものって言うじゃない、それと同じ。だからライミーってばかにされるのよ、イギリス人のことよ——魚じゃないわよ」

「へー、ライムジュースってもっとトロピカルな飲み物だと思っていた。暑いところの特産だと。マレーとかその辺の」

「かもね」というとまたそっぽを向いた。

バーテンダーが飲み物を私の前に置いた。目の前のギムレットはライムジュースに色づけされて、かすかに緑でまたやや黄がかったもやのように見えた。一口すすった。甘さとジンのシャープさが同時に口の中に広がった。黒衣の女は私の様子を見た。それからカウンターのグラスを持つと私の方へ差し出し、乾杯の仕草をした。それで乾杯をした。そのとき黒衣の女も私とおなじものを飲んでいることに気がついた。

普通はそれを合図に女の隣に席を移る。だから普通じゃなくスツールを二つ空けたままにした。「イギリス人じゃない」一呼吸置いて言った。「戦時中ずっとイギリスにいたんじゃないかと思う。彼とはここによく来た。今日みたいに早い時間にね。がさつな奴らがはしゃぎ出す前に」

「この時間、心地がいいわよね」と言った。「バーで心地のいいときって今頃だけ」グラスを飲み干した。「私、多分あなたの、その友達知ってるわ」と言った。「その人の名前は?」

すぐには答えなかった。タバコに火をつけ、それから女がヒスイのホルダーから吸い殻を落とし、またタバコをセットするのを眺めていた。私は身を乗り出し、腕を伸ばしてライターの火を差し出した。そして「レノックス」と答えた。

女はありがとうと言うと、なにか探るような眼差しを向けた。それから頷いた。「そうでしょ。彼のことはよく知っているわ。知っているどころじゃないかも」

バーテンダーがゆっくりこちらに来て私のグラスを見た。

「同じものを二杯」とバーテンに言った。「ブースに」

私はスツールを降りてそこで待っていた。女はこの場面で立ち去ってしまうのか? 私としてはどちらでもよかった。このセックスに取り憑かれたような国でも、たまにはベッド無しの出会いと会話が男女の間にあってもいいじゃないか。この出会いもそのたまにしかない一つなのかもしれない。けれど女は私が口説《くど》きにかかると思っているのかもしれない。もしそうなら勝手にしやがれ、さっさと消えてくれ、だ。

女はちょっとためらっていたがカウンターに置いてあった黒い手袋をまとめ、金のフレームのある黒いスウェードのハンドバックを手に取って店の奥の角にあるブースまで行って無言のまま座った。私は彼女の後に続き、小さなテーブルを挟んで座った。

「私はマーロウ」

「私はリンダ・ローリング」と穏やかに名乗った。「あなたってちょっとばかりおセンチなのね、そうでしょ。マーロウさん」

「ここまで出向いてきてギムレットを飲んだから？　じゃ、あなたは？」

「私の場合はギムレットが好きなだけなんじゃない？」

「そうかもしれない。だけどそれにしちゃ、ちょっとできすぎのような気がする」

女は曖昧な笑みを浮かべた。女の耳にはエメラルドのイヤリング、襟にはエメラルドの飾りピンがつけられていた。エメラルドはおそらく本物だ。カットを見てそうわかる――石はシンプルに平らに仕上げられ、ただ面取りされているだけ。それでいてバーの薄暗がりのもとでも石の深みから輝いていた。

「じゃ、あなたが例の人ね」と言った。

バーテンダーが飲み物を運んできてテーブルに置いた。バーテンダーがいなくなるのを待って言った。

「何が例なのか知らないけど、私はただテリー・レノックスの知り合いで彼が気に入っていた。ときどき一緒に酒を飲んだ。別に仕組んだ訳じゃない。たまたま知り合い、友情が芽生えた。彼の家に行ったこともないし、奥さんにも会ってない。奥さんは一度駐車場で見かけただけだ」

「もうちょっとなんかあるんじゃありません？　そうでしょ」

女は飲み物に手を伸ばした。指にはダイヤを周りにちりばめたエメラルドの指輪をはめていた。隣の指には薄いプラチナの結婚指輪がはめられていた。年の頃は三五から四〇の間とふんだ、三五歳を少し過ぎた辺りか。

「かもしれない。彼のことが頭に引っ掛かっていた、いや今でも。それであなたは？」

女は片肘で頬杖をつくと特別どうといったこともない様子で私を見上げた。「私、彼のこと、とってもよく知っている、って言ったでしょ。彼の身に何が起こったのか、どうしても知りたくなるくらいの間柄なの。彼は何でも贅沢をさせてくれる金持ちの女を妻にしたわ。その見返りはその女に好き放題させること」

「いいんじゃない」

「皮肉らないでちょうだい、マーロウさん。そういう女は結構いるわ。どうにも止まらないの。彼、始めは気がつかなかった、みたいなふりなんかしなかったわ。もしプライドが許さないのならいつだって出ていかれたわ。誰も止めないもの。殺すことはなかったのよ」

「その通り」

女はしゃんと座り直すときつい目つきを私に向けた。「だけど殺して逃げた。そしてもし噂が本当ならあなたが手を貸した。思うにあなた、それを手柄話にしているでしょ」

「それは違う」と言った。「仕事をしただけです、料金を貰ってね」

「それじゃ面白くもなんともないじゃない、マーロウさん。はっきり言ってなんでここに座ってあなたと一緒に飲んでいるのかわからないわ」

「面白い話にすぐ切り替えられますよ、ローリングさん」私はグラスに手を伸ばすと一気にその液体を流し台、つまり私の喉へ流し込んだ。「ブースに誘ったのはテリーについて何か私の知らないことをあなたから聞けるのではと思ったからです。といってもあなたのお話からテリーが妻の顔を、なぜたっぷり血を吸ったスポンジみたいになるまでぐちゃぐちゃに潰したか、あれこれ推察しようなんて気はありません」

「結構むごい言い方するのね」女は怒ったようだった。

「こんな言い方嫌ですか？　私も嫌です。そもそも、もし本当にテリー・レノックスがそんなむごいことをしたのなら、私は違うと確信していますが、ここでこうしてギムレットなんか飲んではいません」

女はまじまじと私を見た。ややあってゆっくり話し始めた。「あの男はすべてを自白書に残して自殺しました。それ以上なにがあります？」

「彼は銃を持っていました」と私は説明を始めた。「ビビりやすい警官にはそれだけで彼に鉛玉を浴びせる立派な理由になるんですよ、メキシコではね。アメリカの警官だってしょっちゅう同じ理由で人を殺している——ドア越しに撃たれる人もいる、ドアを開けるのをためらっただけででね、警官が思うタイミングでドアを開けなかったから。自白書なんですけど、私は見ていません」

「間違いなくメキシコ警察がでっち上げた、って言うのね」女は吐き捨てるように言った。

「いや、オタトクランみたいなメキシコの、それも片田舎の警察にそんな芸当ができるはずがない。自白書は多分本物でしょう。だからっていって彼が奥さんを殺した証拠にはならない。というか私にとっては証拠にならない。私の見解では、自白書が告げているのはただ、もう逃げ場がない、ドン詰まりだと彼が思い込んでいたということだけです。このような状況に立たされるとある種のタイプの男――ひ弱とか優しいとかセンチメンタルとか言ってもいいですよ、そう言いたければ――は誰かさんをえげつなくて恥知らずなマスコミの餌食になるところを救おうと決心するかもしれません」

「馬鹿げてるわ」と言った。「誰も他人をちょっとしたスキャンダルから救うために自殺したり、ややこしい仕掛けをして自分を殺させたりなんかしないわ。シルビアはとっくに死んでいたし、シルビアの姉や父親だって――もしそんなことが起きたとしても自分のことは自分で、それは手際よくかたづけるわ。お金のある人たちっていうのはね、マーロウさん、どんなときでも自分の身は自分で守れるのよ」

「オーケイ。自殺の動機については間違いでした。たぶんはじめっから終わりまで間違っていたのかもしれない。ちょっと前、あなたは話がつまらないと腹を立てた。そして今度は話を打ち切って私を追い払おうとしている――ゆっくりギムレットを味わうためにね」

ふっと女の顔に笑みが浮かんだ。「ごめんなさい、あなたって誠実な人だってわかってきたわ。お会いするまで、あなたってテリーをかばうことより自分の言い訳、言い逃れに汲々としているように思えたの。でも今は違うわ、わかったの。なんというか」

「言い訳とか言い逃れなんかしていません。プロらしからぬことをやってしまった、そのツケを払わされました。とことん痛い目に遭わずに済んだのは彼の自白書のお陰です、否定はしません。もし彼が送還されて裁判にかけられたら、私も徹底的に絞られて裁判にかけられたと思いますよ。裁判にかかる費用は最低でも私の財政能力を遥かに超えてしまいます」

「探偵免許なんて言わずもがなね」と冷淡な口調で言った。

「かもしれない。二日酔いの警官が気まぐれで私立探偵の職を奪う、なんて時代もありました。でも今はちょっと違います。問題があれば州のライセンス当局の委員会による聴聞会が開かれます。委員会のメンバーは警察と蜜月関係ってほどのことはないんです」

女はギムレットを味わうとゆっくりとした口調で話し始めた。「よく考えてみれば、この件って理想の収まりかたをしたと思いませんか？　裁判なし、ケバケバしい新聞の見出しもなし、売らんが為だけの誹謗中傷記事もなし。新聞にとって、真実とか公平とか、それからネタにされる人の気持ちなんてどうでもいいのよ。売れさえすれば」

「そうさっき私が言いませんでしたっけ？　そしたらあなたは馬鹿げてる、って」

女は背筋を伸ばすと頭を後ろにそらせてブースの背もたれの峰にその頭を載せた。「馬鹿げているって言ったのはテリー・レノックスが誰かをスキャンダルから守るだけの為に自殺したということ。馬鹿げてなんかいないのは、裁判もなく一件落着したことで関係者一同助かったこと」

「もう一杯飲もう」と言ってウェイターを手招きした。「なんか首筋に息がかかっているようでむずむずするんです。あなた、ひょっとしてポッター一族となにか関係ありません？　ローリング夫人」

「シルビア・レノックスは私の妹です」とあっさり言った。「ご存じだとばっかり思っていたわ」

ウェイターがのろのろとやってきたので思い切り早口で注文してやった。ローリング夫人は首を振ってもう私は結構、と言った。ウェイターが去ると彼女に言った。「何しろ秘密主義のポッターじいさん——失礼、ポッター氏がこの件に蓋をしちまったんで何にも漏れてこなかった。テリーの奥さんにお姉さんがいるのがわかったのはラッキーというべきですね」

「まあ、大げさなこと。でも父にはそんな力はありません、マーロウさん――そして決してそんな荒っぽいまねはしない人です。父が自分のプライバシーについては古めかしい考えに固執しているのは確かです。新聞社のインタビューにも応じたことはありません、自分の新聞社にでさえ。父は写真を撮られたこともありません。旅行するにも車か自家用機を使います、自前の乗務員で。けれどそんなこととは裏腹にとても人間味のある人です。父はテリーが気に入っていました。父はこう言っていました、普通、男はパーティーに到着してから初めのカクテルに口をつけるまでの一五分間だけしか紳士でいられないのにテリーは一日二四時間ずぅーと紳士だ、ってね」

「だが最後の最後でちょっとミソをつけた、そのテリーがね」

ウェイターが今度は足早に私の三杯目のギムレットを運んできた。受け取るとちょっと匂いを確かめ、それからテーブルに置いてその円いガラスのフット・プレートの端に指を載せた。

「テリーの死は父にとって本当にショックでしたのよ、マーロウさん。またあなた皮肉っぽくなってきたわ。そんな言い方はやめてください。今度の一件で収まり方が手際良すぎるとみる人がいる、父はそんなこと百も承知です。テリーについても死んでしまうよりただ姿を消しただけだったらよかったのに、と思っています。もしテリーが父に助けを求めていたら助けていたと思うわ」

「まさか、ローリングさん。自分の娘が殺されたんですよ」

リンダ・ローリングはちょっと苛立った様子を見せ、私に冷ややかな目を向けた。

「これからの話は身も蓋もないように思われるのは嫌なんですけど、でも本当のことです。父はとうの昔に妹を見限っていました。顔を合わせてもほとんど口もききませんでした。もし父が本音を吐いたなら、もちろんこれまでも、これからもそんなことはないでしょうけど、あなた同様、テリーの仕業とはどうしても考えられない、と言うでしょう、私はそう思っています。でもテリーはもう死んだわ。今となってはどうでもいいこと。夫婦揃って飛行機事故で死ぬことだってあるわ。火事とか交通事故でだって。もし妹が死ぬ運命にあったのなら最高にいいタイミングで死んだのよ。もう一〇年も長生きしていたらそれこそハリウッドのパーティーでよく見かけるようなセックス狂いのおぞましい中年女になっていたわ、あるいは一〇年なんてかからないかも。似合いの英米クズカップルよ」

突然怒りがこみ上げてきた。なぜかはわからなかった。立ち上がってブースの向こうを見渡した。隣のブースには人はいなかった。そのもう一つ先のブースでは男が一人だけで、静かに新聞を読んでいた。私はどさっと腰を下ろすと目の前のグラスを脇に押しやってテーブルに身を乗り出した。声を落とすくらいの常識は持ち合わせていた。

「いい加減にしてくれ、ローリングさん。私に何を吹き込むつもりなんですか？ハーラン・ポッターは愛すべき人物だ、だから彼は政治的野心満々の地方検事に圧力をかけて殺人捜査にシーツをかぶせてまともな捜査がおこなわれないように手を打ったなんてことはあり得ない、そう私に思い込ませたいのですか？それから愛すべきポッター氏はテリーの犯行には疑念を持っている。だが、だからといって静かな生活を送るために真犯人の追及を阻止する、なんてことは夢にも思わない、そう私に思い込ませたいのですか？それから愛すべきポッター氏は所有する新聞社の政治的影響力、膨大な資金力、ポッター氏自身、自分がどうしたいかわからないうちに前のめりになって忖度するような九〇〇人もの人的資源なんかを行使しようなんて夢にも思わない、そう私に思い込ませたいのですか？それから愛すべきポッター氏はへぼ弁護士、地方検事局あるいは市警の連中がテリーは本当に自分で頭を撃ったのであって、いかれたメキシコ人が面白半分に彼を撃ち殺したんじゃないことを確かめにメキシコくんだりまで、のこのこ捜査に行かないよう、手なんかまわさなかった、そう私に思い込ませたいのですか？あなたの父上は億万長者だ、ローリングさん。どうやってそれだけの富豪になったかは知らない。けれどそれだけのことを成し遂げるには相当大がかりな組織を作り上げなければならないことは間違いない。あなたのお父さんは控えめで穏やかな紳士なんかじゃない、手強くてタフな男ですよ。このせちがらい世の中、あれだけの財をなしたんだ。おかしな連中とのしがらみは避けて通れない。直接会ったり握手したりすることはないのかもしれない。だが金儲けの仕組みの端の方の目立たないところで怪しげな連中としっかりつながっている」

「ばかばかしい」と怒った。「もうたくさん」

「そうでしょうとも。私は心地のいいメロディーなんか奏でない。一つお話ししましょう。シルビアが殺害されたあの晩、テリーはあなたの父上と電話で話をした。何が話し合われたか？　あなたの父上は彼になんといったのか？　さしずめこんなところでしょう――さっさとメキシコまでいって銃で死んでくれ、わかったかね、君。この件は家族の中だけで収める。娘が年中男をくわえ込んできていることは百も承知だ。その一ダースもの酔払ったろくでなしの中の誰かがかっとなってあの娘の可愛い顔をのどちんこの奥までめり込ませてしまった。だがあれは単なる事故だ。君、やった奴だって酔いが醒めりゃしまったと思うさ。テリー、君は今まで見て見ぬふりをしてきた。挙げ句の果てがこれだ。君はそのツケを払わなきゃならない。私はポッターの家名を山に咲くライラックのようにかぐわしく、そして美しく保ちたいのだよ。娘が君と結婚したのはフタが必要だったからだ、ゴミ箱のな。世間体を保つためのフタだ。娘が死んだ今こそ、彼女はもっともフタを必要としている。君はフタだろ、逃げおおせてそのままならそれで大いに結構。だがもし見つかったら、そのときは詰みだ、死体置き場で会おう」

「あなた、本当にそう思っているの」黒衣の女は氷のような声で言った。「父がそんな風にテリーに言ったと」

私はブースの背もたれに身体を預けて背伸びして嫌みを込めて笑った。「お望みならもうちょっと遠回しでお上品な言い方に直してもいいですよ」

リンダ・ローリングはテーブルの上に置いた手袋とハンドバックを引き寄せるとブース席の端へと腰をずらした。立ち去るつもりだ。「一つ言っておくわ」ゆっくりと、言葉を選んで私に警告した。「簡単なことよ。もし父があなたの言うような人物で、それを承知でもしあなたが今私に話したような類いのことを噂でまき散らしたら、このロスでのあなたの商売は、今の探偵業に限らず何をやっても本当におぼつかなくなって、ある日突然廃業の憂き目に遭うわ」

「これで揃った、ローリング夫人。スリーカード完成だ。私は警察から脅しを受けた。やくざからも脅しを受けた。そして今、上流階級からも脅しを受けた。勿論言い方はそれぞれ違いますがね。でもその意味するところはみんな同じですよ、手を引け、だ。私はある男の願いでここへはギムレットを飲みにきた。ところがどうだ。墓穴に入りにきたようなもんだった」

リンダ・ローリングは席を立ち、短く頷いた。「ギムレット三杯、ダブルで。あなた酔ったのよ」

私はテーブルにたっぷり金を置いて彼女の脇に立った。「そういうあなただって一杯半飲んだ、ローリング夫人。なぜそんなに飲んだんですか？　あなたもあの男に頼まれてきたんですか？　それともこれはみんなあなたが仕組んだんですか？　あなたは少しばかり喋りすぎましたね」

「真相なんて誰が知っているっていうんですか？　マーロウさん。知るもんですか、誰も何も知らないわ。向こうのカウンターの男がこっちを見ているわ。あなたの知っている人？」

見渡した。彼女がその男に気がついたのには驚いた。細身の浅黒い奴が扉を入ってすぐ、遙か向こうのバーカウンターの端のスツールに座っていた。

「チック・アゴスティーノという奴だ」と告げた。「メネンデスって賭博人の飼い犬ですよ。張り倒して踏んづけてやるとしよう」

「やっぱりあなた酔ってるわ」すかさずそう言うと歩きだした。私は後に従った。カウンターに向かって座っていたアゴスチーノはくるっと向きを変えカウンターを背に通路を正面にした。私は彼の面前を通り過ぎる直前、身体をカウンター側にシフトさせ、彼の背後に回ると素早くその両脇の下を探った。やっぱり少し酔っていたのかもしれない。

彼はむっとしてくるっと向きを変えスツールから降りた。「調子コくな、このガキ」とうなった。目の端に彼女がドアを出かけたまま立ち止まってこちらを眺めているのが見えた。

「丸腰じゃないか、ミスター・アゴスチーノ。無謀だね――あんた。メダカはメダカなりにもめるんだろ、タフなメダカがきたらどうする気だ？」

「失せろ！」と噛みつかんばかりに吠えた。

「おっと、そのセリフって雑誌のニューヨーカーからパクったな」

アゴスチーノはなにやらわめいていたが追ってはこなかった。私は彼の罵倒を無視してローリング夫人の後を追った。

表へでると雨よけの天幕の下で白髪交じりの黒人運転手が店の駐車係とだべっていた。運転手は彼女を見ると帽子の庇に指で触れて駐車係に挨拶して姿を消し、すぐにしゃれたキャデラックのリムジンをまわしてきた。ドアを開けローリング夫人を招き入れた。夫人が乗り込むとドアをまるで宝石箱の蓋を閉じるように閉めた。それからぐるりと車のフロントを回って運転席に座った。

ローリング夫人は窓ガラスを下ろし私を見た。うっすらと笑みを浮かべていた。

「おやすみなさい、マーロウさん。お会いできてよかったわ――違います？」

「ずいぶん言い争った」

「あなたがね、あたしじゃないわ――ほとんどはあなたが言って、その言ったことをあなたが本当だと思い込んで、あなたがそれに腹を立てただけよ」

「そう。それが癖なんだ。おやすみなさい、ローリング夫人。住まいはこのあたり？」

「いいえ、アイドル・バレーです。湖の一番奥。主人は医者ですの」

「じゃ、ひょっとしてウェードという名前の人を知りませんか？」

ちょっと眉をひそめて言った。「ええ、ウェード夫妻は知っているわ。どうして？」

「どうして、って。いやね、アイドル・バレーで知っているのはあの夫妻だけだったので。それだけです」

「そうなの、じゃ。二度目だけどさよなら、マーロウさん」

彼女が深々とシートに沈むとキャデラックはしずしずと通りの車の流れへと入っていった。

我に返った感じで振り返ると危うくチック・アゴスチーノにぶつかりそうになった。

「あのネエちゃんは誰だ?」と薄ら笑いを浮かべた。「それと、こんどふざけた口をきいたら誰もおまえを見かけなくなる」

「口をきいてなんになる? おまえと知り合いになりたい奴なんかいないさ」と言ってやった。

「そうかい、切れ者。おまえの探偵許可番号はわかっている。メンディーは許可番号みたいな細かい話を色々集めるのが好きなんだ」

我々のすぐ横に車が停まると大きな音を立ててドアが開いた。背の丈二メートル一〇センチ、肩幅一メートル二〇センチの巨漢が飛び出してきた。アゴスチーノをギラッと睨むと一歩大股で近づき、大きな片手をぐっと伸ばしてアゴスチーノの喉元をむんずと掴んだ。

「何遍言ゃわかるんだ、このチンピラの端くれが。おれが飯を喰う周りでうろちょろするなって言ったのがわからないのか?」と怒鳴った。

その男はアゴスチーノの喉元を掴んだまま彼を揺さぶると歩道奥の店の、壁に向かって放り投げた。アゴスチーノは壁際に崩れ落ちて咳き込んだ。

「今度見かけたら」とその大男はわめいた。「間違いなく鉛玉をぶち込んでやる。そしてな、小僧、俺はマジだ、そのときおまえの死体は拳銃をしっかり握ってる、わかったか」

アゴスチーノは頭を振っていたが、無言だった。大男は私を睨めまわすように眺め、にやっとした。「いい夜だ」そう言ってさっそうとヴィクターの店へ入っていった。

私は、アゴスチーノがのろのろと立ち上がって気を落ち着かせるところを見ていた。「あのおトモダチは誰だ?」

「ビッグ・ウィリー・マグーン」とかすれ声で言った。「パンパン狩り課の次長だ。てめえじゃタフだって思っている」

「そうじゃないって意味なのか？」と丁寧に訊いた。

彼は暗い穴のような目で私を見ると歩き去った。駐車場から車を出して家に帰った。ここハリウッドでは何が起こってもおかしくない。どんなことでもだ。

23

丘をぐるりと巡る道を後ろから走ってきた低重心のジャガーが私の車を追い抜いていった。追い抜く際、こちらに花崗岩の砂塵を浴びせないよう気を遣ってスピードを落とした。幹線道路からアイドル・バレーの入り口までの約一キロは舗装がされていない。

思うに高速道路を面白半分走り回るようなカーキチなんかがアイドル・バレーまでやってこないよう、未舗装のままにしているのだろう。追い抜かれるとき、鮮やかなスカーフとサングラスの女性がちらっと見えた。そしてその女性は運転したまま、後ろに向かって腕を目一杯伸ばして親しげに手をひらひらさせた。お隣さん同士の挨拶だ。ジャガーの巻き上げた砂埃は、すぐに風に吹かれて草原に押しやられ、灌木や日光に晒された草をうっすらと覆う白いベールの上に舞い降りるとすぐにとけこんだ。

断層の現われている崖を曲がるとそこからはしっかりとした舗装が始まり、周りすべてがスムーズで手入れがされていた。青々と葉をつけた樫の木々が、まるでそこを通るのはどんな連中なのか見てやろう、とばかりに道の両側に茂っていた。頭の赤いスズメがちょんちょんと、飛んでは彼らにしかついばむ価値がないものをついばんでいた。

更に進むと綿をつけた木が数本あったがユーカリではなかった。更に進むと生い茂ったカロライナ・ポプラの向こうに白い家が見えた。更に進むと女の子が馬を引いて道の脇を歩いていた。ジーパンを穿いて派手なシャツを着ていた。口に小枝をくわえていた。馬は暑そうに見えたが汗はかいていなかった。女の子は馬の耳に優しく歌うように何かを囁いていた。低い石積みの塀の向こうでは庭師が波打つ広大な芝生を芝刈り機で手入れをしていた。芝生の遙か奥にはウィリアムスバーグ・コロニアル調の荘重で豪華な邸宅の玄関ポーチが見えた。どこからか、誰かがグランドピアノで左利きのための練習曲を弾いていた。

向きをぐるっと変えると暑い夏の日差しを反射してギラギラ輝いている湖面が目に入ってきた。そこから通り過ぎる門柱の番地プレートを確認しながら車を進めた。ウェードの家は一度だけ、それも真っ暗な中で見ただけだ。昼間改めて見るとあの夜感じたほど大きくはなかった。門から玄関ポーチまでの敷地内車道には数珠つなぎに車が駐められていたので、車を門の外の道路脇に駐め、そこから玄関まで歩いた。白いボーイ服のメキシコ人が扉を開けた。細身でこざっぱりとしたハンサムな若者だった。ボーイ服はよく似合っていて着こなしも見事だった。週五〇ドル稼ぐ、しかも身を粉にするなんてこともなく。

「いらっしゃいませ《ブエノス・ターデス・セニョール》」そう言うとからかうように、にやっと笑って続けた。「お名前は？《ス・ノンブレ・デ・ウスタ・ポ・ファボー？》」

「マーロウ」と言った。「なにかしこまってるんだ？ キャンディ。電話で話したろ、忘れたか？」

キャンディはまたにやっと笑った。私は邸内に入った。そこはお決まりのカクテル・パーティーだった。誰もが不必要に声高で喋り、誰もそれを聴いていない。誰もが酒の注がれたグラスを後生大事に持ち、ある人はキラキラというか目が酒でギラつき、ある人は頬を赤らめ、またある人は青ざめて額に汗をにじませる。どのパターンに当てはまるかはその人の飲んだアルコール量と体質、体調で決まる。

すっとアイリーン・ウェードが私の傍らに姿を現した。薄いブルーの見慣れない衣装を着ていた。その衣装は私が見慣れないだけで彼女の美しさを損なうものではなかった。

彼女の手にもグラスはあったが、単なる小道具以上には見えなかった。

「来ていただいて本当にうれしいわ」と真面目な顔をして言った。「ロジャーが書斎であなたを待っています。あの人、カクテル・パーティーが好きじゃないの。仕事をしているわ」

「こんなにうるさくても？」

「全然気にならないみたい。キャンディに飲み物を持たせましょう――それともバーに行って――」

「そうします」と答えた。「あの晩は失礼しました」

彼女は微笑んで言った。「前にも謝ったじゃない。何でもありません」

「そんなはずはない」

彼女はうなずくと私に背を向け去っていった。顔には笑みが浮かんだままだった。部屋の角にバーがあるのが目に入った。庭に面したフレンチ・ウィンドウ［ガラス張りの両開きの扉］の近くだ。外に出るにはよいしょ、とばかりに押し開けるあの扉だ。来客の間を縫うようにバーへと部屋の半ばまで来たとき声がした。「あら、マーロウさん」

振り返るとローリング夫人が縁なしメガネを掛けた、上品ぶった男と並んでソファに腰掛けていた。男の顎になにかシミがついているようだった。もしかしたらあごひげのつもりかもしれない。夫人の手には飲み物があったが退屈そうだった。男は腕を組んだまま、不機嫌そうにじっと座っていた。二人のところへ行った。夫人は私に微笑みかけ、握手の手を伸ばした。「主人のドクター・ローリングです。フィリップ・マーロウさんよ、エドワード」

あごひげの男はちらっと私を見ると、それより短くちらっとうなずいた。挨拶のつもりだ。多分もっと有益なことのためにエネルギーを節約しているのだろう。

「エドワードはとても疲れているの」とリンダ・ローリングが言った。「エドワードはいつもとても疲れているの」

「お医者さんはどうしても疲れますよ」と相づちを打った。「何か飲みます？　とってきますよ、ローリング夫人。

ご主人はいかがですか、ドクター？」

「家内はもう十分飲んだ」とあごひげの男は、私はともかく、夫人にさえ目もくれず言った。「私は飲まない。酒を飲む連中を見れば見るほど飲まなくて良かったと喜んでいる」

「愛しのシバ、戻っておくれよ［一九五二年バート・ランカスター主演の映画、アル中から立ち直ろうともがく医師の物語］」とローリング夫人が夢の中のような調子で言った。

彼はギクッとして妻のほうに向き直って睨みつけた。私は早々にそこから離れ、バーへ向かった。旦那といるリンダ・ローリングは全く別人のようだった。彼女の声にはとげがあり、その表情は冷ややかであざけりが浮かんでいた。怒ったときでさえ私にはそんな態度は見せなかった。

キャンディがバーテンダーを務めていた。お飲み物は？と訊いてきた。

「今はいい、ありがとう。ウェードさんに呼ばれたんだ」

「とても忙しい《エス・ムーイ・オキュウパード》、セニョール。ボスは今、とても忙しい」

どうもこのキャンディという奴は好きになれそうもない。じっと彼の顔を見ていると言葉をつないだ。「でもちょっと様子を見てきます。すぐに《デ・プロント》、セニョール」キャンディは我が物顔の酔っ払いで混雑する間を舞うようにすり抜け消えると、またあっという間に戻ってきた。「オーケイ、おっちゃん、行くよ」と弾んだ声で言った。

彼の後についてパーティー会場を抜け、長い廊下を進んだ。キャンディが扉を開けた。中に入ると廊下側から彼が扉を閉めた。するとパーティー会場のざわめきがほとんど聞こえなくなった。そこは大きな角部屋でひんやりとしていて静かだった。ここもフレンチ・ウィンドウで外にはバラが咲いていた。エアコンが窓に取り付けられていた。窓からは湖が見えた。ウェードは白っぽいの革を張った長いカウチに寝そべっていた。

大きな白木の机の上にはタイプライターがあり、その傍らには黄色い紙が積み上げられていた。

「良く来てくれた、マーロウ」とけだるそうに言った。「どこでも座って楽にしてくれ。なんか飲むか？」

「まだいい」私は腰掛けて彼の様子を見た。まだちょっと顔色は悪く、疲れているか、あるいはちょっとストレスが残っているように見えた。「それで仕事は順調？」

「いいよ、ただすぐに疲れる。悲しいことに四日酔いの後、立ち直るのは冗談抜きでしんどい。だけどその後、傑作が書けることがよくある。この商売ではあっという間に行き詰まったり、頭がまるで動かなくなったり、やる気がうせたりする。そんなときの作品にいいものはない。傑作はすらすら筆が進んだときに生まれる。もしこれと真逆なことを読んだり聞いたりしたことがあれば、それはたわごとの塊だ」

「それは作家次第じゃないかな、多分」と私。「フローベルなんか、いっつも四苦八苦したと言っている。だけど彼の作品は素晴らしい」

「言うね」とウェードは起き上がった。「なるほど。あんた、フローベル、読んだんだ。だからもうあんたはインテリで評論家で文壇の大御所ってわけだ」彼は額をこすった。「私も文壇の一員だ。だが文壇なんか嫌でたまらない。嫌でたまらないと言えば禁酒なんか嫌でたまらない。グラス片手のカクテル・パーティーの客なんかも嫌でたまらない。私は出ていってあの気色悪い連中に、にっこり微笑みかけなきゃならない。私がアル中のことを知らない奴はいない。だから影では私が一体何から逃げているのか噂をする。

フロイドを生半可かじった奴がアル中の原因は何かからの逃避だと言いふらした。今じゃ一〇歳のガキまで知っている。もし私に一〇歳の子がいたら、もっとも神は私が子供を持つことをお許しにならなかったけどな、そのガキは年中こう訊くだろう、「父ちゃん、お酒を飲むときってなにから逃げているの？」」

「そうなったのは比較的最近だと聞いたけど」と私。

「段々ひどくなってきた。昔は酒なんかなんでもなかった。誰でも若くて元気な時分は飲み過ぎて死ぬほど苦しんでもじきにけろっとしていた。だが歳も四〇に近づくとだんだんそうはいかなくなる」

私は背もたれに寄りかかってタバコに火をつけた。「それで用件は？」

「私は何から逃げようとしているんだと思う？　マーロウ」

「さあな、目星をつけられるほど話はきいていない。それに誰しも何かしらから逃げているからな」

「だが誰しもが酒に走る訳じゃない。あんたは何から逃げているんだ？　マーロウ。若さからか？　何かの罪の意識からか？　それともケチな商売をやっているケチな奴という自己嫌悪から逃げているのか？」

「なるほど、そういうことか」と私。「あんたは誰か、侮辱する相手がほしいんだな、いいだろう。続けろよ。効いてきたらそう言ってやる」

　ウェードはにやっと笑うと髪の毛をかきむしった。そして自分の胸を人差し指で指した。「あんたはまさにケチな商売をやっているケチな奴を目の前にしているんだ、マーロウ。作家なんて皆たわごとしか言わない俗物だ。そして私はその最たるものだ。私はベストセラーを一二冊出した。机の上にできかけのたわごとの山がある。もしその山を完成させたら一三番のベストセラーになるんじゃないかな。ところがその内のどの本をとってみてもへのつっかえ棒にもならない。

　私は本当に選ばれた億万長者しか住めない、本当に選ばれた住宅地に素晴らしい家を持っている。私には私を愛しいと思っている愛しい妻がいる。私を大切にしてくれる大切な出版社がいる。そして私は自分のことを何よりも誰よりも大切で愛している。私は自己中の下劣な男で金のためなら何でも書く売春婦、まてよ、男だからポン引きか—まあどちらでも好きなほうを選んでくれ—作家であり、頭のてっぺんから足の先までごろつきだ。さあ、どうする？」

「どうするって、なにを？」

「なぜ怒らない？　今、あんたはごろつきのお相手だって侮辱した」

「怒る理由なんかない。あんたがどの位あんた自身が嫌いかを聞いていただけだからな。退屈だったけど別に怒るような話じゃない」

　彼はざらついた笑い声を立てた。「気に入った」と言った。「どうだ、飲もう」

「ここじゃだめだ、にいさん。二人きりじゃな。飲みたきゃひとりで飲んでくれ、あんたが禁酒を破るところを見るのはどうってことない。あんたが飲むのを誰も止められないだろうし、止める人もいないだろう。だからといって私があんたの禁酒破りのお先棒を担ぐ必要もない。そうだろ」

ウェードは立ち上がった。「ここで飲まなくてもいい。客間に行って金持ちの色んなタイプの見本を眺めようじゃないか。がっぽり稼いで彼らと同じところに住むと知り合いになる連中だ」

「おい」と私が言った。「くだらない。いい加減にしろ。彼らはどこにでもいる普通の人間だ」

「そうさ」と彼はきっとして言った。「だがどこか違ってなきゃならない。もしそうでなきゃ奴らなんか、なんの役にも立たない。ただの田舎者でその辺にごろごろいる安ウィスキー漬けのトラックの運ちゃんと何ら変わりはない。むしろそれ以下だ」

「もう止めろ」と私はまた注意した。「腹を立てたければ立てればいい。だがあの人たちに八つ当りしちゃいけない。あの人たちは飲んだくれてもドクター・ヴァーリンガーの療養所のやっかいにはならないし、訳がわからなくなっても奥さんを階段の下にぶん投げるようなまねもしない。だからといってあんたに馬鹿にされるいわれはない」

「その通りだ」と言い、突然穏やかになると考え込んだ。「合格だ、あんた。しばらくここに来てくれないか？ここにいるだけでえらく役に立つ」

「どう役に立つかわからない」

「私にはわかる。ただここにいるだけでいい。月額一〇〇〇ドルでどうだろう？私は酔っ払うと問題を起こす。私は問題など起こしたくないし、泥酔などしたくない」

「私に止められるわけがない」

「とにかく三ヶ月受けてくれないか？その間に例の本を仕上げる。そしたらしばらくどこか遠くへ行く。スイスの山奥で静養してアルコールからおさらばする」

「本だって？本の金が入らなきゃスイスに行かれないのか？」

「いや、まずは手をつけたことをしまいまでやりきりたい。それだけだ。もしそうでなきゃ私はもう終わりだ。

友達として頼んでいるんだ。あんた、レノックスには友達以上のことをしてやったじゃないか」

私は立ち上がり、彼に覆いかぶさるように近づいた。そして厳しいまなざしで睨んだ。

「私はレノックスを死なせてしまった。私のせいで死んだんだ」

「ぷへー、依頼人が死んだのはみんな私のせいです、ってか。なんともお優しいこった。だがな、こっちはお優しいひとなんか願い下げだ、マーロウ」彼はのど元に親指を当てて言った。「私はここまでどっぷりお優しい方々に浸かっているんだ」

「本当に優しいのか？」と訊いた。「ただ親切なだけじゃないのか？」

ウェードは後ずさりしてソファの角に足を取られた。倒れると思ったがバランスを立て直した。

「好きにしろ」とさらりと言った。「さっきの話はなしだ。あんたは何も悪くない、勿論。私には知りたい事、いや、知らなければならない事がある。それが何であるかあんたは知らない。そういう私自身わかっているかどうかも怪しい。確かなのはその何かっていうのは思い込みや勘違いじゃなく、実際に存在する事柄で私はそれを知る必要があるということだ」

「それは誰に関しての事だ？　奥さんか？」

ウェードは唇を噛んだ。「私に関することだと思う」と言った。「さて、客のところへ行って飲もう」そう言うと歩いていって扉を威勢よく開いた。二人とも廊下に出た。

もしこれまでの会話が、私に後ろめたさを感じさせようと仕組まれたものだとしたらウェードは最高の仕事をしたことになる。

24

扉を開けた途端、客間からのざわめきが一挙に襲ってきた。そしてその騒音は以前にも増して騒々しくなったようだった。まあ実際は同じなのだろうけど。とにかく、カクテル二杯を余計に飲んでわめかれるぐらいうるさく聞こえた。ウェードは来客に挨拶してまわり、客は彼に会えて喜んでいるようだった。それまでパーティーはだらけていたのだろう、客はなにか目先が変われば何でも喜ぶ。たとえプロの殺し屋、ピッツバーグ・フィルが特製アイス・ピックをかざして飛び込んできたとしても客たちは喜んだにちがいない。考えてみれば人生は大がかりなバラエティーショウのようなものだ。

二人してバーへ向かう途中、腰掛けているドクター・ローリング夫妻と顔が合った。ドクターはすっくと立ち上がり、ずいっと進み出てウェードの顔に迫った。ドクターの顔にはほとんど病的とも思える憎しみがあふれていた。

「ようこそ、ドクター」とウェードは親しげに挨拶した。「ハイ、リンダ。最近見かけなかったね、どこかに行っていたの？　おっと、つまらないこと訊いちゃったかな、私は――」

「ミスター・ウェード」そう言うドクターの声は震えていた。「あなたに言うことがある。簡単なことだ。はっきりおわかり頂けることを願う、私の妻に近づくな」

ウェードはきょとんとしてドクターを見た。「ドクター、お疲れのようだ。それにグラスをお持ちじゃない。一杯お持ちしましょう」

「私は飲まない。ミスター・ウェード、よくご存じのように。ここへはたった一つの目的を果たすためにやってきた。そしていまその目的を果たしたところだ」

「さて、あなたの言いたいことはわかった」とウェードはまた愛想良く言った。「あなたは今、うちのお客さんだから礼を失したくない。だから言うのはこれだけにしよう、あなたはなにかちょっと勘違いをされている」

周りの会話がはたと止んでそこだけぽっかり穴があいた。皆が耳をそばだてた。大事件勃発。ドクター・ローリングはポケットから手袋を取り出し、ピンと伸ばし、指先で掴むと一閃させてウェードの顔をパシッと叩いた。ウェードは瞬きもしなかった。「暁の決闘状か、どうせあんたのことだ、決闘じゃなくてコーヒー味がする「暁の決闘」銘柄のビールが飲みたいんだろ?」と穏やかに訊いた。

私はリンダ・ローリングに目を遣った。怒りで顔を真っ赤にしていた。ゆっくりと立ち上がると夫に顔を突きつけた。「全く、なんてことするの! 皆さん見てるじゃない! バカなまねはやめて頂戴。わかった、あなた。それともあなたが叩かれるまでやるつもり?」

ドクターはくるっと振り向くと彼女に向かって手袋を振り上げた。ウェードが間に割って入った。「落ち着いてください、ドクター。この界隈じゃ人前では奥さんを叩いちゃいけないことになっている」

「自分に向かっていつもそう言い聞かせているとしたら、その効果は大いに認めよう」とドクターは毒づいた。「それにあんたからマナーを教わる必要はない」

「私はできのいい生徒しか教室に入れないんでね」とウェードが言った。「もうお帰りとは誠に残念」それからバーの方を向くと声を上げて、「キャンディ! ドクターには早々にお引き取り願ってくれ《ク・エル・ドクター・ローリング・サルガ・デ・アキ・エン・エル・アクト》!」ウェードはドクターの方に向き直った。「スペイン語をご存じないかも、で念のためだが出口はあちらです、という意味だ」と言って出口を指さした。

ドクターはその場を離れずウェードを睨んだ。「警告したからな、ミスター・ウェード」と冷ややかに言った。「そして警告を耳にした証人も大勢いらっしゃる。二度と言わないからな」

「それがいい」とウェードが吐き捨てるように言った。「だがもう一度言いたくなったら、お互いハンディ無しの立場のときにしてくれ。少しばかり対処の幅を頂きたい。可哀想にリンダ、こんな男と結婚して」ウェードはムチの先のような手袋の指先で叩かれた頬をそろそろとさすった。リンダ・ローリングは寂しげに笑って肩をすぼめた。

「帰るんだ」とドクターが言った。「さあ、リンダ」

リンダ・ローリングは座り直し、飲み物に手を伸ばした。それからドクターにあからさまな軽蔑の眼差しを向けた。「あなたにはね」と言った。「あなたには電話して様子を訊かなきゃならない患者さんが何人もいるのよ、忘れたの？」

「一緒に来るんだ」と怒り狂って言った。

彼女はドクターに背を向けた。ドクターは突然彼女に歩み寄ると腕を掴んだ。ウェードが彼の肩に手を掛け、くるっと向き直らせた。

「落ち着いて、ドクター。思い通りにならないことだってある」

「私から手を離せ」

「いいとも。さあ、力を抜いて」とウェードが言った。「いい考えがある、ドクター。腕のいいドクターに診て貰うのはどうかな？」

どこからか無遠慮な笑いが聞こえた。ドクターは、まさに飛びかかろうとする野獣のように体をくっとこわばらせた。それを察知したウェードは何気ないようにきびすを返すとさっとその場を立ち去った。いきり立ったはいいが突然相手を失ったドクターはぽかんとした、その間抜け面を晒すしかなかった。ここでウェードを追いかけたりしたらそれこそ恥の上塗りというか、アホの上塗りになる。ドクターとしては退場するしかなかった。それでそうした。一点を見据えながら肩を怒らせて急ぎ足で部屋を横切ると、キャンディが開いた扉目がけて突き進んだ。そして出ていった。キャンディは扉を閉めると無表情のままバーへ戻った。

私も彼の後に続き、バーへ行くとスコッチを頼んだ。ウェードはどこへ行ったかわからなかった。ただいなくなった。アイリーンも見かけなかった。背後で客がさざめくなか、私は窓の外を見ながらスコッチを舐めた。

レンガ色の髪の、額にバンドをした小柄な女性が私の脇にひょいっと寄ってきた。カウンターにグラスを置くと哀れっぽくキャンディに飲み物をせがんだ。察するに彼女には飲まさないよう、釘を刺されていたのだろう。だが彼はうなずくとおかわりを渡した。

彼女がこちらに顔を向けた。「あなた、共産主義にご興味おあり？」と訊いてきた。見るとその目はガラス玉のようだった。小さな赤い舌で、まるで口の周りのチョコレートのかけらを探すように唇を舐め回した。「私、みんなが共産主義に関心を持つべきだと思うの」と続けた。「だけど私が殿方にこの話をすると答えじゃなくて決まってお手々が伸びてくるの」

私はうなずくとグラス越しに彼女の丸くて上を向いた鼻と日焼けで荒れた肌を眺めた。

「上手なら別に嫌って訳じゃないのよ」と彼女は言い、新しい飲み物に手を伸ばした。

そして口を大きく開けて私に奥歯を見せながらグラスの半分を流し込んだ。

「間に合っている。よそを当たってくれ」と私は言った。

「お名前は？」

「マーロウ」

「最後は「w」それとも「e」？」

「e」

「あぁ、マーロウ」と抑揚をつけて言った。「なんて悲しくも美しい名前なんでしょう」彼女はカウンターにドンと勢いよくグラスを置いた。その勢いで半分ほどあった飲み物がほとんど飛び出した。そんなことには全く頓着せず、目を閉じると後ろへ頭をそらし、それと同時に両手を後ろに向けて大きく広げた。危うく目を突かれるところだった。

彼女は感情で波打つ声で詠った。

そのかんばせが幾千艘もの軍船を旅立たせ
そしてトロイの限りなく高き塔の数々を焼き尽くしたのか
愛しきヘレン、その口づけにて我に不滅の命を与えよ
〔クリストファー・マーロウ　一六世紀　英国〕

彼女は眼を開き、先ほどのグラスを掴むと私にウィンクをした。

「マーロウ、あなた、クリストファー・マーロウでしょ。あの頃のあなた、素晴らしかったわ。ねえ、最近もなにか詩、書いているの？」

「いや、ちょっとさぼっている」

「キスしてもいいわよ、したけりゃ」と恥じらいながら言った。

絹の上着にオープンシャツを着た男がやってきた。彼女の頭越しに私に向かってにやっとした。その男は赤毛を短く刈っていてまるで空気の抜けた肺のような顔をしていた。

今まで見たうちでもトップクラスの醜男だった。男は小柄な女性の頭を指でポンポンを触れた。

「ほら、子猫ちゃん。お帰りの時間だ」

彼女は憤然として振り向くと叫んだ。「あんた、またあの腐れ球根のベゴニアに水をやらなきゃ、って言うの？」

「あのさ、子猫ちゃん——」

「手をどけなさいよ、この強姦魔」と叫んでグラスの中身をその男に向かってぶっかけた。もっともグラスにはスプーン一杯ほどの液体と氷が二かけらほどしか残っていなかったが。

「何すんだよ、ベイビー。俺は君の夫だよ」と言い返した。ハンカチを取り出して顔を拭いた。「わかるか？　君の夫だぞ」

彼女は激しくすすり泣くと彼の腕の中に飛び込んでいった。私は、とばっちりをさけようと遠巻きにするよ

うな格好でその場を離れ、フレンチ・ウィンドウへと向かった。どのカクテル・パーティーも同じだ。会話まで同じだ。

日が暮れ始める頃になると邸宅は客を涼しくなった夕暮れの大気の中へ一組、また一組と送り出しはじめた。声は次第に消えてゆき、車が次々と動き出す。あちこちでさよならの声がまるでボールのように飛び交っては跳ね返る。

私はフレンチ・ウィンドウを開け、石畳のテラスに降り立った。庭は湖に向かって緩やかに下っていた。まるで寝ている猫のようだった。湖の畔には木の短い桟橋があり、そこにはボートが白いロープでつながれていた。遙か対岸に向かって、いや遙かというほどでもないけど、一羽の黒いクイナがまるでスケートをしている子供のようにゆったりとした弧を描いて泳いでいた。黒クイナの泳ぎはさざ波さえ立てないように見えた。

私はクッションのあるアルミ製のデッキチェアに座り、体を思い切り伸ばすとパイプに火をつけ、ゆったりと煙をくゆらせた。一体全体私はこんな所で何をしているんだろう。ロジャー・ウェードのことで一つはっきりしたことがある。彼はその気になれば十分自制ができ、極めて適切な言動がとれる。ローリングへの対処も申し分なかった。

彼がローリングのとがった顎に一発くれてやったとしてもそれほど驚かなかっただろう。もしウェードがリンダ・ローリングと浮気していたならそれは確かにルール違反だ。だがローリングのおこないはその比ではなかった。まだルールというものがなにかを意味するとしたら、それはわざわざ客が大勢集まるパーティー会場を選んで人を恫喝し、おまけに手袋で相手の顔を張ることで、その実、すぐ傍らにいる妻を、同時に二ヶ所にいたと思われる、ちょっとした時間帯があると責め立てるようなまねは許せないということだ。

苦しいリハビリと酷い療養生活でまだ心身ともに十分立ち直っていないにしては、ウェードはうまくあの場をさばいた。「うまくさばいた」では言い表せないくらいだ。

勿論彼が泥酔している場面は見てはいない。泥酔するとどんな様子になるかも知らない。それどころか彼が本当にアル中なのかさえわかっていない。アル中とただの大酒のみとは大違いだ。ただの大酒のみは、ときには浴びるほど飲む。そしてそのときでも人間としてはしらふのときと同じ人間だ。だがアル中、本当の意味のアル中は違う。しらふのときとは全く別人になる。酒が入ったらその人物がどう変わるのか、何をするか全く予想がつかない、いや、一つだけ予想できることがある。それはその人が今まであったことがない人物に変貌してしまうことだ。

背後に軽やかな足音がした。アイリーン・ウェードがテラスに降りてきて私の横にあるデッキチェアに浅く腰掛けた。

「ねえ、どう思いました?」

「手袋が脱げちゃった紳士のことですか?」

「え、いいえぇ、ロジャーの話です」と眉をひそめた。それから声を立てて笑った。「あんなふうに見せ場をこしらえる人は嫌いです。でもやぶ医者だとはいってませんよ。でもここの全住人の半分の目の前であんなまねをするなんて。リンダ・ローリングは浮名を流すような人じゃありません。そんな様子もないし、そんな話し方もしないし、そんな振る舞いもしません。どうしてドクター・ローリングがあんなふうに考えたか理解できません」

「もしかしたら彼は元アル中かも」と私。「あの連中は元に戻ると返って変にガチガチになる」

「かもしれないわね」と言って湖に目を向けた。「ここは本当に静かで穏やかなところ。ここに住んでいる作家は幸せだ、って思うでしょうね——作家にとってどこか幸せになれる場所があればの話ですけど」今度は私の方を見た。「結局ロジャーの依頼を聞き流したのね」

「意味がないからです、ウェード夫人。私にできることはない。以前お話したとおりです。いざというときその場にいることなど保証できない。一旦仕事を受けたら文字通り一瞬たりとも目を離してはいけない。そんなことは不可能ですよ、たとえそれだけに専念しろと言われても。たとえばですよ、彼が暴れ出すとしましょう。じゃ、それはいつか？ なんの前触れもなく突然に、だと思いますよ。見た限りご主人には暴発する人特有の特徴は何一つありませんでした。ご主人は極めて情緒の安定した方だと思いますよ」

彼女は膝に置いていた両手に目を落とした。「無事本を書き終えたらあの人も全然違ってくると思います」

「彼の手助けをするなんて私にできるはずがない」

夫人は顔を上げるとデッキチェアの肘掛けに両手を置き、私の方に体を向けた。ちょっと前に上体を傾けた。

「できますとも、もしあの人がそう思えば。理屈じゃありません。それがすべてです。ここへはお客様として滞在していただくの。そして宿泊費は頂くのではなく逆にこちらが差し上げる。そういうのって不愉快でしょうか？」

「ご主人には精神科医が必要です、ウェードさん。まやかしではなく、まともな医者にこころあたりはありますか？」

ギクッとしたようだった。「精神科医？ どうして？」

私はパイプの灰をポンポンとたたき出し、そのまま持っていた。ポケットに入れるにはまだ熱かったから。

「素人の意見が聞きたいようですね。ではお話ししましょう。ご主人は、自分の心の底に何かしら埋もれている秘密を抱えていると思っている。それがなんであるか知りたいけれどどうしてもわからない。彼自身の暗い秘密かもしれないし、誰かほかの人のものかもしれない。彼はそれが深酒の原因だと思っている。なぜならしらふのときにはどうあがいてもそれがなにかわからないから。そこで、これは私の推測ですよ、その秘密がなんであれ、それは酒を飲んでいるときに起こった出来事だと考えるようになった。だからたとえどんなひどい状態――今の彼の状態ですが、になろうとも酒を飲んでいればいつかそいつを見極められると思った。じゃ泥酔せずにどうやって秘密を引き出すか？ それは精神科医の仕事です。ここまでは筋が通ってますよね。だけど、もしこのシナリオが違っていたら彼が飲むのは単に飲みたいから、あるいは飲まずにはいられないからです。そして秘密の件はたわごとで単なる言い訳にすぎない。いずれにしても本なんか書けない、書いたとしても完成しない。どうしてか？　それは酔っ払いだから。つまりですね、私の仮説によれば彼は意図的に酔い潰れるまで飲むのでそれで書けなくなるということになります。その逆ももちろんあり得ますがね」

「いいえ、その逆なんてあり得ません」と彼女は言った。「ロジャーは有り余るほどの才能に恵まれています。決してもう書けなくなったなどということはありません。今までのベストセラーを凌ぐ彼の最高傑作が生まれるのは間違いなくこれからだと私は思っています」

「わかりました。いまのはほんの素人の意見ですよ、申し上げたとおり。ところで先日の朝、あなたは彼の深酒の原因として御主人は妻を愛することから卒業してしまったからでは、とおっしゃいました。でも「その逆」、あなたのほうが卒業してしまったからと考えることもできるんですよ」

彼女は振り返って家に目を遣った。となぜかすぐに家に背を向けた。私も振り返って家を見た。ウェードがガラス張りのフレンチ・ウィンドウ越しにこちらを見ていた。

私が見守る中、彼はバーのカウンターに入りボトルに手を伸ばした。

「好きにさせましょう」と私の機先を制するように夫人が言った。「止めようとはしません。決して。あなたの仰る通りだと思います、マーロウさん。何も手立てはありません。彼が自分で立ち直る以外には」

パイプも冷えたのでポケットにしまった。「今は引出しの奥に手を突っ込んで何か見つかるのではと探っているような状況です。つまり指に触れたものは何でも確認しなければなりません。そこで伺いたいのですが先ほどの「その逆」についての答えを聞かせてもらえませんか？」

「私はロジャーを愛しています」とさらっと言った。「といっても十代の娘がいう愛とは違うかもしれません。でも私は彼を愛しています。娘時代って女にとってたった一度しかありません。その頃愛した人は死にました、戦争で。彼の名前って、おかしいでしょ、あなたと頭文字が同じなの。今となってはどうでもいいこと——でもときどき彼が死んだってどうしても思えないときがあります。そういうとき、ふと彼の名が。遺体は見つかりませんでした。でも戦時下ではよくあることです」

彼女は探るような目付きでまじまじと私を見た。「ときどき——たまに、本当にたまに——静かなカクテル・ラウンジとか、上品なホテルの、誰もいないロビーへ入ったとき、それから夜明け、じゃなければ夜更けの客船のデッキに出たとき、壁際の暗がり、でなければ柱の陰で私を待ち受けている彼を見るんです——そう思っています」と言って言葉を切り、目を伏せた。「本当に馬鹿げているわ。こんなことお話して恥ずかしいと思っています。あたしたちは夢中で愛し合いました——たった一度、決して二度と経験しない、何にも囚われない、神秘的でたとえようのない愛でした」

話し終えると彼女は半ば夢を見ているような感じで湖面を眺めた。私はまた振り返って家を見た。ウェードが開け放たれたフレンチ・ウィンドウの傍らにグラスを持って立っていた。向き直ってアイリーンを見ると、もう彼女の目には私は映っていないようだった。

私はデッキチェアから起き上がって開け放たれたフレンチ・ウィンドウまで戻った。ウェードは飲み物を持ってそこに立っていた。強そうな飲み物だった。ウェードの目はさっきまでとは違っていた。

「家内とは懇ろになれたのか？　マーロウ」そう言う彼の唇はゆがんでいた。

「いや、なってない。あんたがそういう意味で言ったんならね」

「勿論その意味で言ったのさ。こないだの晩、家内にキスしたじゃないか。自分じゃすんなり決められると思っているんだろ、だけど時間の無駄だ、にいさん。たとえあんたがその道の達人だとしてもな」

私は彼を避けて部屋に入ろうとしたがそのがっちりした肩でふさがれた。「急いで帰ることはない、おじさん。我々夫婦はあんたにいて欲しいんだ。うちの中まで入った探偵なんてほとんどいない」

「じゃ、私一人でも多すぎるってことか」と言ってやった。

ウェードはグラスを乾杯するように私に向かってあげると一口飲んだ。グラスをバーのカウンターに置くと薄ら笑いを浮かべて私を見た。

「飲むのはもう少し体調が戻ってからにしたらどうだ？」と言った。「ま、聞く耳持たずか」

「なるほど。アドバイザーか。つっぱったこと言ったけどここでの居場所を見つけたってわけだ。下心見え見えだな。だけど酔っ払いのアドバイザーなんかよりもっといいアイディア出さなきゃ。酔っ払いは人の言うことなんかに聞きゃしない、マイ・フレンド。酔っ払いの脳みそはぐちゃぐちゃバラバラだ。理屈なんか通らない。いいか、脳みそが壊れていく。その感じはある種、口じゃ言えないくらい快感だ」そう言ってまたグラスをあおった。ほとんど飲み干したようだ。「だが、同時にある種、文字通りへドが出るほどおぞましい。ところで善良なるドクター・ローリングの、そう、ちっちゃな黒い往診鞄を抱えているアホの中のアホの、あの冴えたセリフを引用させてくれるかな、俺の女房に近づくな、マーロウ。あんたは女房を口説こうとしている、間違いない。誰だってそうだ。俺の女房と寝たいんだろ、誰だってそうだ。あんたはアイリーンと共に夢を見てアイリーンと思い出のバラの香りを共に嗅ぎたいと思っている。

だけどアイリーンと共にするものなど何もない、にいさん――ゼロだ、ゼロ。うまくいって一瞬そんな気がしたとしてもすぐにたった一人、真っ暗闇にひとりぽつんとしていることを悟ることになる」

ウェードは最後の一滴を飲み干すとグラスをカウンターに伏せて置いた。

「こんな具合に空っぽだ、マーロウ。それを一番よく知っているのがこの私だ」

ウェードはグラスをカウンターの端に置き直すとぎこちない足取りで階段へ向かった。手すりにつかまりながら一〇段ちょっとのぼるとそこで立ち止まり、手すりに寄りかかるようにしてこちらを向き、私を見下ろした。顔には自嘲ともとれる笑いがうっすら浮かんでいた。

「つまらん嫌みを言って悪かった、マーロウ。あんたはいい奴だ。あんたには何事も起こって貰いたくない」

「たとえばどんなことだ？」

「多分アイリーンは初恋相手にかけられた魔法から未だに立ち直っていない。そいつはノルウェーで行方不明になった。あんたは抜け殻みたいになりたくないだろ、にいさん。あんたは私専用の特別な私立探偵だ。私がセプルベーダ峡谷の荒涼とした景観の中で途方に暮れているときあんたに助けられた」そう言いながらよく磨き込まれた木の手すりを手のひらで円を描くようになでた。

「あんたが抜け殻みたいになったら私としては心が痛む。抜け殻っていうのはライミー、つまりイギリス野郎と大恋愛したあの人のことだ。その男の生まれも育ちも経歴も最後の場所も死体も何もかもわからない。本当はいなかったんじゃないかと思うことさえある。

あんた、アイリーンはおとぎ話の世界に入り込むためにその男を作り出した可能性もある、って睨んでるな？」

「なんで私にそんなことがわかるんだ？」

彼は階段からじっと私を見下ろした。眉間には深い皺がより、口元は苦い思いでゆがんでいた。

「誰にもわからない。多分アイリーン自身だってわかっていない。ボクちゃんはお疲れだ。ボクちゃんは遊びすぎた、それもいかれたおもちゃばっかりで。ボクちゃんはここでバイバイだ」

そう言って階段の奥に消えた。

私がそこにぼーっとして立っているとキャンディがやってきてバーを片付け始めた。グラスを集めてトレーに載せたりボトルをかざして残りを見たりしていた。私には一向に気付いていなかった。あるいは私がそう思ったのかも知れない。突然彼が私に声を掛けた。「セニョール、いい酒が残っています。捨てるには惜しい」と言ってボトルをかざした。

「飲みなよ」と私。

「ありがとう、ダンナさん《グラーシャス・セニョール》、けどそいつは好きじゃない《ノ・メ・グスタ。》。私はビール一杯で十分《ウン・バソ・デ・サバッア・ノマス》。ビール一杯が私のリミットです」

「賢い」

「家にトラは一匹いれば十分」と言って私を見た。「私の英語も捨てたもんじゃないでしょ、どうです？」

「うん、うまい」

「だけど頭の中ではスペイン語だ。ときどきはナイフで物事を考える。ボスは俺の担当だ。ボスには他に誰もいらないんだ、おっさん。彼の面倒は俺が見る、わかったか？」

「へー、じゃ、いい仕事してるんだ。オカマの兄ちゃん」

「フルート吹きの息子《ヒ・ヨ・デ・ラ・フルータ》」と閉じた歯をむき出してその間からシューシューと漏れるように言った。グラスを満載したトレーを持ち上げるとくるっとまわすようにして肩のはしに持ってくるとすかさず右手の手のひらを平らにしてトレーの底を支えた。レストランでよく見るボーイのやり方だ。

玄関の扉まで行き、開けてくれる者などいないから自分で開けて表へ出た。その間、スペイン語でフルート吹きの息子という表現がどういう理屈で人を侮辱する意味になるんだろう、と首をひねっていた。その間といってもそんな長い間ではない。考えることは他に山ほどあった。ウェード家のなかではアルコールよりもっと重大な何かが渦巻いている。アルコールは表から見えるただの現象にすぎない。


その夜遅く、九時半から一〇時の間だったと思う、ウェード家へ電話をした。八回呼び出し音まで待ったが誰も出なかったので受話器を置いた。受話器を置いて手を離そうとしたとき、電話のベルが鳴り出した。アイリーン・ウェードだった。

「電話が鳴ったので」と言った。「もしかしてあなたなんじゃないか、って気がして。丁度シャワーに入ろうとしていたところだったので受話器を取れませんでした」

「そのとおり私です。でも大した用事じゃありません、ウェードさん。私がおいとましたとき、ご主人は少しばかり混乱しているように見えました。なんか私のせいで心がかき乱されたのかな、と今頃になって気になり出しました。それで電話しました」

「ロジャーなら大丈夫。ぐっすり寝ているわ。ドクター・ローリングの一件が思っている以上にこたえたみたい。

ロジャーがあなたにとりとめのないことを山ほど言ったんですね」

「ご主人は疲れたから寝たい、って言っていました。結構繊細なんですね、そう思いました」

「言ったのはそれだけ？　ならおっしゃるとおり繊細なんです。じゃ、おやすみなさい。電話をありがとう、マーロウさん」

「言ったのはそれだけ、とは言っていません。そう言った、と言っただけです」

しばらく無言が続き、やがて彼女が言った。「誰でもときとして夢物語を思い浮かべることはあります。ロジャーの言うことをあまり気にしないでください、マーロウさん。ただ単に想像力が研ぎ澄まされ、たくましくなっているだけなんです。作家なら当たり前のことです。断酒してからまだ日も経っていません。何を飲むのにしろ、こんなに早くまた酒を口にすべきじゃなかったんです。彼の話はみんな忘れてください。失礼なことも言ったのではと思います。そうならどうか特にそんなことは忘れてください」

「失礼なことなんかありませんでした。彼の話は至極まともでした。あなたのご主人は自分自身をしっかり見つめ、自分の本質を見極められる人です。そんな人は滅多にいない。大概の人は全エネルギーの半分を使って自分の威厳を守ろうとする、元々威厳なんかかけらもないくせに。さようなら、ウェードさん」

電話は彼女から切った。私はチェス盤をセットした。パイプにタバコを詰めて駒を並べた。駒の裏に貼られたフェルトがすり減ったり剝がれたりしていないか、それからポーンの頭はぐらぐらしていないかチェックした。

ゴルチャコフとメンインキンの間でおこなわれたチャンピオンシップ・トーナメントの一戦を開始した。七二手で引き分けとなった。圧倒的な力が不動の相手と激突するまさにその価値、武器なき戦闘、流血なきいくさ、広告業界以外では決して見られない人知の精緻に組み立てられた途方もない無駄使いがそこには凝縮されていた。

25

それから一週間は何事もなく過ぎた。といっても、一応仕事はした。といってもろくな稼ぎにはならない仕事だ。そんなある朝、カーン協会のジョージ・ピーターズから電話がきた。ちょっと気になったんでセプルベーダ峡谷へ行き、ドクター・ヴァーリンガーの施設を見にいったとのことだった。

　彼の話はこうだった。ドクター・ヴァーリンガーはもうそこにいなかった。半ダースほどの測量チームが敷地を区画する為に働いていた。測量士の何人かにドクター・ヴァーリンガーについて訊ねたがそんな名前は聞いたことがないとの返事だったそうだ。

「その哀れなおっちゃんは信託銀行に追い出された」とピーターズが言った。「調べたんだ。そうしたら信託銀行は彼に千ドル渡して権利放棄書にサインさせた。時間と金の節約って訳だ。それで誰かさんが軽く百万ドルは儲けることになる、あそこを細切れにして宅地に仕立ててな。これは犯罪じゃないさ、ビジネスだ。ビジネスには元手がかかる。ときどき思うんだが犯罪かビジネスかは元手があって稼ぐか、なくて稼ぐかだけなんじゃないかって」

「ひねくれているけど言い得て妙だ」と私。「だけどでかい山には金が要る」

「で、その金はどこからやってくるんだ？　にいさん。コンビニ襲うガキから召し上げる訳でもあるまい。じゃな、またな」


　木曜日の夜一一時ちょっと前、一〇分くらい前かにウェードから電話がかかってきた。受話器から伝わる声はダミ声で、喉の奥から絞り出すような声だった、がなんとかウェードだとわかった。受話器を通して浅く早く、苦しげな呼吸音が聞こえた。

「具合が悪い、マーロウ。ものすごくひどい。歯止めが効かなくなりそうだ。急いで来てもらえないかな？」

「わかった――けど、まず奥さんとちょっと話したい」

こたえはなかった。何かがぶつかる音がしてそれから無音、それから少しの間、あちこちに何かがぶつかるような音が聞こえた。電話口に向かって叫んだがなんの返事も返ってこなかった。そうこうするうちに受話器が架台に置かれる、かすかなクリック音がすると続いて回線が切れたプープーという音がした。

五分後にはもう私は車を走らせていた。三〇分強で到着した。いま考えてもどこをどうやって行ったかわからない。

飛ぶように峠を越し、ベンチュラー・ブルバードまで来ると赤信号を無視してなんとか無事に左折しぎわトラックの間をすり抜けた。何も考えなかった。エンシーノでは駐車している車の列にライトを当て、飛び出そうとする者の足を止め、時速百キロ近くで走り抜けた。気にしなければこわくない、じゃないけど、あとで考えたらついていたとしか言いようがない。パトカーもサイレンも、赤い警告灯にも出会わなかった。

ウェード家で起こっていると思われる、顔をそむけたくなる光景だけが次々と目の前に浮かんでいた。あの家にはウェード夫人とアルコールに取り憑かれた男と二人しかいない。彼女は階段の下で首の骨をへし折られて横たわっている、でなければ彼女は部屋に逃げこんでドアにロックを掛けた、ドアの外では誰かが大声を上げてドアをぶち破ろうとしている。あるいは彼女は月明かりに照らされた道を裸足で逃げる、その後をでかい黒人が肉切り包丁を持って追いかける。

想像とは全然違った。門のところで全速でハンドルを切り、敷地内車道へ入ると邸宅中の明りという明りはすべて点灯され、アイリーン・ウェードが開け放たれた玄関の扉の前に立っているのが見えた。口にはタバコがあった。車を降りると敷石を渉って彼女の元に駆けつけた。スラックス姿でオープンシャツを着ていた。落ち着いた表情で私を見た。もしそこに緊張した雰囲気があったとすれば、それは私が持ち込んだにすぎない。

私の第一声は、それに続く私の行動と同様なんとも間が抜けていた。「タバコは吸わないと思った」

「え、なんておっしゃった？　いえ、普段は吸わないわ」そう言ってタバコを手に取るとじっと見て、それからポトリと落とすとつま先でもみ消した。「吸ったのは本当に久しぶり。ロジャーがドクター・ヴァーリンガーに電話してたわ」

それは穏やかな声で、遠くから伝わってくるように思えた。まるで夜、湖の彼方から聞こえるように。本当にリラックスした声だった。

「あり得ない」と私は言った。「ドクター・ヴァーリンガーはもうあそこにはいない。彼が電話した相手は私だ」

「あらそう。彼が誰かに早く来てくれって電話をしているのを聞いただけなの。てっきりドクター・ヴァーリンガーだと思ってたわ」

「ロジャーはいまどこに？」

「倒れたの。椅子に寄りかかってそのまま後ろに倒れたんだと思うわ。前にもあったの。何かに当たって頭を怪我したの。血が出ていた、それほど多くはないけど」

「そう、よかった」と言った。「出血がひどいのはごめんだ。彼は今どこに？　さあ、こたえて」

彼女は、私がなにか置物であるかのような目で見た。それから指を指して、「どこかその辺、道端か、塀際の茂みの中」

私はかがみこんで彼女の顔をのぞき込んだ。「まいったな、見ていなかったんですか？」ここに来て実は彼女はショック状態にあると気がついた。振り返って芝生を見渡した。明りに照らされた芝生と塀際のこんもりした長い暗い影しか見えなかった。

「そう、見ていなかったの」彼女は当たり前のように淡々と言った。「見つけて頂戴。精一杯やったわ、もうたくさん。あなたが見つけて」

そう言って私に背を向けると玄関の中、居間に入っていった、扉は開いたままだった。それほど奥へは行かなかった。扉から一メートルほどのところでうずくまるとそのまま床に横になった。私は彼女を抱きかかえると居間の中央に、白いカクテルテーブルを挟んで置かれている一対のダベンポート［布張り大型ソファ］の一方に彼女を横たえた。脈をとってみるとそれほど弱くもないし乱れてもいなかった。見ると目は閉じて瞼は青白かった。彼女が落ち着いたのを見届けると表へ戻った。

助かったことにウェードは敷地内にいた。彼女の言うとおりだった。ハイビスカスの影で横向きに倒れていた。脈は速く、激しく、息づかいも普通ではなかった。後頭部に触れるとなにかでベタついていた。話しかけてちょっと揺すってみた。それから二度ほど頬を叩いた。彼はなにやらムニャムニャ言ったが目は覚まさなかった。引きずり起こして座らせると彼の片腕を握り、背中を彼に向けて脚を掴もうとした。ダメだった。

彼はセメントブロックみたいに重かった。二人して芝生に尻餅をつき、私はそこで息を整え、もう一度挑戦した。やっと消防士式に彼を襟巻きのように担ぎ、彼の片腕を左手で握り、片脚を右手で確保して持ち上げた。それから一歩一歩踏みしめながらよたよたと芝生を横切って開け放たれた玄関に向かった。そこまではまるで南国のタイを往復するくらい遠かった。ポーチのたった二段の階段が三メートルにも感じられた。居間に入るとダベンポートの手前にあるソファへよろよろと歩み寄り、後ろ向きになると膝をつき、肩に担いでいたウェードをどさっと下ろした。ようよう立ち上がって背中を伸ばすと、少なくとも三ヶ所、背骨が折れているような痛みが走った。

アイリーン・ウェードの姿はもうそこには見えなかった。私一人だけだった。くたびれ果てていたので誰がどこにいるかなど気にする余裕もなかった。私はその場に座ってウェードを眺め、息が整うのを待った。ひと息つくとウェードの頭部を調べた。血に染まっていた。髪は血でべとついていた。傷はたいしたことはないように見えたがなにしろ頭の傷だ、予断はゆるされない。

気がつくとアイリーン・ウェードが私の傍らに立っていた。無言で先程と同じ、無表情のままロジャー・

ウェードを静かに見下ろしていた。

「ごめんなさい。気を失ってしまったの」と言った。「なぜかわからないの」

「医者を呼んだ方がいい」

「ドクター・ローリングには電話をしたわ。あの人医者ですから、知っているでしょ。往診したくない、って言ったわ」

「じゃ、誰か別の医者を探さなきゃ」

「いいえ、ドクター・ローリングが来るわ」と言った。「来たくないとは言ったわ。だけど準備ができ次第すぐにくると言った」

「キャンディはどこですか?」

「今日はオフなの、木曜日は。コックとキャンディは毎週木曜はオフなの。この辺じゃみんなそう。ロジャーを寝室まで運べます?」

「手助け無しじゃ無理です。それより上掛けか毛布で暖かくしたほうがいい。今夜は暖かい。だけどこんな場合肺炎になることがよくあるから」

彼女は上掛けをとってきますと言った。それを聞いてなんて優しい奥さんなんだろう、と思った。頭のバランス感覚がずれていたにちがいない、そう思うなんて。なにしろロジャー・ウェードをはるばる運んできたので疲労困憊していたから思考も停止状態だったのだ。

二人して上掛けをロジャー・ウェードの上に広げた。一五分くらいしてドクター・ローリングが到着した。スターチのよく効いた、ピンとしたカラーのシャツを着ていて例の縁なしメガネを掛けていた。その表情は犬がゲロを吐いたので後始末してくれ、と頼まれた人のそれだった。

ドクター・ローリングはウェードの頭部を調べた。「浅い切り傷と打撲傷です。脳しんとうの可能性はありません。彼の呼吸状態からはっきりとわかります」

ドクター・ローリングは帽子をかぶり、鞄を手に取った。

「温めてください」と言った。「頭部を慎重に湯に浸し、血を洗い流してください。眠れば治ります」

「ドクター、私一人では彼を二階に運べません」と私は言った。

「じゃ、そうしておけばいいじゃないか」と面倒くさそうに私を見て言った。「さよなら、ウェード夫人。ご存じのように私はアルコール依存症は診ませんので。仮に診たとしてもご主人は私の患者ではありませんので。よくおわかりだと思います」

「治療してくれと言っているんじゃない」と私。「寝室に連れていくのに手を貸してくれと頼んでいるんだ。着替えをさせてきちんとベッドに寝かせたいんだ」

「ところであんたは誰だね？」とドクター・ローリングが冷たく言った。

「名前はマーロウだ。先週のカクテル・パーティーにいた。その場であんたの奥さんがあんたに引き合わせてくれた」

「興味深いね」と言った。「私の家内とはどんないきさつで知り合ったのかね？」

「それが今、なんだって言うんだ？　私が頼んでいるのはただ――」

「おたくの頼みなんか私には関わりのないことだ」と私の言葉を遮った。それからアイリーンの方へ向き直ると軽く会釈し、出口へ向かった。私は扉を背にして彼の前に立ちはだかった。

「ちょっと待ってくれ、ドク。「ヒポクラティックの誓い」とかいうちんけな文章を最後にちらっとでも見てから大分経っているんだろう。この男は私に助けを求めて電話してきた。私は遠くに住んでいる。電話口の彼はただならぬ様子だった。私は州の交通規則にすべて目をつぶって飛んできた。来てみると彼は地面に横たわっていたのでここまで運んできた。あのデカい図体の中身は羽毛が詰まっているわけじゃないんだ。嘘だと思うか？　ハウスボーイは休暇だ。だからここには私しかいない。ウェードを二階に運ぼうにも私一人では到底無理だ。この状況をあんたはどう思う？」

「そこをどかないか」と歯の間から言った。「それとも警察に連絡して警官に来て貰うか？　私はプロとして――」

「プロとしてあんたは蚤のフン溜りだ」そう言って道を空けてやった。

ローリングの顔が赤くなった。ゆっくりと、だがはっきりとわかった。かっときて息が詰まったのだ。それから扉を開けて表へ出た。そして静かに扉を閉めた。閉め際に私を睨んだ。その眼差しは今まで見たこともないような敵意にあふれた目つきだった。そしてその顔は、見たこともないような底意地の悪い顔だった。

振り返るとアイリーンが頬笑んでいた。

「何がおかしい？」と思わず怒鳴ってしまった。

「あなたって相手かまわずなんでも言うのね、違う？　ドクター・ローリングがどんな方かご存じ？」

「まあね――それに彼がどんな奴かはわかっています」

アイリーンは腕時計を見た。「もうキャンディが戻ってきている筈だわ」と言った。「行って見てくるわ。ガレージの奥が彼の部屋なの」

彼女は居間の奥のアーチをくぐって廊下へと消えた。私は椅子に座ってウェードを見守っていた。偉大なる巨躯の作家は終始いびきをかいていた。彼の顔には汗が浮かんでいたが敢えて上掛けはそのままにした。一、二分するとアイリーンが戻ってきた。キャンディを連れてきたのだ。

26

メキシカンのアンちゃんは白と黒のチェックのシャツ、ピシッと折り目のついた黒のベルトレス・スラックス、一点の汚れもない白と黒のツートン・カラーのバックスキン・シューズという出で立ちだった。その豊かな黒髪はきれいにまっすぐに後ろへなでつけられ、何かの脂かクリームを塗ったのだろう、つややかに光っていた。

「セニョール」と言って小馬鹿にしたような会釈をちょこっとしておどけてみせた。

「マーロウさんを手伝って主人を二階に運んで頂戴、キャンディ。転んでちょっと怪我をしたの。お休みなのにごめんなさいね」

「どう致しまして《デ・ナダ》、奥様《セニョーラ》」と愛想良くこたえた。

「もう私も休んだ方がいいと思うの」とアイリーンが私に告げた。「もうくたくた。なにかご用があればキャンディがお世話します」

　彼女はゆっくり階段をのぼっていった。その様子を私とキャンディは眺めていた。

「上玉だろ」とこっそり言った。「今夜泊るのか？」

「まさか」

「そりゃ残念《エス・ラスティマ》。奥さん、とっても寂しい。ほんとに」

「スケベな目つきをやめろ、このガキ。ほら、彼をベッドまで運ぶぞ」

キャンディはソファの上でいびきをかいているウェードを痛ましげに眺めた。「可哀想に《ポブレシート》」まるで心底そう思っているような言い方だった。「酒樽と同じくらい入ってる、酔い潰れている《ボラッチョ・コモ・ウナ・キューバ》」

「へべれけに酔っているだろうが運ぶのは楽じゃないぞ」と私は言った。「脚を持ってくれ」

二人でウェードを運んだが二人がかりでも鉛の棺桶みたいに重かった。階段をのぼりきると吹き抜けのバルコニーをウェードの寝室へ向かった。その途中、扉の閉まっている部屋の前を通った。キャンディは顎でその閉まった扉を指した。

「奥さんだ《ラ・セニョーラ》」と小声で言った。「静かに、優しくノックしな。入れてくれるかもよ」

　私は何も言わなかった。彼の助けがいるからだ。二人は死体みたいなウェードを運んで隣の部屋に入り、ベッドの上にウェードをドサリと置いた。それからキャンディの片腕を掴むと背中にまわし、それからグイッと肩の近くまで引き上げた。掴んでいる指が痛くなるほど上げてやった。思い知らせてやった。痛さに少し顔をゆがめたが次の瞬間ぐっと顔を引き締めた。

「名前を言え、チョロ［メキシコ人の蔑称］」

「腕を放せ」と怒気を込めて言った。「それに俺のことをチョロと呼ぶな、俺はウェットバック［メキシコ人の蔑称、河を渡る不法移民のこと］じゃない。俺の名はホアン・ガルシア・デ・ソト・ソト＝マョール。俺はチリ人だ」

「オーケー・ドン・ファン。仕事場じゃ真面目にやれ。雇い主を話題にするなら敬意を持って話せ」

キャンディは腕を振りほどき後ずさりした。目は怒りに燃えていた。手がシャツに滑り込んだかとおもうと細長いナイフを握って現われた。人差し指と親指の付け根でナイフをゆらゆらとバランスをとりながら動かした。目はまっすぐ前を見たまま、ほとんどナイフを見ていなかった。突然、ナイフを持った手をだらんと下に落とした。ナイフが手から滑り落ちるその瞬間、手がナイフの柄を掴んだ。目にも留まらぬ早業だった。だがどこにも力の入った様子もなければ構えたそぶりもなかった。ナイフを持った手は肩の高さまで上げられ、次いで前方にムチのように投げだされた。ナイフが空気を切り裂いて飛び、窓の木枠に突き刺さって震えた。

「気をつけ《クウィダード》な、セニョール」と鋭く言ってあざ笑いを浮かべた。「お手々はおとなしくしまっときな。誰も俺に手出しはさせない」

キャンディはしなやかな足取りで窓へ行きナイフを抜き取った。そして、ひょいと空中に投げた。と同時にくるっと背を向けると落ちてくるナイフを背中にまわした手で捕らえた。パチンという折りたたむ音と共にナイフはシャツの下に消えた。

「やるね」と私。「だがちっとチャラしすぎだ」

キャンディは得意そうな顔に馬鹿にした笑いを浮かべて私に歩み寄ってきた。

「それにだ、そんなチャラ芸を見せると腕が折れることになるかもな」と私。「たとえばこんなふうに」

私は左手で彼の右手首を掴むとぐっと引いて彼のバランスを崩した。そして右手首を掴んだまま彼の斜め後ろに廻って彼の肘関節の裏に私の右腕を押しつけた。そのまま体を前傾させ、私の右腕を支点として彼の肘関節を逆に決めた。

「もうひと押しする」と私は言った「それでおまえの関節はポキンだ。一回ポキンと音がしたらそれで十分だ。まあ数ヶ月はナイフで遊べない。もうちっと力を入れて、もうひと押しをするとおまえの肘は一生ダメになる。さあ、ウェードさんの靴を脱がせろ」

そう言って彼の腕を放した。キャンディは私を見てにんまり笑った。「いい手を教わった」と言った。「覚えておく」

キャンディはウェードのほうを振り向くと靴を脱がそうとしたがふと手を止めた。枕の血痕に気がついたのだ。

「誰がやった?」

「私じゃない、相棒。倒れた拍子になにかにぶつけたんだ。大した怪我じゃない。医師に診て貰った」

キャンディがふーっと息を吐いた。「倒れたところを見たのか?」

「私が到着する前だ。おまえ、ウェードが気に入っているんだな? そうだろ」

返事はなかった。彼が靴を脱がせた。二人してウェードの服を脱がせた。キャンディはウェードの、緑とシルバーの模様のパジャマを取り出してきた。二人してパジャマを着せるとベッドに寝かせ、しっかりと上掛けを着せた。ウェードは依然として汗ばんでいていびきをかいていた。キャンディは悲しそうにウェードを見下ろしオールバックのつややかな髪の頭をゆっくり左右に振った。

「誰かがきちんと面倒見なきゃ」と言った。「着替えてくる」

「少し寝た方がいい。その間私が看ている。何かあれば呼ぶから」

キャンディが私の方に向き直った。「きちんと面倒見ろよ」と静かに言った。「本当にきちんとな」

彼は出ていった。私はバスルームへ行ってぬらした小型のタオルとバスタオルをとってきた。ウェードを少し横に向かせるとバスタオルを枕の上に広げた。濡れた小型タオルで、傷がまた開かないようそっと頭にこびりついた血の塊を拭き取った。血を拭い去ると傷口が見えた。長さ五センチほどの傷で鋭くカットはしているが深さは浅かった。ドクター・ローリングの言ったとおりだ。縫合してもいいが多分その必要もないだろう。

ハサミがあったので傷の周りの髪を切り、絆創膏を貼った。また仰向けに戻すと顔を拭いた。これが間違いだったようだ。

ウェードが目を開いた。はじめはぼーっとして焦点が定まらなかった。それから次第にはっきりとしてきてベッド脇に私が立っていることに気がついた。手を動かして頭を探り、絆創膏に触った。唇が動き、もごもごつぶやくと今度ははっきりとした声を出した。

「誰が殴った？　あんたか」また手が絆創膏を探りにいった。

「誰も。自分で倒れた」

「倒れた？　いつ？　どこで？」

「どこか知らんがあんたが電話をしたところでだ。あんたは私に電話をした。あんたが倒れる音が聞こえた。電話越しにな」

「あんたに電話をしたって？」ウェードがゆっくりニヤリとした。「ご用の際はいつでも、ってわけか。そうだろ、にいさん。今何時だ？」

「午前一時過ぎだ」

「アイリーンは？」

「もう寝た。辛い晩だったから」

ウェードは私の言葉を無言のまま頭の中で反復していた。その目は苦痛にあふれていた。「俺が――」そこまで言うと言葉を切り、たじろいだ。

「私が知る限りあんたは奥さんには何もしていない、もしあんたが知りたい事がそのことならな。――あんたは表へふらふらと出ていき、塀のそばで気を失った。それだけ。さあ話は止めだ。寝た方がいい」

「寝る」彼は穏やかにゆっくりとつぶやいた。まるで子供が暗唱するように。「寝るってなんだ、それ？」

「睡眠薬がいいかもしれない。何かあるか？」

「引き出しにある。ナイト・テーブルの」

開けるとそこに赤いカプセルの入ったプラスチックの瓶があった。セコナール。一回に一錠半。ドクター・ローリング処方による。いい人だ、ドクター・ローリングは。わざわざウェード夫人向けとして処方してある。

二錠振り出して瓶を引き出しに戻し、ナイト・テーブルに載っている魔法瓶の水をグラスに入れた。ウェードは一錠で十分と言い、水と一緒に飲むとまた仰向けになって天井を見つめた。そうして時間が経っていった。私は椅子に腰掛けて彼を見ていた。一向に眠る様子がなかった。ウェードがのろのろと話し始めた。

「思い出した。頼みがある、マーロウ。書き物がある。たわごとだ。アイリーンには見られたくない。カバーの下、タイプの上に載せてある。そいつを破いて始末してくれ」

「了解だ。覚えていることはそれだけか？」

「アイリーンは大丈夫なんだろ？な？」

「勿論。疲れているだけだ。そっとしておこう。さあ、もう考えるのはやめだ。私から何やかや訊いてわるかった」

「考えるのはやめ、と先生はおっしゃる」その声はすこしばかり眠たげになってきた。自分に言い聞かせるように話し続けた。

「考えるのはやめ、夢見るのはやめ、愛するのはやめ、憎むのはやめ。お休み、可愛い王子様。おい、もう一錠飲ませてくれ」

体を起こして水と一緒に飲ませた。飲み終わるとまた横になった。今度は顔を私の方に向けた。「あのな、マーロウ。アイリーンには見られたくない代物を書いたんだ。それを――」

「さっき聞いた。あんたが寝たら始末する」

「そうか、ありがとう。あんたがいてくれてよかった。本当によかった」

またしばらく無言だった。だんだん瞼が重くなってきたようだ。

「人を殺したことあるか？　マーロウ」

「うん」

「ひどい気分だろう、違うか？」

「好きな奴もいる」

ついに両の瞼が閉じた。と、また開いた。だがぼーっとしているようだった。「そんなことってあるのか？」

私はこたえなかった。また瞼が降りていた。ゆっくりと。まるで劇場の幕がゆっくり降りるように。それからいびきをかきはじめた。私はしばらくその場に留まり、それから明りを暗くして部屋を出た。

27

アイリーンの部屋まで来ると扉に近づき耳を澄ませた。なんの物音もしないし、人の動く気配もなかった。それでノックはせずに通り過ぎた。彼の具合が知りたいのなら、と思ったのだがその気はないようだ。階段をおりると居間には煌々と明りがついていてがらんとしていた。無駄な明りを消した。玄関からバルコニーを見上げた。居間は吹き抜けになっていてその壁にはバルコニーも支えている梁が交差していた。バルコニーは広く、居間の両端まで伸びており、そこには高さ約一メートルのがっしりとした欄干が備えられていた。欄干の手すりと支柱はそれぞれ梁のデザインにマッチするように真四角に仕上げられていた。ダイニングは観音開きの木製鎧戸の向こうだ。今は閉まっている。ダイニングの上には使用人の居住区があると思われる。二階のその区画は仕切られていて家のキッチンにある専用階段で出入りするようになっているはずだ。ウェードの寝室は二階の角部屋で彼の書斎の真上に位置していた。寝室のドアが半開きになっていて、そこから漏れる光が高い天井に反射していて半開きの扉の上の方が浮かび上がっていた。

スタンド以外の明りをすべて消し、居間を横切って書斎へ向かった。扉は閉まっていたが開けると明りが二ヶ所点いていた。革のカウチの脇にあるスタンドと深く傘をかぶった卓上スタンドだ。タイプライターはがっしりとした台の上に置かれ、その周りの床やその横にある机の上にはクシャクシャに丸められた黄色い紙が散乱していた。私は手近にある椅子に座って部屋全体をじっくり眺めた。目的はウェードがどのようにして頭に傷を負ったかを理解することだった。次にウェードの机に備え付けのオフィス・チェアに座り、左手に受話器を握った。オフィス・チェアの背もたれのスプリングは思った以上に柔らかかった。机を背にして電話をするとする、なんかの拍子にぐっとオフィス・チェアにもたれかかれば、そのままひっくり返って机の角に頭をぶつける可能性はある。

私はハンカチを湿らせて机の角を拭いた。血痕はついていなかった。ハンカチにはなんの汚れもなかった。机の上には雑多なものが散乱していた。その中には傷の原因となりそうなもの、たとえば本を何冊も挟んだ一対のブロンズ製の象とか時代物のガラス製のインク壺などがあった。めぼしい物はすべて調べたが血痕は見つからなかった。まあ机の上の物を調べるなんてどっちみちあまり意味はない。なぜならもし誰かが襲ったのなら凶器が必ずしもこの部屋にあるとは限らない。更に状況を考えればウェード以外、誰かがいたとは考えにくい。そこで私は立ち上がり部屋の間接照明を点けた。明りは、暗がりに沈んでいた部屋の隅々まで明るく照らし出した。なんのことはない、あっけなく問題は解決した。部屋の隅、壁際に四角い金属製のゴミ箱が転がっていた。その口からは紙くずがまき散らされていた。ゴミ箱は自分から部屋の隅まで歩いていくことはできない。ということは蹴っ飛ばしたか、ぶん投げたことになる。再び湿ったハンカチでゴミ箱の尖った角を拭った。今度はハンカチに赤茶けたシミがついた。結局ミステリーでも何でもなかった。

ウェードは仰向けにひっくり返り、ゴミ箱の尖った角で頭を打った――打ったというよりかすったと言った方が正確だろう――ひっくり返った後、立ち上がるとそのしゃくに障る物体を、部屋の隅まで思い切り蹴っ飛ばした。単純極まりない。

それからウェードはもう一杯あおったようだ。飲みかけの酒がカウチの前にあるカクテル・テーブルに置かれていた。空瓶、それと四分の一ほど減ったウィスキーのボトル、魔法瓶、元々角氷だった水が溜っている銀製のボール、それと大きなエコノミーサイズのグラスが一つだけが載っていた。

その一杯が利いたのだろう、ウェードの頭がすこしはっきりした。そしてぼんやりとだが受話器が外れているのに気がついた。どうして受話器が外れていたのかは、まずもって思い出さなかったのだろう。それでも反射的に机まで戻って受話器を戻した。あの夜、彼からの電話をとってから切れるまでの時間経過はこの推察にぴったりだった。電話という代物はなにかしら人に強要するところがある。ベルが鳴ればすべてをほっぽらかして電話を取る。文明の利器を活用する世代の我々は電話を愛し、呪い、恐れるのだ。そして一貫しているのは電話を決しておろそかにはしない。たとえ酔っ払っていても。電話は魔物だ。

ふつう誰でも受話器が外れているのを見たら受話器を戻す前に「もしもし」と相手がいないのを確認する。だが酔って朦朧として、しかも仰向けに倒れた男にそんな話は通じない。どのみち彼が「もしもし」と言ったか言わなかったかで事態なんか変わらなかったのだ。もし彼が受話器を置かなければ奥さんが「もしもし」と確認したかもしれない。ではそれはいつか？　彼がひっくり返った音を聞き、続いてゴミ箱を壁に向かって蹴とばす音を聞いて慌てて階段をおりて書斎まで走ってくる。そのときにはもう、彼は最後の一杯をあおるとよろよろと外へ出て芝生を横切って私が見つけた場所で倒れて気を失っていたし、私は私ですでにこちらに向かっていた。誰かが助けにやってくることになっていたのだ。だがその時点でウェードは誰が来るか覚えていなかった。あの親切なドクター・ヴァーリンガーが来ると思ったかも。とまあ、ここまでは説明がつく。じゃ、夫人はどう動くか？　夫人はウェードをおとなしくさせたり、言うことを聞かせたりすることなどとてもできない。

彼女にとってそんなことは考えただけでも恐ろしいことなのだ。

だから誰か助けを呼ぼうとするのが妥当だろう。使用人は皆、出払っている。だから助けを呼ぶには電話しかない。そう、彼女は実際に電話して助けを求めたのだ。彼女はあの親切なドクター・ローリングに電話をした。彼女が電話したのは私が駆けつけた後だと自分でそう勝手に思い込んでいた。彼女がそう言ったわけじゃない。

ここから先がどうも納得ができない。普通なら旦那を探し、見つかったら大丈夫か確認する。それから玄関に戻ったのなら話はわかる。この季節、暖かな夜、しばらく芝生の上に横たわっていても体にはさわらないし、アイリーンにはウェードを動かすことはできない。私でさえ死ぬ思いでやっと運んだくらいだから。だがそうだとしても私が駆けつけたとき、彼女が開け放たれた玄関でタバコを口に立っていたなんて誰が想像するだろうか？　それもただ漠然と、どの辺りとしかウェードの倒れているところを示せず、それ以上まるで気にしていないふうだなんて。そう思う私の方がおかしいのか？　これまで彼との間にどんなことがあったか私は知らないし、酔うと彼がどれほど危険なのかも知らない。またそんな彼に寄り添うことは彼女にとってどのくらい怖いことなのかもわからない。「精一杯やったわ。もうたくさん」私が駆けつけたとき彼女はそう言った。「あなたが見つけて」そう言って室内へと戻り、そこで気を失った。

そのことがどうしても気にかかった。だが今はそのもやもやをつきつめる状況にない。彼女はこれまでに幾度となくこのような状況に立ち向かい、そしてついにもう成り行きに任せるほかないと悟り、それ以来同じことが起こったら彼女はそれ、つまり成り行きに任せるようになった、私としてはそう納得せざるを得ない。彼を地面に倒れたままにして誰かがやってきて担架かなにかで彼を運ぶのを待つ。理にかなっていると思うべきだ。

それでもまだ引っかかることがある。私とキャンディがウェードを二階に運ぼうとするそのとき、その場をあっさり立ち去って自分の部屋に引きこもってしまった。なんとも腑に落ちない。アイリーンは彼を愛していると言っていた。彼はアイリーンの夫だ。結婚してもう五年になる。しらふのとき彼は掛け値無しに素晴らしい奴だ——これはアイリーンの言葉そのものだ。酔うと彼は別人となる。その別人には関わらない方がいい、危ないから。間違いない。もう忘れろ。だがやはり納得がいかない。もし本当に彼女が怯えていたなら、開け放たれた玄関でタバコを口にして立っているなんてあり得ない。

もし彼女が本当にただ単に苦々しく思い、彼とは関わりたくなくてうんざりしているだけなら気絶などするはずがない。

なにか他にある。女か？　もしかして。もしそうだとしたら彼女が気付いたのはごく最近ということになる。リンダ・ローリングか？　多分。ドクター・ローリングはそう確信したからあれほど公然と言い放ったのだ。

考えるのはそこまでにしてタイプライターのカバーを外した。そこにウェードの言っていた書き物があった。びっしりと文字の詰まった数枚のタイプ用紙がばらけておかれていた。アイリーンに見られないよう、処分を頼まれた書き物だ。

書き物を手に取るとカウチまで持っていった。目の前のカクテル・テーブルには四分の三ほどまで酒が入っているボトルがあった。一杯やりながらくだんの書き物に目を通しても罰は当たらない筈だ。書斎にはハーフバスルーム［洗面台とトイレがあり、シャワーのないバスルーム］があった。カクテル・テーブルにあった背の高いグラスをそこで洗い、御神酒を注いで手にとると座って読んだ。読んでみるとそれはとりとめもなく、タガのはずれた内容だった。こんな具合だ。

28

満月の四日前、窓に切り取られた月光が壁を四角に照らしている。それはまるで、でかい盲目の濁った目のように私を見つめている。壁の目。なんてね、冗談だ。くだらん。馬鹿らしいたとえだ。全く作家ってやつは。どんなことでもちょっとひねって書きたがる。私の脳みそはふかふかで、まるで泡立てたクリームみたいだ。といってても甘くもなんともない。またたとえてしまった。この屁でもない商売のことを考えるだけでもヘドがでそうだ。どのみちヘドは出ることになる。吐くさ、そのうち。そんなにせかすな、俺のペースでやらせてくれ。俺のみぞおちに芋虫がうようよいて這い回っている。這い回る。這い回る。ベッドに寝ていた方がいいのだがベッドの下には何やら黒々とした獣がいてガサゴソと動き回り、背中を丸めてその背中をベッドの底板にぶつけてゴツンゴツンと音を立てる。そうすると俺は叫ぶ。その叫びは音にならない、俺以外には。夢の中の叫びだ。悪夢のなかで俺は叫ぶ。目を覚ませば恐ろしいことなど何もない。私は怖がっていない。恐ろしいことなど何もないから。けれど一旦ベッドに入って眠りに落ちると例の何やら黒々とした獣が例のことを始める。背中を丸めてその背中をベッドの底板にぶつけゴツンゴツンと音を立てる。それで俺は絶頂感を味わう。そんなことで絶頂感なんておぞましい限りだ。今までいろいろえげつないことをやってきたがこんなにおぞましく感じたのは初めてだ。

俺はいま垢まみれだ。ひげも剃りたい。両手が震えている。じっとりと汗をかいている。てめえが臭くてたまらない。両脇の下は湿っている。胸も背中も。肘までめくり上げたシャツの袖も湿っている。テーブルの上のグラスは空っぽだ。今、酒を注ごうとすれば両手でしっかりボトルを持たなきゃならない。しゃっきりするかも、とボトルから一杯注ぐこともできる。だがそいつはヘドが出そうな味がする。で、飲んだらどうなる？　どうにもならないさ。とどのつまり眠ることさえできなくなる。そして拷問にあった神経が生み出す恐怖で俺を取り巻く世界のすべてがうめき声を上げることになる。最高じゃないか、え、ウェード。もう一杯やるか？

リハビリを終えて帰宅後、はじめの二、三日は快調だ。どんどん筆が進む。それからがいけない。調子が落ちてくる。そこで一杯やる。するとしばらく調子が戻る。だがそれもつかの間。調子を戻すために一杯じゃ済まなくなってくる。次は二杯、その次は三杯、そして調子の戻り方も段々落ちてくる。そしてとうとう幾ら飲んでも何も書けなくなるときがくる。得られるのは吐き気だけ。そうなるとヴァーリンガーに助けを求めることになる。よろしい、とヴァーリンガー。ほら助けにきた、となる。もうヴァーリンガーはいない。キューバへ行っちまったか死んだかだ。サイコ野郎が彼を殺しちまった。哀れで年老いたヴァーリンガー。なんという運命、ベッドでサイコ野郎と同衾して死んじまった――女性じゃなくてサイコ野郎とベッドに同衾とは。大概にしろ、ウェード。起き上がって旅に出るんだ。行ったことのない、色んなところへ、そして一旦そこへ行ったら二度と戻りたくなくなる色んなところへ。この文章って意味あるかな？ ない、やっぱり。これで稼ぐつもりはないさ。長編小説を書く合間のほんの息抜きさ。

さてと、やったぞ。そう。立ち上がった。すごいな、俺は。俺はカウチまで行くとその脇に膝をつき、両手を上向きに肘掛けに置いてその両手の平に顔を埋めて泣いた。それから祈った。それから祈りをする自分を軽蔑した。自己嫌悪なんて三流のアル中のすることだ。一体何を祈るんだ？ 善人が祈る場合、それを信仰という。病人が祈るのはただ怖いから。祈ってなんかを望むのはアホのすることだ。今の生き様は自分で作ったものだ。すべては自分自身で作り上げたもので、誰かの助けなんかほとんど期待できない――そうさ、自分でそう望んだんじゃないか。祈りなんかやめろ、このマヌケ。起き上がって、てめえの足で歩いて酒を取ってきて飲め。今となっちゃもう手遅れだ。もう酒を飲むしかない。

さてと、ボトルを手にした。両手で。グラスに注いだ。ほとんどこぼさなかった。飲んでも吐かずにいられるだろうか？ 少し水で割った方がいい。ゆっくりと口に持ってくる。楽にして、一度にがぶ飲みするなよ、ほら、体が温まってきた。熱くなってきた。汗がとまればいいのだが。グラスは空になった。でまたテーブルの上に置いた。

月にはもやがかかっていた。だから月明りはほとんど頼りにならなかった。しかし俺はテーブルの上にグラスをきちんと置いた。慎重に、まるで背の高い花瓶にバラの小枝を挿すようにそっと置いた。バラの花は朝露に濡れてちょっと首を傾げている。俺はバラかも。兄弟。朝露に濡れてるもんな。もう二階に上がる時間だろう？ 行く前に軽く一杯。え、だめ？ わかったよ。何事も仰せの通り。二階に行ったら一杯やる。寝室までたどり着いたらお楽しみが待っている。寝室までたどり着いたらご褒美を頂く権利がある。俺から俺への敬いの印だ。俺は自分にこんなにも素晴らしい愛情を持っている――そしてそのこたえられないところ――それはライバルがいないってことだ。

二階建て。二階にいたけどおりてきた。俺は二階が嫌いだ。高いと心臓がバクバクする。それにもめげず俺はタイプを打ち続ける。そうさせる潜在意識の魔力って本当にすごい、まあ本を書くときにちゃんとその力を発揮してくれればの話だけどな。寝室にも月の光は入っていた。多分ここの月と同じだ。あれこれ違った月などない。月は昇って沈む。決まっている。牛乳配達のようにきちんきちんと巡ってくる。そして月からの光はいつも同じだ。おぼろ月はいつも――ちょっと待て、どっしり構えて月なんか相手になにやってるんだ。月の病歴になんか関わっている暇はないんだ。お前自身、あのセプルベーダ峡谷に結構な金を貢ぐだけの病歴を持っているんだ。

彼女は静かに横向きになって寝ている。両膝を体に引き寄せて。静かすぎると思った。寝入っていれば必ずなにかしら聞こえる。静かすぎるということは寝ていないんだ、あるいは寝ようとはしているけど寝られないんだ。もっと近寄れば本当のことがわかる。

彼女の横に倒れ込んだらどうだ？　彼女が片目を開けた――本当かな？　私をじっと見た――本当かな？　いや、違う。目が覚めていれば起き上がってこう言うはずだ。

具合が悪いの？　あなた。うん。俺は病気だ、ダーリン。だけど心配しないでくれ、ダーリン。なぜってこの病気はおれの病気で君の病気じゃないんだ。だから静かに、心地良く眠ってくれ。そうすれば嫌なことも思い出さないし、俺に嫌な思いをさせられることもないし、邪悪で醜く色あせたものなど近づかない。

あんたは碌でなしだ、ウェード。形容詞が三つ。邪悪、醜い、色あせた。あんたはダメ作家だ。この三つの形容詞なしにはあんたがダメにした意識の流れをまともに戻せないのか？　また手すりにつかまりながら一階におりていった。階段をおりるごとに俺のはらわたがてんでんばらばらに暴れる。もう少しの我慢だ、すぐ飲ませてやる、と約束してなんとか収めた。居間まで来た。書斎にまでやってきた。カウチまでたどり着いた。そこで心臓の鼓動が落ち着くまで待った。ボトルはすぐ手の届くところにある。ウェード氏の段取りで特筆すべきことが一つある。それはいつなんどきでもボトルはすぐ手の届くところにあることだ。誰も隠したりしない。誰もキャビネットにカギなんか掛けない。誰も何も言わない。もう十分飲んだでしょ、ダーリン。また気分が悪くなるわよ、ダーリン、なんて言わない。ただ横向きになって寝ているだけ、優しく、バラのように。

キャンディには気前よく払い過ぎた。大間違い。まずピーナッツ一袋から始めるべきだった。次にバナナをやり、それからいよいよ現金、といっても小銭をくれてやる。時間をかけてゆっくり。奴の前にはいつもニンジンをぶら下げるようにすべきだった。のっけからドンとくれてやるとたちまち図に乗ってくる。ここで一日暮らす金があればメキシコでひと月は贅沢三昧したうえにどんちゃん騒ぎまでできる。うまいことせしめたら奴は次にどう出る？　まだ絞れるのがわかっていながら、もう十分なんて思う人間などいたためしはない。で、またぞろやってくるか？　上等だ。そしたらあのきらきらお目々の悪党を殺してやろう。

かつて善人が私のせいで死んだ。ましてやあの白いお仕着せのゴキブリなんか私に殺されて何が悪い。キャンディのことは忘れろ、そうすれば気持ちも和らぐ。そうさ、いつだって怒りを鎮めるすべはある。だがあの善人のことは決して忘れない。あのときのことは緑の炎で私の肝臓に刻み込まれている。

電話した方がいい。抑えが効かなくなってきた。奴らがぴょんぴょん跳ねるのがわかる。あのピンク色のやつらが俺の顔を這いまわる前に早く誰かに電話をしなきゃ。電話、電話、はやく電話だ。スー・シティーのスーに電話だ。もしもし、交換台ですか？　長距離お願いします。もしもし、長距離でアイオア州のスー・シティーにいるスーちゃんにつないでください。え、電話番号ですか？　いえ、知りません。名前しかわかりませんせん、交換手さん。見つかりますよ。十番通りの背の高いコーン・ツリー、そう、ウサギの耳みたいに長く広がった葉っぱの木陰を歩いていますよ――わかりましたよ、交換手さん、わかったったってば。じゃ全部キャンセルしてください。でもひと言、言わせてください、っていうか訊きたいことがあるんだ。ギフォードがロンドンで年中やっている派手なパーティーの費用をいったい誰が持つんですかね？もしあんたがこの電話をつながなければ。あんた、自分はやり手だと思ってるんだな、そうだろ。わかった。じゃ俺が直接ギフォードと話した方がいい。彼を電話口に出してくれ。今ちょうど召使が彼にお茶を持ってきたところだ。もし彼が今、話せないようなら誰か彼と話せる奴を行かせよう。

さてこんなもの何のために書いているんだ？俺はいったい何を考えまいとじたばたしているんだ。電話だ。今すぐ電話をしなきゃ。とんでもなくひどくなってきた。とんでもなく、とんでもなく……

ここで終わっていた。私は書き物を小さくたたんで上着の内ポケットの、手帳のうしろにしまった。フレンチ・ウィンドウまで行くと大きく開いてテラスに降り立った。月の光はすこし霞で損なわれていた。だがこれがアイドル・バレーの夏なのだ。だからといって夏そのものが損なわれることなどない。私はそこに佇んで動きも色彩もない湖面を眺めながらあれこれとりとめもなく考えていた。そのとき銃声がした。

29

バルコニーに面した二つの部屋はどちらも明かりがついていて扉が大きく開け放たれていた——アイリーンの部屋と彼の部屋だ。彼女の部屋は空だった。隣の彼の部屋から争うような音が聞こえた。私は彼の部屋に飛び込んだ。そこではアイリーンがベッドに覆いかぶさり、ロジャー・ウェードともみ合っていた。黒光りする銃がまっすぐ天井を向いていた。二つの手。ひとつは大きな男の手、もうひとつは女性の小さな手。その両方の手が銃を支えるように握っていた。銃把を避けて、暴発しないように。

ロジャー・ウェードはベッドの上で身を起こし、前かがみになってアイリーンをベッドから押し出そうとした。アイリーンは薄青色のキルトローブを着ていた。髪が顔全体を覆っていた。とみる間に両手で銃身を掴むと素早く彼の手から拳銃をもぎ取った。

彼女の力に驚いた、彼がいくら酔っぱらっているとはいえ。

ロジャー・ウェードはどさっとベッドの上に仰向けになった、目はギラギラと輝き、喘いでいた。アイリーンが後ずさりして私にぶつかった。

アイリーンは私に背を預けて喘いでいた。両手で拳銃を握り、それをしっかりと抱きかかえていた。彼女は苦し気に喘ぎ、すすり泣いていた。私は彼女を包むように腕をまわし、拳銃の上に手を載せた。

私の手が拳銃に置かれたことで初めて気が付いたようにくるっと私の方に向き直った。目は大きく見開かれ、私にしなだれかかった。拳銃を持つ手が緩んだ。ずっしりとした、武骨な武器だった。ウェブレイ・ダブルアクション・ハンマーレスだった。銃身は温かかった。片腕でアイリーンを支え、拳銃をポケットにしまった。彼女の顔越しにロジャー・ウェードをみた。目は閉じられていた。口を開く者は誰もいなかった。

ロジャー・ウェードは目を開くと例の疲れたような笑顔が口元に浮かんだ。「誰も傷つけちゃいない」そうつぶやいた。「ただの暴発だ。天井に当たった」

彼女の体が緊張するのが感じられた。それから私から身を引いた。今やその目は焦点が定まり、はっきりとした意識が感じられた。それを確認すると私は彼女から手を離した。

「ロジャー」とアイリーンが言ったが、その声は弱々しいささやきにしかならなかった。「本当に暴発なの？」

彼はフクロウのように、大きく目を見開いたままだった。唇をなめまわし、押し黙っていた。アイリーンはドレッシング・テーブル［鏡付きテーブル］に向かい寄りかかった。両手を機械的に動かし顔を覆っていた髪をかき上げて後ろにまわした。頭から始まった震えがつま先まで伝わり、それから首を左右に振った。「ロジャー」再びささやいた。

「可哀そうなロジャー。可哀そうで惨めなロジャー」

その間、彼はまっすぐ天井を見つめていた。「悪い夢を見た」とのろのろと口を開いた。「何者かがナイフを持ってベッドに覆いかぶさってきた。誰かはわからない。ちょっとキャンディに似ていた。キャンディのはずはないよな」

「あたりまえじゃないの、ダーリン」と優しく言った。アイリーンはドレッシング・テーブルを離れ、彼の寝ているベッドの端に腰を下ろした。彼女は手を伸ばすとロジャー・ウェードの額を撫で始めた。「キャンディはもうとっくに寝たわ。だけどなんでキャンディとナイフが結びつくの?」

「奴はメキシカンだ。あいつらは一人残らずナイフを持っている」とまた、どこか遠くから聞こえてくるうわごとのような調子で言った。「奴らはナイフが好きだ。そしてあいつは俺が好きじゃない」

「あんたが好きな奴なんていないさ」と、私が冷たく言い放った。

アイリーンがさっと振り向いて言った。「やめて――そんな言い方しないで。ロジャーは自分が何を言ったのかわかっていないの。夢を見て――」

「銃はどこにしまっていました?」と彼女を見据えながら声を荒げて訊いた。あえてロジャー・ウェードを無視してアイリーンに尋ねた。

「ナイト・テーブル。引き出しの中」ロジャー・ウェードがこちらを向いて言った。私の目と目があった。引き出しに拳銃なんかなかった。私がその事実を知っていることを彼はわかっていた。引き出しには睡眠薬と、なんやかやこまごましたものはあったが拳銃はなかった。

「じゃなきゃ枕の下だったかも」と付け加えた。「はっきり覚えていない、一発――」大きな手を挙げ、天井の一角を指さした。「あそこへ――」

私は彼の指し示す先を見上げた。指す方向の天井の漆喰に穴のようなものが認められた。彼の言葉はあながち嘘じゃない。はっきり見えるところまで行って見上げた。間違いない。その穴の形は弾丸によるものだ。あのウェブレイ拳銃から発射された弾なら漆喰は貫通して屋根裏まで届いただろう。またベッド際に戻り、立ったまま彼を見下ろした。彼を睨みつけた。

「バカ野郎、自殺なんかしようとして。あんたは夢なんか見ちゃいない。あんたは自己憐憫の海に漂っていただけだ。銃はすぐ手の届く引き出しにも枕の下にもなかった。あんたはベッドからのこのこ出て、どこからか拳銃をとってきてまたベッドに入った。それでこのややこしく猥雑なことがら全てからきれいさっぱりおさらばする準備が整った。だが私が思うに、あんたにはあとひと押しする勇気がなかった。それで人畜無害の天井めがけて一発撃った。すると奥さんが駆け込んできた――それがあんたの望みだった。欲しかったのは憐れみと同情だけ、な、にいさん。それ以外の何物でもない。あのもみ合いだってほとんどインチキだ。もしあんたが本気だったら奥さんがあんたから拳銃を取り上げることなんか絶対にできなかった」

「私は病気だ」と言った。「だがあんたの言うのが正しいかもしれない。だから何だっていうんだ?」

「そうならこうなる。いいか。あんたは精神病院に入れられる。そこの職員連中は患者に対してジョージア州の野外役務囚人の監視員みたいにえらく丁寧な扱いをする」

アイリーンがすっくと立ちあがった。「そこまでよ」と鋭く言った。「彼は病んでいるの。ご存じでしょ」

「病気になりたがっているだけだ。私は、そんなことをしたらどんな目に合うかわからせようとしているだけだ」

「時と場合を考えて」

「あんたは部屋に引っ込んでいてくれ」

アイリーンの目に青い炎が立ち上がった。「何様のつもりで――」

「部屋に戻ってくれ、それとも警官を呼ぼうか? 発砲事件は警察に通報することになっている」

ロジャー・ウェードが薄笑いを浮かべた。「やれよ、電話しろよ」と言った。「テリー・レノックスのときのようにな」

私は彼の言葉を無視してアイリーンをじっと見ていた。今、彼女は疲れ果てていて、弱々しく、そしてたとえようもないほど美しかった。一瞬燃え上がった怒りはもうそこにはなかった。私は手を差し伸べ彼女の腕に触れた。「大丈夫だ」と言った。「彼はもうあんな真似はしない。ベッドに戻りなさい」

彼女はじっと私を見つめていたがやがて部屋から出ていった。開け放たれた扉から彼女の姿が見えなくなると私はベッドの端に座った。ほんのさっきまで彼女が座っていたところだ。

「もっと睡眠薬を飲むか?」

「いや、いらない。眠れるかどうかなんてどうでもいい。今はえらくすっきりしている」

「発砲について私の説は図星だったかな? ほんの狂言だろ?」

「まあな」と言ってそっぽを向いた。「どうやら飲みすぎたらしい」

「本当に死にたい奴の自殺なんか誰も止められない。そんなこと私はわかっているし、あんただってわかっている」

「わかっているさ」まだ彼はそっぽを向いたままだ。「私が頼んだこと、やってくれたか——タイプの上に載っているやつ?」

「うん。言ったことを覚えているとは驚きだな。結構飛んだ内容だった。奇妙なことに気が付いた。タイプがちっとも乱れていない」

「いつもそうさ——しらふだろうと飲んだくれていようと——まあ限界はあるけど」

「キャンディのことは心配ない」と私は言った。「奴があんたを嫌っていると書いてあったがそれは間違いだ。それからあんたは誰にも好かれていない、と私が言ったがあれも本心じゃない。あれはアイリーンの神経を逆なでして怒らせるためだった」

「どうして?」と気に触ったように言った。

「今夜もう既に一度気をうしなっている、気をしっかり持ってもらうためだ」

ウェードは違うというように微かに首を振った。「アイリーンは絶対気絶なんかしない」

「じゃ芝居だったのか」

それについても賛成できないようだった。

「どういう意味だ――あんたのせいで善人が死んだ、って」と訊いた。

ウェードは眉をひそめると考えこんだ。「たわごとだ。言ったろ、夢を見た――」

「夢の話じゃない。あんたが紙にごたごたタイプした文句のことだ」

枕に載せた頭をまるで途方もなく重い物のように大儀そうにゆっくりこちらに向けた。「別の夢だ」

「じゃ、別の事を訊こう。キャンディに何を握られているんだ?」

「やめろ、この!」と言って瞼を閉じた。

私は立ち上がって扉を閉めて戻った。「いつまでも逃げてはいられない、ウェード。キャンディはあんたをゆすりかねない、そうさ。落ち着け。奴にとってゆすりは手慣れたもんかもしれない――奴はあんたが好きだ。だがそれと同時にあんたから金を巻き上げる、奴なら平気でそんな真似ができる。ネタはなんだ――女か?」

「あのアホのローリングを信じるのか?」そういって目を閉じた。

「鴉呑みにはしない。だが夫人の妹はどうなんだ――死んだ例の女性」

言ってみれば当てずっぽうだった。だが図星だったようだった。ウェードは目をかっと見開いた。唇の端に白い泡が浮かんだ。

「それを――探りに――来たのか?」とゆっくりと囁くような声で訊いた。

「あんたの方がよく知っている。呼ばれたんだよ。あんたが私を呼んだ」

ウェードは枕に頭を幾度も打ち付けるように前後した。睡眠薬を飲んでいるにもかかわらず彼の神経は逆立ち、そのせいで彼はすっかり参っていた。顔は汗まみれだった。

「何も私が女房を裏切った世界最初の愛すべき夫じゃない。ほっておいてくれ、頼む、もう放っておいてくれ」

私はバスルームへ行き、タオルをとってきた。彼の顔を拭いた。私は彼を見おろして冷たく微笑んだ。そのときの私は唾棄すべき卑劣漢だった。相手がダウンするまで待ってそれから相手を蹴って蹴って蹴りまくった。相手は弱っていた。抵抗も蹴り返すこともできなかったのだ。

「その件についてはそのうち話し合おう」と私が言った。

「私はいかれてなんかいない」と彼が言った。

「いかれてないって思いたいだけだ」

「私がいるところは地獄だ」

「そうさ、その通りだ。で知りたいのはなんでそうなったかだ。さあ、飲むんだ」ナイト・テーブルから睡眠剤をもう一錠取り出しコップに水を入れて用意していた。彼は片肘をついて身を起こしコップを握ろうとして一〇センチ外れた虚空を掴んだ。コップを握らせてやった。ウェードはなんとか水と一緒に錠剤をのみ込んだ。それからベッドに仰向けになった。いまは全身の力が抜け、顔からは情念が消えていた。鼻はつんと立っていた。死人といってもおかしくないほどだった。今夜は階段から人をぶん投げることもないだろう。今夜だけじゃなくこれからも。もうそのようなことはないだろう。


彼がまどろんだのを見届けると私は部屋を出た。拳銃の重さが腰にずっしりと感じた。階段へと向かった。アイリーンの部屋の扉は開いていた。室内は暗かったが月明かりが戸口に立つ彼女をシルエットのようにくっきりと浮かび上がらていた。

彼女がこちらに向かって何か声をかけた。名前のようだったが私の名ではなかった。私は彼女に歩み寄り、「声を落として」と言った。「彼がようやく寝たところだ」

「あなたが戻ってくるのはわかっていたわ」とおだやかに言った。「たとえ一〇年たっても」

彼女の顔を覗き込んだ。二人のうちどちらかがどうかしていた。

「扉を閉めて」とさっきと同じように優しく言った。「あれからずーっとあたしはあなたのものだったのよ」

私は扉を閉めた。そのときはそうするのがいいと思った。アイリーンと向き合う間もなく彼女は私に倒れ掛かってきた。で私は彼女を抱きかかえた。そうするしかなかった。彼女は身を私に強く押し付けてきた。その髪が私の顔を撫でた。顔を上げ、その唇はキスを求めていた。震えていた。唇を開き、口を開き、舌を出した。それから両腕を下ろしたと思うと何かを引くしぐさをした。するとが身につけていたローブが開いた。彼女は九月の朝を想わせる裸身だったが、そこにはまったく恥じらいはなかった。〔「九月の朝」とは湖に佇む恥じらいを含んだ若い女性のヌード画。ニューヨーク　メトロポリタン・アートミュージアム所蔵〕

「ベッドへ連れていって」と喘ぐように言った。

言われるとおりにした。裸身を抱いた。素肌に触れた。柔らかな肌、私の指を柔らかい肌が包んだ。彼女を抱えてベッドまで行き、横たえた。彼女は両腕を私の首にまわしたままだった。そのままのどから笛のような音を立て、それから激しく身をもだえるとうめき声を洩らした。それはもうほとんど殺人だった。私は種馬みたいに興奮した。もうどうでもよくなった。このような女性からこのような誘惑をうけるなんてしょっちゅうあることじゃない。

キャンディが救ってくれた。かすかにきしむ音で振り返ると、ドアの取っ手が回るのが見えた。私は彼女を突き放してドアへと飛んでいった。ドアを開け、間髪入れずバルコニーへと躍り出た。メキシコ人のガキは疾風のようにホールを駆け抜け、ちょうど階段をおりるところだった。階の途中で立ち止まった。それからこちらを振り返り、ぞっとするようなまなざしを横目で私に投げかけた。そして暗闇へと消えていった。

引き返して扉を閉めた――但し今度は外からだ。ベッドの女から何とも言えない音が聞こえた。だが、それだけだった。奇妙な音。呪縛は破られたのだ。

私は急いで階段を駆け下り、ウェードの書斎に駆け込むとスコッチのボトルを掴み、ごくごくと飲んだ。ひと息つくと壁に寄り掛かり、喘ぎ、体の中でアルコールが燃え、その毒気が脳まで回るに任せた。

夕飯を食べてから久しい。すべてが日常だったころから久しい。ウィスキーはガツンときてあっという間に回った。構わずグビグビやった。そしてついには部屋全体がおぼろになり、椅子やテーブルはおかしなところに見え、部屋のランプが山火事か夏の雷みたいに見えだした。カウチに大の字になってボトルを胸に置いてちょっと遊んだ。落とさないようバランスを取ろうとした。ボトルはもう空のようだった。すぐに転がり落ちて床でドスンと音をたてた。

それが、はっきり覚えている最後の出来事だった。

30

日の光が片方の足首をくすぐった。目を開けると木のこんもりとした梢が霞のかかった青空を背景に、穏やかになびいていた。寝返りを打つとカウチの革に頬が触れた。斧で頭をかち割られた気分だった。気が付くと体には毛布が掛けられていた。それを払いのけると、身を起こしカウチに座り直した。二日酔いでくしゃくしゃになった顔で時計を見た。時計によれば六時半ちょっとまえだった。

立ち上がった。立ち上がるのに気合を入れなければならなかった。強い意志が必要だった。立ち上がるので気力体力をごっそり持っていかれた。考えてみれば若いころの勢いはもう見る影もない。辛く厳しい年月が私から奪い去ったのだ。

ハーフバスまでよたよたとたどり着くと上着を壁にかけ、ネクタイとシャツを脱ぎ捨て、両手で冷水を顔にバシャバシャと掛け、ついで頭にも浴びせた。首から上がビショビショになると、タオルでまるで何かに憑かれたようにごしごしと擦って乾かした。シャツを着てネクタイを締めると上着を手に取った。その拍子にポケットの拳銃が壁に当たってドスンと音をたてた。思い出した。ポケットから取り出すとラッチを外し、弾倉の銃弾装填側を下に向けた。銃弾がバラバラと落ちるのを手のひらに受けた。銃弾が五発、それと煤けた薬莢が一個あった。ふと考えた。こんなこと意味あるのか？　拳銃があるということは弾もそれなりにあるということだ。そう思い、また弾を装填し直しすとハーフバスから出て書斎にある机の引き出しにしまった。

顔を上げるとキャンディが戸口に立っていた。白のボーイ服をきて颯爽としていた。髪の毛は後ろにきれいに撫でつけられ黒々と光っていた。だがその目は険しかった。

「コーヒーいるか？」

「ありがとう」

「明かりは消しておいた。ボスは大丈夫だ。いまは寝ている。なんで酔っぱらうような真似をしたんだ？」

「仕方がなかった」

せせら笑った。「結局口説けなかったんだろ、え。ケツを蹴っ飛ばされて追い出されたってわけだ、探偵さんよ」

「そう思いたきゃ思え」

「今朝はタフじゃないんだな、探偵さんは。元々あんたはタフなんかじゃないしな」

「うだうだ言わずにコーヒー持ってこい！」と怒鳴った。

「くそ野郎《ヒヨ・デ・ラ・プタ！》」

ひとっ飛びしてキャンディの腕を掴んだ。彼は静かに私の次の動きを待った。馬鹿にしたようにせせら笑った。私も笑って腕を放した。

「お前の言う通りだ、キャンディ。私はタフなんかじゃない」

彼は私に背を向けると出ていった。と思う間もなく銀のトレーを持って戻ってきた。トレーには小さな銀のコーヒーポットと砂糖、クリーム、それときれいに三角にたたまれたナプキンが載せられていた。カクテル・テーブルにトレーを置くと空のボトルやグラス、氷入れなど、こまごましたものを片付けた。床に転がっていた空ボトルも拾い上げた。

「フレッシュ、淹れたてだ」と言って出ていった。

二杯コーヒーを飲んだ。それからタバコを吸ってみた。いつもの味だった。どうやらまだ人間からは落ちこぼれていないようだ。キャンディが戻ってきた。

「朝飯は食べるか？」

「いや、いい。ありがとう」

「じゃ、とっとと出ていきな。あんたにちょろちょろされるのを皆が嫌がっている」

「皆って誰だ？」

キャンディは置いてあるシガレットケースの蓋をあけるとタバコを取り出した。火をつけると悠然と吸い、それから私に向かって煙を吹きかけた。

「ボスのことは任せてもらう」と言った。

「そうやって金を儲けるのか？」

眉をひそめたがうなずいて言った。「そうとも。たっぷり貰っている」

「あっちのほうでは幾らもらってる？——口にチャックをするご褒美のほうだ」

またスペイン語に戻った。「何のことかわからない《ノー・エンテンディード》」

「とぼけるな。ウェードからいくら搾り取ってる？　二ヤードは超しちゃいないだろうが」

「なんだそれ？　二ヤードって？」

「二〇〇ドルのことだ」

ニヤッと笑った。「じゃ、二ヤードくれたらどうだ。探偵さんよ、そしたら昨日の晩、あんたが奥さんの部屋から出てきたことは黙っててやる」

「二〇〇もあればお前みたいなメキシコ野郎はバス一杯買えるさ」

　キャンディは笑い飛ばした。「ボスは頭にくるとちっとばかり面倒になる。払った方がいい、悪いことは言わない。探偵さんよ」

「ケバいメキシコのガキが」とあざけるように言ってやった。「お前が稼げるのは、ほんのはした金だ。酒が回ってくりゃ誰だって羽目を外す。いずれにせよ夫人は先刻承知だ。おまえにゃ金になるネタなんかない」

　キャンディの目がギラリと光った。「とにかくこの辺りをうろつくな、タフ・ボーイ」

「帰るところだ」

　私は立ち上がってテーブルをぐるりと巡りキャンディに近寄った。彼は私と対峙するように私の動きに合わせて体を動かした。彼の手元を見た。今朝はナイフを持っていないのがはっきりわかった。いい間合いになったそのとき、彼の横っ面をひっぱたいた。

「お前みたいな小間使いに淫売「フルート吹き」の息子なんて呼ばれる筋合いはない、このグリーズ・ボール「髪をテカテカにしたラテン系男子の蔑称」。ここへは仕事で来ていた。これからも必要と思えばいつでも来ることになる。これからは口に気を付けるんだな。さもないと次は拳銃で横面を張ってやる。そうしたらそのかわいいお顔が壊れて二度と元に戻らなくなる」

　彼は全く無反応、無表情だった。ビンタを受けたときでさえも。ビンタもグリーズ・ボールと呼ばれるのも耐え難い屈辱のはずだ。だがキャンディはただそこに立って無表情でピクリとも動かなかった。それから無言のままコーヒー・トレーを手に取ると持って出ていった。

「コーヒーをありがとう」と彼の背中に向かって言った。

　聞こえなかったように去っていった。彼が見えなくなると私は顎を触った。ざらっとした。ちょっと身震いをした。そしていつもの自分に戻ろうと腹を決めた。ウェード家にはもう腹いっぱいだ、どっぷり漬かりすぎた。

居間を抜けて玄関に向かうところでアイリーンが階段をおりてきて、あと三段というところで立ち止まった。今朝は白いスラックスに薄い青のシャツ、足にはサンダルを履いてきた。私を見て本当に驚いた様子だった。

「おいでになっているなんて知らなかったわ、マーロウさん」とまるで一週間のご無沙汰で、私が今、ちょっとお茶に立ち寄ったかのような口ぶりだった。

「拳銃は引き出しにしまいました」と私は言った。

「拳銃?」それから事の次第がわかってきたようだ。「そうそう、昨夜はちょっとごたついていたわ。そうでしょ? だけどあなたはもうとっくにお帰りになったものと思っていたわ」

私は階段のアイリーンに歩み寄った。見ると首には細い金鎖のネックレスをしていた。ネックレスのペンダントは白のエナメルの上に金色と青でこれもまたエナメルで何かが描かれていた。青の部分は両翼のようだが完全には広げられてはいない。両翼の中心には背骨のように金の短剣が配され、その短剣は両翼の下部に置かれた帯のように広げられた巻物を貫いていた。

文字は読みとれなかったが軍の何かの記章のようだった。

「酔っぱらいましてね」と言った。「わざと、それもだらしなく。なんとなく寂しかったんで」

「寂しがることなんかなかったのに」と言った。彼女の目はあくまでも澄んでいて、そこにはひとかけらのたくらみの兆しも見えなかった。

「見解の相違ですね」と私。「私はこれで。もうお邪魔をすることもないと思う。拳銃の件、忘れないように」

「机の引き出しにお入れになったことでしょ。もっと違うところにしまったほうがいいのかも。でもあの人、本気で自殺する気なんかなかったのよ。そうでしょ」

「さあ、でも次はその気になるかもしれない」

彼女は首を振った。「そうは思わないわ。絶対そんなことはないわ。昨夜はほんとに助かったわ、マーロウさん。お礼のしようもないくらい」

「結構頑張りましたよ」

アイリーンはポッと頬を赤らめた。それから笑った。「昨夜は本当に奇妙な夢を見たの」とおもむろに話し始めた。目は私を肩越しの遠くを見ているようだった。「私の昔からの知人がこの家にいたの。その人は死んで、もう一〇年になるわ」彼女の指が金とエナメルのペンダントに触れた。

「それで今日はこれを着けたの。これはその方に貰ったものです」

「私もおかしな夢を見たけど」と私。「でもどんな夢かは言わないことにします。ロジャーがどんな調子か教えてください。それからなにかあれば連絡ください」

彼女は視線を下げて私の顔を覗き込んだ。「もう来ないって言いませんでした？」

「かも、と言ったんです。来なきゃならない事態が起こるかもしれない。そうならないことを願いますが。この家には何か、とんでもなく忌まわしいことが潜んでいる。そのほんの一部がボトルから首を出してきただけですよ」

アイリーンは私を見つめ顔をしかめた。「何がおっしゃりたいのですか？」

「おわかりのはずだ」

彼女は私の言葉を反芻しているようだった。依然としてペンダントを優しくもてあそんでいた。やがて辛そうな溜息を洩らした。「いつも誰かしら女がいるの」と静かに言った。「いつの頃から。でもそれが本当の原因じゃないわ。話がかみ合いませんね。あなたと私。全く別の事を話しているのかしら、たぶんそうね」

「そうかもしれない」と私。彼女はまだ階段の上に立っていた。三段目に。まだペンダントをいじっていた。彼女はそのときも夢のように美しかった。「特にその女がリンダ・ローリングだと思っているとすればね」

彼女はペンダントから手を離して階段を一歩おりた。

「ドクター・ローリングは私と同じ意見みたいですよ」と彼女はまるで他人事のように言った。「きっと確かな証拠を握っているのよ」

「ここの全住人の半分の目の前であんなまねをするなんて、って非難していたじゃないですか」

「そうだったかしら？　多分――あのときはそんな言い方が無難だったんでしょ」と言いつつもう一段おりてきた。

「まだひげを剃ってないんだ」

それを聞いてアイリーンはびっくりした。それから声を立てて笑った。「あらまあ、これからあなたとベッドに入ろうだなんて、そんなつもりはないわ」

「じゃ、そもそもどんなつもりで私を選んだんですか？　ウェード夫人――はじめにドクター・Vを私に探すよう仕向けたときのことです。なぜ私だったんですか――私にやらせてなにか得なことがあると思ったんですか？」

「あなたは筋を通したわ」と静かに言った。「筋を通すのが本当に難しい場面で」

「うれしいこと言ってくれますね。だけどそれが理由じゃないと思いますよ」

彼女は階段をおり切って私を見上げた。「じゃ、どうしてだと思われます？」

「もし本当にそう考えたなら――きわめてお粗末な考えですね。そんな考えはこの世で一番お粗末です」

彼女はちょっと眉をひそめた。「どうして？」

「それはですね、あんなこと――筋を通したこと――はどんな間抜けでも懲りて決して二度とやらないからですよ」

「あの」と彼女はさりげなく言った。「なんだかなぞなぞみたいな話になってきたわ」

「あなたこそ本当に謎めいた方です、ウェード夫人。さようなら、お元気で。もし本当にロジャーが心配ならきちんとした専門医を探して診させた方がいい――今すぐに」

彼女はまた声を立てて笑った。「昨夜のことならあれはまだましな方よ。一度酷いところを見た方がいいわ。ロジャーはもうじき起きてきて昼過ぎには執筆にかかるわ」

「まさか」

「いいえ、大丈夫よ。私は彼のことはよくわかっているの」

私は最後のひと言をズバッと決めた。結構えげつない言い方になった。

「あんた、本当はロジャーを助けたいとは思ってない。そうだろ。ただ助けようと頑張っているところを見せたいだけだろ」

「その言葉」とアイリーンは氷のような声で言った。「信じられないくらい残酷だわ」

彼女は私をそこにおいて奥へ向かい、ダイニングルームの扉の向こうに消えた。広い居間にはぽつんと私だけが残った。私は居間を横切って玄関の扉を開け、表に出た。そこには都会から離れたこの素晴らしいアイドル・バレーで味わえる素晴らしい夏の朝があった。

ロスからのスモッグもここまでは届かないし、海からの湿気も横たわる穏やかな山々がさえぎってくれる。もうすぐ暑くなるだろう。だが、その暑さはこの辺りにしかない気持ちのいい暑さだ。砂漠のような殺人的な暑さでも、都会のようなべたべたしていつまでもまとわりつく暑さでもない。アイドル・バレーは住むには最高だ。完璧。素晴らしい住民、素晴らしい邸宅、素晴らしい車、素晴らしい馬、素晴らしい犬、それに素晴らしい子供だっているかもしれない。

だが、マーロウという名の男がアイドル・バレーに望むことはただ一つ、ここから出てゆくことだ。それもさっさと。

31

家に着くとシャワーに入り、ひげを剃り、着替えた。ようやくさっぱりとした気分になった。朝食を作って食べた。キッチンと勝手口回りを掃除した。それが終わるとパイプにタバコを詰め、事務所の留守電をチェックした。伝言なし。それでも事務所に行く必要あるのか？　行っても待っているのは死んだ蛾と、またうっすらと積もったホコリだけだ。金庫にはマディソンの肖像画が入っている。行ってあれこれ使い道を考えて楽しむことができる。そういえばこの家にもコーヒー缶の中にピン札の一〇〇ドル紙幣五枚が入っている。コーヒーの匂いのついた札で楽しもうと思えばできるがその気にならない。何かしっくりこなかったのだ。考えてみればそのうちの一セントたりとも私の金じゃない。この金をどう使うべきなのか？　死んだ男に義理立てして、いったいどんな意味があるんだ？　ッタク。つい二日酔いの朦朧とした頭で人生なんか眺めてしまった。

その日の朝はあの、いつまで経っても昼がこないように感じられる朝だった。気持は萎え、体は疲労してだるかった。そして過ぎ去っていく時間は一分毎に柔らかい渦のような音とともに虚空へと落ち込んでいくように感じられた。あの燃え尽きては一段ずつ切り離されるロケットのように。

表の植え込みでは小鳥がさえずっていた。ローレル・キャニオン通りをひっきりなしに車が行き来する。いつもはそんな音は聞こえもしない。だがそのとき、私は気が滅入っていてイラついて底意地が悪く、何事にもピリピリしていた。二日酔いのせいだ。それでそいつを退治することにした。いつもは朝から酒なんか飲まない。南カリフォルニアの気候は朝酒するには温和すぎる。飲んだアルコールがなかなか燃えてくれない。だが今回、背の高いグラスにカクテルを作ってシャツの前をはだけて安楽椅子にゆったりと座り、雑誌を手に取ると載っているバカげた話を読んだ。主人公には二通りの人生があり、二人の精神科医にご厄介になっている。一つの人生は人間でもう一つの人生（？）は蟻か蜂か、とにかく巣に住んでいる虫だ。主人公は人と虫を行ったり来たりする。とにかく話全体がクレージーそのものだが現実離れしていて、それはそれで面白かった。カクテルを迎え酒の目的以上に飲まないよう注意した。自分の様子を確かめながら一口ずつすすった。

昼近くなって電話が鳴った。受話器を取ると聞き覚えのある声伝わってきた。「リンダ・ローリングよ。あなたの事務所に掛けたら音声サービスがお宅に掛けろって。お会いしたいの」

「なんで?」

「電話じゃお話しできないわ。たまには事務所に出るんでしょ」

「うん、たまにはね。金になるのかな?」

「そこまでは考えなかったわ。でも有料なら話に乗るってことならそれでもいいわよ。一時間後にあなたの事務所でどうかしら?」

「いいんじゃない」

「ねえ、どうしたの?」ときつい口調で訊いた。

「二日酔い。でも問題ない。一時間後に事務所で、こっちに来ないっていうなら」

「事務所の方がいいと思うわ」

「ここは快適で静かですよ。家の前の道は袋小路で車も通らないし周りに家もない」

「そのお誘いにはあまりそそられないわ——もしあなたが私の読み通りの人ならね」

「誰も私のことなんか読めませんよ、ローリングさん。私は謎めいた男ですから。オーケー。何とかあのむさ苦しいところに行きますよ」

「ありがとう」と聞こえて電話が切れた。


事務所に着くまでに時間がかかった。途中でサンドイッチを買ったからだ。到着すると空気を入れ替え、待合室の扉のブザーを入れた。オフィスと待合室の間のドアを開け、なかを覗きこむと彼女はもうそこにいた。ビルの正面玄関さえ開いていれば待合室へはいつでもだれでも入れる。

メンディー・メネンデスが座っていた椅子で雑誌に目を通していた。メネンデスが読んでいたものと同じかもしれない。

今回は茶色のギャバジン［高価な織り目の細かいあや織り服地］のスーツを着ていた。さすがにエレガントだった。

雑誌を横に置くと真剣なまなざしを私に向けて言った。「この西洋タマシダに水をあげなくゃ。植え替えする必要もあると思うわ。気根が出すぎてるわ」

ドアを開いて彼女をオフィスに招き入れた。シダなどどうでもいい。彼女が入るとドアはダンパーの力で閉まった。私は客用の椅子を彼女にすすめた。彼女は座る前に品定めするようにオフィスをひとあたり見渡した。来たばかりの客は皆そうする。私は机をぐるりと回って自分の椅子に腰かけた。

「あなたのお城って豪華ってほどでもないのね」と言った。「秘書もいないの？」

「しょぼい人生なんでね、でも慣れている」

「それにすごく儲かっているとも思えないわ」

「んー、それはどうかな。考えようによるな。マディソン大統領の肖像見ませんか？」

「え、なんのこと？」

「五〇〇〇ドル紙幣。予約金として受け取った。金庫にはいっている」そういって立ち上がると金庫へ行きノブを回して扉を開け、中の引き出しを解錠して封筒から紙幣を取り出して彼女の目の前に置いた。彼女はそれをあっけにとられたような様子で眺めた。

「事務所の見てくれにだまされちゃいけない」と私は言った。「もし死ねば二〇〇〇万ドルは遺す爺さんの仕事をしたことがある。あんたの御父上でさえ会えば挨拶したくなる。その爺さんの事務所はことどっこいだった。違いは天井が防音になっていたぐらい。なぜかって？　爺さん、ちょっと耳が遠くてね。だからなんでも大声なんだ。だから上から苦情がでないようにさ。床は茶色のリノリューム。カーペットはなしだった」

彼女はマディソン大統領の肖像を取り上げると両端をそれぞれ親指と人差し指で挟んでピンと張り、裏表とも眺め、テーブルにもどした。

「これ、テリーからね、そうでしょ？」

「なーるほど、あたしはなんでも知ってる。お天道様みたいに、ですか？　ローリングの奥さん」

彼女は札を私の方へ戻して怖い顔をした。「彼は一枚持ってたわ。シルビアと二度目の結婚をしてからずっと肌身離さず。まさかのときのためって言ってたわ。でも彼の死体からは見つからなかった」

「それはまた別の理由じゃないかな、メキシコの警官がくすねたとか」

「かもね。でも五〇〇〇ドル紙幣を持ち歩く人ってそんなにいると思う？　それだけじゃないわ。五〇〇〇ドル使う余裕のある人がいたとしてもあなたに五〇〇〇ドル紙幣で支払う人なんか他にいるかしら？」

これがぐうの音も出ないということだ。私は黙って頷いた。彼女はかさにかかって問い詰めてきた。

「そのお金は何の見返りなの？　何をするはずだったの？　マーロウさん。お話いただけません？　あの最後のティファナへのドライブ、テリーにはたっぷり時間があったわ。それまでの出来事、これからの頼み事、みんなあなたに話したでしょ。先日ヴィクターの店でお会いしたとき、あなた、はっきり言ったわよね、彼の告白は信じないって。テリーはあなたにシルビアの愛人リストを渡したの？　そのリストの中から真犯人を探すように頼まれたの？」

私はまた黙っていた、さっきとは別の理由で。

「ひょっとしてそのリストにはロジャー・ウェードの名前があったんじゃないかしら？」と咎めるように訊いた。「もしテリーがやっていないとしたら、真犯人は狂暴で無責任な奴、そう、狂人か、それとも飲むと荒れ狂うアル中よ。そういった連中しかできないわ、妹の顔を、あなたのあのぞっとする言い方を借りれば、血をたっぷり吸ったスポンジみたいになるまで叩き潰すことなんて。だからウェード家に自分を売り込んで頼れるマーロウ氏になったわけ？——ほら、お抱えになった子守の小娘よろしく電話一本でいつでもすぐ駆けつけ、ウェードが酔っぱらっていればなだめて寝かし、見当たらなければ探し、孤立無援になったときは乗り込んでいって助けて家に連れて帰る、なんてことして」

「ここで二点はっきりさせておきたい、ローリング夫人。一点目、テリーが私にあの見事な肖像が印刷された紙片をくれたかどうかについてはノーコメントだ。だがこれははっきり言う。彼が私にリストなるものを渡した事実はないし、誰かの名前を告げた事実もない。私が頼まれたことはご推察通りティワナまで送って行くこと。それ以外は一切頼まれていない。二点目、そもそもウェード家にかかわったのはニューヨークの出版社からの依頼だった。その出版社は何としてでもロジャー・ウェードに本を完成させたがった。そのためには彼をしらふにしておく必要があるとのことだった。そして彼が酩酊せざるを得ない、なにか特別な事情があるならそれがなにか突き止めることとなった。もし確たる原因があり、それが何か見極められれば、次のステップとしてはその原因を取り除こうとすることになっただろう。私が「取り除こう」と言ったのは「取り除けない」ことだってありうるからだ。だが原因さえ見つかれば取り除く努力をすることはできる」

「なぜロジャー・ウェードが酔っぱらうか、ひと言で教えてあげられるわよ」と口にするもの汚らわしといったふうに言った。「あの貧血症の金髪女、彼の奥さん、あれが原因」

「おっと知らなかった」と私。「私は貧血症だとは思わないけど」

「そうなの？ どうしてそうおっしゃるのかぜひ聞かせていただきたいわ」と目をギラギラさせた。

私はマディゾンの肖像画を手に取った。「これであれこれ言い合うのはやめにしませんか、ローリング夫人。私はあの奥さんとは寝ていませんよ、がっかりさせて申し訳ないけど」

金庫へ行くと札を引き出しに入れて鍵をかけ、扉を閉めてダイアルをぐるりと回した。

「考えてみれば」と私の背中に向って話しかけた。「あの女と寝た男性って、はたしているのかしら？ まじめな話、本当に疑問に思えてきたわ」

金庫から戻ってきて今度は机の角に腰掛けた。「なんか段々口汚くなってきましたね、ローリング夫人。どうしてかな？ 我々共通の友、あの飲んだくれがひょっとしてあんたの心にちろちろっと火をつけたかな？」

「その言い方、本当に嫌」と噛みつくように言った。「あの人たち私、大嫌い。あの場での夫が騒ぎ立てるさまを見て、私を、誰かれなしに浮気するだらしのない女だと思ったんでしょ。いいえ、私はロジャー・ウェードなんか好きでなんでもありません。好意を持ったことなんて一度もないわ——しらふで彼本来の姿のときだって。おまけに最近は彼本来の姿のときが本当にまれになったし」

私は椅子に戻ってマッチ箱に手を伸ばしながら彼女を見据えた。彼女は腕にしていた時計を見た。

「あんたがた金持ちは本当に結構なご身分だ」と私。「あんたらは言いたいことがあれば、それがどんな酷かろうと口にしても何の問題もないと思っている。ウェード夫妻のことを、ほとんど見ず知らずの私のまえであざ笑うような言い方をする。ちょっとだけ言い返すと侮辱だってわめきたてる。さてと、熱くなるのはやめだ。酔っぱらいは何のかの言っても結局尻軽女と浮気することになる。しらふのときの人格とは関係ない。

ウェードは酔っぱらいだ。だけどあんたは尻軽女じゃない。例の件はそんなに深刻にとらえないでこう考えたらどうですか？　生まれも育ちもいいあんたの旦那さんはカクテル・パーティーを盛り上げるためにちょっとウェードのところに寄った。あんたを傷つける気なんか毛頭なかった。ただ笑いを取るためにあんなまねをした。

そういう訳であんた自身はもちろん、私としてもあんたは除外してその尻軽女が誰かを調べる。でもその誰かを見つけるためにどのくらい範囲を広げたらいいか？　ローリング夫人――あんたがここまでやってきて私といがみ合うほど気になる人を調べればいいんですかね？　その誰かさんはきっと特別な人だ。そうじゃないですか――そうでなきゃなんであんたがそんなに気にするのかな？」

彼女は押し黙ってただ私を見つめた。長い長い三〇秒が過ぎた。彼女は唇の端が白むほど堅く口をつぐみ、両手は服とよくマッチしたギャバジンのハンドバッグの上に緊張した様子で置かれていた。

「ウェード家で無駄に時間を過ごしていただけじゃなかったのね、そうでしょ？」と沈黙の後に彼女が言った。「その出版社の男があなたを雇わなきゃ、と思ったとは、ほんと、あなたにとって好都合なこと！　おまけにテリーは誰の名前も挙げなかったですって！　唯のひとりの名前も！　でもそんなことはあなたにとってロジャー・ウェードの浮気相手を突き止めるのに何の妨げにもならなかった、そうおっしゃるんでしょ、違います？　マーロウさん。なにしろあなたの鋭い探偵の勘は外れることがないから。ところで伺っていいかしら？　これから何をしようと企んでいらっしゃるの？」

「別に」

「どうして？ その才能をあたら無駄にするわけ？ 何もしないって、それじゃどうやってその五〇〇〇ドル札と折り合い付けるの？ あなたにできることがあるのは確かなのに」

「他言はしない」と私。「隠すつもりでもあんたは素直な人だ、だんだんバレてきた。なるほどね、ウェードはあんたの妹さんを知っていたんだ。教えてくれてありがとう。遠回しではあったけど。私もそうじゃないかって薄々感じていた。で、それがどうした？ ということになる。ウェードは妹さんの赫々たるコレクションの一人にすぎない。この話はもうこのくらいにしましょう。それより本題です。なぜあんたが私に会いにきたかですよ。つまらない言い合いをしているうちにどこかに飛んでしまった、まったく」

彼女は立ち上がってもう一度時計を見た。「下に車を停めてあるの。一緒にうちに来ていただけるようお誘いしてもよろしいかしら？ お茶でも差し上げたいと思って」

「いいですよ」と私は言った。「その気にさせてみてください」

「私の言い方ってそんなに企みがありそうに聞こえるのかしら？ あなたに会いたいっていう人がうちにきているの」

「ご老体ですか？」

「そんなふうに呼ばないで」と本当はどうでもいい、というふうに言った。

私は立ち上がって机に覆いかぶさるようにして彼女に顔を近づけた。「ハニー、君はときどきすごく可愛い。ホントさ。銃を持っていってもいいかな？」

「どうして？ ご老体なんか怖くないのに」と言って私に向かって口を尖らせた。

「ダメ？ あんた自身は怖いんじゃないかな——すごく」

彼女はため息をついた。「ほんとはそうなの。あの人、その気になれば恐ろしいことだってやってのけるわ」

「じゃ、二丁持った方がいいかも」と言った。言わなきゃよかった。

32

ローリングの邸宅ほど、グロテスクで悪趣味な建物は見たことがなかった。総三階建てで灰色の巨大な箱のようだった。屋根は寄棟屋根。その勾配の急な面には鳩小屋にも似た屋根付き窓が二〇から三〇くらい配されていた。その窓枠だけではなく、窓と窓の間もウェディング・ケーキみたいな装飾がこれでもかというほど施されていた。玄関のポーチには両側に大げさにもそれぞれダブルで石柱が立っていた。だがこの建物の極めつけは屋外らせん階段だ。石の階段に石の手すり、そしてそのてっぺんには塔がありそこからは湖全体が見渡せる筈だ。

客用駐車スペースは石で舗装されていた。このだだっ広い敷地を見栄えのいいたたずまいにするには、門からエントランスに至る八〇〇メートルに及ぶポプラ並木の敷地内車道、鹿のいる公園、カリフォルニアの植生がみられる庭園などを設ける必要がある。館の屋上にはテラスがあった方がいいし、図書室の窓辺を飾る数百本のバラ、それにどの部屋にも森と静けさと穏やかな空間が望める窓が必要だ。

だが実際そこにあるのはカリフォルニアのような、せこせこした狭い州にとっては望外の、たっぷり四万から六万平米はある敷地を囲む自然石の石垣、両側をきれいに刈り込まれた糸杉の並木に囲まれた敷地内車道、それに広大な敷地には海に点在する島よろしく、いい加減にばらまかれた、およそありとあらゆる観葉樹の木立だった。観葉樹はどれもカリフォルニアでは見かけない種類ばかりだった。運び込んできたのだ。誰のアイディアだか知らないがそいつは大西洋岸を、ロッキー山脈を越えてここ太平洋岸まで引きずってこようとしたのだ。頑張ったことはわかるけど所詮は無理、失敗だ。

エイモスは中年の黒人で運転手だ。キャデラックを柱に囲まれたエントランスにしずしずと駐めると身軽く車から飛び出し、ローリング夫人のために車のドアを開けた。

私も負けずに素早く降りると重いキャデラックのドアを支えるエイモスに手を貸し、それから夫人が下車するのに手を差し伸べた。夫人は車が出発してから到着するまでほとんど口を開かなかった。疲れて神経質になっているようだった。このグロテスクな建築物の塊が彼女を憂鬱にさせたのかもしれない。これを前にしたらワライカワセミも落ち込んでしまい、嘆き悲しむ鳩みたいにクーとしか鳴かなくなるはずだ。

「ここは誰が建てたのかな?」と訊いた。「それと誰への当てつけ?」

やっと笑ってくれた。「初めてご覧になるの?」

「こんな湖の奥まで来たのは初めて」

夫人は私を車道の左端に連れてゆき、空を指さした。「ここを建てた人はあの塔から飛び降りて、いま私たちが立っているところに落ちてきたんです。その人はフランスの伯爵で名前をラ・トレーユといいます。フランス人の伯爵って大体が貧乏だけど彼は違ったの、大金持ちでした。彼の奥さんはロマーナ・デスボロといって彼女自身も決して家柄だけにしがみつく没落貴族じゃありませんでした。サイレント映画時代、彼女は週に三万ドルも稼いでいました。ラ・トレーユはここを彼女とのスイート・ホームとして建てたの。この建物はフランスにあるシャトー・デ・ブロアに模しているの。シャトー・デ・ブロアはご存じでしょ?」

「うん、私の手の平じゃなく、甲ぐらいね」と言った。「いや、思い出した。昔、日曜新聞に出ていた。奥さんは旦那を捨てて家を出、旦那は自殺した。彼は奇妙な遺書を残した、違います?」

彼女はうなずいた。「別れた奥さんに数百万ドルを生活費として遺し、残りを信託扱いにして自由に使えないようにしたの。この邸宅も当時のまま保ち、一切変えてはいけない、そのうえ毎日夕食時間には食卓に当時のままの食事を並べること、そしてこの敷地内には召使と弁護士以外は何人も足を踏み入れてはならない、と遺言したの。

そんな遺言はすぐに無視されたわ、もちろん。結局この敷地は幾つかに切り分けられて売り出された。私がドクター・ローリングと結婚したとき、父が結婚のお祝いにここをプレゼントしてくれたの。ここを人が住めるようにするのにきっと大金をはたいたんじゃないかと思うわ。ここは嫌い。初めっから嫌い」

「プレゼントだから使い方はあなた次第だ、ここに住まなくてもいいんでしょ、違います？」

ちょっとうんざりしたように肩をすぼめた。「しばらくはいなければ、少なくとも。娘のうち一人は落ち着いた生活をしているところを見せてあげなくちゃ。それにドクター・ローリングはここが気に入っているの」

「別に驚かない。ウェード家であんな茶番をやらかすようなお人だったら、パジャマの下に股引穿いてたって別に驚かない」

彼女は眉をひそめた。「あら、主人に関心を持っていただいてうれしいわ、マーロウさん。でもあの件についてはもう十分楽しんだでしょ。さあ、お入りにならない？父は待たされるのが嫌いなの」

また車道の右側、車を降りたところに戻って石の階段をのぼると壮大な両開きの扉の一方が音もなく開き、そこには給料の高そうな執事が扉のわきに立って我々を迎え入れた。その執事は私をまるでゴミを見るような目つきで見た。

エントランス・ホールは私が住んでいる家全体より広かった。その床はモザイク模様が施され、振り向くと高窓はステンドグラスがはめ込まれるように見えた。もし普通のステンドグラスなら、そこからの光がホールを照らすから、ほかにどんなものが置かれているか見えただろう。

エントランス・ホールを後に、さらに彫刻の施された両開きの扉を幾つか通り抜け、奥行き二〇メートル以下とはとても思えない薄暗い部屋へと案内された。そこに紳士が無言で立っていた。その眼は冷たく私とリンダ・ローリングを見据えていた。

「お待たせした？お父様」と焦ったように訊いた。「こちらフィリップ・マーロウさん。ミスター・ハーラン・ポッターです」

かの人は私をチラリと見ると顎を一センチばかり下げた。

「鈴を鳴らしてお茶を運ばせなさい」と言った。「座りたまえ、マーロウ君」

私は座ると彼の様子を見た。ポッターは昆虫学者がカブトムシを見るような目つきで私を観察した。

誰も口を開かなかった。お茶が運ばれてくるまで完全な沈黙が室内を支配した。お茶のポットは中国風のテーブルの上の、だだっ広い銀のトレーに置かれた。リンダはテーブル席に座るとお茶を注いだ。

「二つでいい」とハーラン・ポッターが言った。「飲みたければ別室で飲みなさい。リンダ」

「はい、お父様。お茶はお砂糖？ クリームそれともレモン？ マーロウさん」

「何でもいいです」と言った。そういう私の声は遠くでこだまし、寂しく消え去るように聞こえた。

彼女は父親にカップを渡し、次いで私に渡した。それから音もなく立ち上がって部屋から出ていった。私はその姿を見守った。お茶をひと口するとタバコを取り出した。

「タバコは遠慮して貰いたい。私は喘息なんでね」

私はタバコをポケットに戻した。ポッターを見つめた。億万長者になるとどんな気分になるか私にはわからないが、ポッターがそれをエンジョイしているようには見えなかった。

ポッターには巨漢という言葉がピッタリだった。二メートルを超える背丈とそれに見合った体格の持ち主だった。グレーのツイードのスーツを着ていた。肩パッドはなしだ。彼の肩にはパッドは要らない。白いワイシャツに暗い色のネクタイ締めていた。

胸のポケットに飾りのハンカチはなかった。代わりにそこからメガネケースが覗いていた。色は黒だった。靴の色と同じだ。髪は黒々として白髪はなかった。その髪は片方の耳の上から頭頂部をすっかり覆ってもう片方の耳まできれいに横に梳かれ、撫で付けられていた。髪の下ははげ頭に違いない。眉毛は太く黒かった。彼の声は遠くから聞こえてくるような感じがした。ポッターはお茶を飲んだが、いやいや飲んでいるように見えた。

「私の立場を明確にしておこう、マーロウ君。それが時間の節約になる。君は私のプライバシーに鼻を突っ込んでいると私は考えている。もしそうであれば即刻やめていただこう」

「鼻を突っ込むほどあなたのプライバシーなど知りませんよ、ポッターさん」

「そうは思わん」

またお茶をひと口ふた口飲むとコップを脇にどけた。そして座っている大きな椅子に背をもたれるとその灰色の目で私をズタズタに引き裂いた。

「君が何者かは知っている、当然。君がなにで喰っているかもな――喰えてると言えればの話だが――それからテリー・レノックスに関わったいきさつもだ。君がテリーを国境の向こうに逃げる手助けをしたこともわかっている。彼の犯行ではないと思っていること、更にあの事件以来、君が死んだ娘となじみのある男に接近していること、これらはすべて私の耳に入ってきている。だがその目的については説明を受けていない。ここで君に説明して貰おう」

「その、ある男に名前があるなら」と私。「言ってくれますかね」

ポッターはかすかに頬を緩めた。だからといって私が気に入ったような様子ではなかった。「ウェード、ロジャー・ウェードだ。作家か何かだ。聞くところによると結構卑猥な本を書いているそうだ。私などが読む気になってはならない類いの本だ。その男は酔うと凶暴になることも承知している。それを知って君はおかしな考えを持ってしまったのではないかな?」

「まずは事の経過と私の考えを説明させてください。とはいっても大したもんじゃない、まあ当然だけど。けれどそれがすべてです。隠したり脚色なんかしません。その一、私はテリーが彼の妻を殺したとは思っていない。理由としてその手口です。彼はあのようなことをする男じゃない。その二、私からウェードに近づいたのではない。逆に頼まれてウェードの家に住み込み、本を仕上げるまで彼をしらふにしておくよう頼まれた。その三、もし本当に彼が酔うと凶暴になるとしても、私が見た限りそんな徴候は全くなかった。その四、ウェードとの関わりはニューヨークの出版社の依頼がそもそもの始まりだった。その時点ではロジャー・ウェードがあなたの娘さんの知り合いだなんて考えもしなかった。その五、出版社の依頼は断った。するとその後、すぐウェード夫人から依頼が来て、リハビリのために失踪した彼女の夫を探すことになった。彼を見つけて家に連れ戻しました」

「よく順序だっている」と、どうでもいいように言った。

「まだその順序の途中ですよ、ポッターさん。その六——あなた、あるいはあなたの手のものが、私を留置所から出そうとスウェル・エンディコットなる弁護士をよこした。彼は誰に雇われたかは言わなかった。だけどこの舞台の登場人物にはあなた以外そんな人はいませんよ。その七、留置所から出ると今度はメンディー・メネンデスと名乗るやくざがえらく格好つけた挙げ句、おとなしくするのが身のためだと脅してきた。それだけじゃなく、テリーがそいつともう一人、ラスベガスのランディー・スターなるギャンブラーの命を救った顛末をやたらドラマチックに話した。これについてはまあ、まんざら嘘でもないと思っています。メネンデスは、テリーがメキシコに逃亡するにあたって自分に助けを求めずに、選りによって私のような雑魚に頼んだことでひどく気分を害したふりをした。彼、メネンデスならそんなことはちょっと指を動かすだけで、まるでジャックの赤札黒札を自在に出すようにいとも容易く、しかもずっとスマートにやってのけられたのに、と言っていました」

「勿論」とハーラン・ポッターは冷たい笑いを浮かべて言った。「私の知己のリストにメネンデス及びスターなる両氏が載っているなんて思い込んではいないだろうな」

「それはどうかな、ポッターさん。私の知る限りのまっとうなやり方じゃ、どうやってもあなたのような大富豪にはなれない。次に寝ている子を起こすような真似をするなと警告してきたのはあなたのお嬢さん、ローリング夫人ですよ。あるバーで偶然会いましてね。二人ともギムレットを飲んだことから言葉を交わすようになった。ギムレットはテリーのお気に入りだった。だがこのあたりじゃこれを飲む客は滅多にいない。彼女が名乗るまでどこの誰だか知らなかった。それがわかって私は少しばかりテリーについての思いを話した。すると彼女が言うには、あなたの逆鱗に触れると私の商売はますますしょぼくなり、しかもすぐ店じまいする羽目になる、とのことだった。私って逆鱗に触れてますかね、ポッターさん？」

「もしそうなったら」と氷のような声で言った。「そのときはすぐわかる。間違いなくな」

「やっぱり。夫人の話を聞いて、もしかして怪しげな連中につきまとわれるかと思っていたけど、そんな気配はない。今のところ警察が難癖つけてくることもなかった。あなたがその気になっていたら小突き回されて豚箱に入れられていただろう。思うにポッターさん、あなたはあの件はもうそっとしておきたい、それだけを願っていた。で、私のなにがその邪魔をしたんですかね?」

ポッターがにやっと笑った。苦笑いだったが笑ったことには違いなかった。長い黄ばんだ指を組み、片脚を膝の上に載せて脚を組み、ゆったり背もたれに体を預けた。

「なかなかの名調子だった、マーロウ君。だがそこまでだ。今度は私の話を聞く番だ。私の望みはそっとしておくこと、それだけ、という君の見立ては全くその通りだ。君のウェード家との関わり合いは偶然で、それもたまたま何かの巡り合わせである、そういうことは十分に考えられる。だからそういうことにしておこう。

今のご時世、家族なんて何の意味もないというのが世の流れだ。だが私は違う。私にとって家族は何にも増して大切だ。娘の一人は気取り屋の偉そうなボストン男と結婚した。もう一人の娘は愚かな結婚を繰り返し、最後には娘の無為且つ不道徳な生き様を諾々と受入れるような腑抜けの文無しと一緒になり、挙げ句の果てにそいつが突然、意味なく頭にきて娘を殺してしまった。君はこの説明は受け入れていない。理由はその残虐な手口だ。残念ながら君の考えは間違っている。彼はモーゼル・オートマチック拳銃で娘を撃った。彼がメキシコまで持っていった銃だ。君の拠り所としている行為は銃創を隠すためにやったことだ。あれは確かに残虐な行為だ。

だが考えてみたまえ、あの男は戦争で自身、ひどい傷を負った。それから過酷な体験をし、また大勢が過酷な目に遭っているのを見てきた。もしかしたら娘を殺すつもりではなかったのかもしれない。もしかしたらはじめは単なるもめ事だったのかもしれない、というのもあの拳銃は娘のものだからだ。小型だが強力な拳銃だ。七・六五ミリ口径。弾はきれいに頭部を貫通して更紗カーテンの裏の壁に完全にめり込んでいた。そういう訳で弾はすぐには見つからなかったし、死因は拳銃によるということも公表されなかった。さて、この事実に基づいて事件をよく吟味しようじゃないか」そこまで言って言葉を切り私をじっと見た。「そんなにタバコが吸いたいかね？」

「申し訳ない、ポッターさん。無意識に手に取ってしまった。習慣のなせる業です」

私はタバコをポケットに戻した。これで二回目だ。

「事実としてテリーは彼の妻を殺してしまった。全貌をよく知らない警察から見れば彼には妻を殺す十分な動機があった。だから大手柄間違いなしと思った。だがそれと同時に、彼には法廷に出ればいくらでもやりようはあったのだ――拳銃は彼の妻の所有物で彼の妻の手にあった。彼は妻から拳銃を取り上げようとしたがもみ合いとなり、その最中に拳銃が暴発し、彼の妻は我と我が身を撃ってしまった。腕のいい弁護士ならこの事実を基にこの件をいかようにも持っていかれたはずだ。彼が生きていて裁判が開かれればおそらく彼は無罪放免となっただろう。事故直後にもし彼が私を頼ってきていたら救ってやれた。だが銃創を隠すためにこの事故を残忍な殺人事件に仕立ててしまった。彼は自ら助かる道を閉じてしまった。もう彼は逃げるしかなかった。だがその逃げ方もお粗末きわまりなかった」

「その通りですポッターさん。だけどテリーは真っ先にパサディナにいるあなたに電話をした。違います？ 彼はそう言っていた」

巨躯の男はうなずいた。「彼には私の前から消え失せろと言った。それと同時に私に何ができるか思案を巡らした。テリーの行方など知ってはいけない。それが肝要なことだ。犯罪者をかくまうことはできないからな」

「それでいいんじゃないですか、ポッターさん」

「皮肉っぽっく聞こえるのは私だけかね？ まあいい。事件の詳細が明らかになるとともにもう打つ手はないと悟った。だがこの類いの殺人事件がもたらすドロドロの法廷劇が私の家族を巻き込んで繰り広げられることなど断じて許せない。率直に言ってテリーが告白書を遺して自殺したと聞いて心底救われた」

「ごもっともですとも、ポッターさん」

彼は眉をぐっと寄せ、私を不快そうに見た。「気をつけた方がいい、若いの。皮肉は嫌いだ。この件についてこれ以上誰がどんなやり方でもあろうと調査することは許さない。わかったかね？ それとなぜ私が使えるあらゆる手段を使ってこの捜査を可能な限り簡潔に終了させ、可能な限りマスコミへの露出を抑えたかをおわかり頂けたかな？」

「了解です――但しあなたが娘さんを殺したのはテリーだと本当に確信していればの話ですけど」

「当たり前だ。テリーが娘を殺した。その動機についてはまだ疑問が残るところではある。だがもう今となってはどうでもいいことだ。私は世間に名を知られるような人間じゃないし、そうなりたいとも思わない。これまで何事についても表にでることを避けるため、常に大変な苦労をしてきた。私は社会的影響力をもっている、だが見境なくそれを使うようなまねはしない。ロスアンジェルス郡の地方検事は野心満々の男だ。だが一発派手にぶち上げることでその一生を棒に振るほど愚かではない。君の目は一発ぶち上げるチャンスを狙ってギラギラしている、マーロウ君。やめておきなさい。

我々は今、デモクラシーと呼ばれる世界に住んでいる。そこでは多数派が物事を決める。だがそれがきちんと機能するように作られたとしたらそれは奇跡だ。大衆は選挙をする。だが肝心の候補者は政党が決める。そして政党がまともに機能する為には莫大な金を必要とする。だから誰かが政党にその金を与える必要がある。そしてその誰かが、個人であろうと金融機関であろうと労働組合であろうと、あるいは君が思い付く適当な組織であっても等しくそれ相当の見返りを期待する。私や、私のような人々はその見返りとしてきっちりと守られたプライベートの中で人生を送らせてくれることを期待している。

私は新聞社の社主だ。だが新聞は好きじゃない。私に言わせれば新聞というものは、人がそっとしておきたいプライバシーに対する絶え間ない脅威だ。連中は報道の自由を壊れたレコードのように喚く。その自由とは、僅かな真面目な新聞社を除いて、スキャンダル、犯罪、セックス、センセーショナリズム、憎悪、都合のいい世論誘導、それに加えて政治的および経済的プロパガンダなどを売り物にすることの自由だ。新聞は広告収入で成り立っている。だからこのビジネスは新聞と広告主との持ちつ持たれつがその基本だ。この持ちつ持たれつがどのようにして維持されているか、言うまでもなかろう」

私は立ち上がって椅子の周りをぶらついた。ポッターは冷徹な眼差しで私を追った。また椅子に座った。これからどんな展開になるのか？　結局何が目的なのか？　それをうまくさばけるか？　無事に帰るにはちょっとしたツキが必要だった、いや、ダンプ一杯のツキが必要だった。

「オーケー、ポッターさん。これからどうなるんですかね」

ポッターの耳には私の問いかけなど入らなかった。自身の考えに半ば怒り、半ば当惑していた。「金には奇妙なところがある」そう言うと続けて、「金がある程度集まるとそれ自身生命をもつようになる。それどころかそれ自身の信条さえ芽生える。金の力は次第に増大してゆき、手の負えないようになってくる。人間はそもそも易きに流れる生き物だ。人口の増大、膨大な戦費、過酷な税の絶え間ない重圧――これらの一つ一つが人間をどんどん易き方へと追いやってゆく。一般大衆は疲弊し、不安に駆られる。疲弊し、不安に取り付かれた者にとってまっとうな生き方など夢物語となる。

夫は家族を喰わせなければならない。今の時代、我々は公的及び私的なまっとうさ、言い換えれば健全性が衝撃的に崩壊するのを目の当たりにしている。まっとうさを欠いた生き方をしている人間にまっとうな行動を期待することはできない。大量生産システムにまっとうさは期待できない。人はまっとうな製品を望まなくなる。なぜなら長持ちしすぎるからだ。それで人々は目先の変わったものを追いかけることとなる。目先を変える、これは意図的に陳腐化を狙った明らかな詐欺だ。が、それは商売のやり方にすぎず、合法なのだ。大量生産のシステムのもとでは今年販売した製品がその一年後、時代遅れでダサく見えるようになってはじめて次の年にも製品を大量に売ることができる。

今、我々は世界で一番真っ白なキッチンと一番ピカピカなバスルームをもっている。だがこの素晴らしい真っ白なキッチンをもっていながらほとんどのアメリカの主婦はまともな料理が作れない。ピカピカのバスルームはもっぱら消臭剤、下剤、睡眠薬それから化粧品産業と呼ばれる詐欺まがいの連中が作った製品の物置になっている。アメリカの容器は世界一格好いいし、美しい、マーロウ君。だがその中身はほとんどクズだ」

ポッターは大判の白いハンカチを取り出すと額に当てた。私は、この男はなにに怒っているんだろうと思いながら口をぽかんと開けて座っていた。すべてが気に入らないようだった。

「ここはちょっと暑すぎる」と言った。「いつもはもう少し涼しいところにいるんでね。我ながらだんだん、自分で何を言いたいのかわからなくなった論説委員になったような気がしてきた」

「そんなことはありません、よくわかりましたよ、ポッターさん。あなたは今時の風潮が気に入らない。それでプライベートを守ることで、できる限り五〇年前の思い出深い、大量生産時代以前のライフスタイルを送りたい。だからそのためにお持ちの影響力を行使しておられる。あなたは億万長者になった。何でも意のままにできる。だが一〇〇点じゃない。この世の中一〇〇点はあり得ない、九九点だ。常に残るあと一点が絶え間なくあなたを苛立たせる。結局億万長者になってあなたの得たものはあらゆることに対する苛立ちだけだ」

ポッターはハンカチを対角線上に引っ張るとくるくると丸め、ポケットへしまった。

「それで？」と訊いた。

「それだけです。付け加えることは何もない。あなたにとって誰が娘さんを殺したかなど、どうでもいい、そうでしょ、ポッターさん。あなたは娘さんを赤字事業の損切りよろしくとっくの昔に切り捨てていた。たとえテリー・レノックスが犯人じゃないとしても、真犯人が大手を振って街を歩き回っているとしても、あなたにはどうでもいいことだ。いや、あなたはそいつに捕まって欲しくない。そんなことになったらスキャンダルが蒸し返され、裁判が開かれる。すると容疑者の弁護士はあなたのプライバシーをエンアパイア・ステート・ビルくらい高くぶっ飛ばすことになる。勿論、そいつが裁判前に良心の呵責に耐えかねて自殺しなければの話だけど。自殺するにしてもタヒチとかグアテマラあるいはサハラ砂漠の真ん中とか、とにかくロスアンジェルス郡として真相解明のために係官を派遣する費用なんかとんでもない、というところで死んでくれるのが望ましい」

突然、ポッターが相好を崩した。破顔一笑ともいえる。そこには明らかにある種の親しみが込められていた。話が通じたと思ったのかもしれない。

「何が望みなんだ？　マーロウ？」

「金のことを言っているなら金は要りません。ここへは来ようと思って来たわけじゃない。連れてこられた。ロジャー・ウェードとの関わり合いについては話したとおりです。だが付けくわえることがある。ウェードは確かに娘さんとは知り合いだった。更に彼には確かに凶暴癖がある。もっとも私が見る限りその気配はありませんでしたが。昨夜、彼は拳銃自殺未遂を起こした。彼は何かに取り憑かれている。重い罪の意識を背負っている。仮に私が娘さんの殺害犯を探しているとしたら、彼もその資格ありということになります。といっても数ある容疑者の一人にすぎない。けれど偶然にも私がこれまで出会った唯一の容疑者です」

ポッターが立ち上がった。座って見上げるとまさに巨人だった。しかもタフだ。近づいてきて私の目の前に立ち塞がった。

「ウェードには手を出すな。電話一本だ、マーロウ君。それで君の免許は終わりだ。のらりくらりはやめることだ。その先へ進んじゃいけない。容赦はしない」

「じゃ二本目の電話で私はドブの中で目を覚まし、気がつくとその底にキスしている——後ろに手をやると頭半分がなくなっている、ってことですか」

ポッターはざらついた笑いをした。「わかったようだな。だがそれは、私の流儀じゃない。思うに君の商売の古式ゆかしき流儀ではそんなふうに考えても無理からぬことかもしれない。

君には時間を割きすぎてしまった。執事に表まで案内させよう」

「結構です」と言って立ち上がった。「来るとき案内されましたから。貴重なお時間に感謝です」

　ポッターが手を差し伸べた。「来てくれてありがとう。君は結構正直な人間だな。ヒーローになろうなんて思わないことだ、若いの。いいことなんかない」

　握手をした。手をパイプレンチで締め上げられたようだった。見ると私に微笑みかけていた。穏やかに暖かく。彼はミスター・ビッグ。成功者。すべてが意のままだ。

「そのうちなにか仕事を振り向けてもいい、まあ、君が気に入らなけりゃそれまでだが」と言った。「それに念を押しておくが、私が政治家や警察、検察などを買収しているなどと考えるのは間違いだ。そんな必要はないからだ。さようなら、マーロウ君。重ねて礼を言うよ、来てくれてありがとう」

　ポッターはそこに立って私が出ていくのを見守った。私が玄関の扉を開けようとした丁度そのとき、どこからともなくリンダ・ローリングが姿を現した。

「それで？」と静かに訊いた。「父とはどうだったの？」

「よかったよ。あんたのお父さんは文明について講釈してくれた。彼の見解をね。彼としてはこの文明社会をもうすこし好き勝手にさせておいてやろうと思っている。だがその場合、彼のプライバシーに触れないよう注意しなければならない。さもないと彼は神様に電話をして前言取り消しを伝えかねない」

「茶化すのね、救えない人」

「私が？　救えない？　奥さん、あんたのおやじさんを見てから言ってほしいな。彼と比べたら私なんか新品のガラガラで遊ぶ青い目の赤ん坊のようなもんだ」

　玄関を出るとそこにエイモスの運転するキャデラックが待っていた。

　ハリウッドまで送ってくれた。一ドル渡そうとしたが受け取らなかった。T・S・エリオットの詩集は？　と訊くともう持っていると答えた。

33

一週間が過ぎた。ウェード家からはなんの音沙汰もなかった。この時期ハリウッドは暑く湿気でべたついている。スモッグの、鼻を突く酸のような臭いは遙か西、ビバリー・ヒルズまでじりじりと迫っていた。マルホランド・ドライブからハリウッドを見下ろすと、地を這う霧のようにスモッグが街全体を覆っていた。そこにいるとスモッグの味がし、臭いがして目がチカチカ痛む。誰もがそのような状況に苛立ち、腹を立てていた。

パサディナでは市の名士連中が怒り狂っている。かつてビバリー・ヒルズを成り上がりの映画人にがさつな街にされたとして、そこにいた鼻持ちならない金持ち共がパサディナに逃げたのだ。逃げてきたのはいいが今度はスモッグに襲われる羽目になった。それで怒り狂っているのだ。すべてスモッグのせいだ。もしカナリアが鳴かなくなったら、もし牛乳配達が遅れたら、もし愛犬に蚤がたかったら、もしノリの利いたシャツを着た頑固一徹な老人が教会へ行く途中、心臓発作を起こしたら、それもこれもみんなスモッグのせいだ。

私の家の界隈では朝早くには空気は澄んでいるし、夜になれば大抵スモッグは晴れる。たまには一日中スモッグがやってこないときもある。誰もなぜかは知らない。

その日もそんな日だった――木曜日だった――ロジャー・ウェードから電話がかかってきた。

「よう、調子はどうだ？ ウェードだ」元気なようだった。

「いいよ、あんたは？」

「しらふだ、残念ながら。今は重責を抱えて悪戦苦闘している。話がある。まだ金も払っていないしな」

「そのいわれはない」

「そうか、じゃ、昼飯なんかどうだ？ ここに一時頃に来られるかな？」

「わかった。ところでキャンディはどうしてる？」

「キャンディ?」ちょっと戸惑っているようだった。あの晩のことは完全に記憶がないのだろう。「そうか、キャンディは私をベッドに運ぶのを手伝ったんだ」

「そう、彼だ。役に立つちびだ——ときどきだけどな。で、奥さんは?」

「元気だ。今は街へショッピングだ」

電話はここまでで、私はロッキング・チェアに座って揺れを楽しんだ。本は進んでいるか訊くべきだった。多分作家と話をしたら誰でも必ずその質問をする。そうすると作家は毎回同じ質問なので心底うんざりする。

程なくまた電話が鳴った。聞き覚えのない声だった。

「私はロイ・アシュタ―フェルト。ジョージ・ピーターズに頼まれての電話だ、マーロウ」

「いやどうもどうも。ありがとう。あんたがテリー・レノックスのニューヨーク時代を知っているって人だね。そのとき彼はマーストンと名乗っていたとか」

「その通り。奴はその当時も浴びるように飲んでいた。だが間違いなく同一人物だ。間違えっこない。ハリウッドでも一度見かけた。セレブ御用達のレストラン、チェーセンズに夫婦同伴で来ていた。俺は依頼人と一緒だった。依頼人も彼らと面識があった。残念ながら客の名前は言えないけどな」

「そりゃそうだ。聞かなくても問題ない、と思う。それで、なに・マーストンと言ってた?」

「ちょっと待ってくれよ、指噛んで脳みそ刺激するから。そうだ、ポール!ポール・マーストンだ。それと、もうひとつ思い出した。おたくには興味があるかどうかしらんがね、奴は英国陸軍の従軍章を付けていた。我が国でいう名誉除隊章のイギリス版だ」

「なるほど。なんで貰ったんだろう?」

「知らない。俺はすぐこっちに来たしな。次に見たときは奴もこっちにいた——ハーラン・ポッターのなんとかいう自堕落娘と結婚してた。そのへんはあんたの方が良く知ってるだろ」

「いまとなっちゃ二人とも死んでしまった。いずれにしろ聞かせてくれてありがとう」

「どってことない。初耳だったんだな、よかった。なにか参考になったかな?」

「いや、全然」と私。さらりと嘘をついた。「彼の身の上について私から訊ねたことはない。一度だけ孤児院で育ったと言っていた。あんた、人違いってことはないかな?」

「真っ白な髪にあの顔の傷痕で? あんたそう訊く? あり得ない。一度見た顔は絶対に忘れない、なんてことは言わない。だがあの顔は別だ」

「彼もあんたに気がついたかな?」

「気がついたとしてもそんな素振りは見せなかった。レストランでのお互いの位置関係を考えればまず俺は見られてない。なによりまず俺を覚えているかどうかあやしいもんだ。言ったようにニューヨークでは奴はいつ見てもへべれけだったからな」

もう一度ありがとうと言った。彼もどういたしましたと返した。そして電話を切った。


事務所のあるビル前の大通りを走る車の騒音は、私の思考に、音楽とはほど遠い伴奏となって入り込んできた。その音は耐えがたかった。夏のこの暑さの中ではちょっとした騒音でも我慢できない。私は椅子から立ち上がって窓の下半分を閉め、殺人課のグリーン刑事に電話をした。彼はいい警官だ。話を聞いてくれた。

「実は」とひと通りの挨拶の後、私が言った。「テリー・レノックスについて情報があった。それがどうにも不可解なんだ。ある知人がニューヨークにいる頃、彼を知っていたがその時分、彼は別の名を名乗っていたそうだ。あんたはテリーの従軍記録を調べたか?」

「学習しない奴だな、お前は」グリーンが苦々しげに言った。「お前ってやつは物事をわきまえるってことを知らない。あの事件は解決した。カギがかけられ、重しを括り付けられて太平洋に沈められた。わかったか」

「先週、ある日の午後、ハーラン・ポッターと会った。アイドル・バレーにある彼の娘の家でだ。確かめてもいい」

「何しに行った?」不愉快そうに訊いた。「本当だとして一応聞いておこう」

「あれこれ話した。私が気に入ったようだった。それはそうと彼が言うには、シルビア・レノックスはモーゼル七・六五ミリで撃たれたそうだ。初耳じゃないのか？」

「続けろ」

「銃は彼女のものだそうだ。そうだとするとちょっと成り行きが違ってくるんじゃないか？　おっと、誤解しないでくれ。私はこの事件にこれ以上首を突っ込むつもりはない。あくまで個人的な問題なんだ。テリー・レノックスはどこで顔の傷を負ったかだ」

グリーンは無言だった。電話越しに扉が閉まる音がした。それからグリーンが落ち着いた声で言った。「多分国境の南でナイフの斬り合いをしたんだろうよ」

「おい、ふざけるなよ、グリーン。あんた、彼の手配写真を持っていた。いつも通りワシントンに送って照会したはずだ。そして回答を受け取った——いつも通りに。私が知りたいのは軍歴だけ、あとのことはどうでもいい」

「レノックスが従軍したと誰が言った？」

「えーっと、メンディー・メネンデスもその一人だ。そこでレノックスは奴の命を救った。そのとき負傷したと言っていた。レノックスはドイツ軍に捕まり、顔の傷はドイツ軍の手当の跡だそうだ」

「メネンデス、ふーん？　お前、あんなごろつきの言うことを真に受けるのか？　やめとけ。レノックスには軍歴はなかった。テリー・レノックスなる男については、なんと名乗っていようと、どこにもなんの記録もなかった。納得したか？」

「あんたがそう言うならな」と、私は言った。「だけどやっぱり腑に落ちない。なんでメンディー・メネンデスがわざわざ私のところまでやってきて眉唾冒険談を語った挙げ句、レノックスの件を蒸し返すなと脅したんだろう？　レノックスがメネンデスとラスベガスのスターの戦友だったたって理由でか？　この件をかき回されたくないからか？　しかもとっくにレノックスが死んだ後で」

「やくざの考えなんか知るか」とグリーンは苦々しく言った。それから言葉をついで「いや、待てよ、ひょっとしたらレノックスは金と結婚して上品ぶる前はあいつらとつるんで一端なことをやってたのかもしれない。奴はラスベガスのスターのところでしばらく客担当マネージャをやってた。そこで例の女と出会った。笑顔、蝶ネクタイ、それにディナー・ジャケット。お客をいい気持ちにさせながらサクラがアコギなことをしないように見張る、奴にはぴったりの仕事じゃなかったのかな」

「彼には何かしら人を惹き付けるところがあった」と私が言った。「もっとも、警察にはそんなものは通じないから彼らもテリーを前に出さなかったんだろう。とにかく色々ありがとう。ところで、グレゴリオス警部はどうしてる？」

「引退してもういない。新聞を読まないのか？」

「三面記事はね、部長刑事。読むに堪えないからな」

グッドバイと言おうとすると、グリーンがそれを遮って訊いた。「あの金持ち、お前になにをしろって言った？」

「一緒にお茶を飲んだだけだ。ほんの挨拶さ。それにいつか仕事をくれるかも、と言っていた。それからあることを匂わせた、ほんのちょっと。詳しくは言わなかったが――私のかんに障るようなまねをするお巡りがいたら、そいつには悲しい未来が待っている、みたいなことを言っていた」

「別にポッターが警察を動かしているわけじゃない」とグリーンが言った。

「彼もそう言っていた。警察公安委員長や地方検事を買収することなんかない、そう言っていた。ポッターが安楽椅子で居眠りをしていると膝の上にやってきて甘えるような連中だそうだ」

「くたばれ」とグリーンが言って電話を切った。ガチャンと耳に響いた。

警官稼業も楽じゃない、痛めつける相手を間違えると痛い目に遭う。

34

幹線道路から丘の稜線まで伸びた砂利道は午後の熱気の陽炎の中で揺らいでいた。道の両側の乾いた大地に点在する灌木は、今や花崗岩の粉にすっかり覆われて真っ白になっていた。むっとするほど雑草の臭いがした。かすかにスモッグの臭いがする風が吹いていていた。私は上着を脱ぎシャツを腕まくりした。腕まくりしたはいいがドアが熱くて腕を置けなかった。樫の木立の影で、繋がれた馬が投げやりな感じでうたた寝していた。地面に座っている、日焼けしたメキシコ人が新聞紙の包みから何かを取り出して食べていた。

回転草が風に吹かれて転がりながらゆっくりと道路を横切り、地面から突き出ている花崗岩に行く手を妨げられた。すると、そこにいたトカゲが次の瞬間、もうそこにはいなくなっていた。

それから舗装道路を走って丘をぐるりと回り込み、別天地へと入っていった。五分後、車はウェード家の門を入り敷地内車道を玄関へと進んだ。石畳を横切ってベルを鳴らした。ウェードが扉を開けてくれた。茶と白のチェックの半袖シャツを着てズボンは薄い青のジーパン、足には部屋履きスリッパを履いていた。日焼けして元気そうだった。手にはインクのシミが付いていて鼻の脇にタバコの灰らしきものがのっていた。

私を書斎に案内すると自分は机を回り込んで椅子に座った。机の上には黄色のタイプ用紙がうずたかく積まれていた。私はそばにある椅子に上着を掛けるとカウチに腰掛けた。

「来てくれてありがとう、マーロウ。飲むか？」

私の顔にはアル中に酒を勧められたとき誰でもが浮かべる、あの表情が浮かんだ。自分でもわかった。禁酒破りの共犯はされるのはちょっと、という表情。ウェードがにやっとした。

「私はコーラを飲む」

「察しがいいな」と私は言った。「今、飲みたいとは思わない。あんたと同じコーラを頼む」

ウェードが足を動かし何かを踏んだ。ややあってキャンディが現われた。無愛想だった。彼は青のシャツにオレンジ色のスカーフを首に巻いていた。白いボーイ服は着ていなかった。白と黒のツートンカラーの靴を履いていた。闘牛士を思わせる優雅なハイ・ウェストのギャバジン地のスラックスを身につけていた。

ウェードがコーラを頼んだ。キャンディは私にとげのある一瞥をくれると出ていった。

「これ、原稿？」と訊いた。

「うん。お粗末なできだ」

「そんなことないだろう。どの位進んだ？」

「三分の二位かな――使えるのは。ってことはまだまだってことだ。作家が自分の潮時をどうやって知るかわかるか？」

「作家のことは何も知らない」私はパイプにタバコを詰めた。

「そいつが何かヒントを求めて自分の旧作を読むようになったときだ。間違いない。ここに五〇〇ページの原稿がある。十万語以上だ。私の本はみなロングセラーだ。大衆は分厚い本が好きだ。愚かな大衆は本が厚ければ厚いほどいいことがたくさん詰まっていると考える。私は自分の旧作など絶対読まない。書いたことの半分も覚えていない。私が旧作を読まない理由は単純におっかないからだ。読んで駄作と思い知るのは最悪だ」

「ほんと、元気そうだ」と私。「あの晩の様子からは考えられないほどだ。あんたには自分が思うよりずっと根性がある証拠だ」

「今、私が欲しいのは根性以上のものだ。私が欲しいのは、欲しければ手に入るようなもんじゃないんだ。今、必要なのは自分を信じる心だ。だが私は腐っちまった作家だ、もう自分を信じることができない。私には素晴らしい家がある。美しい妻がいる。ベストセラーを連発した輝かしい実績もある。だが、今となっては本当に私がやりたいことは酔っ払ってみんな忘れちまうことだ」

彼は机に両肘を立て、頬杖をついて机越しにこちらをじっと見た。

「あの晩、私は拳銃自殺しかけたってアイリーンが教えてくれた。そんなにひどかったのか?」

「覚えていないのか?」

首を振った。「全然。覚えているのは倒れて頭を切ったこと。それからしばらくしてベッドに寝ていたこと。それからあんたがいたこと。それだけ。アイリーンがあんたを呼んだのか?」

「え、まあ。彼女がそう言わなかった?」

「ここ一週間アイリーンはほとんど話しかけてこない。愛想がつきたんじゃないのかな、いっぱいいっぱいで」そう言うと手の平を顎の下、のどもとにかざした。「ローリングがしでかしたあの茶番も効いたのかもしれない」

「奥さんもあれはたわごとだって言ってた」

「なにはともあれそう言うだろうな、違うか? あれはたまたまだが本当にたわごとだった。だがあのとき、彼女が口ではたわごとだと言ったとしても、本心とは違うと私は思っている。普通、よほど確信がなきゃあそこまでしないからな。だがあの男は異常なほど嫉妬深い。誰かが彼の奥さんとパーティー会場の片隅で一、二杯カクテルを飲んでちょっと冗談で笑って、じゃ、さよならとキスをしただけでもうあの男ときたら二人はできていると思い込んじまう。その理由? あいつはもう夫人とは「できてない」からだ」

「アイドル・バレーの好きなところは」と私。「ここの人たちは皆さん穏やかで快適な日々を送っているところだ」

ウェードがちょっと眉をひそめた。そのときドアが開いてキャンディがコーラ二本とグラスを二個運んできた。両方のグラスにコーラを注ぐとその一つを、私を見ることなくテーブルの私の前に置いた。

「三〇分後に昼飯だ」とウェードが言った。「それとボーイ服はどうした?」

「今日は非番です」とキャンディは抑揚のない声で答えた。「それにコックじゃねえし、ボス」

「オードブルかサンドイッチ、それにビールだ」とウェードが言った。「コックは今日非番だ。キャンディ。私は友達と昼飯をする、わかったか?」

「こいつが友達だって?」キャンディがせせら笑った。「奥さんに訊いたほうがいい」

ウェードは椅子にもたれて背を伸ばし、キャンディに向かって笑顔を作った。「口に気をつけろ、このちび。ここんとこ甘やかしすぎたようだ。私はお前に頼み事なんか滅多にしない、そうだろ」

キャンディは床をぐっと見つめた。それから顔を上げると笑顔を浮かべて言った。「オーケー、ボス。ボーイ服を着ます。昼食を用意しましょう」

キャンディはゆっくり背を向けると出ていった。ウェードは扉の閉まるのを見届けると肩をすくめて私に目を向けた。

「以前はあの連中を召し使いと呼んでいた。今じゃヘルパーさんだ。我々が連中のベッドまで朝飯を運ぶ時代がいつ来るか心配でならない。キャンディは貰いすぎている。だから図に乗るんだ」

「給料——それとなんかしらおまけとか?」

「たとえばなんだ?」とウェードはキッとして言った。

私は立ち上がって折りたたんだ黄色いタイプ用紙を渡した。「読んでみろ。これを破るように私に頼んだが、覚えちゃいないだろうな。そこのタイプライターの上に載っていた。カバーの下だ」

ウェードは折りたたんだ紙を開くと椅子に寄りかかって読んだ。彼の前にあるグラスのコーラはすっかり忘れ去られて、ただシューと音を立てていた。ゆっくり眉をひそめて読んだ。読み終わると元通りにたたんでその折り目を指でなぞった。

「アイリーンは読んだのか?」と恐る恐る訊いた。

「わからん。読んだかもな」

「結構むちゃくちゃな文だ」

「私は気に入った。特に善人があんたのせいで死んだ、ってくだりが」

ウェードはまたタイプ用紙を開くと憑かれたように裂き、細かい吹き流しのようになった紙片をゴミ箱に放り込んだ。

「酔っ払いは勝手なことを書き、ほざき、しでかす」とゆっくり言った。「あんな文章、意味不明だ。キャンディになんかにゆすられてない。あいつは私が好きなんだ」

「なんならもう一度酔っ払ってみたらどうだ。そうすりゃあの意味を思い出すかもしれない。それだけじゃなくて色んなことを思い出すかもしれない。前にもこの書き物についていろいろ話をした――銃が暴発したあの晩に。睡眠薬のせいであのときのことは忘れたんだろう。あのとき、あんたはしらふそのものだった。だけどいま、あんたは書いたことを忘れたふりをしている。つまりあんたは自分が信じられないんだ。あんたは言っていた、書くためには自分を信じる必要があると。道理であんたは本を書けないわけだ。あんたが生きていること自体奇跡だ」

ウェードは手を横に伸ばし机の引き出しを開けた。中をなにやら探っていたが三枚複写の小切手帳を取り出した。小切手帳を開くとペンを取り出した。

「礼として千ドルだ」と落ち着いた声で言った。小切手に書き込み、次いで控えにも書いた。それを切り取ると手にとり、椅子から立ち上がり、机を回ってきて私の目の前に置いた。「これでいいか？」

私はカウチの背に半ば仰向けになってウェードを見上げた。小切手には手を触れず、彼の問いに答えなかった。彼の顔は引きつり不安そうだった。目は深く落ち込み、うつろだった。

「私がシルビア・レノックスを殺し、その罪をテリー・レノックスにかぶせた。そう思っているんだな」とのろのろと話しだした。「あの女は売女だ。まちがいなく。だが、売女って理由だけで女の頭を叩き潰す奴はいない。キャンディは私が例の館に通っていたことを知っている。おかしいと思うだろうが私はあいつが告げ口するとは思っていない。買いかぶりかもしれない。だが私はそう信じている」

「あいつが何を言おうと問題ない」と私が言った。「ハーラン・ポッターのお友達はあいつの言うことなんかに耳は貸さない。それからシルビア・レノックスはブロンズ像で殺されたんじゃない。彼女が持っていた拳銃で頭を撃ち抜かれた」

「彼女、銃は持ってたかもな」とウェードが夢うつつのような感じで言った。「だけど撃たれたとは知らなかった。新聞にそんなこと、出ていなかった」

「知らなかったのか？ それとも忘れたのか？」と彼に訊いた。そして続けた。「その通りだ。公表はされていない」

「私に何をしようとしているんだ、マーロウ？」声はまだ夢うつつのような感じ、優しささえ感じた。「私に何をさせたいんだ？ 女房に話せというのか？ 警察にか？ それが何になるって言うんだ？」

「善人があんたのせいで死んだと言った」

「言わんとすることは、もしまともな捜査がおこなわれていたら私は容疑者の一人——あくまでも大勢のうちの一人にすぎないが——にされていた可能性があるということだ。それ以上のことは何もない。だがそうなれば色んな意味で私は終わりだ」

「ここへは人殺しだとあんたを責めに来たわけじゃない、ウェード。あんたを苛んでいるのは、やったかどうか自分自身でも定かじゃないことだ。あんたは奥さんに暴力を振るったとされている。だがあんた自身は定かじゃない。酔うと記憶が飛ぶからだ。売女ってだけであんたは女の頭を叩き潰す、なんてことはしない。そんなことは言わずもがなだ。あんなまねはあんた以外の誰かのやったことだ。そしてこの仕業の責任をとるべき人物はあんたみたいにいかにも、といった人物ではなく、え、あの人が、と驚くような奴だと思う」

ウェードは開いているフレンチ・ウィンドウまでいってそこで佇み、湖面にギラギラと反射する夏の太陽を見つめていた。ウェードは私の話が聞こえなかったかのように、何分間か身じろぎもせず無言だった。

ドアのノックが聞こえ、キャンディがワゴンを押して入ってきた。ワゴンにはナプキンに覆われた大皿、銀製の皿、コーヒー・ポット、ビールが二本載っていた。

「ビールの栓、今抜きましょうか？ ボス」とウェードの背中に向かってキャンディがお伺いを立てた。

「ウィスキーのボトルを持ってきてくれ」と背中を向けたまま言った。

「すいません、ボス。ウィスキーはだめです」

ウェードはくるっと向き直るとキャンディを怒鳴りつけた。キャンディは動じなかった。キャンディはカクテル・テーブルに置かれた小切手に目を落とし、数字を読もうと首を傾げた。それから私を睨みつけて歯と歯の間から何やら蛇のようなシューという音をだした。ついでウェードに面と向かうと言った。

「私はこれで。今日は非番なので」

キャンディは背中を向けると出ていった。ウェードが声を立てて笑った。

「で、私が取りにいく羽目になった」といらだたしげに言うと出ていった。

一人になった私はナプキンの端を持ち上げた。大皿には三角サンドイッチが盛られていた。一つ手に取り、グラスにビールを注ぐと立ったままサンドイッチを食べた。ウェードがボトルとグラスを持って戻ってきた。カウチに座るとそのきつい酒をグラスに注ぎ、グビッと飲み干した。家から車が出てゆく音が聞こえた。多分キャンディが敷地内車道を門へ向かうところなのだろう。もう一つサンドイッチを取った。

「座って楽にしてくれ」とウェード。「さあ、午後は長い、ゆっくりやろう」そう言う彼はもう生気にあふれ、その声は明るく、楽しげに響いた。「あんた、私が好きじゃないな、そうだろ？　マーロウ」

「それは前に訊かれたから前に答えた」

「いいか、あんたは情け無用が売りの碌でなしだ。欲しいもののためなら何でもやる奴だ。私が酔って死ぬ思いをしている隣の部屋で私の女房を寝取ろうとした」

「あのナイフ投げの言うことなら何でも信じるのか？」

ウェードはまたグラスにウィスキーを注ぐとグラスを陽にかざした。「何でもじゃない。まさか。いい色だな、ウィスキーは。違うか？　黄金色の奔流に溺れる――悪くはないな。『真夜中に苦しみなき死を』それからなんだっけ？　おっと、済まない。知るはずがないよな、文学おたくじゃないからな。あんた、やり手の探偵だったよな、そうだろ。ところであんた、なんでここにいるんだ、教えて貰っていいかな？」

そしてまたウィスキーを飲んだ。そして私を見てにやっと笑った。それからカクテル・テーブルに置いてある小切手に目を遣った。手に取るとグラス越しに数字を確認した。

「マーロウという名の誰かさん宛のようだ。なぜだろう？　なんの金だろう？　私がサインしたみたいだ。バカな奴だ、私は。すぐ騙されるんだよな」

「芝居はよせ」と私は声を荒げていった。「奥さんはどこだ？」

ウェードは嫌みっぽく丁寧に私を見上げた。「妻はもうおっつけ帰ってくる。その頃には私は間違いなく酔い潰れている。だから彼女は気の向いたときあんたを抱くことができる。この家はあんたの思うままだ」

「銃はどこだ？」と唐突に私は訊いた。

訳がわからない様子だった。机に入れたと説明した。「そんなものない、確かだ」と言った。「探していいよ、それで気が済むなら。だが輪ゴムは持っていくなよ」

机まで行って調べた。なかった。何かある。多分アイリーンがどこかに仕舞ったのだろう。

「いいか、ウェード。奥さんはどこかと訊いているんだ。奥さんには帰ってきてもらわなきゃならない。私の為じゃない、にいさん、あんたの為にだ。誰かがあんたに目を光らせておく必要がある。もしその誰かさんとはこの私だと目論んでいたとしたらとんでもない話だ」

ウェードは焦点の定まらない目で私を見ていた。まだ小切手を持っているのに気がついた。グラスを置くと小切手を破り始めた。ビリビリに細かく。それから床にはらはらと落とした。

「この金額じゃ足りないって訳か」と言った。「随分値がつり上がったもんだ。千ドルプラス女房でも不足だとはな。残念だがこれ以上は無理だ。これ以外はな」といってボトルを軽く叩いた。

「これで失礼する」と私は言った。

「え、なぜだ？　さっき私に思い出させたいって言っていたじゃないか。ほら——このボトルん中にみんな入っている。帰るな、マーロウ。ここに居ろって。アルコールがたっぷり回ってきたらあんたにその女共の名前全部教えるよ、私が殺した女の名前全部だ」
「わかった、ウェード。しばらくおたくに居るとしよう。だがここじゃない。もし用があれば壁に椅子をぶん投げてくれ」

私は書斎を出た。ドアは開けたままにした。広い居間を抜けてフレンチ・ウィンドウを開け、テラスに出た。そこにあったデッキチェアを日よけの下へ運んでゆき、その上でゆったりと体を伸ばした。

湖の対岸には青いもやのかかった丘が連なっていた。海風が西側の低い山脈の木々を通り抜けてこちらまで届き始めた。海風は澄んだ空気を運んできて心地良い程度に熱気を拭い去ってくれた。アイドル・バレーの夏は申し分ない。だれかがそう設計した。天国株式会社、みだりに立ち入り禁止。名家の一門に限る。中央ヨーロッパ出などもってのほか。ほんの上澄み、上流階級だけ。優雅な、本当に優雅な人種だけ、ローリングとかウェードとか。純金だけ。

35

三〇分ほどそこに横たわってこれからどうするかを思案していた。このまま彼を好きなように酔っ払わせたい気もした。なにか新事実が出てくるかもしれないからだ。

たとえ酔っても自分の家で、自分の書斎にいる限りとんでもない事態にはならないだろうと判断した。またバランスを失って倒れるかもしれない。だがすぐって訳じゃない。彼は体もデカいし酒も強い。そうなるまでには大分時間がかかる。酔うとまたぞろ罪の意識に取り憑かれるかもしれない。だが今回は単に眠り込んでしまう可能性の方が高い。

一方、ここから退散してもう関わりたくない気もした。だが私の生き方からはそんなことは認められなかった。

もし今までにそのようなことを認めたことがあれば、とっくに生まれ故郷の雑貨屋にでも勤めていただろう。

そこの店主の娘と結婚して子供を五人ほどもうけて日曜の朝は新聞のマンガを読んでやる。言うことを聞かないときは頭を殴ってやり、女房とは子供の小遣いを巡っていがみ合う。それからラジオやテレビのチャンネル争いをする。金持ちになっているかもしれない――といっても片田舎の小金持ちだ。家は八部屋ある。ガレージには車二台。日曜ごとにチキンを喰う。居間のテーブルにはリーダース・ダイジェストが載っている。妻はパーマネントで髪をかため、私の脳みそはセメントで固まっている。いい人生だろ、あんたに譲るよ。私はこのデカくて浅ましく、猥雑でひねくれた街を選ぶ。


起き上がって書斎へ戻った。ウェードはまだカウチに座ったままぼんやりと虚空を見つめていた。スコッチのボトルは半分以上空になっていた。顔にはなんとはなしに不快な表情が浮かんでいて、両目は潤んだような鈍い光を帯びていた。彼はまるで柵越しに私を眺める馬のような目で見た。

「どうして欲しい?」

「何も。大丈夫か?」

「邪魔するな。今、肩にこびとがいてお話をしてくれているんだ」

私はワゴンからまたサンドイッチとビールを取った。彼の机にもたれかかってサンドイッチを食べ、ビールを飲んだ。

「一つ教えてやろう」と唐突に話し出した。その声はがらっと変わり、驚くほど明瞭になった。「秘書として若者を雇ったことがある。口述筆記させた。そいつは私の脇にピタッと座ってそれから? それから? ってせかしやがった。で、クビにした。間違いだった。脇に置いとけばその内私はホモって噂が立っただろう。その噂が、書評を書く以外、なんの取り柄もないから書評を書いている小利口な連中の耳に届く。すると連中は私を盛り上げてくれる。ホモはホモ同士助け合うことになっているからな、そうだろ。あいつらみんなホモだ。どいつもこいつも。このご時世、ホモは文芸界じゃいわば裁判官だ。できがいいの悪いのわめき合ってもホモのひと言ですべてが決まる。あんた、今じゃ変態が一番偉い」

「そうなのか? ホモなんて大昔からいるだろう、違うか?」

ウェードはずっとあさっての方向を見てひたすら喋りつづけていた。だが私の話は聞いていたようだ。

「勿論。何千年も前からな。芸術が隆盛を極めた時代は特にだ。アテネ、ローマ、ルネサンス時代。エリザベス朝の頃、ロマン主義が興った一八世紀のフランス——どの時代もホモであふれていた。変態は何処にでもいる。『金枝編』を読んだことがあるか? あるわけないよな。長すぎるからな。ダイジェスト版がある。そいつは読んだほうがいい。その本によれば我々の性的行動は純然たる慣習とのことだ——ディナー・ジャケットには必ず黒の蝶ネクタイみたいに。私の売りは濡れ場だ。だけど書くのはスカートさんとズボン君の話だ」

私を見上げて自嘲するように言った。「それからな、私は嘘つきだ。本に登場する主人公はみな背丈が二四〇センチ、ヒロインはベッドではいつも両膝立ててるから腰にはタコができている。レースにフリル、剣に飾り立てた馬車、優美と園遊、決闘と勇敢な死。みんな嘘だ。その時代、石鹸がないから臭いをごまかすために香水を使っていた。歯は腐ってみんなボロボロだった。磨いたことがないからだ。指先はすえた肉汁の匂いがする。何でも手で掴んで食べていたからだ。フランスの貴族はベルサイユ宮殿の大理石の壁に向かって小便をした。それからついに念願叶って麗しき侯爵夫人の幾重もの下着をめでたく脱がして真っ先に気がつくのは風呂に入れる必要があることだ。そんなふうに本来書くべきなんだ」

「なぜそうしない?」

クックと笑った。「そうするとも。それでコンプトン〔ロスの南にある貧民街〕で五部屋もある家に住むようになる——運が良きゃな」ウェードは手を伸ばしてテーブルの上の、半ば空のウィスキーボトルをポンポンと叩いた。「お前、寂しいだろ、仲間が欲しいよな」

そう言って立ち上がると割としっかりとした足取りで書斎から出ていった。私は待った、なんとはなしに。モーターボートの音が聞こえた。こちらに向かってくるようだ。視野に入ってきた。船は舳先を高々と水面から突き出して、日焼けしたたくましい若者が乗ったサーフボードを引っ張っていた。私は開け放たれたフレンチ・ウィンドウの窓際まで行ってボートが急カーブを切るところを見守った。急すぎた。ボートは転覆すれすれだった。サーフボードの若者は片脚で懸命にバランスを取ろうとした、が水中に投げ出された。モーターボートはエンジンを切って波間に漂い、止まった。投げ出された若者はゆっくりとしたクロールでモーターボートまでやってくると、今度は引き綱を持ってサーフボードまで行き、腹ばいなって乗った。

ウェードがウィスキーのボトルを手に戻ってきた。モーターボートはまたスピードを上げ、遠くへと消えていった。ウェードはテーブルにあるボトルの横に持ってきたボトルを並べた。座って考え込んだ。

「まいったな、それ全部飲むつもりじゃないだろうな、え?」と私。

彼は目を細めて私を見た。「行けよ、おい。うちに帰って台所のモップがけでもなんでしろ。鬱陶しいんだよ、あんたは」また眠たげな声になった。キッチンで一、二杯引っかけてきたのだ、いつもの通り。

「用があれば声をかけてくれ」

「あんたに声をかけるほど落ちぶれちゃいない」

「そりゃ良かった。ありがたい。奥さんが戻るまでとりあえずこの家にはいるとしよう。ところでポール・マーストンって名前の男についてなにか耳にしたことあるかな?」

ウェードはゆっくり顔を上げた。目の焦点が定まった。意志の力だ。湧き上がる感情と戦っているのがわかった。戦いに勝ったようだ。再び顔から表情が消えた。

「いや」なんの気配も悟られないよう慎重に、不自然なくらいゆっくりと答えた。「誰だ、そいつ?」

＊

次に彼の様子を見に行ったとき、ウェードは寝ていた。口を開け、髪は汗でべっとりとしていた。ウィスキー臭かった。寝顔ながらその表情は不快げで両口角はだらしなく下がり、白く黴の生えたような舌は干からびていた。

カクテル・テーブルの上にあるボトルの一本は空になっていた。グラスには二センチほどウィスキーの飲み残しがあった。もう一本のボトルには四分の三ほど入っていた。

私は空のボトルをワゴンに載せ、書斎の外に出した。戻ってきてフレンチ・ウィンドウを閉め、ブラインドを下ろした。モーターボートがまたやってきてウェードを起こしてしまうかもしれないからだ。それから書斎の扉を閉めた。

ワゴンをキッチンまで押していった。キッチンは青と白に塗られており、広々としていて風通しがよく、がらんとしていた。まだ腹が減っていたのでもう一つサンドイッチを食べ、飲み残しのビールを飲んだ。それからポットからコーヒーを注いで飲んだ。ビールは気が抜けていて泡も立たなかった。だがコーヒーはまだ熱かった。それから居間を通ってまたテラスへ出た。モーターボートが再び水面を切り裂きに来るまで大分経った。

遙か遠くからの、うなりにも似た音が次第に大きくなり、耳をつんざく轟音があたりを包むようになったのはそろそろ午後も四時になろうとする頃だった。多分何らかの規制はあるのだろうがモーターボートの若者はそんなものは屁とも思っていないのだろう。悪ぶって楽しんでいるのだ。そんな奴らをいくらでも見てきた。私は湖の畔までおりていった。

今度はうまくやった。モーターボートは急カーブで僅かに速度を落とし、サーフボードの日焼けした若者は遠心力に負けまいと体を思い切り外側の水面に傾けた。サーフボードはほとんど水面から浮き上がった、だが見ると外側の縁だけが水面と接していた。モーターボートは半円を描き終えて直線航行に戻った。サーフボードは若者を乗せていた。それからモーターボートとサーフボードは来た方向へと戻っていった。それでおしまい。

モーターボートが起こした波は私の足下までやってきた。波はボート乗り場の短い杭の列に当たってしぶきを上げ、係留されているボートを上下に大きく揺さぶった。しばらくして私が家に戻ろうとしたときもまだ波は収まっていなかった。

テラスまで戻ってきたとき、キッチンの方からチャイムの音が聞こえた。もう一度鳴った。チャイムがあるのは玄関だけなんじゃないかと思い居間を抜けて玄関の扉を開けた。

そこにはアイリーン・ウェードが立っていて周りを見渡していた。振り向きざま、「ごめんなさい、カギ忘れちゃって」と言った。私だと気がついた。「あら――ロジャーかキャンディかと思ったわ」

「キャンディはいませんよ。木曜日でしょ」

アイリーンは中に入ると対のダベンポートの間にあるテーブルにハンドバックを置いた。なんとなく冷ややかでよそよそしかった。豚革の白い手袋を外した。

「彼になにか?」

「いえ、まあ、少し酒を飲んだ。たいしたことはない。今は書斎のカウチで寝ています」

「ロジャーが呼んだの?」

「そう。だけど酔ったからじゃない。昼飯に誘ってくれた。困ったことに彼はひと口も食べていない」

「まったく」と言いながらゆっくりダベンポートに腰を下ろした。「あの、私ったら今日、木曜だってすっかり忘れていたわ。バカみたい」

「キャンディが出かける前に昼飯を用意してくれました。私はこれで失礼しようと思います。私の車、邪魔じゃありませんでした?」

アイリーンはにっこり笑った。「いいえ、全然。お茶でも飲みません? いま淹れようと思っているの」

「そうしよう」なんでそう言ったのか自分でもわからなかった。お茶なんかちっとも飲みたくなかった。口をついて出てしまっただけだ。

私はアイリーンが書斎へ行き、扉を開けるのを廊下の入り口で見ていた。戸口で中の様子を見ると扉を閉めて戻ってきた。

「まだ寝ていたわ、ぐっすり。ちょっと二階に行ってきます。すぐに戻るわ」

私はアイリーンが上着、手袋、ハンドバックを手に取り、階段をのぼって部屋に入るのを見ていた。ドアが閉まった。私は酒の残っているボトルを取ってこようと書斎へ向かった。彼がまだ寝ているのであれば要らないはずだ。

36

フレンチ・ウィンドウが閉まっているせいか部屋の空気は淀んでいた。ベネチアン・ブラインドを下ろしたせいで部屋は薄暗かった。酸のような臭いが立ち込め、重苦しい静寂があたりをつつんでいた。扉からカウチまで一五メートルほどあったが、その半分も行かないうちに死んだ男がカウチに横たわっているのがわかった。

男はこちらに背を向けて横たわっていた。片腕は体の下で折れ曲がり、もう片腕の前腕はほとんど両目を隠すように額を覆っていた。男の胸とカウチの背もたれの間には血だまりができていた。その血だまりの中にウェブレイ・ハンマーレス拳銃があった。

彼の顔半分は血塗られた仮面のようだった。

私はかがみ込んで大きく見開かれた目のすぐ上、額を覆っている腕の隙間をのぞき込んだ。むき出しの内腕は射入口から噴き出したどろどろが張り付いていた。腕に隠されたこめかみには黒ずんだ穴が見え、その周囲は膨らんでいた。穴からはまだ血が流れていた。

そのままにしておいた。手首に触れると暖かかった。だが死んでいるのは確かだった。書き置きかなにかあるかと周りを見渡した。だが机の上にある原稿の束以外は何もなかった。自殺者は誰もが遺書を遺すとは限らない。タイプライターはスタンドに載っていた。カバーは外されたままだった。タイプライターをのぞき込んだが紙は挟まっていなかった。死体があることをのぞけばなにも変わったところ、不自然なことはなかった。自殺するにあたって、人はさまざまなことをする。酒を飲む者、凝ったシャンパン・ディナーを楽しむ者、正装する者、素っ裸になる者。死に方もさまざまだ。塀から飛び降りる者、ドブで死ぬ者、浴室で死ぬ者、溺れて死ぬ者、水に飛び込んで死ぬ者、ボートに乗って死ぬ者。留置所の鉄格子でクビをくくる者も、ガレージでガス自殺する者もいる。ウェードの場合は明らかだった。私は銃声を聞いていない。だから銃が発射されたのは私が湖の畔でサーフボードの若者が旋回するのを見ている間に違いない。何しろ結構な轟音だった。なぜロジャー・ウェードがわざわざそんなタイミングを見計らったのか見当がつかない。いや、たぶんそんなことなど気にするはずがない。ウェードが意を決して引き金を引いた瞬間と、モーターボートが近づいた瞬間とが偶然一致したにすぎない。本当にそうか？ どうも気に入らない。だが私が気に入ろうと入るまいと意に介する人なんかいない。

細かくちぎられた小切手がまだ床の上に散乱していた。そのままにしておいた。細かい吹き流しのように裂かれた例の書き物はまだくずかごにあった。こちらはそのままにはしておけない、約束だ。丹念に拾って見落としがないことを確認した後、ポケットに押し込んだ。くずかごはほとんど空だったので助かった。拳銃がどこにあったかなどと考えるのは無駄なことだった。隠すところは至る所にあった。椅子の詰め物の中か、カウチの隙間、クッションの下、どこか床に転がしてあったかもしれないし、本の後ろに隠してあったのかもしれない。どこにだって隠せる。

部屋を出て扉を閉め、耳を澄ませた。キッチンから音が聞こえた。キッチンへ入った。アイリーンはブルーのエプロンを掛けていた。やかんの笛が丁度湯が沸いたことを告げた。アイリーンはガスの火を消してちらっと無機質な目で私を見た。

「お茶の飲み方は？ マーロウさん」

「ポットからカップに注いだらそれだけで結構」

私は壁に寄りかかってタバコを取り出した。手慰みをしたかっただけだ。つまんで潰し、半分にちぎって片方を床に投げた。アイリーンはタバコの切れ端の行方を目で追った。私はかがんで拾うと手に持っていた片割れと一緒にぐちゃぐちゃにして丸めた。

彼女が紅茶の葉に湯を注ぎ、タイマーをセットした。「私はいつもお砂糖とクリームを入れるの」と後ろを向いたまま肩越しに言った。「それでいてね、コーヒーはブラックなの。おかしいでしょ。お茶はイギリスにいるときに飲み始めたの。その頃、お砂糖の代わりにサッカリン［世界初の人工甘味料、欠点は後味の悪さ］を使っていたのよ。戦時中はクリームなんかなかったわ、勿論」

「イギリスにいたんですか?」

「働いていたの。大空襲の間もずーっと。そこである人に出会った——もうお話ししたわよね」

「ロジャーとはどこで?」

「ニューヨークよ」

「結婚もあそこで?」

彼女は振り向いた。怪訝な顔で言った。「いいえ、ニューヨークでは結婚していないわ。どうして?」

「タイマーが鳴るまでのただのおしゃべりですよ」

彼女はまた私に背を向けて調理台越しに窓の外を眺めた。そこからも湖までが見渡せた。水切り台の縁に体を寄せて折りたたまれたキッチン・タオルをいじっていた。

「お酒を止めさせなければ」と言った。「でもどうしていいか私にはわかりません。たぶん施設に入らなければならないでしょう。でも私から彼を施設に入れることなどとても考えられません、なぜ、と聞かれても困るのですが……。入れるとすれば彼の意志とは関係なく彼をそこに委ねるような誓約書や、もろもろの書類にこの私がサインをしなければなりません。そうでしょう?」と言ってこちらを振り向いた。

「彼はそれを自分でできたんですよ」と言った。「いやね、過去形で言ったのはつまり、決心すれば既にやっている、という意味ですがね」

タイマーが鳴った。彼女はまた調理台に戻り、ポットの紅茶の葉を漉すために別のポットにお茶を注いだ。それからティーカップが二脚載っているトレイに紅茶の入ったポットを置いた。私はそれを持って居間のダベンポートの間にあるテーブルへと運んでいった。


アイリーンは私と向き合う形でダベンポートに座り、両方のカップに紅茶を注いだ。私は手を伸ばしてカップを受け取り、手前に置いて冷めるのを待った。アイリーンが角砂糖二個とクリームを入れ、かき回すさまを眺めていた。

「さっきおっしゃったことってどういう意味ですか？」と唐突に訊いてきた。「既にやっている、なんのことですか——自らを送り込んでいた、どこかの施設へ、そういう意味ですか？　それとも何か？」

「誤解を招く言い方だったようです。ところで銃は隠しました？　彼が二階であの騒ぎを起こした翌朝お願いした件です」

「隠す、ですって？」とまた当惑するように言った。「いいえ。銃がどうのこうのなんて一切関わってないわ。そんな話初耳だわ。なぜそんなことお訊きになるの？」

「それに加えて今日、家の鍵を持って出るのを忘れた」

「そうよ。言ったでしょ」

「でも、ガレージのキーは忘れずに持っていった。なにしろガレージを開けて車で出かけたんだから。おたくのような邸宅の場合、普通最後に掛ける鍵、つまりガレージの鍵がマスターキーになっていて家の鍵も開けられる筈ですけどね」

「ガレージに鍵はないわ」とピシャリと言った。「スイッチで開きます。玄関の内側にスイッチがあって出かけるときにはそれを押すとリモートでガレージが開きます。ガレージの脇にもスイッチがあってそれを押すと閉まります。よく開けたまま出かけるわ。そうするとキャンディが出ていって扉を閉めるの」

「なるほど」

「あなた、奇妙なことばかりおっしゃるのね」そう言う声には咎めるような響きがあった。「あの日の朝だってそうだったわ」

「この家で私は奇妙な出来事を目の当たりにしました。真夜中に拳銃が発射される。酔っ払いが庭の芝生で眠りこけている。駆けつけた医者は患者を診ようとしない。麗しい女性が私に腕をまわし、私が誰か別の人物であると、あたかも思い込んでいるように語りかけ、メキシコ人のボーイはナイフを投げる。拳銃を隠さなかったとは残念です。けれどあなたはご主人を本当は愛していないからしょうがないですよね。そうでしょ。このことは、あの日の朝にも言いましたっけ」

アイリーンはゆっくりと立ち上がった。その態度はカスタード・クリームのように穏やかだった。だが、目は違っていた。瞳は確かに同じ紫だったが、それまでとは全く別の印象を受けた。またそこにいつも宿っている優しさは微塵も感じられなかった。それから彼女の唇がわなわなと震えだした。

「なにか――なにかあったんですか?」と、ゆっくり訊いてきた。それに合わせてゆっくり書斎の方へ顔を向けた。

私が頷く間もなくアイリーンは駆け出した。あっという間に書斎に駆けつけ、ドアを開け放つと部屋へと飛び込んでいった。響き渡るような悲鳴を期待していたかもしれない、だがそれは見込み違いだった。なにも聞こえてこなかった。

まずかった。まず彼女を平常に保っておき、それからゆっくりと悲報を告げる定石のステップへといざなっていくべきだった。気をしっかりお持ちください。お座りになって。あってはならない事が起こってしまいました。うんぬんかんぬん、といった具合に。定石に従わず自己流でうまくやろうとすると誰にもなにもいいことはない。

それどころか、大抵の場合、事態をさらに悪化させてしまう。

立ち上がって彼女の後を追って書斎へ向かった。アイリーンはカウチの脇に跪き、血まみれになるのもかまわずロジャーの頭を抱きしめていた。

私は書斎を出て電話と電話帳を探した。一番近いと思われる保安官支所に通報した。あとから考えるとどこでもよかったのだ。どうせ無線で連絡を取り合うのだから。それからキッチンへ行き、流しの蛇口を開き、水を流しっぱなしにして排水口に取り付けてある電気ディスポーザーのスイッチを入れた。ポケットから細かく裂かれた例の黄色のタイプ用紙を取り出して押し込んだ。それからポットに残っていた紅茶の出がらしをタイプ用紙の上に載せた。あっという間にすべては終わり、下水へと消えていった。

蛇口を閉め、ディスポーザーのスイッチを切った。居間に戻るとそこから玄関へ行き、扉を開け、表へ出て保安官助手［市警の巡査にあたる］の到着を待った。

保安官助手はこの付近を巡回中だったのだろう、ものの五、六分で到着した。保安官助手を案内して書斎に入るとアイリーンは依然としてカウチの脇に座ったままだった。

保安官助手はすぐに彼女を元に歩み寄った。

「本当にお気の毒に、奥さん。お気持ちは十分お察しします。だが何も触れてはいけません」

アイリーンは振り向くと、もどかしげに立ち上がった。「夫です。撃たれました」

保安官助手は帽子を取ると机に置いた。電話に手を伸ばした。

「名前はロジャー・ウェード」とうわずった、弱々しい声で言った。「有名な作家です」

「存じております、奥さん」と言うと保安官助手は電話のダイアルを回した。

アイリーンは自分のブラウスを見下ろした。「二階へ行って着替えをしてもいいですか？」

「どうぞ」保安官助手は頷くと電話口に向かってなにやら告げ、電話を切るとアイリーンに向かって言った。「撃たれたと言いましたね。誰かが彼を撃った、とおっしゃるのですか？」

「この男が撃ったんです」アイリーンは私に目を向けることもなく、そう言い放つとさっさと部屋から出ていった。

保安官助手は私を改めて見た。手帳を取り出して何やら書き込んだ。「名前を聞かせてもらえるかな？」とさりげなく訊いた。「それと住所。電話したのはあなた？」

「そうだ」と答え、名前と住所を告げた。

「楽にしてください。そのうちオールズ次長が到着します」

「バーニー・オールズ？」

「そうだけど、知っているんですか？」

「勿論。昔からの知り合いだ。以前は地方検事局の捜査官だった」

「今は違います」と保安官助手が言った。「今はロスアンジェルス郡保安官本部の殺人捜査部次長ですよ。あなたはウェードさんの友達？　マーロウさん」

「ウェード夫人はそんな口ぶりじゃなかった」

彼は肩をすくめ、ちょっと笑った。「楽にしていてください、マーロウさん。銃は持っていませんね？　どうです」

「今日は持っていない」

「一応確認しますよ」と言い、パタパタと身体検査をした。カウチに目を遣って言った。「状況から見て奥さんの申し立てはまともには取りあげません。部屋の外で警部補を待ちましょう」

37

オールズはそれほど背は高くないが、がっしりとした体格で短く刈り込んだ、色あせたような金髪と、色あせたような青い目の持ち主だった。こわい眉毛ほとんど白髪だ。だから彼が帽子を取る度に初めて見る人は皆、その髪が思いがけなくふさふさしているのに驚いたものだった。だがいつからか帽子をかぶらなくなり、髪を短く切った。

彼は常に強面の、タフで容赦ない刑事だがその実、非常にまともな人柄の人物だった。本来ならとっくに警部に昇格して然るべきなのだ。実際、昇格試験ではベスト三に六回もはいる優秀な成績で合格していた。だが保安官は彼を嫌っていた。彼もまた保安官が嫌いだった。

オールズはアイリーンの事情聴取を終えたのだろう、顎の横を掻きながら階段をおりてきた。書斎では現場撮影のフラッシュライトがひとしきり焚かれていたがそれもとっくにおさまっていた。大勢が出たり入ったりしていた。私は居間で私服と一緒に進展を見守っていた。

オールズは椅子の端に腰を下ろし、両手をだらんと垂らした。口には火のついていないタバコがくわえられていた。彼は渋い顔で私を見た。

「覚えてるか？　昔はアイドル・バレーには検問所があってガードマンが詰めていた」

私は頷いた。「ギャンブル館もあった」

「そうだ、ギャンブルはつきものだ。アイドル・バレーは今でも全体が私有地だ。昔のアローヘッド湖のようにな。エメラルド・ベイもそうだった。マスコミがたかってこない事件現場なんてほんとに久しぶりだ。誰かがペーターセン保安官にご注進したんだろう。マスコミには連絡されていない」

「素晴らしい配慮だ」と私。「ウェード夫人はどうだ？」

「落ち着きすぎだ。薬を飲んだんだろう。夫人の部屋にはやたら色んな薬があった——デメロール［麻薬性鎮静剤］

まであった、あれはいかんな。そういえばおたくの知り合いはみんな最近、あんまりついてないんじゃないかな? 違うか? 死んじまってさ」

応じる必要のある類いの言葉ではなかった。

「拳銃自殺って言われるといつもじっくり調べたくなる」と独り言のように言った。「簡単に偽装できるからだ。奥さんはおたくが殺したと言ってる。なんでそんなこと言うのかな?」

「私が撃ったという意味じゃない」

「家におたく以外誰も居なかった。奥さんが言うにはおたくは拳銃がどこにあるか知っていた。ロジャー・ウェードが飲み始めて酔いが回るのを見ていた。いつぞやの晩、亭主が拳銃を発射し、彼女が亭主から拳銃を奪おうと揉めたことをおたくは知っている。その晩もおたくはここにいたから。おたくの立場はあまり芳しくないな、どう思う?」

「昼、机を探した。拳銃はなかった。あの晩、夫人には机にしまったと伝え、どこかに隠すように頼んだ。今になって夫人はそんな話は初耳だと言いはる」

「『今』っていつのことだ?」とオールズが素っ気なく訊いた。

「夫人が帰宅後、保安官支所に電話する前だ」

「机を探っただって、なぜだ?」オールズは両手を膝に乗せた。私を見ていたがまるで私の答えなどどうでもいい、といった様子だった。

「話しているうちにウェードに酔いが回ってきた。万一を考えて拳銃はどこか別の場所に隠したほうがいいと思った。言っておくがあの晩、彼は自殺するつもりなんかなかった。ほんの芝居だった」

オールズが頷いた。端が噛んでぐちゃぐちゃになったタバコを取って灰皿に落とした。それからまた新しいタバコをくわえた。

「タバコはやめた」と言った。「咳がやたらと出るんでな。だがこのやっかいな代物はまだ私を煩わす。くわえてないとどうも調子がでない。それでウェードが一人のときは目を光らすことになっていたのか？」

「とんでもない。彼から誘いがあって、来たら昼飯を食おうと言われた。話をする中でウェードは筆が進まないことで落ち込んでいるように見えた。そのうち彼はしばらく断っていたボトルに手を出した。私が取り上げるべきだった、とでも言うつもりか？」

「まだ何も考えちゃいない。全体像を把握するのが先だ。おたくはどのくらい飲んだんだ？」

「ビールだ」

「ついてなかったな。こんなところに居合わせるなんて、マーロウ。この小切手はなんだ？　ウェードのサインがあるけど破られているじゃないか」

「みんなしてここに住み込んでウェードが羽目を外さないよう見てくれと私に頼んだ。みんなとはロジャー・ウェード本人、奥さんのアイリーン、それに出版社の男、ハワード・スペンサーという名だ。今はニューヨークにいる、と思う。そいつに訊けばいい。ハワード・スペンサーの依頼を断ってしばらく経つと、今度は奥さんのアイリーンが私の自宅までやってきた。ロジャー・ウェードが酔っ払って行方不明になった、とても心配なので見つけて家に連れ戻して欲しいとのことだった。連れ戻した。次に気がついたらロジャー・ウェードを前庭の芝生から担いでベッドまで運んでた。どれもこれも私が進んでやったわけじゃない。私は関わりなんか持ちたくなかった、バーニー。私の周りで勝手に事が起こって勝手に盛り上っていった」

「レノックス事件とは無関係、ってのか、どうなんだ？」

「あれ、何言ってんだ。レノックス事件なんて存在していないじゃないか？」

「なるほど、そうだった」と皮肉っぽく言った。両手で膝を握りしめた。玄関から刑事が入ってきて、そこにいたもう一人の刑事に何やら告げた。それからオールズのところへやってきた。

「ドクター・ローリングが表に来ました、警部補。呼ばれたから来たと言っています。夫人の主治医だそうです」

「ここに通してくれ」

刑事は表に出て、こぎれいな黒い往診鞄を抱えたドクター・ローリングを連れて戻ってきた。ドクター・ローリングは薄地毛織りの夏用背広を着ていた。その様子は取り澄まして優雅だった。私の面前を横切ったが私には目もくれなかった。

「二階かね？」とオールズに訊いた。

「そう――彼女の部屋にいます」オールズが立ち上がった。「なんだってデメロールなんか与えたんですか？」

ドクター・ローリングは不愉快そうにオールズを見た。「私は私が適切と判断した薬を私の患者に処方する」と冷たく言い放った。「適切と判断した理由を説明する義務などない。私がデメロールを処方したなどと誰から聞いた？」

「私ですよ。あんたの名前が書いてある薬瓶があそこにあった。彼女の部屋の浴室に常備薬用の戸棚がある。あんたは多分知らないだろうが先生、本部にはほとんどの危険ドラッグを網羅した一覧表がある。ブルージェイス、レッドバード、イエロー・ジャケット、グーフ・ボールズ、その他諸々が載っているリストだ。その中でもデメロールは極めつけの危険ドラッグだ。ナチスのゲーリングがこいつの依存症だった、どこかでそう聞いた。連合軍が彼を収容したとき彼は一日一八錠も飲んでいたという。連合軍の軍医が彼を正気に戻すのに三ヶ月かかったそうだ」

「なんの一覧だかさっぱりわからんね」とドクター・ローリングが醒めた声で言った。

「わからない？　やれやれ。ブルージェイスはソディウム・アミタール、レッドバードはセコナール、イエロー・ジャケットはネンブタール、グーフ・ボールズはベゼトリンとバービツレーツの混合薬の一種、デメロールは一種の合成麻薬で非常に依存性が高い。あんたはそいつをほいほい飲ませた。違いますかね？　夫人はなにか深刻な病状が見られたんですかね」

「アル中の亭主は繊細な女性にとって極めて深刻な精神的負担だ」とドクター・ローリングが言った。

「それなのにあんたはロジャー・ウェードは放っておいた、でしょ。やれやれ。ウェード夫人は二階です、先生。

お時間をとらせてすいませんでしたね」

「君の不遜な態度は腹に据えかねる。いいか、上司に言いつけてやる」

「ほー、どうぞ」とオールズは言った。「言いつける前にね、やることとやっていただきたい。奥さんを正気に戻してほしい。訊きたいことがあるんでね」

「私は彼女の状態から、私が最適と判断したことを処置するだけだ。ところで君は私が誰だかわかっているのかね？　それから一つはっきりさせておくことがある。ウェード氏は私の患者ではない。私はアルコール依存症は診ないことにしている」

「診るのはその奥さんたちだけって訳だ。ふふん」とオールズは毒ついた。「勿論あんたが誰かはわかっているさ、先生。お怒りに触れて内心縮みあがっている。私の名はオールズ、オールズ警部補」

ドクター・ローリングは立ち去って階段をのぼっていった。オールズはまた腰を掛けて私に向かってにやりとした。

「あの手の連中には礼儀正しくしないとな」と言った。

書斎から男が出てきてオールズのもとにやってきた。やせぎすで真面目くさった顔をしていた。眼鏡をかけ、広い額をしていた。

「警部補」

「どうだった？」

「密着して発射されていました。典型的な自殺です。ガス圧によって顕著な膨張が見られます。同じ理由で眼球も飛び出しています。拳銃の表面からは指紋は検出されないと思います。血だまりにどっぷり漬かっていましたから」

「もしガイシャが眠こけていたり、酔っぱらって気を失っていたらどうだ、殺しの可能性だってあるだろう」とオールズが訊いた。

「勿論その可能性はあります。けれど殺人を示唆するようなものは一つもありません。拳銃はウェブレイのハンマーレスです。引き金は二段引きになっています。一段目で内部にある撃針をスタンバイさせます。これは非常に固く、力を込めて引き金を引く必要があります。二段目は発射です。撃針がスタンバイされたら発射はほんのちょっと引き金を引く、それで即発射です。この特徴が銃の落ちている位置を語っています。どういうことかというと銃は男の手の先の血だまりにありました。ということは銃を発射後、男の腕は自分の顔を覆い、それから手から銃を落としたことになります。これは銃をしっかり握っていたことを意味します。なぜしっかり握っていたか？　それは一段目の引き金を引くためにはしっかり握り、力を込めて引き金を引く必要があったからです。こめかみにあてた銃を持った腕は発射後反動で一旦上に跳ねて、それから落ちて顔に覆いかぶさった。手には銃をもったまま。その後握りが緩み、銃がその場に落ちた。そしてそこに血だまりができた。私が見るところ自殺を疑わせるような要素は何一つありません。アルコールの血中濃度についてはかなり高い値が出るのではと思っています。もし極端に高い場合には――」男はそこで言葉を切って意味ありげに肩をすくめるとつづけた。「自殺説も疑ってかかることになるでしょうね」

「わかった。誰か検視官を呼んだかな？」

男は頷いて立ち去った。オールズは伸びをして時計を見た。それから私を見た。

「退散したいだろ？」

「そりゃそうさ。いいのか？　容疑者になったかと思った」

「この先そうなるかもな。私の目の届くところにいろよ。以上だ。おたくだって昔刑事だったから我々のやり方はわかるだろ。場合によっては証拠が消えてしまわないうちに手早く捜査をしなければならない。この事件はその逆だ。もしこれが殺人なら誰がウェードを殺したいか？　奥さんか？　彼女は家にいなかった。じゃおたくか？　いいだろう。ウェードが酔っぱらっちまったら実質この家はおたくの思うままだ。おまけに拳銃のありかも知っている。絵にかいたようなおぜん立てだ。全て揃っているが肝心の動機だけがない。それにおたくの経験をなにがしか考慮すると、もし本当に殺そうとしたら、こんな出来すぎた状況証拠は残さないだろう。それが私の考えだ」

「恩に着る、バーニー。あんたの言う通りだ」

「使用人は家にいなかった。今日は彼らの休日だ。だからもし殺人だとしたら、たまたまこの家に立ち寄った外部の奴の犯行だ。そいつが殺人を犯すためにはまず拳銃のありかを知っている必要がある。次にウェードが酔いつぶれて眠りこけている、あるいは気を失っていることを見つける必要がある。それからモーターボートが銃声をかき消すような爆音を立てた、そのタイミングで引き金を引く必要がある。それからおたくが湖畔から家に戻る前に逃走する必要がある。だが私の経験からいってそんなこと、とてもじゃないけど真に受けられない。これだけのおぜん立てとチャンスにめぐまれた奴はただ一人しかいない。そして仮にそいつがウェードを殺すにしてもそのおぜん立てとチャンスなんかに使わない――簡単な話だ。これだけのおぜん立てとチャンスが得られるのはそいつ唯一人だと誰にだってわかるからだ」

私は帰ろうと立ち上がった。「じゃあな、バーニー。今夜はずっと家にいることにする」

「それともう一つ」と考え込むように言った。「このウェードなる人物は大物作家だ。大金持ちだし有名人だ。私自身は彼の小説なんかちっともいいとは思わんがね。売春宿に行けば彼の描くヒーロー、ヒロインよりずっとまともな連中にお目に掛かれる。ま、好みの問題で、捜査官の立場としてはそんなことはどうでもいい。唸るほど金を持ってこの郡でも指折りの高級住宅地に美人の奥さんと住む。大勢の友人に囲まれ、人生順風満帆。こんな生活のなにがそんなに辛くて頭に銃口を突き付けて引き金を引かなきゃならないんだ？ 間違いなく何かある。おたく、もし何か知っているのなら、いつ訊かれても漏れなく話せるよう準備しておいたほうがいい。じゃ、またな」

玄関の扉まで行くとそこにいた私服がオールズの顔色を見た。オールズの合図を確認すると出してくれた。車に乗り込むと敷地内車道を半分芝生にはみ出して門へ向かった。敷地内車道には保安官本部の各部署からの車が列をなして駐まっていて道をふさいでいたからだ。

門では別の保安官助手が立っていた。私を見たがなにも言わなかった。サングラスをかけると元来た道を幹線道路へと向かった。途中行き交う車もなく、平穏そのものだった。午後の太陽は道沿いに並ぶ手入れの行き届いた芝生と、その奥に佇むゆったりとして高級な邸宅に照りつけていた。

無名とは言えない男がアイドル・バレーの自宅で血の海の中で死んだ。だが静かでけだるいここの雰囲気にはなんの変りもなかった。新聞各社にとって今回の事件はチベットで起きたようなものなのだ。道の曲がり角にくると二軒の敷地の塀が路肩まで迫っていた。そこに濃い緑色の保安官支所の車が停まっていた。保安官助手が車から降りて手を挙げた。私が停車すると窓際にやってきた。

「運転免許証みせてください」

財布を取り出し、彼が開いて見られるように渡そうとした。

「免許証だけ出してください。財布に触れてはいけないことになっているので」

言われた通り財布から免許証を取り出して渡した。「なにがあった?」

「いえ、なにも」と答えた。「通常業務です。お手間をかけました」

保安官助手は手を振り、停めてある車に戻った。警官そのもの。何が目的か決して教えてくれない。そうすれば警官自身なにも知らないことがばれない。

家に戻るとソーダを二本、からからののどにおごってやり、晩飯に出かけ、帰ってきて窓を開け、シャツをはだけて次の展開に備えた。随分待った。バーニー・オールズから電話が来たのは九時頃だった。つまらない道草などせず、すぐ保安官本部に来るように、とのことだった。

38

保安官オフィスに続く待合室にキャンディがいた。壁際の固い椅子に座らされていた。ピーターセン保安官の大きなオフィスに入り際、彼の前を通り過ぎると、憎しみに満ちた目をこちらに向けた。

二〇年にわたる公僕としての献身的な務めに対して市民から贈られたさまざまな感謝状で一杯の、そのオフィスで保安官は尋問をおこなうのだ。壁一面に馬の写真が飾られていた。その一枚一枚にピーターセン保安官が写っていた。保安官の机の四つの角にはそれぞれ馬の頭部の彫刻が施されていた。机の上には一対の磨かれた馬の蹄が置かれていた。その一方にはインク壺がはめ込まれており、もう片方には白砂が入っていて、そこにペンが何本か立っていた。両方の蹄にはそれぞれ金色のプレートが取り付けられていて、それぞれ何やら説明と日付が記されていた。

シミひとつない白いデスクパッドの真ん中にブル・ダーマンの刻みタバコの袋と茶色のタバコの巻紙の包みが置かれていた。ピーターセンは自分でタバコを巻いていた。

馬に乗ったまま片手でタバコを巻くことができた。ときどきその特技をお披露目した。美しいメキシコ風の銀細工が施されたメキシコ製の鞍を置いた大きな白馬にまたがってパレードを率いているときには特によくやってみせた。馬上の彼はトップが平らなメキシコ風のソンブレロをかぶっていた。保安官の馬の乗りこなしようは見事だった。馬もおとなしくすべきときをいつも心得ていて、更にちょっとじゃじゃ馬になるタイミングも心得ていた。お約束のじゃじゃ馬タイムが来ると、保安官は少しも慌てず、穏やかに、謎めいた笑顔と共に片手で馬に合図を送る。すると馬は即座におとなしくなるのだ。保安官は自分をどう見せるかを熟知していた。

彼の横顔は鷹のように鋭くハンサムだった。だがこのところ顎の下がたるみ始めていた。彼は顔を、どの角度に上げればたるみが目立たないか心得ていた。写真を撮る際には写りを気にしていつも大騒ぎをした。保安官は五〇歳半ばであり、彼の父親のデーン・ピーターセンは彼に大金を遺した。保安官はその名前が示す北欧系の父親のデーンとは似ていなかった。彼の髪は黒く皮膚は浅黒かった。その何事にも動じない彼の姿勢はタバコ屋に置かれている木製のインディアン人形そっくりだったし、彼の脳みそも大体同じようなものだった。

だが、誰一人として彼を怪しげな奴とは言わなかった。保安官本部にはかつては怪しげな奴が何人もいて、彼らは市民をだますだけではなくピーターセン保安官もだましていた。だがピーターセン保安官はそのような不正に染まることはなかった。

法廷に姿をあらわすことはなく、ただ白馬に乗ってパレードの先頭に立ったり、カメラの前で容疑者を尋問するだけで彼は楽々と選挙に勝利した。新聞の見出しには容疑者を尋問したと書かれていたが、実際にはかつて一度だって容疑者を尋問したことはなかった。やりたくてもやり方がわからないのだ。ただ机に座って目の前に引き立てられた容疑者を厳しく睨みつけ、その自慢の横顔とともにその場面を写真に撮らせる。

フラッシュが焚かれ、カメラマンは恭しく保安官に礼を述べる。容疑者は一度も口を開くこともなくその場から退席させられる。そして保安官はサン・フェルナンド・バレーにある牧場に帰宅する。その牧場へ電話をすればいつでも保安官と話すことができる。もしできないときには彼の馬が話を聞いてくれる。

ある選挙では、おだてられてその気になった政治家がピーターセンから保安官の椅子を奪おうと立候補した。選挙戦で彼のことをやれ「横顔だけが取り柄の男」とか「脳無しハム男、できるのはタバコで自分を燻製することだけ」などとこき下ろした。だがどうにもならなかった。ピーターセン保安官はいとも簡単に再選された。彼はあることの生きた証拠物件だ。それはこの国では能力などなくても、もめごとを起こさず、写真写りがよく、口が堅ければそれだけでいつまでも重要な公共機関の長になることができるという事実だ。それに加えて乗馬姿が決まっていればもう誰もかなわない。

オールズに従ってピーターセン保安官のもとへ進んだ。保安官は机の後ろに立っていて、別の扉の付近にはカメラマンがずらりと並んでいた。保安官は白いカウボーイ・ハットをかぶっていた。片手でタバコを巻いていた。

帰宅しようとしているところだった。彼は私を威嚇するように見た。

「何者だ?」と深いバリトンの声で訊いた。

「名前はフィリップ・マーロウです、保安官」とオールズが答えた。「ウェードが自殺したとき家にいた唯一の人物です。写真をお撮りになりますか?」

保安官は私を品定めした。「いや、いい」そう言うと疲れた様子の鉄灰色の髪の大男に向かって言った。「何か用があれば私は牧場にいるから、ヘルナンデス警部」

「了解です」

ピーターセンはマッチ箱から一本取り出しタバコに火をつけた、親指の爪でマッチを擦って「爪で火が付くのは西部劇などに出てくる黄燐マッチ」。ピーターセン保安官にはライターは不要だ。彼は片手でタバコを巻き、片手で火をつけることにこだわっている。

お休み、と言うと出ていった。無表情で目の黒い男が彼に従った。雇いのボディーガードだ。扉が閉まった。ピーターセンが出ていったのを確かめるとヘルナンデス警部はピーターセンの机を回って彼のどでかい椅子に座った。それまで写真に写り込んでしまわないよう隅に追いやられていた速記者が速記台を壁から少し離して肘が自由に動かせるようにした。オールズは机の端に座っていたがその様子を見て面白がっていた。

「さて、マーロウ」とヘルナンデスがぶっきらぼうに言った。「さあ、始めよう」

「あれ、なんで私の写真は撮らないんだ?」

「保安官の言ったの、聞いたろ」

「聞いたよ、だけどなぜ?」私は文句を言った。

オールズが声を出して笑った「百も承知のくせして」

「ということは私が背が高く、浅黒く、ハンサムだからみんなは保安官じゃなくて私を見るから?」

「やめろ」とヘルナンデスが冷たく言った。「起こったことを話してみろ。最初からだ」

私は初めから事の次第を説明した——ハワード・スペンサーとの面接、アイリーン・ウェードとの話、ロジャー・ウェードを見つけるよう依頼されたこと、彼女からカクテル・パーティーに招かれたこと、ウェードが私に電話で助けを求めてきたこと、どんないきさつでハイビスカスの茂みの下で彼を見つけたか、それから後、何をどうしたかなど。速記者は全てを記録した。誰も口をはさまなかった。全て本当のことだ。真実以外何物でもない。だが全ての真実を述べたわけではない。なにをしまっておくかは私の勝手だ。

「いいぞ」私が話し終わるとヘルナンデスが言った。「だが全部じゃない」

冷静で、手強く、危険だ、このヘルナンデスという男は。保安官本部にはこのような人物がいなければならない。「ウェードが寝室で銃を発砲した夜、あんたはウェード夫人の寝室を訪れ、扉を閉めてしばらくそこにいた。何してた?」

「彼女に声をかけられた。彼の様子を訊かれた」

「なぜ扉を閉めた?」

「ウェードはうつらうつらしていた。話声で起こしたくなかった。それにボーイがうろちょろして聞き耳をたてていたから。夫人にも扉を閉めるよう言われた。これってそんなに重大なことなのか?」

「どのくらい奥さんの部屋にいた?」

「さあな、三分くらいかな」

「教えてやろう。あんたは二時間ほどいたんだ」ヘルナンデスが冷たく言った。「二時間と言ったんだ。あんたの聞き違えじゃないぞ」

私はオールズの方を見た。オールズはうつろな眼差しをしていた。いつものように、火のついていないタバコをくわえていた。

「あんたは間違ったことを吹き込まれている、警部」

「そのうちわかる。夫人の部屋を出た後、あんたは下におりて書斎へ行き、カウチに寝て朝までいた。それが全てじゃない。あの晩のことで話していないことを吐くんだ」

「家にいると一一時一〇分前、ウェードから電話があった。その後は話した通りだ。話の続きとして私がやったことを言うと、夜中の二時をだいぶ過ぎた頃書斎に入った。それがあの晩の私の最後の行動だ。これがあの晩のことで話していないことだ。あんたの言い方のね」

「ハウスボーイを連れてこい」とヘルナンデスが言った。

オールズが出てゆき、キャンディを連れて戻ってきた。キャンディを椅子に座らせるとヘルナンデスが型通りの氏名、年齢、住所などの質問をした。それが済むと言った。「さて、キャンディ――便宜上そう呼ばせてもらう――マーロウの手助けをしてロジャー・ウェードをベッドに運んだ後、何があった?」

その後の展開は大体読めた。キャンディは落ち着いた、しかし悪意に満ちた声で彼の物語をほとんど訛りの感じられない英語で語った。どうやら標準語とスペイン語訛りとを、時と場合によって自在に使い分けているようだ。彼の物語は大体次のようなものだった。――ウェードを寝かせたあと、しばらく一階にいた。また呼ばれるかもしれないと思ったから。キッチンにいって自分で食べ物を作って食べたり、居間でぶらぶらして時間を過ごした。居間の玄関ちかくにある椅子に座っているとアイリーン・ウェードが彼女の部屋の戸口に立っているのが見えた。見ていると彼女は服を脱ぎ、裸のまま上にローブを羽織った。それから私が彼女の部屋に入り、私がドアを閉めるのを見た。そして私はしばらく、彼の感じでは二時間ほど部屋にとどまった。彼は二階に上がり聞き耳をたてた。ベッドのスプリングが軋む音が聞こえた。ささやき声も聞こえた――キャンディは彼の狙いを実に見事に語った。話を終えるとキャンディは、もうお前は終わりだ、というような目で私を睨んだ。

その唇はきっと閉じられ、憎しみでねじ曲がっていた。

「連れていけ」とヘルナンデスが言った。

「待ってくれ」と私が言った。「私に質問させてくれ」

「ここで質問するのは私だ」ぴしりとヘルナンデスが応じた。

「あんたじゃ訊き方がわからない、警部、あんたは現場に行っていないからだ。彼の話は嘘だ。彼自身もまともな訊かれ方をされたらばれることはわかっているし、私はその訊き方がわかっている」

ヘルナンデスはぐっと背もたれによりかかり保安官のペンを一本抜いた。両手にとってペンの柄を弓のように曲げた。それは長く、先がとがっていた。馬の毛を固めて作られたものだった。片手を離すと柄はバネのように元に戻った。

「いいだろう」と遂にヘルナンデスが折れた。

私はキャンディの目の前に座った。「ウェード夫人が服を脱いだのを見たと言ったな、そのときお前はどこにいた？」

「玄関ちかくにあるソファに座っていた」とつっけんどんに答えた。

「そのソファというのは玄関とダベンポートとの間にあるカウチのことか？」

「そう言ったろ」

「ウェード夫人はどこにいた？」

「夫人の部屋のドアを入ってすぐのところだ。ドアは開いていた」

「居間の明かりはどうだった？」

「ランプが一台点いていた。壁のブリッジランプ「スズラン風の笠のランプ」だけ」

「二階のバルコニーに明かりは点いていたか？」

「いや。だけど奥さんの部屋の明かりは点いていた」

「明かりはどんな具合だった？」

「そんなに明るくなかった。たぶんベッド脇のスタンドだろう」

「天井の明かりは？」

「点いてなかった」

「夫人が衣服を脱いだ――部屋のドア際に立って、そう言ったな――脱ぐとその場でローブを羽織った。どんなローブだ？」

「青いやつだ。裾が長い、ハウス・コートくらい。帯を締めた」

「そうか。もしお前が実際に夫人の服を脱ぐところを見てなきゃ夫人がローブの下に何を着ているかあるいは着ていないかなんて知る由もないってことだな」

キャンディは肩をすくめた。漠然とした不安が彼の顔に浮かんだ。「シッ。当り前じゃないか。俺、ちゃんと彼女、脱ぐところを見たんだ」

「お前は嘘つきだ。彼女が部屋のドア際に立って服を脱いだとしたら、居間からその様子が見える場所なんかない。部屋の中で脱いだとしたらもちろん論外だ。お前に見えたとすれば彼女はバルコニーの端まで来なければならない。もしそうだったとすれば夫人はお前がいるところを見たはずだ」

キャンディは無言で私を睨んだ。

私はオールズに顔を向けた。

「あんたは家を見たよな、オールズ。だがヘルナンデス警部殿はまだだな」

オールズはかすかに首を振った。ヘルナンデス部長は眉をしかめたが何も言わなかった。

「あの家の居間には、いいですか、ヘルナンデス警部、こいつから二階にいるウェード夫人が見える場所なんかない。たとえ頭のてっぺんでさえ――もし夫人がバルコニーの奥、部屋の戸口または部屋の中にいたとしたら。――仮にこいつが立っていたとしてもです――しかもこいつは座っていたと言っている。私の背はこいつより一〇センチは高い。その私が二階を一番見通せる玄関のすぐ内側に立っても寝室の開いたドアの上部三〇センチほどしか見えない。こいつが見たと称する光景が実際にこいつから見えるためには彼女は二階のバルコニーの手すりギリギリまでわざわざやってこなければならない。なぜそんなことをする？ そもそもなんで自分の寝室の入り口なんかで服を脱ぐ？ ナンセンスだ」

ヘルナンデスは無言で私を見ていた。それからキャンディに目を向けた。「時間についての質問は？」と穏やかに私に向かって訊いた。

「あれはあくまでもこいつの申し立てで私の説明とは違う、それだけのことだ。私は水掛け論はしない。証明できることについてだけ質問する」

ヘルナンデスはキャンディに向かってスペイン語で何やら機関銃のように言葉を浴びせかけた。早すぎて私には何を言ったかわからなかった。キャンディは動じる様子もなく警部をふてくされたように睨んでいた。

「連れていけ」とヘルナンデスが言った。

オールズは親指でキャンディに立て、と合図し、ドアを開け、連れて出ていった。ヘルナンデスは保安官のタバコケースを取り出し、一本口にくわえると保安官の金のライターで火をつけた。

オールズが戻ってきた。ヘルナンデスが落ち着いた口ぶりで話し始めた。「彼には、検視審査会の際、証人台で今のたわ言を繰り返したら偽証罪で一年から三年ムショ暮らしになる、と教えてやった。あまり効いていないようだった。何が頭にきてこんなまねをするかは明らかだ。おなじみの嫉妬だ。もし奴があの時間に家にいて、これが殺人事件として捜査するとしたら奴は有力な容疑者だ、女のために亭主を殺した――その場合、凶器はナイフの筈ってことを別にすればな。もっともこの話が出るまで奴には夫人に惚れていたような気配はなく、ただウェードの死が相当こたえているようにだけしか見えなかったがな。なんかマーロウに訊くことはあるか？オールズ」

オールズは首を振った。ヘルナンデスは私の目を見て言った。「明日の朝また来い。供述調書にサインするんだ。それまでにタイプしておく。一〇時までには検視報告書が上がっているはずだ、まあ暫定版だろうけどな。なにか気になるところはあるか？　マーロウ」

「できればあんたとキャンディのやりとりをちょっと書き換える訳にはいかないかな？　あのままで奴の調書が作られると何だか私が好きもののように受け取れかねない」

「わかった。そうしよう」と彼はくたびれた口調で言った。「帰っていいぞ。私も今日は店じまいだ」

立ち上がりかけるとヘルナンデスが私に言葉をかけた。

「勿論キャンディの出まかせなど、はなから信じちゃいなかった。あんたから詳しい話を聞きだす、いわば栓抜きに使った。悪く思うなよ」

「全然感じないさ、警部。なにも」

二人とも私が出ていくところを見ているだけでグッド・バイとは言わなかった。私は長い廊下をヒル・ストリート側の出口に向かい、車に乗り込んで家路についた。何も感じないと言ったがまさにその通りだった。うつろで空っぽだった。まるで星と星の間の宇宙空間みたいに。家に着くと強い酒でカクテルを作り、居間へ行き、開け放った窓辺に立ってカクテルをすすった。ローレル・キャニオン通りからの遠雷のような音を聞き、ローレル・キャニオン通りを北に走らせる丘の連なりの裾野に広がる巨大で怒りに満ちた都市の光芒を眺めていた。遙か遠くから警察、あるいは消防のサイレンが妖精の叫びのように伝わってくる。この街は完全な静寂はつかの間しか保てない。一日二四時間絶え間なく誰かしら逃げる奴がいて、誰かしらがそいつを追いかけている。この街では夜、何千もの犯罪がおこる。ある者は死に、ある者は取り返しのつかない傷を負い、ある者は飛び散ったガラスでケガをする。ある者はハンドルに体を打ちつけ、ある者は重いタイヤの下敷きとなる。人々は殴られ、奪われ、レイプされ、殺される。皆飢え病んでいる。気力なく、孤独か悔恨か恐れかで絶望的になっている。怒っていて、冷酷で、熱に浮かされ、身を震わせて泣く。比類なく邪悪な街。豊かで力強く、誇りに満ちた都市。失われ、打ちのめされ、空虚に満ちた街。

この街でどんなふうに生きるかは、ひとえにその人の立ち位置とその人がどんな人生設計を持っているかによる。私は人生設計など持たない。気にもしない。飲み終わったのでベッドに入った。

39

検視審査会はお粗末だった。検視局長は医学的証拠が準備できる前に審査会を開いた。マスコミは熱し易く冷め易い。準備万端整うまで待つとタイミングを逃し、自分に注目が集まらない、それを懸念したのだ。だが、そんな心配は全く無用だった。作家の死などは——たとえ名のある作家でさえ——いつまでも紙面を賑わす類いのニュースではなかった。その夏、作家の死と競合するような大ニュースが目白押しだった。

どこかの国の王様が退位し、べつのどこかの国の王様が暗殺された。一週間のうちに大型旅客機が三機墜落した。シカゴにある大手通信社の社長が車に乗っているところをバラバラになるまで銃撃された。刑務所の火事で受刑者二四人が焼死した。ロスアンジェルス郡検視局長はついていなかった。一世一代の晴れ舞台は不発に終わったのだ。

検視審査会の様子は次のようなものだった。

私が証言台から降りる際、キャンディが目に入った。その顔は晴れ晴れとしていたが同時に悪意に満ちた笑みが浮かんでいた——なぜだか見当がつかなかった——そしていつもの通りハウスボーイにしては高価な身なりをしていた。ココア色のギャバジン地のスーツに白いナイロンシャツを着て濃い青のネクタイを締めていた。証言台ではキャンディは終始物静かで皆に好印象を与えていた。

はい、ボスは最近頻繁に酔っぱらっていました。はい、二階で拳銃が暴発した晩、私はボスをベッドへ寝かすのを手伝いました。はい、ボスが死んだ日、私が非番で、出かける直前、ボスにウィスキーを持ってくるよう言われました。私はだめだと言いました。いいえ、ウェードさんの執筆作業についてはなにも知りません。でもボスのやる気が萎えていることはわかりました。ボスは原稿を書いてはゴミ箱に放り込んでいましたが、しばらくするとそれをまたゴミ箱から拾っていました。いいえ、ウェードさんが誰かと言い争っているのを聞いたことはありません。検視局長はキャンディをしつこく尋問したがこれといった証言は得られなかった。キャンディは誰かからたっぷり予行演習を受けたのだ。

アイリーン・ウェードは喪服を着ていた。顔は青白かった。低く、けれどもはっきりとした声で答えた。マイクを通しても明瞭さは失われなかった。検視局長は彼女をまるで宝石か何かを扱うように接した。その話し方はまるで、ともすれば涙声になる彼女を懸命になだめるかのような調子だった。彼女が証言台から降りると検視局長は立ち上がり、礼をした。アイリーン・ウェードが微かな、疲れたような笑みを返すと検視局長は生唾を飲み込もうとして息が詰まりそうになった。

彼女は私に一瞥もくれることなく出口に向かった。出る間際、数センチ、顔を私の方に向けると、ほとんどわからないくらい軽く会釈した。まるで大昔にどこかで会ったことがあるけど誰だかはっきり思い出せない、そんな扱いだった。

審査会が終わった。皆ぞろぞろと建物を出た。私も建物を出て階段をおりる途中、オールズが立っていることに気が付いた。彼は階段下の道路を行きかう車を見ていた。あるいは見ているふりをしていた。

「うまくやったな」と道路を見たまま言った。「おめでとうってところだ」

「キャンディの証言、うまくやってくれた」

「私じゃないさ、にいさん。地方検事は今回の事件にはお色気騒動は関係なしとした」

「お色気騒動って一体何のことだ?」

オールズは私を見た。「ハ、ハ、ハ」と笑い、言った。「おたくのおとぼけを笑ったんじゃない」それからふと真顔になり、冷たい表情に変わった。「茶番劇を長いこと見すぎた。もうげんなりだ。今回の事件は言ってみれば高級ワイン、特別年代ものの蔵出しだ。金持ちとえらいさんのあうんの呼吸ってやつだ。じゃまたな、色男。二〇ドルのシャツを着るようになったら電話をくれ。そしたら出向いていっておたくの執事になってコートでも持ってやる」

人々は、我々二人をまるで川の中にある岩のように回り込んで階段をのぼり、あるいはおりた。二人はただそこに立っていた。オールズはポケットからタバコを取り出し、しばし眺めるとコンクリの上に落とし、かかとですりつぶした。

「無駄なことを」と言った。

「たかがタバコだ。なんの役にも立たない。おたく、ほとぼりが冷めたらあの女と結婚するんじゃないのか?」

「冗談はよせ」

オールズは笑い声をあげたがその声は愉快そうではなかった。「私はこれまで適切な相手に不適切な物言いをしてきた」と苦々しく言った。「違うか?」

「その通り、警部補」と私は答えた。そして階段をおり始めた。オールズが私の背中に向かって何か言ったが私は立ち止まらなかった。

フラワー通りにあるコーン・ビーフ〔リブロースを一週間ほど塩漬けにした後、長時間ボイルしたもの〕専門店に入った。そのときの私の気分にぴったりだった。入り口に掲げられている不埒な看板にはこうあった。「男専用、犬と女入るべからず」

店内のサービスも看板に負けず劣らず素晴らしかった。料理を持ってくる給仕は無精ひげを生やし、客から有無を言わせずチップをふんだくる。料理はコーン・ビーフのみ、これが素晴らしくうまい。そこで出す琥珀色のスウェーデン・ビールはまるでマティーニのようにガツンとくる。

事務所に戻ると電話が鳴っていた。オールズだった。「これからおたくのところに行く。話がある」

彼はハリウッド支所にいたのか、あるいはその付近にいたに違いない。電話から二〇分後にはもう私の事務所に着いた。来客用の椅子にどっかり座ると脚を組んで唸るように言った。

「つまらんことを言ったようだ。すまない、忘れてくれ」

「いいたいことがあるんだろ、ぶちまけたらどうだ」

「いいだろう。だがここだけの話だ、いいか。誰かさんはおたくに痛いところを握られている。おたくがあれほど汚い手を使うなんて夢にも思わなかった」

「あの二〇ドルのシャツって冗談は一体なんだ?」

「あぁ、あれか。あれは腹立ち紛れに言ったことだ」と言った。「あのとき、大金持ちのポッターのことを考えていた。こんなことをだ。ポッターは秘書に向かって、お抱え弁護士にあることを伝えるよう命じた。その弁護士はそのあることを地方検事のスプリンガーに伝えた。スプリンガーはそのあることをヘルナンデス警部に伝えた。どんなことだと思う? おたくはポッターのマブダチだってことだ」

「私ごときにそんな手間をかけるはずないし、理由もない」

「おたくはポッターと会った。彼は貴重な時間をおたくに割いた」

「確かに会った。それだけだ。彼に好感は持てなかった。でもそれはたぶん、ただの妬みだろう、私の金持ちに対する。私を呼びつけて私に忠告した。彼は大男でタフだ。それ以外何も知らない。会った限りではあこぎなことをする人物とは思えなかった」

「まともなことをやってるだけじゃ億万長者にはなれない」とオールズが言った。「トップの人間は、自分は清廉潔白だと思っているのだろう。だがそのビジネスの末端では脅される奴もいる、小さいながら健全な商売もある日、足元をすくわれて、はした金で売り渡すことになる。まじめな人が職を失う。株式は市場で不正操作され、株主委任状は金のコインのように買い占められる。利権屋や大手弁護士事務所は金持ち以外のすべての人々が支持する法律を葬り去ることで一〇万ドルもの報酬を受け取る。その葬られた法律は金持ちの利益に反するからだ。ビッグ・マネーはビッグ・パワーだ。そしてビッグ・パワーは往々にして間違った使い方をされる。世の中そういうもんだ。だが今の社会じゃこれがベストなんだろう。だからって石鹸でお手々洗ったらチャラなんて訳にはいかない」

「あんた、共産党みたいだな」とちょっとからかった。

「共産党なんか知りたくもない」と吐き捨てるように言った。「それに誰も私を嗅ぎまわっちゃいない。おたく、検視審査会の結論が自殺で満足だろ、違うか？」

「ほかに何がある？」

「ない、と思う」オールズはその武骨な手を机に置くと手の甲にぽつぽつと現れている大きな茶色のシミを見つめた。「私も年を取った。この茶色のマークは角化症というそうだ。普通五〇過ぎまでは出てこない。私はおいぼれ警官だ。おいぼれ警官は年季の入ったワルだ。今回のウェードの事件では二、三気に入らないところがある」

「たとえば？」私は背もたれに寄り掛かっているオールズの、日に曝されてできた目の周りの深いしわを見つめた。

「年季が入るとおかしな細工は臭ってくる。たとえどうすることもできなくても。

それでどうするかというと、ちょうど今のようにただ座ってくだを巻く。そういう訳でほんの雑談だが、彼が遺書を残さなかったことが気にくわない。なにか引っ掛かる」

「彼は酔っぱらっていた。多分発作的にとんでもない行動をとったんだろう」

オールズは色あせたような青い目を上げ、机に載せていた両手を下におろした。「彼の机は徹底的に調べた。ウェードは自分宛に色々手紙を書いていた。書きまくっていたと言っていい。酔っているときもしらふのときも関係なくタイプを打ちまくっていた。とんでるやつもあった、笑えるようなやつも。それから悲し気な手紙もだ。ウェードは心に何かしら澱むものを持っていた。彼はその澱みの縁をぐるぐるめぐるように書きまくっていたが、その澱みの核心には触れることができなかった。そんな彼だから、もし自殺ならタイプ用紙二枚にびっしり思いを遺したはずだ」

「酔っぱらってたんだ」と、また私が言った。

「彼については酔っていようといまいと関係ない、書きまくるさ」と疲れたように言った。「次にひっかかるのは、奥さんが発見者になるように書斎で自殺したことだ。おたくの言いたいことはわかる、酔っていたからだと。だが、それでも気に入らない。気に入らないことはまだある。モーターボートの爆音が銃声をかき消す正にその瞬間、彼が引き金を引いた。そんなタイミングを見計らって彼にとってどんな意味がある？　偶然以上のなにかがあるんじゃないか？　え。偶然以上のなにかといえばまだある。使用人の休みの日に奥さんは鍵を忘れた。それでベルを鳴らして家に入らなければならなかった」

「裏に回る手もあった」

「そうだ。それを承知の上で話している。私が言っているのは彼女がベルを鳴らしたときの全体の状況のことだ。ベルを鳴らしても扉を開ける者は誰もいないはずだ。もし、おたくがいなけりゃな。おたくが扉を開けたとき、彼女はおたくがいるなんて知らなかった、と言った。ウェードがいるじゃないかって？　残念ながらたとえウェードが生きていて、しらふで仕事をしていたとしても彼の耳にはベルの音は届かない。彼の書斎は防音処置が施されている。また使用人は皆、出払っていた、木曜日だから。奥さんはそれも忘れていた。鍵を忘れたように」

「奥さんが忘れていると言うがあんただって忘れていることがあるさ、バーニー。あのとき私の車が玄関脇に駐めてあった。だから夫人は私がいることがわかっていた――少なくとも誰かが家にいることはわかっていた――ベルを鳴らす前に」

彼はニヤッと笑った。「確かに。よしわかった、じゃ私の説を聞かせよう。おたくは湖の畔にいた。モーターボートが爆音を響かせていた――偶然にもアローヘッド湖からトレーラにボートを載せてやってきた二人組だ――ウェードは書斎で寝ていたか酔いつぶれていたか、いずれにしても意識はなかった。拳銃は既に机の引き出しから誰かが持ち出していた。そして夫人は拳銃があの晩、机の引き出しに入れられたことを知っていた。前回、おたくが夫人に話していたからな。

さて、仮に夫人が鍵を忘れなかったとしよう。家に入り、周りを見渡すとおたくが湖の畔にいた。書斎を覗くとウェードが寝ていた。拳銃のありかはわかっていた。自分が引き出しから持ち出し、隠していたから。それを取り出し、爆音最大のタイミングを見計って彼を撃ち、銃をそれらしいところに置いて家の外へ戻った。モーターボートが遠ざかるまで待ってベルを鳴らし、おたくが扉を開けるのを待つ。なんか言うことあるか？」

「動機は？」

「そこだ」と苦々しく言った。「そこが問題だ。もし彼女が亭主を見限ろうとすれば簡単だった。亭主は手も足も出ない。常習的な泥酔に加えて彼女に対する家庭内暴力でな。たっぷりの慰謝料、申し分のない大盤振る舞いの財産分与の裁定。動機なんて全く見当たらない。それはそれとしてなにしろタイミングがよすぎる。もし五分早ければ偽装自殺は成功しなかった、おたくがグルなら別だが」

私が勢い込んで口を開こうとすると彼は手を挙げて押しとどめた。「まあ落ち着け。誰も正式捜査として疑っているわけじゃない。なんの証拠もない。ただそういうシナリオもあり得るってだけの話だ。五分遅かったらやはり同じ結論だ。偽装自殺が成功できるタイミングはこの一〇分間だけだ」

「一〇分間」と私は苛立って言った。「その一〇分間が何時何分から始まるかなんて誰にもわからない。ましてや仕組むなんてありえない」

オールズは背もたれに寄り掛かってため息をついた。「その通りだ。これがただの頭の体操だってことはおたくにもわかっている。私もわかっている。だがそれでも気に入らない。それはそうとおたくはウェード夫妻に一体全体どうかかわっているんだ？ ウェードはおたくに一〇〇〇ドルの小切手を切った。それからそいつを破り捨てた。おたくに腹を立てたから、そう言ったな。いずれにしても料金は請求していなかった、だから小切手も受け取るつもりはなかった、そう言うんだろ？ もしかしたら亭主はおたくが夫人と寝たと思っていたのか？」

「いい加減にしろ、バーニー」

「おたくが寝たかを訊いてるんじゃない、亭主が疑っていたかを訊いただけだ」

「同じことを言わせるな」

「オーケー、話題を変えよう。あのメキシコ小僧はウェードの何を握ってる?」

「知る限り何もない」

「あの小僧、分不相応に金を持っている。銀行口座には一五〇〇ドルあった。あのしゃれた服、それにシボレーの新車だ」

「コカインでも売り歩いているんだろう」と言った。

オールズは椅子から立ち上がり、私を見下ろし、睨みつけた。

「お前ってやつは信じられないくらいついてる、マーロウ。絶体絶命になったと思ったら二度ともうまく切り抜けた。自信過剰になってもおかしくない。お前はあの連中にえらく役立った。にもかかわらず一セントも金をとろうとしない。お前はレノックスと名乗る男にもえらく役に立ってやった、俺の聞くところではな。その件についてもお前は一セントももらっていない。お前、生活費はどうやって稼いでる? 貯えがたんとあり、もう働く必要ないってか?」

私は立ち上がり机を回ってオールズと面と向かった。「私はロマンチストなんだ、バーニー。たとえば夜、泣き声が聞こえてくる。すると私は表へ出て何事かと確かめにいく。そんなことをやっても一セントの得にもならない。あんたは大人だ。あんたなら窓を閉めてテレビの音を大きくする。車で通りかかったならアクセルを踏み込んでその場からさっさと遠ざかる。他人のもめごとには首を突っ込まない。そうしていれば最悪でもちょっとした陰口をたたかれるだけで済む。

最後にテリー・レノックスと会ったとき、我が家で二人して私が淹れたコーヒーを飲み、タバコを吸った。だから彼が死んだと知らされたとき、私はキッチンへ行ってコーヒーを淹れ、彼のためにコップに注いだ。それから彼のためにタバコに火をつけた。やがてコーヒーは冷め、タバコは燃え尽きた。そして私はテリー・レノックスにグッド・バイを告げた。そんなことをしても一セントにもならない。あんただったらそんな真似はしない。それであんたは模範的な警官で私は個人稼業の探偵なんだ。たとえばこんな真似もする——アイリーン・ウェードが、亭主がいなくなって心配していれば探し出して家に連れ戻してやる。あるいはウェードが、自分でもどうしていいかわからなくなって私に電話をする。すると私は駆けつけて芝生に寝ている彼を担いでベッドに寝かせる。で一セントの得にもならない。分け前もない。何にもない、ときどき顔面にパンチをもらったり、豚箱に放り込まれたり、メンディー・メネンデスみたいなやくざに脅される以外はな。

そんな目に遭っても金にはならない、一〇セントにもな。金庫には五〇〇〇ドル札がしまってある。だが五セントも使う気はない。というのもこの大金を手に入れたいきさつがどうもしっくりこないからだ。手に入った当初は面白がって話のネタにした。今でもときどき取り出しては眺めることがある。それだけだ——一〇セントも使ってない」

「偽札なんだろ」とオールズがにべもなく言った。「そんなでかい札なんか国が刷るかよ。で、色々うだうだ言ってるけど要は何だ?」

「別に。言っただろ、私はロマンチストだって」

「聞いたさ。それから誰からも小銭すら受け取っていない。それも聞いた」

「その代わりと言っちゃなんだが、頭にきたらなんの気兼ねなくお巡りにくたばれ、って言えるんだ。ほら、くたばっちまえ、バーニー」

「しょっ引かれて裏の特別室の裸電球の下に連れてこられたら俺にくたばれとは言えなくなる」

「いつかどっちが正しいかわかるときがくるかもな」

オールズは出口に向かい、ドアを乱暴に開けた。外から顔だけこちらへ突っ込んで言った。「いいか、このガキ。てめえじゃ賢く立ち回っているつもりだろうがとんでもない。お前はただのアホだ。お前はただの壁に写る影だ、大物にくっついているにすぎない。二〇年刑事をやっているが俺はコケされことは一度もない。だまそうとしたってすぐに見破る。何か隠そうとしてもすぐにわかる。本当に賢い人間は自分以外誰も騙さない。もう一度やってみろ、今度は逃がさない」

オールズは顔を引っ込めた。ドアは開けたままだったがやがてダンパーのおかげで閉まった。彼の足音が表の廊下に響き渡った。机の上の電話が鳴ったときまだ足音が聞こえていた。受話器を取ると明瞭で機械のような口調が伝えてきた。

「フィリップ・マーロウさんにニューヨークから電話です」

「私だ」

「ありがとうございます、ちょっとお待ちください。どうぞ、マーロウさん。お相手が出ました」

次に聞こえてきた声には聞き覚えがあった。「ハワード・スペンサーです。マーロウさん。ロジャー・ウェードのことは聞きました。いやー、ショックでした。詳しい話は聞いていませんがあんたの名前が話に出てきたようなので」

「私はその場に居合わせた。ウェードは酔った挙げ句自殺してしまった。ウェード夫人は留守だった。だが事が起こったあと、程なくして帰宅した。使用人は皆、出払っていた——木曜日は休みだそうで」

「彼と一緒だったのはあんただけ？」

「一緒じゃない。私は屋敷の外にいた。外で奥さんの帰りを待っていた」

「そうですか。じゃ、そのうち検視審査会があるでしょ？」

「もう終わりました、スペンサーさん。自殺で結審した。知らないのもしょうがない。マスコミはびっくりするほどほとんど取り上げなかった」

「ほんとですか？ そいつは奇妙だ」スペンサーの声の響きはがっかりしているだけには聞こえなかった——というよりむしろ戸惑っているような、驚いているような感じだった。「ロジャーはあんなに有名だったのに。そうか、考えてみれば前後して色々起こったからな、——いや、私の考えなんか気にしないでいただきたい。そちらに行きたいのだが来週末までは身動きが取れない。ウェード夫人には弔電を打とう。彼女になにかしてやれることがあるかもしれない――それからあの本についても。つまり誰かに引き継がせることができるくらい仕上がっていれば、という意味ですがね。あんた、結局仕事を引き受けたようですね」

「いや、ウェード自身からも頼まれたがそのとき即座に言った、私には飲酒をやめさせることは無理だ、ってね」

「どうせ親身になろうなんて気はなかったんでしょ」

「いいですか、スペンサーさん。あんたはそもそも一連のいきさつについて何も知っちゃいない。私の責任だなんて結論に飛びつくのはすこし待ったらどうですか？ もっとも私自身、悔いるところが全くない、といったらウソになる。あんなことが起こったら、居合わせた人間は多少なりとも責められるのは避けられない。そしてあんたは外野にいる。だから好き放題、手あたり次第人を責めることができる」

「おっしゃる通りだ」と言った。「つまらんことを言って申し訳なかった。一番気をつけるべきところだった。アイリーン・ウェードはいま、家にいるんですかね――ご存じありませんか？」

「ご存じないですね、スペンサーさん。直接電話されたらどうですか」

「まだ人と話す気にはとてもなれないと思うので」とのろのろと言った。

「そんなことはない。彼女は検視官の質問に対してまばたきもしないで平然と答えていましたよ」

スペンサーは咳払いをすると言った。「その言い方、なにか同情のかけらも感じられませんけど」

「ロジャー・ウェードは死んだんだ、スペンサー。彼はちょっとばかりワルでたぶんちょっとばかり才能があったんだろう。まあそこんところは私にはわからない。彼は自己中の酔っぱらいで、そんな自分を嫌っていた。彼は散々私に手を焼かせて挙げ句の果て、私に胸が引き裂かれるような思いをさせた。これ以上なんで同情しなきゃならない？」

「私はアイリーンのことを言っているんですよ」

「そうさ、私だって」

「そっちに着いたら連絡する」と唐突に話を切り上げた。「じゃ、また」

スペンサーは電話を切った。私も受話器を置いた。私はそのままじっと数分間電話器を見つめていた。それから電話帳を持ち出し、机に置いて番号を調べた。

40

スウェル・エンディコットの事務所に電話をした。応対者が告げた、彼は今法廷にいて午後遅くまでかかります。伝言は？　結構。

歓楽街サンセット・ストリップにあるメンディー・メンネデスの根城に電話をした。その店は今年はエル・タパノという名になっていた。まあこれも悪くはない名前だ。タパノにはいろいろな意味があるがアメリカン・スパニッシュでは特に埋もれた財宝を意味する。

これまで店の名前は何回か変わった、かなり頻繁にだ。あるときなどストリップの南に面する黒く高い壁にただ青いネオンの数字が輝いているだけだった。建物は丘に背を向け、敷地内車道は門を入るとすぐカーブしていて表通りからは建物の正面入り口が見えないようになっていた。

普通の人間は近づかない。風紀係の警官、やくざ、それから三〇ドルもするしゃれたディナーを余裕でオーダーしたり、二階の、あくまで静かでドでかい室内で五万ドルも賭博で使える連中以外、ほとんどその店のことなど知らない。

電話口に出たのは何の役にも立たない女だった。次にメキシコ訛りのボーイ長が出た。

「メネンデスさんと話したいって？　お名前は？」

「名無しだ、アミーゴ。野暮用だ」

「ちょっとお待ちを《ウン・モメント・ポー・ファヴォール》」

だいぶ待った。出てきたのは声からして強面の兄さんだった。まるで装甲車の隙間から声を出しているみたいだった。実は口が隙間ほどしか開かないだけなんだろう。

「さっさと名前言え、彼に会いたいってな、誰なんだ?」

「名前はマーロウだ」

「なにマーロウだ?」

「あんたチック・アゴスティーノか?」

「違う。チックじゃねえ。じゃパスワード言ってみろ」

「とっととそのツラ炙りな」

クスリと笑い声が聞こえた。「このまま待ってろ」

やっと別の声が聞こえた。「ハロー、チーピー。真昼間からなんだ?」

「今、いいかな?」

「聞いてやろう、チーピー。今、舞台ショーの稽古がうまくいっているか見ていたところだ。みんなに喜んでもらうためにな」

「あんたが自分の喉を掻っ切ったら、もっと大勢喜ぶ」

「アンコールって叫ばれたらどうしたらいい?」

思わず笑ってしまった。メネンデスも笑った。「お前、おとなしくしているんだろうな」と訊いた。

「聞いてないのか? たまたまある男と友達になった。そしたらそいつが自殺した。私はこれから「死の接吻野郎」って呼ばれる」

「そいつぁいいや、だろ?」

「ちっともよくない。それとちょっと前の午後、ハーラン・ポッターとお茶した」

「やるじゃないか。俺はそんなものは飲まないけどな」

「ポッターからあんたに伝言だ。私には良くしてやれってさ」

「そいつと会ったこともないし、会うつもりもない」

「ポッターの影響力は半端ない。ちょっとした情報をくれたらそれでいいんだ、メンディー。たとえばポール・マーストンについてとか」

「そんな名前、聞いたことないな」

「やけに返事が早いじゃないか。ポール・マーストンはテリー・レノックスがニューヨーク時代に名乗っていた名前だ。西海岸に来る前だ」

「それで？」

「警察が彼の指紋をＦＢＩに照合依頼したが記録がないとの回答だった。ということはテリー・レノックスにはこの国での軍歴がないということだ」

「それで？」

「私があんたに説明するのか？　あんたの聞かせてくれた塹壕の冒険談は全くの口から出まかせか、あるいは別のどこかで別の誰かに起こった事だ」

「どの軍でどこでの出来事かなんて言っちゃいないぜ、チーピー。忠告を守ってみんな忘れろ。言われたろ？　口は閉じていろって」

「確かにそう言われた。あんたの気に障ることしたらチンチン電車を背負ってカタリーナ湾まで泳ぐことになるそうだ。脅そうとしても無駄だ、メンディー。私はこれまでプロとやりあってきたんだ。イギリスにいたことはあるか？」

「粋がるがいいさ、チーピー。この街じゃ何が起きてもおかしくない。ビッグ・ウィリー・マグーンみたいなでかくて強いやつの身にだってなにが起きても不思議はない。夕刊読んでみろ」

「そう言うんなら買ってみよう。私の写真も載っているかもしれないからな。マグーンに何があった？」

「言ったろ――何が起きてても不思議はないって。新聞で読んだこと以上のことは知らない。新聞によればマグーンはネヴァダのナンバープレートを付けた車に乗った四人組の若者を絞り上げようとした。その車は奴の家のすぐそばに停まっていたそうだ。

そのネヴァダのナンバープレートの番号は本物にはない、とんでもないでかい数字だった。きっとなんかの冗談だったんだろう。残念ながらマグーンには冗談が通じなかった。で、奴の両腕はギブスで固められ、あごの骨は三ヶ所ワイヤーで継がれ、片脚はギブスをはめられてベッドに寝たまま高く吊られることになったそうだ。マグーンはもうタフでもなんでもなくなっちまった。お前だって他人事じゃない」

「マグーンが気に障ったのか？ え。マグーンがあんたの身内のチックをヴィクターの店の壁にたたきつけるのを見た。保安官本部の友達に電話して話したほうがいいかな？」

「やってみろ、チーピー」と一言一言ゆっくり言った。「やってみろ、チーピー」

「こうも話す。その現場を目撃したのはハーラン・ポッターの娘さんとカクテル飲んで外へ出たところだった。ポッターの娘の証言で盤石だ、そう思わないか？ それとも彼女も私と一緒に病院送りするか？」

「よく聞け、チーピー――」

「よく考えろ、メンディー。話すのがいいか？ 話されるのがいいか？ あんたら以前、イギリスにいたことあるんだろ？ メンディー。あんた、ランディー・スター、それにポール・マーストンまたの名をテリー・レノックス。まあ名前はなんでもいいけど。イギリスでは英軍にいた、違うか？ あんたらはロンドンの歓楽街ソーホーでなにかやらかしてやばくなり、しばらく軍隊に入ってほとぼりを冷まそうと考えた。そうだろ？」

「このまま待ってろ」とランディーが言った。

私は受話器を耳にあてたままじっとしていた。待って腕が痛くなったがそれ以外何も起こらなかった。腕がしびれたので受話器を持ち換えてまた待った。やっと彼の声が戻ってきた。

「いいか、よく聞け、マーロウ。レノックス事件をかき回してみろ、お前には死んでもらう。テリーはダチだった。だから悲しかった。お前もそうだったんだろ。だからぎりぎり話してやることにする。俺たちは急襲部隊だった。英国軍だ。あれはノルウェーで起こった。沿海にある群島の一つだ。ドイツ野郎は大軍で攻めてきた。一九四二年一一月のことだった。さあもう寝ろ。寝てそのくたびれた脳みそを休ませてやれ」

「サンキュー、メンディー。そうするよ。秘密は守る。信頼できる人間以外には口外しない」

「新聞を買え、チーピー。じっくり読んで頭にしみこませろ。でかくてタフなマグーン。てめえの家の前でボコボコにされた。まったく。麻酔から覚めたとき、さぞぶったまげただろうよ」

電話は切れた。事務所から下におりて街のスタンドで新聞を買って戻ってきた。メネンデスの言ったとおりだった。病院入りしたビッグ・ウィリー・マグーンの写真が出ていた。片目、顔半分は無傷のようだった。残り半分は包帯でおおわれていた。重傷だが命には別状ない。襲った奴らはその辺は十分心得ていた。殺しちゃいけない。なんたって警官だから。この街ではギャングは警官は殺さないことになっている。警官殺しは未成年者に任せている。それにひき肉機にかけられながら命だけは奪われなかった警官は、ギャングにとって最高の宣伝というか、警告になる。マグーンもそのうち傷も癒えて最終的には復職する。だが復職しても何かが欠けてしまう——警官の警官たることを示す最後の芯を失うのだ。マグーンは、やくざを滅多やたらにいたぶるのは間違いだということを示す歩く教訓だ——特に風紀係でしゃれた店で飲み食いし、キャディラックを乗り回している場合には。

椅子に座ったまま、しばらくはテリー・レノックスのことを考えていた。堂々巡りでなんの進展もなかった。それからカーン協会に電話をした。ジョージ・ピーターズにつなぐよう頼んだ。彼は不在だった。私は名前を告げ、急用だと言った。戻るのは五時半ごろだと言われた。

ハリウッド公共図書館へ行き、資料室で尋ねたがお目当ての資料は見つからなかった。それでまた事務所に戻り、今度は駐車場でオールズに乗ってダウンタウンの中央図書館へ行った。お目当ての資料が見つかった。

イギリスで出版された小ぶりの赤い装丁の本に記載されていた。必要な箇所を書き写してまっすぐ家に帰った。またカーン協会に電話をした。ピーターズはまだ戻っていなかった。彼が戻ったら私の自宅に電話くれるよう伝言した。

コーヒーテーブルにチェス盤を置き、「スフィンクス」というパズルの駒を並べた。そのパズルはブラック・バーンが書いたチェス本の見返りに印刷されていた。ブラック・バーンはイギリス生まれのチェスの天才だ。彼はおそらくこれまでで一番のダイナミックなチェス・プレーヤだった。だが冷戦タイプの戦い方が主流となった今日ではもし生きていてもほとんどこれといった戦績は挙げられないだろう。「スフィンクス」は解くのに一一手必要だ。このことが名前の由来だ。チェスのパズルではほとんどが四手か、多くても五手だ。それを超えると幾何級数的に難しくなる。一一手となるとそれはもうほとんど拷問といってもいい。

滅多にはないことだが心底やりきれない気分になったときこのパズルを盤上に並べて新しい解き方を探すのだ。頭の中を爆発させる穏やかで気の利いたやりかただ。叫び声さえ上げない。だが喚きだす一歩手前まではい来る。

ジョージ・ピーターズが電話をくれたのは五時四〇分だった。まず型通りの言葉を交わした。

「あんた、また自分から肥溜めに飛び込んだようだな、そう聞いている」と嬉しそうに言った。「なんでもちっとしっとりとした商売しないんだ？　たとえば死体化粧師とか」

「一人前になるには時間がかかる。聞いてくれ。おたくの客になりたい、もしあんまり高くなきゃな」

「依頼内容によるな、おっさん。頼みたいならまずカーンに話を持っていかなきゃ」

「やだね」

「じゃ、俺が聞こう」

「ロンドンにも私みたいな私立探偵はごまんといる。だけど玉石混合だ。向こうでは私立調査代理人と呼んでいる。あんたんところは向こうに伝手《つて》があるんじゃないかと思って。私が適当に選んだらスカを掴んじまうと思う。調べたいことはごく簡単だ。だが一刻も早く知りたい。来週末前には答えを出したい」

「言ってみな」

「テリー・レノックスあるいはポール・マーストン、名前はどうでもいいけど、彼の従軍歴について知りたいことがある。彼は英軍では奇襲部隊にいた。一九四二年一一月、彼は負傷して捕虜になった。ノルウェーのどこかの島での戦闘でだ。彼の所属部隊名とそこで彼に何があったかが知りたい。戦争省にはすべての記録がある。別に機密事項じゃない、少なくとも私はそう思っている。表向きは相続問題ということにすればいい」

「別に探偵を雇う必要はない。あんたが直接情報開示の請求書類を送ればいい」

「寝ぼけるな、ジョージ。返事が来るまで三ヶ月はかかる。私は五日以内に知りたいんだ」

「ということはまだ事件は終わってないんだな。わかった。他には？」

「もう一つ。ロンドンにはサマーセット・ハウスというのがある。そこに戸籍本省が入っている。イギリス人すべての出生・婚姻・死亡に関する書類が管理されている。何かの項目で彼の名前がヒットするかもしれない――出生、結婚、帰化、片っ端から当たって欲しい」

「なぜ？」

「なぜってどういう意味だ？　誰が金を払うと思っているんだ？」

「名前がヒットしなかったら？」

「お手上げだ。もしヒットしたらどんな書類でもいい、その書類の認証付きコピーが欲しい。私から幾ら巻き上げればやってくれる？」

「カーンに訊いてみなきゃ。そもそも受けないかもしれない。我々としてはあんたの得意なマスコミに騒ぎ立てられるのは好かないからな。もしカーンが俺に任せてくれて、あんたがうちとの関係を口外しないならざっと言って三〇〇ドルだな。あっちの連中はこっちの相場を知らない。多分一〇ギニーくらいで受けると思う。

三〇ドル以下だ。諸経費を入れても五〇ドルだ。だけどカーンは二五〇ドル以下の仕事は受けない」

「同業者割引は」

「ハ、ハ、ハ、やつの辞書にはそんな言葉はないよ」

「電話をくれ、ジョージ。そのうち飯でも喰わないか？」

「ロマノフで？」

「いいよ」と口ごもりながら言った。「予約が取れたらな——ダメだと思うけどな」

「カーンの席を使えばいい。ひょんなことからやつがお忍びで高級レストランに通うのを知った。ロマノフもその一つ、常連だ。上得意からの稼ぎのおかげだ。カーンはこの街じゃちょっとした大物だ」

「うん、確かに。だが私はもっとすごい大物を知っている——私のマブダチだ——カーンを小指でひねりつぶせる」

「やるじゃないか、にいさん。あんたはやばくなってもうまくすり抜ける。俺にはよくわかってる。そのうち、なんて待つことはない。今夜七時にロマノフのバーで会おう。支配人にはカーン大佐を待っていると言えばいい。ゆったりとした席を用意してくれる。そうすれば脚本家とかテレビ俳優とかガサツな奴らの肘を気にしなくても済む」

「じゃ、七時に会おう」と言った。

電話を切り、またチェス盤に向かった。だがもう「スフィンクス」なんかどうでもよくなっていた。程なくピーターズから電話がかかってきた。協会の名前を巻き込まないということでカーンも受けることを了承したと言った。次いでピーターズは今夜にでもロンドンに依頼書を出すと言った。

41

翌週の金曜朝、ハワード・スペンサーから電話があった。彼は、リッツーバーレイ・ホテルに滞在しているという。ホテルのバーで一杯やらないかとの誘いだった。

「あんたの部屋がいいな」

「結構ですよ、君さえよければ。八二八号室です。今、アイリーン・ウェードと話したばかりです。気持ちの整理もできてすっかり落ち着いているようでした。ロジャーの遺稿を読んだと言っていました。彼女の見るところ、別の作家に引き継がせて仕上げるのは容易《たやす》いとのことでした。新作は既刊書と比べるとかなりページ数が少ない。けれどウェード最後の作品となればそんなことは誰も気にしませんよ。出版社は冷淡な連中の集まりだと思っているんでしょう？　アイリーンは午後は在宅だそうです。もちろん私と会いたがっていました。私も彼女と会いたい」

「じゃ、三〇分ほど後で。スペンサーさん」

スペンサーの部屋はホテルの西側にあり、しゃれた広いスイートだった。居間には高い窓があり、開けると狭い鉄製のバルコニーがあった。ソファは明るい縞模様の布地が張られていて、一面花模様が配されたカーペットがその下に敷かれていた。その組み合わせは古き良き時代の雰囲気を醸し出していたが、残念なことに酒飲みがグラスを置きそうなところには全てガラス板が載せられていて、おまけに室内には一九もの灰皿がばらまかれていたから折角の雰囲気も台無しになっていた。ホテルの部屋を見れば客のマナーがかなり正確に読み取れる。リッツーバーレイ・ホテルはそもそも客にマナーなどというものは期待していないようだ。

スペンサーが握手の手を差し出した。「座ってください」と言った。「何を飲みますか？」

「なんでもいいです。べつに飲まなくても構いません」

「私はアモンティラード［スペイン産のシェリー酒］がいい。夏のカリフォルニアは酒を飲むのには向いていませんね。ニューヨークではカルフォルニアで飲む四倍ほど飲んでもせいぜい軽い二日酔になるくらいですみます」

「じゃ、私はライ・ウィスキー。サワーで」

スペンサーは立ち上がってルーム・サービスに電話した。それから縞模様の布地のソファに腰かけるとフチなし眼鏡をはずし、ハンカチで拭いた。眼鏡をかけ直すと慎重に位置を合わせて私をじっと見た。

「君は何か魂胆があるんじゃないのかな？　だからバーじゃなくて部屋で会いたがった」

「アイドル・バレーへは私の車で行きましょう。私もウェード夫人に会いたい」

ちょっと戸惑った様子だった。「彼女の方はどうかな？　私には何とも言いかねる」

「会いたがりませんよ。だからあんたのお供ってことで」

「それでは私が彼女の気持ちをないがしろにしたことになってしまう、違うかな？」

「夫人は私と会いたくない、とはっきり言いました？」

「はっきりとは言っていない。詳しいことは聞いていない」それから咳払いして言った。「私の印象では、夫人は、ロジャーの死は君の責任だと思っているようだ」

「その通り。彼女はロジャーが死んだ日の午後、通報を受けて駆けつけた保安官助手に会うなりそう言った。たぶん、捜査担当の警部補にも同じことを言ったと思う。けれども検視官にはそんな証言はしていません」

スペンサーは背もたれに寄り掛かり、手のひらに何かを書いていた。考え事をするときにやる無意識のしぐさだ。

「アイリーンに会って何になるって言うんだ？　マーロウ。彼女は耐え難い経験をした。あれ以来辛い日々だったに違いない。彼女が乗り越えられるよう、そっとしてやれないのか？　それとも自分には落ち度がなかったと説き伏せたいのか？」

「彼女は、保安官助手に私が殺したと言った」

「言葉通りの意味で言うはずはない。そうでなきゃ――」

ドアのベルが鳴った。スペンサーはドアを開けた。ルーム・サービスのボーイが飲み物を運んできて、まるでフルコースのディナーを用意するように恭しく大げさにテーブルに置いた。スペンサーは伝票にサインをしてボーイにチップを五〇セントやった。ボーイは出ていった。スペンサーは注文したシェリーを手に取るなりその場を離れた。まるで私に飲み物を渡すような真似などしたくないといったふうに。私は飲み物に手を付けなかった。

「そうでなきゃ、なんですか？」と彼に訊いた。

「そうでなきゃ、アイリーンは検視官にも君のことをなにかしら言ったはずだ。そうだろ？」スペンサーは私を睨みつけた。「こんなことを言い合っても何の足しにもならない。訊くけど君はなんで私に会いたいと言ったんだ？」

「会いたいと言ったのはあんただ」

「そう言った訳はただ一つ。私がニューヨークから電話した折、君は私に、結論に飛びつくのはすこし待ったらどうか、と言った。その言葉は君がなにか説明する意思を示唆している、私はそう取った。さあ、説明してくれ」

「ウェード夫人同席のもとで説明したい」

「それはいただけないな。そうしたいなら自分で段取ればいい。私はアイリーン・ウェードを心から思いやっている。出版社としては、もし可能ならウェードの労作に日の目を見せてやりたい。もしアイリーンにとって君は、君が言うように招かれざる客なら、君があの家の敷居をまたぐ手助けはしてやれない。ちょっと考えればわかることだ」

「それならそれでいい」と私が言った。「忘れてくれ。私はアイリーンに会おうと思えば普通に会える。ただ誰か証人として一緒にいてほしかっただけだ」

「証人って何のだ？」スペンサーは噛みつかんばかりに訊いた。

「アイリーン同席で私の説明を聞くか、それとも聞くのをあきらめるかだ」

「なら私は聞かないこととしよう」

私は立ち上がった。「たぶんそれが正解だ、スペンサー。あんたはウェードの遺稿を本にしたい――もし使えるなら。それと同時にアイリーンにとって頼りになる男になりたい。どっちもあっぱれな目論見だ。私にはどっちも無縁のことだ。せいぜい頑張ってくれ。幸運を祈る。じゃあな」

スペンサーは突然立ち上がり私に詰め寄った。「ちょっと待て、マーロウ。何を考えているか知らないが同席の件、どうやら君にとって重要なことのようだ。ロジャー・ウェードの死をめぐってなにか不審な点があるのか？」

「不審な点なんかない。彼はウェブリ・ハンマーレス拳銃で自分の頭を撃ち抜いた。検視審問会の報告を読んでないのか？」

「確かに」スペンサーは私のすぐそばに立っていた。混乱しているようだった。「それは東部の各紙に出ていた。そして数日後届いたロスアンジェルスの新聞でより詳細な記事を読んだ。彼は部屋に一人でいた。君はそばにはいたが部屋にはいなかった。使用人、キャンディやコックは皆休みだった。アイリーンは街へショッピングに出かけていた。彼女が家に戻ったのはちょうど事件の直後だった。銃が発射されたそのとき、たまたま爆音を立ててモーターボートが湖を走ってきた。その爆音によって銃声はかき消された。それでそばにいた君でさえ銃声に気が付かなかった」

「その通りだ」と私は言った。「モーターボートが去った後、湖畔から戻って邸内に入った。すると玄関の扉のベルが鳴り、開けるとアイリーン・ウェードが立っていて鍵を忘れたと言った。ロジャーはそのときは既に死んでいたんだ。アイリーンはロジャーの様子を見に書斎へ行ったが戸口から様子を見ただけだった。彼はカウチに横たわっていた。それで寝ていると思いこんだ。戻ると二階にあがり、部屋で着替えてキッチンへおりてきてお茶を淹れた。彼女が二階にいる間に私も書斎に行った、カウチ脇のカクテルテーブルの上にあるウィスキーのボトルを回収しようとおもって。カウチに横たわっているウェードから呼吸音がしないことに気が付いた。その理由がわかった。それで保安官支所に連絡した」

「なんにも不審な点はないように思える」とスペンサーは静かに言った。彼の声からは刺すような調子がすっかり消えた。「あの銃はロジャーのものだ。事件のほんの一週間前、自分の寝室で暴発事件を起こした。アイリーンが銃を奪おうとロジャーともみ合っているところを君が見つけたと聞いた。彼の精神状態、彼の行状、仕事上の悩み――自殺はそのすべてが一挙に噴き出した結果だ」

「アイリーンは今度の作品は出来がいいと言ったんだろ、なんで悩む必要がある？」

「それは彼女の感想にすぎない。そうだろ。あるいはウェードとしては思ったより出来が悪かった、そう思ったのかもしれない。いや、先を続けてくれ、私だって馬鹿じゃない。君にはなにか引っかかることがあるんだな」

「この事件を担当している殺人課の刑事は私の古くからの友人だ。彼はブルドックのように一度噛みついたら離さない。猟犬のように血の臭いを嗅ぎつける。そしてなにより、年季の入った冴えた刑事だ。その彼がこの事件については気になるところがいくつかあると言っている。

　なぜロジャー・ウェードは遺書を遺さなかったのか――なんかっちゃなんでもすぐ書き留める男が。なぜ夫人にショックを与えるような姿で自殺をしたのか？　なぜわざわざ私に銃声が聞こえなくなる瞬間を選んだのか？　なぜアイリーン・ウェードは鍵を忘れ、誰かに邸内に入れて貰う状況をつくりだしたか？　なぜ使用人の休日にロジャー・ウェードを一人にしたのか？　使用人はみな邸内からいなくなることを百も承知で。ポイントはアイリーンが、私がいることは知らなかったと述べていることだ。もし本当は知っていたとしたら、鍵の件と及び休日にロジャーを一人にしたこの二つについての「なぜ」は「なぜ」でなくなる」

「そんな！」とスペンサーはうろたえて涙声を出した。「そのいかれた刑事がアイリーンを疑っている、そう言うのか？」

「もし、動機が見つかれば疑うことになる」

「むちゃくちゃだ。なんで君は疑われないんだ？　君はあの日の午後一杯あの家にいた。それに対してアイリーンはどうだ？　仮にやろうとしてもやれる時間はほんの数分間だ——おまけに彼女は家の鍵を持っていなかった」

「私の動機はなんだ？」

スペンサーはまた私から離れてテーブルへ行き、私が注文したウィスキー・サワーのグラスを掴むと一気に喉に流し込んだ。それからグラスをそっとテーブルに置くとハンカチを取り出し、口と手を拭いた。グラスには氷も入っていたので水滴が付いていたのだ。ハンカチをしまった。私をじっと見た。

「殺人事件として捜査しているのか？」

「私からはなんとも言えない。確かなことが一つある。そろそろ彼のアルコール血中濃度の測定が完了するはずだ。もし失神するほどのアルコールが検出されたら自殺とは断定できなくなり、やっかいなことになる」

「で、そのことをアイリーンに話すって訳か」と一言一言ゆっくり言った。「証人の立ち会いの下で」

「その通り」

「自殺説が怪しいとなったら私には二つのことしか思い浮かばない。君が死ぬほど怯えるか、君がアイリーンこそ死ぬほど怯えるべきと考えているかだ」

私は頷いた。

「どっちだ？」と彼は食いつきそうな顔をして訊いた。

「私は怯えていない」

スペンサーは腕時計を見ながらつぶやいた。「君が狂っていることを真に願う」

二人は無言で顔を見合った。

42

コールドウォーター・キャニオンを北に抜けると暑くなってきた。丘を越えてサン・フェルナンド・バレーに向かって下ってゆく頃にはもう息苦しい灼熱地獄のようだった。

助手席のスペンサーを見た。ベストを着ていたが暑さは気にならないようだった。なにかしら暑さなどどうでもよくなるほどの心配の種を抱えていた。車の前方をまっすぐ見据えたままひと言も口を利かなかった。下り坂の前方に厚いスモッグの層が地表にへばりついていた。それは地に漂う厚い霧のように見えた。坂を下って、いよいよその層に突入すると無言だったスペンサーが喚いた。

「なんだこれ！　南カルフォルニアの気候は気持ちがいいと思っていた」と言った。「あんたら一体なにやったんだ――古タイヤでも燃やしているのか?」

「アイドル・バレーは爽やかだ」と言ってなだめた。「あそこは海風が吹くから」

「あそこに酔っ払い以外で話題にできるものがあるとは嬉しい限りだ」とスペンサーは応じた。「あの素晴らしい郊外の住民を見ていて思うのだが、ウェードがここへやってきて居を構えたのは悲劇的な誤りだったと思う。作家に必要なのは刺激だ――ウィスキーボトルみたいな連中なんか必要ない。アイドル・バレーには何にもない。あるのはよく日焼けした二日酔いの奴らだけだ。勿論ここの上流階級の連中のことを言っている」

舗装のない脇道に入るとスピードを落とした。アイドル・バレーへの道だ。しばらく進むとまた舗装道路となり、程なくして海からのそよ風が心地良く頬をなでるようなった。遙か湖の端、西側に連なる丘の間を渡ってくるのだ。背の高いスプリンクラーが広い芝生の上を、葉を濡らす度にシュッシュッと音を立てて回っていた。もうこの時期には裕福な人々はどこかに避暑地へ出かけていた。鎧戸の降りた家や、庭師が敷地内車道のど真ん中に堂々とトラックを駐めているのを見てもわかる。ウェード邸にやってきた。門を通り抜け、敷地内車道を進み、アイリーンのジャガーの後ろに車を駐めた。スペンサーは車を降りると石畳を踏みしめ、大股で玄関ポーチへと突き進んだ。玄関のベルを鳴らすとほとんど同時に扉が開いた。そこにはキャンディがいた。白いボーイ服、浅黒いハンサムな顔立ち、鋭い黒い目、すべてが何事もなかったようにみえた。

スペンサーが入った。キャンディは私をちらっと見ると私の鼻先で扉を閉めにかかった。私がノブを捕らえたので扉は閉まる寸前で止まった。私はそのまま扉を開けようとノブを押し、相手は扉を閉めようとノブを押した。扉は閉まる寸前のまま時間が過ぎた。私が肩でベルを押すと中でチャイムが鳴るのが聞こえた。相手はノブを離した。

扉がサッと内側に退き、キャンディが私の目の前に立って押し殺すような声で言った。「失せろ！　俺が切れないうちにな。それとも腹にナイフを突き立てられたいか？」

「ウェード夫人に会いにきた」

「奥さんはお前なんか爪の先さえ見たがらない」

「そこをどけ、ドン百姓。お前とジャレにきたわけじゃない」

「キャンディ！」アイリーンの声だった。鋭い口調だった。

キャンディは私を睨みつけると奥へと去っていった。私は扉を閉め、居間へ進んだ。アイリーンは対になっているダベンポートの一方の端に立っていて、スペンサーは彼女の脇にいた。アイリーンはたとえようもなく美しかった。その日は思い切りハイウェストの白のスラックスで半袖の白のスポーツ・シャツ、その左胸のポケットにはライラック色のハンカチがのぞいていた。

「キャンディは最近だんだん横柄になってきたわ」とスペンサーにこぼした。「お出で頂いて嬉しいわ、ハワード。それもわざわざこんなところまで。お連れがいるとは思いませんでした」

「マーロウがここまで乗せてきてくれました」とスペンサー。「それにあなたに会いたいそうです」

「さあ、なぜかしら？　見当もつかないわ」と冷たく言い放った。それからようやく私のほうを向いた。その眼差しは、一週間のご無沙汰で彼女の心にぽっかり空洞ができた、なんてものではなかった。「それでご用は？」

「話は少し込み入っている」と私は言った。

アイリーンはゆっくり腰を掛けた。私は反対側のダベンポートに座った。スペンサーは気を悪くしたのか眉をひそめた。やおらメガネを外して磨いた。眉をひそめたのがごく自然にみえるようにしたのだ。スペンサーは私と同じダベンポートの、反対の端に座った。

「お昼をご一緒できる時を見計らっていらっしゃるとばかり思っていたわ」

「今日は違うんです、すいません」

「あら、いいのよ。勿論、お忙しければ。じゃ原稿をご覧にいらっしゃったのね」

「もしよろしければ」

「勿論です。キャンディ！ あら、いないわ。原稿はロジャーの書斎の机の上です。取ってきますね」

スペンサーが立ち上がった。「私が取ってきましょうか？」

答えを待つことなく立ち上がって書斎へ向かった。座っているアイリーンの背から三メーターほどのところで一旦立ち止まり、私に張り詰めた顔を向け、それから廊下へと消えた。

私はただそこに座っていた。スペンサーを目で追っているアイリーンの顔がこちらを向くのを待った。彼女は冷たく、まるでなにか物を見るような目つきで私を見た。

「どんなご用件？」と素っ気なく言った。

「諸々です。あのペンダントをまたつけてますね」

「よくつけるの。ずーっと以前にある心に残る友人から頂いたものです」

「ええ、そう言ってましたね。それって英国陸軍の何かのバッジでしょ？」

彼女は細いチェーンがぴんと張るほどペンダントを私の方へ差し出すように見せた。

「これは宝石商に作らせた複製です。本物より小さいし金とエメラルドでできています」

スペンサーが広い居間を横切って戻ってきた。ダベンポートに座るとカクテルテーブルの端、自分の目の前に分厚い黄色いタイプ用紙の束を置くとぼんやりそれを見たが、すぐにアイリーンに目を向けた。

「もう少しよく見せてもらえますか？」と私。

彼女はチェーンをたぐって留め金を見つけて外した。ペンダントを渡してくれた、というより私の手のひらに落とした。それから膝の上で手を組んで怪訝な顔をした。

「どうしてこのペンダントがそんなに気になるの？　これはアーティスト・ライフルという名の連隊のバッジです。義勇隊なの。これをくれた人はその後すぐに戦死したわ。ノルウェーのアンダルスネスで。あの恐ろしい年――一九四〇年の春」にっこり笑って片手を広げ、言った。「彼は私を愛したの」

「アイリーンは大空襲のあいだずっとロンドンにいた」スペンサーがうつろな声で言った。

「国に帰る手だてがなかった」

私もアイリーンもスペンサーのことばを無視した。「そしてあなたは彼を愛した」と私が言った。

アイリーンは視線を手元に落とし、それから顔を上げると私を正面から見据えた。「大昔のことだわ」と言った。「それに戦争だった。普通じゃ起こりえないことが起こるの」

「それだけでは片付けられないでしょ、ウェード夫人。あなたはその男について、どれだけ胸の内を私に話したか忘れているようですね。「たった一度、二度と得られない奔放で神秘的でこの世のものとは思えない愛」これはあなたの言葉です。ある意味、あなたはまだ彼と恋に落ちている。私がその人物と同じイニシャル、P・Mってのはなんとも嬉しい限りです。それで私を雇おうとしたんじゃありませんか？」

「彼の名前とあなたの名とはなんの関係もないわ」と冷ややかに言った。「彼は死んだの。死んだ、死んだんです」

私は金とエナメルのペンダントをスペンサーに差し出した。彼は迷惑そうに受け取った。

「前にも見た」とつぶやいた。

「これからデザインを言うので確かめてほしい」と私は言った。「まず短剣だ。幅広の短剣は白のエナメルの柄に金の刃だ。短剣は下に向けられていて柄近くの刃は薄い青のエナメルでできた両翼の上に置かれている。そして切っ先近くの刃は帯の下をくぐっている。帯には言葉が書かれていてそこにはこうある。「克つ者が勝つ」

「その通りのようだ」と言った。「で、何が言いたいんだ?」

「彼女はアーティスト・ライフル連隊という名の義勇隊のバッジだと言った。更に彼女は、これは一九四〇年の春、英国陸軍のノルウェー侵攻に加わったその連隊に所属していて、アンダルスネスで戦死したある男からの贈り物だと言った」

二人とも私の次の言葉を待っていた。スペンサーはじっと私を見ていた。私は無駄話をしているのではなかった。スペンサーもそれはわかっていた。アイリーンもわかっていた。

アイリーンは戸惑ったようは表情を浮かべ、その截り金のような眉をひそめた。本当に戸惑っていたのかもしれない。そしてその表情には私への親しみは毛ほどもなかった。

「それは袖章です」と私は言った。「袖章は確かにアーティスト・ライフル連隊のものですが、それは、この連隊が特殊空挺部隊の一部として改編というか統合というか併合というか正式な言い方はともかく、その改編を記念して作られたものです。アーティスト・ライフル連隊はもともと義勇歩兵連隊だった。そして問題の改編は一九四七年におこなわれた。ということはこの袖章は一九四七年以前には存在しない。だから誰だろうとウェード夫人に一九四〇年に贈ることはできませんよ。それにアーティスト・ライフル連隊が一九四〇年にノルウェーのアンダルスネスに上陸した事実はない。上陸したのはシャーウッドの森連隊とレスターシャ州連隊だった。両方とも義勇軍だがアーティスト・ライフル連隊ではない。こんなことまでほじくり返すのは意地悪ですかね」

スペンサーはペンダントをコーヒーテーブルに置くとそろそろとアイリーンの目の下まで指で押していった。終始無言だった。

「適当なことを言っても私はなにも知らないから揺さぶれるとお思いなの?」とアイリーンがあざけるように

言った。

「英国の戦争省が事実を知らないとでも？」と即座に言い返した。

「きっとなんかの間違いだ」とスペンサーが取り持つように言った。

私はサッと振り向き、スペンサーを睨みつけた。「そんな言い方で片付ける手もある」

「もう一つの見方は私が嘘つきだということ」とアイリーンが冷たく言った。「本当のことを言うわ。ポール・マーストンなんて名前の人は見たことも聞いたこともありません。勿論愛したことも愛されたこともないわ。その人が私に連隊バッジの複製をくれたこともありません。そんな人はそもそもいませんでした。このペンダントは私がニューヨークのある店で買いました。その店は英国からの高級雑貨の輸入品を扱っています。革製品とか手製の革靴、軍隊や学校紋章付きのスカーフやクリケットチームの制服みたいなものよ。これでご満足かしら？　マーロウさん」

「後ろ半分はね。でも前半についてはノーです。誰かがあなたに、そのバッジはアーティスト・ライフル連隊のものと説明したのは間違いない。けれどその誰かはその由来をあなたに話すのを忘れたか、そもそも知らなかったかどちらかだ。確かなのはあなたはポール・マーストンを知っているし、彼が従軍したのを知っているし、ノルウェーの戦闘で行方不明になったことも知っている。だけどその戦闘は一九四〇年じゃありませんよ、ウェード夫人。一九四二年です。そのとき彼は急襲部隊に所属していた。そして場所はアンダルスネスではないんです。彼が行方不明になったのは奇襲部隊が初めて上陸攻撃した、ノルウェー沿岸の、ある小島だったんです」

「そこまで一々目くじら立てる必要もないだろう」とスペンサーはいかにも大所高所からのような口調で言った。彼は目の前の黄色いタイプ用紙をパラパラとめくっていた。

彼が私の味方で、私が悪い刑事役、彼がいい刑事役となってアイリーンに本当のことを言わせようとしているのか、ただ単に私がアイリーンを責め立てるのが不愉快なだけなのかわからなかった。スペンサーは原稿用紙の束を取り上げると手のひらで重さを量った。

「それを目方で買うのか？」と私が訊いた。

びっくりしたようだ。それからちらっとむずかしい笑顔を見せた。「アイリーンはロンドンで辛い目に遭った」と言った。「記憶も混乱する」

私はポケットから折りたたまれた紙を取り出した。「その通り」と私は言った。「たとえば誰と結婚したかわからなくなったとか。ここに市民結婚証明書の写しがある。原本はイギリスのカックストン・ホールの登記所にある。結婚届の日付は一九四二年八月だ。カップルの名前はポール・エドワード・マーストンとアイリーン・ヴィクトリア・サンプセルだ。ある意味、ウェード夫人の言うことは正しい。ポール・エドワード・マーストンなる人物はこの世には存在しない。偽名だった。なぜなら軍人として結婚するには軍の許可が要る。ソーホーあたりで警察沙汰を起こした彼としては都合が悪い。だから偽の身分証明書をつくって一般市民として結婚した。軍では違う名前を名乗っていた。

彼の軍歴の一部始終を手に入れた。いつも不思議に思うのだが、どんな嘘でも、訊いて回られれば必ずばれる、ということをなぜか誰もわかっていない」

スペンサーはもうひと言も口を挟まなくなった。背もたれに寄りかかってじっと見ていた、私を、ではない、アイリーンを見つめていた。彼女はその視線をかすかな弁解めいた眼差しで受け止めた。その顔には女性がもっとも得意とする誘うような誘わないような笑顔が浮かんでいた。

「とにかく彼はもう死んだの、ハワード。私がロジャーと出会うずっと前に。昔のことや死んでしまった人がどうしてここで問題になんかなるの？　ロジャーは全部知っていたわ。結婚前の名前をずっと名乗っていたのは確かよ。戦時下ではそうするより他なかったの、パスポートがそうなっていたから。それから彼は戦死した――」

そこで言葉を切り、ゆっくりと息を吐いてゆっくり両手をおろし、そっと膝に置いた。「すべて終わったわ。恐れていたことがすべて起こったの。そしてすべてがなくなってしまったの」

「ロジャーが知っていたというのは確かですか?」とスペンサーが訊いた。

「ある程度知っていたようだ」と私。「ポール・マーストンという名前になにか特別な感情を持っていた。その名を知っているか、と訊いたら奇妙な目つきをした。だけど理由は言わなかった」

アイリーンは私の言葉など聞こえなかったようにスペンサーの質問に応じた。

「あら、勿論ロジャーは事の顚末をみんな知っていたわ」彼女はゆとりを取り戻し、やれやれといったようにスペンサーに笑みを送った。あたかも吞み込みが悪いのね、と半ば責めるように。女性は色々な手を使う。

「じゃ、どうして日付で嘘をついたんですか?」とスペンサーが突き放すように言った。「なぜ彼が死んだのは一九四〇年と言ったんですか? 本当は一九四二年なのに。なぜ彼がくれるはずのないペンダントを身につけ、彼から貰ったとことさら言ったんですか?」

「多分夢に迷い込んだんです」と穏やかに言った。「もっと言えば悪夢の中に。空襲で友達が大勢死にました。あの大空襲のあいだ、おやすみなさい、と言うとき、それがさようなら、というふうに聞こえないように誰もが気をつけたわ。でも結局さようならになってしまうことがしょっちゅうだった。そして兵士にさようならって言うのは——もっと悲しかった。戦死するのはいつも親切で優しい人だから」

スペンサーは黙っていた。私も黙っていた。アイリーンはテーブルに置かれているペンダントに目を落とした。それを手に取り、チェーンに取り付けるとまた頸に掛け、ゆっくりと背もたれに体を預けた。

「あなたの言うことの真偽をいちいち確かめる権利など私にはないことはよく承知していますよ、アイリーン」とスペンサーはおもむろに口を開いた。「もう忘れましょう。マーロウはバッジや結婚証明書やなにやらを大事件に仕立てあげた。私としたことがちょっとそれに乗せられてしまった」

「マーロウさん」とアイリーンが静かに言った。「あなたは些細なことを大事件に仕立てました。だけどほんとに大事件が起きたとき——たとえば人の命を救えるとき——あなたは湖に出てくだらないモーターボートを眺めていたわ」

「ところであなたはその後ポール・マーストンとは二度と会っていないのは確かですね」と私は言った。

「死んだ人にどうやって会えるの？」

「あなたは彼の生死は知らなかった。赤十字からは彼の戦士報告は出されていない。捕虜になった可能性もある」

アイリーンが不意に身震いをした。「一九四二年一〇月」とゆっくり話し始めた「ヒットラーはすべての奇襲部隊の捕虜は秘密警察に移すよう指令を出したわ。その意味、誰でもおわかりだと思います。拷問の末、秘密警察の地下牢で人知れず死ぬんです」と言ってまた体を震わせた。それから私を睨みつけて、「あなたは恐ろしい人。私が取るに足りない嘘をついたから、その罰としてあの悲しい時代に逆戻りさせたんですから。愛する人がナチに捕らわれてその身にどんな運命が降りかかるか、どんな運命が降りかかったか知ったらあなたはどうします？一生懸命それは本当じゃない、本当はこうだ、と別の記憶——たとえそれがいつわりでも——を作り上げようとするのがそれほどおかしなことでしょうか？」

「酒が飲みたい」とスペンサーが言った。「我慢できない。一杯もらえるかな？」

アイリーンが手を叩くとキャンディがいつも通りどこからともなく現われてスペンサーにお辞儀をした。

「なにがよろしいですか？セニョール・スペンサー」

「スコッチをストレートで、たっぷりな」とスペンサーが言った。

キャンディはフレンチ・ウィンドウの脇の壁まで行き、壁からバー・カウンターを引き下ろした。バー・カウンターの裏には棚があり、それぞれずらりとボトルとグラスがならんでいた。カウンターにグラスを置くとボトルからなみなみとウィスキーを注いだ。戻ってくるとスペンサーの前のテーブルに置いた。そして立ち去ろうとした。

「キャンディ、多分」とアイリーンが落ち着いた声で言った。「マーロウさんもお飲みになると思うわ」

キャンディは立ち止まると彼女を見据えた。その顔はどす黒くゆがんでいた。

「いや、結構」と私は言った。「飲み物はいい」

キャンディは鼻を鳴らしてその場を去っていった。誰も口を利かなかった。スペンサーは一気にグラス半分を飲んだ。タバコに火をつけた。グラスを見たまま私に向かって言った。

「ウェード夫人かキャンディが私をビバリーヒルズまで送ってくれる。タクシーだって呼べる。私が思うに、君は言いたいことはすべて言った」

私は広げてあった結婚証明書をまた元通り折りたたみ、ポケットにしまった。

「本当に帰っていいんだな?」とスペンサーにただした。

「みんながそう願っている」

「いいだろう」と私は立ち上がった。「あんたには一役買って貰うつもりで同行願った。そんな期待をした私がアホだった。大手出版社の社長ならそれなりの見識をお持ちのはずだ――もし出版社に何らかの見識が備わっていたらの話だが――だから私がウェード夫人に、ただむごい仕打ちをするためにここへ来たんじゃないとわかってもらってもいいはずだった。私は大昔の話を蒸し返しにきたわけでもないし、自腹を切ってでも真実を見つけたのは、誰かの頸にその真実を巻き付けて締め上げようとしたわけでもない。

私がポール・マーストンを調べたのは、ナチスの秘密警察が彼を殺したからでもないし、ウェード夫人が怪しげなペンダントをつけているからでもなし、彼女の言う時系列が事実と違うからでもないし、彼女が戦時下によくあるお手軽結婚をしたからでもない。

調査を始めた時点では今、列挙したことなんか一つも知らなかった。わかっていたのはただ名前だけだった。さて、どうやってこのような事実にたどり着いたかわかるか?」

「そりゃ誰かが君に話したんだ。間違いない」とスペンサーは素っ気なく言った。

「その通りだ、スペンサーさん。戦後、ある人物がポール・マーストンなる男をニューヨークで見かけた。それからしばらくしてハリウッドにある有名レストラン、チェースンズで、またそのポール・マーストンを見かけた。そのとき彼は奥さんと一緒だった」

「マーストンってのはよくある名前だ」とスペンサーが言った。それからウィスキーをすった。彼が横を向いた。右の瞼が見えた。かすかに目を細めていた。少し話を聞く気になったようだ。それを見て私はまたダベンポートに腰を下ろした。

「名前がポールというマーストン、つまりポール・マーストンだってありふれた名前だ。たとえばニューヨーク市の電話帳にはハワード・スペンサー氏は一九人載っている。そのうち四人は私と同じ、ただのハワード・スペンサー。ミドル・ネームなしのハワード・スペンサーさんだ」

「確かに。じゃ訊くが、顔半分、時限迫撃砲弾で切り裂かれ、今じゃその横顔に傷と整形手術の跡があるポール・マーストンが果たして何人いると思う？」

スペンサーの口があんぐりと開いた。なんともいえない荒い息づかいが聞こえた。ハンカチを取り出すと額をパタパタとはたいた。

「それから戦場で迫撃砲弾が着弾したとき、メンディー・メネンデスとランディー・スターというタフなやくざ二人の命を救ったポール・マーストンが果たして何人いる思う？　二人とも健在で実にはっきりとした記憶の持ち主だ。きちんとお膳立てすれば二人とも証言する。もうこれ以上持って回ったやり取りは終わりだ、スペンサー。ポール・マーストンとテリー・レノックスは同一人物だ。一点の疑念もなく証明できる」

この説明で誰かが二メートルも飛び上がり、悲鳴をあげるとは思っていなかった。誰もそんな反応はしなかった。その代わりにある種の、叫びに勝るとも劣らないほど耳をつんざく沈黙が部屋を支配した。私はその沈黙を受け止めた。沈黙が私を包み込んでいた。重く苦しい沈黙が。

キッチンから水が流れる音が伝わってきた。表の道路から新聞配達がぶ厚い新聞を敷地内車道に向けて放り投げる音がどさっと聞こえた。自転車に乗った少年が調子はずれの口笛を軽く吹きながら通り過ぎるのが聞こえた。

頸の後ろにチクッと何かが刺さった。さっと体を前に折り、くるりと振り返った。そこにキャンディが立っていた。手にはナイフがあった。彼の暗い顔は無表情だったが、その目には、今まで見たことがない表情が現われていた。

「あんたは疲れているんだ、アミーゴ」と優しく言った。「飲み物を持ってこよう、どうだ?」

「バーボン・オン・ザ・ロックを頼む。ありがとう」と言った。

「すぐに《デ・プロント》、セニョール」

キャンディはナイフをパチンと折りたたむと白いボーイ服のポケットにストンと落とし込み、すーっと去っていった。

長い沈黙のあとアイリーンを見た。彼女は腰掛けたまま前屈みになり、両手をきつく握っていた。うつむき加減だったので彼女の表情はうかがい知れなかった、仮に何らかの感情が顔に表れていたとしても。それからおもむろに語り出した。その声はあたかも電話から流れる時刻を毎秒ごとに告げる合成音声のように明瞭で空虚だった。もし切らなければ、勿論そんな人はいないが、なんの抑揚の変化もなく、いつまでも過ぎゆく時間を告げ続ける、あの音声案内だ。

「一度彼を見たわ、ハワード。一度だけ。話しかけも何もしなかった。彼も同じ。彼は変わり果てていたわ。髪は真っ白になり顔は——昔とはまったく同じではなかった。だけど見た瞬間、彼だとわかった。勿論彼も私がわかった。お互いにじっと見ていた。ただそれだけ。彼はすぐ部屋を出ていったわ。翌日彼はエンシーノの家から去っていった。ローリングさんのおたくだったわ、彼と会ったのは——それとあの女とも。あれは夕方も遅くなってからだったわ。あなたもいたのよ、ハワード。ロジャーも。あなたも彼と会ったはずよ」

「紹介されたよ」とスペンサーが言った。「彼が誰と結婚したかも知っている」

「彼が突然消えてしまった、とリンダ・ローリングが言ったわ。理由も言わずに。なんのもめ事もなかったのに。しばらくしてあの女が離婚届を出した。それからまたしばらくしてあの女は彼を見つけたと聞いたわ。彼は落ちぶれて浮浪者になっていた。

　それから二人はまた結婚し直した。なぜだかは謎ね。私が思うには彼は一文無しになり、たぶんもう失踪したときの理由なんてどうでもよくなったんでしょう。彼は彼で、私がロジャーと結婚していることを知りました。私たちはお互いがお互いにとって消え去ってしまった過去の人でした」

「なぜ？」とスペンサーが訊いた。

　キャンディが無言で私の前に飲み物を置いた。それからスペンサーの方を見るとスペンサーは首を振った。キャンディはすーっといなくなった。誰も気にしなかった。彼は言ってみれば京劇の黒子のような感じだった。ステージの小道具や背景を忙しく置いたり外したりするのだが役者は彼が存在しないとして振る舞い、観客は存在しないとして観る。

「なぜですって？」とアイリーンが繰り返した。「おわかり頂けないでしょうね。あの頃二人で育んだことはすべて失われたわ。もう二度と戻らない。結局秘密警察は彼を殺さなかった。きっとナチスの中にも良心を持った人がいて、奇襲部隊の捕虜は殺せというヒットラーの命令に背いたんだわ。それで彼は生き残り、戻ってきた。私はいつか彼を探し出せるとずっと自分に言い聞かせていた、そんなことあるはずもないのに。

　そしていつも私の思い描く彼は、昔のまま。情熱的で若く、純粋なの。だけど見つけた彼はあの赤毛の売春婦と結婚してた――おぞましいの一言。そのときはもうロジャーとあの女の関係を知っていたわ。ポールだって間違いなくわかっていた筈。リンダ・ローリングも勿論知っていた。あの女だって身持ちがいいとはいえないわ。まあ妹ほどではないけど。いずれにしてもあの人たちは皆一緒。なぜ私がロジャーと別れてポールの元に戻らなかったかって？　あの女に抱かれた後の彼のところへ？　しかもロジャーも同じ女のおいでおいでする腕に抱かれた後に？　お断りよ。ロジャーと別れてポールと一緒になるにはもうちょっと感動的な出会いでなきゃ。ロジャーは許せるわ。彼は酔っていて自分がやっていることの意味がわからなかったの。筆が進まないので悩んでいたわ。

ロジャーは金儲けだけが取り柄のくだらない物書きにすぎないと自己嫌悪に陥っていたわ。彼は弱い人間だった。支離滅裂でいつも苛立っていたの。でも心は通っていたわ。ロジャーは夫ですもの。ポールは夫などという言葉では表せない、もっと特別な人かもしれなかったし、あるいはただの行きずりの人だったかもしれなかった。結局、ポールはただの行きずりの人だったわ」

私は酒をぐびっと飲んだ。スペンサーのグラスはとっくに空になっていた。彼はダベンポートの布をしきりに引っ掻いていた。目の前にある、ドラマチックな結末を迎えた人気作家の、結末のない小説の原稿のことはすっかり忘れているようだった、

「彼のことをただの行きずりの男とは言いたくない」と私。

アイリーンは目を上げてぼんやりと私を眺め、それからまた目を落とした。

「行きずり以下よ」と言った。その声にはさげすみの響きがあった。「彼はあの女、結婚相手がどんな女か百も承知だった。でも、百も承知だったはずの彼女に我慢できなくなって殺したんだわ。そして逃げたけれど、どうにもならなくなって自殺したのよ」

「彼は殺してない」と私。「あんたもわかっているはずだ」

アイリーンはすっと身を起こし、ぼんやりと私に目を向けた。スペンサーがなにやら耳障りな音を立てた。

「ロジャーが殺した」と私が言った。「そのことはあんたも知っている」

「ロジャーが言ったの？」とアイリーンが落ち着いた声で訊いた。

「言う必要はなかった。彼は二度ほどほのめかした。生きていれば遅かれ早かれ私か、私にでなくても誰かには話すことになったはずだ。話さないと自分自身をズタズタにしてしまうからだ」

アイリーンはかすかに首を振った。「それは違うわ、マーロウさん。ロジャーが自分自身をズタズタにしようとしたのはそのためじゃないわ。ロジャーは自分があの女を殺したことを知らないわ。彼の記憶は完全に飛んでしまっていたから。でも、なにか大変なことをやってしまったということはわかっていたわ。それが何なのか、

記憶の底から浮かび上がらせようと必死だったの。でもできなかった。殺人を犯したというショックが殺人を犯したという記憶を消し去ったの。多分記憶が蘇ったのでしょう――多分、死の直前、その記憶が蘇ったのでしょう。けれどそれまでは思い出せなかった、それまではどんなことをしても」

スペンサーがまるでうなるように言った。「そんなことが起こるはずがない、アイリーン」

「いや、十分あり得る」と私。「明白な事例が二件ある。一件目は記憶を失った酔っ払いがバーで知り合った女を殺害した事件だ。その男はきれいな留め金の付いた女のスカーフでその持ち主を絞め殺した。女が男を自宅へ連れて帰ったのはたしかだが、その後何があったかは誰にもわからない、その女が死んだこと以外。警察がその男を逮捕したとき、男のネクタイにはくだんの留め金がつけられていた。当の男にはその留め金をどこで手に入れたかさっぱり見当がつかなかった」

「最後まで思い出さなかったのか?」とスペンサーが訊いた。「それとも思い出せなかったのは逮捕時だけか?」

「彼が供述を変えることはなかった。改めて訊こうにも、もう彼はいない。ガス室送りにされた。もう一つのケースは頭部へのダメージが関係している。その男は金持ちの変人と暮らしていた。なぜ変人かというと、その金持ちは初版本を集めたり、何やら凝った料理を作ったり壁に嵌めたパネルの裏に希少本を集めた図書室を作ったりしていた。ある日二人は喧嘩をした。家中を駆け巡りながら戦った。部屋から部屋へとリングは移っていった。家中が修羅場となった。とうとう金持ちが負けた、つまり殺された。警察がその男を逮捕したとき、体中に傷やあざがあり、指が折れていた。何を訊いても要領を得ず、男がはっきりと答えたのは頭が痛いことだけだった。男はパサディナの自宅への帰り道もわからなかった。男は同じところをぐるぐる回っているだけで、同じガソリンスタンドを通る度に寄って、その度にパサディナへの道を尋ねたんだ。ガソリンスタンドのにいちゃんがこれはおかしいと思い、警官を呼んだ。男がまたガソリンスタンドにやってきたときには警官が待ち受けていた」

「ロジャーがそいつらと同類なんて信じられない」とスペンサーが言った。「彼がサイコだとしたら私の方がよっぽどサイコだ」

「ロジャーは酔うと記憶が飛んだ」と私が言った。

「私はその場にいたの。そしてロジャーがやるところを見たの」とアイリーンが静かにいった。

私はスペンサーに向かってにやりとした。確かににやりとしたが、喜びの笑いとまでは見えなかっただろう。こみ上げる勝利感、あるいは高揚感が現われないよう、顔が懸命に頑張ったから。

「彼女は一部始終を話すつもりだ」とスペンサーに言った。「だから聞こうじゃないか。私たちに話してくれる。もうこれ以上黙っていることは彼女には耐えられないから」

「そう。その通りよ」と低い声で言った。「ことによっては、たとえ嫌いな人のことでもその人に不利なことを話すことが憚れることがあります。自分の夫のことならなおさらです。もし私がこれからの話を法廷でみんなの前で証言することになったら、あなたとしては都合が悪いことになります、ハワード。そんなことになったらあなたの高潔で才能にあふれ、人気絶頂のドル箱作家がたちまち安っぽく、薄っぺらな三文作家になってしまうから。彼の言動の一つ一つがセクシーだったわ、違います？ 物語ではね。ただそれだけ。だけど愚かなことに、あの哀れなロジャーは実生活でも物語のように演じようとしたわ。あの女はロジャーにとっては勲章だったの。私はあの二人を監視しました。本当は恥ずかしいと思うべきなのでしょう。誰だって恥ずべきことだと言うわ。でも私には恥じ入ることはなにもありません。あの吐き気を催すような場面の一部始終を見ました。

あの女が情事に使うゲストハウスは本邸から離れたしゃれた建物で、うっそうとした木々に囲まれていたわ。袋小路の途中に門があってそこから入ると専用の車庫があったわ。ロジャーのような人は当然ですが、彼があの女にとって何でも意のままになる愛人ではなくなるときがきたのです。飲酒が過ぎました。ロジャーはゲストハウスから立ち去ろうとしていました。あの女がなにやら叫びながら飛び出してきました、真っ裸で。

見るとなにか小さな彫像のようなものを振り回していました。聞くに堪えない汚く、そして堕落した言葉で罵っていました。あんな言葉はとても口にできません。あの女はロジャーを手に持った彫像で殴りかかりました。

お二人とも男性ですからおわかりでしょう、お淑やかなレディーだと思っていた女から突然、ドブか公衆便所みたいな言葉を浴びせられるのがどれほど男の人にとってショッキングなことかを。

ロジャーは酔っていました。酔うと彼は発作的に暴力を振るうことがあります。あのときがそうでした。女の手から彫像をもぎ取りました。あとはご想像に任せます」

「血がすごかったと思う」と私は言った。

「血ですって？」とアイリーンはかすれた笑い声を上げた。「家に着いたときの彼の様子をご覧にいれたかったわ。私があの場から車に向かって走り去ろうとしたとき、彼はただ立って女を見下ろしていたわ。それから、かがみ込んで女を抱き上げ、ゲストハウスへと入っていきました。ショックで少し正気が戻ったのだとわかりました。

一時間ほど経ってロジャーがうちに帰ってきました。何事もなかったように。

私が玄関にいるのを見てショックを受けたようです。酔っている様子は全くありませんでした。ただぼんやりしていました。血まみれでした。顔も、髪の毛も、コートの胸のあたりも。書斎のハーフバスで衣類を全部脱がせて体中を拭き、血が床を汚さないことを確かめてから二階へ連れてゆきシャワーを浴びせました。彼を寝かせると古いスーツケースを持って書斎に戻り、血まみれの服を集めて詰めました。洗面台と床を拭いた後、濡れタオルを持って玄関ポーチ前に駐めてあったロジャーの車からも血痕を拭い去りました。それから彼の車をガレージに入れ、私の車を出しました。キャッツワース貯水池へ向かいました。血だらけの衣類とタオルではち切れそうになったスーツケースをどうしたかおわかりでしょ」

アイリーンはそこで言葉を切った。スペンサーは左の手のひらを掻いてきた。アイリーンは彼をちらっと見ると話を続けた。

「私がいない間にロジャーは目を覚ましてウィスキーを浴びるほど飲んだようです。翌朝、彼は何も覚えていませんでした。ただそれだけ。そのことについてひと言も口にしなかったし、胸になにか迫るようなものがある素振りはつゆほども見せなかったわ、いつもの二日酔いと同じでした。私もなにも言いませんでした」

「ロジャーは衣類がなくなっているのに気がついたはずだ」と私。

アイリーンは頷いた。「しばらくして気がついたと思うわ——だけど何も言わなかった。色々なことがあのとき一遍に起こった気がするの。新聞が事件を書き立てたわ。それからポールが姿を消した。そしてメキシコで死んだ。こんな事が次々起こるなんて夢にも思いませんでした。ロジャーは夫でした。おぞましいことをしました。だけどおぞましいのはあの女。あれ以来、ロジャーは苦しみながら酔い潰れていました。

何のために飲んで苦しむのか、自分では最後までわからずじまいでした。そうこうしているうちにマスコミはパタッと騒ぐのをやめました。リンダの父親が手をまわしたに決まっています。勿論ロジャーは新聞は読んでいました。事件についてひと言ふた言コメントしていました。けれどそれは、紙面に登場する人たちとは、たまたま面識があるけどほとんど関わりのない人が言うような類いのものでした」

「恐ろしくなかったですか?」とスペンサーが静かな口調で言った。

「怖くてたまらなかったわ、ハワード。もし彼に記憶が戻ったら恐らく私は殺されていたわ。彼はお芝居が上手だった——大抵の作家がそうだわ——もしかしたらとっくに思い出していたのかも知れない、そして私を殺すチャンスをうかがっていたのかも知れない。でもわからない。確かなことはわかりません。彼はあの晩のことは全部忘れてしまっていたのかも——かも、としか言えません。そしてポールは死にました」

「もし本当に彼が服のことに触れなかったのであれば——あなたが貯水池に沈めた服のことです——それは彼が何かしら恐ろしい事が起こったと、うっすら感じていた証拠です」と私が言った。「それから覚えていますね、あの晩——二階で彼が発砲してあなたが彼の手から拳銃を取り上げようとしたあの晩のことです——タイプライターの上、カバーの下にメモがあった。読んでみるとそこには彼のせいで善人が死んだ、とあった」

「ロジャーがそう言ったの?」アイリーンも目が大きく見開かれた。驚きを表すには理想的な大きさだった。

「そう書いてあった——タイプの上に置いてあったメモに。もう処分しました——彼に頼まれたので。あなたも読みましたよね」

「ロジャーが書斎で書いたものは一切読まないことにしています」

「ヴァーリンガーが彼を連れていったときのメモは読んだじゃないですか。屑籠まであさって」

「事情が違うじゃありませんか」と冷たく言った。「あのときは彼の行方の手がかりがないか探したのよ」

「オーケー」と言って背もたれに寄りかかった。「他に何か?」

アイリーンはゆっくり首を振った。たとえようもない悲しみに満ちた声で言った。「いいえ、これ以上言うことはないわ。でもひと言。最後の最後で。ロジャーが自殺したあの日の午後、彼は思い出したのかもしれない、今となっては知るよしもないけれど。そんなことわかってもしょうがないですよね」

スペンサーが咳払いした。「マーロウを雇ってここで何をやらせるつもりだったんですか? 彼を雇うのはあなたの考えだったですよね。あなたは私を説き伏せて、一緒になってマーロウに引き受けさせようとした。覚えているでしょ」

「とても恐ろしかったの。ロジャーが恐ろしかったの。それからロジャーが心配だったの。マーロウさんはポールの友達で、彼の知り合いでは最後に彼と会った人だわ。ポールがマーロウさんになにか事件について、ロジャーについて話したのでは、と考えました。それを確認したかったの。それに、もしマーロウさんがロジャーにとって危険な存在なら彼を味方にしておきたかった。もしマーロウさんが真相を突き止めたとしてもロジャーを救う道が見いだせるかもしれないと思いました」

突然、訳もなく、と私には見えたが、スペンサーの態度が一変して厳しくなった。彼は座ったまま身を乗り出すと顎を突き出した。

「私の考えというか、疑問を率直に言わせて貰おう、アイリーン。ここに私立探偵がいる。彼は既に警察に睨まれていた。警察は彼を留置所にも入れた。その探偵はポール、──と呼ぼう、あなたがそう呼ぶから──がメキシコに高飛びをする手助けをしたと思われている。これは重大犯罪ですよ、もしポールが犯人ならね。

仮にその探偵が真実を突き止め、その結果、ポールは無実とわかれば彼のメキシコ行きは単なるドライブだったと証明できる。にもかかわらずその探偵は誰にも何も言わず、両手を尻の下に敷いて何もしないでじっと座ってる、あなたはそう考えたのですか？」

「ただ怖かっただけよ、ハワード。わかって頂戴。私は、心を病んでいるかもしれない殺人鬼と一つ屋根の下に住んでいたのよ。それもほとんどの時間二人きりで」

「それはわかっています」とスペンサーは言ったが、まだその態度は厳しいままだった。「だけどマーロウは受けなかった。だからあなたはそれからもずっとロジャーと二人きりだった。それからロジャーの発砲事件があった。その後の一週間、またあなたはロジャーと二人きりだった。それからロジャーが自殺した。なんとも好都合なことに、そのときに限ってロジャーと二人きりだったのはあなたではなくマーロウだった」

「そうよ」と彼女は言った。「それがなんだって言うの？　私がいればロジャーを助けられたっておっしゃるの？」

「ま、これはこれで置いておきましょう」とスペンサーは言った。「ところでアイリーン、ひょっとしてあなた、マーロウが、レノックス事件の真相と、ここでの発砲事件の背景を既に突き止めたかもしれないとは考えませんでしたか？　そして彼がロジャーを楽にしてあげようとの親切心で拳銃を持たせた、と考えませんでしたか？　たとえばこんなふうに耳元でつぶやいたと思っていませんか？　なあ、おっさん。あんたが犯人だ。私はわかっているし、あんたの奥さんも知っている。奥さんは素晴らしい人だ。彼女はとても辛い目にあった、十分すぎるほどな。シルビア・レノックスの夫は言うまでもない。ここらへんでそろそろまともなことをしてみないか？　そう、引き金を引くんだよ。みんなは飲み過ぎた挙げ句の事故としか思わないさ。だから私はちょっと湖のほとりまで行って一服してくるな、おっさん。じゃ幸運を祈る、グッバイ。おっと銃を渡すのを忘れた。ほら、弾は入っている。あとは任せた」

「あなたがそんな恐ろしいことまで言い出すとは、ハワード。そんなこと、思ってもみなかったわ」

「でも保安官助手には マーロウが彼を殺したって訴えたんでしょ? あれはどういう意味なんですか?」アイリーンは私にちらっと視線を移し、気後れするふうに言った。「とんでもないことを言ってしまったわ。自分でも何を言っているのかわからなかったのよ」

「あのときはとっさにマーロウがロジャーを撃ったと思ったんでしょう?」とスペンサーが穏やかに、彼女が頷くのを促すように言った。

アイリーンは何かがおかしい、というふうに目を細めた。「いいえ、違うわ。ハワード。なんで? なぜマーロウさんがそんなことをする必要があるの? それは邪推っていうものだわ」

「どうして?」とスペンサーが理由を問いただした。「どこが邪推なんですか? 警察も同じ疑いを持っています。それにキャンディが警察に、マーロウには動機があることを教えたんです。ロジャーの発砲事件のあった夜、彼が睡眠薬を飲んだ後、マーロウがあなたの部屋で二時間を過ごした、そうキャンディが証言したんです」

アイリーンは髪の根元まで真っ赤になった。あっけにとられたようにスペンサーを見ていた。

「そしてあなたは身になにもつけていなかった」とスペンサーは冷酷に言葉を続けた。「そうキャンディが証言した」

「だけど審問会では――」と動転したような声で反論しかかると、スペンサーはそれを遮って言った。

「保安官本部はキャンディを信用していなかった。だから審問会ではこの部分は取り上げられなかった」

「まあ」と安堵のため息をついた。

「それと」スペンサーは冷たく言葉を続けた。「保安官本部はあなたを疑っていました。今でも疑っています。あとは動機の解明だけだと思いますよ。思うにもう解明は時間の問題だと思います」

アイリーンが立ち上がった。「お二人とも、もう私の家から出ていかれたほうがいいわ」と怒って言った。「すぐに、今すぐに」

「そうですか。ところであなたはやったんですか? それともやっていないんですか?」とスペンサーが訊いた。

「やった、やらないって何のこと？」

「ロジャーを撃ちました？」

アイリーンは固まったように立ったままスペンサーを見つめた。いまや彼女の顔からは先程の紅潮が引き、蒼白になって表情は硬く、怒りが表れていた。

「私はただ、あなたが法廷で十中八九訊かれることをいま質問したまでです」

「私は家にいなかったんですよ。家の鍵を持って出るのを忘れました。家にはベルを鳴らして入れて貰わなければなりませんでした。私が家に着いたとき彼はもう死んでいました。あのときのいきさつは保安官本部もよく知っているわ。一体何のつもり？　信じられない！」

スペンサーはハンカチを取り出すと唇を拭った。「アイリーン。私はね、二〇回はこのおたくに泊めて貰っている。だけど昼間、玄関に鍵がかかっていたのはただの一度たりとも記憶にない。あなたがロジャーを撃ったとは言っていません。尋ねただけです。でもいいですか、あなたには撃つのは不可能だった、などとは言わないでください。トリックはいつでも簡単に破綻します」

「私が自分の夫を殺したですって？」とゆっくり、耳を疑うように言った。

「ロジャーが本当の夫ならそういうことになる」とスペンサーはこれまでの突き放した口調を変えずに言った。

「だけど彼と結婚したとき、あなたにはもう既に夫がいた」

「ご親切にハワード。本当にご親切にありがとう。ロジャーの最新作、いえ遺作はあなたの目の前にあるわ。それを持って帰って頂戴。それに保安官に通報なさったら？　そしてあなたの妄想を話したらいいわ。それって私たちにとって素敵な友情の終りかたじゃない？　本当に素敵なお別れ。さようなら、ハワード。もう疲れたわ。頭痛もするの。部屋に戻って寝るわ。マーロウさんについてですけど——すべて彼があなたに吹き込んだんだと思いますけど——仮にマーロウさんが実際に手を下してロジャーを殺していないとしても、ロジャーを死に追いやったのは間違いなく彼です。私がマーロウさんに言いたいのはそれだけです」

アイリーンは背を向けると階段に向かった。私は厳しい口調で言った。「ウェード夫人、お待ちなさい。決着をつけませんか。お互い、いがみ合っていても意味がありません。私たちは正しいことを、つまり真相を突き止めようとしているだけです。例のスーツケースのことですが、そう、あなたがキャッツウォース貯水池に沈めたというやつです――それって重くありませんでした?」

彼女は振り返り、私をじっと見据えた。「あれは古いものでした。そう言ったでしょ。そうよ、とても重かったわ」

「貯水池には高い金網の柵が張り巡らされています。どうやって柵越しにスーツケースを湖に沈めたんですか?」

「ええ? 柵ですって?」彼女は追い詰められたような仕草をした。「人っていざとなれば思いも寄らない力を出すんじゃないかしら、そうとしか言えないわ」

「柵なんてないんです」と私。

「柵は無い、ですって?」アイリーンはぼそっと繰り返した。まるでそのことに何の意味もないように。

「それにロジャーの服に血がつくはずはないんです。それだけじゃない、シルビア・レノックスはゲストハウスの外で殺されたのでもないんですよ。部屋の中のベッドの上で殺されたんです。おまけにごく少量をのぞけば現場には血痕はなかったんです、というのも彼女は既に死んでいた――拳銃で撃たれたんです――だから誰かが彫像で彼女の顔を滅多打ちにして殺したというより、正確には死体となった彼女を滅多打ちにしたんです。そして死体は、いいですか、ウェード夫人、ほとんど出血しないんです」

アイリーンはせせら笑うように唇をゆがめた。「じゃ、あなたはそこにいらしたのね」と知ったかぶりを馬鹿にするように言った。それから私とスペンサーをおいて去っていった。

二人とも彼女の後ろ姿を見ていた。階段をゆっくりのぼっていった。落ち着いた、優雅な仕草で。部屋に入るとすぐにそっと、けれどもしっかりと扉が閉まった。それから静寂が訪れた。

「金網の柵って、ありゃなんだ?」とスペンサーがぼんやり訊いた。彼は頭を前後に揺らしていた。顔は紅潮し、汗をかいていた。平静を装っていたがうまくいかなかった。

「ペテンだ」と言った。「キャッツウォース貯水池がどんな様子か、見えるような所までは行ったことなんかない。柵はあるかもしれないし、無いかもしれない」

「なるほど」と悲しそうに言った。「で、要はアイリーンも知らなかったって訳だ」

「勿論その通り。二人共彼女が殺した」

43

何かがそろりと動いた。キャンディがカウチの端に立って私を見つめていた。手には飛び出しナイフがあった。ボタンを押すと刃が飛び出した。もう一度ボタンを押して刃を折りたたみ、柄に収めた。彼の目にうっすらと涙の膜が光っていた。

「本当に申し訳ない《ミリオン・デ・パルドネス》、セニョール」と言った。「あなたを誤解していた。ボスを殺したのは奥さんだった。このうえは俺が――」彼は言葉を切るとまたナイフをパチンと開いた。

「だめだ」と言い、私は立ち上がって手を差し出した。「ナイフをよこせ、キャンディ。お前はまっとうなメキシコ人ハウスボーイだ。それを使ったら保安官本部は待ってましたとばかりにお前に全てをなすりつける。お前は世間やマスコミから保安官本部を守る煙幕みたいなものになる。その後ろで保安官本部はにんまりする。私の言うことはわからないかもしれない。私は彼らのやり方を知っている。保安官本部は今回の件では、とんでもないへまをしでかした。取り返そうにも取り返しのつかないへまをな。しかも取り返そうなんて気はさらさらない。おまえがフルネームを名乗る間もなくおまえの自白をでっちあげてしまう。今日は金曜だ、来週の火曜日から三週間後には終身刑をくらってサンクエンティン刑務所にケツを落ち着かせることになる」

「前にもメキシコ人じゃないといいました。チリ人です。バルパライーゾのそばにあるビニャ・デル・マールの出です」

「さあ、ナイフをよこせ、キャンディ。お前は自由だ。貯金もある。国には多分、兄弟姉妹が八人ほどいるんだろう。頭を冷やせ。そして国に帰れ。ここでの仕事はもう終わりだ」

「やることが山ほどあります」と静かに言った。それから腕を伸ばしてナイフを差し出すと私の手の中に落とした。「あんたの顔を立てて諦めることにしました」

私はナイフをストンとポケットに落とした。キャンディはバルコニーを見上げて言った。「セニョーラ［奥様］――これからどうするつもりですか？」

「何も。セニョーラはとても疲れている。彼女は耐えがたいほどの心の重荷を抱えて過ごしてきた。今はそっとしておいてほしいはずだ」

「警察に通報しなければ」とスペンサーが意を決したように言った。

「どうして？」

「えっ、どうしてだって、マーロウ――知らせなきゃ」

「明日だ。ほら、その未完の原稿をしっかり持てよ。さあ帰ろう」

「警察に電話しなきゃ。こんな場合、通報するのは法律で決まっている」

「そんなことする必要なんか全然ない。ハエをぴしゃりと叩くだけの証拠もない。この手のやり切れない仕事は警察に任せよう、それが彼らの本分だ。そして法律の専門家連中に解決して貰おう。法律というものは一旦決まった判決を判事と呼ばれる別の法律家の前で、別の弁護士と検事が吟味するように作られている。そしてその判事はその判決は誤りであると言い渡すことができる。更に最高裁ではその判決は誤りであるとした判決は誤りであると裁決することができる。それが法律だ。確かにこんな場合は通報するのは法律で決まっている。

我々は首までどっぷり法律浸けにされているからな。じゃ法律がやっていることはなんだ、それは法律家を喰わせているだけだ。法律家の入れ知恵なしで悪辣なデカい化け物共がどの位生き延びられるかわかるか?」

スペンサーが怒って言った。「そんなこと関係ない。この家で人が殺された。殺されたのはたまたま作家だった。それも非常に有名で我が社にとって大切な作家だった。だがそれも関係のないことだ。ある男が殺された。そして誰が殺したかを君は知っているし、私も知っている。通報するのは正義ってもんじゃないか」

「とにかく明日だ」

「もし彼女を見逃すつもりなら君も同罪だ。なんだか君のことも怪しく思えてきた。つまり君がその気になって見張っていたらロジャーは死なずに済んだ。ある意味、君は目をつぶった。今までのあれは一体何だったんだ? そうか、あれはただの――パフォーマンスだったのか?」

「その通りだ。いわばちょっと変わったラブシーンだ。アイリーンが私に夢中なのはあんただってわかるだろ。ほとぼりが冷めたら彼女と結婚するかもしれない。彼女にはかなりの遺産が入ってくるはずだ。ウェード家の仕事では未だに一セントも貰っていない。私もだんだんしびれが切れてきている」

スペンサーはメガネを外して磨いた。目の隈に浮かんだ汗を拭いた。メガネをかけ直すと床を見つめた。

「すまない」と言った。「今日は強烈なパンチを喰らってしまった。ロジャーが自殺したと聞いただけでも私には大ショックだった。だがあれは自殺じゃないと知ってしまった、どうしても罪悪感を抱いてしまう――真相を知っていながらなにもしないなんて」それから私を見上げていった。「君を信じていいのかな?」

「自分が何をすべきかわかっているかってことか?」

「正しいことなんだろうな――なんであれ」スペンサーはかがみ込んで黄色の原稿用紙の山を持ち上げ、脇に抱えた。「いや、今言ったことは忘れてくれ。君は自分のやっていることがわかっているはずだ。余計なことを言ってしまった。私は結構腕のいい出版人だ。だが殺人事件などには関わるべきじゃないんだ。お門違いだ。この場では私は役立たずのむだに気取ったおっさんにすぎない。つくづく思う」

スペンサーは私の目の前を通って玄関に向かった。キャンディがさっと脇に下がると急いで扉まで行き、開けた。スペンサーはキャンディにちょっと会釈すると出ていった。私も後に続いた。扉際にいるキャンディのところで立ち止まって彼の黒く光る目をのぞき込んだ。

「変に動くなよ、アミーゴ」と私は言った。

「セニョーラはとても疲れています」と静かに言った。「寝室に入ったままです。そっとしておきます。私は何も知りません、何も覚えていません——あなたの言いつけ通りに《ノ・メ・アクエルド・デ・ナダーア・サス・オルデネス》、セニョール」

私はポケットからナイフを取り出し、キャンディに渡した。キャンディはにっこり微笑んだ。

「誰も私を信用しない。だけどお前は信用するよ、キャンディ」

「私も同じです《ロ・ミスモ》、セニョール。ありがとう」

スペンサーはもう車に乗り込んでいた。私も乗り込んでエンジンを掛け、敷地内車道を門に向かい、彼をビバリーヒルズまで送った。ホテルの裏口で彼を降ろした。

「帰り道ずっと考えていたのだが」と車から降り際に言った。「アイリーンは多少とも心を病んでいるに違いない。罪には問えないんじゃないかな」

「裁判にさえならないさ」と私は言った。「だけど彼女にはそんなことはわかっていない」

スペンサーは黄色の原稿用紙の束を抱えたまま肩をすくめた。それから体をしゃんと伸ばし、私に会釈した。彼が扉を開け入ってゆくのを見届けた。サイド・ブレーキを外し、白い縁石からオールゾモビルをゆっくり離した。ハワード・スペンサーを見たのはそのときが最後だった。

家に着いたのは夜遅くだった。疲れていて落ち込んでいた。こんな夜には決まって空気は重苦しく、くぐもったような夜の騒音が遠くから聞こえてくる。遠く夜空には冷たいおぼろ月がかかっていた。部屋を歩きまわり、レコードを何曲か掛けた。ほとんど聴いていなかった。どこかで執拗にカチカチという音が鳴っているような気がした。だが家にはそんな音を出すようなものはない。音は私の頭のなかで鳴っていた。私は孤独な死の時計なのだ。

アイリーン・ウェードとの初対面の場面を思い浮かべた。それから二度目、三度目、そして四度目と。それ以降の彼女のイメージからは何かが抜け落ちた。彼女はもはや現実味がなくなっていた。どんな人であれ、一旦殺人者だとわかった途端、その人物は例外なく虚像になってしまうのだ。憎しみから殺す人、恐れから殺す人、欲に目が眩んで殺す人、殺人の動機はさまざまだ。殺人犯の中には捕まらないように計画を練る者もいる。あと先考えずに怒りにまかせて殺す者もいる。死に神に恋をした殺人者もいる。彼らにとって殺人とは緩慢な自殺だ、いつかは捕まって死刑になるのだから。ある意味、殺人者は皆正気ではない、といってもスペンサーの言うような意味ではない。

ようやく眠りについたのは夜も白々と明ける頃だった。


電話のけたたましい音が私を深い真っ暗な眠りの井戸から引きずり出した。ベッドに腹ばいになって手探りでスリッパをさがした。そうしながら時計を見ると寝てからまだ二時間も経っていないことがわかった。場末の食堂で食べた、半分しか消化されていない脂ぎった食い物になったような気分だった。瞼は開かないし、口の中は砂が一杯詰まっているようだった。やっとの思いで立ち上がり、のろのろと居間へ行き、受話器を取り上げて言った――「このまま待ってくれ」

受話器を脇に置くと洗面所へ行って顔に冷たい水を浴びせた。窓の外でなにやらパチン、パチンと音がした。なんとなく外を見ると褐色の無表情な顔がそこにあった。週一で来るジャップの植木屋だ。名前は能面ハリー、私がつけた。

ハリーは金鈴樹を手入れしていた――日本人の庭師がやる流儀で。彼に来て貰うには少なくとも四回頼まなければならない。するとやっとこう答える。「じゃ、来週」すると朝六時にやってきて寝室の窓際からチョキチョキ始める。

　顔を拭くと電話に戻った。

「もしもし?」

「キャンディです、セニョール」

「おはよう、キャンディ」

「奥さんが死んだ《ラ・セニョーラ・エス・モールタ》」

　死。何語で言われてもいいようもなく冷たく、黒く、そして他に解釈のしようもない言葉だ。あの人が死んだ。

「お前がやったんじゃないだろうな、まさか」

「薬だと思います。デメロールって名前です。瓶には四〇錠か五〇錠入っていました。今は空です。夕飯は食べませんでした。今朝、ドアに鍵がかかっていました。それではしごを掛けて窓からのぞきました。奥さんは昨日と同じ服を着ていました。私は網戸を破って中に入りました。奥さんが死んでいました《ラ・セニョーラ・エス・モールタ》。雪解け水みたいに冷たかった《フリオ・コモ・アグア・デ・ニエフェ》」

　雪解け水のように冷たい。「誰かに連絡したか?」

「はい。ドクター・ローリングを呼びました。先生が来て警察に連絡しました。警察はまだ来ていません」

「ドクター・ローリング、ふん、いつも手遅れになってから来る」

「先生には手紙は見せていません」とキャンディが言った。

「手紙?誰宛?」

「スペンサーさん宛です」

「警察に渡すんだ、キャンディ。ドクター・ローリングには見せちゃダメだ。警官にだけだぞ。それからもう一つ。隠し事はするな。嘘は絶対にダメだ。私とスペンサーが昨日訪問した。本当のことを言うんだ。今度こそ本当のこと、すべて真実を話すんだ」

少しの間を置いてキャンディが言った。「うん、わかった。また会おう、同志《ハスタ・ラ・ビスタ・アミーゴ》」電話を切った。

すぐにリッツービバリースに電話をして交換台にハワード・スペンサーの部屋に繋ぐよう頼んだ。

「お待ちください。今、受付にまわします」

男の声で「はい、受付です。ご用事は?」

「ハワード・スペンサーに繋いで欲しい。まだ早いのはわかっている、緊急なんだ」

「スペンサーさんは夕べチェック・アウトされました。昨日の晩、八時の便でニューヨークに戻られました」

「え、そうですか、知らなかった」

キッチンへ行ってコーヒーを淹れた——飲みきれないほど。ふくよかで濃くにがく、やけどしそうに熱く、妥協のない、そして体にはよくないコーヒーを。疲弊しきった男にとってこのようなコーヒーはまさに命の源、血、そのものだ。

バニー・オールズが電話をしてきたのはそれから二時間ほど経った頃だった。

「オーケー、賢いの」と彼は言った。「さあ、こっちまでやって来い。しぼられに」

44

前回よばれたときと大差はなかった。違うのは今回は日中だったこと、保安官の部屋ではなく、ヘルナンデス警部のオフィスだったこと、それから保安官はフィエスタ・ウィークの開会式にサンタ・バーバラへ出かけていることとくらいだった。部屋に入るとそこにはヘルナンデス警部を筆頭に、バニー・オールズ、検視局からの男、ドクター・ローリング——彼はまるでもぐりの堕胎手術の現場に踏み込まれたような顔をしていた。それとローフォードと名乗る地方検事局からの、長身瘦せぎすで無表情な男がいた。その男は地方検事補で彼の兄はセントラル・アベニュー地区でのナンバー賭博の元締めだという噂がそこはかとなく飛び交っていた。

ヘルナンデスの目の前には手書きの手紙があった。使われている便せんは薄いピンク色で、縁はデッキル・エッジ［縁がギザギザの、手作り感のある高級便せん］だった。手紙は緑のインクで書かれていた。

「この場はオフレコだ」みんなが固い椅子でなんとか我慢できる一番ましな座り方を見つけた頃を見計らってヘルナンデスが宣言した。「速記者もいないし録音機もない。なんでも話してくれ。検視局からドクター・ワイスが来てくれた。ドクターが検視審問会を開くかどうか決める。そうだな、ドクター・ワイス？」

ドクター・ワイスは恰幅がよく、陽気で有能そうだった。「私見だが検視審問会は必要ないと思う」と言った。「体表の至る所に麻薬中毒の徴候が見られる。救急車が到着した時点では、女性はかすかとはいえ呼吸をしていた。だが深い昏睡状態で刺激に対する反応はなかった。その容態では百に一つも助かる見込みはない。ハウスボーイはもう死んでいると思った。だが実際は死亡が確認されたのは救急車が到着した一時間後だ。私の聴いたところでは夫人は時折激しい気管支喘息の発作に見舞われていた。ドクター・ローリングが緊急処置用としてデメロールを処方していた」

「飲んだデメロールの量についてなにか情報あるいは推測は？ドクター・ワイス」

「いずれにしても致死量だ」とかすかに笑みを浮かべて答えた。「これまでの摂取経過の記録、つまりこの薬についての耐性、持って生まれた耐性あるいは常用することによって得られる耐性がわからなければすぐには飲んだ量は決められない。女性の告白書によると二三〇〇ミリグラム飲んだ。これは非薬物依存者に対する致死量の四から五倍の量だ」と言いながら曰くありげにドクター・ローリングを見た。

「ウェード夫人は依存症なんかじゃなかった」とドクター・ローリングは冷ややかに言った。「五〇ミリグラムの錠剤を一回に一錠または二錠服用と処方した。多くても二四時間に三錠か四錠まで。それ以上は厳禁と伝えた」

「だがあんたは一気に五〇錠出した」とヘルナンデス警部が言った。「かなり危険な薬物が手近に、それもかなりの量が手近にあることになる、そうは考えなかったんですかね？　その気管支喘息ってのはどの位ひどかったんですか？　ドクター」

ドクター・ローリングは小馬鹿にしたような笑いを浮かべた。「夫人の場合は時折喘息の発作が起きる。すべての喘息と同じだ。医学用語でいう「持続喘息」までには悪化していなかった。「持続喘息」となれば発作は深刻で患者は窒息死する恐れもある」

「なにか言うことはあるか？　ドクター・ワイス」

「そうだな」とドクター・ワイスがおもむろに口を開いた。「仮に夫人の告白書がなかったとして、それから仮に告白書の記述以外に摂取量についての手がかりがなければ、これは薬の過剰摂取による事故死となる。あの薬の安全許容量の幅は結構広いなんてことはない。いずれにしても明日になればはっきりする。おい、あの告白書を握りつぶすなんてことはしないよな、ヘルナンデス。冗談抜きで」

ヘルナンデスは机の一点を見つめて顔をしかめた。「いや、ただ腑に落ちないだけだ。麻薬が喘息薬としてよく使われているなんて知らなかった。日々教わることがあるもんだ」

ローリングの顔が赤くなった。「緊急処置だと言った筈だ、警部。医者は同時に複数の場所には行けない。重篤な喘息の発作はいつ何時起こるかわからない」

ヘルナンデスはローリングをちらっと見るとローフォードに向かって言った。「この告白書を新聞社に渡したら地方検事局としてはどうする？」

地方検事補は空気を見るような目つきで私を見た。「こいつ、ここで何している？　ヘルナンデス」

「私が呼んだんだ」

「ここでの話を洗いざらい新聞記者に喋らないってどうしてわかる？」

「さあな、こいつはとんでもなく口が軽い。あんたにもわかったはずだ、以前彼を地方検事局で締め上げたときにな」

ローフォードはにやっとした。それから咳払いをした。「あのいわゆる告白書は読んださ」と正確を期すために「いわゆる」を付け加えた。「私はひと言も信じない。女の重い精神的疲労の背景について皆さんはもうご存じのはずだ。死別、薬物の使用、戦時中ロンドン大空襲下での悲しい日々、内密の結婚、死んだと思った男の出現。そしてその男を見捨てた。それが原因で男が殺人を犯した。それが原因で男が死んだ――女の精神状態ではそう考えてしまうのもやむを得ない。女が募る罪悪感に苛まれていたのは確かだ。それである種の転換によって罪悪感を一掃しようとした。つまり身代わりだ。やってもいない罪を全てかぶった」

ローフォードはそこで言葉を切って周りを見渡した。誰の顔にも何の感情の動きも見られなかった。「私が地方検事に替わって意見を述べることはできない。だが私自身としてはあんたらが言う告白書には起訴を検討するに足るような根拠は全くないと思っている。仮に女が生きていたとしてもだ」

「だから既に真正と認定された告白がある以上、その告白と相反するようなもう一つの告白書など見せたところで誰もまともに取り合わない」とヘルナンデスはみんなの痛いところを突くように言った。

「まあ落ち着け、ヘルナンデス。法執行機関の我々は、常にマスコミには気を遣わなければならない。もしこの告白書が新聞に載ったら、地方検事局だけじゃない、保安官本部や検視局もやっかいなことになる、間違いない。我々は鵜の目鷹の目であら探しをしている連中に囲まれている。そいつらは隙あらば我々にナイフを突き立てようと身構えている。ロス市警の風紀課の刑事が、あんたらの管轄内でヒキ肉にされた事件で、あれは一週間まえか――もう十日経つかな、まだ犯人が挙がらないので大陪審を開きたくても開けない、この件で既にマスコミからつつかれている」

ヘルナンデスが言った。「オーケー。このベイビーは地方検事局に任せた。受領証にサインしてくれ」

ヘルナンデスはピンクのデックル・エッジ紙を重ねてきちんとまとめた。ローフォードは受領書にサインをした。それからピンクのデックル・エッジ紙を手に取ると折りたたみ、上着の内ポケットにしまって部屋から出ていった。

ドクター・ワイスが立ち上がった。彼はタフで温厚で、この結論に諸手を挙げて賛成というふうではなかった。「前回のウェードについての検視審問会は拙速だった」と言った。「そして今回のウェードについては検視局として全くノータッチのようだな」

ドクター・ワイスはオールズとヘルナンデスに会釈をし、ローリングとは、ほんの形ばかりの握手をして出ていった。ローリングは立ち上がって出ていこうとして立ち止まった。「この件については一件落着、と私から然るべき方々には説明していい、そう思ってよろしいかな?」と念を押すように訊いた。

「お忙しいところをお出でいただきありがとうございました。ではごきげんよう、ドクター」とヘルナンデス。

「私の質問に答えていない」と鋭い口調でローリングが切り返した。「あんたに警告しよう——」

「失せろ、この野郎」とヘルナンデスがローリングの言葉を遮った。

ドクター・ローリングはショックで危うくコけそうになった。それから背を向けると体のバランスを立て直すまもなく壁に手をつきながら急いで出ていった。ドアが閉まったがそれから三〇秒ほど誰も口を利かなかった。ヘルナンデスは首を振るとタバコに火をつけた。それから私に目を向けた。

「さて」と言った。

「さてって何だ?」と私。

「お前、何、待ってんだ?」

「じゃ、もう終わり? 終わったのか? すっかり」

「教えてやれ、バーニー」

「そうだ、確かにこれで終わりだ」とオールズが言った。「我々はウェード夫人をしょっ引く手はずをすべて調えていた、尋問のためだ。ウェードは自殺じゃなかった。自殺するには脳みそのアルコール濃度が高すぎた。だがこのあいだも言ったように、じゃ、動機は何だ? あの遺書には細かいところでは、あれこれ矛盾があるかもしれない。だが彼女が亭主の浮気を見張っていたのは間違いない。エンシーノにあるゲストハウスの位置や間取りを知っていたからな。レノックスの浮気女房はアイリーン・ウェードの男を二人共ものにしちまった。おたくの妄想したことがそのままゲストハウスで起こった。おたくがスペンサーに確かめなかったことが一つだけある。ウェードがモーゼル拳銃を持っていたか？　って質問だ。そうさ、ウェードは小型のモーゼル自動拳銃も持っていたんだ。我々は午前中、スペンサーに電話で話を聴いた。

ウェードは酔うと意識を失う。あの気の毒にも不運な男は、自分はシルビア・レノックスを殺したと思い込んでいるだけなのか？　あるいは実際自分が殺したのか？　さもなければ何らかの理由で自分は女房が殺したことを知っているか？　どれが本当かわからず悩んでいた。最終的にウェードは女房と話し、どれが真実かを見極めようと腹を決めていた、色々悩んだ末にな。

確かにウェードはかなり前から浮気をしていた。だが責められない、彼は美しいだけで人形みたいな女と結婚していたんだ。あのメキシコ人は全部知っていた。あの小僧はほとんど何でもわかっていた。我々の見た、夢のような美女はいわば抜け殻だった。本物の彼女は遠い昔の遠いところに留まったままだった。彼女が燃えるようなことがあってもそれは亭主に対してではなかった。何を言っているかわかるよな？」

私は黙っていた。

「ものにする寸前までいったろ、違うか？」

私は黙っていた。

オールズもヘルナンデス警部も不機嫌そうに笑みを浮かべた。「我々の脳みそはおたくらが思っているほど空じゃない」とオールズが言った。「彼女がローブを脱いだという話はまるっきりでたらめではないことぐらいわかっている。おたくはキャンディを言い負かし、奴は敢えて反論せず、あの場は引き下がった。奴はボスが死んだことで傷つき、混乱していた。奴はウェードが好きだった。奴はおたくが殺したことを自分で突き止めようと決めていた。そしてはっきりしたらナイフでけりをつける気でいた。この件は奴にとっては個人的な問題だった。それに奴はウェードの陰口など誰にも言っていない。言いふらしたのはウェードの女房だった。彼女はウェードを混乱させるために、まことしやかに尾ひれ背びれをつけて話をでっち上げた。たとえば暴力を振るうだとか、リンダ・ローリングと浮気をしているとか。そうこうしているうちに旦那に気付かれたのでは、と怖くなったんだと思う。ウェードは女房を階段から突き落としてなんかいない。あれは事故だった。彼女がつまずいただけだ。旦那は抱き止めようとした。それもキャンディが見ていた」

「どれもことさら私を雇う理由にはなっていない」

「理由なんかいくらでもある。その一つとして典型的な例がある。警官なら百回は経験している、口封じだ。おたくは彼女にとって危険だった。レノックスの逃亡を幇助した男、しかも彼の友人だ。ある意味、おたくはレノックスにとって秘密のはけ口になった可能性がある。レノックスは何を知っていて、何をおたくに打ち明けたか。彼はシルビア殺害に使われた拳銃を持ち去った。発砲されていることがわかったから。

ウェード夫人はこう考えたかもしれない――彼女を守るためにレノックスは証拠の拳銃を持ち去った。ということは拳銃を使ったのは彼女だということをレノックスは知っている、と。レノックスが自殺したと聞いてその考えは確信になった。いっちょ上がり。残るはおたくだけだ。おたくはピンピンしていていつ何時喋るかわからない。それでおたくが何を知っているか聞き出そうとした。彼女には女の武器があった。おたくにぴたっとくっつく口実となるシーンも揃った。彼女の身代わりが必要だったとしたら、そいつはおたくだった。彼女は身代わりとなる男を探すのが得意だと言える」

「何でもかんでも彼女になすりつけるのか?」

オールズはタバコを半分に折ってくわえた。残りは耳にはさんだ。

「もう一つおたくを選んだ訳がある。デカくて強くてつぶれるほど強く抱きしめて、また昔のような夢を見させてくれる男が欲しかった」

「彼女は私を憎んでいた」と言った。「だからその話はないな」

「勿論」とヘルナンデスが素っ気なく言った。「お前は彼女を一旦はかわした。だが仕留められるのは時間の問題だった。それで彼女の顔に向かって彼女の嘘を洗いざらいぶちまけた。スペンサーを立ち会わせてな」

「あんたら二人共、最近精神鑑定受けたか？」

「なんだ」オールズが言った。「聞いてないのか？最近じゃ私らは髪の毛ん中に精神科医を飼ってんだ。うちには二人精神科医が保安官助手になっている。だからもうここは捜査部門じゃない。どっかの病院の分院になった。そいつらはムショにも出入りしている。法廷にも。取調室にも。連中は一五ページにもわたる分厚い報告書をせっせと書く。なぜいかれたガキが酒屋を襲ったかとか、なぜ女子学生をレイプしたかとか、なぜ上級生にマリワナを売ったかとかな。まあ一〇年も経ったらヘルナンデスや私なんかは、懸垂したり射撃訓練したりする代わりにロールシャッハ検査とか言語連想検査を練習しているだろうよ。そして捜査に出るときは携帯用嘘発見器と瓶入り自白剤を入れた黒いバッグを持って出るようになる。ビッグ・ウィリー・マグーンを病院送りにした荒っぽいエテ公四匹が捕まらなかったのは残念至極だ。捕まえたらお母ちゃんを大事にするように環境不適応障害治療をしてやったのにな」

「もう帰っていいかな？」

「納得いかないことでもあるのか？」ヘルナンデスが訊いた。輪ゴムをパチンとはじいた。

「いや、全然。この件は解決だ。彼女は死んだ。みんな死んだ。全てがまるく収まった。家に帰って事件が起こったことさえ忘れる。それ以外やることはない。だから帰る」

オールズは耳にはさんだ、半分にちぎったタバコに手を伸ばし、まるでどうしてそんなところにそんなものがあるのかわからない、といったふうにしばし眺めると、ぽいっと背中越しに投げ捨てた。

「お前、なにいじけてるんだ」とヘルナンデス警部が言った。「警察の真似事なんかしてからに、もし彼女がもう一丁余計に銃を用意していたらどうなったと思う？ そいつをお前らに使って全て辻褄が合うシナリオを作り上げかねなかった。命があるだけでも御の字だろ」

「それに」とオールズが苦々しく言った。「真似事をしたとしてもいざとなれば通報すべきだった。昨日は電話も通じていた」

「そうだろうとも」と私は言った。「私のご注進で、すわ、とばかりにあんたらはおっとり刀でやってきたに違いない。あんたらが尋問したとする。だが得られたのは支離滅裂な話だけで、精々二つ、三つ愚にもつかない嘘をつきましたと白状させるのが関の山のはずだった。

それが今朝はどうだ、あんたらは、あんたらの口ぶりじゃ、彼女の完全な告白を手に入れた。違うか？ だけどそれを私に見せようともしない。もしあれが単なるラブレターだったらあんたらは地方検事局なんかに声はかけない。そうだろ。もしロス市警がレノックス事件を文字通り、真剣に捜査していたら彼の軍歴が明らかになり、どこで負傷したか、それからどうなったか全てつかめたはずだ。そしてその延長線上のどこかで、ウェード夫妻とのつながりが浮かび上がった筈だ。ロジャー・ウェードはポール・マーストンなる人物が誰なのか知っていた。私がたまたま連絡を取ったある私立探偵も知っていた」

「かもな」とヘルナンデスは認めた。「だがそれは我々の捜査方法とは違う。「簡単な殺人」事件をいつまでもこねくりまわすことはない。たとえ捜査をやめろとか忘れろとかいった圧力がかからなくてもだ。これまで何百という殺人事件を捜査した。首尾一貫していてわかり易く、簡単で、教科書通りの事件もあることはある。が、ほとんどの事件には辻褄の合うところと、合わないところが必ずある。だが一旦動機、殺害方法、殺害状況、逃走方法が明らかになり、自白書が手に入り、犯行直後に容疑者が自殺したら、捜査はそこで終わりだ。世界中、どこの法執行機関にも明白な事実をもう一度ほじくり返すだけの手間も暇もない。レノックスは犯人じゃないという説の根拠はただ一つだ。レノックスはいい奴であんなことをするはずないと思い込んだ男がいる、そしてそいつは、いかにもやらかしそうな奴が他にいる、そう思い込んだ。それだけだ。

だけどそのやらかしそうな奴はトンズラもしなかったし自白書も書かなかったし脳みそも吹っ飛ばさなかった。一方レノックスは残らずやった。そのいい奴ってことだけど、私の経験だとガス室か電気椅子か縛り首かのどれかで一巻の終わりになった殺人犯の六〇パーセントから七〇パーセントは周りからはキッチン・ブラシのセールスマンみたいに愛想が良くて人畜無害と思われていた。言ってみれば虫も殺さない穏やかで生まれも育ちもいい、ちょうどウェード夫人みたいな連中だ。そう言えば夫人の告白書を読ませてくれないってぶーたれてたな。オーケー、読めよ。私はちょっと玄関の受付に用事があるんで下に行ってくる」

ヘルナンデスは立ち上がると引き出しからフォルダーを取り出し、机の上に置いた。「ここに写真複写〔当時は高価な写真複写機でコピーした〕が五セットある。マーロウ、お前が盗み読みしている現場をおさえたら逮捕する」ヘルナンデスはドアへと向かった。

ふと振り返るとオールズに声を掛けた。「ペショレックと話すんだけど、お前も来るか？」

オールズは頷いてヘルナンデスの後に続いて出ていった。一人になるとフォルダーを開き、白黒の写真複写を見た。指紋が付かないように写真複写の端にだけ触って部数を数えた。六セットあった。一セットごとにクリップで留められていた。ヘルナンデスは五セットと言った。一セット抜き取り、丸めてポケットにしまった。それから机の上にあるコピーを読んだ。読み終わると腰掛けて二人が戻るのを待った。一〇分ほどでヘルナンデスだけが戻ってきた。自分の机を前に座るとフォルダーのコピー数を数えた。数え終わると無言でファイルを引き出しにしまった。

顔を上げると無表情で私に目を向けた。「満足か？」

「ローフォードはあんたらが複写を取ったこと、知っているのか？」

「私からことさら言うことはない。バーニーだって同じだ。そもそもこれはバーニーが自分で写真複写したものだ。なんでそんなこと訊く？」

「もしマスコミに漏れたらどうするんだ？」

ヘルナンデスはうんざりしたような笑みを浮かべた。「そんなことは起きっこない。万一起きてもそれは保安官本部とは無関係だ。地方検事局にだって写真複写機はある」

「あんた、地方検事のスプリンガーがあんまり好きじゃないな、そうだろ? 警部」

ヘルナンデスは驚いたような顔をした。「私が? 私に嫌いな奴なんかいない。私はお前だって好きさ。ほら、さっさと出ていけ、こっちには仕事がある」

私は立ち上がって出口に向かった。出し抜けに後ろから訊かれた「最近銃は持ち歩いているのか?」

「ときどきな」

「ビッグ・ウィリー・マグーンは二丁持っていた。なぜ使わなかったんだ?」

「マグーンは自分に向かってくる奴なんかいないと高をくくっていたんじゃないかな?」

「そうかもな」とさらっと言った。それから輪ゴムを手に取ると両手の親指に掛けて引っ張った。思い切り伸びたが更に引っ張った。ついにプチンと切れた。切れたゴムがパチっとあたった親指をさすった。「誰にだって限界はある」と言った。「いくらタフでもな。じゃ、またな」

ヘルナンデスの部屋を出ると合同庁舎から何かを振り払うように急いで出た。一度都合よく使われたら、ことん都合良く使われる。

45

カフェンガ・ビルディングの六階にあるわが犬小屋に戻ると、午前中に届いた郵便物をいつものようにダブルプレーで片付けてやった。郵便受けから机に渡り、机から屑籠へ流れるように収まった。ショートからセカンドへ、セカンドからファーストへ、流れるようにボールが渡るのとそっくりだ。

机の上を片付けてスペースをつくると丸めていたコピーを広げた。丸めたのには理由がある。折り目をつけないためだ。

もう一度はじめから読んだ。内容は詳細かつ何も知らない人が読めばすべて納得できるものだった。アイリーン・ウェードは嫉妬に駆られてテリーの妻であるシルビアを殺した。その後、待っていた好機が到来してロジャー・ウェードも殺した。なぜロジャーを殺そうと思ったのか、それは彼女がシルビアを殺したことをロジャーが知っていると確信していたから。寝室の天井に向けて発砲した夜、あれも好機だったのだ。謎、永遠の謎はどうしてロジャー・ウェードはじっとして彼女が拳銃を奪うに任せたかだ。拳銃がアイリーンの手に渡ったらどういう結末になるかわかっていた筈だ。結局ロジャーは自分自身を見限ってしまってどうでもいいと思ったのだ。書くのが彼の天職だ。およそあらゆる事を文字にした。だが拳銃を奪うに任せた件についてはなにも書いていない、なぜ？ どうでもいいと思ったからとしか解釈できない。

「前回処方して貰ったデメロールが四五錠ここにまだ残っています」と書いてあった。「これから全部飲んでベッドに入ろうと思っています。ドアはロックしました。本当に程なく、誰も助けることができなくなるでしょう。ハワード、わかってくれますね。ここに書いたことは死を目前にした私の告白です。一言一言が全て真実です。何の後悔もありません――もしたった一つ、後悔があるとすれば、あの二人が一緒のところをおさえて、その場で二人一緒に殺せなかったことでしょう。あなたがテリー・レノックスという名でご存じのポールについて私は何の未練もありません。テリー・レノックスという男は私がかつて愛し、結婚した人の抜け殻でした。彼は私にとって何の意味も持ちませんでした。あの午後、彼を見たのは彼が戦争から帰ってきてから初めてのことでした――はじめは彼だとは気がつきませんでした。しばらくしてわかりましたが彼はすぐに私に気がついたのです。彼は若いまま、ノルウエーの雪の中で死んでしまうべきだったんです。私の愛する人、その人はもうあのときに私が死神に与えたのです。

戻ってきた彼はやくざの仲間で、大金持ちの淫乱女の夫、堕落に浸りきって落ちぶれ果てた男でした。多分彼には日なたを歩けないような過去があったのでしょう。時は全てを卑しく、みすぼらしく、そして萎えさせます。人生でなにが悲劇かといえば、ハワード、それは美しいもの、こと、あるいは思い出などが若いまま死なないこと。そしてそれらは年とともに老いて醜くなっていくのです。私にはそんなことは起こりません。さようなら、ハワード」

　写真複写を机の引き出しにしまい、鍵を掛けた。もう昼飯の時間だったがその気になれなかった。机の一番下の引き出しの一番奥からボトルを取り出すとぐっと一杯あおり、それから机の脇にぶら下がっている電話帳を外して新聞社のジャーナル紙の番号を探した。交換手にロニー・モーガンに繋ぐよう頼んだ。

「モーガンさんは不在で四時頃戻ります。シティー・ホールのプレス・ルームに電話をすればつかまるかもしれません」

　シティー・ホールのプレス・ルームに電話をした。彼はそこにいた。私のことはよく憶えていた。「結構派手にやってるそうじゃないか、色々聞こえてくる」

「あんたに見せたいものがある、あんたが見たいならな。でも見たくないか」

「ほー、たとえばどんな類いだ？」

「二件の殺人事件についての自白書、写真複写だ」

「今どこにいる？」

　事務所にいると伝えた。色々聞きたがったが電話ではそれ以上のことは言いたくなかった。すると彼は三面記事担当ではないと、気のない振りをした。そこで、だからといって新聞記者の本分を捨てるつもりか？　それもこの街でたった一社、何の色もついていない新聞社の本分を、と言ってやった。モーガンはしつこく聞き出そうとした。

「どんな代物か知らないがどっから手に入れた？　なんで俺がのこのこあんたのところまで行かなきゃならない？」

「地方検事局がオリジナルを保管している。絶対公開しない。この文書は彼らが冷蔵庫の後ろに隠した二つの事件を白日の下に晒す力がある」

「また電話する。上と相談しなくちゃならん」

電話が終わった。ドラッグ・ストアへ行きチキン・サラダ・サンドイッチを食べ、コーヒーを飲んだ。コーヒーは、絞り取られた粉をもう一度絞ったものでサンドイッチは風味豊かではあったが、その風味たるや着古したシャツの切れ端そのものの臭いだった。

アメリカ人はトーストされたパン二枚にレタスが挟まれていて、その二枚が爪楊枝でつながっていれば何であれ食べる、しかもたいていの場合、そのレタスはしおれている。

三時半頃ロニー・モーガンがやってきた。相変わらず針金のようにひょろりと背が高く、疲れた様子で無表情だった。留置場から出た私を家まで送ってくれたあの晩と全く同じだった。モーガンはけだるそうに握手すると、ごそごそとポケットを探ってくしゃくしゃになったタバコの箱を取り出した。

「シャーマンさん——編集長だ——があんたと会ってどんなネタかあたってきてもいいと言った」

「条件がある。のまなきゃ見せてもいいが記事にはさせない」私は引き出しの鍵を開け、写真複写を渡した。モーガンは四ページ全部にざっと目を通し、それからもう一度はじめからじっくり読んだ。読んだモーガンはえらく興奮した——といっても傍目には葬儀屋がケチな葬式に興奮したくらい、つまり、ないよりはましといった表情くらいにしかみえなかった。

「電話貸してくれ」

電話器をモーガンの方へ押しやった。ダイヤルし、少し待って話し出した。「モーガンだ。シャーマンさんを頼む」また待つことしばし、それから秘書が出、それからシャーマンがでた。彼はシャーマンに話が漏れないよう、別の電話でこちらにかけ直すように言った。

一旦電話を切ると架台を膝に置き、受話器を置く代わりに人差し指で架台のボタンを押し、受話器は耳のそばに、手にもったままにした。電話が鳴るとすぐ受話器を耳に当てた。

「ネタはこれでした、シャーマンさん」

モーガンは受話器に向かってゆっくりはっきりとした口調でアイリーン・ウェードの告白書を読み上げた。読み終わるとモーガンは無言でじっと受話器を耳に押し当てていた。ややあって「待ってください、編集長」受話器を耳から離すと机越しに私を見た。「どうやって手に入れたか訊いている」私は机に覆い被さるようにして手を伸ばし、写真複写を手元に引き戻した。「どうやって入手したかは彼の知ったこっちゃない、大きなお世話だ、そう伝えてくれ。だがどこからと言うんなら話は別だ。各ページの裏にはスタンプが押されている。それを見ればわかる」そう言ってモーガンに写真複写の裏を見せた。

「編集長、これは間違いなくロスアンジェルス郡保安官本部の公式スタンプです。本物かどうか簡単にわかると思います。それに条件があるそうです」

モーガンはまた受話器からの声に耳を傾けていた。それから言った。「はい、編集長、ここにいます」受話器を私の方へ押しやると言った。「あんたと話したいそうだ」

それは無愛想で偉そうな声だった。「マーロウ君、条件はなんだ？ だがいいか、わかってるのか？ このネタに触れようなんてちらっとでも考える新聞社はこのロスアンジェルス中で我が社だけだ」

「気がかわることはないのか？ レノックス事件についてあんたのところもえらくおとなしかった。シャーマンさん」

「その通りだ。だが当時、レノックス事件はスキャンダルを掻き立てるためだけの、純粋なスキャンダルネタにすぎなかった。誰が犯人かは明らかだった。それ以上書く必要はなかった、別に圧力とかじゃない。だが今、おたくの持ち込んできたネタは全然違う。スキャンダルなどという類いのものではない、もしこの告白文が本物だとしたらの話だが。条件を言ってくれ」

「この告白書を全ページ、そっくりそのまま写真に撮って新聞に掲載してほしい。もしノーなら話はこれまでだ」

「まず確認せにゃならん、そのくらいわかってくれるな」

「どうやって確認するんだ？　シャーマンさん。もし地方検事局に問いただしたとする。そうしたら全否定するか、でなきゃロス中の新聞社にこれをばらまくかのどちらかだ。地方検事局としてはそうするほかない。もし保安官本部に問いただしたらお門違いだ、地方検事局に訊けといわれるだけだ。なんせ地方検事局がオリジナルを持っているんだから」

「心配してくれなくてもいい、マーロウ君。こっちにはこっちの手づるがある。で、条件は？」

「もう言った」

「ほー。見返りなしでいいってことなのか？」

「金は見返りに求めていない」

「そうか。君には君なりの考えがあるんだな、まあいい。モーガンをもう一度電話にだしてくれるかな？」

受話器をロニー・モーガンに渡した。なにやら話していたがまもなく電話を切った。「交渉成立だ」とモーガンが言った。「写真複写を持って帰る。編集長が確認する。あんたの言う通りにするそうだ。二分の一に縮尺して載せる。第一面の半分を埋めることになる」

写真複写をまたモーガンに渡した。手に取ると長い鼻の先をつまんでマンガのこびとのような声をだした。

「あんたはとびきりのアホだと思う、と言ったら怒るか？」

「いや、その通りだ」

「今ならまだ間に合う。やめるか？」

「やめない。私をバスティーユ監獄から家に送ってくれた晩のことを覚えているか？　あんたは言った、私にはさよならを告げなきゃならない友がいたって。この写真複写を新聞に載せてくれたら、それが私から彼へのさよならなんだ。ずーっと別れを告げたかった――ほんとうに長い間さよならが言えなかった」

「オーケー、相棒」モーガンは曰くありげににやっとした。「だけどやっぱりあんたはとんでもないアホだと思うな。どうしてか言わなきゃならんか？」

「どうせ言うんだろ」

「あんたが考えるより俺はずっとあんたのことを知っている。そこが新聞記者商売の因果なところだ。俺たちはいつでもたっぷり情報を掴んでいる。問題は折角の情報をどうすることもできないことだ。それでひねくれちまうんだ。もしこの自白書がジャーナル紙の紙面を飾ったら、頭にくる連中がたくさん出てくる。地方検事、検視局長、保安官本部の面々、ポッターという名の金も力のある一介の市民、メネンデスとスターという名のこわもてのやくざなんかだ。俺が知らないとでも思ったか？ 思うにあんたの行き着くところは病院か、じゃなかったら監獄だな」

「そんなことはないさ」

「そう思いたきゃそれでいい、相棒。俺は俺の私見を言っているだけだ。地方検事は困ったことになる。なんせレノックス事件にさっさと蓋をしちまったからな。たとえ地方検事の処置がレノックスの自殺と自白書のおかげで適正に見えていたとしても、これが載った新聞を読んだら誰だって、どうして無実のレノックスが自白書を書く羽目になったのか？ 死んだときの様子はどうだったか？ 本当に自殺だったのか？ それとも誰かが手を貸したか？ なぜ現地での検証がなされなかったのか？ それに加えて事件そのものの報道がなぜあるときからピタッと止んでしまったのか？ そう疑問に思うだろう。地方検事がオリジナルを持っているんだろ、新聞を読んだら地方検事は保安官本部の連中に裏切られたと思うさ」

「裏に押してある保安官本部印の写真なんか新聞に載せることはないからな」

「そんなことしないさ、保安官とはうまくやっているんだ。社じゃみんな彼のことを素直な男だと認めている。メネンデスみたいな奴を野放しにしているからといって無能呼ばわりはしない。ギャンブル規制法がないところではギャンブルを取り締まれないし、ギャンブル規制法のあるところでその法に従ってギャンブルをする限り取り締まれない。あんた、この写真複写、保安官本部からくすねてきたんだな。だが一体どうやったらそんなことができるんだ？ 教えてくれる気ないか？」

「ないね」

「オーケー。検視局長も難しい立場になる。なにしろウェードの事件を手抜きのやっつけ仕事で自殺にしちまったんだから。地方検事もそれに一枚噛んでるしな。ハーラン・ポッターは煮え湯を飲まされた思いだろう。なにせかなり無理して捜査を強制終了させた事件がまた蒸し返されることになるからな。メネンデスとスターも頭に血が上るだろう。なぜだか俺にはよくわからないが。だがあんたが、あいつらから首を突っ込むなと脅されたのは知ってる。それに、もしあいつらを怒らせた奴がいたとしたら、多分そいつは痛い目に遭う。ビッグ・ウィリー・マグーンと同じような目にな」

「多分マグーンは警官をかさにきてやりすぎたんだろう」

「じゃ、警官でもないあんたが同じ目に遭うとなぜ俺が言うかわかるか?」とモーガンはわざとゆっくり、めんどうくさそうに続けた。「それはな、あの連中には連中の決まりがあるからだ。決まりは絶対に守らなきゃならない。もし誰かが誰かに対してそっとしておけと言ったら、その言われた誰かはそっとしなきゃならない。もし、にもかかわらず、その言われた誰かが言うことを聞かずに騒ぎ立てた、にもかかわらず言った誰かはただ手をこまねいているだけだとしたら、そいつはヤワだと思われる。あの手の商売の主役、たとえば大金を動かす奴、幹部の奴らなんかはみな筋金入りだ。彼らにとってヤワなやつに用はない。彼らは本当に危険だ。そこにクリス・マディが登場する」

「彼はネヴァダが縄張りじゃないのか?」

「その通りだ、相棒。マディは悪い奴じゃない。だが何がネヴァダにとっていいことかは心得ている。レノやネヴァダで大もうけしているギャング連中はミスター・マディの機嫌を損ねないように細心の注意を払っている。もし万一彼の気に障るようなことをしたら、あっという間に上納金は上がり、あっという間に警察とのナアナアの仲も終わる。もしそんなことが起こったら東部の黒幕は、何らか手を打つ必要があると腹を決める。クリス・マディとうまくやれない奴は仕事もうまくやれない。それで首をすげ替え、へました奴をさっさと追い出す。追い出すって意味はただ一つ、木の箱に入れることだ」

「でもそいつら、私のことなんか聞いたこともないさ」と言った。

モーガンは渋い顔をして意味なく片腕を忙しく上下に振った。「なんの救いにもならない。タホ湖［サンフランシスコの西にある］のネヴァダ側の湖畔にあるマディの別荘はハーラン・ポッターの別荘とはまさに隣り合わせだ。二人はたまには挨拶するような間柄でもおかしくない。マディの手下の誰かが、たまたまハーラン・ポッターの部下の誰かから、マーロウとかいういかれた奴が他人事に鼻を突っ込んできて煩わしくてかなわない、と聞いたとする。するとこの話が巡り巡ってロスアンジェルスの、とあるアパートの電話が鳴ってデカい筋肉男に伝わる。この男は二、三人の仲間と一緒に出かけていって体を鍛えることを思い付く。あんたをぶちのめすか、あるいは踏み潰すかして欲しいと依頼を受けても、このプロの仕置き屋たちは理由なんか訊かないし要らない。そいつらにとってはお決まりの仕事だから。悪いことをしたとか気の毒なんて毛ほども思わない。あんたの腕を折るからちょっとのあいだじっと座っててくれるかな、てな具合だ。この写真複写返そうか？」

モーガンが写真複写をこちらによこした。

「私が何をしたいか話したよな」

モーガンがやれやれといった具合に立ち上がると写真複写を内ポケットに入れた。「俺が間違っているのかもしれない」と言った。「あんたの方がその辺の事情はよく知っているのかもしれない。これが明るみに出たらハーラン・ポッターのような人物がどう思うか俺にはわからん」

「渋い顔をするさ」と答えた。「ハーラン・ポッターとは会ったことがある。彼はギャングとは手を組まない。彼の人生観とギャングとは相容れなかった」

「俺の人生観から言えば」とモーガンがキッとなって言った。「電話一本で殺人事件の捜査を打ち切らせるのと証人を消すのとは、ただ単に方法が違うだけで全く同じだ。また会おう――会えるといいがな」

モーガンは、まるで風に吹かれるように事務所から出ていった。

46

車でヴィクターの店へ行った。スツールに座ってギムレットを飲みながら最新版の新聞が街頭に売り出されるまで何をするでもなく待つつもりだった。だが、バーは混んでいて、静寂さと快い緊張感と清潔さを味わうことはできなかった。馴染みのバーテンダーがやってきて私に名前で声を掛けた。

「ビターは入れるんでしたっけ?」

「いつもは入れない。だが今夜だけ、やや多めに入れてくれ」

「最近あんたのお連れさん見ませんね。エメラルドのご婦人」

「私もだ」

バーテンダーは私から離れ、ギムレットを作り、持ってきた。間が持つようにちびちびやった。その晩は飲んでも気持ちよくなれそうになかった。悪酔いするか全然酔わないかどちらかのような気がした。しばらくしてグラスが空になったので、もう一杯頼んだ。六時を過ぎるとすぐ、新聞を抱えた少年がバーに入ってきた。店員の一人が出ていけと叫んだ。少年はめげずに、店員が彼を捕まえて外につまみ出す前に素早く店内をぐるりと巡り、客に新聞を売った。私も彼の客の一人だった。

ジャーナル紙を開くと第一面を見た。約束は守られていた。告白書全文が載っていた。ネガポジ逆にして黒地に白文字を浮き上がらせていた。トップ半ページに収まるように縮尺されていた。別面に短く、淡々とした調子の社説でこの件が論じられていて、更に別のページにはロニー・モーガン署名入りの記事が右上段半分に掲載されていた。グラスが空になると店を出て、レストランへ行って夕飯を食べ、それから家に帰った。

ロニー・モーガンの記事はレノックス事件とロジャー・ウェードの「自殺」に関わる事実と経過を簡潔に要

約したものだった――事実とは過去にジャーナル紙が報道した記事の内容だ。それは何も足さない、何も引かない、誰も指差さないものだった。明快で、簡潔でビジネスライクだった。

だが社説はすこし趣が違った。そこにはいくつかの疑問点が挙げられていた――それは高級官吏がバツの悪い行為の現場を押さえられたとき、マスコミがよく使う、皮肉たっぷりにチクチク突く、あのスタイルで述べられていた。

九時半頃電話がかかってきた。バーニー・オールズだった。帰宅途中、こっちに寄ると言ってきた。

「ジャーナルを読んだか?」と言いにくそうに言って、答えを待たずに電話を切った。


オールズがやって来た。居間に入ると外階段がきついとブツブツ文句を言った。それからできればコーヒーが飲みたいと言った。淹れようとキッチンへ行き、コーヒーの準備をしている間、オールズは家の中をぶらぶら見て歩き、すっかり自分の家のような気分になっていた。

「自己嫌悪に陥りそうなことをしでかす奴にしては、ひと気のないところに暮らしているじゃないか」と言った。

「裏手の丘の向こうは何だ?」

「また道路だ、なぜ?」

「ちょっと訊いただけだ。あの灌木は切っちまったほうがいいな」

コーヒーを持って居間へ戻った。勧めないうちにオールズは座ってコーヒーをすすった。テーブルに置いてある私のタバコを一本取ると火をつけ、一、二分ほどふかすともみ消した。「最近あんまりタバコを吸う気がしなくなってきた」と言った。「多分テレビコマーシャルのせいだ。コマーシャルを見ると、売りつけようとするものがみんな嫌いになる。まったく、テレビ業界の奴らは、世の中アホばかりだと思っているに違いない。首に聴診器をぶら下げた白衣のもっともらしい奴が画面に現われて、あるときは歯磨き粉、あるときはタバコ、ビール、マウスウオッシュ、シャンプー、汗臭いデブのレスラーでも山のライラックのようにかぐわしくなる男性化粧品、そういったものを次々と売りつけようとする。そのたびに書き取って絶対買わないようにしている。くそ、そのうち気に入ったものまで買いたくなくなっちまう。ジャーナルは読んだか？　え」

「友達が教えてくれた。レポーターだ」

「友達がいるって？」驚いたように言った。「どうやってあれを手に入れたか言わなかったか？」

「いや。それにこの州ではニュースソースは明かす必要はないことになっている」

「地方検事のスプリンガーは怒り狂っている。地方検事補のローフォードは保安官本部から今朝、告白書を受け取ったらすぐにスプリンガーに手渡したと言い張っている。それで誰もが何かがおかしいと思っている。ジャーナル紙の紙面を見るとオリジナルを直接転写したとしか思えない」

私はコーヒーをすすった。なにも言わなかった。

「いい気味だ」と続けた。「そもそもあの事件はスプリンガーが陣頭指揮すべきだった。私としちゃ、漏らしたのはローフォードではないと思っている。彼も政治屋だからな、正義なんか二の次だ」オールズは固い表情で私をじっと見た。

「何の用で来た？　バーニー。あんたは私が嫌いだろ。昔は友達だった――タフな刑事と友達になれるぎりぎりのところまでな。だけどギクシャクしてきた」

オールズは座ったまま身を乗り出し、笑った――なにか獲物を目の前にしたように。「一般市民が警察に隠れて警察のマネごとをするのを喜ぶ警察はいない。ウェードが死んだとき、もしおたくが私にウェードとレノックスの女房との関係を話してくれてりゃ私だって全体像がつかめた。もしウェード夫人とテリー・レノックスと名乗る男との関係を話してくれてりゃ、あの女を私の手のうちに確保していた――生きたままな。もしおたくがはじめっから何でも話してくれてりゃ、ウェードは死ななくてすんだかもしれない、レノックスは言うまでもない。おたくは自分じゃ切れ者だと思ってるんだろ、違うか？」

「何んて言って欲しいんだ？」

「なにも。もう手遅れだ。以前おたくには言った筈だ、賢い奴は誰も騙さない、騙すのは自分自身だけ、ってな。おたくにはくっきりはっきり言った。で、耳を貸さなかった。今となっちゃ街を出たほうが利口かもしれない。おたくはみんなから嫌われている。そのうちの何人かはおたくに思い知らせようとしている。私の密告屋からの話だ」

「私はそんな大物じゃないさ、バーニー。お互いいがみ合うのはやめにしよう。ウェードが死ぬまであんたらはレノックス事件なんか眼中になかった。レノックス事件はロス市警の管轄だからな。ウェードが死んでからもあんたら保安官本部がレノックス事件に特別関心を持ったとはいえない。検視局も、地方検事局も、誰も彼もだ。私がなにか気に障るようなことをしたのかもしれない。だが真実が明らかになった。昨日の午後、もし通報していればあんたはウェード夫人を確保できたのかもしれない――だが何の容疑でだ？」

「容疑はおたくが彼女に対して持った疑念だ。おたくはそれを我々に説明するべきだった」

「私が？　警察に隠れてこの私がやった警察のまねごとをあんたら警察がありがたく聞くのか？」

　オールズはガバッと立ち上がった。顔が真っ赤になった。

「オーケー、切れ者。お前が余計なことをしなきゃ彼女は生きていた。我々は彼女を容疑者として確保していた。お前がウェード夫人を死ぬように仕向けた、この人でなし野郎、お前は追い詰めれば死ぬしかないとわかっていた」

「私は、夫人には自分自身をよく見つめて欲しかっただけだ。その結果彼女がどんな行動に出るかは彼女の問題だ。私は無実の男の潔白を証明したかっただけだ。そのためには自分がどうなろうと、濡れ衣を着せた連中がどうなろうと構わなかった。今でもそれに変わりはない。私をいたぶりたきゃするがいい。逃げも隠れもしない」

「いたぶる？　そんなことは誰かが雇った仕置き屋に任せるさ、このゴミ野郎。俺たちがどうこうするまでもない。お前は大物連中から見れば自分なんか取るに足らない小者だと思っている。しがない私立探偵、名前はマーロウ、チェック、ふん、確かにゴミだ、お前が正しい。だが引き際を教えてやったにもかかわらず、新聞なんかを使って自分ら大物の具合悪いところを、面子なんか糞くらえとばかりに大衆の面前でぶちまけたとなれば話は違ってくる。連中のプライドが痛く傷ついたからな」

「そいつは気の毒だった」と言った。「いまの話を聞いて内心縮みあがった、あんたの言葉を借りればな」

オールズは居間から玄関へ行き、ドアを開けた。そこに立ち止まると赤松の外階段を見下ろし、道路向こうの丘に繁っている灌木を眺め、それから家の前のユッカ通りを目で追って上の行き止まりまで見上げた。

「ここは静かでいい場所だ」と言った。「うってつけなほど静かだ」

オールズは外階段をおり、車に乗り込むと去っていった。警官は別れの挨拶はしない。警官は、一度彼らと関わった者は、いつか面通し部屋でまた会うはめになることを望んでいるのだ。

47

翌日、あっという間に色々なことが起こった。地方検事のスプリンガーは朝早くに記者会見を開いて声明を発表した。彼は堂々とした体格で血色がよく、眉は黒々として髪は年に似合わず白髪が交ざっていた。その容貌の全てが政治の世界、特に選挙ではえらく効果的だった。

「最近自殺を遂げた、不運にして不幸な女性による自白書なる文章を読みました。その真偽のほどはまだ不明です。しかしながら、たとえ真正であったとしても、それが錯乱した精神状態のもとに書かれたことは明らかです。ジャーナル紙がこの文章の掲載を報道倫理に基づいて決定したことにいささかの疑念も抱いておりません。しかしながら、この文章には数多くの荒唐無稽な記述、そして多くの矛盾が存在します。それを一々列挙しても皆様を退屈させるだけなのでここでは割愛させていただきます。

仮にアイリーン・ウェードが本文章を書いたとしても——その真偽はわが地方検事局と敬愛するわが補佐役であるピーターセン保安官によって、じきに明らかにされますが——それは正常な判断力の下で書かれたものでも、乱れのない筆跡で書かれたものでもない、と申し上げるところであります。なぜならこの不幸な女性は、ご主人が、自らの手による血の海の中で溺れているところをみつけてまだほんの数週間しか経っていないのですから。この恐ろしい惨劇、それに続く衝撃、絶望、それから限りない孤独を想像してみてください！そして今、彼女は死の悲しみの中でご主人と再会したのです。灰に還ったものをかき回して一体何が得られるというのでしょうか？皆さん、発行部数を増やそうとやっきになっている新聞社が、幾ばくか多く新聞を売ること以外になにが？何もありません、皆さん、全くのゼロです。だからそっとしておこうではありませんか。不滅の作家シェイクスピアの傑作戯曲『ハムレット』に出てくるオフィーリアのように、アイリーン・ウェードはその悲しみを常ならぬ形で表しました。私の政敵たちは、この常ならぬ形を取り上げ大いに騒ぎ立てるでしょう。しかしながら、私の友人及び親愛なる選挙民はそのようなことに惑わされることはないでしょう。ここにおられる記者諸君及び親愛なる選挙民は、わが地方検事局が、賢明にして成熟した法執行機関の象徴であり、慈悲を併せ持つ正義の為、及び健全で安定した、皆さんを影で支える政府の為に、長年にわたり戦ってきたことをご存じです。

ジャーナル紙が何を意図しているかは私の知るところではありません。また何を意図しているかについて私には全く関心がありません。聡明なる市民の皆さん自身にそのご判断をお任せするところであります」

ジャーナル紙はこの与太話を早版［ジャーナルは一日に複数版発行する］に載せた。それに続いて編集長のヘンリー・シャーマンが署名入りのコメントでスプリンガーにやり返した。

今朝の記者会見での地方検事スプリンガー氏は颯爽としていた。威風堂々としていて豊かなバリトンでの話し方は聞く者をうっとりとさせた。しかしながら氏は何の事実も伝えなかった。スプリンガー氏が問題の文書の信憑性を明らかにするよう望まれるなら、ジャーナル紙としてはいつでも喜んでそのご要望にお応えする用意がある。

スプリンガー氏の裁決あるいは指揮の下、既に公式に解決、捜査完了とされた事件について、氏が改めて捜査指示することとは、我々としては望み薄だと思っている、氏がシティー・ホールの塔の上で逆立ちするのは望み薄なのと同じくらいに。スプリンガー氏は本件を、氏の立場から見てまことに適切に表現された、灰に還ったものをかき回して一体何が得られるというのでしょうか？と。そこで我がジャーナル紙としても氏の言葉をもう少しストレートに、小紙の立場から見て適切に言い直したい、既に殺人事件の被害者は死んでいるのに、その犯人を突き止めても一体何が得られるというのでしょうか？勿論何も得られない、正義と真実以外は、と。

今は亡きウィリアム・シェイクスピアに代わってスプリンガー氏にはお礼を申し上げる。なにしろ氏にはありがたくも『ハムレット』に言及いただき、更に、オフィーリアについてのセリフを、厳密にいえば正確な引用ではないものの、氏のスピーチに採用頂いたのだから。「その悲しみを常ならぬ形で表した」これはオフィーリアに対してのセリフではなく、オフィーリアの発するセリフなのだ。そしてオフィーリアがなにを意味したかは、我々のような浅学非才の輩の理解の到底及ばないところであります。だが、これはそのままにしておこう。美しき言葉の響きとともに混乱を助長させたままに。スプリンガー氏は『ハムレット』のセリフを引用された。しからば我がジャーナル紙も『ハムレット』として知られる傑作劇からの台詞の引用も許されるだろう――正義の言葉がたまたま悪しき者によって述べられた、「罪業のあるところへ大なたをして自らを振るわしめよ」と」。

昼近くにロニー・モーガンが電話を掛けてきて私の感想を訊いた。選挙には影響しない、だからスプリンガーは痛くもかゆくもないだろう、と私は言った。

「記事はインテリしか見ないし」とロニー・モーガンが言った。「インテリはスプリンガーの正体をとっくに知っているしな。俺が訊いているのはあんたのことだ」

「私は関係ない、私はここに座ってヤサ男が私の頬にすり寄ってくるのを待っているだけだ」

「俺が心配していることとはちょっぴり違うな」

「私は未だにピンピンしている。私をおどかすのはやめろ。望みは叶った。もし、レノックスが生きていればスプリンガーのところにつかつかと歩み寄ってその目にツバを吐きかけたにちがいない」

「代わりにあんたがやったじゃないか。スプリンガーはもう、誰にツバを掛けられたのかわかったはずだ。連中は気に入らない奴を嵌める手を百通りは知っている。あんたがなんでここまでやったのかさっぱりわからん。レノックスはそれほどの男じゃなかった」

「それほどの男じゃなきゃえん罪でも構わないのか?」

モーガンはしばし押し黙った。「すまない、マーロウ。偉そうな口をきいてしまった。幸運を祈るよ」

それからお互い気分を変えて、いつものグッドバイをいって電話を終えた。

＊

午後の二時頃、リンダ・ローリングから電話があった。「いいい、黙って聞いて」と言った。「今、北の大きな湖から到着したばかり。あそこにいる誰かさんは夕べジャーナルの記事を見て激怒したわ。ほぼ元夫はびっくり仰天、てっきり表に出ないと思っていて父にもそう報告したから。あたしが出発するとき、あの哀れな男は泣きべそをかいていたわ。丁度彼は新聞を持ってご注進に駆けつけたところだったの」

「ほぼ元夫ってどういう意味?」

「とぼけないでよ。父は今回限り、ってことで離婚を認めてくれたわ。パリはマスコミを遠ざけるのに、うってつけのところよ。だからもうじき発つわ。もしあなたに分別がいくらかでも残っているなら、いつか私に見せびらかした、小さなうっとりする肖像を少しばかり使ってどこか遠くに行ったら? もっとろくでもない使い方をするよりましじゃない？」

「そうすると何かいいことでもあるのかな？」

「くだらない質問はこれで二度目よ。お利口ぶっているけど誰もごまかせないわ、あなたが目をつぶっても相手は目をつぶってくれないのよ、マーロウ。虎狩りってどうやるか知ってる？」

「知るわけがない」

「杭にヤギを繋いで隠れるの。ヤギは大抵悲しい目に遭うわ。あなたが好きよ、マーロウ。なぜだかほんとにわからないわ。だけどそうなの。あなたがヤギのような目に遭うなんて考えただけでもぞっとするの。あなたは正しいこと――あなたの思い込みだけどね――を貫き通そうとしたわ」

「わかってくれてありがとう」と私は言った。「もし首を突っ込んで、そのため首をちょん切られたとしても、その首はまだ私のものだ」

「殉教者になんかなっちゃだめよ、バカみたい」ときつい口調で言った。「私たちの知っている誰かさんが自分から身代わりになったからって、あなたが彼の後に続くことはないわ」

「行く前に暇を見つけられれば一杯おごりたいんだけど」

「パリで頂くわ。秋のパリって最高」

「私もできればそうしたい。春はもっと良いっていう話だ。行ったことないからわからないけど」

「あなたの生き方じゃどっちが良いかわかることはないわ」

「さようならリンダ。あんたの望み通りになるのを願っているよ」

「さようなら」とリンダは冷たく応えた。「何でも望み通りになるの。だけど望み通りになったと思った途端、もうそんなこと、どうでもよくなるの」

そこで電話は終わった。その日はそれで終わった。事務所は開店休業だった。夕飯を食べた後、深夜営業の自動車修理工場にオールズモビルを持ち込んだ。ブレーキ・ライナーの点検を頼んだのだ。家へはタクシーで帰った。家の前のユッカ通りはいつもどおり閑散としていた。郵便受けには石鹸の無料クーポン券が入っていた。外階段をゆっくりのぼった。

穏やかな夜でうっすらとモヤがかかっていた。丘の木々のそよとも揺れていなかった。風もなかった。ドアの鍵を開け、開きかけてそこで止めた。二〇センチほどのところでだ。家の中は暗く、なんの音も聞こえなかった。だが部屋の奥に何かの気配を感じた。スプリングの、かすかなきしみ音がしたのかも知れない。あるいは部屋の奥に白いジャケットが一瞬見えたのかもしれない。その晩のように暖かく、静かな夜には室内は外ほど暖かくなく、静寂でもないのかもしれない。室内に、そこはかとなく男の臭いが漂っていたのかもしれない。あるいは私がちょっとピリピリしていただけなのかもしれない。

玄関前のポーチから地面に降り立ち、家の外壁に沿って進み、近くの茂みにかがみ込み、身を隠した。何も起こらなかった。部屋の明りも点かなかった。耳を澄ませていたが何も動く気配は感じられなかった。右手で素早く抜けるように左腰のホルスターに銃把を前向きにして拳銃を収めていた。ショート・バレルのポリス拳銃三八口径だ。拳銃を抜いた。だからといってなにも変わらなかった。相変わらず静寂は続いた。間抜けな一人芝居をしてしまった、との結論に達して立ち上がり、玄関に戻ろうと一歩踏み出したとき、ローレル・キャニオン通りから一台の車が角を曲がってユッカ通りの坂を上がってきて、我が家の外階段ののぼり口に音もなく止まった。黒塗りの大型車でシルエットからみてキャデラックのようだった。リンダ・ローリングの車といってもおかしくなかった、二つの点を除けば。第一に誰も後部座席のドアを開けに降りてこなかった。第二に、こちらを向いている窓は全てきっちり閉められていた。私はまた茂みに身をかがめてじっとして耳を澄ませた。

聞くにしても何の音もしなかったし、待つにしても外階段をのぼってくる人影もなかった。黒塗りの車は外階段ののぼり口で停止したまま、窓を閉め切ったまま、それだけだった。エンジンはかかったままだったのかもしれないが聞こえなかった。と、突然カチッという音と共に大きな赤色サーチライトが点灯し、我が家の敷地の端から六メートルほど離れたところを照らした。するとその大型車はそろりそろりとバックして、サーチライトの左右の照射範囲が外階段を中心に敷地斜面の低い部分全体を収めるところに停車位置を調整した。それを確認すると今度は上に向けて家と庭を照らした。

警察官や保安官助手はキャデラックには乗らない。サーチライト付きのキャデラックは大物専用車両だ。市長、警察公安委員長、地方検事かもしれない、あるいはやくざかもしれない。

サーチライトの赤いスポットが左から右、右から左と動いて家と庭をなめるように照らし出した。私が地面に伏せるのと、サーチライトが私を照らし出すのと同時だった。赤いスポットライトは動きを止めて私を浮かび上がらせた。それだけだった。車のドアは閉まったままだったし、我が家は音もなく、室内は真っ暗だった。それからサイレンが低く、うなるようにほんの一、二秒間鳴るとピタッと止んだ。それが合図だったのか、ついに我が家の明りが一斉に点灯した。すると玄関から白いディナー・ジャケットの男が出てきて玄関前のポーチまでくると、壁に沿っての地面、そして茂みを見渡した。

「出てこい、チーピー」メネンデスがクックと笑いながら声をかけた。「ほら、客だぞ」

撃てば確実に仕留められた。が次の瞬間、メネンデスは後ろに飛びさすって家の中に消えた。チャンスも消えた——たとえ撃ったとしても。それから車の後部座席の窓が降りた。次に固いものが開いた窓枠に当たる音がした、と間髪入れずマシン・ピストルが鳴り響き、私から九メートルほど離れた階段脇の斜面に立て続けに着弾した。

「こっち来い、入れ、チーピー」とドアを開けてメネンデスが叫んだ。「他に逃げようがないだろ」

私は立ち上がってドアに向かった。赤い光の円は正確に私を捕えて追ってきた。手に持った拳銃をホルスターに戻した。小さな赤松板のポーチに上がり、ドアを通って室内に入るとすぐそこで止まった。居間の奥の椅子に男が脚を組んで座っていて、その膝には横向きに銃が置かれていた。その男は細身で背が高く、いかにもタフそうだった。その顔は日の照りつける、乾燥した土地に住む人に見られる乾ききった肌をしていた。着ているものはギャバジンと思われる生地のウィンドウ・ブレーカーだったが、ジッパーをほとんど開けていた。男は私を見たが目も銃も反応しなかった。男は月に照らされた日干しレンガのようにじっとしたままだった。

48

その男に気を取られすぎた。目の端にちらっとなにかの動きが見えた。次の瞬間、気の遠くなるような痛みが肩の一点に走った。腕全体が指先まで感覚がなくなった。

振り向くとそこに野卑な顔つきをした大男のメキシコ人がいた。にやついてもいなかった。ただ私を凝視していた。男のだらんと下がった手には四五口径の拳銃が握られていた。拳銃で肩を殴ったのだ。男は口ひげを蓄え、たっぷりとした黒い髪は逆立てられ、それからオールバックにきれいになでつけられていた。そのせいで頭がやけに大きく見えた。汚れたソンブレロを頭の後ろにずらし、革のあごひもは、刺繍が施された汗臭いシャツの前で輪を作ってだらりとたれ下がっていた。タフなメキシコ人ほどタフな奴はいない。丁度、穏やかなメキシコ人より穏やかな人はいないし、正直なメキシコ人ほど正直な人はいないし、それからなにより、悲しいメキシコ人より悲しい人はいないように。仕置き屋だ。どこへだろうとお呼びがかかれば出向く。

私は腕をさすった。少しは感覚が戻ってはいたが依然として痛みはひどく、しびれていた。拳銃を抜いたとしても多分構える前に落としただろう。

メネンデスは私を痛めつけた男に向かって手を伸ばした。男はメネンデスの立ち位置を確認するふうもなく、ポイッと拳銃を投げた。メネンデスはそれをキャッチした。それからメネンデスは私の目の前に立った。顔が汗と脂で光っていた。「どこがいい? チーピー」彼の黒い目が踊っていた。

私はただ彼を見ていた。そんなことに答えなんかない。

「お前に訊いてるんだ、チーピー」

私は唇を湿らせるとこちらから質問してやった。「アゴスチーノはどうした？　あいつがお前の用心棒じゃなかったのか？」

「チックはやわになっちまった」と穏やかに言った。

「奴ははじめからグニャチンだった——奴のボスと同じにな」と言ってやった。

椅子の男の目がちらりと動いた。笑いかけたがあくまで「かけた」程度だった。私の腕をダメにしたタフなメキシコ人は動きもしなかったし、声も出さなかった。だが呼吸をしてるのはわかった。臭いがしたから。

「誰かがお前の腕にぶつかったのか？　チーピー」

「エンチラータ［肉や野菜をトウモロコシの薄皮焼きに包んだ食べ物］につまずいて転んじまった」

どうでもいいというふうに、特に見定めるふうもなく、メネンデスは手に持った銃の銃身で私の頬を横殴りした。

「俺にふざけた口をきくんじゃねえ、チーピー。そのふざけた真似が命取りになった。お前は言われたんだ。はっきりとな。俺がわざわざ出向いていって。誰かにそっとしておけと言ったらその言われた誰かはそっとすることになっている。さもなきゃその誰かは横になって二度と起きなくなる」

頬から血が滴るのがわかった。殴られた頬骨が耐えがたいほど痛かった。痛みは頭全体に広がった。強打されたわけではなかったが銃身での一発はきつかった。それでも口は利けたので喋り始めた。誰も止めようとはしなかった。

「なんでお前が手を下す？　メンディー。こんなのはビッグ・ウィリー・マグーンを痛めつけたような奴らみたいな、下っ端のやる仕事だとばかり思っていた」

「今回はこの俺としての仕返しだ」と穏やかに言った。「この俺がお前に警告をした。だから無視されたらこの俺が仕返しをする。マグーンの件は全くのビジネス上の話だ。

マグーンは、俺を、好きなとき小突いて好きなだけ搾り取れると思い始めた——俺に服を買わせ、車を買わせ、貸金庫を満杯にさせ、家のローンを払わせた。風紀課のお巡りは皆、同じだ。奴のガキの学費まで払ってやった。事情を知っている奴なら、マグーンこそ俺に感謝すべきだって誰だって思うだろう。じゃマグーンは何をしてくれた？　俺の社長室にズカズカやってきて手下の目の前でこの俺に往復ビンタを喰らわせやがった、いつでも小突けるってところを見せるためにな」

「なんでそうなった？」とメンディーの怒りが別の誰かに向かってくれないか、淡い期待を持って訊いた。

「客を装ったあばずれがうちの店に来て、サイコロに細工があると騒いだ。そのくそ女はマグーンの息がかかった売春婦の一人だ、芝居だ。女にはクラブから丁重にお引き取り願った、賭け金は耳を揃えて返してな」

「そりゃあんたが怒るのはもっともだ」と私は言った。「プロのギャンブラーはいかさまなんかやらないってことをマグーンは知ってなくちゃ、プロはいかさまなんかする必要はないんだ。ところで私はあんたに何をしたんだっけ？」

メンディーはまた私を殴った、しっかり同じところを狙って。「お前にメンツを潰された。この世界じゃ同じことは二度言わない。どんなにヤバい仕事でもだ。言われた奴は出てゆき、やるべきことをやる、それを守らせなきゃ示しがつかない。示しがつけられない奴はこの世界じゃやっていけない」

「それだけじゃないんだろ、なにかあるような気がする」と私は言った。「ポケットのハンカチを取りだしていいかな？」

ハンカチを取りだし、それで顔の血を拭っている間、銃口は私に向けられていた。

「ケチなのぞき見野郎がメンディー・メネンデスを猿扱いできると思い始めた。俺を笑いものにしやがった。この俺——メネンデス様を馬鹿にしてせせら笑った。銃なんかよりナイフを使やよかった、チーピー。お前を生肉の細切りに切り刻めばよかった」

「レノックスはあんたの友達だったろ」とメネンデスの目を見据えながら言った。「彼は死んだ。そして犬みたいに埋められた。埋めた後に盛られた土に墓標さえ立てずに。そして私はレノックスの濡れ衣を晴らすため、ちょっとしたことをやった。それがなにか？　あんたのメンツを潰したってのか？　えぇ？　昔、レノックスはあんたの命を助けた。今、レノックスが命を落とした。で、あんたにとっちゃそんなことはどうでもいいんだ。あんたにとって大事なのは大物ぶることだけだ。あんたの頭にあるのはただ一つ、どうやって大物ぶるかってことだけだ。人のことなんか知っちゃいない、可愛いのはてめえだけって訳だ。あんたは大物じゃない。ただケバイだけだ」

メネンデスの表情が凍った。私に三度目を喰らわせようと腕を後ろに引いた。今度は思い切りだ。メネンデスが腕を後ろに引き切らないうちに私は片足を半歩前へ出し、後ろ足を引きつけるようにして勢いをつけ、メネンデスのみぞおちを蹴り上げた。

無意識だった。そんな考えはなかった。チャンスをうかがったりはしなかった。そもそもチャンスがあるなどとは思わなかった。ただ彼のおしゃべりにうんざりしていて、殴られたところが痛く、血が流れていた。多分殴られたせいで頭が少しおかしくなっていたのかもしれない。

メネンデスは体をくの字に折り曲げた。あえいだ。銃が手から落ちた。喉の奥から何やら切迫したようなうめき声を上げ、かがみ込んだまま両手で大きく床をまさぐって銃を探した。私はかがみ込んでいるメネンデスの顔を膝で蹴り上げた。金切り声があがった。

椅子に座っている男が声を立てて笑った。その笑い声で、もう一発メネンデスにくれてやろうとする私の動きが止まった。男は立ち上った。その手に持った銃が男と共に近づいてきた。

「殺すなよ」と穏やかな口調で言った。「奴を生き餌に使いたい」

居間の奥、ホールの暗がりに、なにかが動いたと見る間にオールズが現われた。虚ろな目つきで、顔は全くの無表情で穏やかそのものだった。オールズはメネンデスを見下ろした。メネンデスは頭を床にすりつけて跪いているような格好をしていた。

「ヤワな奴」とオールズが言った。「ヤワ中のヤワだ」

「こいつはヤワじゃない」と私が言った。「痛めつけられただけだ。誰にだって痛めつけられることはある。ビッグ・ウィリー・マグーンはヤワか？」

オールズは私をまじまじと見た。背の高い男も私を見ていた。あのタフなメキシコ人はドアのそばに立っていたが先程来、じっとしていた。

「そのコ汚いタバコを噛むのはやめろ」と私は噛みついた。「火をつけて吸うか、捨てるかどっちかにしろ。お前を見ていると気分が悪くなる。お前にゃうんざりだ。お巡りにはうんざりだ」

オールズはちょっと驚いたようだったが、それからにっこり笑った。

「こいつは芝居だった、ボーヤ」と嬉しそうに言った。「ずきずき痛むのかい？ このガラの悪いおじさんたちがボクちゃんのお顔をぶったのかい？ まあ、私に言わせれば身から出た錆ってやつで、その錆がいい具合に役に立ってくれた」彼はメンディーを見下ろした。メンディーはまだ跪いたままだった。井戸から這い上がるように少ずつ身を起こし始めた。まだまともに呼吸はできず、喘いでいた。

「まあこいつのよく喋ること。口にボタンをかけるお抱え弁護士が三人ほどいないと止まらないんだ」とオールズ。

オールズはメネンデスを引きずりあげて立たせた。メネンデスは鼻血を流していた。ディナー・ジャケットからハンカチを取りだして振って広げ、鼻に当てた。無言だった。

「お前は一杯食わされたんだよ、子猫ちゃん」とオールズはメネンデスの頭によく浸み込むように告げた。「マグーンが気の毒で私の胸は張り裂けそう、なんてことはない。自業自得だ。だが、あいつは警官だ。そしてお前ら与太公は警官に手出ししちゃならない――いつでも、どこでも、いつまでもだ」

メネンデスはハンカチを持った手を下ろし、オールズを見た。私を見た。さっきまで椅子に座っていた長身の男を見た。ゆっくり振り返るとドアのそばにいるタフなメキシコ人を見た。そこにいる全員がメネンデスを見ていた。誰の顔にも何の表情もなかった。

次の瞬間、ナイフが現われ、メネンデスがオールズに向かって突っ込んでいった。オールズは身をかわすと片手でメネンデスの喉をわしづかみにし、もう片方の手でメネンデスの手からあっさりナイフをたたき落とした、ほとんど顔色一つ変えずに。それからオールズは股を開き、背筋を伸ばして膝を少し曲げると喉をわしづかみにしたまま片手でメネンデスを宙につり上げた。つり上げたまま居間の端まで行ってメネンデスを壁に押しつけた。それから降ろして立たせたが、喉の手はそのままだった。「私に指一本でも触れてみろ、殺してやる」オールズが言った。「指一本でもだ」それから手を離した。

メネンデスはオールズに向かって軽蔑したようにニヤッと笑った。ハンカチに目を遣ると血痕が見えないようにして折り直した。床に落ちている、私を殴るのに使った拳銃に視線を向けた。椅子に座っていた男が物憂げに言った。「弾は入っていない。たとえ首尾よく手に取れてもな」

「芝居だと?」とメネンデスがオールズに訊いた。「はじめにそう言ったな」

「お前は仕置き屋を三人雇った」とオールズ。「で、やってきたのはネヴァダからの保安官助手三名だ。ネヴァダの誰かさんは、お前の仁義にもとるやり方が気になっている。で、その誰かさんはお前と話をつけたいと思っている。ここにいる保安官助手と一緒にネヴァダ行きを選んでもいいし、私と本部に戻って両手に手錠をかけられてドアの後ろに吊されるのを選んでもいい。本部にはお前をじっくり見たがっている私の仲間が何人かいる」

「ネヴァダにはランディー・スターがいる。俺の身に何かあれば奴が黙っちゃいない」胸の前で短く十字を切り、自分にいい聞かせるようにつぶやくと、ドアの前に立っているタフなメキシコ人を上から下まで見た。それから足早にドアから出ていった。タフなメキシコ人が後に続いた。するともう一人、干からびた、砂漠が似合いの男が拳銃とナイフを拾うとその後に続きドアを閉めた。オールズはじっと待っていた。やがて車のドアのバタンという閉まる音がし、暗闇に消えていった。

「あのごろつき共はほんとに保安官助手か？」とオールズに訊いた。

オールズは振り返って、私がまだ生きているのにびっくりしたような振りをした。「星形の保安官バッジは持っていた」と応えた。

「やるもんだ、バーニー。大したもんだ。奴が無事にベガスに着くとでも思ってるのか？　この冷血漢のろくでなし野郎」

私はバスルームに行くと水道の蛇口を開き、冷水でタオルを濡らしてズキズキ痛む頬に当てた。鏡をのぞき込んだ。頬は青黒くぶざまに腫れていて、その上はジグザグに傷口が開いていた。固い頬骨を、もっと固い銃身で殴られた衝撃でできたのだ。左目の下も変色していた。数日はハンサム返上だ。

鏡の中の私の後ろにオールズが映った。火の点いていないタバコを口に挟んで転がしていた、半殺しのネズミで楽しむ猫のように。最後にもう一度だけ必死に逃げようとするネズミを余裕で捕まえるように。

「これからは警察を出し抜こうなんて気を起こさないことだ」と不機嫌そうに言った。「まさか保安官本部が、面白半分にお前に写真複写を盗ませたなんて思ってないだろうな。我々はあれが新聞に出ればメンディーが動き出すと読んだ。そこでランディー・スターに因果を含めて協力させることにした。この郡でギャンブルを禁止することはできない、だが、干上がるくらい厳しい取り締まりはやる気になればやれる、と教えてやった。

うちの管轄内でヤクザが警官を痛めつけるのは許さない。たとえそいつが汚い奴でもだ。そして万一管轄内でそんなことをしでかした奴は絶対に逃げられない。ランディー・スターはマグーンの件については関わっていないと申し開きをし、我々も納得した。それに上の組織もこれについちゃ問題視している、それで上からもメネンデスに話をするとも言っていた。

メンディーから注文が入った。ベガスの街外れにある仕置き屋に、こっちまで出向いてお前に焼きを入れてくれってな。そこでスターは彼の手の者三人をメンディーのもとに差し向けた。奴の車で。費用はみんな奴持ちで。ランディー・スターはラスベガス市の警察公安委員会のメンバーなんだ」

私は振り返ってオールズをまじまじと見た。「砂漠のコヨーテは今夜おもわぬご馳走にありついた、おめでとうさん。警察稼業ってな、わくわくする夢みたいな仕事だ、だろ、バーニー。そんな結構な警察稼業にもたった一つ問題がある。それはそこに従事している警官共だ」

「気の毒だったな、ヒーロー」と突然冷徹で残忍な口調に変わった。「おたくが自分の家に、のこのこ殴られに入ってきたときは思わず笑っちまった。あれは私のシナリオだ、ボーヤ。汚い手だった。汚い手を使う以外やりようがなかった。メンディーみたいな奴を喋らせるには調子に乗せるしかない。メンディーはおたくを痛めつけてすっかり調子に乗った、狙い通りだった。痛めつけられたといってもたいしたことないじゃないか。我々としても多少は目をつぶってなきゃならなかった」

「すまなかったな」と言ってやった。「私がボコられるのを見るのがえらく辛かったんだ、そいつは本当に申し訳なかった」

バーニーは引きつった顔を私に向けた。「私は賭博業者が許せない。麻薬密売人と同様、許せない。賭博業者は麻薬とまったく変わるところがない。堕落し、不道徳な社会の病巣にエサを与えて育てる。レノやベガスの宮殿みたいなギャンブル場が健全無害の遊び場だとでも言うつもりか？　冗談じゃない。あの宮殿は平凡な庶民、大当たりを当てろ、とばかりに夢見てやってくる間抜け、ポケットに給料袋を突っ込んでやってきて次の週の食費をみんな吸い取られる若造、そんな連中を引きつけるためにある。

金持ちの客は四万ドルすっても笑いとばしてまた戻ってきてもっと巻き上げられる。だがデカいギャンブル組織を養っているのは金持ち客じゃない、わかるか？　奴らは庶民を喰い物にして成り立っているんだ。一〇セント玉、二五セント玉、まれには一ドル札、まれのまれに五ドル札なんかの小銭をかき集める、ちりも積もれば山だ。

デカいギャンブル組織には、水道の蛇口から水が流れ出てくるように金が絶え間なく安定して流れ込んでくる、決して絶えることがない。ギャンブル組織の大物をやっつけようという気が起きたら誰だっていい、いつでもやってくれ、我が意を得たりだ。大歓迎だ。州政府はギャンブル組織から税金という名目で金を巻き上げ、その見返りにヤクザ共の商売を助けている。床屋のおやじとか、美容院のネエちゃんが競馬の勝ち馬に二ドル賭ける。この金が組織に流れる。これが奴らの飯の種だ。世間は正直な警察を望んでいる。違うか？何の為だ？競馬場のＶＩＰ席にいる連中を守るためか？この州では競馬は合法だ。年間通して競馬は開催されている。競馬は公明正大に運営されていて、州には一定の割合で上納金が入る。だが実際はどうだ？公設馬券売り場で馬券が一ドル売れるごとに、裏ではノミ屋に五〇ドル流れ込む。一日に八から九レースある。その半分は誰も気に留めない暇つぶしのレースだ。組織から指示が出ればいつでもレースに細工できる。騎手が勝つ方法はただ一つしかない。だが負ける方法なら二〇通りはある。ポール八本ごとに監視員がいても、騎手が手口さえ心得ていれば見破られることはない。これが合法賭博だ、わかってるか。公正で公平な事業だ。州公認だ。だからまっとうな事業だ、本当にそうか？私に言わせればノーだ。なぜならそれはギャンブルでギャンブル組織を太らすからだ。考えてみろ、ギャンブルは一種類しかない——悪いやつしかな」

「すっきりしたか？」私は鏡を覗いてヨードチンキを傷に塗りながら訊いた。

「私はもういい加減、歳でくたびれてガタのきた警官だ。感じるのはただ腹立たしさだけだ」

「あんたは本当言って立派な警官さ、バーニー。だが同じくらい立派な思い違いをしている。その点ではお巡りは皆同じだ。警官は皆、何か起きると見当違いの事柄にその原因を押し付ける。あんたらに言わせるとこうだ。ダイスゲームで給料を吸い取られる奴がいるとギャンブルはダメ。酔っぱらいがいたら酒はダメ。自動車事故で誰かが死ぬと自動車生産はダメ。ホテルで女に金を巻き上げられる奴がいればセックスはやるな。誰かが階段から落っこちると家屋建築はダメってことになる」

「もうだまれ！」

「いいさ、黙るよ。私はただの市民だ、言っても詮方ないことだ。もうこの話はよそう、バーニー。腹黒い議員やうまい汁にあずかろうとする取り巻きが市役所や議会を牛耳っているからってチンピラや犯罪組織や暴力団がはびこっている訳じゃない。犯罪は社会の病根じゃないんだ。犯罪は病根が引き起こす症状の一つにすぎない。そして警官というのはちょうど脳腫瘍で頭痛を訴える患者にアスピリンを投与する医者のようなもんだ、まあ医者との違いは棍棒でその「頭痛」を治したがるところだけどな。このアメリカはデカくて荒削りで金持ちで何でもありの国だ。犯罪はその代償だ。社会が成り立つには組織が必要だ、組織犯罪は社会組織が成り立つ代償なんだ。これからも先ずっと続くだろうな。組織犯罪は賢い金儲けの負の側面だ」

「じゃ正の側面はなんだ?」

「見当がつかない。ハーラン・ポッターなら教えてくれるかも。それより飲まないか?」

「おたく、ドアから入ってきたとき、マジ、見ものだったぞ」とオールズ。

「あんた、メンディーがナイフを突きつけたとき、マジ、見ものだった」

「握手だ」と言って手を差し出した。

しばらく二人して飲んだ後、オールズは我が家に侵入するとき、こじ開けた裏口から出ていった。前日の夜、彼が我が家にきたのは下見が目的だったのだ。そして次の晩、裏口をこじ開けて入ったのだ。

裏口のドアは木製で古く、乾いて隙間がある。しかも外開きだ。だからちょうつがいのピンさえ抜いたらあとは簡単だ。オールズは帰りがけ、ドアの枠についた傷を私に見せた。それから裏の丘の向こうの道路に駐めた車に戻った。

表のドアをこじ開ける手間は裏口とそれほど変わらない。だが開けるには鍵を壊さなければならない。それじゃバレてしまう。

オールズが懐中電灯をかざして灌木をかき分けながら丘を横切り、丘の向こうの道路へと姿が消えるのを眺めていた。ドアに鍵をかけるともう一杯、ほどほどのアルコールの飲み物を作って居間へ戻り、腰を落ち着けた。時計を見るとまだ宵の口だった。家に帰ってきてからえらく時間が経ったと思われたが、ただの気のせいだった。

電話のところに行って、交換手にローリング家につなぐよう頼んだ。執事が出て名前を訊いた。名前を告げるとローリング夫人が在宅か確かめに電話口から離れていった。ややあって電話口に彼女が出た。

「あんたが言ったとおりヤギにされちまった」と言った。「だけどトラは首尾よく生け捕りにされた。ちょっとアザができちまったけど」

「じゃ、いつかゆっくりお話を聞くわ」そういう彼女の声は、まるでもうパリにいるかのように、遙か遠くから聞こえてくるようだった。

「一杯やりながら話せるんだけど――あんたさえよければ」

「今夜？ あら、いま旅行の支度しているところよ。残念だけど無理」

「だよな、わかった。ま、ひょっとしてあんたが聞きたいかな、って思っただけだ。あんたは私の身を案じてくれた。ありがたかった。私をヤギに仕立てたのはあんたのお父さんじゃなかった、まったく無関係だった」

「確かなのね」

「間違いなし」

「そう、じゃ、ちょっと待って」と言って受話器から離れた。ややあってまた声が戻った、その声に親しみがさっきよりは感じられた。

「飲むのに付き合えると思うわ、場所はどこ？」

「どこでもいいよ。今日、車がないんだ。タクシーで行く」

「バカ言わないで、迎えを行かせるわ。でも一時間かそこらはかかるわよ。住所は？」

住所を告げると彼女は電話を切った。私は玄関の外灯をつけるとドアを開けて夜の空気を吸った。外はすっかり涼しくなっていた。

居間に戻るとロニー・モーガンに電話をした、不在だった。それからダメ元でラスベガスのテラピン・クラブに電話した、ランディー・スター氏いらっしゃいますか？ 門前払いだと思っていた。が意外にも出てきた。

穏やかで、有能で、堂々とした事業家然とした声だった。

「電話ありがとう、マーロウ。テリーの友達は誰だって私の友人だ。なんかお役に立てるかな？」

「メンディーが出かけた」

「出かけたって何処へ？」

「ベガスに向かって。あんたが差し向けたごろつき三人と一緒に。赤い警灯とサイレン付きのデカいキャデラックに乗って。あんたの車だろ、わかってるんだ」

スターは笑った。「このベガスじゃ、新聞にも書いてあったが、キャデラックはトラック代わりに使う。で、一体何事だ？」

「メンディーは私の家で私を待ち伏せした。仕置き屋を二人ほど連れて。メンディーは私を痛めつける――穏やかにいえば――筈だった。新聞のある記事が気に障ってそれが私のせいだと思ったからだ」

「あんたのせいなのか？」

「私は新聞社なんか持っていない、スターさん」

「私はキャデラックに詰め込んだ仕置き屋なんか持っていないよ、マーロウさん」

「仕置き屋じゃなくて保安官助手だったかもしれない」

「かもなんて言われてもな。他に何か？」

「メンディーは拳銃で私の顔を張った。お返しに私は彼の腹を蹴って膝で鼻を潰した。だから彼にしたら、とてもじゃないけど納まらないはずだ。私だって同じだ。いつか決着をつけたい。だからメンディーには生きてベガスに着いて貰いたい」

「大丈夫だ、こっちに向かってるならな。ところですまないがこの辺で切り上げなきゃならん」

「ちょっと待ってくれ、スター。オタトクランの茶番にはあんたも一枚噛んでるのか――それともメンディー一人でやったことなのか？」

「なんの話だ?」

「とぼけないでくれ、スター。メンディーは私に頭にきた理由をまくしたてたが額面通りには受け取れない――私の家に忍び込んできてまでビッグ・ウィリー・マグーンと同じ目に私を遭わせようとするのは理屈に合わない。動機として不十分だ。

　メンディーは、私に余計なことに首を突っ込まず、レノックス事件なんか掘り返すなと脅してきた。それを私は掘り返した、たまたま成り行きでそうなった。すると彼は、さっきあんたに話したように、我が家まで仕置き屋を引き連れてやってきた。そこまでするか? テリーの濡れ衣を晴らしたのは彼にとっても悪くないはずだ、友達ならな。だからメンディーにはもっと別の、それなりの理由があったはずだ」

「なるほど」と考えるように言った。その調子はそれでもなめらかで穏やかだった。

「マーロウ、あんたはテリーの死についてなにか、まやかしがあると思っているんだな。テリーは自らを銃で撃ったのではない、たとえば誰か撃った奴がいる、とか」

「彼が書き残したものがある。それをじっくり読めばなにかわかると思う。自白書があるけど、それはでっち上げだ、だから外す。別にもう一通、私に宛てた手紙がある。テリーがこっそり投函するよう頼んだホテルのボーイ、あるいは給仕が手紙を受け取りに来る寸前まで書いていた手紙だ。彼はホテルに監禁されていて部屋からは出られなかった。手紙には高額紙幣が同封されていた。そして手紙は、誰かがドアをノックした、というところで終わっていた。ノックしたのは誰か? 誰が部屋に入ってきたのかを知りたい」

「なんでだ?」

「もしノックの主が給仕かボーイなら、テリーは手紙を続けて、誰が入ってきたか書いただろう。もし入ってきたのが警官なら手紙は出されずじまいの筈だ。じゃ、誰だったんだ――それと、なぜテリーは自白書を書いたのか?」

「見当もつかない、マーロウ。まったくな」

「つまらないことで時間を取らせてしまい申し訳ない、スターさん」

「いいさ、話せてよかった。メンディーと会ったら奴の意見も聞いてみる」

「それがいい——また会えれば——生きてる彼に。もし会えなければ——いずれにせよ調べて欲しい。でなきゃ誰かが明らかにする」

「あんたがか?」スターの口調がきつくなった、だが落ち着いていることに変わりはなかった。

「いいや、スターさん。私じゃない誰かだ。その誰かは、ふっと息を吹きかけただけであんたをベガスから吹き飛ばせる大物だ。真面目な話だ、スターさん。まともに聞いたほうがいい。嘘でもほらでもない」

「メンディーは無事さ。心配要らない、マーロウ」

「あんたは一部始終ご存じだとばかり思っていた。さよなら、スターさん」

49

車が外階段ののぼり口前で停まり、ドアが開く音がしたので表へ出て、今、おりていくと声をかけようとした。だが、中年の黒人運転手が開いたドアを押さえていた。

彼女が車から降りてきた。それから運転手は小さな旅行バッグを提げて彼女の後ろから外階段をのぼってきた。それで私はただそこに立って待った。

外階段をのぼりきると彼女は振り向いて運転手に告げた。「マーロウさんがホテルまで送ってくれるわ、エイモス。ありがとう。明日の朝、電話するわ」

「はい、奥さま。あの、マーロウさんに一つ聞いてもよろしいでしょうか?」

「勿論、いいわよ、エイモス」

エイモスは旅行バッグをドアの内側に置いた。彼女は私とエイモスをその場においてさっさと居間へと入っていった。

「『もう歳だ——歳だ——ズボンの裾を折らにゃならん』この詩から何を感じますか？ マーロウさん」

「意味なんかないさ。響きがいいだけだ」

エイモスが笑った。「これは『J・アルフレッド・プルフロックの愛の歌』〔T・S・エリオットの詩〕の一節です。これもそうです『部屋では女たちが私のところに来ては去ってゆく／私はミケランジェロの話をする』ここからなにか汲み取れますでしょうか？」

「そうだな——私に言わせればこの作者は女のことがまるでわかっていない」

「同感です。にもかかわらず、私はT・S・エリオットは素晴らしい詩人だと尊敬しています」

「今、『にもかかわらず』って言ったのか？」

「はい、言いました。それが何か？ 使い方がおかしいのでしょうか？」

「いや、そうじゃない。だけど金持ちの前じゃそんな言葉遣いはダメだ、『それでも』とか『だけど』がいい。さもないとあんたは隙を見て靴に画鋲を入れるような奴だと思われる」

エイモスは寂しそうに微笑んだ。「めっそうもないことです。ところであなた様、事故にでも遭われたのですか？」

「いや、なるべくしてこうなった。おやすみ、エイモス」

「おやすみなさい、マーロウさん」

エイモスは外階段をおりていった。私は居間へ戻った。リンダ・ローリングは居間の真ん中に立って周りを見渡した。

「エイモスはハーバードを出ているのよ」と言った。「ここってあんまり安全とは言えないわね——あんまり安全じゃない人が住むには、違う？」

「安全なとこなんてどこにもないさ」

「まーひどい顔、誰がやったの？」

「メンディー・メネンデス」

「一体、何やったの？」

「たいしたことはやってない。奴を一、二度蹴った。メンディーは罠に嵌まりにのこのこやってきた。奴は今、ネヴァダに向かっている、三人か四人のタフなネヴァダ州の保安官助手に連行されて。奴の話なんかやめよう」

リンダ・ローリングはダベンポートに腰を下ろした。

「飲み物はなにがいい？」と訊いた。タバコケースを取りだし、勧めた。今はいいと言った。それから飲み物はなんでもいい、と言った。

「電話したときからシャンパンがいいと思っていた」と私。「アイス・バケットに入れてある、てな訳にはいかないけどしっかり冷えている。何年も飲まずに取っておいた。二本ある。コードン・ルージュ。おいしいと思うよ、まあ、うまいかどうかはあんたに決めて貰う」

「取っておいた、って何のために？」と彼女が尋ねた。

「あんたのためさ」

リンダ・ローリングはにっこり笑った、だが、まだ私の顔に見入ったままだった。「傷だらけね」そう言って指を伸ばして私の頬に軽く触れた。「私に？とてもあら、そうなの、なんて言えないわ。会ってからまだほんの数ヶ月じゃないの」

「じゃ、こういうことにしよう。二人の出会いがあるまで取っておいた。いま持ってくる」私は旅行バッグを手に取ると居間から出ていこうとした。

「ちょっと、それ、どこへ持っていくつもり？」ときつい言葉が飛んできた。

「ここで着替えなんかしないだろ、だから」

「そこに置いてこっちに来て」

言われるとおりにした。彼女の目は光っていたがまた同時にとろんともしていた。

「これまでと違うわ」とゆっくり言った。「これまでとは全然違ってるわ」

「どういうふうに？」

「あなたは、私にピクリとも手を出す素振りはなかったわ。口説こうとも、思わせぶりなことも、私に触れることも、なんにも。あなたはタフで嫌みな男で、下劣で、冷血漢だと思っていたわ」

「その通りかも――時と場合によっては」

「今まで幾度かお会いしたけどおたくに伺ったのはこれが初めてよ。それなのにあなたって、お互いもっと知りあう間もなく、シャンパンを適当に飲ませたら、抱きかかえてベッドに放り投げようと企んでいるんでしょ、違う？」

「正直言って、頭の隅にちょこっと沸いたのは確かだ」

「嬉しいわ、だけどそんな身も蓋もないやり方、私が喜ぶとでも思ったの？　あなたが好きよ。お話も愉しいしお酒も一緒に飲みたいわ。でも、それがベッドを共にしたいってことにはならないのよ。早合点しているんじゃない？――私がお泊まり用のバッグを持ってきたからといって」

「勘違いしたかもな」と私は言って、旅行バッグを玄関のドアの脇に戻した。「シャンパンを取ってくる」

「気を悪くしないで、そんなつもりはないのよ。シャンパンはなにか先が明るくなるときのために取っておいたら？」

「二本しかない」と私は言った。「明るい未来が来てくれたときは一ダースぐらいいるさ」

「そういうことなのね」と突然怒りだした。「あたしなんか、あたしよりずっと美人で、ずっとチャーミングな女がいつか来るまでの、ほんのつなぎだったのね。この私に二本もご用意頂いて本当に感謝するわ。今度は私が傷ついたわ。だけどいいこともあるわ。おかげさまでここにいても大過なく朝を迎えると思っていいようね。もし私がシャンパンでなびくと思ったのなら、はっきり言うわ、それはあなたの大きな勘違いだって」

「もう勘違いだったたって言ったじゃないか」

「離婚するつもりだと言ったわ。それからエイモスに、ここでバッグも一緒に降ろすように言ったわ。だからっていって見くびらないで頂戴」まだ腹の虫が治まらないようだった。

「バッグがなんだ！」とかっとなって言った。「バッグなんかクソ喰らえだ。もう一度バッグのことを口にしたら、こいつを外階段の遙か下、道路までぶん投げてやる。あんたに飲まないか訊いたさ。キッチンへ行ってシャンパンを取ってこようともした。ただそれだけだ。あんたを酔い潰そうなんてこれっぽっちも思ってない。それにあんたは私となんか寝る気はない。痛いほどわかっている。あんたにそんな義理もつもりもあるわけがない。だけど一緒にシャンパンの一杯や二杯飲んでもいいじゃないか、違うかな？　一緒にシャンパンを飲むことを、誰が、いつ、何処で、どの位飲めば口説かれちゃうか、なんて話に結びつけることなんかないだろうが」

「そんなにムキになることはないわ」と言った。ちょっと顔をあからめた。

「なに、これもどうせ単なる口説きの手の一つさ」と私は吐き捨てるように言った。

「こんなのは五〇通りほどレパートリーがある、どれもこれも虫唾が走る。口説き文句なんか、みんな見せかけでスケベ根性が透けて見える」

彼女は立ち上がってかがみ込み、指先で私の頬の傷口と腫れた顔をそっとなでた。「ごめんなさい。私、生きるのに疲れて失望している女なの。優しくして、お願い。だれも優しくしてくれないの」

「あんたは人生に疲れてなんかいないし、世の多くの人と比べれば失望しているとはいえない。どう考えてみてもあんたはあんたの妹と同じように、浅はかで甘やかされた色情狂の、はすっぱ女になって当然なんだ。だけど奇跡的に違う。あんたの一族が持つ誠実さの全てと、結構な心の強さを持っている。あんたにはいたわってくれる人なんか要らないよ」

私は居間に続くホールを抜けてキッチンへ行き、冷蔵庫からシャンパンを取り出すとコルクをポンと抜いて二脚の浅いゴブレットに注ぎ、一口飲んだ。ツンと鼻に来て涙が出た、が続けて飲んで空にした。またそこに注ぐと、なみなみとシャンパンの入ったゴブレット二脚とボトルをトレーに載せて居間へ戻った。

居間は空だった。バッグもなかった。トレーをテーブルに置くと玄関のドアを開け、辺りを見渡した。ドアの開く音も聞かなかったし、彼女には車もない。なんの音も聞こえなかった。

すると背中のほうから声がした。「バカね、私が逃げたと思ったの？」

ドアを閉めて振り返った。彼女は髪を緩め、絵柄のついたスリッパを素足に履いていた。夕日を描いた、日本の版画を写したローブを着ていた。ゆっくりと私に歩み寄った。その顔には、ちょっと驚いたことに、はにかんだような笑みが浮かんでいた。ゴブレットを差し出すと受け取って、一口、また一口すすった、と私に戻した。

「とってもおいしいわ」それから露ほどの思わせぶりも気取りもなく、ゆっくりと私に近づくと私の腕に抱かれ、唇を押しつけると口を開いた。彼女の舌が私の舌に触れた。やがて彼女は顔を引いたが腕は私の首にまわしたままだった。その目は星のように輝いていた。

「はじめからこうなりたかったの」と言った。「でもガードを堅くしちゃうの、なぜかしら？緊張しちゃうのかしら。でも私、本当に身持ちがいいのよ。それって残念？」

「初めてヴィクターの店で会ったとき、もしなびきそうだと思ったら言い寄っていた」

彼女はゆっくり首を振ると微笑んだ。「いいえ、あなたは言い寄ったりしない。だから私は今ここにいるのよ」

「まあ、あの夜は口説かなかったかも」と私が言った。「あれはちょっと特別な夜だったから」

「バーで女性を口説いたことなんかないんじゃない？」

「滅多にね、ちょっと暗すぎるから」

「でも口説かれたくてバーに通う女は大勢いるわ」

「朝、起きたときからそう思う女もたくさんいる」

「でもお酒は大胆にするわ――ある程度」

「お医者さんのおすすめだ」

「医者の話なんかやめて！　シャンパン飲みたいわ」

私は彼女にまたキスをした。軽く、快かった。

「その情けないほっぺたにキスしたいの」と言ってキスした。「焼けるように熱いわ」

「そこ以外は凍りそうに冷たい」

「そんなことないわ。ねえ、シャンパンって、私のためよね、頂戴」

「どうして？」

「飲まないとまたガードが上がりそう。それにこのシャンパン、おいしいわ」

「了解だ」

「私のこと、本当に愛してくれる？　それともあなたと寝たらの話？」

「多分ね」

「なにがなんでも寝ましょうなんて言わないわ。わかるでしょ。気が進まないならいいのよ」

「ありがとう」

「ねえ、私のシャンパン飲ませて」

「君、幾ら持ってる？」

「全部で？　よく知らないわ。多分八〇〇万ドルくらい」

「決めた、君と寝ることにした」

「金の亡者」

「シャンパンは私が買ったし」

「シャンパンがなによ」と彼女。

50

一時間ほど経った。彼女はむき出しの腕を伸ばし、私の耳をつまむと言った。「私と結婚する気ない？」

「半年ももたないだろうな」

「あら、まあ呆れた」と言った。「半年もたないとしましょう。それじゃ一緒になる意味はないって言うの？　あなたにとって人生はどうあって欲しいの――思い付く限りの失敗とは無縁に生きたいの？」

「私は四二だ。ひとりぼっちで気ままな生き方に毒されてしまっている。君はちょっと――ちょっとだけど金に毒されている」

「私は三六よ。お金を持っていることは別に恥ずかしいことじゃないわ。それにお金と結婚することだって。大抵の金持ちはお金を持つ資格なんかないし、お金との付き合い方も知らないわ。でも、こんなことは長続きしない。また戦争が起こって挙げ句の果て、誰も彼もが文無しになるわ――盗人と詐欺師以外は。この連中以外は誰もが税金で搾り取られて文無しになるの」

私は彼女の髪を撫で、それから指に絡ませた。「君の言う通りかもしれない」

「パリに行って楽しみましょうよ」彼女は片肘をついて半身を起こし、私の顔を上からのぞき込んだ。目の中の輝きが見て取れたが、その意味するところは読み取れなかった。

「結婚に対して何かわだかまりがあるの？」

「結婚って一〇〇人いたら二人くらいはいいもんだと思うんじゃないかな。残りの九八人にとってはただの苦行だ。結婚して二〇年も経てば亭主の持ち物なんてせいぜいガレージにおいてある作業台だけだ。アメリカ女性はなんたってすさまじい。アメリカの主婦は何でもかんでも自分の支配下に置きたがる。おまけに――」

「私、シャンパンを飲むわ」

「おまけに」と私は言った。「君にとって結婚はちょっとした出来事にすぎない。君の結婚生活で唯一辛い出来事は最初の離婚だ。あとは単に経済的な問題にすぎなくなる。金のある君にとっては何の問題もない。一〇年後、君がどこかの街で私とすれ違う、すると見たような人だけど一体全体何処で会ったんだろう、と一瞬思う、もし私に気付いたらの話だが」

「あなたって唯我独尊、自己満足、自信過剰で手に負えない嫌な奴。私、シャンパンを飲むわ」

「ほら、それだけしっかりわかったらもう私を忘れないだろ」

「まだあったわ。うぬぼれよ。うぬぼれの塊。もっとも今、ちょっと傷ついて腫れているけど。私があなたを忘れないとでも思っているの？　これから先、何人と結婚しようと、何人と寝ようとあなたのことを忘れないと思っているの？　なぜそれでも覚えていると思うの？」

「すまなかった、ちょっと大げさに言いすぎた。シャンパンもってくるよ」

「私たちって気が合ってお似合いなんじゃない？」と皮肉っぽく言った。「私は金持ちの女よ、ダーリン。それにそのうち、信じられないほどの大金持ちになるわ。価値があると思えば何でもあなたに買ってあげるわ。それに引き換えあなたには何があるの？　たどり着いても空っぽな家、犬や猫さえいないわ。それに小さくて息が詰まる事務所、そこにただ座って待つだけ。結婚したら、たとえ離婚しても二度とあなたにこんなうらぶれた生活には戻らせないわ」

「戻るさ、どうやって止める？　テリー・レノックスとは違う」

「お願い、彼の名前は口にしないで。それからあの夢のようなつらら女、女ウェードのことも口にしないで、それから哀れな酔っ払いの、あの女のダメ夫のことも。あなたは私の頼みを断った唯一の男になりたいの？　そんなのプライドとどう関係があるの？　あなたのことが大切だって精一杯、心の底から伝えているのよ。わかっているの？　結婚してって頼んだのよ」

「まだ精半杯ぐらいだな」

彼女は泣きだした。「このわからず屋、なんていうわからず屋なの！」彼女の頬が涙で濡れた。私はその頬に触れた。指が濡れるのを感じた。「半年か、一年か、もしかして二年も続いて、結局別れることになっても、その間にあなたに失ってしまったと後悔するもんなんてなにがあるの？　事務所の机の上のホコリとか、ベネチアン・ブラインドの汚れとか、充実しているとはとても思えない生活からの孤独感とか、せいぜいそんなものだけでしょ？」

「まだシャンパン飲むだろ？」

「もういいわ」

彼女を引き寄せた。彼女は私の肩に顔を埋ずめて泣いた。別に私を愛している訳ではなかった。それはお互いわかっていた。私のせいで泣いている訳でもなかった。ただ丁度そのとき、ちょっと泣きたくなっただけにすぎなかった。

ややあって彼女は身を引いてベッドを出て、バスルームへ顔を整えにいった。私はシャンパンを取ってきた。彼女が戻ってきた。笑顔だった。

「ごちゃごちゃ言ってごめんなさい」と彼女。「半年も経てばあなたの名前すら忘れているわ。シャンパンは居間で頂くわ。明るいところがいいの」

言われる通りにした。彼女は来たときと同じようにダベンポートに座った。私は彼女の目の前にシャンパンの入ったゴブレットを置いてダベンポートの彼女の横に座った。彼女は眺めているだけで手に取ろうとはしなかった。

「次回会ったら自己紹介するよ」と私は言った。「そしたらまた一緒に飲もう」

「今夜みたいに？」

「いや、今夜みたいなのはこれっきりだ」

彼女はゴブレットを乾杯するように上げるとゆっくり、ほんのひと口ほど啜った。座ったまま体を私に向けたかと思うと、手に持ったシャンパンをさっと私の顔をめがけて浴びせかけた。そしてまた泣いた。私はハンカチを取りだして自分の顔を拭き、それから彼女の涙を拭いた。

「なんでこんなことしたのか自分でもわからないの。だけどお願いだから私は女で、女は何でも訳もわからずやるなんて言わないで」

私は空のゴブレットにまたシャンパンを注いでその言葉に笑った。彼女はゆっくりと飲み干すと、今度は私に背を向けると私の膝に仰向けに身を横たえた。

「疲れたわ」と言った。「今度こそベッドに抱いていって」

しばらくして彼女は眠りについた。


翌朝、彼女がまだ寝ているうちに起きてコーヒーを淹れた。シャワーを浴び、ひげを剃って服を着た。その頃には彼女も起きてきた。一緒に朝食を食べた。タクシーを呼んで小さな旅行バッグを外階段の下まで運んでいった。

お互いにさよならを交わした。タクシーが角を曲がって消えるまでじっと見ていた。それから道に背を向け、外階段をのぼって家に戻り、寝室へ行き、寝具をむきになったようにみな剥がしてベッドを調えた。ふと見ると片方の枕に長い黒い髪の毛が一本あった。

みぞおちあたりが鉛の塊を呑み込んだようになった。こんな気持ちにふさわしい言葉をフランス人はもっている。あいつらはその場面々々にふさわしい言葉を必ず持っていて、それがいちいち心にしみる。

さよならを言うこと、それは心のどこかが少し死ぬこと。

51

スウェル・エンディコットは夜遅くまでオフィスにいると常に言っていた。それで夜七時半頃立ち寄ってみた。彼の事務所はビルのフロアの角部屋で、青いカーペットが敷き詰められていた。机は見るからに高価そうな、四隅の丸い、赤マホガニー製だった。お決まりのガラス扉の本棚には辛子色の法律書がずらりと並んでいて、壁にはお決まりの高名なイギリス人判事の肖像画のモノクロ複製がいくつか掛けられていた。南側の壁には一点だけオリバー・ウェンデル・ホームズ判事の大きな肖像画が飾られていた。エンディコットの椅子はキルティングされた黒の革製だった。彼の脇に、シャッターが開けられたロール・トップ机があり、その上には書類が乱雑に置かれていた。彼のオフィスには飾り立てるような場所も雰囲気もなかった。

エンディコットはワイシャツ姿だった。疲れているように見えたが、もともとそんな顔をした男だった。例によって味のしない、つまりフィルター付きタバコを吸っていた。タバコの灰がだらりとしたネクタイに降りかかっていた。彼の腰のない黒い髪の毛が机のあちこちに落ちていた。

エンディコットは私が座った後も押し黙って私を見ていた。やおら口を開いた。「頑固だな、あんたも。あんたみたいな奴は初めてだ。まだあの件をほじくっているんじゃないだろうな」

「実はちょっと引っかかっていることがあるんですよ。豚箱の私に接見にきたのはハーラン・ポッター氏の依頼だと思っていいかな？ もう話してくれていいんじゃないですかね？」

エンディコットは頷いた。私は指先で頰をそっとさすった。傷はすっかり治って腫れも引いていた。だが二発のどちらかで神経がやられたのだろう、頰の一部が痺れてまだ感覚がなかった。どうしても違和感がある。そのうち治るだろうけれど。

「それと、あんたはロスアンジェルス地方検事局の一員として臨時地方検事補の資格でメキシコのオタトクランへ行ったと思っていいかな」

「そうだ。だがその話はやめだ、マーロウ。あの件でポッター氏とのつながりができたのは貴重だった。だがちょっと深入りしすぎたのかもしれない、隠蔽に関わったと思われかねない」

「まだ上客なんでしょ、だといいけど」

彼は首を振った。「いや。もう切れた。ポッター氏は法律顧問をサンフランシスコ、ニューヨークそれにワシントンでそれぞれ雇った」

「私のこと、ポッター氏は怒っているんでしょうね――わざわざ会ってまで警告したのに」

エンディコットはニヤッと笑った。「それが面白いことに、なんとあの件を全部、娘婿、ドクター・ローリングのせいにした。ハーラン・ポッターのような御仁は何かあれば必ず誰かのせいにする必要がある。彼自身が非を認めることとなんてあり得ないからだ。ポッターに言わせれば、そもそもローリングがあの女に危険なドラッグなんか与えなければ事は起こらなかった」

「そりゃまた。ところであなたはオタトクランでテリー・レノックスの死体を見た、違います？」

「しっかり見た。家具屋の裏でね。あそこにはきちんとした死体置き場がなかった。その家具屋は棺桶も作っていた。死体は氷漬けにされていた。こめかみに銃創があるのを見た。身元確認にはなんの疑念も挟む余地はない、もし君がその点を疑っているのなら」

「疑ってはいません、エンディコットさん。彼の場合、偽装はほとんど不可能だから。でも、彼は多少なりとも変装してましたよね、違います？」

「顔と両手を褐色にしていた。髪の毛も黒く染めていた。だけど顔の傷は隠せない。勿論指紋も簡単に確認できた、日頃自宅で使っていた物があったから」

「そこの警察はまともな捜査ができるんですかね」

「初歩的なことだけだ。署長がやっと読み書きができるといった具合だ。だが彼は指紋の扱いはわかっていた。あそこはやたらと暑い、わかるだろ。本当に暑い」エンディコットは顔をしかめ、くわえていたタバコを手に取ると、玄武岩のような石でできた、えらく大きな灰皿に向かってめんどうくさそうに放り込んだ。「警察はホテルから氷を貰ってこなければならなかった」と付け加えた。「それも山ほど」また私に視線を戻して言った。「あそこでは死体保存処置ができない。何事もさっさと始末しなければならない」

「あなたはスペイン語話すんですか？ エンディコットさん」

「ほんの片言。ホテルのマネージャーが通訳してくれた」とにっこりした。「きちんとした身なりで愛想がよかった。見かけはごつくてちょっと怖かったが礼儀正しくてほんとに役に立った。あっという間に全てが終わった」

「私はテリーから手紙を貰った。ポッター氏も知っていると思う。娘のローリング夫人に話したから。マディソン大統領の肖像が同封されていました。彼女には見せましたよ」

「え、何がだって？」

「五〇〇〇ドル紙幣です」

エンディコットは両眉をつり上げた。「ほんとかね、へーえ。やっぱり金を持っていたんだ。シルビアは二度目の結婚のとき彼に、二五万ドル耳を揃えて与えた。レノックスはメキシコでなんとか暮らすつもりだったと思う――現実とは大違いだったけどな。金がどうなったかはしらない。私は、金銭関係には関わっていないから」

「これがその手紙です、エンディコットさん。読みますか？」

私はポケットから取りだして渡した。エンディコットはじっくり読んだ――一文字も見逃さない弁護士特有の読み方だ。読み終わると手紙を机に置き、椅子に寄りかかって背伸びした。そしてふと空間を見つめた。

「ちょっとした文学作品だな、違うか？」と静かに言った。「なんであんなことしたのかな？」

「あんなことって、自殺のこと？ 自白書のこと？ それとも私に手紙を出したこと？」

「自白と自殺だよ、勿論」ときっぱり言った。「この手紙は筋が通っている。少なくとも君は彼にしてやったことに対する相応の見返りを得た。加えてそれに続く――」

「郵便ポストというのがどうも気になってね」と私は言った。「手紙のこの部分です。「部屋の窓の下、道沿いに郵便ポストがある。ホテルのボーイは頼んだ手紙を投函する直前、手紙を掲げる」そう書いてある」

エンディコットの目の表情の何かがスッと消えた。「それが何か?」とどうってこともなげに訊いた。タバコの箱からまた、フィルター付きタバコを一本取りだした。私は机越しにライターの火を差し出した。

「メキシコでは、オタトクランのような町にはふつう郵便ポストはないんです」

「それで?」

「はじめはそんなことは頭に浮かばなかった。それからその町をちょっと調べました。人口は千人、多くてもせいぜい千二百人ほど。舗装道路は一本、それも一部だけの舗装。署長は公用車としてフォードのA型［一九三二年に製造終了］を使っています。郵便局は手広くやっている肉屋の一角にあります。町にはホテルが一軒、レストランが二軒、まともな道はなく、小さな飛行場があります。山に囲まれているのでハンティングが盛んです。それで飛行場がある。飛行機が事実上唯一の外部との交通手段です」

「続けてくれ。オタトクランはハンティングが盛んなのは知っている」

「というわけで、仮に道沿いに郵便ポストがあるとします。その伝でいけばオタトランには競馬場も、ドッグレース場も、ゴルフコースもハイアライ・ゲーム［壁に向かってボールを打ち合うゲーム］用の立派な壁も、七色の噴水と野外ステージを備えた公園もあるっていえるんですよ」

「じゃ、レノックスは勘違いしたんだな」と突き放すように言った。「彼からすればポストと間違えるような箱みたいなものがあったんだろう —— たとえばゴミ箱とか」

私は立ち上がって手紙を取り、折りたたんで内ポケットにしまった。

「ゴミ箱ですか」と私は言った。「それですよ。そうだったんだ。メキシコ国旗の色、緑、白、赤に塗り分けられていて、はっきりとした文字でこう書かれている、「我が町をきれいに」って。スペイン語で、勿論。そしてその周りには皮膚病で毛の抜けた犬が七頭くらい寝そべっている」

「楽しんでるのか、マーロウ」

「申し訳ない、つい才能が発揮しちまうので。もう一つちょっと引っかかることがあります。このことはランディー・スターにはもう話したんですがね。一体どうやって手紙はめでたく出されたか？　テリーの手紙によれば投函の段取りはあらかじめ決まっていた。ということは誰かがテリーに窓の下の箱はポストだと教えた。ということはその誰かが嘘をついた。ということは誰かが五〇〇〇ドル札入りの手紙を段取り通りに、けれども別の手段で投函したことになります。謎ですよ、そう思いませんか？」

　エンディコットはタバコをプカプカとふかし、その煙が漂うのを眺めた。

「で、君の結論は？　それにここにきてなんでランディー・スターが登場するのかね？」

「スターとメネンデス、──こいつはもう退場しましたがね──という二人のごろつきはテリー・レノックスと英国陸軍で戦友だった。二人ともある意味信用がおけない──というかどんな意味でも──だけど彼らにはそれでも義理人情とか矜持とかが全くないわけじゃないんです。レノックス事件では、ここロスアンジェルスで隠蔽工作がおこなわれた、理由は明らかですよね。そして全く別の理由でオタトクランでも、もう一回隠蔽工作がおこなわれたんですよ」

「で、全く別な理由とは？　君の結論は？」とまた訊いた。さっきより遙かに厳しい口調だった。

「それよりあなたの結論は？」

　エンディコットは無言だった。それでお邪魔しました、と挨拶し、彼のオフィスを去った。出がけに彼を見ると眉をひそめていた。気を悪くしたのではなく、ただ謎に戸惑っていただけだと思う。あるいはオタトクランの情景を思い出そう、ホテルの外に、はたして郵便ポストがあったかどうか思い出そうとしていたのかもしれない。


　別の事態が動き出した──これが最後だった。事態が動き出すのにあの日からたっぷり一ヶ月はかかった。

52

ある金曜日の朝、見知らぬ男が事務所の外で私を待っていた。男の身なりはよく、メキシコかあるいは南米のどこからか来たようだった。開け放った窓辺に腰掛けてタバコを吸っていた、きついにおいだった。背は高く、細身、際だってエレガントだった。きれいに刈り込んだ黒い口ひげを蓄え、黒い髪はアメリカ人よりも長めに調えていた。荒く織った生地で仕立てた淡黄褐色のスーツを着てグリーンのサングラスを掛けていた。私が近づくとさっと立ち上がった。

「セニョール・マーロウ?」

「何かご用でしょうか?」

折りたたんだ便せんのようなものを差し出した。「ラスベガスのスター氏からの手紙です。《ウン・アビソ・パルテ・デル・セニョール・スター・エン・ラスベガス》スペイン語はわかりますか?《セニョール・ハブラ・ウステド・エスパノール?》」

「まあ、でもスムースに話せるわけじゃない。英語の方がいいな」

「じゃ、英語で」と言った。「私はどちらでも構わないので」

手紙を受け取り、読んだ。「彼はシスコ・マイオラノス、私の友人だ。彼は君の疑問を氷解できるだろう。S」

「中へ入ろう、セニョール・マイオラノス」

私はドアを開け、その場に立ってドアおさえた。彼が通り過ぎるとき、香水の匂いが漂ってきた。彼の眉も香りにふさわしく華奢で可憐でさえあった。だが見かけほど華奢でも可憐でもないのだろう、刃傷跡が両頬にあったから。

オフィスに入ると私と机を挟んで彼は客用椅子に座って脚を組んだ。「あなたはセニョール・レノックスについて……」

いての情報を知りたがっている、そういわれてきました」

「ラスト・シーンが知りたい。それだけで十分」

「私はそのとき、その場にいました、セニョール。私はあのホテルの従業員でした」と言って肩をすくめた。「雑用係です、勿論アルバイトでしたから。昼番の受付係でした」英語は完璧だったがそのリズムはスペイン風だった。スペイン語――特にアメリカ風スペイン語――には際だった抑揚がある。だがアメリカ人の耳には、だからといって特に意味を持たない。海のうねりのようなものだ。

「あんたはそんなタイプには見えないけど」

「人生いろいろですから」

「あの手紙は誰が出したのかな?」

マイオラノスはタバコの箱を差し出した。「一本いかがですか?」

私は首を振って答えた。「私には強すぎる。コロンビアの葉がいい。キューバ産は人殺しさ」

マイオラノスは微笑むとその臭いやつをくわえ、火をつけ、煙をはいた。男はやる仕草がいちいち優雅で格好いい、次第に苛立ってきた。

「手紙のことはわかっています、セニョール。ホテルのボーイは、見張りが付いてからはセニョール・レノックスの部屋に行くのを嫌がりました。見張りは多分警官か刑事だったんです。それで代わりに私が手紙を取りにゆき、私自身で郵便局へ持っていきました。発砲のあった後です、わかっていただけますよね」

「中を確認すればよかったのに。大金が同封されていた」

「封がしてありましたから」と冷ややかに言った。「名誉はカニのように横には《エル・オノール・ラド・コモ・ロス・コングレヨス》動かない、ことわざです、セニョール」

「失礼なことを言った、申し訳ない。続けてもらえるかな」

「私が部屋に入るとセニョール・レノックスは見張りの鼻先でドアを閉めました。彼の左手には一〇〇ペソ紙幣が、右手にはピストルが握られていました。彼の前にあるテーブルの上に手紙がありました。もう一通置いてありましたが読みませんでした。金は断りました」

「大金だからな」と言ったが、マイオラノスは私の皮肉を無視した。

「どうしても、と言うので受け取りましたが、あとでボーイにやりました。手紙を受け取るとコーヒー・トレーのナプキンの下に隠しました。コーヒーは私が運んできたものです。出がけに刑事は私を睨みつけましたが何も言いませんでした。手紙を隠したコーヒー・トレーを持って階段を半ばまでおりたとき、銃声がしました。急いで手紙をポケットに隠し、二階へ戻りました。刑事がドアを蹴破ろうとしていました。私は鍵を取りだしてドアを開けました。セニョール・レノックスは死んでいました」

マイオラノスは机の縁をゆっくり指でなぞってため息をついた。「あとはご存じの通りです」

「そのときホテルは満室でしたか?」

「いえ、お客は六人ほどでした」

「アメリカ人でしたか?」

「北米人でした。ハンティングに来ていました」

「白人野郎でしたか? それともヒスパニック・アメリカンでした?」

マイオラノスはうつむき加減になって指先で淡黄褐色の生地の上から膝上を指でゆっくりなぞった。「二人のうちの一人はヒスパニック系といっていいと思います。その男は英語訛りのスペイン語を話していました。実に耳障りでした」

「二人がレノックスの部屋に近づくことは全くありませんでしたか?」

マイオラノスはさっと顔を上げた。が、残念なことにサングラスではその眉の動きまでは隠せなかった。「なぜ近づく必要が? セニョール」

私は頷いた。「さてと、ご親切にいらしていただいた上、状況をお話し頂き本当にありがとう、セニョール・

マイオラノス。スター氏に伝えてください、私が感謝していたって、お願いします」

「どういたしまして、セニョール《ノ・エイ・デ・ク・セニョール》。いいえ、これしきのこと、何でもありませんよ」

「それにいつか、スター氏に暇ができたら、誰かよこしてくれるように伝えてもらえますか？ 今度は自分が何を話しているか、ちゃんとわかっている人物を」

「セニョール？」落ち着いた声だった。だが、そこには冷たい響きがあった。「私の話をお疑いですか？」

「あんたらはなんかっちゃ名誉を口にする。名誉は盗人にとって格好のマントだ——少なくともときとしてな。そう熱くなるな、私にレノックス最後の場面の別バージョンを語らせて欲しい」

マイオラノスは高をくくった様子で椅子に反り返った。

「これはあくまでも推測だ。いいか。間違っているかもしれない、図星かもしれない。くだんのアメリカ人の二人組は、ある目的があってオタトクランにやってきた。飛行機でやってきた。ハンティングで来たような振りをして。二人のうち一人はメネンデスという名のギャンブラーだ。入国するのに偽名を使ったかどうかはしらない。

レノックスは二人が来ることを知っていた。なぜ来るのかも。レノックスが私に手紙を書いたのは良心がうずいたからだ。レノックスは私をいいように瞞し、踊らせた。だがそうやった後、のうのうとしていられるほどのワルにはなりきれなかった。彼は封筒に札を入れた——五〇〇〇ドル——彼にはうなるほど金があり、私はすかんぴんなことを知っていたからだ。それからレノックスはちょっと変わったヒントを手紙に仕込んだ。私が気付けばよし、気がつかなくても構わなかった。とにかくそれで気がすめばよかったんだ。レノックスという男は、いつでもまともなことをやろうとはするけど、結局いつもそれが裏目に出てしまう、そういう奴だった。

あんたは手紙を郵便局に持っていったと言った。なぜホテルの前にある箱に投函しなかった？」

「箱？ セニョール」

「郵便ポストだ。カホン・カルテロ「郵便屋の引き出し」、あんたらはそう呼んでいるやつだ、違うか」

マイオラノスはにっこり笑った。「オタトクランはメキシコ・シティーじゃありませんよ、セニョール。あそこは本当にひなびたところです。オタトクランの道にポスト？　あり得ません。あったとしても住民は誰も何のためかわからないし、集配人なんか来ませんよ」

私は言った。「そうかい、じゃ、この話は置いておこう。さて、あんたがコーヒーをトレイに載せて二階にあがってセニョール・レノックスの部屋に入っていった、なんてことはなかった。だろ、セニョール・マイオラノス。あんたは刑事の脇を通って部屋に入ったと言ったが、それはあんたじゃない。アメリカ人の二人組だよ。刑事は鼻薬を効かされていた、勿論。周りの警官たちも同様だ。二人組のうちの一人がレノックスを後ろから殴って失神させた。次にレノックスの手からモーゼル拳銃を取り上げ、弾倉から一発銃弾を取りだした。薬莢から弾頭を抜き取り、その薬莢をまた弾倉に戻した。そして銃口をレノックスのこめかみに押し当て、引き金を引いた。そりゃ見掛け上むごい傷ができる。だが、空砲じゃ人は死なない。それから担架に乗せ、カバーを掛けて全く見えないようにして運び出した。アメリカから弁護士が来たときには、レノックスは麻酔を打たれ、氷詰めにされて家具屋の暗い片隅に置かれていた。家具屋は棺桶も作っていた。

アメリカ人の弁護士はそこでレノックスを見た。レノックスは氷漬けにされてあくまでも冷たく、深い昏睡状態で、こめかみには赤黒い銃創があった。完全に死体のように見えた。次の日、棺桶は石が詰められて埋葬された。アメリカ人の弁護士は指紋と、ずさんな現地警察の書類をもってアメリカに帰った。筋が通っていると思わないか？　セニョール・マイオラノス」

マイオラノスは肩をすくめた。「かもしれませんね、セニョール。でもそれには金と力が要りますね。そう、あり得るかもしれない、もしセニョール・メネンデスなるお方がオタトクランの有力者、たとえば町長とかホテルの持ち主とかにしっかりとしたコネを持っていたとしたら」

「なるほど。コネの線は十分考えられる。いいところに目をつけたな。なぜオタトクランみたいな辺境の、ちっぽけな町を選んだのかそれで説明がつく」

マイオラノスはちらっと笑った。「じゃ、セニョール・レノックスはまだ生きていることになりますね、違います？」

「勿論生きている。あの自殺は自白書をもっともらしく見せるための偽装工作に間違いない。その偽装はかつて地方検事だった弁護士を完全にだませるよう綿密に仕組む必要があった。もしこの弁護士に偽装を見破られたらロスの現職地方検事は道化にされてうろたえまくることになる。じゃメネンデスは？　メネンデスってヤクザは自分で思っているほどはタフじゃない。だけど警告をきかず嗅ぎ廻わったと、銃身で私の頬を張り飛ばすぐらいのタフさはあった。メネンデスには頭にくるそれ相応の訳があったからだ。もしこの偽装がバレたら、奴は奴で両国にまたがるスキャンダルのど真ん中に立たされることになる。メキシコ人は警察のなれあい捜査をこの上なく嫌悪する、その点はアメリカ人の比じゃない」

「おっしゃることは全てあり得ますよ、セニョール。メキシコ人の私にはよくわかります。だからってこの私まで嘘をついていると非難されるとは、あなたに言わせれば、セニョール、私はセニョール・レノックスの部屋に入ってもいかなかったし、手紙も受け取っていないことになります」

「あんたはもう部屋にいたのさ、若いの——手紙を書いていた」

マイオラノスはゆっくりとサングラスを外した。誰も目の色だけは変えられない。

「ギムレットには、まだちょっと早いか」とテリーは言った。

53

メキシコ・シティーの整形外科の仕事ぶりは見事だった、当然だ。あそこの医師、医療技師、病院、画家、建築家なんかはアメリカ人に勝るとも劣らない。むしろ勝っている点だってある。硝煙反応をみるパラフィン・テストはメキシコの警官が考案したものだ。さすがのメキシコの医者でもテリーの顔を全くの別人に仕立てることはできなかった、だが、それでも見事な仕上がりだ。鼻の形まで変えた。骨を少しけずって鼻を低く、平たくして北欧人らしさを目立たないようにした。頬の傷痕を完全に消すことはできなかった。それでもう一方の頬に二本ばかり似たようなナイフ傷をいれた。中南米では頬のナイフ傷はそれほど珍しくない。

「ここに神経移植までしてくれた」と言って、年季の入った方の傷を指で触れた。

「私の筋書きはどうだ？」

「ほとんどその通りだ。些細なところは二、三違うけど。枝葉の話だ。計画は急ごしらえで、いくつかはその場に応じて対応することもあった。私自身、何がどうなるのか知らされていなかった。節目節目で足跡をはっきり残すように指示された。メンディーは、私があんたに手紙を書くのには渋い顔をした。だがなんとか説き伏せることができた。あんたのことを少しあまく見ていたから、一発かませれば縮みあがる、手紙が来たくらいでまたぞろ動くはずはないと思った。それに彼は郵便ポストの件には全然気付かなかった」

「誰がシルビアを殺したか知ってるよな、そうだろ？」

テリーは私の問いに正面からは答えなかった。「女性を殺人犯として突き出すのは結構辛いもんだ――たとえその女がどうってことない存在でも」

「世間は甘くないさ。ところでハーラン・ポッターはこの計画に一枚噛んでいたのか？」

またテリーはにっこりとした。「もしイエスだとしても、ポッターはそんなことを人に喋るタマじゃない。でも彼は関係ないと思う。ポッターは私は死んだと思っている筈だ。生きているなんてポッターに教える奴なんかいない——あんた以外は」

「私だって、もし訊かれたらテリーは草葉の影で安らかに眠っていると言うさ。メンディーはどうしてる——いるんだろ？」

「達者さ。アカプルコにいる。スターの手配でうまく逃げおおせた。だけどシンジケートが警官を痛めつけたやつに肩を持つことはない、もうロスには戻れない。メンディーはあんたが思うほど悪いやつじゃない。彼には心ってものがある」

「蛇にだって心はあるさ」

「あのさ、ギムレットやらないか？」

その言葉を無視して私は立ち上がり、金庫へ向かった。ノブを回して扉を開け、手紙と、その上に置いてあったマディソン大統領の肖像と、コーヒーの匂いのする一〇〇ドル紙幣五枚を取りだした。金をテーブルに投げだし、一〇〇ドル紙幣五枚を改めて手にとった。「これは頂く。これまでの経費と調査で五〇〇ドルはかかった。マディソン大統領の肖像では楽しませて貰った。これからはおたくのものだ」

テーブルの縁、テリーの目の前にマディソン大統領の肖像をピンと伸ばして置いた。テリーは目を遣っただけで手には取らなかった。

「あんたのもんだ、受け取ってくれ」とテリーが言った。「金ならたっぷりある。それにしても、あんたはアイリーンを見逃してやることもできたのにどうして？」

「その通りだ。亭主殺しが、うまいこと自殺で幕引きになったら彼女にはもっと明るい未来が開けたのかもしれない。一方殺された亭主といえば、別に得がたい人物なんかじゃなかった、勿論。だが彼は血も脳みそも、泣きも笑いもする一人の人間だった。彼は全てをわかっていた。その上で懸命にそれを受け入れ、アイリーンとの生活に折り合いをつけようとしていた。彼は作家だった。名前くらい聞いたことはあるだろう」

「わかって欲しい。ああするより他にどうしようもなかったんだ」とひと言ひと言噛みしめるように言った。

「誰も傷つけたくなかった。それに、たとえ本当の事を言ってもとても信じてもらえるような立場じゃなかった。とっさに何でも見通すなんて誰にだって無理だ。ただ恐ろしくて逃げた。じゃどうすれば良かったというんだ？」

「さあね」

「アイリーンにはどこか狂気が宿っているようなところがあった。いずれ亭主を殺したんじゃないかな」

「かもな」

「さてと。少しばかり旧交を暖めないか？　出かけていってどこか、ひんやりとしていて静かなところで一杯やろう」

「今、そんな暇はないんだ、セニョール・マイオラノス」

「あの頃、お互い気の合う良い友達だったじゃないか」

「そうなのか？　忘れた。別の二人のことなんじゃないか？　私にはそう思える。メキシコにずっと住むつもりか？」

「そうさ。ここにいるのも実は不法入国なんだ。そもそもアメリカ人じゃない。ソルトレイク市生まれって言ったよな。本当はカナダのモントリオールで生まれた。もうじきメキシコ市民になる。気の利いた弁護士がいれば簡単さ。昔からメキシコが好きだった。ヴィクターの店に行ってギムレットを一杯やったからって移民局にばれるものでもない、なあ、どうした？」

「おたくの金だ、しまってくれ、セニョール・マイオラノス。そいつは血まみれだ」

「金がないんだろ」

「大きなお世話だ」

　彼は札をつまむと両手の華奢な指に挟んでぴんと伸ばし、それから内ポケットにさりげなくしまった。輝くような白い歯で唇を噛んだ。あんな白い歯は褐色の肌の持ち主にしか見られない。

「ティファナに送っていって貰ったあの朝、話せることは精一杯話した。警察に電話して私を引き渡すチャンスだってあんたにはやった」

「別に腹を立てているわけじゃない。おたくはそれなりのやつだった、それだけだ。私はそのことがずっとわからなかった。おたくは人当たりはいいし、人柄だっていい。だけど何かがおかしかった。おたくは自分なりの規範を持っていて、それに従って生きてきた。けれどそれはおたくにだけにしか通用しないものだった。おたくの規範なるものは、世に言う倫理とか良心の呵責とかとは全く無縁なんだ。おたくは元々気立てがいいんだ。だから皆に好かれる。けれどおたくはチンピラとかギャングとかとも、そいつらがまともな言葉遣いとまともな礼儀を心得てさえいれば喜々として付き合う。まっとうな人と付き合うのと全く変わらない態度と親しさでな。

おたくはモラル的に負け犬なんだ。はじめからモラル的な生き方を諦めている。戦争のせいかもしれない、あるいは生まれつきなのかもしれない」

「わからない」と言った。「なんで受け取らないんだ。私は恩返しをしたいのにあんたはそれを拒む。私の人格の問題じゃない、あのとき、あれ以上のことは話せなかった。もし話していたらあんたの探偵免許が危うくなった」

「いいこと言うね、これまでで一番だ」

「なんであれ、私について気に入ったことがあって嬉しい。私は泥沼みたいなトラブルに巻き込まれた。たまたまこの手のトラブルの捌き方に通じた連中を知っていた。彼らは戦時中、もう昔の話だが、ある出来事があり、それで私に恩義を感じていた。人生を通じてまともなことをやったのは多分あのときだけだ、あのときはネズミのように素早くやった。そして今度、私が助けを求める番になった。それで彼らは助けてくれた。なんの対価も求めずに。この世の中に損得なしに動いてくれるのはあんただけじゃないんだ、マーロウ」

テリーはデスクに覆い被さるようにして手を伸ばすと、私のタバコケースから一本抜いた。彼の深い日焼けした肌を通して顔がまだらに紅潮するのが見えた。頬の古傷が浮かび上がった。私は、彼が格好いいライターをポケットから取りだし、タバコに火をつけるのを眺めていた。彼の香水の匂いが一瞬漂ってきた。

「君には完全にその気にさせられたよ、テリー。君の微笑み、別れる際に私に振ってくれた手、一緒に立ち寄った何軒かの静かなバーでの穏やかな酒の酌み交わし。そんな時間が続いている間は本当に愉しかった。じゃあな、アミーゴ。さようならは無しだ。君にはもう、さようならは言ってしまった、さようならに意味があったときに。君にさようならをしたとき、そこには悲しみと寂しさ、永遠の別れがあった」

「来るのが遅すぎた」とつぶやいた。「整形が馴染むのに時間がかかった」

「来やしなかったさ、私が君の生きていることを暴かなければ」

テリーの目に前触れもなしに涙が光った。素早くサングラスを掛けた。

「そうかもしれない、わからない」と言った。「気持ちが揺れていた。ランディー・スターたちはあんたには近づくなと言った。どっちにも踏ん切りがつけられなかった」

「心配要らないさ、テリー。どうせ、いつだって君の周りにいる誰かが君に手を差し伸べてくれるさ」

「私は奇襲部隊にいた。やわな奴じゃ務まらない。戦場でひどい傷を負ったし、治療の名の下にナチスの医者共のおもちゃになるのは、お世辞にも楽しいとはいえなかった。あれから私の中の何かが変わってしまった」

「事情はすべてわかっている、テリー。いいか、君の気遣い、君の思いやり、君の振るまい、どれを取っても君は本当に優しくていい奴だ。裁くのは俺だ、なんて言うつもりはない、私は人を裁いたことなんかない。ここにはもう、君の居場所はない、ただそう言っているだけだ。君はとうの昔にいなくなった。今の君はしゃれた服を着て、香水の匂いを漂わせている。立ち振る舞いだって、まるで高級娼婦みたいに優雅だ」

「単なる芝居だ」とすがるような声で言った。

「とか言って結構ノリノリじゃないか、違うか？」

口を大きく開け、笑い飛ばした。だがその目には悲しみが浮かんでいた。そしてエネルギッシュで表現豊かなラテンスタイルで肩をすくめた。

「そうさ、彼の地では芝居が全てだ。他に一体何がある？　ここは――と言って自分の胸をライターで軽く叩いた――空っぽだ。以前は違った、マーロウ。違ったのは遙か昔のことだ。さてと――そろそろ引け時だ」

テリーは立ち上がった。私も立ち上がった。テリーはその華奢な手をのばした。私はその手を握った、握手だ。

「それじゃな、セニョール・マイオラノス。お近づきになれて良かった――ほんのつかの間だったけどな」

「さようなら」

彼は私に背を向けるとオフィスを横切り出ていった。私はドアが閉まるのを見ていた。彼の足音が人造大理石の廊下に響くのをじっと聞いていた。次第に音は遠ざかり、そして消えた。それでもまだ耳を澄ませていた。なぜだろう？　テリーがふと立ち止まり、それから引き返してきて私の心の傷を癒やしてくれるように話しかける、そんなことを願ったのか？　そんなことはともかく、彼は戻ってなんかこなかった。そのときが彼を見た最後だった。

この事件に関わった人とは誰一人として再び会うことはなかった――警官を別にすれば。警官にさようならと言う術は未だ見いだせない。

『ザ・ロング・グッドバイ』終

訳者あとがき

読者の皆様は補助線というものをご存じだろうか？　そう、幾何学で使う手法の一つだ。難問と思われる問題も線を一本引くだけであっさり解法が見えてくる。

チャンドラーの文章には特徴があり、描写が細かく、読むと映画の一シーンを見るようにその情景が彷彿としてくる。その一方、記述を省くことがままある。つまり文章によって極端な粗密があるのだ。だから粗の部分をそのまま訳しても、ときとして意味不明になる。これが訳者として頭の痛いところだ。そこで本訳ではそのような場合、原文に一言加えて意味を明瞭にした、補助線だ。読者によってはその補助線が煩わしく感じられるかもしれないが、訳文としてクリアさを求めたということでご容赦いただきたい。


本作の舞台は公民権法が出される一〇年以上前のロスアンジェルスだ。そこは豊かで活気にあふれ、むき出しの欲望と競争の街、油断するとすぐつけ込まれる。

本作の登場人物の名前がよく当時の社会階層を表している。医者、弁護士、実業家、地方検事など上流階級は英国系だ。やくざ、使用人、労働者はヒスパニック系、庭師は日本人、運転手は黒人、商人はユダヤ人といううぐあいだ。警察、保安官本部の幹部に英国系ではなく、ヒスパニック系やギリシャ系が出てくるが、これには理由がある。警察にはキャリア、ノンキャリアの区別はなく、高卒のヒラでも警視総監や保安官補［副警視総監相当］まで出世できる可能性があるのだ。

米国の法執行機関は我が国とは異なる。本作に限って説明すると、日本でいう警察の役割を、都市部は市警察、都市部を除いた郡部は保安官本部が担っている。また市警の警視総監は市長の任命で決定されるが、保安官本部の保安官［警視総監に相当］は選挙で選ばれる。なお本書では警察、保安官本部などのいわゆる警察機能を総称する場合には「警察」「警官」とした。了解いただきたい。

地方検事局も日本と違う。まず地方検事も選挙で選ばれる。選挙には地盤、看板、カバンがからむ。これが本作では重要な要素となる。地方検事局の業務範囲は日本と同じだが、違いは捜査官の充実だ。米国の地方検事局では捜査員が充実していて、日常的に犯罪捜査をおこなう。警官及び保安官助手の資格は高卒だが、地方検察局の捜査官の資格は大卒か、警察あるいは保安官本部で優秀な成績を収めて推薦されることだ。

本作中、地方検事のスプリンガーがピーターセン保安官を「よき補助役」と上から目線で述べるところがある。実際は同格で上下の差はない。けれども先に述べたように地方検事局は独自捜査から起訴裁定まで権限があり、また局員はエリート捜査員や司法試験合格者であるためスプリンガーは日頃から何かと上から目線になっていたのだろう。当然保安官本部の連中は面白くない。これが大きな伏線となり、事態を動かすこととなる。

臨時保安官助手について。保安官は必要に応じ、臨時に民間人を保安官助手に任命できる。ただし州によって臨時保安官助手の資格は異なり、ある州では警察学校卒業生に限られるし、本作に出てくるネヴァダ州では「法と秩序を守る」と宣誓すればだれでも臨時の保安官助手となれる。この制度も本作でのあやの一つだ。因みに市警察には臨時警察官という制度はない。

リンダ・ローリングは魅力的な女性だ。美人で頭が良く、気は強いが素直で誠実だ。からかうとすぐムキになる。それが面白いし、可愛いのでマーロウはついからかってしまう。彼女は父親を尊敬していて忠実だ。父親に指示されバーでマーロウを待ち受ける、張りつめた顔をして。彼の腹を探り、警告するためだ。

メネンデスはボディーガードとしてアゴスチーノを差し向けた。マグーンと遭遇しても手出ししないように丸腰で行かせた。察するに彼はこの一件で嫌気が差し、足を洗ったのではないか？

メネンデスと父親をつなげているのはタホ湖の隣人クリス・マディだ。マーロウ仕置の件を父親はクリス・マディから聞いた。それで娘のリンダにマーロウへ警告するよう指示した。なぜか？ それは自分を正当化するためだ。つまりマーロウへの説得は成功した。だから仕置きする理由はない。隠蔽の破綻は娘婿のせいだとした。


いわゆる寄り道について。本作では一見関係のないシーンにかなりのページが割かれている。たとえば三人の依頼人だ。だがこれには意図がある。一つは、マーロウにはハワイ、ロンドン、更にはメキシコなどから広く情報を集める手段があることを読者にそれとなく伝えることだ。二つ目は、マーロウの心情を読者に伝えることだ。むき出しの競争、強欲、自己中心、虚勢が渦巻くロスアンジェルスにあって、マーロウは謙虚な者、人を責めず人を気遣う者、いい悪いは別として悩みながら誠実に生きる者に共感をすることを伝えている。テリー・レノックスは正にその典型なのだ。そしてウェードも。

小さな寄り道というか、関係ないと思われる場面もある。アイリーンがマーロウのタバコを吸うところだ。だがこれも意味がある。女性はタバコ臭い男なんかにはキスしない。

アイリーンが敢えて自分をニコチン臭くしたのはマーロウへの誘いだった。マーロウはこれで彼女が何か魂胆をもって接近してきたことを確信した。


なぜマーロウは無報酬で動いたか？ それは依頼内容に裏があるように思えたから。そしてなによりレノックス事件の臭いがしたから。なぜ裏があると感じたか？ 第一にハワード・スペンサーの説明が釈然としなかったから。第二にアイリーンがレノックス事件に話題を振って「レノックスはあなたのお友達でしょ」と、マーロウに鎌を掛けてきたから。第三、決定的だったのはアイリーンがタバコを吸ったことだ。

ギムレットは出会いと別れの象徴だ。長い間テリーに別れを告げられなかったマーロウだが、ついにそれを果たした。友人としてのテリーとの出会いはビター抜きギムレットで始まった。そして別れを告げたのを機にビター入り、それも大目に入れたギムレットで思い出と心の苦さと決別をしたのだ。

謎の回収について。第二の殺人についてはどのように回収されたか?

基本的には明智光秀と同じだ。秀吉を西に、柴田勝家を北に、そして信長を少数の手勢で本能寺に向かわせるべく光秀は周到な策略を立てたのか? そんなことはしなかったし、できるはずもない。チャンスを待つのみ。ではいつ実行されたか? それはわからない。爆音最大のときか、またはマーロウが現場から一番離れたキッチンにいたときだ。何しろ現場は防音されているから。

拳銃を巡っての謎。マーロウは拳銃が凶器だと聞かされる。だがその拳銃は発射されていないことを彼は百も承知だ。そうと知りながらロス市警の刑事に凶器は拳銃だったと話した。だが市警は凶器はブロンズ像としていた。それなのになぜ刑事は否定しなかったのか? それはこの事件が市警から地方検事局の手へと移って正式検視は彼らの手を離れたからだ。ではマーロウの意図は? それは拳銃による犯行とはとても見えなかったことを確認するためだ。

凶器は拳銃だとマーロウに告げた人物は、被害者は立った状態で頭部を撃たれ、弾は頭部を貫通してカーテンの後ろの壁にめり込んだ、と説明した。もしそれが事実ならカーテンはペンキをぶちまけたような状態だっただろう。もしそうであれば市警の刑事は即座に銃による犯行とわかったはずだ。実際はマーロウの説明に対して刑事はなんの反論もせずその先を聞きたがった、ということはカーテンにはシミ一つなかった。それで凶器は銃でないことが再確認された。

更にマーロウは容疑者たちにも凶器は拳銃だと説明する。なぜ容疑者たちにそんな説明をしたのか? それは容疑者の反応を探るためだ。作戦は見事に成功した。容疑者の一人は無反応、もう一人の容疑者はマーロウに対し、「講談師、見てきたような嘘をいい」といったふうの、軽蔑した態度を見せた。

まだ謎はのこる。なぜレノックスは拳銃を持っていたのか? 推察するしかない。犯人は拳銃を持って侵入した。被害者は寝ていた。ふとみるとブロンズの猿があった。憎しみをぶつけるのに一発で終わる銃より、ブロンズ像がいい。犯人は銃を置き、ブロンズ像を手に取ると振り下ろした。そして現場から逃げ去った、拳銃をのこして。レノックスは逃げる犯人を目撃し、現場に駆けつけると拳銃があった。犯人の遺留品だと確信した。放置すれば拳銃の製造番号から所有者が割れてしまう。それで持ち去った。

チャンドラーがここにいたら訊きたい、私の筋書きはどうだ? と。

本訳にはロスアンジェルスの地図及び邸宅の見取り図等数点の挿絵をくわえた。これらを参照しながらより楽しく読んで頂ければ幸いと願っている。なお地図、見取り図については正確な縮尺ではなく、位置関係を示すものとしてご覧になって頂きたい。

本作を訳すにあたっては主にビンテージ・クライム/ブラックリザード社版及びペンギン・ランダムハウス社版の *The Long Good-bye* に依った。また村上春樹氏訳の『ロング・グッドバイ』(早川書房　二〇一一年)及び田口俊樹氏訳『長い別れ』(創元社　二〇二二年)を参考にした。この場を借りて両氏にお礼を申し上げる。

最後に本書の出版、編集にご尽力、ご助言をいただいた株式会社小鳥遊書房の高梨さんに厚くお礼を申し上げます。

令和五年五月

市川　亮平

【著者】

レイモンド・チャンドラー

(Raymond Chandler)

1888年シカゴ生まれの小説家・脚本家。12歳で英国に渡り帰化。24歳で米国に戻る。作品は多彩なスラングが特徴の一つであるが、彼自身はアメリカン・イングリッシュを外国語のように学んだ、スラングなどを作品に使う場合慎重に吟味しなければならなかった、と語っている。なお、米国籍に戻ったのは本作『ザ・ロング・グッドバイ』を発表した後のこと。1933年にパルプ・マガジン『ブラック・マスク』に「脅迫者は撃たない」を寄稿して作家デビュー。1939年には長編『大いなる眠り』を発表し、私立探偵フィリップ・マーロウを生み出す。翌年には『さらば愛しき女よ』、1942年に『高い窓』、1943年に『湖中の女』、1949年に『かわいい女』、そして、1953年に『ザ・ロング・グッドバイ』を発表する。1958年刊行の『プレイバック』を含め、長編は全て日本で翻訳されている。1959年、死去。

【訳者】

市川亮平

(いちかわ・りょうへい)

東京都出身。横浜国立大学工学部卒業後、NECにて半導体製造装置開発設計、パーソナルコンピュータ開発設計に携わる。訳書にマーク・トウェイン『トム・ソーヤーの冒険』(小鳥遊書房、2022年)がある。

ザ・ロング・グッドバイ

2023年5月28日　第1刷発行

【著者】
レイモンド・チャンドラー
【訳者】
市川亮平

発行者：高梨 治
発行所：株式会社**小鳥遊《たかなし》書房**
〒102-0071　東京都千代田区富士見1-7-6-5F
電話03（6265）4910（代表）／FAX　03（6265）4902
https://www.tkns-shobou.co.jp
info@tkns-shobou.co.jp

装幀　鳴田小夜子（KOGUMA OFFICE）
地図作成　デザインワークショップジン
印刷　モリモト印刷株式会社
製本　株式会社村上製本所

ISBN978-4-86780-018-8　C0097